हिन्द पॉकेट बुक्स

धर्म और समाज

डॉ० सर्वेपल्लि राधाकृष्णन् भारत के प्रथम उप-राष्ट्रपति (1952 - 1962) और द्वितीय राष्ट्रपति रहे। वे भारतीय संस्कृति के संवाहक, प्रख्यात शिक्षाविद, महान दार्शनिक, एक महान लेखक और एक आस्थावान हिन्दू विचारक थे। उनके इन्हीं गुणों के कारण सन् 1954 में भारत सरकार ने उन्हें सर्वोच्च सम्मान भारत रत्न से अलंकृत किया था। उनका जन्मदिन (5 सितम्बर) भारत में शिक्षक दिवस के रूप में मनाया जाता है।

धर्म और समाज

डॉ॰ सर्वेपल्लि राधाकृष्णन्

हिन्द पॉकेट बुक्स
पेंगुइन रैंडम हाउस इम्प्रिंट

हिन्द पॉकेट बुक्स

यूएसए | कनाडा | यूके | आयरलैंड | ऑस्ट्रेलिया | सिंगापुर
न्यू ज़ीलैंड | भारत | दक्षिण अफ्रीका | चीन

हिन्द पॉकेट बुक्स, पेंगुइन रैंडम हाउस ग्रुप ऑफ़ कम्पनीज़ का हिस्सा है,
जिसका पता global.penguinrandomhouse.com पर मिलेगा

पेंगुइन रैंडम हाउस इंडिया प्रा. लि.,
चौथी मंजिल, कैपिटल टावर -1, एम जी रोड,
गुड़गांव 122 002, हरियाणा, भारत

पेंगुइन
रैंडम हाउस
इंडिया

'RELIGION AND SOCIETY' का हिंदी अनुवाद
सातवां हिन्दी संस्करण हिन्द पॉकेट बुक्स द्वारा 1975 में प्रकाशित
प्रथम हिन्दी संस्करण हिन्द पॉकेट बुक्स में पेंगुइन रैंडम हाउस द्वारा 2023 में प्रकाशित

10 9 8 7 6 5 4 3 2

ISBN 9789353493585

मुद्रकः रेप्रो इंडिया लिमिटेड

www.penguin.co.in

क्रम

यह पुस्तक 1942 की सर्दियों में कलकत्ता
और बनारस विश्वविद्यालयों में
दिए गए भाषणों की सामग्री
पर आधारित है।

लेखकीय टिपण्णी

द्वितीय संस्करण के अवसर पर मैंने
भारतीय राजनीति में हाल में
घटित घटनाओं के विषय
में एक उत्तर लेख
जोड़ दिया है।

स० रा०

1 धर्म की आवश्यकता

वर्तमान संकट—सामाजिक व्याधि—युद्ध और नई व्यवस्था—धर्म-निरपेक्षता हमारे युग की मुख्य दुर्बलता—द्वन्द्वात्मक भौतिकवाद—आध्यात्मिक पुनरुज्जीवन की आवश्यकता

सबसे पहले मैं कलकत्ता विश्वविद्यालय की सीनेट के सदस्यों के प्रति हार्दिक आभार व्यक्त करता हूं कि उन्होंने विश्वविद्यालय के साथ मेरे सक्रिय सहयोग के पिछले बीस वर्षों में मुझे इतने विशेषाधिकार प्रदान किए हैं, जिनमें 'कमला भाषण-माला' के लिए मुझे चुनना भी एक है। इस भाषण-माला की सम्मानित परम्परा को जारी रखने के लिए निमन्त्रित होना एक ऐसा सम्मान है, जिसपर कोई भी विद्वान गर्व अनुभव कर सकता है। मेरे लिए यह विशेष रूप से आनन्द की बात है कि मुझे एक ऐसी भाषण-माला में बोलने का सुअवसर प्राप्त हो, जिसे स्वर्गीय सर आशुतोष मुखर्जी ने अपनी स्नेहमयी पुत्री के नाम पर स्थापित किया था।

'भारतीय जीवन और विचार के किसी पहलू पर तुलनात्मक दृष्टि से विवेचन' एक विस्तृत विषय है, जो हमारे सामने प्रस्तुत किया गया है और हम इसका अर्थ-निरूपण काफी उदार दृष्टि से कर सकते हैं। मैंने यह विषय चुना है, 'धार्मिक आदर्शों की दृष्टि से समाज का पुनर्गठन'। आजकल के कठिन समय में यह विषय मुझे अत्यन्त महत्त्व का लगता है।

औरंगज़ेब ने अपने एक पत्र में अपने अध्यापक मुल्ला साहेब को लिखा है, "तुमने मेरे पिता शाहजहां से कहा था कि तुम मुझे दर्शन पढ़ाओगे। यह ठीक है, मुझे भली भांति याद है, कि तुमने अनेक वर्षों तक मुझे वस्तुओं के सम्बन्ध में ऐसे अनेक अव्यक्त प्रश्न समझाए, जिनसे मन को कोई सन्तोष नहीं होता और जिनका मानव-समाज के लिए कोई उपयोग नहीं है। ऐसी थोथी धारणाएं और खाली कल्पनाएं, जिनकी केवल यह विशेषता थी कि उन्हें समझ पाना बहुत कठिन था और भूल पाना बहुत सरल...क्या तुमने कभी मुझे यह सिखाने की चेष्टा की कि शहर पर घेरा कैसे डाला जाता है या सेना को किस प्रकार व्यवस्थित किया जाता है? इन वस्तुओं के लिए मैं अन्य लोगों का आभारी हूं, तुम्हारा बिलकुल नहीं।"[1] इन भाषणों में मेरा एक लक्ष्य यह बताना भी होगा कि आज जो संसार इतनी संकटपूर्ण दशा में फंसा है, वह इसलिए कि वह 'शहर पर घेरा डालने' या 'सेना को व्यवस्थित करने' के विषय में सब कुछ जानता है और जीवन के

1. 'ए ट्रेंज़री आफ वर्ल्ड्स् ग्रेट लेटर्स', एम० लिंकन शुस्टर द्वारा सम्पादित (1941), पृष्ठ 60-61।

मूल्यों के, दर्शन और धर्म के केन्द्रीभूत प्रश्नों के सम्बन्ध में, जिनको कि यह 'थोथी धारणाएं और खाली कल्पनाएं,' कहकर एक ओर हटा देता है, बहुत कम जानता है।

वर्तमान संकट

हम मानव-जाति के जीवन में एक सबसे अधिक निश्चायक समय में रह रहे हैं। मानव-इतिहास के अन्य किसी भी समय में इतने लोगों के सिर पर इतना बड़ा बोझ नहीं था, या वे इतने यंत्रणापूर्ण अत्याचारों और मनोवेदनाओं के कष्ट नहीं पा रहे थे। हम ऐसे संसार में जी रहे हैं, जिसमें विषाद सर्वव्यापी है। परम्पराएं, संयम और स्थापित कानून और व्यवस्था आश्चर्यजनक रूप से शिथिल हो गए हैं। जो विचार कल तक सामाजिक भद्रता और न्याय से अविच्छेद्य समझे जाते थे और जो शताब्दियों से लोगों के आचरण का निर्देशन और अनुशासन करने में समर्थ रहे थे, आज बह गए हैं। संसार गलतफहमियों, कटुताओं और संघर्षों से विदीर्ण हो गया है। सारा वातावरण संदेह, अनिश्चितता और भविष्य के अत्यधिक भय से भरा है। हमारी जाति के बढ़ते हुए कष्टों, आर्थिक दरिद्रता की तीव्रता, अभूतपूर्व पैमाने पर होनेवाले युद्धों, उच्चपदस्थ लोगों के मतभेदों के कारण, और शक्ति और सत्ताधारी लोगों की, जो ढहती हुई व्यवस्था को बनाए रखना, और पंगु सभ्यता को किसी भी शर्त पर बचाना चाहते हैं,[1] जड़ता के कारण सारे संसार में एक ऐसी भावना जाग रही है, जो सारतः क्रांतिकारी है। 'क्रान्ति' शब्द का अर्थ सदा भीड़ की हिंसा और शासक-वर्गों की हत्या ही नहीं समझा जाना चाहिए। सभ्य जीवन के मूल आधारों में तीव्र और प्रबल परिवर्तन की उग्र लालसा भी क्रान्तिकारी इच्छा है। 'क्रान्ति' शब्द का प्रयोग दो अर्थों में किया जाता है। (1) आकस्मिक और प्रचंड विद्रोह, जिसके परिणामस्वरूप शासन का तख्ता उलट जाए, जैसा फ्रांसीसी और रूस की बोलशेविक क्रान्तियों में हुआ था। (2) एक शनैः-शनैः काफी लम्बे समय में होनेवाला सामाजिक सम्बन्धों की एक प्रणाली से दूसरी प्रणाली की ओर संक्रमण, जैसे उदाहरण के लिए ब्रिटिश औद्योगिक क्रान्ति। किसी भी समय को 'क्रान्तिकारी' परिवर्तन के कारण नहीं कहा जाता, क्योंकि परिवर्तन तो इतिहास में सदा होता ही रहता है, अपितु परिवर्तन की तीव्र गति के कारण कहा जाता है। वर्तमान युग क्रांतिकारी है, क्योंकि इसमें परिवर्तन की गति बहुत तेज़ है। चारों ओर सब जगह हमें वस्तुओं के टूटने-फूटने और सामाजिक, राजनीतिक और आर्थिक संस्थाओं में परिवर्तनों की, प्रमुख विश्वासों और विचारों में, मानव-मन की आधारभूत श्रेणियों में परिवर्तन की, आवाज़ सुनाई पड़ रही है। बुद्धिमान, अनुभूतिशील और उद्यमी मनुष्यों का विश्वास है कि राजनीति, अर्थशास्त्र और उद्योग से सम्बद्ध संस्थाओं और वर्तमान प्रबन्धों में कहीं न कहीं कुछ बड़ी गलती है और यदि हमें मनुष्यता को बचाना है तो हमें इन प्रबन्धों और संस्थाओं से छुटकारा पाना होगा।

विज्ञानवेत्ता हमें वे विभिन्न ढंग बताते हैं, जिनसे यह पृथ्वी नष्ट हो सकती हैं। यह कभी

1. बर्क से तुलना कीजिए। वह कहता है कि क्रान्तियां उन लोगों द्वारा नहीं उत्पन्न की जातीं, जिनके पास सत्ता नहीं होती ; बल्कि उन लोगों द्वारा की जाती हैं, जिनके हाथ में सत्ता होती है और वे उसका दुरुपयोग करते हैं।

सूदूर भविष्य में चन्द्रमा के बहुत निकट आ पहुंचने से या सूर्य के ठंडा पड़ जाने से नष्ट हो सकती है। कोई पुच्छल तारा पृथ्वी से आकर टकरा सकता है, या स्वयं धरती में से ही कोई ज़हरीली गैस निकल सकती है। परन्तु ये सब बहुत दूर की सम्भावनाएं हैं; जबकि अधिक सम्भाव्यता इस बात की है कि मानव-जाति स्वयं जान-बूझकर किए गए कार्यों से और अपनी मूर्खता और स्वार्थ के कारण, जो मानव-स्वभाव में मज़बूती से जमे हुए हैं, नष्ट हो सकती है। यह बड़ी करुणाजनक बात है कि ऐसे संसार में जो हम सबके आनन्द लेने के लिए है और जो यदि हम आजकल युद्ध यन्त्रजात को पूर्णता तक पहुंचने में लगाई जा रही ऊर्जाओं के केवल थोड़े-से हिस्से का ही इसके लिए उपयोग करें तो सबके लिए आनन्दमय बनाया जा सकता है[1], हम मृत्यु और विनाश का तांडव चलने दे रहे हैं। विनाश की एक अन्धी प्रेरणा मानव-जाति पर हावी हो गई दीखती है और यदि इसकी रोक-थाम न की गई तो हम पूर्ण विनाश की ओर एक लम्बी छलांग लगा लेंगे और एक ऐसे बौद्धिक अन्धकार और नैतिक बर्बरता के काल की ओर बढ़ने की तैयारी कर रहे होंगे, जिसमें मनुष्य की अतीत की अच्छी से अच्छी उपलब्धियां ध्वस्त हो जाएंगी। इस सबका विषाद शारीरिक कष्ट की भांति हमें दुःखी कर रहा है, हमारे मनों को व्यथित कर रहा है और हमारे हृदयों को अशांत किए है। हम यन्त्रणापूर्ण दबाव के, गहरी चिन्ता के और बहुमुखीन मोह-भंग के युग में रह रहे हैं। संसार एक मूर्च्छा की-सी दशा में है।

कुछ श्रेष्ठ आत्माओं द्वारा एक सुन्दरतर संसार का साक्ष्य ही भविष्य के लिए हमारी आशा है। पिछली दशाब्दियों में न केवल भौतिक उन्नति हुई है, जो कि आश्चर्यजनक है और प्रत्यक्ष दीख पड़ती है, अपितु नैतिक बुद्धि और सामाजिक आवेश में भी सुनिश्चित रूप से वृद्धि हुई है। विज्ञान और आविष्कारों के परिणामों को जीवन की सामान्य दशाओं में सुधार के लिए प्रयुक्त करने की इच्छा अधिकाधिक बढ़ रही है। मनुष्य के प्रति मनुष्य के सम्बन्धों और दायित्वों के बारे में हमारे विचारों में बहुत वास्तविक प्रगति हुई है। बाल-श्रम के विरुद्ध जिहाद, कारखाना कानून, वृद्धावस्था की पेन्शनें, दुर्घटनाओं के लिए मुआवज़ा, ये थोड़े-से उदाहरण हैं, जिनसे स्पष्ट होता है कि समाज में अपने प्रत्येक सदस्य के प्रति ज़िम्मेदारी की भावना बढ़ रही है। संसार के इतिहास में इससे पहले कभी शांति के लिए इतनी तीव्र इच्छा और युद्ध के विरुद्ध ऐसी विस्तृत घृणा नहीं हुई थी। इस युद्ध में करोड़ों लोगों का प्रतिशोधहीन साहस और प्रदर्शनहीन आत्मबलिदान नैतिक बुद्धि और मानवता के प्रेम की वृद्धि के सूचक हैं।

आजकल जो कुछ हो रहा है, वह ग्रेट ब्रिटेन या जर्मनी, सोवियत रूस या संयुक्त राज्य अमेरिका, किसी भी एक देश के भाग्य से बहुत ऊपर की वस्तु है। यह समूचे समाज का एक विस्तृत विक्षोभ है। यह केवल युद्ध नहीं है, अपितु यह एक विश्व-क्रान्ति है, युद्ध जिसका एक दौर-मात्र है। यह सम्पूर्ण विचार और सभ्यता के ढांचे में बड़ा परिवर्तन है। यह एक ऐसी संक्रांति है, जो हमारी सभ्यता के मूल तक पहुंचती है। इतिहास ने हमारी पीढ़ी को एक इस प्रकार के

---

1. तुलना कीजिए, "मनुष्य के सिवाय और सब प्राणी जानते हैं कि जीवन का उद्देश्य जीवन का आनन्द लेना है।"—सेमुअल बटलर

युग में ला छोड़ा है और हमें यत्न करना चाहिए कि इस क्रांति को हम ऐसी दशा में ले जाए, जहां यह उचित आदर्शों के लिए उपयोगी सिद्ध हो सके। हम क्रांति के मार्ग को उलट नहीं सकते। पुरानी व्यवस्था—जिसने हिटलरों, मुसोलिनियों और तोजोओं को जन्म दिया था—नष्ट होकर रहेगी। जो लोग उसके विरुद्ध लड़ रहे हैं, उन्हें यह अनुभव करना चाहिए कि वे यहीं और इसी समय स्वतन्त्रता की एक नई व्यवस्था की नींव रख रहे हैं। हमारे शत्रुओं को इसलिए हराया जाना चाहिए क्योंकि वे पुरानी व्यवस्था से अब भी चिपटे हुए हैं और नई व्यवस्था के लिए रास्ता साफ करने में हमारी सहायता नहीं करते। यदि हम शान्ति जीतना चाहते हैं और भविष्य की विपत्तियों के बीज बोने को रोकना चाहते हैं, तो हमें मानव-मन की कायरतापूर्ण जड़ता की रोकथाम करनी होगी। यदि हम स्थायी शांति चाहते हैं तो हमें उन दशाओं को समाप्त करना होगा, जो युद्धों के कारण हैं, और हमें जीवन का एक नया रास्ता खोजने के लिए ईमानदारी से काम करना होगा, जिसका अर्थ यह होगा कि हम पुराने लालित आदर्शों को बलिदान कर दें। जहां तक सम्भव हो, हमें इस विषय में सुनिश्चित होना चाहिए कि हम युद्ध की उत्तेजना में, कष्टों के दबाव में और आक्रमण के प्रति क्रोध में अपने शत्रुओं के प्रति उचित न्याय को छोड़ न बैठें। हमें अमानवों के प्रति भी मानवता बरतना सीखना चाहिए। हमें अपने मन को सुदूर भविष्य पर केन्द्रित रखना सीखना चाहिए और उस भविष्य को अनुभूतिहीन विद्वेष से आच्छन्न नहीं होने देना चाहिए।

इस समय संसार एक दोराहे पर खड़ा है और उसके सामने दो विकल्प हैं : सारे संसार का एक रूप में संगठन या समय-समय पर होनेवाले युद्ध। हम जिस समाज में रहते हैं, उसके हम निर्माता हैं। जो संस्थाएं गलत मार्ग पर चली गई हैं, हम उनके मालिक हैं और हमें इस रोगी समाज के लिए आवश्यक दवाइयों की खोज करनी ही होगी। यदि वह सभ्यता, जो अभी हाल तक अपनी प्रगति में आनंद अनुभव करती थी, और मानवता किसी यन्त्रणा से पीड़ित है, तो इसका यह अर्थ नहीं है कि वह इतिहास की किसी दुर्निवार प्रक्रिया द्वारा अपने विनाश की ओर खदेड़ी जा रही है। सृजन के काल बड़े कष्टों के काल हुए हैं।[1] संसार एक नये समतुलन तक पहुंचने से पहले बढ़ते हुए कष्टों के दौर में से गुज़रेगा। भले ही अनेक रुकावटें और अड़चनें आएं, परन्तु यह निश्चित है

1. तुलना कीजिए, "आधुनिक मनुष्य आज उन्नति की चरम सीमा पर है, परन्तु कल के लोग उससे भी आगे निकल जाएंगे। यह ठीक है कि वह एक युगव्यापी विकास का अन्तिम परिणाम है, परन्तु साथ ही वह मानव-जाति की आशाओं की दृष्टि से अधिकतम निराशाजनक है। आधुनिक मनुष्य को इस बात का पता भी है : उसने देख लिया है कि विज्ञान, शिल्प और संगठन कितने लाभकारी हैं, किन्तु साथ ही यह भी, कि वे कितने विनाशकारी हो सकते हैं। इसी प्रकार उसने देख लिया है कि सदुद्देश्यवाली सरकारें कितनी अच्छी तरह इस सिद्धान्त पर शान्ति के लिए मार्ग बनाती हैं कि 'शान्ति के समय में युद्ध की तैयारी करो।' ईसाई चर्च, मनुष्यों का भ्रातृभाव, अन्तर्राष्ट्रीय सामाजिक प्रजातन्त्र और आर्थिक हितों की 'एकता' सबके सब अग्निस्नान (वास्तविकता की कसौटी) में खोटे सिद्ध हुए हैं...ऐसे प्रत्येक उपशामक उपाय के पीछे तह काटनेवाला सन्देह विद्यमान है। कुल मिलाकर मेरा विश्वास है कि मैं यह कहकर अतिशयोक्ति नहीं कर रहा कि आधुनिक मनुष्यों को, मनोविज्ञान की भाषा में कहें तो, लगभग प्राणान्तक आघात पहुंचा है और परिणामस्वरूप वही धनी अनिश्चितता में जा पड़ा है।" सी० जी० जुंग, 'माडर्न मैन इन सर्च आफ ए सोल' अंग्रेज़ी अनुवाद (1933), पृष्ठ 230-231

कि मनुष्य-जाति अपेक्षाकृत अधिक विवेकपूर्ण संसार की ओर बढ़ेगी। परन्तु उसकी गति हमारे साहस और बुद्धिमत्ता द्वारा तय होगी। अनेक रचनात्मक प्रयोजन, जिनके द्वारा जाति की मुक्ति हो सकती थी, बहुत बार नष्ट हो जाते हैं; इसलिए नहीं कि उनके लिए इच्छा या संकल्प का अभाव था, बल्कि मन की अस्तव्यस्तता और भीरुता के कारण।

सामाजिक व्याधि

हमारे सामाजिक जीवन की गम्भीर व्याधि का कारण हमारी सामाजिक संस्थाओं और विश्व के उद्देश्य के बीच का व्यवधान है। प्रकृति ने अनेक जातियां बनाई हैं, जिनकी भाषाएं, धर्म और सामाजिक परम्पराएं भिन्न हैं; और उसने मनुष्य को यह काम सौंपा है कि वह मानव-जगत् में व्यवस्था उत्पन्न करे और जीवन का ऐसा रास्ता खोज निकाले, जिससे विभिन्न समूह आपसी मतभेदों को हल करने के लिए बल का प्रयोग किए बिना शांतिपूर्वक रह सकें। यह संसार युद्धप्रिय राष्ट्रों का युद्ध-क्षेत्र बनने के लिए नहीं रचा गया, अपितु एक ऐसा राष्ट्र-मंडल बनने के लिए रचा गया है, जिसमें विभिन्न समूह सबके लिए गौरव, अच्छा जीवन और समृद्धि प्राप्त करने के लिए रचनात्मक प्रयत्न में एक-दूसरे के साथ सहयोग कर रहे हों।

संसार के एकीकरण के लिए आवश्यक दशाएं विद्यमान हैं। केवल मनुष्य की इच्छा का अभाव है। विभाजन के बड़े-बड़े कारण—महासागर और पर्वत अब प्रभावहीन हो गए हैं। परिवहन और संचारण की इस समय उपलब्ध सुविधाओं के कारण संसार एक छोटा-सा पड़ोस बन गया है। धर्म और प्रथाओं के विपरीत, जो स्थानीय ढंग की होती हैं, विज्ञान राजनीतिक या सामाजिक सीमाओं को नहीं मानता और ऐसी भाषा में बात करता है, जिसे सब समझते हैं। मनुष्य पर यन्त्रों के प्रभाव ने यन्त्र-युग से पहले के पूर्णतया स्वतन्त्र राज्यों के संसार को छिन्न-भिन्न कर दिया है। औद्योगिक क्रान्ति ने आर्थिक सम्बन्धों को इतना अधिक बदल दिया है कि अब हम एक विश्व-समाज बन गए हैं, जिसकी अपनी विश्व-अर्थ-व्यवस्था है और जिसकी मांग है कि एक विश्व-व्यवस्था कायम की जाए। विज्ञान ने मानव-जीवन का आधार एक जैसे ब्रह्माण्डीय तत्त्वों को बतलाया है। दर्शन में भी यह कल्पना की गई है कि प्रकृति और मानवता के पीछे एक सार्वभौम चेतना है। धर्म भी हम सबके सांझे आध्यात्मिक संघर्षों और महत्त्वाकांक्षाओं की ओर संकेत करता है।

मानव-विकास के आरम्भिक सोपानों में सामूहिक विचार और अनुभूतियों की अभिव्यक्तियां ऐसी परिस्थितियों में उत्पन्न हुईं और बढ़ती गईं, जिनका परिणाम स्वभावतः एक-दूसरे से पृथकता और एक-दूसरे के प्रति अज्ञान के रूप में हुआ। जब लोगों ने एक विश्वासयोग्य सामाजिक व्यवस्था की और एक ऐसी सुदृढ़ केन्द्रीय शक्ति की आवश्यकता अनुभव की, जो जनपदीय झगड़ों और गृह-युद्धों को दबा सके, तब राष्ट्र-राज्य का जन्म हुआ। अतीत काल में राष्ट्र-राज्य ने अपने राष्ट्रिकों को एक विशालता और सृजनशीलता प्रदान करके मानवता की सेवा की, जो अन्य किसी प्रकार प्राप्त नहीं हो सकती थी। अनेक राष्ट्र राष्ट्रीय एकता प्राप्त करने में सफल हुए, और यदि इसी प्रक्रिया को एक सोपान और आगे तक बढ़ाया जाए

तो विश्व की एकता प्राप्त की जा सकती है। मानवता की जड़ें जाति और राष्ट्रीयता के तन्तुओं की अपेक्षा कहीं अधिक गहरी जाती हैं। हमारा ग्रह (पृथ्वी) इतना छोटा हो गया है कि इस पर संकीर्ण देशभक्ति के लिए गुंजाइश नहीं रही। ऐतिहासिक पृष्ठभूमियों, जलवायु की दशाओं और दूर-दूर तक फैले हुए अन्तर्जातीय विवाहों के परिणामस्वरूप जातियों का वह रूप बना है, जो आज दीख पड़ता है। हम सबकी मानसिक प्रक्रियाएं; संवेगात्मक प्रक्रियाएं, आधारभूत मनोवेग और लालसाएं तथा महत्त्वाकांक्षाएं एक-सी ही हैं। डार्विन ने अपनी पुस्तक 'डिसेंट आफ मैन' (मनुष्य का अवतरण) में लिखा है, "ज्यों-ज्यों मनुष्य सभ्यता में उन्नति करता जाता है और छोटी-छोटी जातियां बड़े-बड़े समुदायों में संगठित होती जाती हैं, त्यों-त्यों प्रत्येक व्यक्ति को यह बात समझ आती जाती है कि उसे अपनी सामाजिक सहज प्रवृत्तियों और समवेदनाओं का विस्तार अपने राष्ट्र के सब सदस्यों तक कर लेना चाहिए, भले ही वे सदस्य व्यक्तिगत रूप से उससे परिचित न भी हों। जब एक बार यह स्थिति आ जाएगी, तब उसकी समवेदनाओं का सब राष्ट्रों और जातियों के मनुष्यों तक विस्तार होने में केवल एक ही कृत्रिम बाधा बच जाएगी।" सभ्यता में प्रगति की एक मानी हुई पहचान समूह की सीमाओं का क्रमशः विस्तार होते जाना ही है। डार्विन को यह सुनकर बड़ा आश्चर्य होता कि कोई जाति पूरी तरह विशुद्ध है और यह कि मनुष्यों की कोई एक जाति इसलिए उत्कृष्ट है कि देवता उसपर विशेष रूप से कृपालु हैं।

राष्ट्रीयता की प्रेरणा और उसके आदर्श अब तक भी लोगों के विचारों पर छाए हुए हैं, भले ही उन लोगों के राजनीतिक विश्वास कुछ भी क्यों न हों; चाहे वे नाज़ी हों या कम्युनिस्ट, फासिस्ट हों या प्रजातन्त्रवादी; और इस प्रकार मनुष्यों की ऊर्जाओं को मानव-प्रगति की मुख्य धारा से मोड़कर संकीर्ण मार्गों की ओर प्रवाहित किया जा रहा है। हमारी स्थिति बहुत कुछ आदिम, असभ्य जनसमूहों की-सी है, जो केवल अपने रक्त के सम्बन्धियों को ही अपने समाज में सम्मिलित करते थे, या उन लोगों को, जिनसे वे कुछ कम या अधिक घनिष्ठ रूप में परिचित हो जाते थे। विद्यालयों में हमें जो एक प्रकार की कुशिक्षा दी जाती है, उसके कारण हम राष्ट्रवादी आवेश के शिकार हो जाते हैं। हम नीचता, पाशविकता और हिंसा को भी, यदि वह राष्ट्र के निमित्त की जा रही हो, बिलकुल साधारण वस्तु समझने लगते हैं।

राष्ट्रवाद कोई स्वाभाविक सहज वृत्ति नहीं है। यह तो कृत्रिम भावुकता द्वारा अधिगत की जाती है। अपने देश के प्रति प्रेम, और प्रादेशिक परम्पराओं के प्रति निष्ठा का यह अर्थ नहीं है कि पड़ोस के देश और परम्पराओं के प्रति उग्र शत्रुता रखी जाए। आज जो राष्ट्रीय अभिमान की अनुभूति इतनी तीव्र है, उससे केवल यह स्पष्ट होता है कि मानवस्वभाव में आत्म-वंचना की कितनी अधिक क्षमता है। आत्महित, भौतिक लोभ और प्रभुत्व की लालसा—ये राष्ट्रवाद के प्रेरक आदर्श हैं। देशभक्ति ने पवित्रता को और आवेश ने तर्कबुद्धि को समाप्त कर दिया है। जो देश भौतिक सम्पत्ति की दृष्टि से बहुत भाग्यशाली नहीं हैं, पृथ्वी-तल के अनुचित विभाजन के विरुद्ध प्रतिवाद करते हैं। ब्रिटिश लोगों के पास संसार का एक चौथाई स्थल-भाग है। उसके बाद फ्रांस का नम्बर है। हालैंड, बेल्जियम और पुर्तगाल जैसे छोटे-छोटे राष्ट्रों के पास भी बड़े-

बड़े औपनिवेशक राज्य हैं। जर्मनी अपने रहने, फैलने और प्रभुत्व जमाने के लिए स्थान चाहता है। रहने के लिए स्थान की आवश्यकता असन्तुष्ट और महत्त्वाकांक्षी शक्तियों की नीतियों का प्रेरक उद्देश्य बन जाती है। यदि हम यह मान लें कि सबसे अधिक शक्तिशाली जाति को संसार का स्वामी बनने का अधिकार है, तो निष्ठुरता ही दैवीय इच्छा की साधना बन जाती है। जब एक आक्सफोर्ड के विद्यार्थी ने हिटलर से पूछा कि उसकी नीति क्या है, तो उसने एक आवेशपूर्ण शब्द में उत्तर दिया, "डट्श लैंड" (जर्मनी)। और हम इस बात से इनकार नहीं कर सकते कि वह अपने उद्देश्य के प्रति अविचलित रूप से सच्चा रहा है। उसने कहा है, "बनने दो हमें अमानव। यदि हम जर्मनी की रक्षा कर पाएंगे, तो समझो कि हमने संसार का सबसे महान कार्य कर लिया है। करने दो हमें गलत काम। यदि हमने जर्मनी की रक्षा कर ली, तो समझो कि हमने संसार की सबसे बड़ी गलती को मिटा दिया है। होने दो हमें अनैतिक। यदि हम अपने लोगों की रक्षा कर पाए, तो समझो कि हमने नैतिकता की पुनः स्थापना के लिए द्वार खोल दिया है।"[1] 'मीन कैम्फ'[2] में हिटलर कहता है, "विदेश नीति तो एक लक्ष्य को पूरा करने का साधन-मात्र है; और वह एकमात्र लक्ष्य है—हमारे अपने राष्ट्र का लाभ।" और फिर, "केवल यही बात है, जिसका महत्त्व है; बाकी सब राजनीतिक, धार्मिक और मानवतावादी बातों की इस बात की तुलना में पूर्ण उपेक्षा की जानी चाहिए।" सम्पूर्ण मानव-जीवन को राष्ट्रीय कार्यक्षमता के एकमात्र उद्देश्य का दास बना दिया गया है।[3] एक युवक जर्मन विमान-चालक को, जिसका विमान विमानवेधी तोपों द्वारा गिरा लिया गया था, एक फ्रांसीसी घर में ले जाया गया, जो अब एक अस्पताल बना हुआ था। विमान-चालक प्राणान्तक रूप से घायल था। डाक्टर ने उसके ऊपर झुककर कहा, "तुम सैनिक हो और मृत्यु का सामना वीरता से कर सकते हो। अब तुम्हें केवल एक घंटा और जीना है। क्या तुम अपने परिवार के लोगों को कोई पत्र लिखवाना चाहते हो?" उस लड़के ने सिर हिलाकर इनकार किया। तब पास लेटे हुए, बुरी तरह घायल बच्चों और स्त्रियों की ओर संकेत करते हुए डाक्टर ने कहा, "अब तुम अपने परमात्मा के सामने जा रहे हो। तुम्हें अवश्य ही उसके लिए खेद होगा, जो कुछ तुमने किया है, क्योंकि अपने काम का परिणाम तुम अपनी आंखों से देख

---

1. देखिए, 'दी डीपर काज़िज़ आफ दी वार', लेखक, गिलबर्ट मरे तथा अन्य (1940), पृष्ठ 43

2. वही, पृष्ठ 686

3. तुलना कीजिए, "राज्यों के बीच में सबलतर के अधिकार के अतिरिक्त और कोई कानून या अधिकार विद्यमान नहीं है। आधिविद्यक (मैटाफीज़िकल) दृष्टि से भाग्यशाली लोगों को इस बात का नैतिक अधिकार है कि वे शक्ति और विलक्षणता के सब साधनों द्वारा भवितव्यता को पूरा करने का प्रयत्न करें।" 'डाक्ट्रीन आफ दी स्टेट', फिश्टे

व्यूटोनिक विस्तार की अस्पष्ट और अपरिभाषित योजनाएं इस गहरी बद्धमूल अनुभूति की अभिव्यक्ति-मात्र हैं कि जर्मनी को अपनी शक्ति और राष्ट्रीय लक्ष्य की पवित्रता के कारण, अपने देशभक्ति के उत्साह के कारण, कार्यक्षमता के उच्च स्तर और प्रशासन की स्वच्छ ईमानदारी के कारण और सार्वजनिक और वैज्ञानिक गतिविधि की प्रत्येक शाखा का सफल अनुसन्धान करने के कारण और उच्च कोटि की कला और नीतिशास्त्र के कारण जर्मन राष्ट्रीय आदर्शों को सर्वोच्चता स्थापित करने का अधिकार मिल गया।"—सर आयर क्रोव का 1 जनवरी, 1907 का 'ज्ञापन'

रहे हो।” उस मरते हुए विमानचालक ने उत्तर दिया, “नहीं, मुझे खेद केवल इस बात का है कि मैं अपने फ्यूहरर के आदेशों का और आगे पालन न कर पाऊंगा। हिटलर की जय हो !” और वह मरकर लुढ़क गया। नाज़ीवाद जनता का आन्दोलन है। रूस की सरकार धर्मविरोधी भले हो, किन्तु वहां की जनता धर्मविरोधी नहीं है। जब रूस द्वितीय विश्वयुद्ध में सम्मिलित हुआ, तब बड़े अभिमान के साथ मास्को में हुई उन विशाल सभाओं का उल्लेख किया गया था, जिनमें लोगों ने रूसी सेनाओं की सफलता के लिए प्रार्थना की थी और हिटलर को धर्म का सबसे भयानक शत्रु बतलाया था। बाद में रूस ने अधिकृत रूप से इस युद्ध को 'पवित्र सोवियत पितृभूमि की रक्षा के लिए और जनता को मुक्ति दिलाने के लिए किया जा रहा युद्ध' कहा था। किसी एक देश की जनता ही राष्ट्रवादी नहीं हुई, अपितु यह सारा युग ही राष्ट्रवादी हो गया है। राज्य की केन्द्रीभूत व्यवस्था के कारण, तकनीकी प्रगति और विस्तृत प्रचार के आधुनिक उपकरणों के कारण प्रजा का, उनके शरीर, मन और आत्मा का सैनिक रूप में संगठन कर दिया जाता है। पूर्ण राज्य और एकतन्त्रात्मक समुदाय एक ही वस्तु हो गए हैं। व्यक्ति का निजी जीवन बिताने का अधिकार विवादग्रस्त विषय हो गया है और मानव-जाति की स्वाभाविक चारुताएं, प्रेम और दया लुप्त हो रही हैं। हम आसुरी शक्तियों की जकड़ में फंस गए प्रतीत होते हैं, जो मानव-जाति को पतित करके निम्न कोटि के पशुओं के समान बना रही हैं। देवतुल्य मनुष्य रेवड़ का पशु बन रहा है। महान राज्य में विश्वास रखने के कारण हमें विवश होकर परिश्रम और थोथेपन का जीवन और आत्मा की दृष्टि से निष्ठुर, जंगली, तुच्छ और अपरिष्कृत जीवन बिताना पड़ रहा है। सैनिकीकरण द्वारा हमारी मानवीयता समाप्त हो जाती है। यह सीखने में हमें धीरज के साथ अटकते और वीरतापूर्वक प्रयत्न करते हुए कई शताब्दियां लगी हैं कि मनुष्य का अपना जीवन और दूसरों का जीवन पवित्र है। प्रत्येक व्यक्ति में अपनी अलग दमक होती है; उसका विशिष्ट सौन्दर्य होता है; उसे देखने के लिए केवल हमारी दृष्टि पर्याप्त सूक्ष्म होनी चाहिए। अच्छा बनने की इच्छा हमारी रचना का अनिवार्य अंग है। इस इच्छा को कितना ही दबाया जाए, कितना ही ढका जाए, या रूपान्तरित किया जाए परन्तु इसे नष्ट नहीं किया जा सकता। यह सर्वदा विद्यमान रहती है और जो इसे देख लेता है उसे बहुत माधुर्यपूर्ण प्रतिभावन (रिस्पॉन्स) प्राप्त होता है। फिर भी पूंजीवादी समाज, सैन्यवादी परम्परा और प्रभुत्वसम्पन्न अनेक स्वतन्त्र राज्यों में बंटे हुए संसार की वर्तमान सामाजिक व्यवस्था मनुष्य की आत्मा को निर्जीव कर देती है।

संसार के सब राष्ट्रों पर, किसी पर कम किसी पर अधिक मात्रा में, यह कट्टर देशभक्ति का, यह सत्ता प्राप्त करने की अंधी इच्छा को और उचित-अनुचित के विवेक से शून्य अवसरवादिता का भूत सवार है। ऐसे विरोधी राष्ट्रों के संसार में स्वाभाविक प्रवृत्ति यही होती है कि दूसरों को नीचा दिखाया जाए। यह एक ऐसा मामला है, जिसमें हर व्यक्ति का देश बाकी सब देशों के साथ एक अन्तहीन संघर्ष में जूझ रहा है। आमतौर से यह विरोध राजनीतिक और व्यापारिक रूप में रहता है, पर अनेक बार यह खुल्लमखुल्ला और सशस्त्र रूप में सामने आ जाता है। जो शक्ति संसार में एकता बनाए रखने और स्वस्थता तथा सम्पूर्णता बनाए रखने के लिए अभिप्रेत

थी, उसका प्रयोग किसी एक समूह या वर्ग, एक जाति या एक राष्ट्र को उन्नत करने के लिए किया जाता है। राज्य एक विकराल दासों से काम लेने वाला जमादार बन जाता है और हमारे आन्तरिक जीवन मृतप्राय हो जाते हैं। हमारा आन्तरिक अस्तित्व जितना अधिक निर्जीव हो जाता है, राष्ट्रवादी उद्देश्य की दृष्टि से हम उतने ही अधिक कार्यक्षम बन जाते हैं। हमारे सब आन्तरिक विरोध समाप्त हो जाते हैं और हमारे जीवन के सूक्ष्म से सूक्ष्म भाग का नियमन एक ऐसे यन्त्र द्वारा हो रहा होता है, जो कार्य-पालन में अत्यन्त निष्ठुर है और विरोध के प्रति कभी द्रवित नहीं होता। राज्य अपने-आप में एक लक्ष्य बन जाता है, जिसे यह अधिकार होता है कि वह हमारी आत्माओं को यन्त्र बना दे और हमें घुड़दौड़ के घोड़ों की तरह प्रशिक्षण दे।[1]

हमें सुपरिचित का शाश्वत के साथ घपला नहीं कर देना चाहिए। वर्तमान व्यवस्था के प्रति हमारी प्राथमिकता का विश्व के अटल नियमों के साथ घपला नहीं होना चाहिए। सत्य और सहानुभूति का मनोवेग, जो मानव-स्वभाव में रमा हुआ है, हमें प्रेरणा देता है कि हम एक मित्रतापूर्ण संसार में स्वतन्त्र व्यक्तियों के रूप में जी सकें। पृथ्वी पर पड़ोसियों की भांति रहने, अपनी आत्मविनाश की शक्तियों को वश में रखने और प्रकृति के साधनों का सबके स्वास्थ्य और प्रसन्नता के लिए उपयोग करने की समस्या को हल करने के लिए शान्ति के लिए दृढ़ संकल्प की और उन अनेक दावों को त्यागने की आवश्यकता है, जो विशेषाधिकार-प्राप्त वर्गों और राष्ट्रीय राज्यों ने किए हुए हैं। यदि हम सच्चे देशभक्त हैं, तो हमारा लगाव स्थानीय, जातीय या राष्ट्रीय न होकर मानवीय होना चाहिए। यह सबके लिए स्वतन्त्रता, स्वाधीनता, शान्ति और सामाजिक प्रसन्नता के प्रति प्रेम के रूप में होना चाहिए। हम केवल अपने देश के लिए युद्ध नहीं करेंगे, अपितु सभ्यता के लिए युद्ध करेंगे; और इसलिए युद्ध करेंगे कि जिससे मानव-जाति के अधिकतम हित के लिए विश्व के साधनों का सहकारी संगठन द्वारा विकास किया जा सके। इसके लिए हमें मन को नये सिरे से शिक्षित करने और विश्वासों तथा कल्पनाओं में कुछ सुधार करने की आवश्यकता होगी। विश्व का तर्क और संकल्प मानव-व्यक्ति के माध्यम द्वारा कार्य करता है, क्योंकि मानव आसपास की परिस्थितियों की शक्तियों को समझ सकता है, उनके परिचालन का पहले से अनुमान कर सकता है और उन्हें नियमित कर सकता है। विकास अब कोई ऐसी अनिवार्य भवितव्यता नहीं रहा है जैसे कि आकाश में तारे अनिवार्य रूप से अपने मार्ग पर चलते हैं। विकास का साधन अब मानव-मन और संकल्प है। नई पीढ़ी को आध्यात्मिक जीवन की पवित्रता और सर्वोच्चता, मानव-जाति के भ्रातृभाव और शान्ति-प्रेम की भावना के आदर्शों का प्रशिक्षण दिया जाना चाहिए।

---

1. तुलना कीजिए, "जो धर्म अपने-आपको किसी साधन से सम्बद्ध कर लेता है, वह पूजा से ऊपर नहीं उठ पाता। राज्य की पूजा की तुलना में पशुओं की पूजा अधिक बुद्धिसंगत और गौरवपूर्ण है। सांड या मगरमच्छ को आन्तरिक मूल्य भले ही बहुत अधिक न हो, पर कुछ न कुछ तो है, क्योंकि वह चेतन वस्तु है। परन्तु राज्य का आन्तरिक मूल्य कुछ भी नहीं है।"

—मैक टैगार्ट

युद्ध और नई व्यवस्था

प्रोफेसर आर्नल्ड टॉयनबी ने अपनी पुस्तक 'दी स्टडी आफ हिस्ट्री' में उन परिस्थितियों का विवेचन किया है, जिनमें सभ्यताओं का जन्म होता है और वे बढ़ती हैं ; और साथ ही उन दशाओं का भी, जिनमें उनका पतन हो जाता है। सभ्यताओं का जन्म और विकास पूर्णतया किसी जाति की उत्कृष्टता पर अथवा आसपास की परिस्थितियों की स्वत:चालित कार्रवाई पर निर्भर नहीं हो सकता। सभ्यताएं मनुष्यों द्वारा अपनी आसपास की परिस्थितियों के साथ कठिन सम्बन्धों में तालमेल बिठाने का परिणाम होती हैं और टॉयनबी ने इस प्रक्रिया को 'चुनौती और प्रतिभावन' के ढंग की प्रक्रिया माना है। बदलती हुई परिस्थितियां समाजों के लिए चुनौती के रूप में सामने आती हैं और उनका सामना करने के लिए जो प्रयत्न किया जाता है और जो कष्ट उठाए जाते हैं, उनसे भी सभ्यताओं का जन्म और विकास होता है। जीवन प्राणी द्वारा अपने-आपको परिस्थितियों के अनुकूल ढालने के अनवरत प्रयत्न का नाम है। जब आसपास की परिस्थितियां बदलती हैं और हम अपने-आपको सफलतापूर्वक उनके अनुकूल ढाल लेते हैं, तब हम प्रगति कर रहे होते हैं। परन्तु जब परिवर्तन इतनी शीघ्रता से और इतने एकाएक हो रहे हों कि उनके अनुकूल अपने-आपको ढाल पाना सम्भव न हो, तब विनाश हो जाता है। यह विश्वास करने के लिए कोई कारण नहीं है कि मनुष्य ने बुद्धि का प्रयोग करना सीख लेने के कारण अथवा पृथ्वी पर आधिपत्य जमा लेने के कारण इस आवश्यकता से मुक्ति पा ली है, जो सब प्राणियों के ऊपर अनिवार्य रूप से लादी गई है। प्रारम्भिक सभ्यताओं के मामलों में जहां चुनौतियां भौतिक और बाह्य ढंग की होती थीं, वहां आजकल की सभ्यताओं में समस्याएं मुख्यतया आन्तरिक और आध्यात्मिक हैं। अब उन्नति को भौतिक या तकनीकी प्रगति की दृष्टि से नहीं नापा जा सकता, अपितु मन और आत्मा के जगत् में सृजनात्मक परिवर्तनों की दृष्टि से आंका जाना चाहिए। आध्यात्मिक मूल्यों के प्रति आदर, सत्य और सौंदर्य के प्रति प्रेम, धर्मपरायणता, न्याय और दया, पीड़ितों के साथ सहानुभूति और मनुष्य-मात्र के भ्रातृत्व में विश्वास, ये वे गुण हैं, जो आधुनिक सभ्यता को बचा सकते हैं। जो लोग धर्म, जाति, राष्ट्र या राजपद्धति के नाम पर अपने-आपको शेष संसार से पृथक् कर लेते हैं, वे मानव-विकास में सहायता नहीं देते, अपितु उसमें बाधा डाल रहे होते हैं। इतिहास ऐसी अनेक सभ्यताओं के ध्वंसावशेषों से भरा पड़ा है, जो अपने-आपको समय के अनुकूल ढालने में सफल नहीं हुईं, जो आवश्यक बुद्धिमत्ता और सूझ-बूझ वाले मन तैयार करने में असफल रहीं। विश्वसंकट के इस समय में विवेकशील लोगों को न केवल एक ऐतिहासिक युग की समाप्ति दिखाई देती है, अपितु एक आध्यात्मिक युग की भी, जो सम्पूर्ण मानव-जाति के लिए और प्रत्येक आत्मसचेत व्यक्ति के लिए एक जैसा है। मनुष्य, जैसा कि वह इस समय है, विकास की चरम सीमा नहीं माना जा सकता। पृथ्वी पर जीवन का इतिहास डेढ़ अरब वर्षों से भी अधिक पुराना है। प्रत्येक भूगर्भीय काल में ऐसे प्राणी उत्पन्न हुए, जो अपने काल

में सृष्टि के सर्वोत्तम प्राणी समझे जाते थे। फिर भी परवर्ती काल में उनसे भी और अच्छे प्राणी उत्पन्न हो गए।[1] विकास का अगला सोपान मनुष्य के शरीर में नहीं, अपितु उसकी आत्मा में होगा; उसके मन और चित्त में अपेक्षाकृत अधिक सहृदयता और चेतना की वृद्धि के रूप में; चरित्र के एक नये संगठन के विकास के रूप में, जो कि नये युग के उपयुक्त हों। जब मनुष्य में दार्शनिक चेतना, सहृदयता की तीव्रता और सम्पूर्णता के अर्थ का विशद ज्ञान हो जाएगा, तब अपेक्षाकृत अधिक उपयुक्त सामाजिक जीवन का जन्म होगा, जो न केवल व्यक्तियों को, अपितु जातियों और राष्ट्रों को भी प्रभावित करेगा। हमें इस नई व्यवस्था के लिए पहले अपने मन में और फिर बाह्य संसार में युद्ध करना है।

यह युद्ध सभ्यता और बर्बरता के बीच संघर्ष नहीं है, क्योंकि प्रत्येक योद्धा जिसे सभ्यता समझता है, उसकी रक्षा के लिए लड़ रहा है; यह मृत अतीत को पुनरुज्जीवित करने का या जीर्ण-शीर्ण पुरानी सड़ी-गली सभ्यता को बचाने का प्रयत्न नहीं है; यह तो विघटन की वह अन्तिम क्रिया है, जिसके बाद एक लम्बी प्रसव-पीड़ा के बाद विश्व-समाज का जन्म होगा। क्योंकि हम परिवर्तन करने में बहुत मन्द हैं, इसलिए एक नई धारणा जन्म लेने के लिए संघर्ष कर रही है और प्रचंड विस्फोटों के द्वारा बाहर आने का मार्ग बना रही है। यदि पुरातन संसार को हिंसा, विपत्ति, कष्ट, आतंक और अव्यवस्था में मरना पड़े और यदि यह अपने गिरने के साथ-साथ बहुत-सी अच्छी, सुन्दर और सत्य वस्तुओं को भी गिरा दे, रक्तपात हो, प्राणों की हानि हो और अनेकों की आत्माएं विकृत हो जाएं तो इसका कारण केवल यह होगा कि शांतिपूर्वक उस नूतन संसार के साथ अपना समंजन करने (तालमेल बिठाने) में असमर्थ हैं जो सारतः सदा अविच्छेद्य था और अब तथ्यतः अविच्छेद्य बनने के प्रयत्न कर रहा है। यदि हम अपनी स्वतन्त्र इच्छा से आगे कदम

---

1. सन् 1939 में डंडी में ब्रिटिश एसोसिएशन की सभा में प्राणि-विज्ञान के अनुभाग में सभापति-पद से भाषण देते हुए प्रोफेसर जेम्स रिट्शी ने विकासवादी दृष्टिकोण के निहित अर्थों को इन शब्दों में प्रस्तुत किया, “पिछले डेढ़ अरब वर्षों के, जिनमें जीवन स्थिर गति से विकास के पथ पर आगे बढ़ता रहा, दृश्य का सिंहावलोकन करते हुए यह सोचना हमारे लिए निराधार कल्पना प्रतीत होता है कि मनुष्य, जो नवीनतम आगन्तुक है, अनेक प्राणियों में अन्तिम और सर्वोच्च प्राणी है और उसके आगमन के बाद विकास की गति समाप्त हो जाएगी। पृथ्वी पर जीवन के भविष्य की ओर देखते हुए यह सोचना और भी निराधार कल्पना प्रतीत होती है कि अगले एक अरब वर्षों तक जीवन, जो कि अतीत काल में इतने आश्चर्यजनक रूप से आविष्कार-शील रहा है, सारे आगामी समय में केवल दिमागी शक्ति में वृद्धि और मानव-जाति के अपेक्षाकृत अच्छे सामाजिक संगठन जैसे तुच्छ परिवर्तनों तक ही सीमित रहेगा। सचाई यह है कि हम अतीत से बंधे होने के कारण कुछ और अधिक कल्पना कर ही नहीं सकते। परन्तु विकास का सुदीर्घ दृश्य यदि भविष्य के लिए कोई संकेत-चिह्न है, तो हम वर्तमान काल की सर्वश्रेष्ठ मानव-जाति को जीवन की प्रगति में एक सोपान से या महानतर भविष्य की ओर विकास के पथ पर एक मील के पत्थर से अधिक कुछ नहीं मान सकते। इससे कुछ भिन्न सोचना यह कल्पना करना होगा कि मनुष्य के आगमन के साथ, जो समय की दृष्टि से बहुत ही तुच्छ है विकास की वह प्रगति और आविष्कारशीलता समाप्त हो गई है, जो पिछले कल्पनातीत वर्षों से निरन्तर चली आ रही थी और जिसकी गति में शिथिलता का कोई चिह्न दिखाई नहीं पड़ा था।”

नहीं बढ़ा सकते, यदि हम अपनी पीठ पर लदी निर्जीव वस्तुओं को उतारकर नहीं फेंक सकते, तो एक घोर विपत्ति हमारी आंखें खोलेगी और उन्हें उतार फेंकने में हमारी सहायता करेगी और उन कठोर रूढ़ियों को चूर-चूर कर देगी, जो हमारे उदार मनोवेगों को पंगु किए हुए हैं और बुद्धिमत्ता के मार्ग में रुकावट बनी हैं।

बुराई का अविर्भाव कोई आकस्मिक घटना नहीं है। हिंसा, अत्याचार और विद्वेष के तथ्य किसी अव्यवस्था या मन की मौज के सूचक नहीं हैं, अपितु एक नैतिक व्यवस्था के चिह्न हैं। जब प्रकृति के आधारभूत नियम को, जो सुसंगति, एकता, मनुष्य और भ्रातृभाव के प्रति आदर है, पैरों तले रौंद दिया जाता है, तब अस्तव्यस्तता, विद्वेष और युद्ध के अतिरिक्त किसी वस्तु की आशा नहीं की जा सकती। यह इतिहास का तर्क है; और सम्भव है कि जो वस्तुएं पुरानी पड़ गई हैं, जिनकी उपयोगिता कभी की समाप्त हो गई है और जो प्रगति के मार्ग में बाधा बनी हुई हैं, उनमें से अनेक को बहा ले जाने के लिए इस प्रकार की अव्यवस्थाएं और गड़बड़ें आवश्यक हों। इस समय भी, जबकि संसार भौतिक रूप से घृणा से भरा दिखाई पड़ता है; जब बल, भय, असत्य और निष्ठुरता ही मानव-जीवन की वास्तविकताएं प्रतीत होती हैं, सत्य और प्रेम के महान आदर्श भी अन्दर ही अन्दर कार्य कर रहे हैं और वे बल और असत्य के प्रभुत्व की जड़ों को खोखला कर रहे हैं। यदि हममें विश्व-शान्ति और विश्व की एकता के लिए कार्य करने योग्य सूझबूझ और साहस नहीं है, तो वे शान्ति और एकता दिव्य न्याय के आसुरी साधनों द्वारा उग्र उपायों से स्थापित की जाएंगी। जिस तूफान और कष्ट में से होकर हम गुज़र रहे हैं, उनके होते हुए भी हम भविष्य की ओर विश्वास के साथ देख सकते हैं और अपने मन में यह नैतिक सुनिश्चय रख सकते हैं कि इस सारी गड़बड़ और अव्यवस्था में भी एक गहरा अर्थ है। इन विप्लवों और उथल-पुथलों में से भी आध्यात्मिक मूल्यों का परिपूर्णतर ज्ञान प्रकट हो सकता है, जिसके द्वारा मानवता और ऊंचे स्तर पर पहुंच सके। युद्ध पूर्णतया पागलों का, ऐसे पीड़ित जन-समुदाय का, जिसका हिताहित-ज्ञान नष्ट हो गया है और जो आवेश से पागल है, कोलाहल-मात्र नहीं है, अपितु यह मानवीय भावना की रक्षा के लिए ऐसे व्यक्तियों का एक युद्ध है, जो विश्वासशील हैं, सहिष्णु हैं, और जो जीवन के नवीनीकरण और शांति के कार्यों के लिए अधीरता से प्रतीक्षा कर रहे हैं। विनाशकर्ता मानव ही निर्माता भी है। यह कुरुक्षेत्र धर्मक्षेत्र भी बन सकता है। हो सकता है, इस लक्ष्य तक पहुंचने में देर लगे। इस तक पहुंचने में अनेक वर्ष या दशाब्दियां या शताब्दियां तक भी लग सकती हैं। हो सकता है कि यह प्रसव, एक नये संसार का जन्म, काफी कठिन हो; परन्तु यह बात सोचने योग्य भी नहीं है कि मानवीय मूल्यों का स्थायी रूप से विनाश हो सकता है। हममें से प्रत्येक में एक छिपा हुआ ज्ञान है, जीवन की एकता की एक आध्यात्मिक अनुभूति है, जिसके कारण मानव-मन में यह विश्वास बना रहता है कि एक अपेक्षाकृत अच्छी व्यवस्था आकर रहेगी। ऐसे भी समय आए हैं, जब यह विश्वास दुर्बल पड़ गया था और आशा धुंधली हो गई थी, परन्तु इन अंधकार के क्षणों के बाद अरुणोदय के क्षण आए, जिन्होंने मानव-जीवन को इतना अधिक समृद्ध किया कि शब्दों द्वारा बता पाना कठिन है। हमारे उच्च स्वर में किए गए सारे प्रतिवाद और हमारी क्षणिक

विजयें काल की गति पर, और मानवीय आशा और संकल्प की आगे की ओर गति पर विजय नहीं पा सकतीं। सम्भव है कि नैतिक विकास के प्रवाह द्वारा मनुष्य की असहिष्णुता को, उसकी सत्तालोलुपता को, अपने शत्रु को हराने से प्राप्त होने वाले सहानुभूतिहीन आनन्द को दूर करने में शताब्दियां लग जाएं और तब कहीं जाकर वह अपनी उन सुविधाओं और विशेषाधिकारों का आवश्यक बलिदान करने में समर्थ हो जाएं, केवल जिसके द्वारा समाज को अन्याय और सामाजिक विनाश से बचाया जा सकता है। परन्तु अन्त में संसार की प्रगति हमें छिन्न-भिन्न करके रहेगी, क्योंकि यह संसार किन्हीं अराजक मनमौजी हाथों में नहीं है। हमारी सभ्यता का अन्त इतिहास का अन्त नहीं होगा; हो सकता है यह किसी नये युग का प्रारम्भ ही हो।

धर्म-निरपेक्षता हमारे युग की मुख्य दुर्बलता

वर्तमान विपत्ति के मुख्य कारण कौन-कौन-से हैं? जब हम युद्ध के कारणों का जिक्र करते हैं, तो हम दूरस्थ, प्रमुख और गौण कारणों के सम्बन्ध में विचार कर सकते हैं। हमें युद्ध का कारण हिटलर का वैयक्तिक मनोविज्ञान, उसकी असत् प्रतिभा प्रतीत हो सकता है; या वर्साई सन्धिपत्र में युद्ध के दोष-सम्बन्धी अनुच्छेदों को लेकर जर्मनी का क्रोध, या जर्मनी के भूतपूर्व उपनिवेशों को वापस लौटाने से इन्कार करने पर जर्मनी का क्रोध, या एक महान जाति का आहत अभिमान और स्वच्छन्दतावाद युद्ध का कारण प्रतीत हो सकता है। यह भी युद्ध का कारण समझा जा सकता है कि लीग आफ नेशन्स का निःशस्त्रीकरण-सम्मेलन बीच में ही टूट गया; या यह कि औपनिवेशिक विस्तार के भीड़भाड़-भरे क्षेत्र में राष्ट्रीय महत्त्वाकांक्षाओं में संघर्ष चल रहा है, परन्तु इनमें से कोई भी एक कारण इतने बड़े पैमाने की विपत्ति के लिए ठीक-ठीक उत्तरदायी नहीं समझा जा सकता। इनमें से प्रत्येक कार्य है, परिणाम है, कारण नहीं। आशा से भरे हुए संसार को जिस वस्तु ने नष्ट कर दिया है वह है एक मिथ्या विचारधारा और उसकी भ्रामक कल्पनाओं, विश्वासों और मूल्यों का संसार पर प्रभुत्व।[1]

सभ्यता एक जीवन-पद्धति है, मानवीय आत्मा की एक हलचल। इसका तत्त्व किसी जाति की प्राणिशास्त्रीय एकता में या राजनीतिक और आर्थिक प्रबन्धों में नहीं है, अपितु उन मान्यताओं (मूल्यों) में है, जो उन प्रबन्धों को रचती हैं और बनाए रखती हैं। वस्तुतः राजनीति और आर्थिक रचना वह ढांचा है, जो लोगों द्वारा जीवन की उन कल्पनाओं और मूल्यों के प्रति आवेशपूर्ण भक्ति और निष्ठा प्रकट करने के लिए खड़ा किया गया है, जिन्हें वे लोग स्वीकार करते हैं। प्रत्येक सभ्यता किसी न किसी धर्म की अभिव्यक्ति होती है, क्योंकि धर्म परम मूल्यों में विश्वास और उन मूल्यों को उपलब्ध करने के लिए जीवन की एक पद्धति का प्रतीक होता है। यदि हमें यह विश्वास न हो कि वे मूल्य, जो किसी सभ्यता में निहित हैं, परम हैं, तो उस सभ्यता के नियम निर्जीव अक्षर बन जाएंगे, और उसकी संस्थाएं नष्ट हो जाएंगी। धार्मिक विश्वास हममें किसी

1. 'ऐपिसल आफ टेक्स' को लेखक प्रश्न करता है, "तुम लोगों में ये युद्ध और लड़ाइयां कहां से आती हैं?" और उत्तर देता है, "तुम्हारे सदस्यों में युद्ध तुम्हारी वासनाओं के कारण होते हैं।"

जीवन-पद्धति पर डटे रहने के लिए आवेश भरता है; और यदि उस विश्वास का ह्रास होने लगता है, तो आज्ञापालन घटकर आदत-मात्र रह जाता है; और धीमे-धीमे वह आदत भी अपने-आप समाप्त हो जाती है। उदाहरण के लिए नाज़ी और कम्युनिस्ट विश्वास भी लौकिक धर्म हैं। इनमें विचार या विश्वास में अधिकृत प्रणाली से मतभेद होना अपराध समझा जाता है। राज्य चर्च के समान बन गए हैं जिनके अपने पोप हैं और इन्क्वीज़ीशन (धर्म के विरोधियों को दंड देनेवाले न्यायालय) हैं। जब हम इन सम्प्रदाओं में दीक्षित होते हैं, तो हम उपासना के मन्त्र पढ़ते हैं। हम अविश्वासियों को भांपते हैं और उन्हें पकड़कर फांसी के तख्ते के हवाले कर देते हैं। हम धार्मिक ऊर्जाओं और मनोभावों का उपयोग करते हैं। लौकिक विश्वासों में एक प्रेरक शक्ति, एक मनोवैज्ञानिक गत्वरता (गतिशीलता) दीख पड़ती है, जो उन लोगों की गतिविधियों में दिखाई नहीं पड़ती, जो उनका विरोध करने का प्रयत्न करते हैं।

किसी भी सभ्यता का स्वरूप इस बात पर आधारित होता है कि मनुष्य की प्रकृति और उसकी भवितव्यता के विषय में उसकी धारणाएं क्या हैं। क्या मनुष्य को प्राणिशास्त्रीय दृष्टि से सबसे अधिक चालाक पशु समझा जाना चाहिए? क्या वह एक आर्थिक प्राणी है, जो संभरण और मांग के नियमों और वर्ग-संघर्षों द्वारा नियन्त्रित रहता है? क्या वह राजनीतिक प्राणी है, जिसमें अपरिष्कृत अत्यधिक राजनीतिकता सब प्रकार के ज्ञान-धर्म और बुद्धिमत्ता को परे हटाकर मानव-मन के केन्द्र पर छाई हुई है? या उसमें कोई ऐसा आध्यात्मिक तत्व भी है, जो सांसारिक और उपयोगी वस्तुओं की अपेक्षा शाश्वत और सत्य को अधिक ऊंचा स्थान प्रदान करता है? क्या मानव प्राणियों को प्राणिशास्त्र, राजनीति या अर्थशास्त्र की दृष्टि से समझना होगा, या हमें उनके पारिवारिक और सामाजिक जीवन, परम्परा और स्थान के प्रति प्रेम, धार्मिक आशाओं और सान्त्वनाओं के प्रति प्रेम को भी ध्यान में रखना होगा, जिनका इतिहास प्राचीन से प्राचीन सभ्यताओं की अपेक्षा भी अधिक पुराना है? युद्ध का गम्भीरतर अर्थ यह है कि यह हमें मनुष्य की प्रकृति और उसकी सच्ची भलाई की उस अपूर्ण धारणा को हृदयंगम करने में सहायता दे, जिसमें हम सब भी अपनी विचार-प्रणाली और जीवन-प्रणाली के रूप में सम्मिलित हैं। यदि हम एक-दूसरे के प्रति दयालु नहीं हैं और यदि पृथ्वी पर शान्ति स्थापित करने के हमारे सब प्रयत्न असफल रहे हैं, तो उसका कारण यह है कि मनुष्यों के मनों और हृदयों में दुष्टता, स्वार्थ और द्वेष से भरी अनेक रुकावटे हैं, जिनकी हमारी जीवन-प्रणाली रोकथाम नहीं करती। यदि हम आज जीवन द्वारा तिरस्कृत हैं, तो इसका कारण कोई दुष्ट भाग्य नहीं है। जीवन के भौतिक उपकरणों को पूर्ण कर लेने में हमारी सफलता के कारण हमारे मन में आत्मविश्वास और अभिमान की एक ऐसी मनोदशा उत्पन्न हो गई है, जिसके कारण हमने प्रकृति का ज्ञान-संचय और मानवीकरण करने के बजाय उसका शोषण करना प्रारम्भ कर दिया है। हमारे सामाजिक जीवन ने हमें साधन तो दिए हैं, परन्तु लक्ष्य प्रदान नहीं किए। हमारी पीढ़ी के लोगों पर एक भयानक अन्धता छा गई है, जो शांति के दिनों में कठोर आर्थिक नियमों के द्वारा और युद्ध के दिनों में आक्रमण और क्रूरता द्वारा मानवीय कष्टों से जुआ खेलते नहीं हिचकते। मानव से आत्मतत्त्व का बहिष्कार भौतिक तत्त्व की सर्वोच्चता

का प्रमुख कारण है, जो (भौतिक सर्वोच्चता) आज हमारे लिए इतनी बोझल और कष्टदायक बन गई। भौतिक द्वारा मानवीय की पराजय हमारी सभ्यता की केन्द्रीय दुर्बलता है।

'भगवद्गीता' में लिखा है कि जब मनुष्य अपने-आपको धरती पर देवता समझने लगते हैं और जब वे अपने मूल से अपना सम्बन्ध-विच्छेद कर लेते हैं और वे इस प्रकार अज्ञान द्वारा पथभ्रष्ट हो जाते हैं, तब उनमें एक शैतानी विकृति या अहंकार उठ खड़ा होता है, जो ज्ञान और शक्ति दोनों की दृष्टि से अपने-आपको सर्वोच्च घोषित करता है।[1] मनुष्य स्वायत्त हो गया है और उसने आज्ञा-पालन और विनय को तिलांजलि दे दी है। वह अपना स्वामी स्वयं बनना चाहता है और 'देवताओं के समान' बनना चाहता है।[2] जीवन पर अधिकार करने और उसका नियंत्रण करने और ईश्वरहीन संस्कृति का निर्माण करने के प्रयास में वह परमात्मा के विरुद्ध विद्रोह करता है। आत्मनिर्भरता को वह चरमसीमा तक ले जा रहा है। युद्ध उसके इस धर्म-त्याग के, चारुता द्वारा अपरिष्कृत, प्रकृति के स्तुतिगान के परिणाम हैं। अधिनायकों ने अपने-आपको परमात्मा के स्थान पर ला रखा है। वे ईश्वर-विश्वास को समाप्त कर देना चाहते हैं, क्योंकि वे अपना कोई प्रतिद्वन्द्वी नहीं देखना चाहते। हिटलर एक अद्भुत रचना था। वह हमारी सभ्यता की भविष्यसूचक आत्मा समझा जा सकता है। जब हम मान्यताओं (मूल्यों) के सुनिश्चित अधःपतन को देखते हैं, तो हमें 'किंग लियर' नाटक में ड्यूक आफ ऐलबेनी के साथ यह कह उठने का मन होता है, "यह समय का अभिशाप है कि पागल अन्धों का नेतृत्व कर रहे हैं।" क्योंकि हमारे नेताओं को सुदूर ऊंचाइयों से आनेवाला प्रकाश प्राप्त नहीं होता, अपितु वे केवल बुद्धि के पार्थिव प्रकाश को ही प्रतिफलित करते हैं, इसलिए उनका भी भाग्य ल्युसीफर (शैतान) का सा ही होगा और उन्हें बुद्धि के अभिमान के कारण विनाश के गर्त में गिरना होगा।

किन्तु मनुष्य, अभिमानी मनुष्य
अपने तुच्छ और क्षुद्र अधिकार से भरा,
जिसका उसे सबसे अधिक निश्चय है,
उसीके विषय में सबसे अधिक अज्ञानी;
उसका भंगुर सार एक क्रुद्ध वानर की भांति
उच्च स्वर्ग के सम्मुख ऐसी विचित्र करतूतें करता है
कि देखकर देवदूतों को रोना आ जाए![3]

वह समझता है कि वह सब वस्तुओं का शिरोमणि है और उसे भौतिक और यान्त्रिक तथा मूर्त और दृश्य में अन्धविश्वास है। उद्योग और वाणिज्य के उद्देश्य मानवीय आवश्यकताओं की पूर्ति होने के बजाय सम्पत्ति और लाभ हो गए हैं। सत्य, शिव और सुन्दरता का संसार परमाणुओं के आकस्मिक संयोग से बना हुआ घोषित किया जाता है और बतलाया जाता है कि इसका अन्त भी हाइड्रोजन गैस के वैसे ही बादलों के रूप में होगा, जैसे बादलों से यह बना था। बुद्धिवाद, जो

1. ईश्वरोऽहमहं अहं भोगी सिद्धोऽहं बलवान् सुखी,
......इत्यज्ञानविमोहिताः। 16-14-15
2. जैनेसिस 3.5
3. शेक्सपियर, मेजर फॉर मेजर 2.2

प्राचीन धर्म-सिद्धान्तों को अक्षरशः सत्य स्वीकार न करने की सीमा तक बिलकुल उचित था, इस विश्वव्यापी कल्पना में आकर समाप्त हुआ है कि परमात्मा की वास्तविकता को स्वीकार नहीं किया जा सकता। मनुष्य अपनी अनन्त सत्तालोलुपता और पाशविक संकल्प के साथ दिव्य विशेषाधिकारों का छल से उपभोग कर रहा है और वह सार्वजनिक मताधिकार, बड़े पैमाने पर उत्पादन और रोटरी क्लब की सेवाओं पर आधारित एक नये संसार की रचना करने का प्रयत्न कर रहा है और इसके लिए वह बीच-बीच में अधिकृत रूप से उस परमात्मा की भी स्तुति करता जाता है, जिसके विषय में उसे पूरी तरह निश्चय नहीं है। निर्मूल धर्मनिरपेक्षता या मनुष्य और राज्य की पूजा, जिसमें धार्मिक भावना का हल्का-सा पुट दे दिया गया है, आधुनिक युग का धर्म है। जिन सिद्धान्तों में इस बात पर आग्रह किया गया है कि मनुष्य को केवल रोटी से ही जीवित रहना चाहिए, वे आध्यात्मिक जगत् के साथ मनुष्य के सम्बन्धों का विच्छेद कर रहे हैं तथा वर्ग और जाति, राज्य और राष्ट्र के लौकिक समुदायों के साथ उसका पूर्णतया एकीकरण कर रहे हैं। उसे अपने चिरपोषित स्वप्नों और आधिविद्यक चिन्तनों से दूर हटाया जा रहा है और पूरी तरह धर्मनिरपेक्ष बनाया जा रहा है। जो लोग भौतिकवाद का आधिविद्यक विश्वास के रूप में खंडन भी करते हैं और धार्मिक होने का दावा करते हैं, वे भी जीवन के प्रति भौतिकवादी रुख को अपनाते हैं। वे वास्तविक मान्यताएं (मूल्य), जिन्हें लेकर हम जी रहे हैं, चाहे हम ऊपर से कुछ भी क्यों न कहें, वे ही हैं, जो हमारे शत्रुओं की हैं; और वे हैं, सत्ता की तीव्र लालसा, क्रूरता का आनन्द और प्रभुत्व का अभिमान। सारा संसार उस वेदना के चीत्कार से भरा हुआ है, जो युगों को व्याप्त करके न्याय के लिए पुकार रही है।

यदि अनेक अतृप्त कामनाएं न हों, जिनमें से सबकी सब भौतिक स्तर की नहीं हैं, तो धर्म अफीममिश्रित निःसंज्ञ करनेवाली ओषधि का काम नहीं कर सकता। अच्छा भोजन, नरम गद्दे और बढ़िया कपड़े ही हमें सन्तुष्ट करने के लिए काफी नहीं हैं। दुःख और असन्तोष केवल गरीबी के कारण ही पैदा नहीं होते। मनुष्य एक विचित्र प्राणी है जो दूसरे पशुओं से मूलतः भिन्न है। उसकी दृष्टि का क्षितिज बहुत दूर तक है; उसमें अजेय आशाएं, सृजनशील ऊर्जाएं और आध्यात्मिक शक्तियां हैं। यदि इन सबका विकास न होने पाए और वे अतृप्त रहें, तो सम्पत्ति से प्राप्त हो सकने वाली सब सुख-सुविधाओं के होते हुए भी उसे यह अनुभव होता रहेगा कि जीवन जीने योग्य नहीं है। महान मानववादी लेखकों ने, शा और वैल्स, आर्नल्ड बैनट और गाल्सवर्दी ने, जो अरुणोदय के अग्रदूत समझे जाते हैं, आधुनिक जीवन की दुर्बलताओं, असंगतियों और निर्बलताओं का अनावरण किया है। परन्तु उन्होंने और अधिक गहरी धाराओं की उपेक्षा कर दी है और कहीं-कहीं उनका गलत निरूपण कर दिया है। चाहे जो भी हो, उन गम्भीरतर धाराओं के स्थान पर उन्होंने कोई नई वस्तु नहीं दी। परम्परा, नैतिकता और धर्म के हटा देने से रिक्त हुए स्थान में कुछ लोगों ने जाति और सत्ता की अस्पष्ट भावनाओं को रखने का प्रयास किया है। आधुनिक मनुष्य का मन रूसो के 'सोशल कंट्रैक्ट' (सामाजिक युगबन्ध), मार्क्स के 'कैपिटल' (पूंजी), डार्विन के 'आन दी ओरिजिन आफ स्पीसीज़' (जातियों के मूल के विषय में) और स्पैंगलर के 'दि डिक्लाइन आफ दी वेस्ट' (पश्चिम का पतन) द्वारा ढला है। हमारे जीवन की

बाहरी अव्यवस्था और गड़बड़ी हमारे हृदय और मन की अस्तव्यस्तता को प्रतिफलित करती है। प्लेटो कहता है, "संविधान तो उन मान्यताओं (मूल्यों) के बाह्य जगत् में प्रतिफलनमात्र होते हैं, जो मनुष्य के मन में विद्यमान होती हैं।"[1] जिन आदर्शों को हम पसन्द करते हैं और जिन मान्यताओं को हम अपनाते हैं, उन्हें, हम सामाजिक अभिव्यक्ति प्रदान कर सकें, इसके लिए आवश्यक है कि पहले उनमें परिवर्तन किया जाए। हम भविष्य को सुरक्षित करने में केवल उसी सीमा तक सहायता दे सकते हैं, जिस सीमा तक हम अपने-आपको बदलते हैं। हमारे युग में जो वस्तु लुप्त हो गई है, वह आत्मा है; शरीर में कोई विकार नहीं है। हम आत्मा के रोग से पीड़ित हैं। हमें शाश्वत में अपने मूल को खोजना होगा और अनुभवातीत सत्य में फिर विश्वास जमाना होगा, जिसके द्वारा जीवन व्यवस्थित हो जाएगा, विसंवादी तत्त्व अनुशासन में आ जाएंगे और जीवन में एकता आ जाएगी और उसका कुछ लक्ष्य बन जाएगा। यदि ऐसा न हुआ तो, जब बाढ़ आएगी और जब तूफान उठेगा और उसकी चोट हमारे मकान पर पड़ेगी, तो वह ढह जाएगा।[2]

द्वन्द्वात्मक भौतिकवाद

परन्तु क्या भौतिकवादी का हमसे यह कहना उचित नहीं है कि हम अनुभवगम्य तथ्यों पर और इस संसार की सुनिर्दिष्ट वास्तविकताओं पर अपने पक्ष को आधारित करें? एकमात्र वस्तु, जिसके सम्बन्ध में हम किसी सीमा तक सुनिश्चित हो सकते हैं, यह संसार है। धर्म का दूसरा संसार अर्थात् परलोक सम्भवतः मन की एक कल्पना-मात्र है; और यदि परलोक का अस्तित्व हो भी, तो भी उसके विषय में कुछ भी जाना नहीं जा सकता। सब देशों में आदर्शवादी विचारकों के लिए मार्क्सवाद का आकर्षण बहुत प्रबल रहा है। हममें से अनेक लोग, जो भारत में विद्यमान दशाओं से असन्तुष्ट हैं, सोवियत धारणा की ओर आकृष्ट होते हैं, जिसमें वर्गहीन समाज की प्रशंसा की गई है, जिसमें किसानों की जनसंख्या के लिए उद्योगवाद की विचारधारा का प्रतिपादन किया गया है और जिसमें कामगर के महत्त्व को बढ़ा-चढ़ाकर वर्णन करने के लिए जनसमूह-मनोविज्ञान की अद्भुत तकनीक का उपयोग किया गया है। सोवियत रूस ने, जो पृथ्वी पर स्वर्ग का निकटतम रूप है, अपने लक्ष्य के प्रति अर्थात् संसार के प्रत्येक भाग में एक नये ढंग के राज्य की स्थापना के प्रति सचेत रहते हुए विद्यमान व्यवस्था के प्रति

---

1. तुलना कीजिए, "ओ मनुष्य, बुराई के करनेवाले को और मत ढूंढ़। तू स्वयं वह है। तू जो कुछ बुराई करता है, या जो कुछ बुराई तू सहता है, उसके सिवाय और कोई बुराई संसार में नहीं है और इन दोनों का कारण तू ही है।"—रूसो

2. तुलना कीजिए, "जब से महासागरों पर मनुष्य का आधिपत्य हुआ है, तब से उनके किनारे तीन उल्लेखनीय राज्य स्थापित हुए, जो अन्य राज्यों की अपेक्षा बहुत बड़े थे, टायर, वेनिस और इंग्लैंड। इन महान शक्तियों में से पहली की तो अब केवल स्मृति ही शेष रह गई है। दूसरी इस समय विनाश की दशा में है; और तीसरी, जिसे उनकी महानता उत्तराधिकार में मिली है, यदि उनके उदाहरण को भूल बैठी तो सम्भव है कि और अधिक अभिमानपूर्ण महत्त्व को प्राप्त होने के बाद इस प्रकार नष्ट हो जाए कि उसपर लोगों को कम ही दया आए।"—रस्किन

अपनी अवज्ञा लक्ष्य की इतनी आवेशपूर्ण दृढ़ता और उपायों की विभिन्नता के साथ प्रस्तुत की कि लोगों को यह भ्रम हो गया कि उसके अस्तित्व का उद्देश्य केवल विध्वंसकारी प्रचार ही है। इस चुनौती के कारण उतनी ही उच्च और तुमुल प्रतिक्रिया भी हुई, जिसके फलस्वरूप तथ्यों को जान पाना ही कठिन हो गया। इससे पहले कोई भी सामाजिक वाद-विवाद इससे अधिक शोरगुल और कोलाहलपूर्ण सिद्धान्तवाद के साथ नहीं किया गया था। फिर भी उसके कठोर से कठोर आलोचक भी इस बात से इन्कार नहीं कर सकते कि सोवियत रूस एक महान परीक्षण है, जो अमेरिकी और फ्रांसीसी क्रान्तियों की अपेक्षा कहीं अधिक महत्त्वपूर्ण है। यह पृथ्वी के स्थल भाग के छठे हिस्से पर बसी हुई लगभग 20 करोड़ जनता के सम्पूर्ण समाज की राजनीतिक, आर्थिक और सामाजिक रचना को कुछ सामाजिक विचारकों द्वारा प्रतिपादित समाज के सिद्धान्तों के अनुसार नये रूप में ढालने का प्रयत्न है। दो दशाब्दियों में वहां से ज़मींदार और पूंजीपति लुप्त हो गए हैं और व्यक्तिगत नवारम्भ (उद्यम) केवल किसानों और कारीगरों के छोटे पैमाने के कार्यों तक ही सीमित रह गया है।

संसार के लिए साम्यवाद की पुकार में धर्म का आवेश है। साम्यवाद विद्यमान बुराइयों को चुनौती देता है, कार्रवाई के लिए एक स्पष्ट और सुनिश्चित कार्यक्रम प्रस्तुत करता है और आर्थिक तथा सामाजिक दशाओं का एक वैज्ञानिक विश्लेषण प्रस्तुत करने का दावा करता है। गरीबों और पीड़ितों के लिए इसकी चिन्ता, सम्पत्ति और उन्नति के अवसरों के और अधिक उचित वितरण के लिए इसकी मांग, और जातीय समानता पर इसके आग्रह के द्वारा यह हमें एक ऐसा सामाजिक सन्देश देता है, जिससे सब आदर्शवादी सहमत हैं। परन्तु इसके सामाजिक कार्यक्रम से सहानुभूति होने का यह अर्थ नहीं है कि हम जीवन के मार्क्सवादी दर्शन को, चरम वास्तविकता की उसकी नास्तिक धारणा को, और मनुष्य के सम्बन्ध में उसके प्रकृतिवादी दृष्टिकोण को, और व्यक्तित्व की पवित्रता के प्रति उसकी अवज्ञा को भी स्वीकार करते हैं। सामाजिक क्रांति के प्रभावी उपकरण के रूप में मार्क्सवाद से सहानुभूति रखना एक बात है और उसकी आधिविद्यक पृष्ठभूमि को स्वीकार करना दूसरी बात।

मार्क्सवाद उसके अनालोचक (अन्ध) समर्थकों और कट्टर विरोधियों, दोनों के लिए ही एक धर्म-सा बन गया है। मार्क्सवाद का महत्त्वपूर्ण दावा यह है कि यह वैज्ञानिक है। यह इलहाम के रूप में प्रकट हुआ सिद्धान्त नहीं है, अपितु तथ्यों का वस्तुरूपात्मक अध्ययन है। कई शताब्दी पहले विज्ञान विद्वत्तावाद से अलग हो गया था। विद्वत्तावादी लोग अपनी बात को सत्य सिद्ध करने के लिए स्फुरणाप्राप्त और इसीलिए भ्रमातीत समझे जानेवाले लोगों की पुस्तकों से उद्धरण दिया करते थे। जब मार्क्स ने कहा कि मैं मार्क्सवादी नहीं हूं, तो उसका अर्थ यह था कि मैं किसी भी सिद्धान्त को अन्तिम और पूर्ण और सुदृढ़ रूप से स्वीकार करने की शपथ नहीं ले चुका हूं। “मार्क्सवाद केवल अस्थायी सत्य को प्रस्तुत करता है।” रोज़ा लक्सम्बर्ग ने गहरी अन्तर्दृष्टि के साथ लिखा, “यह आमूलचूल तर्कप्रधान है और इसके विनाश के बीज इसीमें विद्यमान है।” किन्तु दुर्भाग्य से मार्क्सवादियों ने सब सिद्धान्तवादी प्रणालियों की भांति उसको

न माननेवालों को द्रोही ठहराने की तकनीक को अपनाया। फासिस्ट की दृष्टि में कम्युनिस्ट नीच, काफिर और कम्युनिस्ट की दृष्टि में पूंजीपति शैतान का भाई है। हम सब स्वयं देवदूत हैं और हमारे विरोधी शैतान हैं। यदि आप सच्चे धर्म को नहीं मानते, तो आपकी निष्ठा और आज्ञा-पालन, आपका साहस और ईमानदारी, आपकी भक्ति और उच्च हृदयता, सब पाप हैं। हम तो पार हो गए हैं, और आप बीच धार में डूब रहे हैं। संदेह करना या प्रश्न करना अपराध है, जिसका दंड उत्पीड़न-शिविरों की यन्त्रणाओं द्वारा दिया जाना चाहिए।

हमें मार्क्सवाद को धर्म मानने की आवश्यकता नहीं है, अपितु हमें इसे मन की शिष्टता और आत्मा की विनय के साथ देखना चाहिए, जोकि विज्ञान के विद्यार्थी की विशेषताएं हैं। मार्क्सवाद का सामाजिक कार्यक्रम मानव-जाति की वास्तविक आवश्यकताओं और आधुनिक तकनीकी साधनों द्वारा उत्पादन की आवश्यकताओं के अधिक उपयुक्त है। समाजवाद की मांग एक नैतिक मांग है, परन्तु इसे वैज्ञानिक आवश्यकता का रूप देने के लिए यह युक्ति दी जाती है कि द्वन्द्वात्मक भौतिकवाद की धारणा से ऐतिहासिक प्रक्रिया की अपेक्षाकृत अधिक सन्तोषजनक व्याख्या हो जाती है। मार्क्सवादी विचारधारा के मुख्य तत्त्व मूल्य का सिद्धान्त, जिसमें उन पद्धतियों का वर्णन किया गया है, जिनके द्वारा पूंजीपति कामगरों का शोषण करते हैं, द्वन्द्वात्मक भौतिकवाद की धारणा, इतिहास की आर्थिक दृष्टि से व्याख्या, प्रगति का वर्ग-सिद्धान्त और कामगरों की सत्ता प्राप्त करने के लिए उपाय के रूप में क्रान्ति की वकालत हैं।

श्रमिक-वर्ग की दृष्टि में पूंजीपति का लाभ अतिरिक्त मूल्य (सरप्लस वैल्यू) होता है, जिसे कामगर उत्पन्न करते हैं और जिसे मध्यमवर्ग (बूर्जुआ) चुरा लेता है। परन्तु पूंजीपतियों का विश्वास है कि लाभ तो उद्यम और संगठन की योग्यता का वैध पुरस्कार-मात्र है। मार्क्सवाद के मूल्य के सिद्धान्त के विषय में, जो आलोचना की कसौटी पर खरा नहीं उतरा है, कुछ कहने का मैं अपने-आपको अधिकारी नहीं मानता। परन्तु जिन लोगों को मार्क्सवादी दर्शन से बहुत अधिक सहानुभूति है, उनका भी यह विचार है कि "यह तथ्यों से विसंगत है और आत्मसंगत नहीं है।"[1]

मार्क्स ने हेगल की द्वन्द्वात्मक पद्धति को अपनाया है और उसने ब्रह्माण्ड के विकास को इस रूप में देखा है कि यह भौतिक तत्त्व का द्वन्द्वात्मक शैली पर प्रस्फुटन मात्र है। उसकी अधिविद्या (मैटाफीज़िक्स) भौतिकवादी है और उसकी पद्धति द्वन्द्वात्मक है। मार्क्स अपने आधिविद्यक भौतिकवाद के लिए कोई प्रमाण प्रस्तुत नहीं करता। वह इतिहास की भौतिकवादी धारणा या समाजिक तत्त्व की आर्थिक कारणता की चर्चा करता है और उसका विचार है कि वे आधिविद्यक भौतिकवाद के परिणाम हैं; परन्तु ये दोनों परस्पर बिलकुल असम्बद्ध हैं।[2]

---

1. हैरल्ड जे० लास्की; 'कार्ल मार्क्स' (1934), पृष्ठ 27

2. तुलना कीजिए, "उसका आर्थिक विकास का सम्पूर्ण सिद्धान्त पूरी तरह उसी दशा में सत्य हो सकता है, जबकि उसकी अधिविद्या मिथ्या हो; और यदि उसकी अधिविद्या सत्य है, तो वह सिद्धान्त मिथ्या है। और यदि उसपर हेगल का प्रभाव न होता, तो उसे यह बात कभी सूझ भी न सकती थी कि कोई इतनी विशुद्ध अनुभवजन्य वस्तु अव्यक्त अधिविद्या पर निर्भर हो सकती है।" 'फ्रीडम एण्ड आर्गनाइज़ेशन' (1934), पृष्ठ 220-बट्रैण्ड रसल।

अपने 'फ्यूअरबाख पर ग्यारह निबन्ध' में मार्क्स ने यह युक्ति प्रस्तुत की है कि "पहले के सब भौतिकवादों में—जिनमें फ्यूअरबाख का भौतिकवाद भी सम्मिलित है—मुख्य त्रुटि यह है कि विषय (गैगनस्टैण्ड), वास्तविकता, अनुभवगम्यता का निरूपण केवल विषय (ऑब्जेक्ट) के रूप के अन्तर्गत या रूपचिन्तन (ऐनशाउंग) के अन्तर्गत किया गया है, परन्तु मानवीय अनुभूतिशील गतिविधि या व्यवहार के रूप में नहीं, कर्ताश्रित (सब्जेक्टिव) रूप में नहीं।" इससे यह निष्कर्ष निकला कि आदर्शवाद ने सक्रिय पक्ष को भौतिकवाद के विरोध में विकसित किया। दूसरे शब्दों में, भौतिकवाद के अन्य प्रकारों में भौतिक तत्त्व की धारणा अनुभूति की धारणा के साथ जुड़ी हुई थी। भौतिक तत्त्व को अनुभूति का कारण और साथ ही साथ अनुभूति का विषय भी माना जाता था; और अनुभूति एक निष्क्रिय वस्तु थी, जिसके द्वारा मन बाह्य जगत् के प्रभावों को ग्रहण करता था। प्रभावों का निष्क्रिय ग्रहण जैसी कोई वस्तु है ही नहीं। भौतिक तत्त्व मन की गतिविधि को जागरित करता है और भौतिक तत्व, जिस रूप में हम उसको समझते हैं, मानवीय उपज है। प्रारम्भिक से प्रारम्भिक ज्ञान में भी मन सक्रिय रहता है। हम आसपास की परिस्थितियों को दर्पण की भांति केवल प्रतिबिम्बित नहीं कर रहे होते, अपितु उन्हें परिवर्तित भी कर रहे होते हैं। किसी वस्तु को जानना उसका प्रभाव ग्रहण करना-भर नहीं है, अपितु उसके ऊपर सफलतापूर्वक क्रिया करने में समर्थ होना है। सब प्रकार के सत्य की परख क्रियात्मक है। क्योंकि जब हम किसी वस्तु पर क्रिया करते हैं, तो हम उसे परिवर्तित कर देते हैं, इसलिए सत्य में स्थितिशीलता बिलकुल नहीं है। वह निरन्तर परिवर्तित और विकसित होता रहता है। जिसे आजकल सत्य का परिणामवादी स्वरूप कहा जाता है, मार्क्स उसीको स्वीकार करता है। वह ज्ञान को वस्तुओं के ऊपर की जा रही क्रिया मानता है। यह कार्य है, जिसकी व्याख्या भौतिक शक्तियों के नियंत्रण और रूपान्तरण के रूप में की गई है। परन्तु ज्ञान अपने-आपमें एक बहुमूल्य वस्तु है। मनुष्य भौतिक तत्त्व का ज्ञान प्राप्त करना चाहता है, और उसपर केवल प्रभुत्व स्थापित करना नहीं चाहता। ज्ञान का उद्देश्य अपने-आपमें अन्तिम है। एक सुनिश्चित और पूर्ण प्रकार का ज्ञान ऐसा होता है, जिससे हमारे ज्ञानात्मक पक्ष की गंभीर से गंभीर महत्त्वाकांक्षाएं पूर्ण हो जाती हैं।

मार्क्स अपने भौतिकवाद को द्वन्द्वात्मक कहता है, क्योंकि उसमें प्रगतिशील परिवर्तन का सारभूत सिद्धान्त विद्यमान है। इसे भौतिकवादी कहा गया है, इसलिए नहीं कि यह मन के अस्तित्व को भौतिक तत्त्व के एक व्युत्पन्न गुण के रूप में मानने के सिवाय, अस्वीकार करता है या मन के ऊपर भौतिक तत्त्व की सर्वोच्चता पर ज़ोर देता है, बल्कि इसलिए कि यह मानता है कि विचार वस्तुओं पर क्रिया करके, उनके रूप और शक्ति में परिवर्तन करके इतिहास पर प्रभाव डालते हैं। वे भौतिक वस्तुएं, जिन्हें मार्क्स सामाजिक परिवर्तन का मुख्य निर्णायक बताता है, प्रकृति का कच्चा माल नहीं है, अपितु मानवीय उपजें हैं, जिनपर मानसिक गतिविधि की छाप पड़ी हुई है। वे केवल प्राकृतिक वस्तुएं नहीं हैं, अपितु वे वस्तुएं हैं जो मानव-मन की शक्ति से अनुप्राणित हैं। वे केवल कोयला, पानी या बिजली नहीं हैं, अपितु हमारा उन तरीकों का ज्ञान है, जिनके द्वारा मानवीय लक्ष्यों को पूरा करने के लिए इन प्राकृतिक शक्तियों का उपयोग किया जा सकता है।

जब यह कहा जाता है कि उत्पादनशील प्राकृतिक शक्तियों के विकास द्वारा इतिहास की गति का निर्धारण होता है, तब हमें यह ज्ञात रहना चाहिए कि उत्पादनशील शक्तियों के अन्तर्गत न केवल भूमि की उर्वरता, धातुओं के गुण, सूर्य की ऊष्मा, भाप की शक्ति और बिजली-जैसी प्राकृतिक शक्तियां हैं, अपितु मानव-मन की शक्ति भी है। मार्क्स को विवश होकर मनुष्य की बुद्धि को उत्पादनशील शक्तियों से अलग रखना पड़ा है, क्योंकि उसने इसे विचारधारात्मक ऊपरी ढांचे के अन्तर्गत रखा है, जो एक परिणाम है, एक गौण तत्त्व। और यद्यपि उत्पादक शक्तियां पृथ्वी पर अनेक शताब्दियों से विद्यमान थीं, पर आर्थिक उत्पादन के लिए वे तभी उपलब्ध हो पाईं, जब मनुष्य की बुद्धि ने उन्हें खोज निकाला और उन्हें उत्पादन के प्रयोजन के अनुकूल ढाल लिया। इस समय भी ऐसी अनेक प्रकृति की शक्तियां हो सकती हैं, जिनकी अभी खोज नहीं हुई है, जिनका पता चलना अभी शेष हैं और जिनका प्रयोग ऐसे कार्यों के लिए किया जा सकेगा, जिनका हमें अभी गुमान भी नहीं है। औज़ार बनाने, पशु पालने और कृषि प्रारम्भ करने से लेकर भाप और बिजली के उपयोग तक, उत्पादनशील शक्तियों की खोज और उपयोग सबके सब मानवीय मन, कल्पना और उद्देश्य के ही कार्य हैं। उत्पादनशील शक्तियां स्वयमेव विकसित नहीं हो जातीं। यद्यपि मार्क्स जहां-तहां भौतिक को उत्पादनशील शक्तियां, और मानसिक को भौतिक के ऊपरी ढांचे का प्रतिबिम्बमात्र, आर्थिक हलचल द्वारा फेंकी जा रही छाया-मात्र, मानता है, फिर भी उसका मुख्य इरादा इन दोनों को ही उत्पादनशील शक्तियों की प्रकृति में समाती हुई मानने का है। उदाहरण के लिए, औज़ारों का निर्माण मानव-जाति के बौद्धिक जीवन का एक अंग है।

मार्क्स अपने सिद्धान्त को 'भौतिकवादी' इसलिए कहता है, जिससे हेगल के आदर्शवाद से उसका वैषम्य स्पष्ट हो सके ; आदर्शवाद की दृष्टि में यह घटनाओं का जगत् विशुद्ध 'विचार' के जगत् की छाया-मात्र है। हेगल के विरोध में मार्क्स का यह मत है कि मन और प्रकृति सकारात्मक (पॉज़िटिव) तत्त्व हैं, 'विचार' के सारहीन प्रतिबिम्ब-भर नहीं। इसके अतिरिक्त, हेगले की दृष्टि में, परिवर्तन केवल रूप का भ्रम है, जबकि मार्क्स के लिए परिवर्तन ही वास्तविकता का सार है। जिन वस्तुओं को हम देखते, छूते और अनुभव करते हैं, वे वास्तविक हैं और वे निरन्तर परिवर्तित हो रही हैं; और ये परिवर्तन उनके आन्तरिक अंग हैं, उनपर 'परम सत्ता' (एब्सोल्यूट) द्वारा थोपे गए नहीं हैं। मार्क्स अनुभवसिद्ध मन और वस्तुओं की वास्तविकता में विश्वास करता है, जो हेगल के यहां 'परम सत्ता' में डूबी हुई हैं। फ्यूअरबाख पर अपनी तीसरी टिप्पणी में वह अपरिष्कृत भौतिकवादी दृष्टिकोण का खण्डन करता है, "भौतिकवादी यह सिद्धान्त, कि मनुष्य परिस्थितियों और शिक्षा की उपज हैं और यह कि इसलिए बदले हुए मनुष्य अन्य बदली हुई परिस्थितियों और बदली हुई शिक्षा की उपज हैं, इस बात को भूल जाता है कि परिस्थितियों को मनुष्य बदलते हैं और इस बात को कि स्वयं शिक्षक को भी शिक्षित किया जाना होता है।" मार्क्स के अनुसार सामाजिक परिवर्तन प्रकृति, समाज और मानवीय बुद्धि की पारस्परिक क्रिया द्वारा होता है।

मार्क्स के कथनानुसार भौतिक तत्त्व (मैटर) ब्रह्माण्डीय वास्तविकता का सार है। पर हमें इस नाम से भ्रम में न पड़ना चाहिए। वास्तविकता का अन्तिम मूल तत्त्व ठोस, अचल और

अचेतन भौतिक तत्त्व नहीं है। वह तो आत्मा का ही सार है, जो स्वतः सक्रिय गति है। भौतिक तत्त्व को स्वतः गतिशील, स्वतः स्पन्दनशील और स्वतः प्रवर्तित बताना उसमें उन गुणों का आरोप करना है, जो भौतिक नहीं हैं, अपितु सजीव और आत्मिक हैं। द्वन्द्वात्मक भौतिकवादी की दृष्टि में भौतिक तत्त्व मन का विलोम नहीं है। उसमें न केवल मन की गर्भित शक्तियां और सम्भावित आशाएं हैं, अपितु उसका स्वरूप भी मन का-सा ही है। यह भौतिक तत्त्व के अस्तित्व का ही एक अंग है कि वह गति करता है। द्वन्द्वात्मक विकास उसकी सारभूत और आवश्यक अभिव्यक्ति है। यदि वस्तुतः कोई अन्तवर्ती आदर्श है, भौतिक तत्त्व में जीवन और मन को उत्पन्न करने की अन्तःप्रेरणा है, तो प्रारम्भिक मूल तत्त्व केवल भौतिक तत्त्व, जिस रूप में कि साधारणतया उसे समझा जाता है, नहीं है।

मार्क्स की रुचि हमारे सम्मुख विश्व-ब्रह्माण्ड का सिद्धान्त प्रस्तुत करने की ओर उतनी नहीं है, जितनी कि ऐतिहासिक प्रक्रिया को समझने के लिए हमें एक संकेत-सूत्र प्रदान करने की ओर है। परमाणु के विश्लेषण और ग्रहों की उत्पत्ति की ओर उसका ध्यान नहीं है। उसका सम्बन्ध ऐतिहासिक घटनाओं से है ; और इतिहास इस दृष्टि से प्राकृतिक प्रक्रियाओं से भिन्न है कि यह किन्हीं लक्ष्यों की प्राप्ति में तत्पर मनुष्यों की गतिविधि है। प्रकृति में हमारा वास्ता अचेतन अन्धी प्राकृतिक शक्तियों की पारस्परिक क्रिया से पड़ता है। प्राकृतिक घटनाएं चेतनापूर्वक संकल्पित कार्य नहीं हैं। मानवीय बर्ताव में हम इच्छा से विचार करते हैं और संकल्प से कार्य करते हैं और फिर भी परिणाम सदा वे नहीं होते, जिनका कि हमारा इरादा था। दैनिक जीवन में जो विरोधी शक्तियां मनुष्यों को प्रेरित करती हैं, उनके परिणामस्वरूप ऐसी स्थितियां उत्पन्न हो जाती हैं, जो हमारी चाही हुई स्थितियों से भिन्न होती हैं। ऐतिहासिक कार्य दैवयोग के परिणाम नहीं होते। हम यह नहीं कह सकते कि कोई बात किसी भी समय हो सकती थी। भले ही हम पहले की सब परिस्थितियां न जानते हों, पर हम यह मानते हैं कि सब कार्यों के कारण होते हैं, और मानव-मन के आदर्श भी उन कारणों में हैं। जो शक्तियां इतिहास की प्रक्रिया का निर्धारण करती हैं, वे विशुद्ध रूप से भौगोलिक या प्राणिशास्त्रीय नहीं हैं। जलवायु, स्थानवृत्त (टॉपोग्राफी), मिट्टी और जाति उन उपादानों में से हैं, जो ऐतिहासिक परिवर्तनों को सीमित करते हैं, किन्तु वे उनका निर्धारण नहीं करते। मानव-समाज किन्हीं अन्य सिद्धान्तों के अनुसार बदलता है।

यदि हम कहें कि वास्तविक ही बुद्धिसंगत है तो हमें केवल इतना करना शेष रह जाता है कि जो कुछ जैसा है, उसे वैसा ही बनाए रखें। उस दशा में हमारा रुख रूढ़िवादी होगा। यदि, दूसरी ओर, हम यह मानें कि बुद्धिसंगत ही वास्तविक है, तो हमारा प्रयत्न यह होगा कि विद्यमान व्यवस्था में बुद्धिसंगतता का अंश और जोड़ा जाए, और तब हमारा रुख सुधार या क्रान्ति का होगा। मार्क्स ने इनमें से दूसरे दृष्टिकोण को अपनाया है। इसमें संसार को और मानवीय स्वतन्त्रता की वास्तविकता को बदल डालने की आवश्यकता मान ली गई है। यदि हमारे कार्यों का निर्धारण हमारे अतिरिक्त अन्य किसी वस्तु द्वारा होता है, तो वे हमारे कार्य नहीं हैं।

हेगल के यहां द्वन्द्व तर्क का ही एक अंग है। 'विचार' का विकास विरोधों की अनवरत

गति द्वारा पूर्ण होता है। प्रत्येक विचार में सत्य का एक पहलू विद्यमान रहता है और वह हमें अपने प्रतिपक्षी विचार की ओर ले जाता है, और वह प्रतिपक्षी विचार भी आंशिक सत्य ही होता है। इन दोनों के विरोध में से एक नया और उच्चतर विचार उठ खड़ा होता है। वह फिर अपने प्रतिपक्षी विचार को और उसके साथ विरोध को उत्पन्न करता है। यह पक्ष (थीसिस), प्रतिपक्षता (ऐंटिथीसिस), और संश्लेषण (सींथेसिस) की प्रक्रिया तब तक चलती रहती है, जब तक कि वह लक्ष्य, जो पूर्ण सत्य है, और सत्य के अतिरिक्त कुछ नहीं है, प्राप्त नही हो जाता। हम 'अस्तित्व' के विचार से प्रारम्भ करते हैं ; उसके बाद स्वभावतः 'अनस्तित्व' का विचार आता है। इन दोनों परस्पर-विरोधी विचारों के संघर्ष में से एक नया और उच्चतर विचार उत्पन्न होता है, जिसमें यह विरोध समाप्त हो जाता है। 'अस्तित्व' और 'अनस्तित्व' का विरोध 'हो जाने' के विचार में समाप्त हो जाता है। यह नया विचार हमें एक नये प्रतिपक्ष तक ले जाता है और उसके बाद वह प्रतिपक्ष हमें एक नये और उच्चतर विचार तक ले जाता है, जिसमें पक्ष और प्रतिपक्ष दोनों का समन्वय हो जाता है। यह प्रक्रिया तब तक चलती रहती है, जब तक कि हम 'परम विचार' (ऐब्सोल्यूट आइडिया) तक नहीं पहुंच जाते। हेगल के अनुसार यही 'विचार का आत्मविकास' है। अपनी इसी पद्धति का प्रयोग करते हुए हेगल बहुत ही तर्कपूर्ण ढंग से सारे दर्शन, इतिहास और प्राकृतिक विज्ञान तक को पुष्ट करता है। हेगल की दृष्टि में, इतिहास मन का अनवरत आत्म-अनुभव या आत्म-स्थूलीकरण (सूक्ष्म रूप से स्थूल रूप में आना) है और इसलिए उसे अनिवार्यतः अपने-आपको द्वन्द्वात्मक पद्धति से विकसित करना और अपने-आपको पूर्ण करना होता है।

मार्क्स द्वन्द्वात्मक पद्धति का प्रयोग विचारों के क्षेत्र में या विचारों के आत्मविकास पर नहीं करता, अपितु समाज के भौतिक विकास पर करता है। वह ऐतिहासिक विकास को, उसके परिवर्तनों और उसकी विरोधी प्रवृत्तियों को परखता है और बताता है कि इतिहास के विकास की परम्परा वस्तुतः विरोधों की एक परम्परा में से होती हुई निरन्तर प्रगति की प्रक्रिया है। कोई भी विद्यमान स्थिति हमें अपने प्रतिपक्ष की ओर ले जाती है और उनके विरोध के कारण समाज की एक उच्चतर स्थिति उत्पन्न होती है, जिसमें वे विरोध समाप्त हो जाते हैं।

हेगल और मार्क्स, दोनों ही मानते हैं कि इतिहास का विकास द्वन्द्वात्मक है। अन्तर इतना है कि जहां हेगल का विश्वास है कि इतिहास में 'परम मन' अपने आपको स्थूल रूप में प्रकट कर रहा है, और घटना-जगत् तो केवल उसकी बाह्य अभिव्यक्ति है, वहां मार्क्स का मत है कि ऐतिहासिक घटनाएं प्रमुख हैं और उनके विषय में हमारे विचार गौण वस्तु हैं। 'कैपिटल' के दूसरे संस्करण की भूमिका में मार्क्स भौतिकवादी द्वन्द्व और आदर्शवादी द्वन्द्व के अन्तर पर बल देता है। वह कहता है, "मेरी अपनी द्वन्द्वात्मक पद्धति हेगल की द्वन्द्वात्मक पद्धति से न केवल मूलतः भिन्न है, अपितु वह उसकी ठीक विलोम है। हेगल की दृष्टि में विचार प्रक्रिया (जिसे वह वस्तुतः एक स्वतन्त्र वस्तु के रूप में बदल देता है और उसे विचार—आइडिया—नाम देता है) वास्तविक की सृजक है ; और उसकी दृष्टि में वास्तविक जगत् 'विचार' की केवल बाह्य अभिव्यक्ति है। दूसरी ओर, मेरी दृष्टि में विचार भौतिक तत्त्व से पृथक् कोई वस्तु नहीं है। भौतिक तत्त्व ही जब मानव-मस्तिष्क

में स्थानान्तरित और रूपान्तरित हो जाता है, तब विचार बन जाता है। यद्यपि हेगल के हाथों में पड़कर द्वन्द्व का सिद्धान्त रहस्यमय बन गया, परन्तु इतने से, इस तथ्य से इनकार नहीं किया जा सकता कि सबसे पहले हेगल ने ही द्वन्द्व की गति के सामान्य रूपों का सर्वांग सम्पूर्ण और पूर्णतया सज्ञान रीति से प्रतिपादन किया। हेगल की रचनाओं में द्वन्द्व सिर के बल उल्टा खड़ा है। यदि आप उसकी बुद्धिसंगत गिरी (तत्त्व) को खोज निकालना चाहते हैं, जो रहस्य के जाल में छिपी हुई है, तो आपको उसे उलटकर सीधा खड़ा करना होगा।"[1] हेगल हमारे सामने विचारों के विकास को तर्कशास्त्र की दृष्टि से और अनिवार्य शाश्वत व्यवस्था के रूप में प्रस्तुत करता है और पश्चाद्वर्ती लौकिक रूप को आभास या छाया बताता है। हेगल ने द्वन्द्व के जो-जो नियम निश्चित किए, वे सबके सब मार्क्स ने स्वीकार कर लिए। विचार के स्थान पर भौतिक तत्त्व को रखने के कारण दार्शनिक आदर्शवाद का स्थान क्रान्तिकारी विज्ञान ने ले लिया है। मार्क्स और हेगल, दोनों की ही दृष्टि में इतिहास का विकास तर्कसंगत है ; और हेगल के मामले में इसे ठीक भी समझा जा सकता है, क्योंकि उसके लिए तो मन ही चरम वास्तविकता है। मार्क्स के लिए भौतिक तत्त्व चरम वास्तविकता है और भौतिकवादी के लिए यह सोच पाना अधिक दुष्कर है कि संसार किसी तर्कसंगत नियम के अनुसार विकसित हो रहा है। मार्क्सवादी यह मान लेते हैं कि बाह्य जगत् एक प्रचण्ड अनिवार्यता के साथ ठीक उसी दिशा में बढ़ा चला जा रहा है, जिस ओर वे चाहते हैं। उनके कथनानुसार संसार एक साम्यवादी समाज के निर्माण की ओर बढ़ रहा है। इस प्रकार का समाज एक ऐतिहासिक आवश्यकता है। यह भौतिक विश्व का बिलकुल उपहार जैसा प्रतीत होता है। मार्क्स लिखता है, "कामगर वर्ग को किसी आदर्श को प्राप्त नहीं करना है ; उन्हें तो केवल एक नये समाज के तत्त्वों को स्वतंत्रभर कर देना है।" पूंजीवादी प्रणाली के नियम, "लौह-कठोर अनिवार्यता के साथ अपरिहार्य परिणामों की ओर अग्रसर होते हैं।" ऐंजिल्स लिखता है, "जितनी सुनिश्चितता के साथ गणित के किसी एक दिए हुए साध्य से दूसरे साध्य का अनुमान किया जा सकता है, उतनी ही सुनिश्चितता के साथ विद्यमान सामाजिक परिस्थितियों और राजनीतिक अर्थ-व्यवस्था के सिद्धान्तों से हम क्रान्ति का अनुमान कर सकते हैं।" यह दृष्टिकोण कि तथ्य और आदर्श, अस्तित्व और मान्यताएं (मूल्य) एक-दूसरे के अनुकूल ढले हुए हैं, कम से कम वैज्ञानिक सत्य नहीं है। यह केवल एक आनुमानिक उपकल्पना (हाइपोथीसिस) है, एक विश्वास की वस्तु ! हमें क्यों यह मान लेना चाहिए कि विश्व की शक्तियां हमारी इच्छाओं का समर्थन करती हैं? मार्क्स को फ्यूअरबाख के इस कथन को दोहराने का बड़ा चाव है कि "अधिविद्या-वेत्ता (मैटाफीज़ीशियन) छद्मवेश में पुजारी होता है।" मार्क्स जब यह कहता है कि उसका मानवीय समाज का आदर्श संसार के ताने-बाने में ही रमा हुआ है, तो वह स्वयं भी दार्शनिक बन रहा होता है। इसमें हमें धार्मिक प्रवृत्ति का चिह्न दृष्टिगोचर होता है।

---

1. "हेगल का द्वन्द्व सारे द्वन्द्व-सिद्धान्तों का आधारभूत सिद्धान्त तभी बन सकता है, जबकि उसका रहस्यवादी रूप निकालकर उसे साफ कर दिया जाए। और मेरी पद्धति में उसकी पद्धति से केवल इतना ही अन्तर है।"—मार्क्स ने क्यूगलमैन को लिखा था।

यद्यपि मार्क्स का कथन है कि उसके विचार वास्तविकता पर आधारित हैं, अटकलबाज़ी पर नहीं, फिर भी यह स्पष्ट है कि वह हमारे सम्मुख (वास्तविकता की) एक ऐसी व्याख्या प्रस्तुत करता है, जो उसके सिद्धान्त के साथ मेल खाए। जब वह कहता है कि समाज सामन्तवाद से पूंजीवाद की ओर और पूंजीवाद से समाजवाद की ओर बढ़ता है, तब वह ऐसे शब्दों का प्रयोग कर रहा होता है, जिनके अन्तर्गत अनगिनत तथ्य समा सकते हैं। किसी भी ऐतिहासिक काल को घटनाओं के यथोचित बनाव द्वारा किसी एक या किसी दूसरी प्रवृत्ति का सूचक प्रदर्शित किया जा सकता है। उन्नीसवीं शताब्दी को मध्यमवर्ग के प्रभुत्व का काल भी समझा जा सकता है, या उद्योगवाद या साम्राज्यवाद का युग भी, या राष्ट्रीयता या उदारता का युग भी; यह सब इस बात पर निर्भर है कि हम किन धाराओं पर बल देना चाहते हैं, या व्यक्तिगत रूप से किन धाराओं को सबसे महत्त्वपूर्ण समझते हैं। बीसवीं सदी की व्याख्या, उपयुक्त घटनाओं को चुनकर हम इस रूप में भी कर सकते हैं कि यह उन्नीसवीं शताब्दी से ठीक उल्टी है; या फिर कुछ अन्य घटनाओं पर बल देकर हम यह भी दिखा सकते हैं कि इसमें उन्नीसवीं शताब्दी की प्रवृत्तियां ही आगे बढ़ रही हैं। संभव है, यह सब बहुत रोचक हो, किन्तु यह वस्तुरूपात्मक दृष्टि से सत्य न होगा। इतिहास तथ्यों का स्मरण-भर नहीं है, अपितु उनका वह रूप है, जिसमें कि हम उन्हें देखते हैं। इसमें तथ्यों की व्याख्या भी होती है और चुनाव भी। फिर भी, लार्ड ऐक्टन के शब्दों में, ऐतिहासिक तथ्य और ऐतिहासिक विचार के मध्य यथोचित अनुपात रहना ही चाहिए। मार्क्सवादी प्राचीनकाल का दास-अर्थव्यवस्था के साथ, मध्ययुग का कृषि-दास अर्थव्यवस्था के साथ, आधुनिक युग का पूंजीवादी अर्थव्यवस्था के साथ और भविष्य का 'उत्पादन के साधनों के सामाजिकीकरण' के साथ अभिन्न सम्बन्ध समझते हैं; और यह स्पष्ट विभाजन सब देशों पर लागू नहीं हो सकता। हेगल ने भी, जो इतिहास को इसी रूप में देखता है, मनमौजी वैशिष्ट्य-वर्णन प्रस्तुत किए हैं। एक जगह यूनान का अभिन्न सम्बन्ध 'व्यक्ति की स्वाधीनता' के साथ, रोम का सम्बन्ध राज्य के साथ और रोमन जगत् का सम्बन्ध 'व्यक्ति के सार्वभौम के साथ सम्मिलन' के साथ जोड़ा गया है। पर एक दूसरी जगह पूर्व का अभिन्न सम्बन्ध 'अनन्त' के साथ, प्राचीन यूनान और रोम का सम्बन्ध 'सान्त' के साथ और ईसाई युग का सम्बन्ध 'अनन्त और सान्त के संश्लेषण' के साथ जोड़ा गया है। परन्तु इतिहास किसी पक्के नियम के अनुसार नहीं चलता। ऐतिहासिक विकास अनिवार्यतः विरोधों की श्रृंखला द्वारा आगे नहीं बढ़ता। उन्नति की गति कभी बढ़ती है, कभी घटती है, और वह विभिन्न रूपों में होती है; कभी वह एक स्थिति से उसकी विरोधी स्थिति में संक्रमण द्वारा होती है और कभी एक ही अविच्छिन्न धारा के रूप में आगे बढ़ती रहती है। यह कहना—जैसे कि मार्क्स कहता है कि "विरोध के बिना कोई प्रगति नहीं होती, यही एक नियम है, जिसका कि सभ्यता आज तक पालन करती आई है।"—एक मनमानी बात कह देना है। मार्क्स का मत है कि सामन्तवाद से समाजवाद की ओर संक्रमण मध्यवर्ग के प्रभुत्व और पूंजीवाद में से गुज़र कर होता है; परन्तु जब रूस में समाजवाद की स्थापना हुई, तब वह सामन्तवादी समाज की दशा में था, पूंजीवादी समाज की दशा में नहीं।

प्रगति की अनिवार्यता में मार्क्स का विश्वास है। समाज की गति आगे की ही ओर है। प्रत्येक

उत्तरवर्ती सोपान विकास का सूचक है, और अपने पूर्ववर्ती सोपानों की अपेक्षा बुद्धिसंगत आदर्श के अधिक निकट है; बुद्धिसंगत आदर्श वह स्वतन्त्र समाज है, जिसमें न कोई स्वामी होगा न कोई दास, न धनी होंगे न गरीब; जिसमें संसार की वस्तुओं का उत्पादन सामाजिक मांग के अनुसार किया जाएगा; व्यक्तियों की मन की मौज उसमें बाधा न डाल सकेगी और उन वस्तुओं का वितरण बुद्धिसंगत रीति से किया जाएगा। इतिहास की शक्तियां इस प्रकार का विकास करके ही रहेंगी; हम न उसमें सहायता कर सकते हैं और न बाधा डाल सकते हैं। परन्तु इतिहास ह्रास और अधःपतन के उदाहरणों से भरा है और उसे विरोधों में होकर निरन्तर होता हुआ विकास नहीं माना जा सकता। हम इस बात पर पक्का भरोसा नहीं रख सकते कि मानवीय प्रगति अनिवार्य है। यह तो फिर भाग्यवाद में जा पड़ना होगा। किसी भी व्यक्ति या समाज के जीवन में ठीक उस क्षण का निर्धारण कर पाना संभव नहीं है, जब तथाकथित विरोधवाला नया समय वस्तुतः प्रारम्भ होता है। इतिहास एक अखंड विद्यमानता (बिकमिंग) है, एक अविराम धारा, जिसके न किसीको आदि का पता है न अन्त का। मार्क्सवादी सिद्धान्त अनुगमनात्मक या व्याप्तिमूलक (इंडक्टिव) सर्वेक्षण का परिणाम नहीं है, अपितु निगमनात्मक या अनुमानात्मक (डिडक्टिव) ढंग का है। मार्क्स हेगल की तर्कप्रणाली को अपने भौतिकवादी दृष्टिकोण के अनुकूल ढाल लेता है।

इस उदार दृष्टिकोण का, कि हमें वर्ग-युद्ध को त्याग देना चाहिए, बल के प्रयोग का परित्याग करना चाहिए, और मानवीय समस्वार्थता और न्याय की भावना को मनाने (तक पहुंच करने) का प्रयत्न करना चाहिए, मार्क्स ने खण्डन किया है। उसका मत है कि यह आशा, कि पूंजीपति-वर्ग को बुद्धिसंगत आग्रह-अनुरोध से मनाया जा सकता है, मिथ्या है। हमारे लक्ष्य उन आर्थिक परिस्थितियों द्वारा निश्चित कर दिए गए हैं, जिनमें हमें रहना पड़ रहा है। हमें पूंजीपतियों से लड़ना है, इसलिए नहीं कि हम उनसे लड़ना चाहते हैं, अपितु इसलिए कि हमें लड़ना होगा ही।

हेगल के द्वन्द्व सिद्धान्त की कठिनाइयां उसके मार्क्सवादी रूप में भी विद्यमान हैं। हेगल की दृष्टि में विरोध मुख्य सिद्धान्त है, जो सारी प्रगति का आधार है। अपने सिद्धान्त को पुष्ट करते हुए हेगल 'विरोधी' और 'भिन्न' में घपला कर जाता है। क्रोचे ने अपनी पुस्तक 'व्हाट इज़ लिविंग एण्ड व्हाट इज़ डेड आफ दि फिलासफी आफ हेगल'[1] (हेगल के दर्शन का कौन-सा अंश अभी जीवित है और कौन-सा मर चुका है) में इस बात पर विस्तार से प्रकाश डाला है। प्रकाश और अंधकार एक-दूसरे के विरोधी हैं। वे साथ-साथ नहीं रह सकते। एक के अस्तित्व का अर्थ है दूसरे का अभाव। विरोधी एक-दूसरे का लोप करते हैं। परन्तु 'भिन्न', जैसे सत्य और सौन्दर्य, दर्शन और कला, एक-दूसरे का बहिष्कार नहीं करते। 'सीमा' की धारणा 'निषेध' की धारणा से भिन्न है। निषेध ही प्रकृति का एकमात्र पहलू नहीं है। यदि आर्थिक शक्तियां ऐतिहासिक विकास को नियंत्रित करती हैं, तो इसका अर्थ यह नहीं है कि अन्य शक्तियां नहीं करतीं। आर्थिक आवश्यकता और धार्मिक आदर्शवाद की शक्तियां पारस्परिक क्रिया द्वारा इतिहास के

---

1. अंग्रेज़ी अनुवाद (1915)

भविष्य का रूप निर्माण कर सकती हैं।

मार्क्स का कथन है कि एक के बाद एक, विरोधों द्वारा विकास तब तक जारी रहेगा, जब तक कि सारी मानव-जाति साम्यवादी न हो जाए। विश्व-साम्यवाद की स्थापना होते ही द्वन्द्वात्मक विकास समाप्त हो जाएगा। हेगल ने इतिहास के द्वन्द्वात्मक विवरण से यह निष्कर्ष निकाला था, कि द्वन्द्वात्मक विकास प्रशियन राज्य की स्थापना होने पर समाप्त हो जाएगा; उसकी दृष्टि में प्रशियन राज्य 'परम विचार' (ऐब्सोल्यूट आइडिया) का पूर्ण मूर्त रूप था। मार्क्स का कथन है कि द्वन्द्वात्मक विकास का उद्देश्य यह (प्रशियन राज्य की स्थापना) नहीं हो सकता। "सामाजिक विकास का राजनीतिक क्रान्ति होना तभी समाप्त होगा, जब ऐसी व्यवस्था स्थापित हो जाएगी, जिसमें न अलग-अलग वर्ग होंगे, और न वर्गों में परस्पर-विरोध भाव रहेगा।" मार्क्स हेगल की, यह मान लेने के कारण कि प्रशियन राज्य की स्थापना होते ही विरोध और संघर्ष समाप्त हो जाएंगे, आलोचना करता है। क्या यह इसलिए कि उसका विश्वास है कि इतिहास का उद्देश्य प्रशियन राज्य की स्थापना से पूर्ण नहीं होगा, अपितु उसके अपने (मार्क्स के) साम्यवाद की स्थापना से पूर्ण हो जाएगा? यदि मानव-समाज का विकास भौतिकवादी शक्तियों की सतत चल रही क्रीड़ा है, जिसमें विरोधों और वर्ग-युद्धों की एक परम्परा द्वारा पूंजीवाद समाप्त हो जाता है और वर्गहीन समानतावादी राज्य की स्थापना होती है, तो यह नया समाज भौतिकवादी शक्तियों द्वारा निर्धारित द्वन्द्वात्मक प्रगति के नियम से छूट कैसे पा जाता है? और यदि इसे उस नियम से छूट नहीं मिलती, तो क्या इसके विरोध में भी कोई नया प्रतिपक्ष उठ खड़ा होगा? या भौतिक तत्त्व के जगत् में निसर्गतः विद्यमान नियम अपना उद्देश्य पूर्ण कर चुकने के बाद अपना कार्य करना बन्द कर देंगे, और आपातिक (संकटकालीन) विकास की एक अज्ञात प्रक्रिया द्वारा नये नियमों को जन्म देंगे? यदि द्वन्द्व सारतः क्रान्तिकारी है, तो वह वर्गहीन राज्य की स्थापना के बाद रुक क्यों जाना चाहिए? यदि वर्ग-संघर्षों की समाप्ति के बाद भी आगे विकास की गुंजाइश हो, तो प्रगति के, वर्ग-संघर्षों के अतिरिक्त, अन्य कारण भी अवश्य होने चाहिएं। मार्क्स स्वीकार करता है कि साम्यवादी समाज की स्थापना के बाद भी 'सामाजिक विकास' के लिए गुंजाइश रहेगी। सामाजिक जीवन में और कौन-से ऐसे विरोध हैं, जिनसे उसे (सामाजिक विकास को) प्रेरक शक्ति प्राप्त होगी? साम्यवादी समाज में भी द्वन्द्व का सिद्धांत क्रियाशील रहेगा, भले ही हम विस्तारपूर्वक यह वर्णन नहीं कर सकते कि उसकी क्रिया का ठीक क्या रूप होगा; हम यह कल्पना कर सकते हैं कि उससे आगे प्रगति क्रांतिकारी और समाज-विरोधी न होकर विकासात्मक और सहयोगात्मक होगी। आर्थिक समस्याओं द्वारा आत्मविकास के मार्ग में खड़ी की गई रुकावटें हट जाएंगी और सृजनशील व्यक्तित्वों को उन्नति का पर्याप्त अवसर मिलेगा। भय और विद्वेष, सत्ता के लिए संघर्ष और स्वार्थ की अपेक्षा प्रेम और मिलता, साहस और अभिमान की भावना अधिक सबल होगी। कष्ट और दुःख होंगे, पर वे उच्चतर स्तर पर होंगे। वर्तमान आर्थिक व्यवस्था इसलिए अन्यायपूर्ण नहीं है कि यह मनुष्य को दुःखी बनाती है, अपितु इसलिए कि यह उन्हें अमानव बना देती है। मनुष्य का लक्ष्य

आनन्द नहीं, अपितु गौरव है।[1] इतिहास की द्वन्द्वात्मक गति के सिद्धांत में सत्य केवल इतना है कि परस्पर-विरोधी मतों और हितों के संघर्ष और उनके बारे में विचार-विमर्श से सैद्धान्तिक क्षेत्र में नया ज्ञान उत्पन्न होता है और व्यवहार-जगत् में नई संस्थाओं का जन्म होता है, क्योंकि सारी प्रकृति समस्वरता चाहती है और जब तक विसंवादिता (बेमेल स्वर, कलह) का समाधान न हो जाए, वह चैन से नहीं बैठ सकती।

इतिहास की आर्थिक व्याख्या में कहा गया है कि आर्थिक तत्त्व, वह भी विशेष रूप से आर्थिक उत्पादन, आधारभूत वस्तु है और शेष वे सब वस्तुएं, जिन्हें हम संस्कृति, धर्म, राजनीति, सामाजिक और बौद्धिक जीवन कहते हैं, गौण उपज हैं; उनका निर्धारण उत्पादन की प्रणालियों द्वारा होता है और वे उत्पादन की प्रणालियों के तात्कालिक परिणाम हैं। उत्पादन की दशाएं ही समाज का वह आर्थिक ढांचा है, जो सामाजिक, राजनीतिक और बौद्धिक जीवन का भौतिक आधार है। जब किसी नई शक्ति की खोज या नये तकनीकी आविष्कार के कारण उत्पादन की प्रणाली बदल जाती है, तब उत्पादन की दशाएं भी बदल जाती हैं; वे एक विचारधारात्मक ऊपरी ढांचे की रचना करती हैं, अर्थात् जायदाद, शक्ति और सम्मतियों की दशाओं की। ये फिर उत्पादन की दशाओं को नया रूप देने का कारण बनती हैं और इस प्रकार क्रिया और अन्योन्य क्रिया द्वारा समाज की प्रगति होती है। कठिनाई तब उत्पन्न होती है, जब उत्पादन की भौतिक शक्तियों का उत्पादन की विद्यमान दशाओं से, जायदाद की उस प्रणाली से, जिसके अधीन वे कार्य कर रही हैं, विरोध उठ खड़ा होता है। यह सिद्धांत अपनी सरलता के कारण ही मानने योग्य जान पड़ता है और यह इस कारण और सत्य प्रतीत होने लगता है कि जीवन और इतिहास में आर्थिक तत्त्व का महत्त्व बहुत अधिक है। तथ्यों के कुछ विशिष्ट समूहों का सावधानी से चुनाव करके और कुछ तथ्यों की उतनी ही सावधानी से अपेक्षा करके इस सिद्धांत को तर्कसंगत और निश्चायक रूप में प्रस्तुत किया जा सकता है। आर्थिक दशाओं के महत्त्व पर जो बल दिया गया है, वह ठीक है; परन्तु यह सुझाव, कि केवल एकमात्र वे ही इतिहास का निर्धारण करती हैं, गलत है।

अरस्तू ने बहुत समय पहले हमें बताया था कि अच्छी तरह जीने से पहले हमारे लिए जीना ज़रूरी है। पहले हमें भोजन, मकान और कपड़ा चाहिए, उसके बाद ही हम अंकन, चित्रण और चिन्तन की बात सोच सकते हैं। जीवन और अच्छे जीवन के विभेद को मार्क्स ने एक सिद्धांत के रूप में विकसित किया है। यह विभेद किस प्रकार सामने आया, इसका विवरण देते हुए ऐंजिल्स ने लिखा है, "मार्क्स ने इस सीधे-सादे तथ्य को (जो उससे पहले विचारधारात्मक झाड़-झंखाड़ों में दबा हुआ था) खोज निकाला कि मानव-प्राणियों को सबसे पहले खाना-पीना, कपड़ा और मकान मिलना चाहिए, उसके बाद ही वे राजनीति, विज्ञान, कला, धर्म तथा इसी प्रकार की अन्य

1. नीट्शे के बैन्थम पर इस उग्र प्रहार का कि "मनुष्य सुख नहीं चाहता, केवल अंग्रेज़ सुख चाहता है" मार्क्स ने समर्थन ही किया होता। अपनी 'कैपिटल' में मार्क्स लिखता है कि "बहुत ही भोलेपन के साथ बैन्थम ने सामान्य मनुष्य आधुनिक दुकानदार को, वह भी विशेषतया अंग्रेज़ दुकानदार को, मान लिया है।"

वस्तुओं में रुचि ले सकते हैं। इसमें यह अर्थ निहित है कि जीवन-निर्वाह के लिए अविलम्ब आवश्यक साधनों का उत्पादन और उनके द्वारा किसी राष्ट्र या युग के विकास का विद्यमान दौर ही वह नींव (आधार) है, जिसपर राज्य संस्थाएं, वैधानिक दृष्टिकोण, कला-सम्बन्धी और यहां तक कि धार्मिक विचार निर्मित होते हैं। इसका अभिप्राय यह है कि इन पिछली वस्तुओं की व्याख्या इन पहली वस्तुओं के आधार पर होनी चाहिए, जबकि साधारणतया इन पहली वस्तुओं की व्याख्या इन पिछली वस्तुओं के आधार पर की जाती रही है।" उत्पादनशील शक्तियां बाकी सबका नियंत्रण करने वाले मुख्य साधन हैं। परन्तु इसका यह अर्थ नहीं है कि बाकी चीज़ों की व्याख्या मुख्य साधनों द्वारा की जा सकती है। अनिवार्य दशा प्रभावी कारण नहीं होती। परम्परा, प्रचार और आदर्श उन कारणों में से कुछ एक हैं, जो परिवर्तन लाते हैं। मार्क्स उत्पादन की शक्तियों और उत्पादन की प्रणालियों में भेद करता है। शक्ति प्रणाली बने, इसके लिए मानवीय मस्तिष्क का हस्तक्षेप आवश्यक होता है। सब नवीन बातें पहले-पहल मानव-मन में विचारों के रूप में आती हैं। दशाएं और कारण एक-दूसरे के साथ इतने घनिष्ठ रूप से मिले-जुले हैं कि उनके सूत्रों को अलग कर पाना कठिन है। यदि आर्थिक शक्तियां स्वयं ही सांस्कृतिक प्रणालियों का निर्धारण करती हों, तो मनुष्य का कोई प्रयोजन ही नहीं रहता और इतिहास केवल एक भ्रांति बन जाता है। यदि इतिहास घटनाओं की यंत्रचालित-सी परम्परा नहीं है, तो स्पष्ट है कि मनुष्य अपने लक्ष्यों का चुनाव स्वयं करते हैं और उन्हें पूर्ण करने के साधनों का निर्धारण भी खुद ही करते हैं।

समाज के आर्थिक ढांचे और समाज को अभिन्न समझना ठीक नहीं है। यह ठीक है कि आर्थिक ढांचा बहुत महत्त्वपूर्ण है, परन्तु केवल वही समाज की एकमात्र वास्तविकता नहीं है। यद्यपि ऐंजिल्स यह स्वीकार करता है कि ऊपरी ढांचे की विविध हलचलें भी ऐतिहासिक संघर्षों की प्रगति पर प्रभाव डालती हैं; परन्तु यह कहकर कि "ये सब हलचलें एक-दूसरी को प्रभावित करती हैं, किन्तु अन्ततोगत्वा असंख्य अवसरों पर आर्थिक हलचल का प्रभाव अवश्य ही दूसरी हलचलों की अपेक्षा अधिक रहता है," वह अपनी स्वीकारोक्ति के मुख्य बिन्दु को वापस ले लेता है। केवल इसलिए कि दूसरे उपकरणों के सम्बन्ध में चिन्तन कर पाना संभव नहीं है, हम यह नहीं मान सकते कि उनका अस्तित्व ही नहीं है। यह दृष्टिकोण, कि उत्पादन की दशाएं एक विशेष प्रकार की विचारधारा को जन्म देती हैं, जो समय पाकर उत्पादन की नई दशाओं को जन्म देती है, केवल अनुमान (निराधार कल्पना) है। उत्पादन की दशाएं और विचारधारात्मक ऊपरी ढांचा, अलग-अलग पालियों में (बारी-बारी से) काम नहीं करते। वे साथ-साथ विद्यमान रहते हैं और साथ-साथ काम करते हैं। इसके अतिरिक्त, हम यह नहीं कह सकते कि विचारधारात्मक ऊपरी ढांचा उत्पादन की प्रणालियों का परिणाम है। उदाहरण के लिए हमारे धार्मिक विचार आर्थिक दशाओं के परिणाम नहीं हैं। आदिम मनुष्य अनुभव करता था कि वह सर्वशक्तिमान नहीं है और घटनाएं उसकी प्रबल इच्छा के विरुद्ध भी होती हैं और उसकी इच्छा के बिना तो प्रायः होती हैं; जिस संसार में वह रहता है, वह उसका अपना बनाया हुआ नहीं है; सूर्य और चन्द्रमा के ग्रहण और भूकम्प उसकी सहमति से नहीं होते। तब उसने भूत-प्रेतों और देवताओं की कल्पना की; और जिन घटनाओं की व्याख्या

नहीं हो पाती थी, उनका कारण उन भूत-प्रेतों और देवताओं को माना। मनुष्य की जीने के लिए तीव्र इच्छा के कारण उसका परलोक में विश्वास होता है, उत्पादन की किन्हीं विशिष्ट प्रणालियों के कारण नहीं। ऐंजिल्स इस बात को स्वीकार करता है कि धर्म का निर्धारण उत्पादन की प्रणालियों द्वारा नहीं होता। वह कहता है, "धर्म मनुष्यों के मन में उन बाह्य शक्तियों के, जिनका मनुष्यों के दैनिक जीवन पर नियंत्रण है, विलक्षण प्रतिफलन के अतिरिक्त कुछ नहीं है; ऐसा प्रतिफलन, जिसमें पार्थिव शक्तियां अलौकिक शक्तियों का रूप धारण कर लेती हैं। इतिहास के प्रारंभ में पहले-पहल प्रकृति की शक्तियों का इस रूप में प्रतिफलन हुआ था और विकास होने के साथ-साथ विभिन्न जातियों में उनके अनेक प्रकार और विभिन्न मानवीकरण हो गए।"[1] जो बात धर्म के विषय में सत्य है, वही अन्य सांस्कृतिक संस्थाओं के बारे में भी सच है। बहुत सीमित अर्थ में ही हम यह कह सकते हैं कि किसी समाज की आर्थिक प्रणाली ही उसके सम्पूर्ण वैधानिक, राजनीतिक और बौद्धिक तत्त्व का वास्तविक आधार है; इन तत्त्वों का अस्तित्व आर्थिक प्रणाली के अभाव में स्वतन्त्र रूप से नहीं रह सकता। बिना मिट्टी के कोई पौधा नहीं हो सकता। लेकिन पौधे, भले ही वे मिट्टी में से उगते हैं, केवल मिट्टी से नहीं उगते। बीज बोया जाना चाहिए और अन्य उचित दशाओं का प्रबन्ध किया जाना चाहिए। इसी प्रकार विचारधारात्मक ऊपरी ढांचे के लिए आर्थिक प्रणाली की आवश्यकता अवश्य होती है, किन्तु इसके द्वारा उसकी व्याख्या पूरी तरह नहीं हो जाती। जीवन के अभाव में अच्छा जीवन नहीं हो सकता; परन्तु जिन जीवन-मूल्यों (मान्यताओं) का हम लालन (प्रेमपूर्वक रक्षा) करते हैं, उन सबकी व्याख्या केवल जीवन द्वारा नहीं हो सकती।

मार्क्स स्वीकार करता है कि इतिहास में एक क्रम है; परन्तु वह सोद्देश्य या प्रयोजनवादी क्रम नहीं है। न वह क्रम अवैयक्तिक शक्तियों, परम आत्मा (एब्सोल्यूट स्पिरिट), यांत्रिक प्रकृति या आर्थिक उत्पादन की स्वतःचालित क्रिया की ही उपज है। इतिहास का निर्माण मनुष्यों द्वारा होता है; किसी इस या उस मनुष्य द्वारा नहीं, अपितु मनुष्यों के समूहों और वर्गों द्वारा। यह आवश्यक नहीं कि वर्गों की गतिविधियां वही हों, जिनकी कि उन लोगों के उद्देश्यों को देखकर आशा की जा सकती है, जिन (लोगों) के द्वारा वे वर्ग बने हैं। महान व्यक्ति उन वर्गों के प्रतिनिधि होते हैं, जो उन्हें महानता प्राप्त करने का अवसर देते हैं। मानवीय प्रयत्न ही वह पद्धति है, जिसके द्वारा जो कुछ निर्धारित होता है, वही घटित होता है। मार्क्स का कथन है कि ऐतिहासिक परिवर्तन वर्ग-संघर्षों के कारण होते हैं। जहां उत्पादनशील शक्तियों को इतिहास का आधारभूत तत्त्व माना गया है, और उत्पादन की दशाओं को इन शक्तियों के विकास का एक रूप माना गया है, और बाकी सब वस्तुओं को केवल विचारधारात्मक ऊपरी ढांचा कहा गया है, वहां वर्ग युद्ध को वह पद्धति या विधि बताया गया है, जिसके द्वारा मनुष्य का ऐतिहासिक विकास सम्पन्न होता है। उत्पादन की शक्तियां, ज्यों-ज्यों उनके विषय में हमारा ज्ञान और उनपर हमारा आधिपत्य बढ़ता जाता है, निरन्तर विकास की दशा में हैं और ये समाज के राजनीतिक ढांचे (संरचना) में परिवर्तन उत्पन्न करती हैं। परन्तु राजनीतिक रूप कुछ विशिष्ट

1. 'ऐंटी-डहरिंग', पृष्ठ 353-354

वर्गों की सत्ता का मूर्त रूप होता है; ये वर्ग साधारणतया उत्पादन के साधनों में हुए परिवर्तनों के साथ-साथ चल नहीं पाते। ये सत्तारूढ़ वर्ग अपने विशेषाधिकारों से चिपके रहते हैं और संघर्ष के बिना परिवर्तनों के सामने झुकते नहीं। मनुष्य को कष्ट उत्पादनशील यंत्र-रचना (मैकेनिज़्म) से नहीं होता, अपितु उन सामाजिक सम्बन्धों से होता है, जिनके अधीन रहकर वह उत्पादनशील यंत्र-रचना कार्य करती है। बदलती हुई आर्थिक आवश्यकताओं की यह मांग होती है कि राजनीतिक प्रणाली में भी परिवर्तन हों; और जब प्रभुत्व-सम्पन्न वर्ग राजनीतिक परिवर्तनों को रोकने का यत्न करते हैं, तब संघर्ष प्रारम्भ हो जाते हैं। जब परिवर्तन चाहने वाली शक्तियां सबल हो जाती हैं, तब वर्ग-संघर्ष का क्रान्तिकारी दौर शुरू होता है, पुरानी राजनीतिक प्रणाली को हिंसा द्वारा छिन्न-भिन्न कर दिया जाता है और एक नई प्रणाली, जो नई मान्यताओं और हितों का मूर्त रूप होती है, उठ खड़ी होती है। 'कम्युनिस्ट मैनीफेस्टो' (साम्यवादी घोषणापत्र) में वर्ग-युद्ध के सिद्धान्त को इस प्रकार प्रस्तुत किया गया है, "हमारे समय तक जिन-जिन भी समाजों का अस्तित्व कभी रहा है, उन सबका इतिहास वर्ग-संघर्षों का इतिहास है; स्वतन्त्र मनुष्य और दास, कुलीन और अकुलीन, सामन्त और अर्धदास, मालिक और शिल्पसंघों के सदस्य, संक्षेप में अत्याचारी और अत्याचारपीड़ित, निरन्तर एक-दूसरे के विरोध में जीवन बिताते रहे हैं, और एक-दूसरे के विरुद्ध अविराम युद्ध करते रहे हैं; ऐसा युद्ध जो कभी तो अप्रकट रूप से गुपचुप चलता था और कभी खुल्लमखुल्ला संघर्ष के रूप में सामने आ जाता था; और हर बार वह युद्ध तभी समाप्त हुआ है, जब या तो समाज में क्रान्तिकारी रूपान्तर हो गया, या जब दोनों ही वर्गों का लोप हो गया।" हम देखते हैं कि लगभग सभी देशों और कालों में वर्ग-संघर्ष चलते रहे और आज उनका महत्त्व पहले की अपेक्षा भी अधिक है। परन्तु इतिहास केवल वर्ग-संघर्षों का ही अभिलेख (रिकार्ड) नहीं है। राष्ट्रों के बीच युद्ध घरेलू युद्धों की अपेक्षा कहीं अधिक संख्या में और कहीं अधिक उग्र होते रहे हैं; और मानव-जाति के इतिहास के प्रारम्भिक भाग में तो जातियों में और नगरों में आपस में युद्ध हुआ करते थे। इस वर्तमान युद्ध (द्वितीय विश्वयुद्ध) में भी वर्ग-चेतना की अपेक्षा राष्ट्रीयता की भावना कहीं अधिक प्रबल है। सारे इतिहास में शासक और शासित, धनी और निर्धन, देश के शत्रुओं के विरुद्ध कन्धे से कन्धा भिड़ाकर लड़ते रहे हैं। हम आज भी अपने देश के पूंजीपति मालिकों की अपेक्षा विदेशी कामगरों से अधिक घृणा करते हैं। कुछ धार्मिक युद्ध भी हुए हैं, जैसे धर्मसुधार (रिफॉर्मेशन) के पक्ष और विपक्ष में हुए युद्ध, जो यूरोप में दो शताब्दियों तक चलते रहे। इन युद्धों में सब वर्गों के लोग, क्या अमीर, क्या गरीब, क्या राजा और क्या किसान, क्या कुलीन और क्या कारीगर, सब बड़े धर्मान्ध जोश के साथ दोनों ही पक्षों की ओर से लड़े। आज मार्क्सवादी भी, कुछ एक अपवादों को छोड़कर, उन पूंजीवादी राष्ट्रों के लिए लड़ रहे हैं, जिनके वे सदस्य हैं। वर्तमान युद्ध को हम वर्ग-भावना का ही विकृत रूप नहीं मान सकते। भारत में हुए हिन्दुओं और मुसलमानों के संघर्ष या आयरलैंड में प्रोटैस्टैंटों और कैथोलिकों में हुए संघर्ष वर्ग-संघर्षों के निदर्शन नहीं हैं। यह ठीक है कि वर्ग-संघर्ष और गृह-युद्ध होते हैं, परन्तु साथ ही धर्मों के और राष्ट्रों के युद्ध भी होते हैं। मानवीय

विकास में इन पिछले प्रकार के युद्धों का हाथ अधिक निश्चायक रहा है।

इसके अतिरिक्त यह युक्ति, कि युद्ध पूंजीवाद का अनिवार्य परिणाम है, ऐतिहासिक दृष्टि से सही नहीं है। यह बात सच हो सकती है कि पूंजीवादी साम्राज्यों को नये बाज़ारों की आवश्यकता होती है और उन बाज़ारों को प्राप्त करने के लिए युद्ध छेड़े जाते हैं, परन्तु पूंजीवाद का अस्तित्व तो केवल पिछली कुछ ही शताब्दियों में रहा है, जबकि युद्ध हज़ारों सालों से लड़े जाते रहे हैं। इस बात का भी कुछ निश्चय नहीं है कि यदि सब देशों में एक नये भिन्न प्रकार की सामाजिक प्रणाली आ जाए, तो संसार में शांति स्थापित हो ही जाएगी। विदेशी आक्रमण से अपनी रक्षा करने तथा दूसरे राज्यों में पूंजीवाद को समाप्त करने के लिए साम्यवादी रूस को भी युद्ध करना ही पड़ता है। यदि संसार के सब देशों में साम्यवाद स्थापित हो भी जाए, तो साम्यवाद के सच्चे स्वरूप और उसको लागू करने की पद्धतियों के बारे में मतभेद उठ खड़े होंगे। यह कल्पना भी नहीं की जा सकती कि कभी कोई ऐसा समय आ जाएगा, जब लोगों के कोई विरोधी मत और स्वार्थ न रहेंगे; और लोगों में कोई मतभेद न होगा। मानवीय व्यवहार की मुख्य प्रेरक शक्तियां विविध हैं। देश का प्रेम, सत्तालोलुपता, यूथ की सहजवृत्ति उतनी ही महत्त्वपूर्ण हैं, जितनी कि संग्रहशीलता और महत्त्वाकांक्षा। जब तक अपनी सम्मतियों, वासनाओं और इच्छाओं के समर्थन में उन लोगों से, जो उनका विरोध करते हैं, लड़ने की प्रवृत्ति की रोकथाम नहीं की जाती, तब तक सामाजिक प्रणाली चाहे कोई-सी भी क्यों न हो, युद्ध होते ही रहेंगे। यदि मानव-स्वभाव ही न बदल जाए, तो तीव्र मतभेदों का निपटारा युद्ध के शस्त्रों द्वारा ही होता रहेगा; और हमारी ये आशाएं, कि कोई ऐसा समय आएगा जब विरोधों का निर्णय तलवार की धार से न होकर मनोबल द्वारा होगा, टलती ही रहेंगी। इतिहास को केवल आन्तरिक (घरेलू) संघर्षों की एक श्रृंखला के रूप में प्रस्तुत करना और जाति, धर्म, और देशभक्ति की शक्तियों की उपेक्षा कर देना मानवीय विकास की पेचीदा समस्या को आवश्यकता से अधिक सरल मान लेना है। ऐंजिल्स ने इस सम्बन्ध में कुछ सतर्कतापूर्ण शब्द कहे हैं, "मार्क्स ने और उसने अपने खण्डनात्मक वक्तव्यों में कहीं-कहीं बढ़ा-चढ़ाकर बातें कह दी हैं। उन्होंने यह नहीं सोचा था कि वे कोई ऐसे गुर (सूत्र) प्रस्तुत कर रहे हैं, जिनके द्वारा इतिहास की सब घटनाओं की व्याख्या हो सकेगी; यदि ऐसा कर पाना सम्भव होता, तो ऐतिहासिक कालों को पूरी तरह समझ पाना उतना ही सरल हो जाता, जितना कि एक मामूली समीकरण को हल करना।"

मार्क्स ने जिस सत्य की ओर ध्यान खींचा है, वह यह है कि आधुनिक तकनीकों द्वारा वस्तुओं का उत्पादन इतने विशाल परिमाण में हो रहा है कि यदि केवल वितरण की व्यवस्था कुछ भिन्न प्रकार से की जाए, तो उनसे सब लोगों की आवश्यकताएं पूरी हो सकती हैं; और इससे उन लोगों का असन्तोष दूर हो जाएगा, जो इस समय भूख से पीड़ित हैं। भूखे लोग कुछ कर मरने को उतारू होते हैं, जैसे कि सन्तुष्ट लोग कभी हो नहीं सकते और 'कम्युनिस्ट घोषणापत्र' उन भूखों को प्रभावित करता है। यह इन शब्दों के साथ समाप्त होता है, "कम्युनिस्टों को अपने विचारों को और अपने उद्देश्यों को छिपाने से घृणा है। वे खुल्लमखुल्ला घोषणा करते हैं कि उनके उद्देश्य वर्तमान

सब सामाजिक दशाओं को केवल बलपूर्वक उलट डालने से ही पूरे हो सकते हैं। शासक-वर्ग कम्युनिस्ट क्रान्ति से कांपते हैं, तो कांपें। श्रमिक-वर्ग के पास गंवाने के लिए अपनी बेड़ियों के सिवाय और कुछ है ही नहीं। जीतने के लिए उनके सामने सारा संसार है। सब देशों के कामगरो, एक हो जाओ।" आर्थिक क्षेत्र में 'स्वेच्छाचारी व्यक्तिवाद' के सिद्धान्त के विरुद्ध मार्क्स का प्रतिवाद उचित है। बढ़ती हुई आर्थिक विषमता के सम्मुख राजनीतिक स्वतन्त्रता का मूल्य बहुत कम है। यह मान लेना कि आर्थिक क्षेत्र में हितों की समस्वरता स्वयं उत्पन्न हो जाएगी, यह विश्वास कि यदि प्रत्येक व्यक्ति सोच-समझकर अपना हित पूरा करने की कोशिश करेगा, तो समाज को स्वतः ही अधिकतम लाभ होगा, समर्थनीय नहीं है। व्यक्ति अपने हित के लिए कार्य करते हुए, उसी प्रक्रिया में, समाज के प्रति अपने कर्तव्य का पालन नहीं कर रहा होता। जनसाधारण का ध्यान व्यक्तिगत स्वतन्त्रता की ओर उतना नहीं है, जितना कि धन्धों, भोजन और पर्याप्त सुरक्षा की ओर।

भौतिकवादी परिकल्पना द्वन्द्वात्मक भौतिकवाद के संशोधित रूप में भी भौतिकवाद के अन्य रूपों की अपेक्षा कुछ अधिक सन्तोषजनक नहीं है। यह दृष्टिकोण, कि मन केवल भौतिक तत्त्व का ही एक कृत्य है, और इसके विचारों तथा विकास का निर्धारण भौतिक संघटित संस्था (ऑर्गेनिज़्म) की प्राकृतिक दशाओं द्वारा, प्रत्येक पीढ़ी के सामाजिक और आर्थिक ढांचे और भौतिक प्रक्रिया द्वारा, जिसका कि वह भौतिक संघटित संस्था एक कृत्य है, होता है, एकपक्षीय और भ्रामक है। इतिहास एक सुघटित और सृजनशील प्रक्रिया है, यह धारणा मार्क्स ने केवल हेगल से ही नहीं ली, अपितु अपने यहूदी पूर्वजों से ली है। इस साभिप्राय आदर्श (नमूना) और इस सृजनशील गतिविधि की व्याख्या उत्पादनशील शक्तियों के विकास के रूप में नहीं हो सकती। उत्पादनशील शक्तियों का सारा विकास मनुष्य की सृजनशील अन्तःप्रेरणा द्वारा हुआ है। सृजनात्मक अन्तःप्रेरणा का स्रोत कौन-सा है? मनुष्य केवल पशु की भांति जीकर ही संतुष्ट क्यों नहीं रह लेता? यदि यह मान भी लिया जाए कि संसार द्वन्द्वात्मक अनिवार्यता के द्वारा यथासमय निष्पत्ति की ओर, अस्तित्व की एक नई व्यवस्था की ओर बढ़ रहा है, तो भी इसके जीवन और गति का स्रोत कौन-सा है? यह कहना कि इतिहास एक सप्रयोजन प्रक्रिया है, भौतिकवादी दृष्टिकोण की यथेष्टता से इनकार करना है। यह मान लेना कि यह एक परम तथ्य है, इसे रहस्य-रूप में ही छोड़ देना है। और रहस्य धर्म का जन्मस्थल है। इसके अतिरिक्त धर्म मानवीय प्रकृति को नये रूप में बदल डालना चाहता है और मार्क्स का विश्वास है कि इसका परिणाम सामाजिक परिवर्तन द्वारा प्राप्त होता है। वह लिखता है, "बाह्य जगत् पर क्रिया करने और उसे परिवर्तित करने के द्वारा मनुष्य स्वयं अपनी प्रकृति (स्वभाव) में भी परिवर्तन कर रहा होता है।"[1] सामाजिक जीवन की दशाओं पर नियंत्रण करके मनुष्य अपनी प्रकृति को अपनी स्वतन्त्र इच्छा के अनुसार नये रूप में बदल सकता है। मार्क्स कहता है, "मोशिये प्रूधों को मालूम ही नहीं कि सारा इतिहास मानवीय प्रकृति के अधिकाधिक बढ़ते हुए रूपान्तरण के सिवाय और कुछ नहीं है;" और धर्म का उद्देश्य भी ठीक यही है।

1, 'कैपिटल', 11-98

विज्ञान और धर्म के बीच चलनेवाला इतिहास-प्रसिद्ध विवाद अब पुराना पड़ चुका है, क्योंकि वह विज्ञान, जो धर्म को चुनौती देता था, आज वैसा ही मर चुका है, जैसाकि वह धर्म, जिसे वह चुनौती दिया करता था। आज समस्या धर्म के अविश्वसनीय कट्टर सिद्धान्तों के विषय में नहीं है, अपितु इस ब्रह्माण्ड में आत्मिक तत्त्व का जो स्थान है, उसके विषय में है; इस आत्मिक तत्त्व की व्याख्या विज्ञान द्वारा बिल्कुल ही नहीं हो सकती। आत्मा का राज्य हममें से हरएक के अन्दर विद्यमान है, सदा से विद्यमान रहा है और सदा रहेगा। इसे सूक्ष्म निरीक्षण द्वारा या बाह्य परिवर्तनों द्वारा प्राप्त नहीं किया जा सकता।

जो भारतीय लोग मार्क्सवादी सामाजिक कार्यक्रम की ओर आकर्षित हुए हैं, उन्हें चाहिए कि वे इसका मेल भारतीय जीवन के आधारभूत लक्ष्यों के साथ बिठाएं। एक स्वप्नलोक (आदर्शलोक, युटोपिया) की रचना और एक ऐतिहासिक आदर्श की रचना में काफी अन्तर है। किसी भी दिए हुए समय की सुनिर्दिष्ट परिस्थितियों से बिलकुल पृथक् एक अव्यक्त धारणा स्वप्नलोक है, जो एक पूर्ण सामाजिक व्यवस्था का एक कल्पनाप्रसूत आदर्श है। दूसरी ओर, ऐतिहासिक आदर्श में सुनिर्दिष्ट स्थितियों का ध्यान रखा जाता है और उसका आधार परम पूर्णता नहीं, अपितु सापेक्ष पूर्णता होती है। किन्हीं आधारभूत विशेषताओं के सम्बन्ध में ऐतिहासिक उन्नति का निर्धारण एक सुनिर्दिष्ट पृष्ठभूमि द्वारा होता है; भले ही उसके भावी विकास के सम्बन्ध में निश्चय से कुछ न कहा जा सकता हो। भविष्य को अग्रिम रूप से स्वतन्त्र नहीं कर दिया गया; और मानवीय आत्मा, जो स्वाधीनता की भावना से सम्पन्न है, बाह्य और आन्तरिक आवश्यकताओं पर विजय पा सकती है और इतिहास की गति का निर्धारण कर सकती है। भारत के लिए आदर्श सामाजिक व्यवस्था वही हो सकती है, जिसमें हमारे जीवन की उस आध्यात्मिक दिशा का पूरा ध्यान रखा गया हो, जिसमें से कम्युनिस्टों का केन्द्रीय सिद्धान्त, कि सब मनुष्य भाई-भाई हैं, निकला है। उन युवकों से, जिन्हें यह निश्चय है कि धर्म के दिन बीत चुके हैं, हम कह सकते हैं कि वे इस प्रकार के महत्त्वपूर्ण विषयों पर दृढ़ सम्मतियां बनाने के लिए सबसे कम योग्य हैं और इसीलिए ऐसी सम्मतियां बनाने के लिए सबसे अधिक अधीर हैं। इस विषय में प्लेटो की सलाह एकदम असंगत नहीं है।[1]

रूस पर हिटलर के आक्रमण ने सब धार्मिक संस्थाओं की ओर से, जिनमें चर्च और सम्प्रदाय-संस्थाएं (सैक्टरी) भी समान रूप से सम्मिलित हैं, देशभक्तिपूर्ण उत्साह के प्रादुर्भाव

---

1. "मेरे बेटे, तुम अभी जवान हो और समय बीतने के साथ-साथ तुम्हारे बहुत-से वर्तमान विश्वास बिलकुल उलट जाएंगे। तो तुम सर्वोच्च विषयों के सम्बन्ध-निर्णय शुरू करने से पहले भविष्य की प्रतीक्षा करो; और इन विषयों में सबसे महत्त्वपूर्ण—यद्यपि तुम अभी इसे बहुत तुच्छ समझते हो—है देवताओं के सम्बन्ध में ठीक ढंग से सोचना और अच्छा जीवन बिताना, या फिर इसका उल्टा .....! यदि तुम मेरी बात मानो, तो इन विषयों में स्पष्ट और विश्वस्त निर्णय की पूर्णता आने की प्रतीक्षा करो; और सब ओर से पथ-प्रदर्शन पाने की चेष्टा करते हुए यह खोज करो कि सत्य इस दिशा में है या उस दिशा में।...इस बीच में सावधान रहो कि देवताओं के प्रति किसी प्रकार की अधार्मिकता न होने पाए।"—'लौज़', 888 (ए० ई० टेलर कृत अंग्रेज़ी अनुवाद)

को प्रोत्साहन दिया है। अब उनके ऊपर 'क्रान्ति-विरोधी' षड्यन्त्रों से सम्बद्ध होने का शक नहीं किया जा सकता। धार्मिक संस्थाओं की ओर से रूसी सरकार के सच्चे और सोत्साह समर्थन का परिणाम यह हुआ कि स्तालिन ने कट्टर पंथी चर्च के नेताओं को अधिकृत रूप से भेंट के लिए बुलाया और इस बात को माना कि उन्हें पेट्रियार्क (प्राधिधर्माध्यक्ष) का चुनाव करने तथा एक पवित्र धर्मसभा (होली साइनोड) का गठन करने के लिए राष्ट्रीय सभा (नेशनल असेम्बली) बुलाने की स्वतन्त्रता है।[1] सोवियत सरकार धार्मिक स्वतंत्रता को स्वीकार करती है और उन मामलों में कोई हस्तक्षेप नहीं करती, जिनका सम्बन्ध उचित रूप से चर्च के साथ है। चर्च के प्रति पहले का उग्र विरोध मुख्यतया चर्च के अबुद्धिमत्तापूर्ण अप्रजातंत्रीय दृष्टिकोण के कारण था; और इस कारण कि चर्च रोमानौफ वंश का जरा-दुर्बल दास-सा बना हुआ था। बहुत-सी ज़्यादतियां हुईं, जिनके विषय में अब चर्चा करने की आवश्यकता नहीं है। हो सकता है कि अब भी रूसी सरकार ने अपनी नीति राजनीतिक कारणों से बदली हो। प्रेरक कारण चाहे कुछ भी क्यों न रहे हों, किन्तु यह ऐतिहासिक निश्चय इस बात की स्वीकृति का द्योतक है कि जनता के जीवन में धर्म का स्थान है।

आध्यात्मिक पुनरुज्जीवन की आवश्यकता

मार्क्स और उसके साथी जिन उद्देश्यों को दृष्टि में रखकर चल रहे हैं, उन्हें प्राप्त करने के लिए, अप्रिय घृणाओं को समाप्त कर डालने के लिए आध्यात्मिक पुनरुज्जीवन की आवश्यकता है। नई विश्व-व्यवस्था में उसे एकता और प्रेरणा प्रदान करने के लिए गहरा आध्यात्मिक आवेश का होना आवश्यक है। सामाजिक कार्यक्रम के लिए केवल वही बुद्धिसंगत आधार प्रदान कर सकता है। हमें जैसा कि स्वर्गीय हेनरी बर्गसन ने कहा था, "सारी मानव-जाति के सांझे उस परमात्मा की ओर देखना चाहिए, जिसकी केवल एक झलक मिलने का, यदि किसी प्रकार मनुष्य उसे पा-भर सके तो, अर्थ यह होगा कि युद्ध का अविलम्ब समूलोच्छेद हो जाए।" जिस परमात्मा का संकेत बर्गसन ने किया है, उसकी झलक हम किस प्रकार पा सकते हैं? हम पाप और असारता से मुक्त होकर किस प्रकार उस भगवान को देखने की अन्तर्दृष्टि प्राप्त कर सकते हैं, जो सबके लिए एक है? धर्म का आधार व्यक्ति के सारभूत मूल्य और गौरव का उद्घाटन और वास्तविकता के उच्चत्तर संसार के साथ व्यक्ति का सम्बन्ध है। जब मानव-प्राणी यह अनुभव

1. 4 सितम्बर, 1943 को स्तालिन द्वारा मास्को, लेनिनग्राद और यूक्रेन के तीन अधिधर्माध्यक्षों (मैट्रोपोलिटन) का स्वागत-सत्कार करने के विषय में अधिकृत वक्तव्य में निम्नलिखित अनुच्छेद महत्त्वपूर्ण है :

"भेंट के बीच में अधिधर्माध्यक्ष संर्जियस ने अध्यक्ष (चेयरमेन) को बताया कि सनातनों (औथोंडैक्स) चर्च के अधिकारी-वर्ग ने यह इरादा बनाया है कि निकट भविष्य में बिशपों की एक निर्वाचिका सभा (कौंक्लेव) मास्को के और सारे रूस के प्राधिधर्माध्यक्ष (पेट्रियार्क) का चुनाव करने के लिए और पवित्र धर्मसभा (होली साइनोड) की स्थापना करने के लिए बुलाई जाए। इसपर सरकार के अध्यक्ष कामरेड जे० वी० स्तालिन ने कहा कि सरकार की ओर से प्रस्ताव पर कोई ऐतराज़ न होगा।"

करता है कि वह पाशविक प्रकृति की अपेक्षा उच्चतर एक वास्तविकता की व्यवस्था का अंश है, तो वह सांसारिक सफलता से या भौतिकवादी विज्ञान की विजयों से सन्तुष्ट नहीं हो सकता। उसमें अपने आदर्शों के लिए शहीद होने की क्षमता है, यह तथ्य इस बात का सूचक है कि मनुष्य शाश्वत वास्तविकताओं के संसार में रहता है और उसीके लिए जीता है। पूजा मनुष्य का (दिव्य) ब्रह्म तक पहुंचने का प्रयत्न है। धर्म वह अनुशासन है, जो अन्तरात्मा को स्पर्श करता है और हमें बुराई और कुत्सितता से संघर्ष करने में सहायता देता है; काम, क्रोध और लोभ से हमारी रक्षा करता है; नैतिक बल को उन्मुक्त करता है; संसार को बचाने का महान कार्य के लिए साहस प्रदान करता है। मन के अनुशासन के रूप में इस (धर्म) में उस बुराई का मुकाबला करने की कुंजी और सारभूत साधन विद्यमान हैं, जो सभ्य संसार के अस्तित्व के लिए खतरा बनी हुई है। इसमें हमारे विचार और आचरण को आत्मा के धर्मों का वशवर्ती बनाने की बात निहित है।

अतीत में धर्म जादू, टोने, नीमहकीमों और अन्धविश्वास के साथ मिश्रित रहा है। उन धर्मसिद्धान्तों को, जो किसी समय दिव्य जीवन की ओर ले जानेवाले मार्ग थे, पर आज रुकावट बने हुए हैं, मनुष्य और परमात्मा के बीच में रोक बनकर खड़े न होने देना चाहिए और आध्यात्मिक जीवन की सारभूत सरलता को नष्ट न करने देना चाहिए। धर्म को, जैसाकि इसके नाम से ही ध्वनित होता है, एक ऐसी संघटक, परस्पर बांधनेवाली शक्ति होना चाहिए, जो मानव-समाज की सुदृढ़ता को और गहरा करती हो, भले ही उसके ऐतिहासिक स्वरूपों में अनेक स्पष्ट त्रुटियां रही हों। अपने तत्त्व-रूप में धर्म आध्यात्मिक अभियान के लिए आह्वान है। यह धर्म धर्मविज्ञान (थियोलॉजी) नहीं है, अपितु धर्म का व्यवहार और अनुशासन है। आत्मा के दर्द की, जिसने अपने-आपको शाश्वत से पृथक् कर लिया है यही एकमात्र औषध है। जब मानव-आत्मा इसके स्रोतों और इसकी शर्तों की अवज्ञा करती हैं, तब वह उन्मत्त और आत्मघाती बन जाती है। व्यक्ति और शाश्वत के बीच लुप्त हो गए सम्बन्ध को पुनः स्थापित करना ही धर्म का लक्ष्य है।

धर्म का सार उन धर्म-सिद्धान्तों में और धार्मिक मतों में, विधियों में और संस्कारों में नहीं है, जिनसे हममें से अनेक को विरक्ति होती है, अपितु युगों की गम्भीरतम बुद्धिमत्ता में, अनवरत तत्त्वज्ञान में, सनातन धर्म में है, जो आधुनिक विचार की किंकर्तव्यविमूढ़ अस्तव्यस्तता में हमारा एकमात्र पथप्रदर्शक है। विभिन्न धर्म सत्य का प्रतिनिधित्व नहीं करते, अपितु सत्य के उन विभिन्न पक्षों और धारणाओं का प्रतिनिधित्व करते हैं, जिनमें कि लोग विश्वास करते रहे हैं। वे उस एक ही सत्य की विविध ऐतिहासिक अभिव्यक्तियां हैं, जो अपनी प्रामाणिकता की दृष्टि से सार्वभौम और सार्वकालिक है। सेंट आगस्टाइन कहता है, "जिसे ईसाई धर्म कहा जाता है, वह प्राचीन लोगों में भी विद्यमान था, और मानव-जाति के प्रारम्भ से लेकर ईसा के शरीर धारण करने के समय तक कोई वक्त ऐसा नहीं रहा, जब इसका अस्तित्व न रहा हो; ईसा के आगमन के बाद सच्चे धर्म को, जो पहले से ही विद्यमान था, ईसाई धर्म कहा जाने लगा।"[1]

इस सृजनशील प्रसव-पीड़ा के काल में, अपने कष्ट-सहन की गंभीरता के कारण भी, भारत

1. 'लिव० डि वेरा रिलिजियोन', अध्याय 10

को यह विशेषाधिकार प्राप्त है कि वह संसार के लिए प्रकाश बन सके, सार्वभौम महत्त्व के एक संदेश का वाहक बन सके। भारत कोई जातीय व्यक्तित्व नहीं है, क्योंकि जातीय भवितव्यता बनावटी है। विशुद्ध जातीय रूप तो नृविज्ञान की आदर्श कल्पनाएं-भर हैं। वास्तविक जीवन में ऐसे व्यक्तियों को प्राप्त कर पाना सरल नहीं है, जिनमें किसी एक ही जाति की सब विशेषताएं एकत्र विद्यमान हों। सभी जगह मनुष्यों में विभिन्न जातियों की विशेषताएं मिली-जुली मिलती हैं, यहां तक कि एक ही परिवार के सदस्यों में भी एक ही जाति की विशेषताएं शायद ही कहीं दीख पड़ती हों। भारतीय संस्कृति जातीय दृष्टि से एकदेशीय नहीं है, अपितु इसने सब जातियों के लोगों को प्रभावित किया है। अनुभूति और उद्देश्य की दृष्टि से यह अन्तर्राष्ट्रीय है। भारत के प्रतीकरूप धर्म हिन्दुत्व में यही भावना विद्यमान है; वह भावना, जिसमें इतनी असाधारण जीवनी शक्ति है कि वह राजनीतिक और सामाजिक परिवर्तनों के बाद भी बची हुई है। जब से भी इतिहासकार का अभिलेख उपलब्ध है, तभी से वह आत्मा की पवित्र ज्वाला का साक्ष्य प्रस्तुत करता रहा है; वह ज्वाला सदा, तब भी जबकि राजवंश नष्ट होते हों और साम्राज्य टूटकर खंडहर बनते हों, विद्यमान रहेगी। केवल यही पवित्र ज्वाला हमारी सभ्यता को आत्मा, और नर-नारियों को जीवन का एक सिद्धान्त प्रदान कर सकती है।

मनुष्य में एक, न केवल जीने की, अपितु गौरव के साथ जीने की तत्त्वगत (मौलिक) आकांक्षा विद्यमान है। जब हमारे इस गौरवपूर्ण जीवन के आवेश को ब्रह्मांडीय समर्थन प्राप्त हो जाता है, तब हमारे अन्दर एक विशिष्ट प्रकार का धार्मिक उत्साह भर उठता है। ऐसा व्यक्ति कोई भी नहीं है, जिसके मन में कभी न कभी ये आधारभूत प्रश्न न उठे हों—मैं क्या हूं? मेरा मूल कहां है? मेरी भवितव्यता क्या है?[2] इसके अतिरिक्त हमें इस विश्व के रहस्य पर विस्मय की अनुभूति होती है, इसकी सुव्यवस्थितता में विश्वास होता है; हमें चिर-काल से बनी आ रही पहेलियों के उत्तरों की अन्तहीन खोज है और वस्तुओं की सचाई को खोज निकालने की अधीरतापूर्वक लालसा है; उस सचाई को, जो इस अर्थ में सार्वभौम और परम है कि वह सब मनुष्यों के लिए, सब देशों और कालों के लिए प्रामाणिक है। रहस्यमय का अनुभव सब धर्मों के मूल में विद्यमान आधारभूत गुण है। गेटे कहता है, "विचारक के रूप में मनुष्य का सबसे बड़ा आनन्द यह है कि जिसकी थाह पाई जा सकती है, उसकी थाह पा ली जाए, और जिसकी थाह नहीं पाई जा सकती (अथाह), उसके सम्मुख श्रद्धा से सिर झुका दिया जाए।" कुछ ऐसे तथ्य और मान्यताएं (जीवन-मूल्य) हैं जिनकी कोई व्याख्या

1. इस रुनझुन-भर पद्य पर विचार कीजिए,

"अरे, ये राब रात्रियां और दिवस किधर जाते हैं?
और आगामी कल कहां हो सकता है?
जब मैं न रहूंगा, क्या तब कोई रहेगा?
और मैं सदा मैं ही क्यों रहता हैं?"

वाल्टर डि ला मेयर, 'प्लेजर्स एण्ड स्पैक्युलेशन्स' (1940)

ये हैं वे पहेलियां, जो आती तो बच्चे तक के मन में हैं, पर जिनका सबके लिए सन्तोष-जनक उत्तर अभी तक कोई दार्शनिक भी नहीं दे पाया।

नहीं की जा सकती। हम यह नहीं जानते कि इस संसार का अस्तित्व किसलिए है, और मान्यताओं के जगत् के साथ, जो देश और काल के संसार की अपेक्षा कम वास्तविक नहीं है, इसका क्या सम्बन्ध है। यदि हम मानवीय तर्कबुद्धि की इन सीमाओं को पहचान सकते हैं, और उन्हें स्वीकार कर सकते हैं, तो इसका कारण केवल यही है कि हमारे अन्दर एक आत्मा है, जो तर्कबुद्धि की अपेक्षा कहीं अधिक उत्कृष्ट है; वही तर्कबुद्धि को अपने उपकरण (साधन) के रूप में प्रयुक्त करती है। इन दोनों को पृथक् नहीं किया जा सकता; क्योंकि आत्मा तो वस्तुतः वह समूचा व्यक्तित्व है, जो अपने उच्चतर अंश के पथ-प्रदर्शन में कार्य करती है; और जब आत्मा कार्य करती है, तब हमें परमात्मा का दर्शन होता है। यद्यपि बौद्धिक प्रवृत्ति मानवीय मन के लिए स्वाभाविक (नैसर्गिक) है, परन्तु इसकी सुस्पष्ट भवितव्यता तो इसकी अवयव भूत (मुख्य) ही है। कभी न कभी हममें से प्रत्येक ने अवैयक्तिक आनन्द के उन क्षणों का अनुभव किया होगा, जब ऐसा लगता है कि हम इस स्थूल पृथ्वी पर नहीं चल रहे, अपितु हवा में उड़ रहे हैं, जब हमारा सारा अस्तित्व एक ऐसे सान्निध्य से ओतप्रोत हो उठता है जो अवर्णनीय होते हुए भी अनुभूतिगम्य है, जब हम एक अपार्थिव (दिव्य) वातावरण में स्नान कर रहे होते हैं, जब हम परम आनन्द की सीमाओं तक को स्पर्श कर लेते हैं, जहां पहुंचकर स्वार्थ-साधना और अतृप्त लालसाएं उपलब्धि और प्रशान्तता के सम्मुख घुटने टेक देती हैं। इस प्रकार के अन्तर्दृष्टि के क्षण और आनंद की मनोदशाएं व्यक्तित्व को ऊंचा उठानेवाली, विस्तार प्रदान करनेवाली, गहराई तक ले जानेवाली और समृद्ध बनानेवाली होती हैं, और फिर भी वे उसका विश्व के साथ एकात्म्य स्थापित करती हैं। चूर-चूर कर देनेवाली गहराई के और तीव्र उल्लास के इन अनुभवों में, जबकि हम पंखों द्वारा ऊपर उठकर वास्तविकता को स्पर्श करने लगते हैं, जब हम प्रकाश से भर उठते हैं और आत्मा के सान्निध्य के वातावरण से भर उठते हैं, हमारा मन आश्चर्यजनक स्पष्टता से भर जाता है और हम अपने-आपको एक मित्रतापूर्ण विश्व का अंग अनुभव करने लगते हैं। जिनके चरित्र और सत्यनिष्ठा पर कोई आक्षेप किया ही नहीं जा सकता, ऐसे लोगों ने बड़े गम्भीर शब्दों में बताया है कि किस प्रकार उनका सारा अस्तित्व ही रूपान्तरित हो गया। आत्मा ही उनका जीवन, प्रकाश और आनन्द है। उनका सम्पूर्ण स्वभाव अनुसन्धान की गतिविधि है, ज्ञान-प्राप्ति का प्रयत्न। वे तो अपनी आत्मा की शांति में रह रहे होते हैं, परन्तु उनके शरीर जीवनी-शक्ति से प्रबल और अविलम्ब्य होते हैं।

धर्म का मूल एक प्रकार की विस्मय की अनुभूति में और स्वयं जीवन के शाश्वत रहस्य में, इसकी चारुता और शक्ति में, जब हम किसी तृप्तिदायक वस्तु को प्राप्त करते हैं, तब होनेवाले परम उल्लास के अनुभव में है; और इनके अभाव में मनुष्य मृतक-सदृश है। "अरी गार्गी, जो इस 'अविनश्वर' को बिना जाने इस संसार से प्रयाश कर जाता है, वह दरिद्र है, दया का पात्र है; दूसरी ओर, जो कोई इस 'अविनश्वर' का ज्ञान प्राप्त करके इस संसार से प्रयाण करता है, वह ब्राह्मण है।"[1] और फिर, "यदि

1. यो वा एतदक्षरं गार्गि अविदित्वाऽस्माल्लोकात् प्रेति स कृपणः; अथ एतदक्षरं गार्गि विदित्वाऽस्माल्लोकात् प्रेति स ब्राह्मणः।

हम उसका ज्ञान यहीं प्राप्त कर लें, तब तो जीवन सफल है; पर यदि हम उसे यहां न जान पाएं, तो यह महान विपत्ति है।"[1] यदि मानव-जीवन शाश्वत के साथ सम्पर्क स्थापित करने की अदम्य लालसा से प्रेरित न हो, तो उस जीवन का कुछ अर्थ ही नहीं है। प्लौटिनस कहता है, "इसके लिए वह सर्वोच्च 'सौन्दर्य', वह परम और मूल सौन्दर्य, अपने प्रेमियों को सौन्दर्य के अनुकूल गढ़ता है और उन्हें प्रेम के योग्य भी बनाता है। और इसके लिए आत्माओं के सामने कठोरततम और चरम संघर्ष प्रस्तुत किया जाता है; हमारा सारा श्रम इसीके लिए है कि कहीं हम इस सर्वश्रेष्ठ झलक का कुछ भी अंश पाए बिना न रह जाएं, जिसे प्राप्त करना आनन्दमय दृष्टि में धन्य होना है; और जिसे प्राप्त करने में असफल रहना चरम असफलता है। क्योंकि जो व्यक्ति रंगों और दीख पड़नेवाले रूपों से मिलनेवाले आनन्द को पाने में असफल रहता है, शक्ति और सम्मान पाने में असफल रहता है, वह असफल नहीं है; अपितु केवल वह असफल है, जो 'इस' आनन्द को पाने में असफल रहता है, जिसे पाने के लिए उसे राज्यों को भी त्याग देना चाहिए।"

जब तक उस 'सर्वोच्च' (परमेश्वर) की झलक न मिले, तब तक जीवन अपूर्ण रहता है। आत्मा की भी ठीक वैसी ही आंखें हैं, जैसी शरीर की हैं; उन आंखों से वह परम सत्य का ज्ञान प्राप्त करती है और परम पूर्णता से, जो परमात्मा है, प्रेम करना सीखती है। "जैसे आंख आकाश को देखती है, वैसे ही साधक लोग परमात्मा के उच्चतम निवासस्थान को सदा देखते हैं।"[2] इस प्रकार के अनुभव मानव-परिवार[3] की सभी शाखाओं में होते रहे हैं, यद्यपि विभिन्न कालों में और विभिन्त जातियों में उनकी व्याख्याएं अलग-अलग ढंग से होती रही हैं। मूसा आवेश में कह उठता है, "शाश्वत परमात्मा ही मेरा आश्रय है और नीचे अनन्त बांहें है।"[4] साम (ईसाई भजन, स्तोत्र) -लेखक भी इसी प्रकार के, शाश्वत निवास में ले जाए जाने के, और उस 'एक' के साथ, जो पर्वतों के जन्म से भी पहले, संसार की रचना से भी पहले विद्यमान था, साहचर्य के अनुभव की चर्चा करता है।[5] आत्मा का संसार प्लेटो के दर्शन का एक आवश्यक अंग है। उसकी दृष्टि में यह आत्मजगत् ही सत्य, शिव और सौंदर्य का आधार और आश्रय है। मानवीय मन केवल भौतिक तत्त्व के संसार तक ही सीमित नहीं है और इसे वास्तविकता के लोकोत्तर और अतीन्द्रिय क्षेत्र के साथ घनिष्ठ सम्पर्क तक ऊंचा उठाया जा सकता है। सेंट पाल लिखता है, "भले ही हमारा बाह्य मनुष्य नष्ट हो जाए, फिर भी हमारा अन्तरिक मनुष्य दिनोंदिन नया

---

1. महती विनष्टिः।

2. सदा पश्यन्ति सूरयः तद्विष्णोः परमं पदं दिवीव चक्षुराततम्।—ऋग्वेद

3. ऋषि आर्यम्लेच्छानां समानं लक्षणम्।

4. 'ड्यूटरोनौमी', 33.27

5. 'साम' 60.2 ; साथ ही तुलना कीजिए, "जैसे हिरन पानी के नालों की ओर हांफता हुआ दौड़ता है, वैसे ही, हे परमात्मा, मेरी आत्मा तेरे लिए तरस रही है। मेरी आत्मा परमात्मा के लिए प्यासी है, जीते-जागते परमात्मा के लिए। मैं परमात्मा के सम्मुख कब पहुंचूंगा!"—साम 42. 1-2 और फिर, "हे परमात्मा, तू मेरा परमात्मा है; मैं तुझे जल्दी ही ढूंढ़ लूंगा। एक शुष्क और तृषाकुल प्रदेश में, जहां पानी का नाम नहीं है, मेरी आत्मा तेरे लिए प्यासी है और मेरा शरीर तेरे लिए लालयित है।"—साम 43.1

और नया होता जाता हैं...... । हम उन चीज़ों की ओर नहीं देखते, जो दिखाई पड़ती हैं, बल्कि उन चीज़ों की ओर देखते हैं, जो दिखाई नहीं पड़तीं; क्योंकि जो चीज़ें दिखाई पड़ती हैं, वे क्षणभंगुर हैं; और जो चीज़ें दिखाई नहीं पड़तीं बे शाश्वत हैं।"[1] प्लौटिनस (ईस्वी सन् 207-270) कहता है, "कई बार ऐसा हुआ कि मैं अपने शरीर से बाहर, ऊपर उठाकर अपनी आत्मा में पहुंचा दिया गया; इस प्रकार मैं अन्य सब वस्तुओं से पृथक् होकर आत्मकेन्द्रित हो गया; मुझे अद्भुत सौन्दर्य के दर्शन हुए; मुझे पहले भी किसी भी समय की अपेक्षा एक उच्चतम व्यवस्था के साथ सम्मिलन का विश्वास हुआ; मुझे दिव्य सत्ता के साथ तादात्म्य प्राप्त हो गया।"[2] "एक बार वहां पहुंचकर आत्मा इस अनुभव का विनिमय विश्व की किसी भी वस्तु से करने को तैयार नहीं होगी; यहां तक कि यदि उसे सम्पूर्ण नक्षत्रों समेत आकाश-मण्डल दे दिया जाए, तो उसके बदले भी वह इस अनुभव को छोड़ने को तैयार नहीं होगी; इस अनुभव से बढ़कर उच्चतर और उत्कृष्टतर वस्तु और कुछ नहीं है। इससे और ऊपर जाना हो ही नहीं सकता।"[3] आगस्टाइन ने अपनी दोष-स्वीकृतियां इन स्मरणीय शब्दों से प्रारम्भ कीं, "हे प्रभु, तूने हमें अपने लिए बनाया है, और जब तक हम तुझमें पहुंचकर शान्ति प्राप्त नहीं कर लेते, तब तक हमारे हृदय अशान्त रहते हैं।" उसके लेखों में ऐसे अनेक संदर्भ हैं, जिनसे यह सूचित होता है कि अपने जीवन के महान क्षणों में वह 'उस' तक पहुंच गया था, जो "एक कौंध में, एक छलांग में उस शाश्वत बुद्धिमत्ता को स्पर्श कर लेता है, जो अनन्तकाल स्थायी है" और जो स्वयं वह बुद्धिमता है। मुहम्मद ने ज़ोर देकर कहा था कि परमात्मा सचमुच है, इस बात को सिद्ध करने के लिए अन्य किसी प्रमाण की आवश्यकता नहीं है। उसके अपने इस अनुभव की कि "परमात्मा मेरी अपनी गर्दन की नस से भी मेरे ज़्यादा नज़दीक है।"[4] गवाही ही इसके लिए काफी है। सेंट टामस ऐक्वाइनास को एक उल्लेखनीय अनुभव हुआ था। जब वह नेपल्स में मास (खीष्ट याग, यज्ञ) कर रहा था, तब उसने अपनी कलम और दवात एक ओर रख दी, और उसके बाद अपने अपूर्ण ग्रंथ 'सम्मा थियोलौजिका' का एक शब्द भी आगे नहीं लिखा। उससे अपने इस महान ग्रन्थ को पूर्ण करने को कहा गया, तो उसने उत्तर दिया, "मैंने उसके दर्शन कर लिए हैं, जिसके कारण मैंने जो कुछ लिखा है और उपदेश दिया है, वह मुझे तुच्छ लगने लगा है।" जब एक शिष्य ने बगदाद के सूफी रहस्यवादी साधक जनैद से कहा, "मैंने सुना है कि आपके पास दिव्यज्ञान का मोती है ; आप उसे मुझे दे दीजिए, या बेच दीजिए।" जनैद ने उत्तर दिया, "मैं वह मोती तुम्हें बेच नहीं सकता, क्योंकि तुम्हारे पास चुकाने के लिए उसकी कीमत नहीं है; और यदि मैं तुम्हें वह यों ही दे दूं, तो तुम उसे बहुत सस्ते में पा रहे होगे और तुम्हें उसके मूल्य का पता ही नहीं चलेगा। मेरी तरह तुम इस (परमात्मा के) समुद्र में सिर के बल कूद पड़ो, जिससे कि तुम स्वयं ही उस मोती को पा सको।"[5]

---

1. 2 'कोरिन्थियन्स', 4.16-18
2. 'ऐन्नीडस', 4. 8. 1
3. वही, 6. 7. 34
4. 'कुरान' 50.15
5. निकल्सन, 'मीस्टिक्स आफ इस्लाम' (1914), पृष्ठ 34

जब हम उस वास्तविक का स्पर्श करते हैं, तो हम,
परमात्मा में लीन हो जाते हैं जैसे प्रकाश प्रकाश में; हम उड़ते हैं
स्वेच्छा से एक होकर।

धार्मिक अनुभूतियां उतनी ही पुरातन हैं, जितना मुस्कराना और रोना, प्यार करना और क्षमा करना। परमात्मा की अनुभूति कई ढंगों से होती है, प्रकृति के साथ घनिष्ठ सम्पर्क द्वारा, अच्छाई की पूजा द्वारा और...

सूर्यास्त के स्पर्श,
फूलों की घंटी की कल्पना, किसीकी मृत्यु
यूरीपिडीज़ के किसी नाटक की सम्मिलित-गानमय समाप्ति

द्वारा। यह अनुभूति जीवन के शनैः-शनैः उच्चतर होते जाने से लेकर परमात्मा में भाव-समाधि की तीव्रतम कोटि तक अविराम व्याप्त रहती है।

विचारों की कोई भी गम्भीर साधना, विश्वासों की कोई भी खोज, सद्गुणों के अभ्यास का कोई भी प्रयत्न, ये सब उन्हीं स्रोतों से उत्पन्न होते हैं, जिनका नाम धर्म है। मन द्वारा सौन्दर्य, शिवत्व और सत्य की खोज परमात्मा की ही खोज है। माता के स्तनों का दूध पीता हुआ शिशु, असंख्य तारों की ओर निहारता हुआ अशिक्षित जंगली, अपनी प्रयोगशाला में सूक्ष्मवीक्षण के नीचे जीवन का अध्ययन करता हुआ विज्ञानवेत्ता, एकान्त में संसार के सौन्दर्य और करुणा का चिन्तन करता हुआ कवि, तारा-आलोकित आकाश के, उच्च हिमालय के या प्रशान्त समुद्र के सम्मुख, या इन सबसे बढ़कर चमत्कार एक ऐसे मनुष्य के सम्मुख, जो महान भी है और अच्छा भी, श्रद्धापूर्वक खड़ा हुआ एक साधारण मनुष्य, इन सबमें एक अस्पष्ट-सी शाश्वत की भावना और स्वर्ग के लिए संवेदना विद्यमान है।

सच्चे अर्थों में धार्मिक व्यक्ति का धर्म बिलकुल सीधा-सादा होता है, जिसमें धर्म-विश्वासों, धर्म-सिद्धान्तों के मनोभावों या आधिदैविक तत्त्वों की बेड़ियां नहीं होतीं। यह उस आत्मा की वास्तविकता का प्रतिपादन करता है, जो काल और देश के ऊपर व्याप्त है। अपनी व्यावहारिक अभिव्यक्ति के लिए इसकी यह सूक्ति होती है, "जो भी कोई भला करता है, वह भगवान का है।" न्यायपूर्वक आचरण करना, सौन्दर्य से प्रेम करना और सत्य की भावना के साथ विनम्रतापूर्वक चलना यही सबसे ऊंचा धर्म है।[1] यह अनुभव किसी एक जाति या एक जलवायु (प्रदेश) तक

1. आइन्स्टाइन से तुलना कीजिए, "व्यक्ति मानवीय आकांक्षाओं और उद्देश्यों की नगण्यता को और उस अतिभव्यता तथा आश्चर्यजनक सुव्यवस्था को अनुभव करता है, जो प्रकृति और विचार जगत्, दोनों में प्रकट होती है। वह मानवीय अस्तित्व को एक कारागार के रूप में देखता है और सम्पूर्ण विश्व को एक महत्त्वपूर्ण समग्र रूप में अनुभव करना चाहता है। सब कालों के धार्मिक प्रतिभाशाली लोगों में इस प्रकार की धार्मिक अनुभूति बहुत स्पष्ट दिखाई पड़ती है; यह धार्मिक अनुभूति न तो धर्म-सिद्धान्तों से बंधकर चलती है और न मनुष्य के रूप में कल्पित परमात्मा से ; इसलिए ऐसा कोई धर्म-समाज (चर्च) नहीं हो सकता, जिसकी केन्द्रीभूत शिक्षाएं इस अनुभूति पर आधारित हों। यही कारण है कि प्रत्येक युग के भिन्न-विश्वासियों (प्रचलित धर्म को न माननेवालों) में हमें ऐसे अनेक लोग दीख पड़ते हैं, जिनमें उच्चतम कोटि की धार्मिक भावनाएं थीं और अनेक बार तो वे अपने समकालीन लोगों द्वारा नास्तिक माने गए थे और कभी-कभी ऐसे लोग सन्त भी माने जाते थे। इस दृष्टि से देखने पर डेमोक्रिट्स, ऐसिसी का फ्रांसिस और स्पिनोज़ा एक-दूसरे के बहुत निकट हैं।" —ऐच० गोर्डन गार्बोडियन लिखित, :अल्बर्ट आइन्स्टाइन' (1939), पृष्ठ 307

ही सीमित नहीं है। जब भी कभी आत्मा, किसी भी देश में या किसी भी जाति की सीमाओं में, अपने वास्तविक रूप में आती है, जब भी कभी यह अपनी आन्तरिक गहराइयों में केन्द्रित हो उठती है, जब कभी इसकी अनुभूतिशीलता पर अपने आसपास के गम्भीर जीवन की धाराओं का प्रतिभावन (रिस्पौंस) होता है, तब यह अपनी सच्ची प्रकृति को प्राप्त होती है और आनन्द सहित रोमांचकारी उल्लास के साथ पर-आत्मा के जीवन में रहने लगती है। जिनकी चेतना सर्वोच्च आत्मा में, बुद्धि और आनन्द के अपार समुद्र में, लीन हो गई, उसे जन्म देकर माता सफल-मनोरथ हो जाती है, परिवार पवित्र हो जाता है और उससे सारी पृथ्वी पुण्यवती हो उठती है।[1]

जो संसार अधिकाधिक गम्भीर शोकान्त विपत्ति में भटक रहा है, उसकी मुक्ति किसी अन्य उपाय द्वारा नहीं हो सकती। मानव-जाति के विस्तृत जगत् की सब प्रमुख आध्यात्मिक सामग्रियों का मूल आधार मानव-जाति की वास्तविक, आत्मिक एकता की स्वीकृति (मानना) है ; एक ऐसी एकता, जिसका, व्यक्ति अपनी प्रकृति की गहराई में, अन्य किसी भी अनुभूतिमूलक समाज की अपेक्षा अधिक अंग है। उन व्यावहारिक रोकों का, जो हमें एक-दूसरे से पृथक् करती हैं, अस्तित्व उससे गहरे स्तर पर पहुंचकर समाप्त हो जाता है। यदि हम आध्यात्मिक वास्तविकता में केन्द्रित हो जाएं, तो हम लोक और भय से, जो हमारे अराजक और प्रतियोगितात्मक समाज के आधार हैं, मुक्ति पा जाते हैं। इसे एक ऐसे मानवीय समाज के रूप में परिवर्तित करने के लिए, जिसमें हर व्यक्ति की भौतिक और मानसिक उन्नति की व्यवस्था हो, हमें अपनी चेतना का विस्तार करना होगा, अपनी चेतना को बढ़ाना होगा, जीवन के उद्देश्य को पहचानना होगा, और उसे अपने कामों में अपनाना होगा। चेतना का यह विस्तार, चेतनता की यह वृद्धि सरल नहीं है। यह जान लेना, कि वास्तविकता हमें दिखाई नहीं पड़ रही है और यह कि हम अन्धे हैं, और अपने अन्धेपन में जो कुछ हमें प्रतीत होता है, उसीको हम वास्तविकता समझ लेते हैं, आसान है। परन्तु उस अन्धेपन का इलाज करने के लिए और सच्ची दृष्टि पाने के लिए आत्मशुद्धि की आवश्यकता है। हमें चेतना को लोभ और भय के शिकार से, अहंकार के मोह से मुक्त करना होगा ; और जब हममें पवित्रता और एकाग्रता आ जाती है, तब हम परिवर्तित हो जाते हैं। हम वही हो जाते हैं, जो कुछ हम देखते हैं और हमारी प्रकृति नई हो जाती है, हम संसार के स्वरूप और प्रयोजन को समझने लगते हैं, और इस संसार में उस रीति से जीवन-यापन करने में समर्थ होते हैं, जिस रीति से परमात्मा चाहता है कि हम जीवन बिताएं। सम्पूर्ण सृष्टि का उद्देश्य मानव-जीवन का विकास करना है, मनुष्य का पुनर्निर्माण। मानव-प्रकृति को बदले बिना हम मानव-जीवन और मानव-समाज को बदल पाने की आशा नहीं कर सकते। रिक्त धारणाओं और साभिलाष कल्पनाओं के सम्बन्ध में औरंगज़ेब की चुटीली टिप्पणी के बावजूद कवि के आलोक और दार्शनिक के आदर्श की आवश्यकता है; कवि और दार्शनिक आत्मा को गति देनेवाली शक्तियों के प्रति सचेत रहकर हमारे लिए इस संसार के अन्दर ही एक परिष्कृततर

1. कुलं पवित्रं जननी कृतार्था वसुन्धरा पुण्यवती च तेन ,
अपार संवित्सुखसागरेऽस्मिन् लीनं परे ब्रह्मणि यस्य चेतः।

संसार की झलक को सुरक्षित बनाए रखते हैं।

आज हमें आवश्यकता इस बात की है कि मनुष्य के रहन-सहन के ढंग में आमूल परिवर्तन किया जाए। हम भविष्य को केवल उतनी ही सीमा तक निरापद (सुरक्षित) बनाने में सहायता दे पाते हैं, जिस सीमा तक हम अपने-आपको बदल पाते हैं। यह आत्मपरिवर्तन स्वतः नहीं हो जाता। यह उस साभिप्राय आदर्श के प्रति प्रतिभावन (रिस्पौंस) है, जो हमें इतिहास में दिखाई पड़ता है। यह आत्म का वास्तविकता के वशवर्ती होना हैं। यही धर्म का आचरण है। भारत के रहस्यवादी धर्म की ही नये विश्व का धर्म बनने की संभावना है, जो सब मनुष्यों को राष्ट्रीय सीमाओं के पार भी एक सांझे केन्द्र की ओर खींच सकेगा; भारत के इस रहस्यवादी धर्म का कथन है कि आध्यात्मिक वस्तुएं वैयक्तिक हैं और हमें उन्हें अपने जीवन में प्रतिबिम्बित करना चाहिए; इसके लिए यह आवश्यक है कि हम वास्तविक को प्राप्त करने के लिए सांसारिक विषयों से विमुख हो जाएं और नई ऊर्जा तथा संकल्प के साथ इतिहास के जगत् की ओर लौट पड़ें।

2 | धर्म की प्रेरणा और नई विश्व-व्यवस्था

धर्म के प्रति विरोध—धर्म द्वारा मैत्री—व्यक्ति की प्रकृति (स्वभाव) चिन्तन बनाम कर्म—नई व्यवस्था—प्रजातन्त्र की गत्वरता (गतिशीलता)

धर्म के प्रति विरोध

यदि संसार अपनी आत्मा की खोज में है, तो धर्म, जिस रूप में कि वे हम तक पहुंचे हैं, हमें उस आत्मा की प्राप्ति नहीं करा सकते। वे मानवता को मिलाकर एक करने के बजाय उसे विरोधी दलों में विभाजित करते हैं। वे जीवन के सामाजिक पक्ष पर बल न देकर वैयक्तिक पक्ष पर बल देते हैं। वैयक्तिक विकास के मूल्यों का अतिरंजन करके वे सामाजिक भावना और कल्पना को निरुत्साहित करते हैं। वे कर्म की अपेक्षा चिन्तन पर और व्यवहार की अपेक्षा सिद्धान्त पर कहीं अधिक बल देते हैं। अपनी परमात्मा के राज्य की धारणाओं द्वारा वे लोगों को इस पृथ्वी पर अपेक्षाकृत अच्छा जीवन बिताने के प्रयत्नों से विमुख कर देते हैं। ऐसा लगता है कि उनकी आत्मिक शक्ति समाप्त हो चुकी है और अब वे निर्जीव खोल-भर शेष रह गए हैं, जो एक ऐसे शब्दार्थ पर निर्भर हैं, जिसे वे पुनरुज्जीवित नहीं कर सकते। वे अपनी निष्प्राणता को उन विधियों और आचारों के पालन का आग्रह करके छिपाना चाहते हैं, जिन्हें आदतों और प्रथाओं ने बहुत अनुचित महत्त्व दे रखा है। वे बलिदान की उन प्रेरणाओं के प्रति, जो जागरित हो चुकी हैं, और सेवा के उस आवेश के प्रति, जो अवसर पाने के लिए तरस रहा है, निरपेक्ष जान पड़ते हैं। कुल मिलाकर, वे वर्तमान अस्त-व्यस्त दशाओं को बदलने के लिए हममें उत्साह जगाने के बजाय वर्तमान दशाओं को ही उचित ठहराते हैं। मार्क्स का विश्वास है कि धर्म एक वर्गहीन समाज की उन्नति के मार्ग में रोड़ा है, और 'वीर नवीन जगत्' की बन्धनमुक्त मेधाएं धर्म की सनक से छुटकारा पा लेंगी, क्योंकि उन्हें यह अनुभव हो जाएगा कि धर्म का दृष्टिकोण जीवन के अर्थ, प्रयोजन और उद्देश्य के वैज्ञानिक सत्य का मिथ्याकरण है। यह कहा गया कि "जिस समाज का लक्ष्य पूंजीवाद है, उससे उस समाज की ओर, जिसमें वर्ग-भेदों और वर्ग-संघर्षों का कोई चिह्न भी न होगा, संक्रमण के परिणामस्वरूप सब धर्म और अन्धविश्वास अपनी मौत आप मर जाएंगे।"[1] अन्धविश्वास के रूप में धर्म के इस दृष्टिकोण का बहुत विस्तृत रूप से प्रचार किया गया है। "1937 के मई मास तक सोवियत संघ में कोई चर्च बाकी न बचेगा। इसलिए परमात्मा को 'पंचायती समाजवादी गणतंत्रों के संघ' (रूस) की सीमा से मध्ययुगीन अवशेष के रूप में निर्वासित कर दिया

1. म० बुखारिन, 'दि ए, बी, सी आफ कम्युनिज़्म' (साम्यवाद का क, ख, ग)

जाएगा।"[1] 23 अगस्त, 1939 को रूस और जर्मनी के बीच मित्रता और अनाक्रमण का करार होने के बाद रूस में परमात्मा-विरोधी आन्दोलन के मन्त्री ने घोषणा की थी कि "रूसी-जर्मन करार से नास्तिकवादी प्रचार में सुविधा हो जाएगी, क्योंकि हिटलर और उसकी सरकार ईसाइयत की वैसे ही शत्रु है, जैसी कि सोवियत सरकार।" अब, क्योंकि जर्मनी और रूस एक-दूसरे से लड़ रहे हैं और ग्रेट ब्रिटेन, जो जर्मनी की धर्महीनता के विरुद्ध जिहाद का नेतृत्व कर रहा है, रूस का मित्र बन गया है, परमात्मा की दशा कुछ नाज़ुक-सी हो गई है। राजनीतिक परिवर्तनों के कारण हम यह मानने लगे हैं कि जर्मनी अनीश्वरवादी है और रूस ईश्वर-भक्त।[2]

धर्म द्वारा मैत्री

जिस प्रकार संसार विभिन्न जातियों और राष्ट्रों में बंटा हुआ है, उसी प्रकार विभिन्न धर्मों में भी। पूर्व और पश्चिम, अरब और यहूदी, हिन्दू और ईसाई, परस्पर कोई भी समझौता कर पाने में असमर्थ हैं। यह समझा गया था कि एक परमात्मा में विश्वास के फलस्वरूप शान्ति और एकता हो सकेगी, परन्तु उसकी इस प्रकार की व्याख्या के कारण, कि सब लोगों को एक ही ढंग से विश्वास और बर्ताव करना चाहिए, उससे कहीं अधिक उत्पात हुआ है, जितना कि राजाओं की महत्त्वाकांक्षाओं या जातियों की शत्रुता के कारण हुआ है। धर्म का उद्देश्य भले ही सार्वभौमता हो, किन्तु धर्म स्थानीय और विशिष्ट होते हैं और वे मैत्री के विकसित होने में बाधा डालते हैं। यहां तक कि ईसाई चर्चों को भी मिलाकर एक ही धार्मिक समाज के रूप में संगठित करने के प्रयत्न भी असफल रहे और विभिन्न सम्प्रदाय अब भी अपनी विशिष्ट औपचारिकताओं और कर्मकांडों का आग्रह बनाए हुए हैं।[3]

---

1. 15 मई, 1932 का आदेशपत्र।

2. जब ग्रेट ब्रिटेन यूरोप की केन्द्रीय शक्तियों—जर्मनी और इटली—से मित्रता-सम्बन्ध बनाए रखने के लिए उत्सुक था, तब इटालियन फासिस्टवाद का वर्णन करते हुए लार्ड लायड ने कहा था कि वह "एक अत्यधिक अधिकारवादी राज्यतंत्र है, परन्तु उससे न तो धार्मिक या आर्थिक स्वतन्त्रता को और न दूसरे यूरोपीय राष्ट्रों की सुरक्षा को ही किसी प्रकार का भय है।" हिटलर को एक ईश्वरभीरु कैथोलिक ईसाई के रूप में प्रस्तुत किया गया था, जो कम्युनिज़्म की धर्महीनता का, जिसने "गिरजाघरों को तोड़ दिया है, पादरियों की हत्याएं की हैं और स्त्रियों का राष्ट्रीयकरण कर दिया है," मुकाबला करने खड़ा हुआ था। 1935 में कैंटरबरी के आर्कबिशप ने कहा था, "पन्द्रह वर्ष से भी अधिक बीत चुके हैं कि जब रूस में नास्तिक अत्याचारी शासन स्थापित हुआ था। फिर भी अभी हज़ारों बिशप और पादरी जेलों में सड़ रहे हैं या साइबेरिया की बर्फीली खानों में विवश होकर बेगार कर रहे हैं।" जब 22 जून, 1941 को हिटलर ने रूस पर आक्रमण किया तो "एकाएक लुप्त हुए चर्च फिर भर उठे, पादरी लोग, जादू के जोर से, फिर वेदियों पर आ पहुंचे; और तो और, क्या हम अपनी आंखों पर भरोसा कर सकते थे, कि मास्को कैथेड्रल (गिरजाघर) फिर अपने पुराने स्थान पर वापस आ खड़ा हुआ था और पेट्रियार्क (प्राधिधर्माध्यक्ष) गर्ज़ीस ने 12000 लोगों से प्रार्थना करवाई थी।" डगलस रीड, 'आल आवर टुमॉरोज', (1942), पृष्ठ 84

3. रूसो लिखता है, "समाज की दृष्टि से विचार करने पर धर्म को, चाहे वह सामान्य

परन्तु हिन्दुत्व समझौते और सहयोग के लिए प्रयत्न का प्रतिनिधित्व करता है। यह एक ही सर्वोच्च वास्तविकता तक पहुंचने और उसे प्राप्त करने के प्रयत्नों की विविधता को स्वीकार करता है। इसकी दृष्टि में धर्म का सार उसे ग्रहण कर पाने में निहित है, जो शाश्वत है और सब वस्तुओं में व्याप्त है। इसकी प्रामाणिकता ऐतिहासिक घटनाओं पर निर्भर नहीं है। हमारे अन्दर दिव्यता का जो मूल सत्य विद्यमान है, उसीको विभिन्न धर्म-सिद्धान्त विभिन्न काल्पनिक रूप देकर प्रस्तुत करते हैं। सत्य के विषय में हमारा अर्थ-ग्रहण अतीत द्वारा निर्धारित रीतियों से ही सूत्रबद्ध होता है। क्योंकि केवल वे ही प्रतीक जो शताब्दियों तक प्रयोग में आते रहने के कारण घिस-घिसकर चिकने हो गए हैं हमें 'दिव्य' (ब्रह्म) का ज्ञान प्राप्त करने के लिए सचेष्ट कर सकते हैं। प्रतीक हृदय, विचार और मन द्वारा गढ़ी हुई धारणाए हैं।[1] हमारा काम उनके बिना नहीं चल सकता, क्योंकि वे ही वे साधन हैं, जिनके द्वारा हम समय के रूपों के अधीन रहते हुए भी शाश्वत का विचार कर सकते हैं। इस परिवर्तनशील संसार के रूपों के अधीन रहकर परमात्मा के परिवर्तन-शून्य रहस्यों का विचार कर सकते हैं। कविता, पुराण-कथाओं और प्रतीकवाद का प्रयोजन आत्मिक जागरण और विकास के लिए राजमार्ग के रूप में सेवा करना है। सब धर्म-विश्वास ससीम मन द्वारा असीम को ग्रहण करने के प्रयत्न हैं। जहां तक वे अन्तिम लक्ष्य तक पहुंचने में हमारी सहायता करते हैं, वहां तक वे मूल्यवान हैं। वे विभिन्न इसलिए हैं क्योंकि वे लोगों की विभिन्न आवश्यकताओं के, उनकी जाति और इतिहास के, उनके लिंग और स्वभाव के अनुकूल ढले हैं। परन्तु वे सब परीक्षणात्मक[2] हैं, और इसलिए असहिष्णुता को किसी प्रकार उचित नहीं ठहराया जा सकता। धर्म का उन नियत बौद्धिक धारणाओं के साथ घपला नहीं किया

हो या विशिष्ट, दो भेदों में बांटा जा सकता है : एक तो मनुष्य का धर्म और दूसरा नागरिक का धर्म। इनमें से पहला, जिसके न कोई मन्दिर होते हैं, न वेदियाँ, न धार्मिक विधियाँ, और जो विशुद्ध रूप से सर्वोच्च परमात्मा की पूजा-पद्धति तक, और नैतिकता के शाश्वत प्रतिबन्धों तक ही सीमित रहता है, ईसा द्वारा उपदिष्ट धर्म है, विशुद्ध और सादा, सच्चा आस्तिकवाद जिसे प्राकृतिक विव्य अधिकार या कानून कहा जा सकता है। दूसरा वह है, जो किसी एक देश में संहितावद्ध होता है, जो उस देश को अपने देवता, अपने संरक्षक आश्रयदाता प्रदान करता है; इसके अपने धर्म-सिद्धान्त होते हैं, अपनी विधियां होती हैं, और कानून द्वारा नियत इसकी अपनी बाह्य पूजापद्धति होती है। जो एक राष्ट्र इसका अनुयायी होता है, उसके अतिरिक्त शेष सारा संसार इसकी दृष्टि में नास्तिक, विदेशी और बर्बर होता है; मनुष्य के कर्तव्य और अधिकार केवल इसकी अपनी वेदियों तक ही पहुंच पाते हैं।"—'सोशल कंट्रैक्ट', खंड 4

1. हृदा मनीषा मनसाभिलृक्प्तः। तुलना कीजिए, ऋगवेद 1-6, 1-2। हृदा मनसा मनीषा; साथ ही, 10-177-2

2. एक सुविदित श्लोक में कहा गया है, "हे भगवान, तुम अरूप हो और मैंने अपने ध्यान में तुम्हें रूप दे दिया। हे अखिल जगत् के गुरु, तुम अवर्णनीय हो, पर अपनी स्तुतियों में मैंने इस सत्य का उल्लंघन कर दिया है। तीर्थयात्रा करके मैंने तुम्हारी सर्वव्यापिता से इन्कार किया। हे जगदीश, मेरे इन दोषों को क्षसा करना।"

रूपं रूपविवर्जितस्य भवतो ध्यानेन यत्कल्पितं
स्तुत्यानिर्वचनीयताखिलगुरो दुरीकृता यन्मया
व्यापितवच्च निराकृतं भगवतो यत्तीर्थयात्रादिना
क्षन्तव्यं जगदीश तद्विकलतादोषत्रयं मत्कृतम्।

जाना चाहिए, जो सबकी सब मन द्वारा निर्मित हैं। जो भी कोई धर्म अन्तिम और परम होने का दावा करता है, वह अपने मतों को शेष संसार पर थोपना चाहता है और दूसरे लोगों को अपने प्रमापों (स्टैंडर्ड) के अनुसार सभ्य बनाना चाहता है। जब दो या तीन विश्वास-प्रणालियां (धर्म) सब लोगों को अपने ढांचे के अंदर ले आने की कोशिश करती हैं, तो उनमें टकराव अनिवार्य हो जाता है, क्योंकि संसार में केवल एक ही 'परम' की—वह भी यदि हो ही—गुंजाइश है। इन विरोधी निरंकुशताओं (धार्मिक तानाशाहियों) की हास्यास्पदता हमारी दृष्टि में इसलिए नहीं आती, क्योंकि हम इनके साथ बहुत अधिक परिचित हैं। जब धार्मिक जीवन का पेशे के साथ और आविर्भूत सत्य की स्वीकृति के साथ मिश्रण कर दिया जाता है, तब उस धर्म में बाहरी यंत्रजात (मशीनरी) प्रमुख हो जाता है। पुरोहित या धर्म-सम्प्रदाय भावना का स्थान ले लेता है और सब लोगों से एक ही बात की मांग की जाती है कि उस मत के विश्वास में निष्ठा रखें। यदि आप उस मत को मानते हैं और उस समुदाय में सम्मिलित हो जाते हैं, तो आपको सदा के लिए कुछ विशेषाधिकार और कुछ विमुक्तियां (छूटें) प्राप्त हो जाती हैं। जीवन की तुलना में यह यंत्रजात बहुत सीधा-सादा है, इसकी क्रिया बहुत स्पष्ट है; और इसके परिणामों की गणना बहुत ही सुनिश्चित रीति से जनगणना की रिपोर्टों और आंकड़ों द्वारा की जा सकती है; परन्तु इसका प्रभाव हमारे स्वभाव की केवल बाहरी सतह की ओर ही संचालित रहता है। यदि हम यह समझते हैं कि दूसरों को क्षति पहुंचाकर भी, बल-प्रयोग द्वारा हमें अपने धर्म का प्रचार करने का इसलिए अधिकार है कि हमारा धर्म अन्य धर्मों से ऊंचा है, तो हम नैतिक आत्मविरोध के दोषी हैं, क्योंकि अत्याचार, अन्याय और क्रूरता तो आध्यात्मिक बुद्धिमत्ता और उच्चता के ठीक निषेध हैं। हिन्दुत्व का कोई एक ऐसा नियत धर्म-विश्वास नहीं है, जिस पर इसका जीवन या मरण निर्भर हो, क्योंकि इसको यह निश्चय हो चुका है कि भावना धर्म-विश्वासों से कहीं बड़ी सिद्ध होगी। हिन्दू की दृष्टि में प्रत्येक धर्म सच्चा है, पर केवल तभी जबकि उसके अनुयायी सचाई और ईमानदारी से उसका पालन करते हों। उस दशा में वे धर्म-विश्वास से आगे बढ़कर अनुभव तक और सूत्र से आगे बढ़कर सत्य के दर्शन तक पहुंच जाएंगे। उदाहरण के लिए, शंकराचार्य ने धर्म की छः शास्त्रसम्मत प्रणालियों की बात कही है। उसे एक ही सत्य की विभिन्न अभिव्यक्तियों का व्यापक अनुभव था। इब्न अल अरबी लिखता है, "मेरा हृदय अब प्रत्येक रूप धारण करने में समर्थ बन गया है; हिरनों के लिए यह चरने का मैदान है, और ईसाई मठवासियों के लिए मठ है, और मूर्तियों के लिए यह मन्दिर है, और हाजियों के लिए यह काबा और टोरा की मेज और कुरान की पुस्तक है। मैं तो प्रेम के धर्म को मानता हूं फिर उसके ऊंट चाहे जिधर भी ले जाए। मेरा धर्म और मेरी श्रद्धा ही सच्चा धर्म है।"[1] रामकृष्ण भी कई प्रकार के विश्वासों और पूजाविधियों का पालन करते थे। हिन्दुत्व का धार्मिक मूल्य इस तथ्य में निहित है कि यह आध्यात्मिक स्वतन्त्रता के अन्वेषकों को हर प्रकार का सहारा देता है, और उन सबको उस एक ही सर्वश्रेष्ठ सत्य तक पहुंचाता है, जिसे अनेक ढंग से अभिव्यक्त किया जाता है। यद्यपि धर्म-

1. निकल्सन, 'मौस्टिक्स आफ इस्लाम' (1914), पृष्ठ 105

विश्वास अनेक और पृथक्-पृथक् हैं, परन्तु परम्परा और जीवन की शैली एक ही है। जब हम धर्म-सिद्धान्तों और परिभाषाओं को लेकर विवाद करते हैं, तब हम विभक्त हो जाते हैं। परन्तु जब हम प्रार्थना और ध्यान के धार्मिक जीवन का अवलम्बन करते हैं, तो हम परस्पर एक-दूसरे के निकट आ जाते हैं। प्रार्थना जितनी अधिक गहरी होती है, व्यक्ति 'सर्वोच्च' (ब्रह्म) के ज्ञान में उतना ही अधिक लीन हो जाता है। अहंभाव की कठोरता द्रवित हो जाती है; धार्मिक मतों की परीक्षणात्मकता प्रकट हो जाती है और सब आत्माओं के, एक परम सत्ता में, सुतीव्र केन्द्रीकरण (फोकसिंग) का बोध हो जाता है। हम सब धार्मिक अन्वेषणों की सारभूत एकता को समझ लेते हैं और विभिन्न नामपत्रों (लेबलों) के नीचे विद्यमान एक-से समान अनुभव को पहचान लेते हैं।[1] ब्रह्मा, विष्णु और शिव उस 'सर्वोच्च' (ब्रह्म) के अन्तर्गत हो जाते हैं, जिसका प्रतीक 'ओ3म्' है, और उनके भक्त भी उस सर्वोच्च की ही पूजा कर रहे होते हैं।[2] यद्यपि सब रास्ते उसी एक ऊंचाई तक ले जाते हैं, फिर भी प्रत्येक मनुष्य अपनी ही पाश्र्वभूमि के किसी स्थान से चलना प्रारम्भ करना चाहता है। हम सब परम्परा की संतान हैं, और इतिहास की धारा में हमारा एक सुनिश्चित स्थान है। हिन्दुत्व किसी एक धर्म-विश्वास, या एक धर्मग्रन्थ, या एक पैगम्बर या संस्थापक के साथ नहीं जुड़ा हुआ है, अपितु यह तो एक निरन्तर नवीन होते हुए अनुभव के आधार पर सत्य की निरन्तर और आग्रहपूर्ण खोज है। हिन्दुत्व परमात्मा के विषय में निरन्तर विकास-मान मानवीय विचार है। इसके पैगम्बरों और ऋषियों का कोई अन्त नहीं है और न इसके सिद्धान्त-ग्रन्थों की ही कोई सीमा है। यह सब नवीन अनुभवों का और सत्य की नवीन अभिव्यक्तियों का स्वागत करता है। प्रकाश, चाहे वह किसी भी द्वीप से क्यों न निकल रहा हो, अच्छा है, जैसे गुलाब सुन्दर ही होता है, चाहे वह किसी भी उद्यान में क्यों न खिला हुआ हो।

हमें धर्म, जिसे धर्म-सिद्धांतों को मानने और विधि-विधानों के पालन से अभिन्न समझा जाता है और आध्यात्मिक जीवन में, जो चेतना के परिवर्तन का आग्रहकर्ता है, जिसके लिए अन्य सब वस्तुएं साधनमात्र हैं, भेद करना होगा। ईसाई प्रतीक का प्रयोग करते हुए कहा जाए, तो धर्म का उद्देश्य है (ईश्वर के) 'पुत्र' का शाश्वत पुनर्जन्म, जिसके द्वारा पृथक्तावादी स्वार्थपरता का प्रायश्चित हो जाता है। यदि संगठित धर्म मानव-जाति का, इसके जीवन और समाज का, रूपान्तर नहीं कर पाया, तो इसका कारण केवल यह है कि उसने इस बात पर पर्याप्त ज़ोर नहीं दिया कि उसका एकमात्र लक्ष्य आध्यात्मिक अस्तित्व के लिए मार्ग खोल देना है। हम मानव-प्रकृति को विचारों द्वारा केवल उसकी ऊपरी सतह छूकर परिवर्तित नहीं कर सकते, अपितु इसके लिए तो हमें प्रकृति में ही आमूल परिवर्तन करना होगा। सब धर्मों का सांझा लक्ष्य

1. "जैसे वर्षा-जल समुद्र में पहुंच जाता है, वैसे ही सूर्य, शिव, गणपति, विष्णु और शक्ति के पुजारी मुझ तक पहुंच जाते हैं।"

सौराः शैवाश्च गाणेशाः वैष्णवाः शक्तिपूजकाः,
मामेव प्राप्नुवन्तीह वर्षपाः सागरं यथा।

2. अकारो विष्णुरुद्दिष्ट, उकारस्तु महेश्वरः,
मकारेणोच्यते ब्रह्मा, प्रणबेन त्रयो मतः।

आध्यात्मिक जीवन है। उनका परस्पर मतभेद लक्ष्य के विषय में नहीं है, अपितु केवल प्रगति की उस माला में है, जो वे अपने कम या अधिक प्रकाशों के सहारे कर पाते हैं। यदि हम किसी एक धर्म की तुलना दूसरे धर्मों से करें, तो हमें पता चलेगा कि अन्तर केवल मन्त्रों और अनुष्ठानों में ही है। यदि हम धर्म-सिद्धान्तों और धर्म-विश्वासों की तह में गहराई तक जाएं, तो दिखाई पड़ेगा कि सब धर्म उस एक अथाह स्रोत से बल प्राप्त कर रहे हैं। जब कोई ईसाई वर्णन करता है कि उसने ईसा के साक्षात् दर्शन किए, तो हिन्दू उसे वास्तविक मानने से इनकार नहीं करता; इसी प्रकार वह उस बौद्ध भिक्षु के आश्वासनों पर भी अविश्वास नहीं करता, जो मध्यम मार्ग का अवलम्बन करता है। वह मुसलमान के संसार के सर्वोच्च स्वामी की स्वेच्छपूर्वक शरण में जाने के वर्णन का भी खंडन नहीं करता। आधारभूत एकता को स्वीकार कर लेने के कारण, समूची मानव-जाति के कल्याण के लिए एक सांझे आधार पर एक विशिष्ट सीमा तक परस्पर संयोग सम्भव हो सकना चाहिए। धर्मविज्ञान-सम्बन्धी प्रतिपादन के विषय में भी अब विस्तृततर एकरूपता की सम्भावना है। राष्ट्रीय राज्यों की भांति बड़े-बड़े धर्म भी उन दिनों संसार के सीमित क्षेत्रों में उत्पन्न और विकसित हुए, जिन दिनों शेष मानव-जाति के साथ सम्पर्क स्थापित कर पाना कठिन था। किन्तु अब विज्ञान और व्यापार के प्रभाव के कारण एक नई विश्व-संस्कृति रूप धारण कर रही है। अब सब धर्म अपने-आपको एक नई बोली में अभिव्यक्त करने के लिए प्रयत्नशील हैं और इसीलिए एक-दूसरे के निकट आते जा रहे हैं। असमर्थनीय सिद्धांतों का खंडन उतना नहीं किया जाता, जितनी कि उनकी उपेक्षा कर दी जाती है, और धर्मों के उन्हीं सार्वभौम तत्त्वों पर बल दिया जाता है, जिनपर कि सब सहमत हैं। आगामी वर्षों में यह प्रक्रिया और अधिक तीव्र गति पर आएगी और सब धर्मों का शनैः-शनै सदृशीकरण विश्व-धर्म के रूप में कार्य कर सकेगा।

सहिष्णुता का सिद्धान्त हिन्दुओं का एक स्वीकृत सिद्धान्त रहा है। अशोक और उसके उत्तराधिकारी दशरथ ने नास्तिक आजीवकों को अपने यहां प्रश्रय दिया था। मनु का कथन है कि हमें भिन्न-विश्वासियों की प्रथाओं का भी आदर करना चाहिए,[1] याज्ञवल्क्य भिन्न-विश्वासियों की प्रथाओं को मान्यता देता है।[2] संक्षेप में, शासकों का यह कर्तव्य बनाया गया था कि वे सब धर्मों के अनुयायियों या किसी भी धर्म को न माननेवालों, सभी की रक्षा करें। मुस्लिम इतिहासकार खफी खां लिखता है, "उसने (शिवाजी ने) यह नियम बना दिया था कि जहां कहीं भी उसके अनुयायी लूटमार करते पहुंचें, वहां वे किसी मस्जिद को, या खुदा की किताब (कुरान) को या किसीकी स्त्री को किसी प्रकार की हानि न पहुंचाएं। जब कभी पवित्र कुरान की कोई प्रति उसके हाथ में आ जाती थी, तो वह उसे आदर से रखता था, और अपने किसी मुसलमान अनुचर को दे देता था। जब उसके आदमी हिन्दू या मुसलमान स्त्रियों को कैद कर लेते थे और उनकी रक्षा के लिए उनका कोई साथी उनके पास न होता था, तो वह स्वयं तब तक उनकी देख-रेख करता

1.4.61

2. 1.192

था, जब तक उनके सम्बन्धी आकर धन देकर उन्हें छुड़वाकर न ले जाएं।"[1]

व्यक्ति की प्रकृति

व्यक्ति की प्रकृति के सम्बन्ध में ऐतिहासिक धर्मों और एकाधिकारवादी विश्वासों में आधारभूत अन्तर है। धर्मों की शिक्षा यह है कि परमात्मा मनुष्य के अन्दर है और मनुष्य में भले और बुरे का विवेक करने की शक्ति है; और यह विवेक की शक्ति ही उसे मनुष्य बनाती है और उसे पशुओं से पृथक करती और मानव-जीवन को पवित्रता प्रदान करती है। जीवन की वास्तविक इकाई व्यक्ति है, जिसके अन्दर धड़कता हुआ मानवीय हृदय, बौखलाया हुआ मानवीय संकल्प, विशाल गौरवों और अनजानी वेदनाओं की भावना विद्यमान है। प्रजातंत्र मनुष्य में, और उसके अपने-आपको पूर्ण बनाने के, अपना शासन स्वयं करने के, और एक ऐसे समाज का निर्माण करने के, जिसमें अपने-आपको पूर्ण बना पाना सम्भव हो, अधिकार और कर्तव्य में इस आस्था की अभिव्यक्ति है। सप्राण धर्म मनुष्य को एक पवित्र वस्तु मानते हैं, जबकि मार्क्स की दृष्टि में वह "सामाजिक बन्धनों का सामान्य प्रभाव मात्र" है। वह कहता है, "मानवीय तत्त्व कोई ऐसी अमूर्त वस्तु नहीं है, जो पृथक् व्यक्ति में निवास करती हो। अपने वास्तविक रूप में यह सामाजिक सम्बन्धों का सामान्य प्रभाव-भर है।"[2] समाज वास्तविकता है और स्वाधीन मनुष्य एक प्रतीति या भ्रम है। हिटलर का कथन है, "व्यक्तिक मानव-आत्मा के और वैयक्तिक उत्तरदायित्व के असीम महत्त्व के ईसाई-सिद्धान्त का मैं विरोध करता हूं। इस सिद्धान्त के विरोध में मैं तुषार के समान स्वच्छ यह रक्षक सिद्धांत प्रस्तुत करता हूं कि व्यक्ति मनुष्य कुछ नहीं है, उसका कोई महत्त्व नहीं है और उसका निरन्तर अस्तित्व राष्ट्र की प्रत्यक्ष अमरता में ही बना रहता है।"[3] 'मीन कैम्फ में वह लिखता है, "उन धर्म-सिद्धान्तों का, जिनके अनुसार व्यष्टिगत व्यक्तित्व को अपनी स्वतन्त्रता और गौरव का अधिकार है, परिणाम विनाश के सिवाय कुछ नहीं हो सकता।" हिटलर समाजवाद के सिद्धान्त की परिभाषा इस रूप में करता है कि यह सब व्यक्तियों पर राज्य का आधिपत्य और राज्य पर पार्टी का अबाधित नियंत्रण है; वह कहता है, "वहां कोई उच्छृंखलता न होगी, ऐसा कोई स्वतन्त्र अवकाश न होगा जिसमें व्यक्ति अपना स्वामी स्वयं हो; यह है समाजवाद—उत्पादन के साधनों पर निजी स्वामित्व जैसी छुटपुट वस्तुएं नहीं। इसका क्या महत्त्व है कि मैं लोगों को एक ऐसे कठोर अनुशासन में जकड़कर खड़ा कर दूं, जिससे वे बचकर न निकल सकें? वे जितना चाहें अपनी भूमि या कारखानों पर उतना स्वामित्व बनाए रखें। निर्णायक तत्त्व यह है कि राज्य, पार्टी के माध्यम से, उन सबका अधिपति है,

---

1. इस प्रकार गवाही एक ऐसे विरोधी गवाह ने दी है, जिसने शिवाजी की मृत्यु का वर्णन इन शब्दों में किया, "उस दिन (5 अप्रैल, 1680 को) वह काफिर नरक को गया।" हाल ही में हैदराबाद के निज़ाम द्वारा की गई एक उल्लेखनीय घोषणा भी इस भावना के अनुकूल है : "मेरे राज्य में विभिन्न धर्मों और जातियों के लोग रहते हैं और उनके पूजा-स्थानों की रक्षा करना एक लम्बी अवधि से मेरे राज्य के संविधान का एक अंग रहा है।"

2. फ्यूअरबाख पर छठा प्रबन्ध

3. हरमैन रौखनिंग, 'हिटलर स्पीक्स' (1939), पृष्ठ 222-223

चाहें वे मालिक हों या कामगर। हमें बैंकों या कारखानों का सामाजिकीकरण करने में सिर खपाने की क्या आवश्यकता है? हम तो मनुष्यों का सामाजिकीकरण करते हैं।"[1] मानवीय व्यक्ति में से उसका अपना इतिहास, उसकी भवितव्यता, और उसको आन्तरिक अतीत निकालकर उसे रिक्त कर दिया गया है। उसे एक निरुद्देश्य बहता हुआ, चटपट विश्वास कर लेने वाला प्राणी मान लिया गया है, जो मस्तिष्क और अपनी इच्छा से शून्य होकर, उन लोगों द्वारा पशुओं की भांति हांका जाता है या मोम की भांति ढाल लिया जाता है, जिन्होंने अपने-आपको उसका शासक बनने के लिए चुन लिया है। यदि स्वाधीनता हमारे अपने वास्तविक आत्मरूप में रहने की स्वतन्त्रता का ही नाम है, तो हमसे हमारी स्वाधीनता छीन लेने की यह अधीरता मनुष्य के पतन की द्योतक है। मानवआत्मा का झुंड के सम्मुख यह आत्मसमर्पण हमें ऐसे पशुओं की जाति बना डालता है, जिनमें बुद्धि है। पशु जगत् में व्यष्टि का महत्त्व जाति की अपेक्षा कम होता है।

स्वाभाविक अधिकार और अन्तःकरण की स्वाधीनता, ऐसे "उदार मोह" घोषित किए गए हैं जिनकी आड़ में पूंजीवादी व्यवस्था डेरा जमाए हुए है। द्वंद्वात्मक प्रक्रिया का सम्बन्ध मानवता के सामाजिक तत्त्व से है। कोई भी व्यक्ति तब तक अच्छा नहीं हो सकता, जब तक कि वह सामाजिक ढांचा (संरचना) अच्छा न हो, जिसका कि वह अंग है। धर्म की इस स्थापना के, कि हम तब तक समाज को नहीं बदल सकते जब तक कि मनुष्यों को न बदल डालें, विरोध में मार्क्स यह विचार प्रस्तुत करता है कि जब तक हम समाज को न बदल डालें तब तक हम मनुष्यों को नहीं बदल सकते।

हम ऐसे संसार में रहते हैं, जिसमें यन्त्रों और प्राकृतिक विज्ञान का प्रभुत्व है। मानव-प्रकृति के संबन्ध में यंत्रात्मक दृष्टिकोण अधिक गाह्य हो गए हैं। मनोविश्लेषण मानव-प्राणियों को इस रूप में देखता है कि वे अपने अवचेतन मनोवेगों के, जिन्हें चिकित्सक लोग नये रूपों में बदल सकते हैं, असहाय दास हैं। आचरणवाद (बिहेवियरिज़्म) यह मानता है कि मानव-शिशु का मन पूर्णतया एक खाली कागज़ की तरह होता है जिसपर हम चाहे जो कुछ लिख सकते हैं। मानवीय दुष्टता का कारण दूषित ग्रन्थियों और अबुद्धिमत्तापूर्ण प्रतिबन्धों को बताया जाता है। मार्क्सवादियों का विश्वास है कि आत्मा पूर्णतया परिस्थितियों की उपज है, विशेषतः आर्थिक और सामाजिक परिस्थितियों की। इसके विचार करने, मूल्यांकन करने और निश्चय करने के कार्य इसकी स्वतन्त्र और स्वतःस्फूर्त्त गतिविधि की अभिव्यक्ति नहीं हैं, अपितु उस सामाजिक परिवेश (आसपास की परिस्थितियों) की मनोवैज्ञानिक गौण उपज हैं, जिनमें यह रह रही होती है। मार्क्स ने लिखा है, मनुष्यों की चेतना उनके अस्तित्व का निर्धारण नहीं करती, अपितु इसके विपरीत मनुष्यों का सामाजिक अस्तित्व उनकी चेतना का निर्धारण करता है।" उसके उत्तराधिकारियों ने इस दृष्टिकोण को अनम्य (लचकहीन) नियतिवाद तक ला पहुंचाया है और उनका मत है कि चेतना तो केवल एक गौण तत्त्व है (जो कारणों की परम्परा में नहीं है)। जब भी कभी परिस्थितियां, इतिहास के अदम्य नियमों के कारण अपने-आपको बदल लेती है, व्यक्ति भी बदल जाते हैं। सामाजिक तत्त्व मानवीय व्यवहार का निर्धारण करते हैं। स्पिनोज़ा ने कहा था कि यदि हवा में

1. हरमैन रौखनिंग, 'वौइस आफ डिस्ट्रक्शन'

से नीचे गिरता हुआ कोई पत्थर विचार कर सके, तो वह यह सोच सकता है कि उसने अपना मार्ग अपनी स्वतन्त्र इच्छा से चुना है; उसे बाह्य कारणों का ज्ञान भी न होगा। इसी प्रकार अपने बर्ताव के बाह्य कारणों का ज्ञान न होने से हम यह समझने लगते हैं कि हमारी स्थिति गिरते हुए पत्थर से भिन्न है। परन्तु हर बात प्रकृति की अपरिवर्ततीय प्रक्रिया के परिणामस्वरूप ही घटित होती है। मनुष्य इस प्रकृति में एक ऐसा पदार्थ है, जिसकी रुचियां और अरुचियां वैसी ही अदम्य दशाओं द्वारा निर्धारित होती हैं, जैसी दशाओं द्वारा पदार्थों का नीचे गिरना, पौधों का बढ़ना और ग्रहों का परिभ्रमण निर्धारित होता है। परस्पर-विरोधी मतों की विचारधाराएं केवल सुव्यवस्थित करने के प्रयत्न-भर हैं या उन कार्यों के लिए, जो वस्तुतः आर्थिक हितों के परिणामभूत हैं, दिखावटो (अवास्तविक) कारण खोजने के प्रयत्नमात्र हैं। इसका परिणाम है एक यंत्रजातात्मक (यांत्रिक ढंग का दृष्टिकोण) जिसके अनुसार मानवीय कार्य अंधे और स्वत:चालित बन जाते हैं।

अपने समकालीन दृश्य को देखकर हमारा यह दृष्टिकोण बनने लगता है कि हम तो उन विश्व-शक्तियों के बेबस शिकार हैं, जो अपने नियत लक्ष्यों की ओर बढ़ रही हैं। हम जितना समझते हैं, उसकी अपेक्षा बहुत ही कम स्वतन्त्र हैं। इस सम्मोहित संसार में हममें से अधिकांश लोग उन कार्यों को करते हैं, जिन्हें करने की इच्छा हमारी नहीं थी। जिन लोगों की इच्छा-शक्ति कम हो जाती है, वे भाग्यवाद को प्रसन्नता से स्वीकार कर लेते हैं। यह संसार गुमनाम बन गया है, और व्यक्ति इसमें विलीन हो गया है। अपनी शिक्षा-संस्थाओं में हमें अपनी शक्तियों का विकास करने और अपनी बुद्धि को बढ़ाने का प्रशिक्षण मिलने के बजाय हमें पहले से स्वीकृत नमूनों में ढाल दिया जाता है, हममें जानकारी ठूंस-ठूंसकर भर दी जाती है और हमें यह सिखाया जाता है कि हम देशभक्ति, जातीयता और धर्म की प्रेरणाओं के प्रति ठीक-ठीक प्रतिभावन (रिस्पौंस) किस प्रकार करें। हम इस प्रकार आचरण करते हैं, जैसे सिखाए हुए पशु या जानदार गुड़िया हों। आत्मा निस्संज्ञ हो जाती है और हमारे चेहरों का कोई अपना अलग रूप-रंग नहीं रहता। जब हम रेवड़ों (समूहों) के रूप में सोचने लगते हैं, तो हम सोचते उतना नहीं, जितना कि सहज वृत्ति से काम किए जाते हैं। हम सामूहिक मनुष्य बन जाते हैं, जो मानो इस प्रकार मुहरबन्द हों कि हवा भी उन तक न पहुंच पाए और जो समाज, राज्य कानून और व्यक्ति के विषय में तोतों की तरह रटे हुए विचारों को दुहराते चले जाते हैं। हम मानवीय उद्यम के सच्चे महत्त्व से पूर्णतया अनभिज्ञ रहते हैं और मानसिक दृष्टि से उन अविकसित प्राणियों की दशा तक पहुंच जाते हैं, जो सनसनी (रोमांच) के लिए लालायित रहते हैं और अस्पष्टतया किसी ऐसी वस्तु के लिए असन्तुष्ट और उत्सुक रहते हैं; जिसे वे दोष दे सकें और घृणा कर सकें। जान-बूझकर मनुष्यों के जीवनों को दरिद्र बनाया जा रहा है। पारिवारिक स्नेह, घर का प्रेम, अपनों से बड़ों के प्रति आदर, इन सब बातों को आत्मिक दासता का ही एक रूप बताकर, बानर युग की उपांत्र (एपैंडिक्स) जैसी प्रारम्भिक वस्तु, जिससे कि हमें मुक्त किया ही जाना चाहिए, बताकर अस्वीकृत कर दिया जाता है। हमें इस बात के लिए प्रोत्साहित किया जाता है कि

यदि आवश्यकता पड़े, तो हम अपने माता-पिता तक के साथ हिंसात्मक पाशविक उपायों का प्रयोग करें। हमें सिखाया जाता है कि हम यह विश्वास करें कि इतिहास अवश्यम्भावी है, उसका प्रतिरोध करना मूर्खता है और मनुष्य महत्त्वहीन है। हम इतिहास का निर्माण नहीं करते, अपितु इतिहास के द्वारा हमारा निर्माण होता है। जन समूह को अपने अधीन करने के लिए नेता-गण विवश करने, उत्तेजित करने और प्रभावित करने के सब आधुनिक साधनों का प्रयोग करते हैं। यह भावना साधारणतया लोगों में घर करती जाती है कि विकास की प्रवृत्तियों का प्रतिरोध करने से कोई लाभ नहीं है; ऐसे आन्दोलन का विरोध करना व्यर्थ है, जो परिस्थितियों का तर्कसंगत परिणाम है; हमें उन तथ्यों के सम्मुख सिर झुकाना ही चाहिए, जिनसे बचने का कोई उपाय नहीं है। भाग्य के पुराने सिद्धांत को ही नया, भला-सा लगने वाला बाना दे दिया गया है और आधुनिक तकनीकों से उसका प्रचार किया जा रहा है। व्यावहारिक विज्ञान और तकनीकी विज्ञान का, जोकि वस्तुतः प्रकृति के ऊपर मानवीय तर्कबुद्धि की विजय के परिणाम हैं, सामान्य मनुष्य पर ठीक उल्टा ही प्रभाव इस रूप में हुआ है, कि इस विज्ञान का परिणाम यह हुआ है कि मनुष्य यन्त्रों का दास बन गया है। मानवीय चेतना का यन्त्रीकरण हो गया है और मानव-आत्मा में नई स्वत:चलितताएं (ओटोमेटिज़्म) उत्पन्न हो गई हैं। हममें से अधिकांश लोग अपने जीवन का कोई भी ऊंचा उद्देश्य बनाए बिना जीते हैं और बनाना भी नहीं चाहते। हम दिन के बाद दिन, जीवन बिताते जाते हैं, और अन्त में वैसे ही लुप्त हो जाते हैं, जैसे वर्षा के बुलबुले फूटकर पानी में लुप्त हो जाते हैं। जीवन निरर्थक खलबली और अन्तहीन बकबक से भरा हुआ चलता जाता है। हममें से अधिकांश को ऐसा अनुभव होता है, मानो हम पिंजड़े में बन्द पशु हैं, जिन्हें इस बिलकुल बुद्धिहीन संसार में पूर्णमहत्त्वहीनता को स्वीकार कर लेने के लिए मना लिया गया है।

क्या यही है स्वतन्त्रता की पवित्र आनुवंशिक सम्पत्ति (बपौती)? स्वतन्त्रता उन शब्दों में से एक है, जिसका प्रयोग करना तो सरल होता है, किन्तु परिभाषा कर पाना कठिन। वर्तमान महायुद्ध में दोनों ही पक्षों के राष्ट्रों का दावा है कि ये स्वतन्त्रता और शान्ति के लिए लड़ रहे हैं। भारतीय राष्ट्रीय कांग्रेस की घोषणा है कि वह साम्राज्यवाद के विरुद्ध भारत की स्वतन्त्रता के लिए अहिंसात्मक लड़ाई लड़ रही है। हमारे कामगरों का विश्वास है कि जब वे अधिक वेतन, सामूहिक स्वामित्व (भागीदारी), मद्य-निषेध और मन्दिर-प्रवेश की मांग करते हैं, तो वे स्वतन्त्रता की लड़ाई लड़ रहे होते हैं। स्वतन्त्रता भी पत्रों के थैले या बिस्तरबन्द जैसी एक अभिव्यक्ति मालूम होती है, जिसमें आप जो कुछ चाहें, रख सकते हैं। एक राजनीतिक स्वतन्त्रता होती है, एक जाति की दूसरी जातियों द्वारा पराजय और उनके प्रभुत्व में स्वतन्त्रता। एक सांविधानिक स्वतन्त्रता होती है, जनता की किसी एक वर्ग या एक अधिनायक (डिक्टेक्टर) के अत्याचार से स्वतन्त्रता; वर्ग-विशेषाधिकार मानवीय स्वतन्त्रता के विरुद्ध अपराध है। एक आर्थिक स्वतन्त्रता भी हैं, अर्थात् दरिद्रता या अधिक दबाव के कष्ट से स्वतन्त्रता। एक वैधानिक स्वतन्त्रता होती है, अर्थात् कानून का भरोसा। जो कानून में संयत रखते हैं या हमारी रक्षा करते हैं, उन्हें हमारी प्रत्यक्ष या परोक्ष सहमति प्राप्त है, और जब तक उन कानूनों को रद्द न कर दिया

जाए, तब तक समाज में छोटे, बड़े सबको उनका पालन करना चाहिए। यह कानून बनाया गया था कि किसी भी स्वतन्त्र मनुष्य को न तो पकड़ा जाएगा, न कैद किया जाएगा, न उसकी सम्पत्ति छीनी जाएगी, न उसे विधि-बहिष्कृत (भगोड़ा घोषित) किया जाएगा, न देश से निर्वासित किया जाएगा और न किसी प्रकार से नष्ट ही किया जाएगा।" शारीरिक दासता से मुक्ति भी स्वतन्त्रता है। एक सामाजिक स्वतन्त्रता भी होती है। परन्तु ये सबकी सब केवल साधन हैं, अपने-आपमें कोई लक्ष्य नहीं हैं; ये मानव-आत्मा की गम्भीरतम ऊर्जाओं को भलीभांति अनुभव करने में सहायता देने के लिए आवश्यक सामग्री हैं। सामाजिक संगठन का मुख्य उद्देश्य व्यक्ति की आत्मिक स्वतन्त्रता को, मानवीय सृजनशीलता को बढ़ाना है और कष्टदायक कानूनों और प्रथाओं द्वारा रोक-थाम के बिना उसे यथेच्छ रीति से सोचने, अनुभव करने और आराधना करने में सहायता देना है। ऐसे अवसर आ सकते हैं, जब हमसे कहा जाए कि न्यायोचित आर्थिक अवस्था के लिए अपने अधिकारों और जायदाद का बलिदान कर दें। अंतर्राष्ट्रीय व्यवस्था के लिए हमें अपनी राष्ट्रीय स्वतन्त्रता का भी बलिदान करना पड़ सकता है; किन्तु आत्मिक स्वतन्त्रता तो सर्वोच्च और परम वस्तु है और इसका त्याग तो केवल अपनी आत्मा को गंवाकर ही किया जा सकता है। महाभारत में कहा गया है, "आत्मा के लिए सारे संसार का भी त्याग करना पड़े, तो कर देना चाहिए; आत्मार्थे पृथिवीं त्यजेत्।"[1] "यदि मनुष्य अपनी आत्मा को गंवा दे और सारे संसार को भी प्राप्त कर ले तो लाभ क्या है?"[2] सुकरात के रूप में हमारे सम्मुख एक ऐसे व्यक्ति का सर्वोच्च दृष्टान्त विद्यमान है, जो आत्मा की स्वतन्त्रता का समर्थक था और उसे रत्नों और स्वर्ण की अपेक्षा अधिक मूल्यवान समझता था। दृढ़ विश्वास और भावना से कांपते हुए शब्दों में सुकरात कहता है, "यदि आप मुझे इस शर्त पर छोड़ने का प्रस्ताव रखें कि मैं अपनी सत्य की खोज बन्द कर दूं, तो मैं कहूंगा : ऐथेन्सवासियो, आपका धन्यवाद ! परन्तु मैं

---

1. त्यजदेकं कुलस्यार्थे ग्रामस्यार्थे कुलं त्यजेत्।
ग्रामं जनपदस्यार्थे आत्मार्थे पृथिवीं त्यजेत्। 'महाभारत' 1-115-36

(परिवार की रक्षा करने के लिए एक व्यक्ति का त्याग किया जा सकता है; ग्राम की रक्षा करने के लिए एक परिवार का भी बलिदान किया जा सकता है ; पूरे जनपद (समाज) की रक्षा के लिए एक ग्राम का बलिदान किया जा सकता है और आत्मा की रक्षा के लिए आवश्यकता पड़े तो सारी पृथ्वी तक बलिदान कर देना चाहिए।) साथ ही देखिए, सभापर्व 61-11

2. परन्तु अब भी है एक स्वतन्त्रता, जिसके गीत नहीं गाए कवियों ने, और नहीं की प्रशंसा संसद्-सदस्यों ने; जिसे नरेश प्रदान नहीं कर सकते; और सारी शक्तियां पृथ्वी और नरक की, मिलकर भी उसे छीन नहीं सकतीं; ऐसी स्वतन्त्रता, जिसे अत्याचार और कपट, कष्ट और कारागार बांध पाने में एकदम अशक्त हैं; उसका स्वाद जो एक बार जान लेता है, वह फिर दास नहीं रह सकता। यह है हृदय की स्वतन्त्रता, जो आई है स्वर्ग से, यह खरीदी गई हैं उसके खून से, जिसने यह मानव-जाति को दी है, और इसपर उसी चिह्न की मुहर लगी है ; यह बनाए रखी जाती है उक अधिकार-पत्र द्वारा, और वह अधिकार-पत्र स्वीकृत है निश्चय ही एक अनिंद्य और भयावह शपथ द्वारा और भगवान के एक वचन द्वारा। उसके अन्य सब उपहारों पर एक राजकीय मुहर लगी है जो बताती है कि वे उसके हैं, और आदरणीय हैं, परन्तु यह उन सबसे बढ़कर है। —कौपर, 'दि टास्क', 5

आपकी आज्ञा मानने की अपेक्षा परमात्मा की आज्ञा मानूंगा, जिसने मुझे इस कार्य में लगाया है, और जब तक मेरे शरीर में श्वास है और शक्ति है, मैं अपने दर्शन (तत्त्वज्ञान) के धन्धे को नहीं छोड़ूंगा। मैं अपने इस व्यवहार को जारी रखूंगा कि जो भी कोई मिले, उसे रोककर उससे कहूं : क्या तुम्हें इस बात पर शर्म नहीं आती कि तुमने अपना सारा ध्यान सम्पत्ति और सम्मान पर तो लगाया हुआ है, पर तुम्हें विवेक और सत्य की, और अपनी आत्मा को और अच्छा बनाने की ज़रा भी परवाह नहीं है?—मुझे पता नहीं कि मृत्यु क्या है; हो सकता है कि वह अच्छी ही वस्तु हो और मुझे उसका भय नहीं है। परन्तु यह मैं भली-भांति जानता हूं कि अपने कर्तव्य-स्थान को छोड़कर भाग खड़े होना बुरी बात है; और जो चीज़ संभव है कि अच्छी हो (मृत्यु) और जिस चीज़ का मुझे पता है कि वह बुरी है (पलायन), इन दोनों में से मैं पहली को पसन्द करता हूं।"[1]

किसी संगठित समाज में कोई भी व्यक्ति पूर्णतया स्वतन्त्र नहीं हो सकता। सभ्यता है ही यह कि अधिक मूल्यवान स्वतन्त्रताओं के लिए कम मूल्यवान स्वतंत्रताओं को छोड़ दिया जाए। मन और आत्मा की स्वतन्त्रता सर्वोच्च स्वतन्त्रता है, जो बिना किसीको कोई क्षति पहुंचाए, सब लोगों को और सब लोगों के कल्याण के लिए प्रदान की जा सकती है। राज्य का अस्तित्व व्यक्तियों की स्वतन्त्रता और उनका उत्तरदायित्वपूर्ण जीवन बनाए रखने के लिए है। राज्य व्यक्तियों से मिलकर बना है और उन्हींके लिए इसका अस्तित्व भी है। जीवन का आविर्भाव (प्रकटन) व्यक्ति में होता है। संसार का केन्द्र-बिन्दु व्यक्ति ही है। सत्य की स्फुरणा व्यक्ति को होती है। वह (व्यक्ति) सीखता है और कष्ट सहता है, वह आनन्द और शोक, क्षमा और विद्वेष का ज्ञान प्राप्त करता है। वह अपनी सफलताओं पर आनन्द से रोमांचित हो उठता है। और अपनी सफलताओं की वेदना को भुगतता है। यह उसका अधिकार है कि वह अपने जीवन को, उनके सब हर्षावेशों और कंपकंपियों के साथ, पूर्णरूप में जी सके।[2] यह उसका विशेषाधिकार है कि वह सनकी, स्वेच्छाचारी, अरूढ़िवादी और असहमत हो सके। संसार की सारी प्रगति का श्रेय उन्हीं लोगों को है, जो चैन से नहीं थे। यहां तक कि मानवता द्वारा परित्यक्त लोगों में भी, जो सभ्यता की मुख्य धारा से पृथक् एक पोखर में बहते रहते हैं, अपराधियों और बहिष्कृतों की गुप्त दुनिया में भी, प्रत्येक व्यक्ति के अन्दर उसका अपना आत्म (सैल्फ) होता है, उसकी अपनी विशिष्ट रुचियां और प्रतिभा होती है।[3] भले ही उनका स्वभाव किंकर्तव्यविमूढ़ बना देने वाला हो, परन्तु दैवयोग और सुअवसर प्राप्त होने पर उनका सर्वोत्तम अंश सामने आ सकता है। यह देखना राज्य का कृत्य है कि मनुष्य की आंखों में मनुष्य को पहचानने की ज्योति धुंधली न पड़ने पाए। प्रत्येक मानव-आत्मा को गौरव और शक्ति प्राप्त करनी ही चाहिए और उसे उदारतापूर्ण उत्साह, उच्च महत्त्वाकांक्षाओं और मृदु सहानुभूति प्राप्त करने का अवसर मिलना

---

1. देखिए बरी, 'ए हिस्ट्री ऑफ फ्रीडम ऑफ थॉट' (1913)

2. "मनुष्य अकेला जन्म लेता है, अकेला ही मरता है और अपने अच्छे या बुरे कर्मों के फलों को भी वह अकेला ही भोगता है।" (एकः प्रजायते जन्तुः एक एव प्रलीयते। एकोनुभुङ्क्ते सुकृतं एक एव तु दुष्कृतम्)

3. "ब्रह्म ही दास है और ब्रह्म ही पापी है।" (ब्रह्म दासःब्रह्मकितवः)

चाहिए। भले ही प्रत्येक आत्मा अपने-अपने ढंग से पूर्णता प्राप्त करने के लिए प्रयत्नशील हो, फिर भी उनमें से कोई भी दो ठीक एक जैसी नहीं होंगी। यदि हम किसी कारण, वह कारण चाहे कुछ भी क्यों न हो, इस सारभूत स्वतन्त्रता को त्यागने के लिए सहमत हो जाएं तो शेष सब स्वतंत्रताएं लुप्त हो जाएंगी।[1] मानव-आत्मा की अनुल्लंघनीय स्वतंत्रता, मानवीय भावना की स्वाधीनता ही एकमात्र ऐसी वस्तु है, जिसके कारण राज्य को उचित ठहराया जा सकता है।[2] हम लोग मिलकर एक भीड़ भले ही बन जाएं, परन्तु मिलकर एक मनुष्य नहीं बन सकते। हम अलग-अलग जन्म लेते हैं और अलग-अलग मरते हैं और अपने अत्यावश्यक (सारभूत) जीवन में हम अलग-अलग ही रहते हैं। राज्य को व्यक्तियों और समुदायों के धर्म की रक्षा करनी ही चाहिए।

इस दृष्टिकोण का अवलम्बन भी अंशतः इस बात का कारण रहा कि प्राचीन काल से विदेशी आक्रान्ता भारत में आकर सरलता से अपने पांव जमाते रहे। जब तक लोगों के वैयक्तिक और सामाजिक-जीवन में हस्तक्षेप नहीं किया जाता था; जब तक कलाकारों, दार्शनिकों और बुद्धिजीवियों को सत्य का अनुसन्धान करने और सौन्दर्य का सृजन करने की छूट थी और सामान्य लोग शरीर, मन और आत्मा के स्वाभाविक गुणों का विकास करते रह सकते थे; घरेलू शिष्टाचारों और सरल स्नेह, विशुद्ध निष्ठा, और गंभीर भक्ति का, जो मानव-जीवन का सर्वाधिक वैयक्तिक, सर्वाधिक अन्तरंग और सर्वाधिक पवित्र अंश है, का पालन कर सकते थे तब तक उनकी दृष्टि में इस बात का कोई अधिक महत्त्व नहीं था कि राजनीतिक प्रभुत्व किसके हाथ में है। विचार सदा स्वतन्त्र रहता था, यहां तक कि तब भी, जबकि आचरण सामाजिक रूढ़ियों द्वारा नियन्त्रित रहता था।[3]

यह विश्वास करना, कि आध्यात्मिक जीवन का मार्ग भौतिक वस्तुओं में से होकर है, और हम भौतिक लाभ पहुंचाकर लोगों के हृदय को जीत सकते हैं, आधुनिक जीवन की भ्रान्तियों में से एक है? यह मान लिया जाता है कि यदि प्रत्येक व्यक्ति को पूरी तरह भौतिक तृप्ति प्राप्त हो जाए, तो उसकी स्वर्ग की और परम मूल्यों को प्राप्त करने की इच्छा विलीन हो जाएगी। पर क्या कोई भी भौतिक लाभ जीवन की अपेक्षा अधिक मूल्यवान हो सकता है? या कोई भी विपत्ति मृत्यु की अपेक्षा अधिक भयावह हो सकती है? हम आवेशों और आदर्शों से जितने शासित होते हैं, अपने हितों से उतने नहीं। जीवन में आर्थिक मूल्यों के अतिरिक्त भी बहुत कुछ है। हम मनुष्य हैं,

---

1. तुलना कीजिए, "जो लोग थोड़ी-सी अस्थायी सुरक्षा प्राप्त करने के लिए परम आवश्यक स्वाधीनता को त्याग सकते हैं, वे न स्वाधीनता के पात्र हैं, न सुरक्षा के।"—बैंजामिन फ्रैंकलिन

2. स्पिनोज़ा कहता है, "सरकार का अन्तिम लक्ष्य लोगों को भय द्वारा शासित करना या संयत रखना नहीं है, और न उनसे बलपूर्वक आज्ञा-पालन करवाना ही है, अपितु ठीक उल्टे, प्रत्येक मनुष्य को भय से मुक्त कराना है, जिससे वह यथासंभव सुरक्षा से जी सके और अपने विवेक का प्रयोग बेरोक-टोक कर सके। वस्तुतः सरकार का काम स्वतन्त्रता दिलाना है।"—'थियोलोजिको-पोलिटिकल ट्रीटाइज़'

3. विचारः स्वतन्त्रः, आचारः समाजसमयतन्त्रः।

केवल उत्पादक या उपभोक्ता नहीं, कामगर या ग्राहक ही नहीं। यदि यह संसार दूध और शहद से भरा हुआ पार्थिव स्वर्ग भी बन जाए और सस्ती मोटरें और रेडियो सब लोगों को सुलभ भी हो जाएं, फिर भी हमें मन की शान्ति या सच्ची प्रसन्नता प्राप्त नहीं हो सकेगी। ऐसे नर-नारी भी, जिन्हें वे सब सुख और सुविधाएं प्राप्त हैं, जो भौतिक सभ्यता द्वारा प्राप्त हो सकती हैं, इस प्रकार हताश-सा अनुभव कर रहे हैं, जैसे उनसे कुछ वस्तु ठग ली गई हो। मनुष्य केवल वर्तमान के आराम के लिए नहीं जीते, अपितु अवैयक्तिक लक्ष्यों की खोज के लिए, आत्मिक जीवन के लिए जीते हैं; आत्मरति आत्मक्रीड़ा के लिए। आपस्तम्ब कहता है कि आत्मा को प्राप्त करने से बढ़कर और कुछ नहीं है।[1] अधिकार के यंत्रजात (मशीनरी) द्वारा न कुचली गई आत्मा, अंधकार की शक्तियों द्वारा धुंधली न की जा सकी परमात्मा की ज्योति ही मानव की एकमात्र आशा है।

हमें दो अलग-अलग प्रकार के आनन्दों में, बाह्य और आन्तरिक आनन्दों में घपला न करना चाहिए। यदि हमपर देवताओं की कृपा हो, तो हम जीवन में आराम से रहते हैं हमारी आंखों में चमक होती है; आसपास की दुनिया हमारी प्रशंसा करती है; हमारी स्तुति करती है और हमसे प्रेम करती है। हम मनमौजी और बिगड़े बच्चों की तरह रहते हैं और हमें निश्चय रहता है कि सब बातें जैसी इस समय हैं, उससे भिन्न हो ही नहीं सकतीं। परन्तु जब हम अपने प्रति ईमानदार होते हैं, तब हमें मालूम होता है कि बड़ी बात यह नहीं है कि दुनिया हमारे बारे में क्या सोचती है, अपितु यह है कि हम अपने बारे में क्या सोचते हैं। आनन्द सद्गुण है, परिष्कार है, और सौन्दर्य है; निरानन्द कुरूपता है, गंवारपन और कृत्रिमता। हममें से प्रत्येक की लालसा सरल और सजीव के लिए, एक ज़रा-सी मित्रता के लिए, ज़रा-से मानवीय आनन्द के लिए और ऐसे आदर्श के प्रतिनिष्ठा के लिए रहती है, जिसमें हम अपने-आपको खपा सकें। आध्यात्मिक स्वतंत्रता के ध्वंसावशेषों पर खड़ी की गई कोई भी समाज-व्यवस्था अनैतिक है। सम्पत्ति के विरुद्ध पाप को, समाज के विरुद्ध पाप को क्षमा किया जा सकता है; किन्तु पवित्र आत्मा के विरुद्ध पाप को क्षमा नहीं किया जा सकता, क्योंकि ऐसे पाप के द्वारा हम स्वयं अपने प्रति हिंसा कर रहे होते हैं।

मनुष्य, जिस रूप में हम उसे जानते हैं, कुछ कम या कुछ अधिक आज का-सा ही शरीर और मस्तिष्क लिए हुए, हज़ारों वर्षों से जीता आ रहा है; एक प्राणी, जो जंगलों और गुफाओं में रहता था, जो रात से और वनों से डरता था, जो भूतों और प्रेतनियों को मनाया करता था, जो मनुष्यों की हिंस्र पशुओं के साथ प्राणांतक लड़ाइयों के खेल देखा करता था, धर्म-परीक्षा-समितियों (इक्विज़िशन)[2] और न्यायिक यंत्रणाओं में आनन्द लेता था। क्रूरता और जंगलीपन की शताब्दियों की तुलना में मानव-सभ्यता तो कल की बच्ची है। मानवता और संस्कृति स्वाभाविक नहीं है, अपितु परिष्कार द्वारा विकसित की जाती हैं और विचार की पद्धतियों पर निर्भर हैं। रुचि और परम्परा संस्कृति की उपज हैं। समाज के ढांचे को भीड़ के

---

1. आत्मलाभात् न परं विद्यते।—धर्मसूत्र, 1-7-2

2. मध्ययुग के धार्मिक न्यायालय, जो अपने धर्म में विश्वास न रखनेवालों को भयंकर यंत्रणापूर्ण सज़ाएं देते थे।

प्रमाप (स्टैंडर्ड) तक नीचे ले आने के बजाय हमें जनसाधारण को सच्ची संस्कृति के स्तर तक ऊपर उठाना होगा। सार्वभौम समानता का यह अर्थ कदापि नहीं है कि प्रत्येक वस्तु समान रूप से गंवारू हो। जन-साधारण के मन का निम्न स्तर ही निरंकुशताओं (अत्याचारों, तानाशाहों) के विकास के लिए ज़िम्मेदार है।[1]

सभ्य मनुष्य का जीवन और सत्य के प्रति दृष्टिकोण असभ्य मनुष्य से भिन्न होता है। सभ्य मनुष्य की सम्मतियां सम्बद्ध तथ्यों और युक्तियों पर शान्तिपूर्वक विचार द्वारा बनती हैं, जबकि असभ्य व्यक्ति अपने आवेशों, पूर्वसंस्कारों और क्षणिक नारों का दास होता है। सामूहिक प्रचार मनोवेगों को प्रभावित करता है, जबकि व्यक्तिगत सुझाव बुद्धि पर प्रभाव डालते हैं। असन्तुष्ट और निराश, महत्त्वाकांक्षी और जोखिम पसन्द करनेवाले, अत्यधिक सप्राण और गैर ज़िम्मेदार युवक, जो वातोन्माद (हिस्टीरिया) और सुझावों से बहुत शीघ्र प्रभावित हो जाते हैं, परम्परा की शक्ति को 'सामाजिक विशेषाधिकारों के लिए आड़' बताकर अस्वीकार करते हैं; और वे वर्तमान व्यवस्था को समाप्त कर देने पर उतारू हैं और इसकी जगह वे एक नई वस्तु लाना चाहते हैं, जिसे वे स्वयं नहीं जानते कि वह क्या है। क्योंकि नैतिक साधन असंगठित हैं, इसीलिए संसार में अन्धेरगर्दी मची हुई हैं।

भारतीय संस्कृति में फिर नया यौवन भर देने की क्षमता है और यह नैरन्तर्य को बनाए रखते हुए भी आमूल उथल-पुथल कर सकती है। भारत के निवासियों में, यद्यपि वे कुछ धीमे चलने वाले हैं, फिर भी, यौवन का बल और जीवनी शक्ति है और इसीलिए वे अपनी संस्कृति को बचाए रख सके हैं। उनकी सहजवृत्तियों पर वास्तविकताओं के धक्के की ऐसी प्रतिक्रिया होती है, जिसमें गलती हो ही नहीं सकती। वे आमूल परिवर्तन अनिवार्य रूप से बाहरी आदतों को थोपकर नहीं, अपितु शिक्षण और आत्मिक परिष्कार की प्रक्रिया द्वारा कर पाने में समर्थ हैं। बल-प्रयोग द्वारा किए गए परिवर्तन स्थायी केवल तभी हो सकते हैं, जबकि उन्हें स्वेच्छापूर्वक स्वीकार कर लिया जाए। जन-साधारण की अपने-आपको परम्परा के बन्धन से, जहां वह परम्परा स्वस्थ और सजीव है वहां भी, मुक्त करने की, मनोवेगात्मक दृष्टि से उत्तेजनीय होते जाने की और बौद्धिक अकर्मण्यता और निष्क्रियता की प्रवृत्ति को रोका जाना चाहिए। अंधेरगर्दी और निरंकुशता के बीच में से निकलकर आगे बढ़ पाने का केवल एक यही मार्ग है।

---

1. 'रिपब्लिक' के आठवें खण्ड में प्लेटो कहता है, "निरंकुशता प्रजातन्त्र के अतिरिक्त अन्य किसी संविधान से उत्पन्न नहीं होती ; प्रजातंत्र कठोरतम और क्रूरतम दासता है, जो चरम स्वाधीनता में से प्रकट होती है!" नीट्शे कहता है, "जीवन की इन नई दशाओं से, जिनसे यह हिसाब लगाया गया है कि मनुष्यों को एक समान औसत दर्जे के स्तरों तक नीचे ले आया जाएगा,—एक इस ढंग का उपयोगी, परिश्रमी और रेवड़ में रहनेवाले ढंग का-सा मनुश्य, जिसे सब प्रकार के कामों में आसानी से लगाया जा सकेगा—,विशेष रूप से यह संभावना है कि वे कुछ थोड़े-से ऐसे अपवाद-रूप व्यक्तियों को जन्म देंगी, जो सबसे अधिक खतरनाक और आकर्षक रूप से समान होंगे......। मुझे विश्वास है कि प्रजातन्त्रीकृत यूरोप निरंकुश अत्याचारियों—शब्द के प्रत्येक अर्थ में—के लिए प्रशिक्षण-विद्यालय और जनन-भूमि बन जाएगा।"

आत्मा की इस स्वतंत्रता को, भौतिक और सामाजिक बन्धनों से स्वाधीनता को प्राप्त करना अत्यावश्यक है। स्वाधीनता की व्याख्या दो रूपों में की गई है। एक तो स्वाधीनता वह है, जो सामाजिक बल-प्रयोगों (विवशताओं) से रक्षा करती है; दूसरी हमें भौतिक विवशताओं से बचाने का प्रयत्न करती है, उन अभावों और आवश्यकताओं से हमें मुक्त करने का प्रयत्न करती है, जो ठीक-ठीक आर्थिक और सामाजिक सम्बन्धों द्वारा पूर्ण हो सकती हैं। इन दोनों में प्रत्येक अच्छे जीवन का साधन है। दोनों में से प्रत्येक की, जब बह पूर्ण हो, यह मांग होती है कि समाज को न केवल व्यक्तियों और समूहों की इन बल-प्रयोगों से रक्षा करनी चाहिए, अपितु उन जीवन-मूल्यों को प्राप्त करने का भी अवसर देना चाहिए, जिनका ये बल-प्रयोग निषेध करते हैं। जहां एक ओर स्वाधीनता की नकारात्मक परिभाषा करते हुए उसे बल-प्रयोग का अभाव कहा जा सकता है, वहां दूसरी ओर यह सकारात्मक रूप से अच्छे जीवन का साधन भी है। यह आत्मा की स्वतंत्रता है, जिसने संस्थाओं को ढाला है और फिर नये रूप में ढाला है और हमारे जीवन तथा सभ्यता को इसके अविराम बदलते हुए रूप प्रदान किए हैं। मानव-जाति का इतिहास मनुष्य की अजेय आत्मा का जीवन है; इस जीवन में अनन्त प्रकार के रूप और अभिव्यक्तियां हैं; वे सब वे विभिन्न ढंग हैं जिनके द्वारा मानव-प्रकृति अपने-आपको अपनी आकाक्षांओं और अभियानों को, अपनी महत्त्वाकांक्षाओं और सफलताओं को, अपने संघर्षों और असफलताओं को व्यक्त करने की चेष्टा करती रही है; इन सबके बीच में होकर मनुष्य की सृजनशील आत्मा आशा करती रही है, घोर प्रयत्न करती रही है, असफल होती रही है, फिर भी कुल मिलाकर विजय पाती रही है, आगे ही बढ़ती रही है, कभी भी पीछे न हटकर, आगे बढ़ने के लिए ही प्रयत्नशील रही है; यह स्वतंत्र आत्मा ही मानव-इतिहास का हृदय (प्राण) है।

अतीत में मानवीय प्रगति इस कारण हो पाई कि व्यक्तियों ने अपनी सामान्य बुद्धि और अन्त:करण को उन्मादग्रस्त यूथ-भावना में डुबा देने से इनकार कर दिया। जीवन प्रतिरोध है; रेत में अपने पैरों को गहरा गड़ाकर खड़ा होना है, जिससे धारा बहा न ले जाए।[1] वर्तमान अव्यवस्था का एक सबसे गहरा कारण यह है कि इस समय ऐसे नर-नारियों का अभाव है, जो धारा के प्रवाह में वह जाने से इनकार कर दें। सारी प्रगति का श्रेय बिशेष रूप से प्रतिभासम्पन्न व्यक्तियों द्वारा प्रारम्भ किए गए नये विचारों को ही है। यदि बौद्धिक स्वाधीनता न होती तो शेक्सपियर या गेटे, न्यूटन या फैरैडे, पास्तियर या लिस्टर का नाम भी न होता। वे यांत्रिक आविष्कार स्वतंत्र व्यक्तियों ने किए, जिनके द्वारा पूंजीवाद और वर्तमान राज्यों का अस्तित्व संभव हो सका; जो आविष्कार लोगों को कठोर परिश्रम से छुटकारा दिलाते हैं और एक भिन्न नई सामाजिक व्यवस्था की तैयारी करते हैं। किसी भी समाज के मूल्य को इस दृष्टि से उतना नहीं नापा जाना चाहिए कि उसमें सार्वजनिक व्यवस्था और कार्यक्षमता कितनी उच्चकोटि की है, जितना कि इस दृष्टि से कि उसकी कार्य-प्रणाली लोगों को विचार और अभिव्यक्ति की

1. तुलना कीजिए, "जीवन विश्व की पुनरावृत्तिशील यंत्रात्मक क्रियाविधि के विरुद्ध आक्रमण है।"—व्हाइटहेड, 'एडवेंचर्स ऑफ आइडल' (1934), पृ० 102

स्वतंलता किस सीमा तक देती है, किस सीमा तक नैतिक निर्णय को बढ़ावा देती है और अपने सदस्यों की बुद्धि और सद्भावना के विकास में किस सीमा तक योग देती है।

यद्यपि कार्ल मार्क्स का मत यह नहीं है कि व्यक्तियों का पक्का दृढ़ संकल्प इतिहास के मार्ग को बदल सकता है, और यद्यपि उसे पक्का भरोसा है कि पूंजीवादी व्यवस्था इतिहास के रंगमंच से लुप्त हो जाएगी, अत्याचार-पीड़ितों के जानबूझकर किए गए प्रयत्नों के परिणामस्वरूप नहीं, अपितु इतिहास की अनिवार्य प्रक्रिया के कारण, फिर भी वह हमसे विवेक के नाम पर अपील करता है। प्रकृति और ऐतिहासिक प्रक्रिया के अन्दर सूक्ष्म दृष्टि हमें सही मार्ग की ओर संकेत कर देती है। मनुष्य की भवितव्यता यही है कि वह ऐतिहासिक प्रतिक्रिया के अभिप्राय को समझे और अपने-आपको उस अर्थ के और अधिक प्रकाशन में लगा दे। हमारे जीवन उस अन्तिम लक्ष्य के लिए साधन बन जाने के कारण मान्य बन जाते हैं। हमें प्रगतिशील वर्ग के साथ तादात्म्य स्थापित करना चाहिए और उसी के प्रथ-प्रदर्शन के अनुसार कार्य करना चाहिए। यद्यपि इस वर्ग-संघर्ष में श्रमिक वर्ग की विजय सुनिश्चित है, पर हम अपने साहस और दृढ़ संकल्प द्वारा उसे निकटतर ला सकते हैं और संक्रमण के काल को अपेक्षाकृत कम कष्टपूर्ण बना सकते हैं। यह व्यक्ति का मन ही है, जो समष्टि की प्रकृति को समझ पाता है। इस प्रकार के विचार के कार्यों में आत्मा अपने-आपको सामाजिक समष्टि में अचेतन तल्लीनता से पृथक् कर लेती है। व्यक्ति सामाजिक समष्टि में पूर्णतया कभी विलीन नहीं हो सकता।

फिर, यदि व्यक्ति में अपनी कोई वास्तविकता है ही नहीं, तो हम उससे क्रांतिकारी के रूप में आचरण करने को कैसे कह सकते हैं? यदि प्रवृत्तियां स्वयं ही लौह-अनिवार्यता के साथ अपरिहार्य लक्ष्यों की ओर हमें लिए जा रही हैं, तो हमसे यह कहने का कोई अर्थ नहीं है कि हम उस लक्ष्य तक पहुंचने के लिए कार्य करें। जब मार्क्स हमसे जान-बूझकर किए गए कार्यों द्वारा इन प्रक्रियाओं को आगे बढ़ाने के लिए कहता है, तो वह व्यक्ति की वास्तविकता को मान रहा होता है। वह हमसे भावी समाज के लिए कार्य करने को कहता है, अशाम्य भाग्य के असहाय पीड़ित शिकारों के रूप में नहीं, अपितु एक महान कार्य में हिस्सा बंटाने वाले ज़िम्मेदार व्यक्तियों के रूप में। समाजवाद कोई अनिवार्य रूप से आनेवाली वस्तु नहीं है। यदि ऐसा होता, तो समाजवादी सिद्धांत और समाजवादी पार्टी (दल) की कोई आवश्यकता ही नहीं थी। बड़ी माला में प्रचार, बिगुल बजाना और नारे लगाना, पर्चेबाज़ी और खण्डन-मण्डन, सब इस बात के सूचक हैं कि मानवीय कार्य स्वतः नहीं हो रहे। यदि मार्क्सवादियों का यह सिद्धांत, कि समाजवाद समाज के विकास में अगला अनिवार्य सोपान है, सच हो, तो इतनी अथक हलचल की कोई आवश्यकता नहीं है। यह सब केवल इसलिए आवश्यक है क्योंकि वे लोगों को अपने मत में दीक्षित करना चाहते हैं। प्रचार इस उद्देश्य से किया जाता है कि हमारी चेतना पर प्रभाव डाले; और फिर उसका प्रभाव हमारे अस्तित्व पर पड़ेगा।

साम्यवाद (कम्युनिज़्म) के विरुद्ध यह आक्षेप किया गया है कि यह हमें हमारी संस्कृति से वंचित कर देगा; इस आक्षेप का उत्तर देते हुए कम्युनिस्ट मैनीफैस्टो (घोषणापत्न) में कहा गया

है, "वह संस्कृति, जिसके नाश पर इतना शोक किया जा रहा है, एक बहुत ही बड़ी बहुसंख्या के लिए एक यंत्र की तरह कार्य करने का प्रशिक्षण-मात्र है।" मार्क्स यह नहीं समझता कि मनुष्य केवल एक यंत्र है, या यह कि सामाजिक सत्युग बिना मानवीय प्रयत्न के ही आ जाएगा। जब मार्क्स उस पूंजीवादी समाज के विरुद्ध आवाज़ उठाता है, जो श्रमजीवियों की मनुष्यता को नष्ट कर देता है, जब वह उस धर्म की निन्दा करता है, जो उन अन्यायपूर्ण दशाओं का पृष्ठ-पोषण करता है और उन्हें पवित्र बताता है, जिनमें कामगरों से दासों और भारवाही पशुओं से भी बुरा बर्ताव किया जाता है, तो वह व्यक्ति की वास्तविकता को ही महत्त्व दे रहा होता है। किसी भी व्यक्ति को अपने खाने, पहनने और मकान प्राप्त करने के अधिकार से कदापि वंचित नहीं किया जा सकता। क्योंकि आर्थिक व्यष्टिवाद इस प्रकार का समाज तैयार करने में असफल रहा है, इसलिए मार्क्स स्वैर तंत्र (लेस्से फेयर) की जो निन्दा करता है, वह ठीक ही करता है। परन्तु एक आंशिक सत्य को उठाकर सम्पूर्ण सत्य का स्थान नहीं दिया जा सकता। जब एक बार भौतिक आवश्यकताएं पूरी हो जाएं, तो व्यक्ति को सोचने और जो कुछ वह सोचता है, उसे कहने का अवसर मिलना चाहिए; और यदि उसका मन हो, तो उसे स्वतंत्रतापूर्वक सत्य की खोज करने का या सौंदर्य का सृजन करने का अवसर मिलना चाहिए। कुछ चीज़ें ऐसी हैं, जिनके अभाव में हम जी नहीं सकते; और कुछ अन्य वस्तुएं ऐसी हैं, जिनके अभाव में हमें जीने का कोई आग्रह नहीं होगा। प्रजातंत्रीय समाज, एकमात्र जो अपने-आपको सभ्य कह सकता है, "अन्य सब स्वतंत्रताओं से बढ़कर जानने की, बोलने की और अपने अन्त:करण के अनुसार स्वतन्त्र रूप से तर्क-वितर्क करने की स्वतन्त्रता" पर आधारित होता है। प्रेसिडेण्ट रूज़वेल्ट ने जब यह घोषणा की थी कि भविष्य की गत्वर (गतिशील) व्यवस्था के संगठित प्रयत्न इस दिशा में होने चाहिएं कि वाणी की स्वतन्त्रता, उपासना की स्वतंत्रता, अभाव से स्वतंत्रता और भय से स्वतंत्रता को स्थापित किया जा सके, और उसे सुरक्षित रखा जा सके, तब उसने इसी स्थापना को विकसित किया था।[1] स्वतंत्रता समाज में किसी भी व्यक्ति का और राष्ट्रों के मण्डल में किसी भी राज्य का आत्मनिर्णय का अधिकार है। इसकी एकमात्र सीमा प्रत्येक दूसरे व्यक्ति के या राज्य के उसी परिणाम में आत्मनिर्णय के अधिकार द्वारा नियत होती है। इस स्वतंत्रता के अभाव में, हमारे पास और चाहे कुछ भी क्यों न हो, हम निर्जीव हैं।

---

1. प्रेसिडेंट रूज़वेल्ट ने कांग्रेस के नाम अपने संदेश में कहा था, "एक स्वस्थ और सबल प्रजातन्त्र की नींवों के सम्बन्ध में रहस्यमय कुछ भी नहीं है। हमारी जनता अपनी राजनीति और सामाजिक व्यवस्थाओं से मूल वस्तुओं की आशा करती है, वे बिलकुल सीधी-सादी हैं : वे हैं : युवकों तथा अन्य लोगों को उन्नति के लिए अवसर की समानता। जो लोग काम कर सकते हैं, उनके लिए काम। उन लोगों के लिए सुरक्षा, जिन्हें उसकी आवश्यकता है। कुछ थोड़े-से लोगों के लिए साधारण विशेषाधिकारों की समाप्ति। सब लोगों के लिए नागरिक स्वतन्त्रताओं का संरक्षण। वैज्ञानिक प्रगति के फलों का विस्तृततर समाज द्वारा उपभोग और रहन-सहन के स्तर में निरन्तर उन्नति, यह कोई सुदूर सत्युग का स्वप्न नहीं है। यह एक उस प्रकार के संसार का सुनिश्चित आधार है, जिसे हमारे समय में ही और हमारी पीढ़ी में ही प्राप्त किया जा सकता है।"—15 जनवरी, 1941

राज्यों और राष्ट्रों के, जो कि बढ़ते-घटते रहते हैं, सम्बन्ध में अन्तिम या शाश्वत कुछ भी बात नहीं है। परन्तु दीन से दीन व्यक्ति में भी आत्मा की वह चिनगारी विद्यमान रहती है, जिसे शक्तिशाली से शक्तिशाली साम्राज्य भी कुचल नहीं सकते। हम सबका मूल एक ही जीवन में है, और हम सब एक ही ब्रह्म के अंश हैं, अमरता के पुत्र, अमृतस्य पुत्राः।[1] इन आनन्दहीन दिनों में हमें अपने मनो को सब युगों के श्रेष्ठ पुरुषों के महान वचनों और वीरत्वपूर्ण कार्यों द्वारा सबल बनाना चाहिए। संभव है कि ऐसा प्रतीत हो कि हम इस समय पराजय के काल में हैं; परन्तु यह पराजय भी गौरव और इच्छा की तीव्रता से शून्य नहीं है। मनुष्य की भावना के चिरस्थायी प्रभुत्व में विश्वास ही वह प्रकाश है, जिसके सहारे हम मृत्यु की छाया की घाटी तक में बिना लड़खड़ाए चलते रह सकते हैं।

यदि सभ्यता को जीवित बचाना है, तो हमें यह स्वीकार करना होगा कि इसका (सभ्यता का) सार शक्ति, यश, सबलता, सम्पत्ति और प्रतिष्ठा में नहीं है, अपितु मानव-मन की स्वतंत्र गतिविधि में, नैतिक सद्गुणों की वृद्धि में, सुरुचि के विकास और जीने की कला में निपुणता प्राप्त करने में है। मार्क्स ने धर्म की निन्दा करते हुए कहा है कि यह एक सामाजिक प्रतीति-मात्र है, जो सामाजिक अपूर्णताओं की क्षतिपूर्ति करती है। परन्तु कुछ ऐसे अशाम्य मानवीय अनुभव हैं, जैसे जन्म, प्रेम और मृत्यु, जो सारतः वैयक्तिक हैं। अधिकतम पूर्ण आर्थिक न्याय की या पार्थिव सत्युग की स्थापना भी हमारे कुछ तीव्रतम दुःखों को समाप्त नहीं कर सकती। सामाजिक स्वामित्व की स्थापना या उत्पादनों के साधनों पर नियंत्रण से मानवीय स्वार्थ या मूर्खता को और मानवीय आत्मा के तनाव को समाप्त नहीं किया जा सकता। मार्क्स अवश्य ही उन बुराइयों की, जो सामाजिक व्यवस्था की नहीं, अपितु मानव-प्रकृति की हैं, 'क्षतिपूति' के रूप में धर्म के मूल्य को अस्वीकार नहीं करेगा। सामाजिक क्रान्ति अपने-आपमें हमारे समाज के अव्यवस्थित अपक्षय को रोक पाने में असमर्थ है। जीवन के मानवशून्य होते जाने से यह हमारी रक्षा नहीं कर सकती।

चिन्तन बनाम कर्म

जब हम यह मान लेते हैं कि व्यक्ति के जीवन का एक महत्त्वपूर्ण पक्ष ऐसा भी है, जो उसके केवल अपने ही प्रति है; जब मनुष्य अपने-आपको अधिकतम स्पष्टवादिता के साथ प्रकट कर रहे होते हैं, तब भी कुछ वस्तु ऐसी रह जाती है, जो और भी परे और पहुंच के बाहर होती है, एक स्वप्न, जिसमें औरों के साथ हिस्सा नहीं बंटाया गया होता, एक अटूट मितभाषिता; जो कुछ हम कहते या करते हैं, यहां तक कि हम जो कुछ एकान्त में सोचते हैं, जिसमें कि हम जो कुछ हैं, उसका निवास है, उसके भी पीछे कुछ वस्तु बच जाती है, तो इससे अनिवार्य परिणाम यह निकलता है कि हमारे जीवन के इस पक्ष से सम्बद्ध कुछ गतिविधियां भी अवश्य होंगी। हम समाज में सक्रिय रहते हैं, परन्तु हम एकान्तसेवी भी हैं, चिन्तनशील, जो अस्तित्व के उग्र ज्वर से निकलकर बारम्बार आत्म-मिलन की शान्ति में डूब जाते हैं। जब हम अपनी दृष्टि को अन्तर्मुख कर लेते हैं, तो हम बाह्य घटनाओं और जीवन

1. देहो देवालयः प्रोक्तः यो जीवः स सदाशिवः।

की उत्तेजनाओं की अपेक्षा आन्तरिक जीवन के रहस्यों में अधिक आनन्द लेने लगते हैं। उपनिषद् का कथन है कि "आत्म ने जन्म लेकर इन्द्रियों को बहिर्मुख कर लिया है; इसीसे व्यक्ति को बाहर की वस्तुएं ही दीखती हैं, आन्तरिक आत्म नहीं। परन्तु कोई एक, जो बुद्धिमान होता है और शाश्वत जीवन का अभिलाषी होता है, अपनी दृष्टि को अन्तर्मुख करके आन्तरिक आत्मा को देखता है।"[1] आन्तरिक ध्यान ही आध्यात्मिक अन्तर्दृष्टि की ओर ले जाने वाला मार्ग है।[2]

पास्कल ने कहा था कि जीवन की अधिकांश बुराइयां मनुष्य की एक कमरे में शान्त होकर बैठ पाने की असमर्थता से उत्पन्न होती हैं। यदि हम केवल शांत होकर बैठ पाना सीख लें, तो हम कहीं अधिक अच्छी तरह यह जान सकेंगे कि किस ढंग से कार्य करना सर्वोत्तम होगा। वे सब बड़ी-बड़ी सफलताएं, जिन पर मानव-जाति को गर्व है, उन लोगों की कृतियां हैं, जो बैठे और अति सूक्ष्म वस्तुओं का या आकाश के ग्रह-नक्षत्रों की गतियों का चिन्तन करते रहे। वे चिंतनशील लोग ही हैं, आलसी, अपरिचित, वे निकम्मे लोग, जो तारों की ओर देखना छोड़ कर एक कुएं में जा घुसते हैं, जिन्हें हमारी सुविधाओं और आनन्द का श्रेय है।

---

1. कठोपनिषद्, 2-4

2. प्लोटिनस लिखता है, "...परन्तु हम करें क्या? मार्ग है किधर? हम उस अप्राप्य सौन्दर्य की झलक किस प्रकार पा सकते हैं, जो मानो सामान्य मार्गों से, जहां कि सब लोग, यहां तक कि अपवित्र लोग भी उसे देख सकते हैं, दूर पवित्र स्थानों में निवास करता जान पड़ता है?...तो आओ, हम पितृ भूमि की ओर भाग चलें। परन्तु उसके लिए हमारा मार्ग कौन-सा होगा? हमारे भाग चलने का तरीका क्या होगा? यह यात्रा पैरों द्वारा होनेवाली नहीं है; पैर हमें केवल एक देश से दूसरे देश तक ही ले जा सकते हैं। तुम्हें वस्तुओं की इस वर्तमान व्यवस्था को एक ओर अलग हटा देना होगा। तुम्हें आंखें बन्द करनी होंगी और एक दूसरी ही झलक देखने का यत्न करना होगा, जो हम सबका जन्मजात अधिकार है, पर जिसका उपयोग करने की ओर बहुत थोड़े प्रवृत्त होते हैं।

"अपने-आपको वापस लौटा लो, और देखो...। वैसे ही करो जैसेकि एक प्रतिमा को गढ़नेवाला शिल्पी करता है, जिसे कि वह खूब सुन्दर बनाना चाहता है। वह कहीं खोदता है, कहीं तल चिकना करता है, किसी रेखा को कुछ हल्का करता है, किसीको कुछ और साफ करता है; ऐसा वह तब तक करता रहता है, जब तक कि उसकी कृति पर एक सुन्दर मुख उभर नहीं आता। इसी प्रकार तुम भी करो; जो भी कुछ अनावश्यक है, उसे काटकर फेंक दो, जो कुछ टेढ़ा-मेढ़ा या कुटिल है, उसे सीधा कर दो; जो कुछ आच्छन्न या धुंधला है, उसपर प्रकाश डालो; संपूर्ण मूर्ति को सौन्दर्य की एक दमक बनाने के लिए प्रयत्न करो और अपनी इस मूर्ति की कांट-छांट तब तक बन्द मत करो, जब तक कि तुम्हें एक निष्कलंक मन्दिर में सर्वतः पूर्ण देवी दिखाई न पड़ने लगे।

"केवल यही आंख है जो उस महान सौन्दर्य को देख सकती है। यदि वह आंख, जो हमारी दृष्टि को चलाती है, किसी दोष के कारण धुंधली, अस्वच्छ या कमज़ोर हो जाए, तो वह कुछ नहीं देख सकती। प्रत्येक दृश्य को देखने के लिए एक ऐसी आंख लानी होगी जो दर्शनीय वस्तु के अनुकूल हो और उससे कुछ मिलती-जुलती हो। आंख सूर्य को तब तक नहीं देख सकती थी, जब तक कि यह पहले सूर्य के सदृश नहीं हो गई; और आत्मा भी तब तक सर्वोच्च सौन्दर्य की झलक नहीं पा सकती, जब तक कि पहले यह स्वयं सुन्दर न बन जाए।"

—अल्फ्रैड नोयस, 'दि लास्ट मैन' (1940), पृष्ठ 150-151

जब धर्म चिन्तन पर बल देता है, तो वह केवल यह संकेत करने के लिए कि मानवीय जीवन की कुछ अन्तरंगतम पवित्रताएं ऐसी हैं, जिन्हें सुरक्षित बनाए रखा जाना चाहिए। जीवन का उद्देश्य पृथ्वी पर आदर्शलोक उतार लाना ही नहीं है, अपितु एक उच्चतर और तीव्रतर प्रकार की चेतना प्राप्त करना है। शिव, बुद्ध तथा अन्य सैकड़ों सन्तों के चित्र प्लेटो द्वारा और अरस्तू द्वारा भी ग्रहण किए गए इस सत्य के परिचायक हैं कि मनुष्य का सर्वोच्च लक्ष्य चिन्तन, स्वतन्त्रता और बुद्धि की शान्ति है।

मार्क्स धर्म और दार्शनिक आदर्शवाद को अभिन्न मान लेता है और कहता है कि "अब तक दार्शनिकों ने इस संसार की व्याख्या अनेक रूपों में की है; पर असली काम इस (संसार) को बदलना है।"[1] मार्क्स के अनुयायी उसके इस विचार का स्पष्टीकरण करते हुए कहते हैं कि यह इस बात का द्योतक है कि दर्शन को जीवन से पृथक् किया जाना चाहिए, सिद्धान्त को व्यवहार से। मार्क्स उस भावसमाधि के, जिसमें रहस्यवाद की अन्तिम परिणति बताई जाती है, विरोध में कर्म का समर्थन करता है। अपने-आपको सार-जगत् के चिन्तन में लीन करने के बजाय हमें सुनिश्चित और ऐतिहासिक अस्तित्वों के जगत् में कर्म करने में जुट जाना चाहिए। 'फ्यूअरबाख पर अपने आठवें प्रबन्ध' में मार्क्स कहता है, "उन सारे रहस्यों का, जो रहस्यवाद के सिद्धान्त को चलाते हैं, बुद्धिसंगत समाधान मानवीय कर्म में और उस कर्म को समझने में ही है।"

इसके अतिरिक्त, धर्म लोगों की जीवन-सम्बन्धी मान्यताओं के मानदण्डों को उलट-पलट देता है। उन सब चीज़ों को, जो प्रकृति की सहजवृत्तियों के अनुसार वर्तमान दृश्य-जीवन में मूल्यवान समझी जाती हैं, सत्ता और विलास को, सम्पत्ति और यश को, धर्म घृणा की दृष्टि से देखता है। जिन वस्तुओं से दुनिया घृणा करती है और जिन्हें नीत्शे दासता की विशेषताएं कहता है, आज्ञा-पालन और नम्रता, दरिद्रता और संयम, उन्हें धर्म परलोक में सुख प्राप्त करने का अचूक साधन बताता है। मनुष्य की रुचि इन्द्रिय-ग्राह्य वास्तविक जगत् से हटाकर दूसरे उस जगत् की ओर फेर दी जाती है, जिसकी कल्पना धार्मिक स्फुरणाओं (इलहामों) के बल पर की गई है। जो भी कोई इस पृथ्वी पर जीवन की दशाओं को सुधारने का यत्न करता है, उसे शहरी और दुनियादारी में फंसा हुआ बताया जाता है।

मार्क्स को इस बात का ध्यान है कि अन्य धर्मों की भांति ईसाई धर्म भी गरीबों और अत्याचार-पीड़ितों की अपेक्षाकृत अच्छे जीवन की आशा से लाभ उठाता है। यदि इस जीवन के अन्याय ही सब कुछ हों, तो जीवन का कुछ अर्थ ही नहीं रहेगा। इसलिए धर्म परमात्मा के राज्य की धारणा प्रस्तुत करते हैं ; उस परमात्मा के राज्य में मृत्यु के बाद गरीब और अत्याचार-पीड़ित लोग धनिकों और आराम से रहनेवालों की अपेक्षा कहीं अधिक सरलता से प्रविष्ट हो सकेंगे। मरणोपरान्त न्याय के विषय में केवल इस प्रकार का विश्वास ही पृथ्वी पर हमारे वर्तमान जीवन का कुछ औचित्य बता सकता है। इसलिए मार्क्स आलोचना करते हुए कहता है, "धर्म पीड़ित प्राणी की सिसकी है, एक हृदयहीन संसार का हृदय है और नितान्त आत्महीन दशाओं

1. फ्यूअरबाख के विरुद्ध ग्यारहवां प्रबन्ध

की आत्मा है। यह गरीबों की अफीम है।"[1] "परमात्मा की धारणा ही विकृत सभ्यता की केन्द्र-शिला है," मार्क्स कहता है, "धर्म का, जो एक भ्रामक काल्पनिक आनन्द देता है, दमन करना वास्तविक आनन्द के दावे की स्थापना करना है।"[2] ऐंजिल्स कहता है कि "धर्म का पहला शब्द ही झूठ होता है।" लेनिन ने लिखा है कि "धर्म आत्मिक अत्याचार का ही एक पहलू है।" शोषकों के विरुद्ध संघर्ष में शोषितों की असहायता अनिवार्य रूप से मृत्यु के पश्चात् उत्कृष्टतर जीवन में विश्वास को जन्म देती है। उन लोगों को जो सारे जीवन परिश्रम करते हैं और फिर भी तंगी में जीवन बिताते हैं, धर्म विनम्रता और धैर्य की शिक्षा देता है और उन्हें स्वर्ग में पुरस्कार मिलने की आशा द्वारा उनके आंसू पोंछता है। परमात्मा और पारलौकिक जीवन में विश्वास आदर्शों के प्रति निष्ठा की ओर से ध्यान को दूसरी ओर बंटा देते हैं।

ये टिप्पणियां भी धर्म की, विवेक की ओर सहानुभूति की भावना से शून्य नहीं हैं। इस पृथ्वी के उत्तराधिकार से वंचित लोग भौतिक सुख और सुविधा के जीवन के लिए परलोक की ओर क्यों ताकें? यंत्रों द्वारा उत्पादन की तकनीक के कारण यह संभव हो गया है कि पृथ्वी पर ही सब लोग पहले की अपेक्षा भला जीवन बिता सकें। यदि केवल सिद्धान्तात्मक धर्म की जकड़ किसी प्रकार ढीली हो जाए, तो वे वंचित नर-नारी जिनके पास न सम्पत्ति है, न भविष्य के लिए सुरक्षा, उन पूंजीपतियों के विरुद्ध विद्रोह कर देंगे, जो अपने साथी मनुष्यों के कल्याण के प्रति इतने उत्तरदायित्वशून्य हैं कि वे न्यूनतम वेतन पर उनका उपयोग करते हैं और जब उनसे काम निकल चुकता है, तो उन्हें उठाकर कूड़े के ढेर पर फेंक देते हैं। धर्म, मानवीय भ्रातृत्व को क्रियान्वित करने के बजाय हमें परतन्त्रता के आगे झुकने को क्यों कहें? एक धार्मिक कल्पनाशक्ति के सुमहान प्रयत्न द्वारा मार्क्स इस बात को देखता है और अनुभव करता है कि मानव-समाज एक ही जैव (संजीव) समष्टि है और वह आधिदैविक, परलोकपरक धर्म का विरोध करने का प्रयत्न करता है। पूंजीवादी व्यवस्था के विनाश से, तर्कसंगत रूप से उन सब संस्थाओं, विचारों और पद्धतियों का मूलोच्छेद हो जाएगा, जिनके द्वारा जन-साधारण को बहकाकर दास बनाया गया था।

मार्क्स इस स्थापना को अस्वीकार करता है कि विचार इतिहास के गतिपथ पर नियंत्रण रखते हैं। यह ठीक है कि जिस वस्तु से इतिहास का निर्माण होता है, वह विशुद्ध विचार नहीं है, अपितु वह विचार है, जो अपने-आपको व्यावहारिक समस्याओं पर लागू करता है। विचार की अन्तर्वस्तु भले ही सामाजिक हो, किन्तु विचार को स्वयं सामाजिक उपज नहीं होना चाहिए। इसे तो निष्पक्ष चिन्तन की ही उपज होना होगा। वे महान विचार, जो सम्पूर्ण संसार को आन्दोलित करते हैं और चरित्र को उन्नत करते हैं, शायद ही कभी सक्रिय सार्वजनिक कार्यकर्ताओं की देन होते हैं। वे तो कवियों और विचारकों, कलाकारों और धर्म प्रचारकों की देन होते हैं। उनकी स्फुरणा एकान्त और चिन्तन में होती है और उनके लिए एक ऐसी आत्मपूर्णता और मन की

1. जे० एम० मरी का अंग्रेज़ी अनुवाद। देखिए उसकी पुस्तक 'दि डिफेंस ऑफ डिमोक्रेसी' (1939) पृष्ठ 38
2. 'नूवो पार्टी,' 1884

स्वतन्त्रता की अपेक्षा रहती है, जिसे प्राप्त कर पाने की, सार्वजनिक जीवन के दबाव और तनाव के नीचे रहनेवाले सार्वजनिक कार्यकर्ता शायद ही कभी आशा कर सकते हैं।

विचार कर्म का सार है। प्रारम्भ में केवल शब्द था और शब्द से ही यह हाड़मांस बना। दर्शन इतिहास बन जाता है और संस्कृति सभ्यता। यूनानी सभ्यता की रचना में प्लेटो और अरस्तू ने महत्त्वपूर्ण योग दिया। 1642 में हॉब्स ने गृहयुद्ध को और 1688 में लौक ने क्रांति को प्रेरणा दी। फ्रांसीसी क्रांति वाल्तेयर, रूसो तथा विश्व-ज्ञान-कोष-लेखकों (ऐनसाइक्लोपीडिस्ट) की विचारधारा का परिणाम थी। दार्शनिक आमूल परिवर्तनवादियों, बैन्थम और मिल, ने उन्नीसवीं शताब्दी के उदार कार्यक्रम को प्रेरणा दी। मार्क्स स्वयं भी ऐतिहासिक प्रक्रिया की एक व्याख्या प्रस्तुत करता है; और सब व्याख्याएं संसार को बदलने के इरादे से ही प्रस्तुत की जाती हैं। जीवन आदर्शों से शासित रहता है और सब क्रांतिकारी आंदोलनों की पृष्ठभूमि में विचारधाराएं (दर्शन) कार्य करती रही हैं। हम जो कुछ सोचते हैं, उसीके परिणाम हम हैं। दार्शनिक लोग भविष्य के स्रष्टा होते हैं। दर्शन का काम केवल जीवन की व्याख्या प्रस्तुत कर देना नहीं है, अपितु उसे दृष्टि प्रदान करना और मार्ग दिखाना भी है।[1] ध्यान-प्रार्थना और जीवन एक-दूसरे से पृथक् वस्तुएं हैं, एक-दूसरे की विरोधी नहीं। उन दोनों का अस्तित्व साथ-साथ रह सकता है।[2] वे एक-दूसरे की ओर संकेत करती हैं और साथ-साथ कार्य करती हैं। फिर, यदि हम अपने-आपको न बदलें, तो हम समाज-व्यवस्था को बदल नही सकते। हमारी समाज-व्यवस्था उन लोगों के चरित्न के अनुसार ही उच्च या निम्न होती है, जिनसे मिलकर वह बनी है। एक अधिक प्रभावी समाज-व्यवस्था का अर्थ है—एक विभिन्न प्रकार के मनुष्य। जीवन की कोटि (किस्म) को बदलने के लिए हमें नया जन्म ग्रहण करना होगा। धर्म केवल इसलिए असफल हो गए कि हमने उन्हें गम्भीरतापूर्वक ग्रहण नहीं किया। उनका मुख्य उद्देश्य है मनुष्य का पुनर्निर्माण। अपनी मनमानी, अहं भावना, अपनी ही बाज़ी चलते जाने का हठ, अपनी ही सौदेबाज़ी में लगे रहना, और दूसरों को बुद्धू बनाकर अपना उल्लू सीधा करना, ये ही सारी विफलता के कारण हैं। निःस्वार्थता, पड़ोसी के प्रति प्रेम और सहयोग इस विफलता से बचने के

---

1. तुलना कीजिए, "कुछ लोग ऐसे हैं—और मैं भी उनमें से एक हूं—जो समझते हैं कि अब भी किसी मनुष्य के सम्बन्धों में सबसे अधिक व्यावहारिक और महत्त्वपूर्ण बात विश्व के सम्बन्ध में उसका दृष्किोण ही है। हम समझते हैं कि मकान-मालकिन के लिए अपने किरायेदार के सम्बन्ध में विचार करते हुए उसकी आय को जानना महत्त्वपूर्ण है, पर उससे भी अधिक महत्त्वपूर्ण है उसकी विचारधारा को जानना। हम समझते हैं कि किसी भी सेनापति के लिए शत्नु से लड़ने के वास्ते शत्नु की संख्या को जानना महत्त्वपूर्ण है, परन्तु उससे भी अधिक महत्त्वपूर्ण है शत्नु की विचारधारा को जानना। हम समझते हैं कि प्रश्न यह नहीं है कि विश्व का सिद्धांत मामलों पर प्रभाव डालता है या नहीं, अपितु प्रश्न यह है कि अन्ततोगत्वा कोई अन्य वस्तु भी उनपर प्रभाव डालती है या नहीं।"—चेस्टर्टन

2. "दो परस्पर भिन्न धारणाएं भिन्न होते हुए भी एक-दूसरे से मिलकर एक हो सकती हैं, परन्तु दो विरोधी धारणाएं एक-दूसरे को समाप्त ही करती प्रतीत होती हैं, (अर्थात् जहां एक रहेगी, वहां दूसरी नहीं रह सकेगी।)" क्रोचे, 'फिलासफी ऑफ हेगल', अंग्रेज़ी अनुवाद (1915)

उपाय हैं। हममें से कितने लोग हैं, जिन्होंने निःस्वार्थता के नियम का पालन किया है या पालन करने की कोशिश भी की है। यदि बहुत थोड़े-से लोगों की प्रवृत्ति ही इस ओर रही हो, तो हम स्वार्थपरता के पुंज के बारे में क्या कह सकते हैं? हमें बचाने के लिए केवल ज्ञान ही काफी नहीं है। उसके लिए कठोर अनुशासन, जिसमें आत्मविश्लेषण और समर्पण भी सम्मिलित है, आवश्यक है। मानव-व्यक्ति प्रकाश और छाया का, ज्ञान और अज्ञान का मिलन-स्थल है। उसके रूप में ब्रह्म ने शरीर का वस्त्र धारण कर लिया है। सच्चा अस्तित्व वैयक्तिक अस्तित्व की आवश्यकता से सीमित हो गया है। दो प्रवृत्तियां, एक तो पृथक् (एकान्त) वैयक्तिक जीवन की ओर और दूसरी एकता और सार्वभौमता की ओर परस्पर संघर्ष कर रही हैं। इन दोनों का मेल बिठाना ही वह समस्या है, जो हमारे सम्मुख रखी गई है और जिसे हल करने के लिए अनेक कठिनाइयों और कष्टों, रक्त और आंसुओं को सहना होगा।[1] चिन्तनशील रहस्यवादी संसार को सम्मोहित करके निद्रा या जागरित स्वप्न में नहीं सुला देते। वे भी मारधाड़ से ऊपर उठे हुए नहीं हैं। सांसारिक व्यवस्था के सम्बन्ध में वे प्रायः युद्धप्रिय होते हैं। वे दुनियादारी में फंसे हुए लोगों की अपेक्षा कहीं अधिक स्पष्ट करनेवाली और रचनात्मक प्रयोजन की तीव्रता के साथ कार्य करते हैं। उन धार्मिक महापुरुषों की शानदार परम्परा पर दृष्टि डालिए, जिन्होंने न केवल धार्मिक संघों की स्थापना की, अपितु शिक्षा, और रोगियों की देखभाल जैसे व्यावहारिक राजनीति के विषयों पर भी बहुत स्वस्थ प्रभाव डाला।

मार्क्स ने धर्म को परलोकपरक बताकर जो उसकी निन्दा की है, वह धर्म के कुछ एकपक्षीय दृष्टिकोणों के विषय में उचित है। भले ही धर्म के वास्तविक जीवन का सम्बन्ध शाश्वतिक व्यवस्था से हो, फिर भी, क्योंकि हम लोग तो पार्थिव और ऐहिक व्यवस्था के सदस्य हैं, इसलिए हम अपनी ज़िम्मेदारियों से बच नहीं सकते। हम आत्माएं अवश्य हैं, किन्तु सशरीर हैं, और हमें, अपने आसपास की दशाओं को स्वीकार करके चलना होगा। हमें अपने शरीरों को निष्फल नहीं करना है, जो एक साधन है, जिसके द्वारा हम संसार की चेतना को ग्रहण करते हैं और संसार का आनन्द लेते हैं। अधिक अच्छी तरह देखने के लिए हमें अपनी आंखों को निकाल फेंकने की आवश्यकता नहीं है। स्वर्ग प्राप्त करने के लिए यह आवश्यक नहीं है कि हम इन्द्रियों को मृतप्राय कर दें या मन को मारकर बैठ जाएं। शारीरिक आनन्द एक पवित्र लक्ष्य है। यजुर्वेद में भी कहा है, "हम सौ वर्ष जिएं—ऐसा जीवन, जिसमें हमारी दृष्टि, श्रवण-शक्ति और बोलने की शक्ति ठीक बनी रहे, और हम दूसरों पर आश्रित न हों। हम इस प्रकार का

1. "अपने अन्दर दोनों को मिलाकर एक नया मनुष्य बनने के लिए और इस प्रकार शान्ति स्थापित करने के लिए; और इसलिए कि वह उन दोनों को एक शरीर में क्रास द्वारा, अपने अन्दर विद्यमान शत्रुता को समाप्त करके परमात्मा में मिला सकें।"—सेंट पाल, 'एफैसियन्स', 2.15-16, मार्जिनल रीडिंग

साथ ही देखिए, "मानव-मन की नैसर्गिक रचना दुहरी है। एक भाग क्षुधा से बना है, जिसे यूनानियों ने 'हौर्मे' (मनोवेग) की संज्ञा दी थी, जो मनुष्य को इधर-उधर ले जाती है, दूसरा भाग विवेक है, जो यह बताता है और स्पष्ट करता है कि क्या करना चाहिए और क्या नहीं करना चाहिए, इससे यह निष्कर्ष निकलता है कि विवेक उचित रूप से आदेश देता है और क्षुधा आदेश का पालन करती है।"—सिसरो, 'डि औफिसाइस', खण्ड 1, अध्याय 28

जीवन सौ से भी अधिक वर्ष तक जी सकें।"[1] यह शरीर शाश्वत का केवल आवरण ही नहीं है, अपितु आवश्यक साधन भी है।

हमें उन शाश्वत सत्यों को, जो हमें अपने जीवन के लिए आचरण के सर्वोच्च नियम प्रदान करते हैं, इस पृथ्वी पर ही सामाजिक और ऐहिक रूपों में प्राप्त करना है। प्रत्येक धर्म की एक नैतिक और सामाजिक अभिव्यक्ति होती है। पवित्रता (सन्तता) और प्रेम दोनों साथ-साथ रहते हैं। मनुष्य किसी न किसी समाज का सदस्य ही बनकर जन्म लेता है। उसका जीवन अन्तरंग सम्बन्धों का, आकर्षणों का और विकर्षणों का, एक जाल-सा है, जिसे तोड़कर स्वतन्त्र हो पाना न तो उसके लिए संभव ही है और न वांछनीय ही। अरस्तु कहता है, "जो व्यक्ति समाज में रहने में असमर्थ है, या जिसे इसलिए समाज में रहने की आवश्यकता नहीं है, क्योंकि वह अपने लिए ही पर्याप्त है, वह या तो देवता है या पशु।"[2] उसके लिए समाज में कोई स्थान नहीं है। सामाजिक सम्बन्ध व्यक्ति की शक्तियों और सुअवसरों को बढ़ाते हैं और उसकी स्वतन्त्रता को और विस्तृत कर देते हैं।

हिन्दू विचारधारा सांसारिक और ऐहिक वस्तुओं की उपेक्षा नहीं करती। यह जीवन के चार लक्ष्यों को स्वीकार करती है : नैतिक, आर्थिक, कलात्मक और आत्मिक (धर्म, अर्थ, काम, मोक्ष)। इसके जीवन के चार सोपानों (आश्रमों) के सिद्धान्त में सामाजिक उत्तरदायित्वों पर बल दिया गया है। संन्यासी के रूप में भी व्यक्ति विश्व-समाज की सेवा करता है। चिन्तन के साथ-साथ इस संसार में कर्म करने पर भी ज़ोर दिया गया। 'ईशोपनिषद्' के अनुसार पूर्णता की खोज करने-वाले साधक को कर्म और भगवान का ज्ञान, इन दोनों की साधना साथ-साथ करनी चाहिए। कर्म द्वारा वह मृत्यु के परे पहुंच जाता है और ज्ञान द्वारा अमरता को प्राप्त कर लेता है। जिस बात की मांग की गई है वह है सेवा के लिए समर्पित जीवन। "मेरा जीवन समर्पण का जीवन हो, मेरा प्राण (श्वास), आंखें, कान, बुद्धि और आत्मा सेवा के लिए समर्पित हों, मेरी वैदिक विद्या और समझ, समृद्धि और ज्ञान सेवा के लिए समर्पित हो। स्वयं बलिदान (यज्ञ) भी चरम बलिदान की भावना से हो रहा हो।"[3]

'भगवद्गीता' में कहा गया है कि भगवान का भक्त वह है, जो इस संसार को क्षुब्ध नहीं करता और जिसे यह संसार क्षुब्ध नहीं करता।[4] गीता की शिक्षा है कि केवल प्रेम के द्वारा, जो प्रेम कि सर्वस्वदान कर देता है और जो भाग खड़े होने से इनकार कर देता है, बुराई को पराजित

---

1. पश्येम शरदः शतं, जीवेम शरदः शतं, श्रृणुयाम शरदः शतं, प्रब्रवाम शरदः शतं, अदीना स्याम शरदः शतं, भूयश्च शरदः शतात्।—2-36-24

2. "पॉलिटिक्स' 101। तुलना कीजिए, "सामाजिक सम्बन्ध दो व्यक्तियों के बीच में नहीं होते, अपितु केवल उनके अपने अन्दर होते हैं।...वे कोई जाल नहीं हैं, जिनमें व्यक्तित्व फंसा हुआ हो अपितु वे दोनों में से प्रत्येक के व्यक्तित्व के कृत्य हैं जिनकी पूर्ति व्यक्तित्व की पूर्ति है।" मैक आइवर 'कम्युनिटी', पृष्ठ 95

3. आयुर्यज्ञेन कल्पताम्, प्राणो यज्ञेन कल्पताम्, चक्षुर्यज्ञेन कल्पताम्, श्रोत्रं यज्ञेन कल्पताम्, मनो यज्ञेन कल्पताम्, आत्मा यज्ञेन कल्पताम्, ब्रह्मा यज्ञेन कल्पताम्, ज्योतिर्यज्ञेन कल्पताम्, स्वर्यज्ञेन कल्पताम्, पृष्ठं यज्ञेन कल्पताम, यज्ञो यज्ञेन कल्पताम्।—2

4. 11/15

किया जा सकता है और मानव-जाति का उद्धार हो सकता है।[1] इस पुस्तक का आरम्भ ही एक कर्तव्य की समस्या से होता है। यह एक संवाद है, जो रणभूमि में हुआ है। दोनों सेनाएं युद्ध क्षेत्र में व्यूह रचकर खड़ी हैं। अर्जुन शत्रु-दल की ओर दृष्टि डालता है; वह देखता है कि उसमें तो उसके इष्टबन्धु तथा अन्य आदरणीय लोग खड़े हैं, वह घबराकर रथ में बैठ जाता है और लड़ने से इनकार कर देता है। वह अपने ही सगे-सम्बन्धियों की हत्या किसलिए करे? यदि योद्धा के इस कर्तव्य की समस्या का समाधान हो जाए, तो शेष सब मामलों को भी इसी ढंग से निपटाया जा सकता है। गीता में जिस प्रश्न का विवेचन किया गया है, वह युद्ध के अनौचित्य या औचित्य का प्रश्न नहीं है। यह तो अपना कर्तव्य करते हुए, चाहे वह कर्तव्य कुछ भी क्यों न हो, शान्ति और पूर्णता प्राप्त करने की बात है। इसका उद्देश्य सिद्धान्त की शिक्षा देना उतना नहीं है, जितना कि व्यवहार में प्रवृत्त करना। कृष्ण कहता है, "जनक आदि ने कर्म द्वारा ही सिद्धि या पूर्णता प्राप्त की थी। तुझे भी संसार की व्यवस्था को दृष्टि में रखते हुए कर्म करना ही चाहिए।...... जिस प्रकार मूर्ख कर्मफल में आसक्त होकर काम करते हैं, उसी प्रकार ज्ञानी लोग कर्मफल में अनासक्त रहकर संसार में व्यवस्था स्थापित करने के लिए कर्म करते है।"[2] फिर, "केवल काम करना छोड़ देने से ही तो कर्म से मुक्ति नहीं मिल जाती ; केवल कार्य करना बन्द कर देने से भी किसीको सफलता नहीं मिल सकती।"[3] "जो कर्म में अकर्म और अकर्म में कर्म देखता है, मनुष्यों में वही समझदार (पंडित) है; नियमों के अनुसार वही पूर्ण कर्म का करनेवाला है। कर्म के फल की आसक्ति से रहित होकर, सदा संतुष्ट और अबद्ध रहकर यदि वह निरन्तर कर्म

---

1. यदि मैं जी सकूं
किसी पीले पड़े मुख को कांतिमान बनाने के लिए और देने के लिए
किसी अश्रुधूमिल नयन की नई चमक, या केवल दे सकूं :
किसी व्यथित हृदय को आराम की एक धड़कन,
या किसी राह चलते की थकी आत्मा को प्रफुल्लित कर सकूं :
यदि मैं दे सकूं
सबल हाथ का सहारा गिरे को, या रक्षा कर पाऊं
अधिकार की एक ईर्ष्यालु दबाव के विरोध में,
तो मेरा जीवन, यह भले ही यह रहित है
शायद उन अधिकांश चीज़ों से, जो प्रिय और सुन्दर लगती हैं हमें धरती पर,
व्यर्थ नहीं रहेगा।
पवित्रतम आनन्द,
जो स्वर्ग के निकटतम है और पृथ्वी के मिश्रण से बहुत दूर, सूर्य चमक के लिए बादलों को हटने का आदेश दे रहा है। और यह बहुत अच्छा होगा
यदि उस परम दिन पर देवदूत यह बताएं
मेरे विषय में, "इसने तुम्हारे एक प्राणी के लिए यथाशक्ति सब कुछ किया था।"

—एच० एच० जैक्सन

2. 32-5
3. 3-41

में लगा भी हुआ हो, तो भी वह कर्म नहीं करता।" "अपने सारे कामों को 'मुझ' पर छोड़ दे; अपने मन को परमात्मा में लगा दे, और लालसा को त्यागकर, मन में कोई विचार रखे बिना, उत्तेजनाशून्य होकर तू युद्ध कर।" संन्यास का हल (समाधान) कोई हल नहीं है, क्योंकि मनुष्य चाहे या न चाहे, कर्म तो उसे करना पड़ता ही है। योग कर्म में कुशलता का ही नाम है।[1] "जो कोई 'मेरा' काम करता है, 'मुझे' अपना लक्ष्य मानता है, 'मेरा भक्त है, जो सब आसक्तियों से मुक्त है, जो किसी भी जीव से घृणा नहीं करता, वह 'मुझे' प्राप्त करता है (मेरे पास पहुंच जाता है)।"[2] कर्म किया जाना है, उसके बाहरी परिणामों के लिए नहीं, अपितु आन्तरिक विकास के लिए। कर्मयोग इच्छाशून्यता है। समाज के लिए कार्य भी कर्मयोग नहीं है, परन्तु वह प्रारम्भिक अनुशासन के रूप में उपयोगी है। "सद्बुद्धिप्राप्त आत्मा पुण्य और पाप, दोनों को इस संसार में ही छोड़ जाती है।"[3] आध्यात्मिक गुणों का विकास किए बिना आध्यात्मिकता का दिखावा करने से कोई लाभ नहीं है। जो लोग संसार से बाहर रहते हैं और दिव्य शक्ति के उपकरण बन जाते हैं, वे महान कार्य करते हैं। बिना यह जाने कि हम क्या करते हैं और कैसे करते हैं, इधर-उधर भागते फिरना खाली हलचल करना-भर है। जब हम शाश्वतता की चेतना में प्रवेश करते हैं, केवल तभी हम जान पाते हैं कि सच्चा कर्म क्या होता है। संसार का निर्माण बेचैनी से भरी हलचल द्वारा नहीं, अपितु शान्ति और नीरवता द्वारा हुआ था। उपनिषदों और बौद्ध धर्म की ओर बच निकलने के उपाय केवल थोड़े-से लोगों के लिए, ऋषियों और तपस्वियों (भिक्षुओं) के लिए हैं। गीता उन लोगों को मुक्ति प्रदान करती है, जो कर्म में जकड़े हुए हैं ; वह उनके लिए ऐसे कर्म का द्वार खोल देती है, जो स्वतंत्रता प्राप्त करने में उनकी सहायता करता है। कर्म से पलायन (संन्यास), ज्ञान या तप के सम्बन्ध में प्राचीन उक्तियों के स्थान पर गीता 'आसक्तिहीन कर्म' का प्रतिपादन करती है। आध्यात्मिक जीवन मनुष्यों और वस्तुओं का त्याग कर देना नहीं है, अपितु यह तो एक भस्म कर देनेवाली आग है, जो अहंभाव को जला देती है, बन्धनों को नष्ट कर देती है और सर्वत्र व्याप्त हो जाती है। जिस वस्तु की प्रशंसा की गई है, वह तप या संन्यास का जीवन नहीं, अपितु शक्ति और ऊर्जा से दमकता हुआ रूपान्तरित जीवन है।

सुकरात का जो हाल हुआ, उसका प्लेटो की कल्पना पर बहुत निर्धारक (निश्चायक) प्रभाव पड़ा। यदि ऐसे महान और न्यायप्रिय व्यक्ति का यह हाल हो सकता है, तो इस संसार के काम-काज में रुचि लेने का क्या लाभ? ऐसे संसार से, जिसमें कोई न्याय, उद्देश्य, अच्छाई या सत्य हो ही नहीं सकता, हटकर प्लेटो विचारों के जगत् की ओर, अति अनुभूतिशील जगत् की ओर मुड़ा और उसमें परमसुख की खोज में लगा। परन्तु उसके अन्दर जो यूनानी भावना थी, उसने इस मनोदशा के विरुद्ध प्रतिवाद किया और फलतः प्लेटो ने दार्शनिकों को भी राजनीति में भाग लेने का उपदेश दिया।[4]

---

1. 2-50
2. 11-51
3. 2-50
4. विचारक (दार्शनिक) वर्ग के विषय में चर्चा करते हुए प्लेटो लिखता है, "ऐसे व्यक्ति की तुलना एक

लगभग 2500 वर्ष पहले यूनानियों ने यह धारणा विकसित की थी कि शासकों को जनता का सेवक होना चाहिए। सत्ता (अधिकार) का पद प्राप्त करने के योग्य होने के लिए पहले उन्हें सम्पत्ति का विचार त्याग देना पड़ता था, मितव्यय और तपस्या का जीवन बिताना पड़ रहा था, और विशेष शिक्षा ग्रहण करनी होती थी। इस प्रशिक्षण का स्थान अकादमी कहलाता था। जिस संस्था की स्थापना इस उद्देश्य से हुई थी कि वह उस समय यूनानी जगत् को ज्ञात व्यावहारिक उद्यम की अपेक्षा अधिक अच्छे उद्यम की शिक्षा दे सके, यदि उसका नाम अव्यावहारिक जीवन के साथ जोड़ दिया जाए, तो इससे मानव-प्रकृति की विडम्बना ही प्रकट होती है।

दुर्भाग्य से ईसाई नीति-शास्त्र कभी भी स्पष्ट रूप से इस संसार के जीवन का मार्ग नहीं रहा।[1] प्रारम्भिक चर्च इस पृथ्वी पर के जीवन को नये जीवन की प्रतीक्षा का स्वल्प-सा समय

ऐसे मनुष्य से की जा सकती है, जो जंगली पशुओं के बीच जा पड़ा हो। वह अपने साथियों (पशुओं) की दुष्टता में साथ नहीं देगा, परन्तु वह अकेला उन सबकी हिंस्र प्रकृति का प्रतिरोध कर पाने में भी समर्थ नहीं होगा। इसलिए यह देखते हुए कि वह राज्य के या अपने मित्रों के किसी काम नहीं आता, और यह सोचकर कि उसे अपना जीवन अपना या दूसरों को कुछ भी भला किए बिना गंवा देना पड़ेगा, वह शान्त रहता है और बस अपने काम से वास्ता रखता है। वह उस व्यक्ति की तरह है, जो धूल और ओलों के तूफान में, जिसे ज़ोरदार आंधी तेज़ी से लेकर आती है, दीवार की ओट में जाकर खड़ा हो जाता है। यह देखकर कि शेष मानव-जाति दुष्टता से भरी हुई है, वह केवल इतने से ही सन्तुष्ट रहता है कि वह अपना जीवन अपने ढंग से जी सके और बुराई या अधार्मिकता से दूर रह सके और उज्ज्वल आशाएं लेकर शान्ति और सद्भावना के साथ प्रस्थान कर सके।

"हां, उसने कहा, और प्रस्थान करने से पूर्व वह एक महान कार्य कर चुका होगा।"

"हां, एक महान कार्य; किन्तु सबसे बड़ा कार्य वह तब तक नहीं कर सकता, जब तक कि उसके उपयुक्त कोई राज्य न मिल जाए ; क्योंकि उसके लिए उपयुक्त राज्य में उसकी कहीं अधिक उन्नति हो सकेगी और वह अपने देश का और साथ ही अपना भी वाणकर्ता बन सकेगा।" —'रिपब्लिक', 496

1. जीवन और संसार के प्रेमियों के लिए, जो इसकी मार्मिक और विशद रुचियों की विस्तृत श्रृंखला पर मुग्ध हैं, ईसाइयत के पास कोई सन्देश नहीं है। उन्होंने कहा है, "एक समय में एक ही संसार।" अपनी गिफर्ड भाषणमाला में प्रोफेसर डब्ल्यू० मैकनील ने वह प्रश्न उठाया है, "यौन प्रेम (पुरुष और स्त्री के प्रेम) के सम्बन्ध में ईसाइयत के पास कहने को क्या है?" और उसके उत्तर में कहा है, "लगता है, एक शब्द भी नहीं या केवल एक अपमानजनक शब्द। पादरी-पुरोहितों के पास स्त्रियों या प्रेमलीलाओं के सम्बन्ध में कहने को आनन्ददायक बातें कम ही थीं। वे ब्रह्मचर्य की प्रशंसा करते हैं, उसे उच्च बताते हैं। क्रोइसोरटोम ने स्त्रियों के सम्बन्ध में कहा था कि 'वे वांछनीय महाविपत्तियां हैं,' और विवाह के सम्बन्ध में सेंट पाल की उक्तियों से तो हम सब परिचित ही हैं। फिर भी यह एक ऐसा विषय है, जिसकी ओर कवियों और कलाकारों का वस्तुतः सारी मानव-जाति का ध्यान अन्य किसी भी विषय की अपेक्षा अधिक रहा है, यह एक ऐसी वासना है, जो स्वयं जीवन के मूल में विद्यमान है और जो अन्य सब वासनाओं की अपेक्षा कहीं अधिक तीव्र है; इसके सम्बन्ध में स्टैंडहाल ने कहा है कि, 'सब निष्कपट अभिव्यक्तियों में सौंदर्य का स्वरूप रहता है,' जिसने संसार को महान उन कथाओं के लिए मूल सामग्री प्रदान की है, जिनसे प्रत्येक साहित्य भरा हैं, जो सारे जीवन के आधे, बल्कि आधे से भी अधिक आनन्दों और वेदनाओं को जन्म देता

मानकर चलता था; उस नये जीवन की, "जब हम लोग जो कि जीवित हैं और जीवित रहेंगे, ऊपर बादलों में जा पहुंचेंगे।"[1] मध्ययुग में संसार को आंसुओं की घाटी के रूप में समझा जाता था, जिनमें से प्रत्येक व्यक्ति को गुज़रकर न्याय की घाटी में पहुंचना होता है। ईसाई जीवन केवल किसी मठ में या तपोवन में ही बिताया जा सकता है।[2] प्रोटेस्टेंट पवित्रतावादियों का संसार में रहने वाले औसत आदमी पर ईसाई जीवन को थोपने का प्रयत्न असफल रहा। एक नियम को मानना और आचरण किसी दूसरे नियम के अनुसार करना हममें से अनेक लोगों के औसत जीवन की सर्वाधिक स्पष्ट विशेषता बन गई है। ईसाइयत ने दुनिया के साथ समझौता कर लिया। कभी-कभी ईसा के इस कथन की, "जो वस्तुएं सीज़र (उस समय का रोमन सम्राट्) की हैं, उन्हें सीज़र को दो, और जो वस्तुएं परमात्मा की हैं, उन्हें परमात्मा को दो," व्याख्या इस रूप में की जाती है, मानो इससे दुरंगा व्यवहार करने की अनुमति मिल जाती हो। धर्म और राजनीति दो अलग-अलग क्षेत्र हैं और उन दोनों के बीच में एक खाई बनी हुई है; इन दोनों

है, जो प्रत्येक गतिविधि में महत्त्वपूर्ण भाग लेता है, जो मानवीय अस्तित्व में उसी प्रकार व्याप्त रहकर, जैसे शरीर में शिराएं व्याप्त रहती हैं, पारिवारिक सम्बन्धों को जन्म देता है, जो सर्वव्यापी है, हमारे आचरण के प्रत्येक पक्ष के साथ सम्बन्ध स्थापित किए हुए है, जो हमारे जीवन के प्रत्येक दिन में अपराधों, विश्वासघातों, आत्मबलिदान और वीरत्व की घटनाओं के लिए प्रेरक बनता है, जो शाश्वत रूप से समाज के विचारों पर छाया हुआ है और जो समाज के सभी वार्तालापों में विद्यमान रहता है। ऐसे लोकोत्तर विषय पर, जिसकी कि नैतिक शाखा-प्रशाखाएं अनन्त हैं, ईसाई ग्रन्थों में एक विलक्षण मौन का साम्राज्य है।" (1937, पृष्ठ 38 39)। वह और आगे कहता है, "पशु जगत् के विषय में भी उनमें ऐसी ही चुप्पी है। परमात्मा की सृष्टि में उनके स्थान की उपेक्षा कर दी गई है। उनके विषय में यह नहीं समझा गया कि 'पतन' से उनका कुछ वास्ता है, या वे पापी हैं, या उन्हें दया और उद्धार की आवश्यकता है या भावी जीवन में उनका कोई भाग है। हमें बताया गया है कि पृथ्वी पर मृत्यु पाप के कारण आई; और यद्यपि पशुओं ने पाप में कोई भाग नहीं लिया, मृत्यु में और मृत्यु के परिणामों में वे भाग लेते हैं। न यहां प्रतीत होता है कि उनके किसी प्रकार के कोई अधिकार हैं, और न उनके प्रति हमारे कोई कर्तव्य ही हैं। ऐसा प्रतीत होता है कि हम उनके साथ जैसा चाहें वैसा व्यवहार कर सकते हैं।" (वही पृष्ठ 39)। स्वर्ग में अपने सेवकों पक्षियों, कुत्तों या घोड़ों से हमारी भेंट नहीं होगी।

1. उस कथन से तुलना कीजिए, जो ईसा का बताया जाता है और फतहपुर सीकरी की मस्जिद में दरवाज़े की मेहराब पर खुदा हुआ है, "संसार एक पुल है; इसे पार कर जाओ, पर इस पर अपना घर मत बनाओ। यह दुनिया सिर्फ घड़ी-भर रहनेवाली है; इस समय को भक्ति में बिताओ।"

2. ल्यूथर लिखता है, "जब तुम्हारे प्रति हिंसा और अन्याय किया जाए तो कहो कि संसार की रीति ही यह है; यदि तुम संसार में जीना चाहते हो तो तुम केवल इसी वस्तु की आशा कर सकते हो। तुम यह आशा नहीं कर सकते कि तुम्हारा हाल कुछ उससे अच्छा होगा, जैसाकि ईसा का हुआ था। अगर तुम भेड़ियों के बीच में रहना चाहते हो, तो तुम्हें उनके साथ रोना होगा। हम सब ऐसी सराय में टिका दिए गए हैं, जिसका भठियारा शैतान है और भठियारिन यह दुनिया है और सब प्रकार की दुर्वासनाएं यहां के नौकर-चाकर हैं—और वे सबके सब सुसमाचार (धर्म) के चिर शत्रु हैं।"—ट्रौयल्ट् श द्वारा उद्धृत; 'दि सोशल टीचिंग ऑफ क्रिश्चियेनिटी'

क्षेत्रों के विचार, अनुभूति और आचरण के अपने-अपने प्रमाप (स्टैंडर्ड) हैं। परमात्मा के राज्य का आध्यात्मिकता से शून्य मनुष्यों और उनके भ्रष्ट उत्तराधिकार से कोई सरोकार नहीं। धार्मिक मनुष्य इस संसार को सहन कर सकता है, इसमें जैसे-तैसे गुज़ारा कर सकता है, परन्तु तत्त्वतः वह यहां केवल कुछ देर के लिए ठहरा हुआ है, उसे इस संसार के निकट भी नहीं जाना चाहिए, ताकि वह कहीं मलिन न हो जाए। परन्तु यह अन्याय्य दृष्टिकोण है। सीज़र की वस्तुओं का सम्बन्ध परमात्मा की वस्तुओं से होना चाहिए। आध्यात्मिक मूल्य (मान्यताएं) सांसारिक जीवन में रमे रहने चाहिएं। धर्म आत्मा के रोगों (उपद्रवों) के लिए कोई अफीम-मिश्रित शामक ओषधि नहीं है। यह तो सामाजिक प्रगति के लिए गति देनेवाली शक्ति है। जब तक हमें एक आन्तरिक व्यवस्था में आस्था न होगी, तब तक हम स्थायी बाह्य व्यवस्था का निर्माण नहीं कर सकते। धर्म इतनी लोकोत्तर वस्तु नहीं है कि उसका मानव-जीवन के साथ कोई सम्बन्ध ही न हो। अपनी अन्तर्दृष्टि के क्षणों में हम मनुष्य के अन्तिम लक्ष्य को समझ पाते हैं और हमें निश्चय होता है कि अन्त में विजय उसीकी होकर रहेगी। यदि ऐसी घटनाएं भी घटती हों, जिनसे यह प्रतीत होता हो कि यह विश्व-प्रयोजन निष्फल रहेगा, तो भी हम हताश नहीं होते। जिसे उच्चतम लक्ष्य की झलक मिल चुकी है, वह अपनी ओर से उस लक्ष्य की सफलता के लिए भरसक प्रयत्न करता है। परमात्मा के उद्देश्य को जान लेने के कारण उसका यह कर्तव्य हो जाता है कि वह उसे पूरा करे। क्रांतदर्शी (पैगम्बर) लोग सदा पहले से स्थापित व्यवस्था का विरोध ही करते रहे। वे शान्ति को भंग करनेवाले लोग थे। इस विश्वास के साथ कि विश्व उनके उद्देश्य का समर्थन करेगा, वे सांसारिक शक्तियों के विरुद्ध जूझ पड़े और कष्ट सहते रहे। सब महान उपलब्धियां (सफलताएं) कष्ट सहन और बलिदान से ही प्रसूत हैं।[1] यदि हम संसार में फंसे रहेंगे, तो हममें कोई मौलिकता नहीं होगी और हम समाज या मानव-प्रकृति को किसी नये सांचे में नहीं ढाल पाएंगे, हम अज्ञात में अन्वेषण-यात्राएं नहीं कर पाएंगे और राजनीति तथा समाज के विषय में हमारे विचार निर्जीव और यन्त्रनिर्मित-से होंगे। सच्चे धार्मिक व्यक्ति को मानवीय वास्तविकताओं की सुनिर्दिष्ट अनुभूति होगी। हेगल का आदर्शवाद जो धर्म का तत्कालीन स्थानापन्न था, उस समय विद्यमान प्रशियन राज्य को परमात्मा के राज्य से अभिन्न मानता था। जो राज्य सार्वभौम और शाश्वत है, उसे, परमात्मा के राज्य के प्रति द्रोह किए बिना, किसी भी सांसारिक राज्य के अधीन नहीं किया जा सकता। गिज़ोट (गिज़ो) ने यूरोपियन सभ्यता का अन्य सब सभ्यताओं से वैषम्य बताते हुए कहा है कि यूरोप में कोई भी सिद्धान्त, विचार, समुदाय या वर्ग कभी भी अन्तिम और पूर्ण रूप से विजयी नहीं हुआ, और यूरोपियन सभ्यता के प्रगतिशील स्वरूप का कारण भी यही है।

---

1. आस्करवाइल्ड से तुलना कीजिए, "संसार का निर्माण दुःख में ही हुआ है; शिशु या तारे (नक्षत्र) के जन्म के समय वेदना होती ही है।"—'डि प्रौफंडिस'

आधुनिक जापान के संस्थापकों में से एक को जब प्राणदंड के लिए ले जाया जा रहा था, तब उसने दो पंक्तियों की एक चीनी कविता में एक भावगर्भित सत्य को प्रकट किया, "मकान की छत पर खपरैल की तरह पूर्ण बने रहने की अपेक्षा स्फटिक बनकर टुकड़े-टुकड़े हो जाना कहीं अधिक अच्छा है।"

यदि आत्मा स्वच्छ हो और प्रेम प्रगाढ़ हो, तो हम उस उच्च कल्पना में, जिसे हम परमात्मा कहते हैं, श्रद्धा रखते हुए संसार में कार्य कर सकते हैं। सन्त आत्माएं मनुष्य के कष्टों के प्रति संवेदनशील होती हैं और जीवन के बोझ को अपने बोझ की ही भांति अनुभव करती हैं। उनकी देशभक्ति विश्वव्यापी होती है; उनकी दृष्टि में युद्ध मानवता का अपने ही विरुद्ध दो भागों में विदीर्ण हो जाना है, जो बहुत ही कुत्सित है, क्योंकि प्रेममय दयालुता ही सर्वोच्च सौन्दर्य है। हमें जीवन के सर्वोत्कृष्ट विशेषाधिकार का उपयोग इस ढंग से करना चाहिए कि विश्व की सृजनशील ऊर्जा हममें सजीव हो उठे, वह हमारे शरीर को अपने वस्त्र रूप में धारण कर सके, अपने-आपको हमारी चेतना द्वारा क्रियान्वित कर सके और परिवेश पर विजय पा सके।

धार्मिक जीवन के विकास के लिए यह आवश्यक है कि मनुष्य व्यावहारिक गतिविधि से विरत हो जाए, जिससे बौद्धिक या भावात्मक चिंतन की एकाग्रता हो पाए। धार्मिक जीवन निवर्तन (पीछे हटना) और पुनरावर्तन की एक लयबद्ध गति है : व्यक्तिगत एकान्त में निवर्तन, जो विचार और चिन्तन की आवश्यकता का द्योतक है, और समाज के जीवन में पुनरावर्तन। एकान्त की गतिविधि दो रूप धारण करती है : बौद्धिक, जो दर्शन और धर्मविज्ञान की ओर ले जाती है; और भावात्मक, जो कला और रहस्यवाद में जाकर परिणत होती है। ये दोनों धार्मिक जीवन के अवयवभूत अंग हैं, व्यक्ति की पृथक् और स्वतन्त्र गतिविधियां नहीं हैं। जब भी कभी हमें विफलता अनुभव हो रही हो, अपनी ऊर्जा क्षीण होती हुई, शक्ति दुर्बल पड़ती हुई अनुभव हो रही हो और ऐसा लगता हो, हम स्नायवीय विक्षेप (नर्वस-ब्रेकडाउन) के छोर पर खड़े हैं, तो हमें प्रार्थना और ध्यान की शरण लेनी चाहिए। ईसा के मौन सीधे तौर पर शक्ति को फिर तरोताज़ा कर देने से सम्बद्ध थे। पहाड़ियों पर और जैतूनों के शिखर के बाग में उसकी प्रार्थना की रात्रियां शक्ति प्राप्त करने के लिए ही बीती थीं। जो लोग भगवान के निकट 'प्रतीक्षा' करेंगे, उनकी शक्ति अवश्य 'फिर नई' हो जाएगी। "तुम्हें शक्ति निस्तब्धता और विश्राम (एकान्त) में प्राप्त होगी।" मादाम गुयों के शब्दों में वे "परमात्मा के साहचर्य में बिताती हुई सृजनशील घड़ियां" हैं। सभी ईश्वरनिष्ठ व्यक्तियों के जीवन में हमें यह लयबद्ध गति दिखाई पड़ती है; दबाव और तनाव की ओर से निश्चेष्टता और चिन्तन की ओर, तूफान से निस्तब्धता की ओर तथा संघर्ष से शान्ति की ओर झूले की-सी गति; और सभी जगह, एकान्त में जो दिव्य दृष्टि प्राप्त होती है, वही तूफानों में भी जीवन का पथ-प्रदर्शन करती है। दिव्यदृष्टिसम्पन्न मनुष्य अपने स्वप्नों को वास्तविकता के तन्तुओं में गूंथ देते हैं। उनका रुख अपने अस्तित्व के ऊपर विजय पाने का होता है, उससे बचकर भाग खड़े होने का नहीं। निरपेक्षता या तटस्थता को ऊंचा नहीं बताया गया, अपितु साम्यावस्था (समतुलन) को ऊंचा कहा गया है। इस संसार का, जो कि मतभेदों या झगड़ों का क्षेत्र है, उद्धार केवल अन्तर्दृष्टि द्वारा ही हो सकता है।

वैयक्तिक और सामाजिक, दोनों ही पहलू अत्यावश्यक हैं। व्यक्ति को कभी भी समाज द्वारा या अनेक मध्यवर्ती समूहों में से किसी के द्वारा पूर्ण समावेशन (अपने साथ संयुक्त कर लेने) का वशवर्ती नहीं होना चाहिए। समाज की शक्ति सबल व्यक्तियों की शक्ति से ही बनती है। यदि व्यक्तित्व जाता रहे, तो समझो कि सब कुछ जाता रहा। अधुनिक मनुष्य को

बिना अपनी सामाजिक चेतना या अन्तःकरण को गंवाए, अपने अन्दर व्यक्तिगत पहल करने के एक स्रोत को खोज निकालना चाहिए, जो इतना सबल हो कि सामाजिक निरंकुशताओं (तानाशाहियों) का सामना कर सके।[1]

धर्म का उद्देश्य चिन्तन या भाव-समाधि नहीं है, अपितु जीवन की धारा के साथ एकात्म्य स्थापित करना और इसलिए सृजनात्मक प्रगति में भाग लेना है। धर्मपरायण मनुष्य उसके ऊपर उसकी भौतिक प्रकृति या सामाजिक दशाओं द्वारा थोपी गई मर्यादाओं से ऊपर उठ जाता है और सृजनात्मक उद्देश्य को विशालतर बनाता है। धर्म एक गत्वर (गत्यात्मक) प्रक्रिया है, सृजनशील तीव्र मनोवेग के नवीकृत प्रयास, जो असाधारण व्यक्तियों के माध्यम से कार्य करता है और जो मानव-जाति को एक नये स्तर तक उठाने के लिए प्रयत्नशील है। यदि सामाजिक निश्चेष्टतावाद, जो रहस्यवाद का परिणाम बताया जाता है, बुरा है, तो आर्थिक भाग्यवाद भी उतना ही बुरा है। मार्क्स का मुख्य इरादा यह है कि वह हमें स्वयं को समष्टि के आध्यात्मिकीकरण के लिए समर्पित कर देने को प्रेरित करे। मानवीय आत्मा को स्वतन्त्रता दिलाकर हम केवल उस एकमात्र पद्धति द्वारा संसार को उत्कृष्टतर बनाते हैं, जिससे कि इसे बनाया जा सकता है, और वह है आन्तरिक पद्धति।

नई व्यवस्था

यदि धर्म को ढंग से समझा जाए और ठीक ढंग से उस पर आचरण किया जाए, तो उससे एक गहरा नवीकरण, एक शान्तिपूर्ण क्रांति हो सकती है; एक आधुनिक कवि के शब्दों में "गम्भीरतम परम्परा के लाभ के लिए बुराइयों पर विजय" प्राप्त की जा सकती है। मनुष्य अभी इतिहास के आरम्भ पर ही है, अन्त पर नहीं; वह प्रेम और भक्ति का, सत्य और सृजनशीलता का एक संसार रचने के लिए प्रयत्नशील है; एक ऐसा संसार, जो सही अर्थों में अभी उत्पन्न ही नहीं हुआ है।

हमारे धार्मिक नेता घोषणा करते हैं कि वे एक धर्मयुद्ध (जिहाद) में जुटे हुए हैं। उनकी यह इस प्रकार की घोषणा कोई पहली बार नहीं हो रही। वे इस बात को ज़ोर देकर कहते हैं कि यदि हम इस युद्ध को न जीत पाएं, यदि हम नाज़ीवाद के अत्याचार को उखाड़ न फेंकें, तो संसार फिर एक नये अन्धकार-युग में जा पड़ेगा, जिसमें विज्ञान की शक्ति का लाभ गुंडे उठा रहे होंगे और वे करोड़ों लोगों को अज्ञान और दरिद्रता में पटक देंगे। वे घोषणा करते हैं कि हिटलर की विजय का अर्थ होगा प्राचीन अन्धकार में से महा विप्लव (असभ्यता) का पुनः प्रादुर्भाव, जो मानव-जाति की सुस्थिरता और सुव्यवस्थित समाज की ओर कष्टपूर्ण उन्नति को यदि उलट नहीं

1. ऐक्वाइनास की दो उक्तियां, जो देखने में परस्पर-विरोधी प्रतीत होती हैं, वस्तुतः एक-दूसरे की पूरक हैं। इनमें से पहली है; कि "प्रत्येक व्यक्ति का समाज के साथ वही सम्बन्ध है, जो किसी एक अंग का सम्पूर्ण अंगी (समष्टि) से होता है;" और दूसरी है कि "मनुष्य अपने समूचे अपनत्व या अपनी सब वस्तुओं की दृष्टि से राजनीतिक समाज के अधीन नहीं है।"

भी देगा, तो भी उसमें बाधा अवश्य डाल देगा। हमें बताया जाता है कि यह युद्ध ईसाई सभ्यता और धर्महीन पाशविकता के बीच, प्रजातन्त्र और तानाशाही के बीच युद्ध है। परन्तु थोड़ा ध्यान से सोचने पर पता चलता है कि वैषम्य इतना स्पष्ट नहीं है। वर्तमान व्यवस्था को न तो ईसाई ही समझा जा सकता है, न सभ्य ही, और यहां तक कि न सच्चे तौर पर प्रजातन्त्रीय ही समझा जा सकता है। सैन्यवादी परम्परा, जिसपर हमें गर्व नहीं हो सकता, प्रत्येक राष्ट्र में विद्यमान है और अपने अपराधों को वैध ठहरा रही है। सम्पत्ति और विशेषाधिकारों का वह ढांचा, जिसके परिणामस्वरूप बहुत अमीरी और बहुत सड़ांद उत्पन्न होती है और जो लगभग सभी देशों में विद्यमान है, अन्यायपूर्ण है। जाति की असमानता आधुनिक साम्राज्यवाद का आधार है। हमने आबादियों (जनसंख्या) के विषय में भी जायदाद की-सी भावना बना ली है; और जो लोग जायदादों पर स्वामित्व कायम करना चाहते हैं, उनमें संघर्ष अवश्यंभावी है। राष्ट्र एक विश्व-समाज के सम्भावित सदस्य माने जाने के बजाय ऐसी यांत्रिक शक्तियां समझे जाते हैं, जो एक-दूसरे से संघर्ष करती हैं; और राष्ट्रीय नीतियां इस चिन्ता द्वारा प्रेरित होती हैं कि किसी प्रकार इन शक्तियों में संतुलन बनाए रखा जाए। यदि हम नाज़ीवाद को पराजित कर भी दें, तो भी जब तक, जिन्हें ईसाई सभ्यता के प्रजातन्त्र कहा जाता है, उनमें ये बुराइयां जारी रहेंगी, तब तक स्थायी शान्ति नहीं हो सकती। 1918 की सैनिक विजय से यह बात स्पष्ट है कि सैनिक विजय अन्तिम सफलता नहीं है। यदि प्रजातन्त्र में हमारी श्रद्धा के अनुसार ही हमारे काम भी हुए होते, तो इस वर्तमान युद्ध से बचा जा सकता था। 1919 से 1939 तक के वर्षों में विजयी शक्तियों ने स्ट्रैसमैन के जर्मन प्रजातन्त्र की जड़ में मट्ठा डाला, निःशस्त्रीकरण सम्मेलन के प्रयत्नों में रुकावट डाली, लीग के प्रतिज्ञा-पत्र की सामूहिक सुरक्षा को निर्वीर्य कर दिया, और चीन, अबीसीनिया, स्पेन और अन्त में म्युनिख में सैनिक आक्रमण से मौन सहमति प्रकट की। स्ट्रैसमैन ने आर० एच० ब्रूस के साथ हुई अपनी भेंट में क्रान्तदर्शियों की-सी स्पष्टता के साथ इस युद्ध की ओर ले जानेवाले मार्ग को भविष्य में ही देख लिया था, "उसने पश्चिमी शक्तियों की और विशेष रूप से ब्रिटेन की शिकायत की। उसने अपने अंग्रेज़ दर्शनार्थी को बताया कि मैंने जर्मनी की अस्सी प्रतिशत जनता को अपनी नीति के पक्ष में कर लिया है। उसने जर्मनी को लीग आफ नेशन्स का सदस्य बनवा दिया था। उसने लोकार्नो के समझौते पर हस्ताक्षर कर दिए थे। वह देता गया, देता गया, देता गया, यहां तक कि उसके देशवासी उसके विरुद्ध हो गए। यदि तुम लोगों ने मुझे एक भी रियासत दे दी होती, तो मैं लोगों को अपने साथ खींच लेता; मैं अब भी ऐसा कर सकता हूं। परन्तु तुम लोगों ने कुछ भी नहीं दिया, और जो नगण्य-सी छोटी-मोटी रियासतें दीं भी, वे भी सदा बहुत देर में दीं। खैर अब पाशविक शक्ति के सिवाय और कुछ बचता नहीं है। अब भविष्य नई पीढ़ी के हाथ में है और जर्मनी के युवकों को, जिन्हें शान्ति और नवीन यूरोप के पक्ष में किया जा सकता था, हम दोनों ही खो चुके हैं। यह मेरी विपत्ति है और तुम्हारा अपराध।"[1]

---

1. न्यू स्टेट्समैन एण्ड नेशन, 29 मार्च, 1941। जॉन मिल्टन मरी आग्रहपूर्वक कहता है, "आज यूरोप में जो कुछ स्थिति है उसके लिए हम अंग्रेज़ लोग सबसे अधिक ज़िम्मेदार हैं। युद्ध-विराम-सन्धि पर हस्ताक्षर होने

मानवता उस व्यवस्था से उभरकर बाहर आने के लिए संघर्ष कर रही है, जिसका समय पूरा हो चुका है। यदि हम पुरानी व्यवस्था को ही फिर स्थापित करने का प्रयत्न करें और कोई ऐसा नया आधार न खोजें, जिसके ऊपर मानव-जीवन का निर्माण किया जाए, तो यह युद्ध लड़ना व्यर्थ रहेगा। नये संसार को, जो कि अत्यधिक वैज्ञानिक और यंत्रीकृत है, एक नई रीति के बर्ताव की आवश्यकता है और उसके लिए मन और हृदय में एक ऐसे नये परिवर्तन की ज़रूरत है, जिसके द्वारा हम इस संसार का पथप्रदर्शन कर सकें, इसे नियन्त्रण में रख सकें, और इसका मानवीकरण कर सकें। हम किसी एक दल-विशेष के लिए कार्यक्रम नहीं चाहते, अपितु जनता के लिए एक जीवन-पद्धति चाहते हैं; समंजनों (एडजस्टमेण्ट, बैठ-बिठाव) का एक नया समूह नहीं, अपितु मनुष्य के उद्देश्य की ही एक नई धारणा चाहते हैं।

वह स्थानीय और सामयिक प्रश्नों को एक ओर छोड़कर, अविलम्ब भविष्य की समस्या भौतिकवाद की शक्तियों के, जो मानवीय भ्रातृत्व को व्यावहारिक रूप में क्रियान्वित होने देने के विरोध में कार्य कर रही हैं, और अव्यक्त आध्यात्मिक शक्तियों के, जो उसके पक्ष में कार्य कर रही हैं, बीच की समस्या है। भौतिकवाद प्रजातन्त्रों और अधिनायकतन्त्रों (तानाशाहियों), दोनों में ही मज़बूती से पैर जमाए हुए है; वह मन्दिरों और गिरजाघरों में तथा कार्यालयों और बाज़ारों में दृढ़ता से जमा हुआ है।

वह जीवन का कौन-सा दर्शन (विचारधारा) है, जिसके लिए हम लड़ रहे हैं? वह राष्ट्र-समुदाय की कौन-सी संरचना (ढांचा) है, जिसे पूर्ण विजय प्राप्त करने के बाद ब्रिटेन, रूस और अमेरिका खड़ा करने का प्रयत्न करेंगे? सरकारों के उद्देश्यों को वे किस प्रकार विशालतर बनाएंगे? तोपों और टैंकों से, विमानों और युद्धपोतों से हम शत्रु को भले ही परास्त कर दें, किन्तु जीतकर स्थायी शान्ति स्थापित नहीं कर सकते। हमें प्रत्येक मानव-प्राणी को उसकी अपनी आत्मा पर पूर्ण अधिकार प्राप्त करने देना होगा और प्रत्येक राष्ट्र को, चाहे वह अशक्त हो या सशक्त, छोटा हो या बड़ा, जीवन और परीक्षण की स्वतन्त्रता का अधिकार देना होगा। आत्मिक परम के रूप में प्रजातन्त्र इस बात के लिए विवश करता है कि समाज का रूपान्तर किया जाए। यदि हमें नये सौन्दर्य और नये अर्थवाले जीवन का विकास करना है, तो वह केवल आध्यात्मिक शक्ति की नई धारा फूट पड़ने के परिणामस्वरूप ही हो सकता है, जैसे बहुत समय पहले मिस्र और भारत में हुआ था, बाद में बौद्ध धर्म के प्रचार के बाद के दिनों में यूनान, चीन और जापान में हुआ था, और उत्तरी यूरोप में मध्ययुग की उन दो शताब्दियों में हुआ था, जब

के बाद जर्मनी को भूखों मारने का दायित्व मुख्य रूप से हमपर है ; शान्ति-सन्धि का दायित्व भी मुख्य रूप से हमपर है, जिसमें वह अन्यायपूर्ण और अभूतपूर्व अनुच्छेद रखा गया था, जिसके द्वारा जर्मनी को विवश किया गया था कि वह युद्ध का सारा दोष अपने सिर ले, जबकि युद्ध का दोष कम से कम रूस का भी उतना ही था, जितना कि जर्मनी का। यह मुख्य रूप से हमारा अन्याय ही था, हमारी नैतिकता और मानवता के उन सिद्धान्तों के प्रति, जिन्हें हम पवित्र मानदे का दावा करते हैं; विश्वासघात ही था, जिसने कि जनद्वेषी बर्बरता का यह प्रेत खड़ा कर दिया है, जिससे समझौता करने की हम आज व्यर्थ चेष्टा कर रहे हैं।' 'डिफेंस ऑफ डिमॉक्रैसी', (1939), पृष्ठ 246-247

रहस्यवादी धर्म का प्रभुत्व था। श्रद्धा पर केवल श्रद्धा ही विजय पा सकती है।

हम सब चिल्ला-चिल्लाकर यह आशा प्रकट कर रहे हैं कि ऐसी बात फिर कभी नहीं होने पाएगी। हमने ये शब्द तब कहे थे, जब 1814 में नेपोलियन हमारा शत्रु था; 1914 में कैसर के विरुद्ध अपनी घृणा प्रकट करते हुए हमने कहा था, "ऐसा फिर कभी नही होने पाएगा।" आज हम उन्हीं शब्दों को फिर दुहरा रहे हैं और उन्हें सुनकर हमारे श्रोता खुशी से तालियां बजाते हैं। हर बार हम तोते की तरह इन शब्दों की रट लगाते हैं कि हम यह महान युद्ध सभ्यता और मानव के लिए लड़ रहे हैं। युवक लोग इस भ्रम में पड़ जाते हैं कि जब यह युद्ध समाप्त हो जाएगा और विजय प्राप्त हो जाएगी, तब उनके सम्मुख एक नया जीवन और एक युद्धहीन संसार होगा और उनकी रक्त की आहुति व्यर्थ नहीं होगी। परन्तु इन बातों का तो कहीं कोई चिह्न नहीं है। यदि संसार का कार्यभार विवेकशील और अन्तःकरण-वाले नर-नारी न ले लें, तो हमें सुधार के विषय में भरोसा नहीं हो सकता, अपितु अपने बच्चों के लिए केवल चिन्ता ही रहेगी, जिन्हें अपनी पीढ़ी में फिर आग और ज्वाला का, मृत्यु और विनाश का सामना करने के लिए विवश किया जाएगा। इस बात की क्या निश्चितता है कि 1918-39 के वर्षों का इतिहास फिर नहीं दोहराया जाएगा? जब तक हम यूनानियों की 'नगर-राज्य' की, यहूदियों की 'चुनी हुई जाति' की और आधुनिक यूरोप की 'राष्ट्र-राज्य' की परम्परा को बनाए रखेंगे, तब तक हम युद्धों से बच नहीं सकते। मानव-जाति एक इकाई बनने के लिए बनी है। मनुष्य बालू के कणों की भांति एक-दूसरे से पृथक् नहीं है। हम अङ्गाङ्गी रूप से एक सजीव एकता में बंधे हैं; इस एकता को केवल प्रेम की भावना ही सतेज बना सकती है। हममें स्वभाव और परम्परा के अन्तर अवश्य हैं, किन्तु यह विविधता समष्टि के सौन्दर्य को बढ़ा देती है। यदि मानव-जाति की एकता की अनुभूति कुंठित हो जाती है, यदि नैतिक विधान की एकता की चेतना क्षीण पड़ जाती है, तो स्वयं हमारी प्रकृति कलंकित होती है। राष्ट्र सामूहिक जीवन के वे रूप हैं, जो मानवीय इतिहास के प्रवाह को गढ़ते हैं; परन्तु उनमें अन्तिम या परम जैसी कोई बात नहीं है। जो राष्ट्र राजनीतिक दृष्टि से पराधीन हैं, उनको स्वतन्त्रता की मांग समझ में आनेवाली चीज़ है। मनुष्यों की एक जाति पर किसी दूसरी जाति द्वारा शासन शासित लोगों के सम्मान और गौरव से असंगत है, इसीलिए विश्व की शांति और कल्याण से भी असंगत है। इसके अतिरिक्त राष्ट्रीयता मानवीय स्वभाव का कोई जन्मसिद्ध सार्वभौम मनोभाव नहीं है। यह राष्ट्रीयता यूरोप की जातियों में सबसे अधिक प्रबल है, जो 'धर्म-सुधार' (रिफोमॉशन) के इतिहास के पश्चात् की चार शताब्दियों की उपज हैं। फिर, राष्ट्रीयता को सरलता से राजनीतिक प्रभुता से अलग किया जा सकता है; राजनीतिक प्रभुता राष्ट्रीयता के साथ आवश्यक रूप से संयुक्त वस्तु नहीं है। यदि प्रत्येक राष्ट्र अपनी इच्छा का प्रभुत्वसम्पन्न स्वामी हो, यदि अपने उद्देश्य का वही अन्तिम निर्णायक हो, यदि वह अपने बनाए विधान से उच्चतर किसी विधान को न मानता हो, तो वह केवल शक्ति और अधिकार बढ़ाने की दृष्टि से ही सोचेगा और अन्य सब हितों को शक्ति-संगठन के हितों की अपेक्षा गौण कर देगा। मनुष्यों का कोई भी समाज, जो एकता और समस्वार्थता की भावना से अनुप्राणित हो, राष्ट्र होता है। यह भावना सांझे जातीय, भाषामूलक, धार्मिक, ऐतिहासिक, भौगोलिक या आर्थिक आधारों

में बद्धमूल हो भी सकती है; और संभव है कि न भी हो। राष्ट्र के सम्बन्ध में कुछ भी बात नियत (स्थिर), स्थायी या सुनिश्चित नहीं है। कुछ की रचना परम्परा के आधार पर हुई है, और कुछ विरोधी परम्पराओं के होते हुए भी राष्ट्रबने हुए हैं; कुछ भाषा के आधार पर बने हैं, जबकि कुछ अन्य भाषा के आधार पर नहीं हैं। राष्ट्र सांझे इतिहास की परम्पराओं द्वारा बनते हैं। इतिहास मान्यताओं (मूल्यों) की श्रेणी की वस्तु है। जैसाकि थ्युसीडाइडीज़ ने कहा है, यह "एक ऐसी सम्पत्ति है, जिसपर सदा के लिए कब्ज़ा रहता है।" मान्यताओं के सांझे अनुभव के अभाव में कोई इतिहास होगा ही नहीं। किन्तु मानव-समाज के समृद्धतर और पूर्णतर जीवन के लिए पृथक् राष्ट्र, जो सांस्कृतिक उन्नति का पोषण करते हैं, अत्यावश्यक हैं। "मनुष्य अपने पड़ोसियों से कुछ ऐसी वस्तु की अपेक्षा करते हैं, जो इतनी काफी सदृश (मिलती-जुलती) हो कि समझी जा सके, कुछ ऐसी वस्तु की, जो इतनी काफी भिन्न हो कि ध्यान आकृष्ट करे, और कुछ ऐसी वस्तु की, जो इतनी काफी महान हो कि श्रद्धा की पात्र बने।"[1] राष्ट्रीय समाजों की नैतिक प्रामाणिकता न्यायसंगत है। राष्ट्र वे स्वाभाविक और आवश्यक रूप हैं, जो व्यक्ति और मानव-जाति के बीच मध्यवर्ती पड़ाव समझे जा सकते हैं।

हम इस समय सभ्यता के ऐक्य के काल में हैं। इस शताब्दी के प्रारम्भ होने तक, परिवहन और संचार (सम्पर्क-स्थापन) की कठिनाइयों के कारण संसार की जातियां समुद्रों, नदियों और पहाड़ों की भौतिक रोकों द्वारा पृथक् कर दिए गए प्रदेशों में रहती थीं और अपना-अपना समूह-जीवन स्वतन्त्र रीति से विकसित करती थीं। उस समय सभ्य जीवन के विकास के लिए जन्मभूमि के प्रेम से पूर्ण उत्कट देशभक्ति और सांस्कृतिक परम्परा के प्रेम से पूर्ण उत्कट राष्ट्रीयता स्वाभाविक आवश्यकताएं थीं। आदिम आर्थिक विकास ने अपरिचितों के प्रति विरोध की मनोवृत्ति को पुष्ट किया, जो आत्मसंरक्षण के लिए आवश्यक समझी गई थी। आज वैज्ञानिक आविष्कारों ने सारे संसार को एक निकट सहभाव में ला रखा है। हमारा ज्ञान, हमारी विचार की आदतें, विश्व के सम्बन्ध में हमारा दृष्टिकोण हमारी सबसे अमूल्य सम्पत्तियां हम तक सभी राष्ट्रों से पहुंचती हैं। यदि ये सब स्वयं ऐक्य स्थापित न भी करती हों, तो भी ये ऐक्य के अनुकूल दशाएं अवश्य उत्पन्न कर देती हैं। संसार की यह नई बढ़ती हुई परस्पर संयुक्तता लोगों से अपेक्षा करती है कि वे नई सहिष्णुता और साहचर्य की भावना लेकर परस्पर निकट आ जाएं। हमें अपने-आपको एक ही परिवार का सदस्य समझना चाहिए और एक सबल विश्व-शक्ति में हिस्सा बंटाना चाहिए, जो हमारी राष्ट्र-भक्तियों का स्थान छीने बिना उनकी पूरक बनती है। हम धीरे-धीरे एक ही सभ्यता के सदस्य बनते जा रहे हैं, इसलिए हमारे अपराध घरेलू दुर्घटनाएं (ट्रेज़ेडी) हैं और हमारे युद्ध गृह-युद्ध हैं। जब हमने चीन में दमकते हुए संत्रासों को, इथियोपियावासियों की असहायता को और स्पेन में फासिस्टों और कम्युनिस्टों की असमान प्रतियोगिताओं को देखने से ही इनकार कर दिया, और जब हमने निर्दोष दुर्बल की बलि देकर और दोषी बलवान की सहायता करके अपने-आपको बचाने की चेष्टा की, तब हमने अपने-आपको मानव-जाति की एकता के श्रेष्ठ आदर्श के प्रति निष्ठाहीन प्रमाणित कर दिया।

1. ए० एन० व्हाइटहैड, 'साइन्स एण्ड दी मॉडर्न वर्ल्ड' (1928)

परन्तु सिद्धान्ततः प्रजातन्त्रीय प्रणाली दूसरे लोगों के साथ उन्हें कानून से बाहर मानकर या उन्हें अवमानव (मनुष्य से नीचे का) समझकर बर्ताव करने को किसी प्रकार उचित नहीं ठहरा सकती। प्रबुद्ध लोगों को उस नई व्यवस्था के साथ अपना एकात्म्य स्थापित करना चाहिए, जो जन्म लेने के लिए संघर्ष कर रही है। मानवता के लिए एक उज्ज्वलतर दिन की कल्पना उतनी ही प्रार्थना भी है, जितनी की भविष्यवाणी।[1]

नये आदर्शों को नई आदतों और नई प्रथाओं में, उद्योग और व्यवसाय के पुनर्गठन में साकार किया जाना चाहिए ; इन प्रक्रियाओं को, जोकि आदर्शों के हाथ और पैर हैं, नई दिशा की ओर मोड़ने में नये आदर्शों को साकार किया जाना चाहिए। अच्छा जीवन कानूनों और संस्थाओं के माध्यम से वास्तविक बनना चाहिए। सामूहिक सुरक्षा के लिए राज्यों की प्रभुता और स्वतन्त्रता की कुछ मर्यादा बांधना अत्यावश्यक है। बहुत बड़े परिमाण में बढ़ती हुई सम्पत्ति और शक्ति का, जो इस समय राष्ट्रों के अधिकार में है, अन्तर्राष्ट्रीय और न्यायोचित नियन्त्रण होना आवश्यक है। इस युद्ध में जो बातें नई पता चली हैं, उनमें से एक यह है कि कोई भी राज्य अपनी स्वतन्त्र प्रभुता को बचाए नहीं रख सकता। शक्तिशाली ब्रिटिश साम्राज्य तक को अमेरिका से सहायता मांगने की आवश्यकता पड़ती है। छोटे-छोटे देशों का अत्यधिक उद्योगीकृत देशों से कोई मुकाबला नहीं है। राष्ट्र या तो स्वेच्छा से, या बाहरी दबाव के कारण एक स्थायी राजनीतिक और आर्थिक दृष्टि से परस्पर मिल जाएंगे।

युद्धोत्तर संसार के लिए कई योजनाएं प्रस्तुत की गई हैं। कुछ लोग प्रजातंत्रों का संघ बनाने की बात करते हैं; कुछ दूसरे लोग अंग्रेज़-अमेरिकन, यूरोपियन और एशियाई, तीन गुटों की चर्चा करते हैं। हमारा लक्ष्य विश्वव्यापी राजनीतिक और आर्थिक अन्तर्राष्ट्रीय सहयोग होना चाहिए। एक विशाल समाज पर आधारित शान्ति की आशाएं इन प्रादेशिक संघों पर आधारित आशाओं की अपेक्षा अधिक स्वस्थ हैं। हमारी योजनाएं साहसमय और व्यापक होनी चाहिएं ; अटकती हुई और टुकड़े-टुकड़े करके (खण्डशः) नहीं होनी चाहिएं। मिल्टन ने कहा था, "इंग्लैण्ड को यह नहीं भूलना चाहिए कि वह दूसरे राष्ट्रों को यह सिखाने में अग्रणी हैं कि कैसे जीना चाहिए। सभ्यता को बचाए रखने के लिए मनुष्य-जाति की अन्तर्राष्ट्रीय साझेदारी और राजनीतिक एकता अनिवार्य शर्त है और यह काम ब्रिटेन, अमेरिका और रूस का है कि वे स्वतन्त्र लोगों का एक विश्व समाज बनाने के कार्य का नेतृत्व करें। चर्चिल-रूज़वेल्ट-घोषणा में शांति-समझौते के लिए सामान्य सिद्धान्त निश्चित कर दिए गए हैं।[2]

---

1. एक संस्कृत श्लोक में कहा गया है, "विश्वमाता मेरी माता है, सबका स्वामी मेरा पिता है, सब मनुष्य मेरे भाई हैं और तीनों लोक मेरा स्वदेश हैं।"

(माता मे पार्वती देवी, पिता देवो महेश्वरः
भ्रातरो मनुजाः सर्वे स्वदेशो भुवनत्रयम्॥)

2. मैं उस घोषणा-पत्र को यहां जोड़े दे रहा हूं :

"संयुक्त राज्य अमेरिका के प्रेसिडेण्ट और प्रधान मंत्री श्री चर्चिल ने, जो संयुक्त राज (ब्रिटेन) में महामहिम सम्राट् की सरकार के प्रतिनिधि हैं, आपस में मिलकर यह उचित समझा है कि वे अपने-अपने देशों की राष्ट्रीय

स्थायी शान्ति की शर्तें इसमें हैं। यह मान लिया गया है कि कोई भी राष्ट्र आक्रमण द्वारा अपने पड़ोसियों की सुरक्षा के लिए भय का कारण नहीं बनेगा। पूर्व स्थिति को बल-प्रयोग द्वारा बदलने के प्रयत्नों को रोकना ही काफी नहीं है। हमें सामान्य कल्याण के हित में शान्तिपूर्ण परिवर्तनों को करने के लिए भी प्रभावी व्यवस्था रखनी चाहिए। युद्ध की समाप्ति पर प्रतिशोध के लिए, या राष्ट्रीय क्षेत्र विस्तार के लिए या दोनों के लिए की जानेवाली लोकप्रिय मांगों का प्रतिरोध कर पाना आसान नहीं होगा। यूनानी लोग, जो इतनी वीरता के साथ लड़े हैं, शायद यह मांग कर बैठें कि अल्बानिया का कुछ हिस्सा देकर उनका राज्यक्षेत्र बढ़ा दिया जाए। सोवियत संघ अपनी सुरक्षा के हित में फिनलैंड या बाल्कन राज्यों के कुछ राज्य-क्षेत्र को अपने साथ

नीतियों में विद्यमान उन कुछ सांझे सिद्धान्तों को लोगों को विदित करा दें, जिनके आधार पर वे संसार के लिए उत्कृष्टतर भविष्य की आशा करते हैं।

पहला—उनके देश अपना राज्यक्षेत्रीय या अन्य किसी प्रकार का विस्तार करना नहीं चाहते।

दूसरा—वे राज्यक्षेत्रों में ऐसा कोई परिवर्तन नहीं होने देना चाहते, जो वहां की सम्बद्ध जनता की स्वतन्त्रतापूर्वक प्रकट की गई इच्छा के अनुकूल न हो।

तीसरा—वे सब लोगों के इस अधिकार का आदर करते हैं कि वे इस बात का चुनाव कर सकें कि वे किस प्रकार की शासन-प्रणाली के अधीन रहना चाहते हैं; और वे चाहते हैं कि जिन लोगों से प्रभुता के अधिकार और स्वशासन बलपूर्वक छीन लिए गए हैं, उन्हें वे फिर वापस दिलाए जाएं।

चौथा—अपने वर्तमान दायित्वों का समुचित ध्यान रखते हुए वे उस बात के लिए प्रयत्न करेंगे कि छोटे-बड़े, विजेता और विजित, सब राष्ट्रों को समान शर्तों पर व्यापार में भाग लेने और संसार के उन कच्चे मालों को प्राप्त कर सकने का अधिकार हो, जिनकी उन देशों की आर्थिक समृद्धि के लिए आवश्यकता है।

पांचवां—वे सब राष्ट्रों में, श्रम का स्तर सुधारने के लिए, आर्थिक उन्नति के लिए और सामाजिक सुरक्षा के लिए आर्थिक क्षेत्र में सब राष्ट्रों के बीच पूर्णतम सहयोग स्थापित करना चाहते हैं।

छठा—नाज़ी निरंकुशता का पूर्ण विनाश करने के बाद उन्हें आशा है कि वे ऐसी शान्ति स्थापित हुई देख सकेंगे, जिसमें सब राष्ट्रों को अपनी सीमाओं के अन्दर निरापद रहने का अवसर मिल सकेगा और जो शान्ति यह आश्वासन दे सकेगी कि सब देशों में सब लोग अपना जीवन स्वतन्त्रतापूर्वक, भय और अभाव से मुक्त होकर बिता सकते हैं।

सातवां—ऐसी शान्ति द्वारा सब लोगों को बिना रुकावट सागरों और महासागरों के पार आने-जाने में समर्थ हो सकना चाहिए।

आठवां—उनका विश्वास है कि संसार के सब राष्ट्रों को, याथार्थिक तथा आध्यात्मिक कारणों से, बल के प्रयोग का परित्याग स्वीकार कर लेना चाहिए। क्योंकि यदि वे राष्ट्र, जिनके अपने राज्यक्षेत्र से बाहर आक्रमण का भय है, या भविष्य में भय हो सकता है, स्थल, जल और वायु सेनाओं का शस्त्रीकरण जारी रखें, तो भविष्य में शान्ति बनाए नहीं रखी जा सकती, इसलिए उनका विश्वास है कि जब तक सामान्य सुरक्षा की कोई विस्तृततर और स्थायी प्रणाली स्थापित न हो जाए, तब तक के लिए ऐसे राष्ट्रों का निःशस्त्रीकरण अनिवार्य है। इसी प्रकार वे उन सब व्यावहारिक उपायों को सहायता देंगे और प्रोत्साहित करेंगे, जिनसे शान्तिप्रिय प्रजा के लिए शस्त्रीकरण का कमर-तोड़ बोझ हल्का हो सके।"

संयुक्त कर लेने की मांग कर सकता है। हम इस विषय में भी निश्चिंत नहीं हो सकते कि ब्रिटेन द्वारा अफ्रीका या एशिया में साम्राज्यवादी अतिक्रमण का खतरा नहीं होगा। जापान और ब्रिटेन ने चीन का जो प्रदेश हथिया लिया है और इथियोपिया के जिस प्रदेश पर इटली का कब्ज़ा है, उसे वापस दिलाने में भी कई समस्याएं खड़ी होंगी।

दूसरी धारा सिद्धान्त की दृष्टि से निर्दोष है। जिन राष्ट्रों को धुरी-आक्रान्ताओं ने अपने अधीन कर लिया है, उनके लिए तो युद्ध का असली उद्देश्य विदेशी राज्य से स्वाधीनता प्राप्त करना ही है : यदि सब परिवर्तन लोगों की स्वतन्त्रतापूर्वक प्रकट की गई इच्छाओं के अनुसार ही होने हैं, तो उन्हें अपने भविष्य का चुनाव स्वयं करने की स्वतन्त्रता मिलनी ही चाहिए। यह बात केवल यूरोप में नाज़ियों द्वारा जीत लिए गए देशों पर ही लागू नहीं होनी चाहिए, अपितु एशिया में जापानियों द्वारा जीते गए देशों पर भी लागू होनी चाहिए। बर्मा, मलाया और डच ईस्ट इंडीज़ के साथ क्या बर्ताव किया जाएगा? क्या आस्ट्रिया को यह निश्चय करने की स्वतन्त्रता रहेगी कि वह जर्मनी के साथ अपने सम्मिलन को बनाए रखे या नहीं? क्या इन सबको राष्ट्रों के रूप में अपने भविष्य का निर्णय करने की स्वतन्त्रता होगी?

अवश्य ही हमें दूसरे राष्ट्रों को क्षति पहुंचाने की रोकथाम करनी चाहिए। राष्ट्रवाद ही वह सिद्धान्त है जिसने सारे चीन को मिलाकर एक कर दिया है; और वही आज भारत में भी प्रमुख सिद्धान्त है। हम जातीय या धार्मिक समुदायों को राष्ट्रों की एकता को ठेस नहीं पहुंचाने दे सकते, क्योंकि इससे तो राष्ट्र ऐसे छोटे-छोटे खंडों में बंट जाएंगे, जिन्हें संभालना ही असम्भव होगा। यदि किसी राष्ट्र के अन्दर कुछ कठिनाइयां या गतिरोध उपस्थित हो जाएं, तो अन्तर्राष्ट्रीय निकाय को, जिसे कि सबसे अधिक नैतिक प्राधिकार (अथॉरिटी) प्राप्त है, दोनों पक्षों के दावों पर विचार करने के बाद निर्णय करना चाहिए, और उसका निर्णय सब पक्षों को मान्य होना चाहिए।

तीसरी धारा के अनुसार शासन के रूपों में कोई हस्तक्षेप नहीं होना चाहिए। सोवियत रूस तक ने विश्व-क्रान्ति की योजना को त्याग दिया है। त्रात्सकी के ऊपर स्तालिन की विजय स्थायी विश्व-क्रान्ति के ऊपर 'केवल एक देश में समाजवाद' की विजय है। स्तालिन की पूंजीवादी देशों के साथ मित्रतापूर्ण सहयोग की नीति इस युद्ध में स्पष्ट दीख रही है। बोल्शेविज़्म (साम्यवाद) आदरणीय हो गया है। पेशेवर क्रान्तिकारी रूस से बाहर दूसरे देशों में हैं, रूस में नहीं।[1] सोवियत रूस समाजवाद की सीमाओं का विस्तार करने को प्रणबद्ध नहीं है। यदि हम "सब लोगों के, अपने लिए वह शासन-प्रणाली चुनने के, जिसके अधीन वे रहना चाहते हैं, अधिकार का आदर करते हैं" तो हमें इस विषय में अपनी सदाशयता उन स्थानों में स्व-शासन का अधिकार देकर

1. लंदन में हुए द्वितीय अन्तर-मित्र राष्ट्रीय सम्मेलन में, लंदन स्थित रूसी राजदूत श्री मेस्की ने घोषणा की थी कि "सोवियत संघ प्रत्येक राष्ट्र, अपनी स्वाधीनता और राज्यक्षेत्रीय अखंडता के अधिकार का, अपने लिए सामाजिक व्यवस्था चुनने के अधिकार का, और अपने लिए ऐसी शासन-पद्धति चुनने के अधिकार का समर्थन करता है, जिसे वह राष्ट्र अपनी आर्थिक समृद्धि को और अच्छी तरह बढ़ाने के लिए आवश्यक समझता हो।"

प्रमाणित करनी चाहिए, जहां हमारे हाथ में पहले ही शक्ति विद्यमान है। "विदेशी जुए की असह्य हीनता" केवल यूरोप से ही नहीं, अपितु संसार के प्रत्येक भाग से समाप्त की जानी है। भारत में, एक राष्ट्र के रूप में अपनी भवितव्यता की चेतना भरने का श्रेय मुख्य रूप से ब्रिटेन को ही है। परन्तु भारत पर विशेष शक्तियों (अधिकारों) का प्रयोग करके, अ-प्रजातंत्रीय प्राधिकार का उपयोग करके, प्रतिनिधि नेताओं को जेल में डालकर शासन इस बात का द्योतक है कि हममें अपने-आपको धोखा देने की कितनी सुविपुल क्षमता है। इस अधिकारपत्र को भारत पर लागू करने के प्रसंग में श्री चंर्चिल का कथन है, "ब्रिटेन भारत को राष्ट्रमण्डल में हमारे साथ स्वतन्त्र और समान साझेदारी प्राप्त करने में सहायता देने के सम्बन्ध में अगस्त 1940 की घोषणा से वचनबद्ध है, परन्तु उसे भारत के साथ दीर्घकालीन सम्बन्ध के कारण उत्पन्न उत्तरदायित्वों को पूर्ण करते हुए और भारत के विभिन्न धर्मों, जातियों और हितों के प्रति अपनी ज़िम्मेदारियों को ध्यान में रखते हुए ही ऐसा करना होगा।" इन ऐतिहासिक उत्तर-दायित्वों का उपयोग भारत में ब्रिटिश प्रभुत्व को बनाए रखने के लिए किया जा रहा है। पराधीन लोगों को आत्मनिर्णय करने का अधिकार नहीं है। इस युद्ध से ब्रिटेन के भारत, बर्मा तथा संसार की रंगीन (काली या पीली) जातियों के प्रति रुख में कम ही अन्तर पड़ा है।[1] जब श्री चंर्चिल इस अधिकार-पत्र को लेकर वापस लौटे, तो उन्होंने यह स्पष्टीकरण करने में तनिक देर नहीं की कि इसकी तीसरी धारा भारत या बर्मा के प्रति ब्रिटिश नीति पर किसी भी तरह लागू नहीं होती। श्री चचिल ने कहा कि "इस धारा का प्रभाव किसी भी रूप में उन नीति-सम्बन्धी अनेक वक्तव्यों पर नहीं पड़ता, जो समय-समय पर भारत, बर्मा तथा ब्रिटिश साम्राज्य के अन्य भागों में सांविधानिक शासन के विकास के सम्बन्ध में दिए गए हैं।" और यह कि इस धारा का सम्बन्ध मुख्यतया "यूरोप के उन राज्यों और राष्ट्रों में, जो इस समय नाज़ी जुए के नीचे दबे हुए हैं, प्रभुता, स्वशासन और राष्ट्रीय जीवन की पुनः स्थापना से है। एशियाई लोगों की महत्त्वाकांक्षाओं की उपेक्षा करके वह हिटलर के श्रेष्ठ जाति के सिद्धान्त को ही स्वीकार कर रहे हैं। 10 नवम्बर, 1942 को लार्ड मेयर के भोज में भाषण देते हुए श्री चंर्चिल ने यह स्पष्ट कर दिया कि "यदि इस विषय में किसी को कोई गलतफहमी हो, तो भी हम अपने ही मत पर स्थिर रहेंगे। मैं राजा का प्रधान मंत्री ब्रिटिश साम्राज्य के परिसमापन का सभापतित्व करने के लिए नहीं बना हूं" और फिर भी हमें बताया जाता है कि साम्राज्यवाद अब अतीत की वस्तु हो चुका है। भारतीय एकता और स्वाधीनता की समस्या को यत्नपूर्वक गलत ढंग से संभालते रहने के फलस्वरूप भारत में स्थिति अब खतरे के बिन्दु तक पहुंच चुकी है। जब

1. 'दि पोलिटिकल क्वार्टरली' (अप्रैल-जून, 1942) में 'मलाया का पतन लेख में लेखक ने लिखा है, "सच बात यह है कि दुर्भाग्य से अंग्रेज़ी-भाषीराष्ट्रों के सभी वर्गों में रंग का भेद-भाव रंगीन जातियों के प्रति सहज प्रवृत्तिक अरुचि और अविश्वास बहुत अधिक है और यह समझना कि यह भेदभाव केवल 'ब्लिम्पों' या तथाकथित 'शासक वर्गों' तक ही सीमित है, समस्या को गलत समझना है।" (पृष्ठ 135)। "जापानियों द्वारा मलाया की विजय भी गैर-यूरोपियनों के प्रति ब्रिटिश सरकार की नीति की गंभीर त्रुटियों के कारण या नीति के एकदम अभाव के कारण ही हुई।" (पृष्ठ 136)

शक्तिशाली राष्ट्रों द्वारा अपनाई गई नीतियां समूचे विश्व के सांझे उद्देश्य को ही अस्वीकार करके हमें विस्मयपूर्ण निराशा में पटक देती हैं, तब नेताओं द्वारा की गई घोषणाओं का मूल्य बहुत कम रह जाता है। श्री चर्चिल को अब्राहम लिंकन के इन बुद्धिमत्तापूर्ण शब्दों को याद रखना चाहिए, "क्योंकि मैं दास बनकर रहने को तैयार नहीं हूं, इसलिए मैं मालिक भी नहीं बनना चाहता। जिस किसी व्यक्ति का इस बात से इतना मतभेद है कि उसे मतभेद नहीं कहा जा सके, वह प्रजातन्त्रवादी नहीं है।" ब्रिटिश राजनीतिज्ञ बातें तो नये संसार की करते हैं; परन्तु सदा उनका यत्न यही रहता है कि उसकी स्थापना पुराने साधनों द्वारा ही की जाए। पर ऐसा हो नहीं सकता। यदि वे इस युद्ध को केवल फिर जीवन की पुरानी पद्धतियों की ओर लौट जाने के लिए जीतना चाहते हैं, तो इस 'महान् धर्मयुद्ध' का उद्देश्य सिवाय रक्तपात और विद्वेष के और कुछ नहीं है।

प्रेसिडेंट रूज़वेल्ट ने अपने ऐतिहासिक रेडियो-प्रसारित भाषण में कहा था, "हमारा विश्वास है कि स्वामी जाति के बारे में तानाशाहों का नारा निरा कूड़ाकरकट और बेहूदा सिद्ध होगा। अब तक कभी कोई ऐसी जाति नहीं हुई और न कभी होगी, जो अपने साथी मनुष्यों का स्वामी बनकर रहने के उपयुक्त हो सके।" फिर भी उसके देश में सवा करोड़ नीग्रो ऐसे हैं, जिन्हें जातीय पक्षपात के कारण राष्ट्रीय जीवन में किसी प्रकार का सक्रिय भाग नहीं लेने दिया जाता। उनके विरुद्ध किया जाने वाला सामाजिक, आर्थिक और राजनीतिक भेदभाव इस बात को प्रकट करता है कि वह स्वाधीनता और समानता, जिसके निमित्त हमें लड़ने को कहा जाता है, उन लोगों पर लागू किए जाने के लिए नहीं है। संयुक्त राज्य अमेरिका में रंगीन लोगों के साथ किया जानेवाला बर्ताव, सामाजिक भेदभाव, रक्षा-उद्योगों तथा ट्रेड यूनियनों से रंगीन सैनिकों को बाहर ही रखना इस बात की घोषणा नहीं करते कि अमेरिका सर्वात्मना प्रजातंत्र और जातीय समानता का पृष्ठपोषक है। फिर, दक्षिण अफ्रीका संघ की रचना करनेवाले अधिनियम में दक्षिण अफ्रीका के मूल निवासियों की बहुत बड़ी संख्या को मतदान का अधिकार नहीं दिया गया। सम्राट् की ब्रिटिश सरकार के प्रत्यक्ष अधिकार क्षेत्रों, जैसे केन्या, में जातीय अन्याय एक ऐसी बुराई है, जो निरन्तर बढ़ती पर है। बाहर से आए थोड़े-से अल्पसंख्यक लोगों ने वैसा ही पूर्ण आधिपत्य जमाया हुआ है, जैसा कि नाज़ी लोग कामना कर सकते थे, भले ही यह उतना ज़ोर-ज़बरदस्ती का नहीं है। भूमि, श्रम तथा कर-आरोपण के सम्बन्ध में बने कानून और प्रशासन अफ्रीकी लोगों के स्वाधीन आर्थिक उन्नति के अवसरों को सीमित कर देते हैं, उन्हें यूरोपियन उद्यमों में (कार्यों में) बेगार करने को विवश करते हैं, और उन्हें अपनी पराधीन स्थिति से बाहर निकालने से रोकते हैं, जबकि वे ही कानून और प्रशासन अल्पसंख्यकों के राजनीतिक, सामाजिक और शैक्षणिक विशेषाधिकारों की रक्षा करते हैं। किसी दूसरी जाति को अपने से घटिया समझकर उससे घृणा करना, जैसेकि नाज़ी करते हैं, एक बात है; परन्तु ऊपर से समानता के बर्ताव का दिखावा करते हुए, व्यवहार में उनसे घृणा करना तो और भी अधिक बुरा है।[1] इनमें

1. जैकीज़ मारीतेन कहता है, "ईसाई धर्म की प्रगति को किसी अन्य वस्तु से इतनी

से पहला कम से कम ईमानदार और स्पष्टवादी तो है; दूसरा, जिसमें घृणा और घटिया लोगों के प्रति उदारता के व्यवहार का मिश्रण है, निश्चित रूप से अधिक खतरनाक है। जव जापान ने लीग के प्रतिज्ञा-पत्न की शर्तों में जातीय समानता का सिद्धान्त भी सम्मिलित कर लेने का प्रस्ताव रखा, तो प्रेसिडेण्ट विल्सन ने उसका विरोध किया और ब्रिटिश प्रतिनिधि मंडल का समर्थन भी प्राप्त कर लिया। इसमें सन्देह नहीं कि श्री ऐटली ने इस बात पर ज़ोर दिया था कि इससे पहले दिन उन्होंने सिद्धान्तों की जो घोषणा की थी, वह संसार की सब जातियों पर लागू होती है।[1] चीन में ग्रेट ब्रिटेन तथा संयुक्त राज्य अमेरिका द्वारा अपने राज्यक्षेत्रातीत अधिकारों का त्याग एक बड़ा कदम है; और यदि इसके बाद अमेरिका में एशियाई लोगों द्वारा नागरिकता के अधिकार प्राप्त करने पर लगाया गया ईर्ष्यामय प्रतिबन्ध भी समाप्त कर दिया जाए, तो यह संयुक्त राज्य अमेरिका की जनता की ओर से जातीय पक्षपात की भावना से मुक्त होने की घोषणा होगी।

ऐसे संसार में, जिसे पहले विजयों द्वारा खण्डित किया गया और अब बलप्रयोग द्वारा खण्डित रखा जा रहा है, युद्धों का होना अनिवार्य है। यदि इस युद्ध में मृत लोगों की मृत्यु व्यर्थ न जानी हो, यदि युद्ध के अन्त में होनेवाली शान्ति को निरन्तर प्रतिरोध और प्रतिशोध की लालसा को निमंत्रित न करते रहना हो, यदि पराधीन राष्ट्रों को अपनी बेड़ियों में ही न घुलते जाना हो, यदि मनुष्यों के मनों में घृणा और निराशा को न जगाया जाना हो, तो अतीत में किए गए अन्यायों को ठीक किया जाना चाहिए और सब राष्ट्रों के जीवन और सुरक्षा के लिए अंतर्राष्ट्रीय संरक्षण प्राप्त होना चाहिए। यदि विजय का उपयोग इस समय विद्यमान प्रबन्धों (व्यवस्था) को ही उचित ठहराने के लिए किया जाना हो, जिनमें कुछ थोड़े-से व्यक्तियों और राष्ट्रों के प्रति अनुकूलता प्रदर्शित की जाती है, तो यह तो केवल लोभ ही हुआ, जो अपनी पाशविक महत्त्वाकांक्षाओं को पूर्ण करने के लिए हत्या को काम में ला रहा है। सभ्य संसार के अन्तःकरण की यह मांग है। और उसे यह आशा है कि उपनिवेशों और पराधीन देशों की प्रमुख समस्याओं का हल न्याय और निर्लिप्तता की भावना के साथ किया जाए।

फिर, संविधान किस प्रकार का हो, इसका चुनाव जनता द्वारा किया जाना है; परन्तु नवीन

हानि नहीं पहुंची, जितनी...कि ईसाई लोगों में विद्यमान जातीय पक्षपात से; और कोई अन्य वस्तु ईसाई धर्म की भावना के इतनी प्रतिकूल भी नहीं है, जितना कि यह पक्षपात है।...ईसाई-जगत् में इससे अधिक विस्तृत रूप से व्यापक भी और कुछ नहीं है।"

1. लंदन में पश्चिम अफ्रीका छात्रों द्वारा अपने सम्मान में किए गए सत्कार में भाषण देते हुए श्री ऐटली ने कहा, "इस देश की सरकार की ओर से युद्ध के सम्बन्ध में जो घोषणाएं की गई हैं, उनमें आप कोई ऐसी ध्वनि नहीं पाएंगे कि जिस स्वतन्त्रता और सामाजिक सुरक्षा के लिए हम लड़ रहे हैं, उससे मनुष्यों की किसी भी जाति को वंचित किया जाएगा। हम मज़दूर दल के लोग गोरी जातियों द्वारा श्यामल जातियों के साथ किए गए अन्यायों को सदा अनुभव करते रहे हैं। हमें अब यह देखकर प्रसन्नता होती है कि किस प्रकार समय बीतने के साथ-साथ उपनिवेशों के सम्बन्ध में यह धारणा, कि वे तो ऐसे निम्नतर लोगों द्वारा बसे हुए स्थान हैं, जिनका काम केवल दूसरे लोगों की सेवा करना और दूसरों के लाभ के लिए सम्पत्ति उत्पन्न करना-भर है, समाप्त होती जा रही है और उसका स्थान अपेक्षाकृत अधिक न्याय्य और अधिक भले विचार ले रहे हैं।"

संसार में राष्ट्रों को अपने विवाद में स्वयं ही निर्णायक बनने का अधिकार नहीं मिल सकता। सामान्य सुरक्षा की किसी भी प्रणाली में शस्त्रास्त्रों की वृद्धि के अधिकार तथा राष्ट्रों के अन्य अधिकारों को सीमित कर दिया जाएगा। सब राष्ट्रों के लिए कुछ न्यूनतम प्रमाप नियत कर देने पड़ेंगे, जिनके द्वारा सबको "भय और अभाव से मुक्ति" मिल सके। इन प्रमापों को विशुद्ध रूप से घरेलू विषय नहीं माना जा सकता। हमें प्राथमिक मानवीय अधिकारों, जैसे ज्ञान प्राप्त करने और सम्मति प्रकट करने की स्वतन्त्रता, उपासना की स्वतन्त्रता, संगठन बनाने की स्वतन्त्रता और जातीय अत्याचार से स्वतन्त्रता, के सम्बन्ध में एक योजना बनाने और इसे लागू करने के लिए एक अंतर्राष्ट्रीय प्राधिकारी (अथॉरिटी) की आवश्यकता है। "छोटे और बड़े, विजेता और विजित," सब राष्ट्रों को समान अधिकार दिलाने की बात को यदि कोई क्रियान्वित कर सकता है, तो वह है केवल एक ऐसा अन्तर्राष्ट्रीय प्राधिकारी, जिसके पास आर्थिक क्षेत्र में विस्तृत शक्तियां और कृत्य हों। हमें व्यापार-युद्धों को रोकना होगा। श्री चर्चिल ने कहा था, "सब प्रकार की अतिरिक्त रोकें और बाधाएं खड़ी करके जर्मनी के व्यापार को नष्ट करने के प्रयत्नों के, जैसीकि 1917 में लोगों की मनोदशा थी, बजाय हमने सुनिश्चित रूप से यह दृष्टिकोण अपना लिया है कि यह बात संसार के और हमारे दो देशों (ब्रिटेन और अमेरिका) के हित में नहीं है कि कोई भी बड़ा राष्ट्र समृद्धिहीन रहे या उसे अपने उद्योग और नवारम्भ (उद्यम) द्वारा अपने लिए और अपनी जनता के लिए भला रहन-सहन प्राप्त करने के साधनों से वंचित रखा जाए।" पांचवीं धारा में उन सबके लिए एक आर्थिक राष्ट्र-मण्डल बनाने का विचार किया गया है, जो उसके सिद्धांतों को स्वीकार करते हैं। इसके द्वारा वर्तमान आर्थिक अराजकता के स्थान पर एक सुव्यवस्था स्थापित करने का प्रस्ताव सामने रखा गया है। आर्थिक दृष्टि से पिछड़े हुए लोगों के हितों पर भी विचार-विमर्श किया जाएगा। आर्थिक साम्राज्यवाद को निरुत्साहित करना होगा। सबलों के दुर्व्यवहार से निर्बलों की रक्षा की ही जानी चाहिए।

अगली धारा में आक्रमण के विरोध में सामूहिक सुरक्षा का आग्रह किया गया है। उससे अगली धारा में समुद्रों की स्वतन्त्रता का उल्लेख है; और अन्तिम धारा में राष्ट्रीय नीति के साधन के रूप में बल के प्रयोग को त्यागने की आवश्यकता पर ज़ोर दिया गया है। हम किसी भी राष्ट्र को इतनी शक्ति प्राप्त नहीं करने देंगे कि वह अपने पड़ोसियों के विरुद्ध आक्रमणात्मक युद्ध छेड़ सके। इसे क्रियान्वित करने के लिए कई उपाय खोज निकालने होंगे; सम्मेलन-पद्धति, आर्थिक, सामाजिक, बौद्धिक और आत्मिक रचनात्मक कार्य, अन्तर्राष्ट्रीय विवादों के शान्तिपूर्ण निपटारे की व्यवस्था, विद्यमान अधिकारों में मध्यस्थता द्वारा परिवर्तन के लिए व्यवस्था, शस्त्रास्त्रों में सर्वतोमुखी घटौती और आक्रमण के विरुद्ध सामूहिक प्रतिरक्षा के लिए प्रभावी तैयारी की व्यवस्था। युद्ध के बाद का काल विश्व के लिए स्वास्थ्य-लाभ का काल होगा, और विजेताओं को शक्ति को अपने पास धरोहर के रूप में रखना चाहिए, जिससे स्वास्थ्य-लाभ शीघ्र हो सके।

वे आधारभूत सिद्धान्त, जिनके अनुसार नई सभ्यता की रूप-रचना होनी चाहिए 'दि टाइम्स' के नाम भेजे गए एक पत्र में प्रस्तुत किए गए हैं, जिसपर कैंटरबरी और यार्क के

आर्कबिशपों, फ्री चर्च फेडरल कौंसिल के मौडरेटर और ग्रेट ब्रिटेन में रोमन कैथोलिक चर्च के अध्यक्ष वेस्टमिंस्टर के आर्कबिशप के हस्ताक्षर हैं। वे सिद्धान्त ये हैं :

(1) सब राष्ट्रों को स्वाधीन रहने का अधिकार।

(2) निःशस्त्रीकरण।

(3) अन्तर्राष्ट्रीय समझौतों की गारण्टी करने के लिए और जब आवश्यक हो, उनका पुनर्निरीक्षण (रिविज़न) करने और उन्हें ठीक करने के लिए कोई न्याय-विधान-सम्बन्धी संस्था।

(4) राष्ट्रों के निवासियों और अल्पसंख्यकों की न्याय्य मांगों का यथाआवश्यक समंजन (बैठ-बिठाव)।

(5) जनता और शासकों को सार्वभौम प्रेम से प्रेरित करना चाहिए। इन आधारभूत सिद्धान्तों के साथ पत्र में पांच सिद्धांत और जोड़े गए हैं :

(क) सम्पत्ति और जायदाद की अत्यधिक असमानता समाप्त कर दी जानी चाहिए।

(ख) प्रत्येक बच्चे को शिक्षा प्राप्त करने का समान अवसर मिलना चाहिए।

(ग) सामाजिक इकाई के रूप में परिवार को बनाए रखने का आश्वासन दिया जाना चाहिए।

(घ) मनुष्य के दैनिक कार्य में दैवीय पुकार की भावना फिर स्थापित की जानी चाहिए।

(ङ) पृथ्वी के साधनों का उपयोग समस्त मानव-जाति के लिए किया जाना चाहिए और वर्तमान तथा भावी पीढ़ियों की आवश्यकताओं का समुचित ध्यान रखते हुए किया जाना चाहिए।

सोवियत क्रांति के 25वें वार्षिकोत्सव के अवसर पर मास्को सोवियत के सम्मुख भाषण देते हुए स्तालिन ने युद्ध-उद्देश्यों की घोषणा की :

"इटली और जर्मनी के गठबन्धन का कार्यक्रम की ये विशेषताएं कही जा सकती हैं— जातीय विद्वेष, चुने हुए (परमात्मा द्वारा) राष्ट्रों की सर्वोच्चता, दूसरे राष्ट्रों के राज्यक्षेत्रों को हथियाकर उन्हें अधीन करना, विजित राष्ट्रों को आर्थिक दृष्टि से दास बनाना, उनकी राष्ट्रीय सम्पत्ति का वंचन, प्रजातन्त्रीय स्वाधीनता का विनाश, और सब जगह हिटलरी शासन पद्धति की स्थापना। अंग्रेज़सोवियत-अमेरिकन गठबन्धन का कार्यक्रम है, जातीय भेदभाव की समाप्ति, राष्ट्रों की समानता और उनके राज्यक्षेत्रों की अलंध्यता, दास बना लिए गए राष्ट्रों को स्वाधीन कराना और उनकी प्रभुता के अधिकार उन्हें वापस दिलाना, जो भी शासन-पद्धति वे चाहें स्थापित करने का अधिकार, जिन देशों को क्षति उठानी पड़ी है, उनको आर्थिक सहायता और भौतिक समृद्धि प्राप्त करने में उनकी सहायता की जाए, प्रजातंत्रीय स्वाधीनता की पुनः स्थापना और हिटलरी शासनपद्धति का विनाश।" जर्मनी और जापान की पराजय के बाद रूस की स्थिति सशक्त होगी और संसार की सुरक्षा के लिए यह आवश्यक है कि शान्ति-काल में अमेरिका, रूस और ग्रेट-ब्रिटेन की मित्रता संसार की भलाई के लिए हो, संसार पर प्रभुत्व जमाने के लिए नहीं। यदि कोई ऐसा समझौता हुआ, जिसमें रूस और उनके घोषित उद्देश्यों का ध्यान नहीं रखा गया, तो उसका परिणाम एक और विश्वयुद्ध होगा, जो और भी खतरनाक

दशाओं में लड़ा जाएगा। रूस का जातीय भेद-भाव का अभाव एशिया के लोगों को तथा संसार की अन्य रंगीन जातियों को बहुत अधिक प्रभावित करता है।

यदि हमें विजय के बाद फिर भूख, भय और निराशा की ओर लौट जाना हो, तो युद्ध को जीत लेना-भर पर्याप्त नहीं है। यह तो प्रकाश और अन्धकार के बीच चल रहा संघर्ष है, सच्ची संयमित सभ्यता की उपलब्धि और उच्च तानाशाहियों द्वारा असभ्यता में वापस लौट जाने के बीच संघर्ष ; जो तानाशाहियां मानव-जाति को तब तक नारकीय पराधीनता में रखेंगी, जब तक कि वह अवनत होते-होते पतन के उस स्तर तक नहीं पहुंच जाती, जहां पहुंचकर वह अंत में समूल नष्ट हो जाएगी।

हम इस समय एक युग की समाप्ति पर खड़े हैं और अब संसार फिर युद्ध-पूर्व काल के नमूने पर नहीं लौट सकेगा। यदि इस युद्ध में अपना जीवन बलिदान करने वाले युवकों की आशाओं के साथ फिर विश्वासघात न किया जाना हो, यदि इस युद्ध को मानव-जाति के कल्याण की आशा से शून्य एक और युद्ध न बनाना हो, तो हमें संसार को वैयक्तिक एवं सामूहिक स्वार्थ के दुष्प्रभाव से मुक्त करना चाहिए। राष्ट्रों को अपने कुकृत्यों के लिए लज्जित होना चाहिए। संसार की उन्नति करने का मार्ग पश्चात्ताप का ही है। इस काल के रक्तपात और अव्यवस्था में से एक उत्कृष्टतर युग का आविर्भाव हो सकता है। यदि मानव-समाज को एक सजीव वास्तविकता के रूप में कार्य करना हो तो केवल किसी राजनीतिक या आर्थिक संगठन से काम न चलेगा। यह एक शरीर-रचना है, संगठन नहीं है। यह एक सजीव और बढ़ती हुई वस्तु है। इसके अन्दर आत्मा का श्वास फूंका जाना चाहिए। मानव-समाज को विश्व की सृजनशील आत्मा की एकता में निष्ठा की और एक अर्थ में बन्धुत्व (साथीपन) की अभिव्यक्ति बनना होगा। प्रत्येक मानवीय ढांचे में एक अमर महत्त्वाकांक्षा विद्यमान है, एक सार्वभौम चेतना, जो अपने आपको सीमित मनों और विभक्त अहं भावों में प्रकट करती है। केवल सत्य की ही विजय होती है, असत्य की नहीं ; चाहे हमपर कुछ भी क्यों न बीते, सत्य की ज्योति बुझेगी नहीं।

प्रजातंत्र की गत्वरता

प्रजातंत्र इस नैतिक सिद्धान्त की; कि मनुष्य का सच्चा उद्देश्य उत्तरदायित्वपूर्ण स्वतंत्रता है, राजनीतिक अभिव्यक्ति है। कांट का विख्यात नैतिक सिद्धान्त कि "मानवता को, चाहे वह तुम्हारे अपने देह में हो या किसी दूसरे के देह में, सदा साध्य मानकर ही कार्य करो, केवल एक साधन मान कर नहीं" प्रजातंत्रीय विश्वास का सूत्रबद्धीकरण है । सिद्धान्ततः प्रजातंत्र नैतिक है, और इसलिए सार्वभौम है। स्वयं जीवन की सीमाओं के अतिरिक्त इनकी और कोई सीमाएं नहीं हैं। व्यास कहता है, "सब प्राणी सुखी हों ; सब परम आनन्द प्राप्त करें ; सब भले दिन देखें; कोई भी दुःख न पाए।"[1] ब्लेक ने अपनी कविता 'डिवाइन इमेज' (दिव्य प्रतिमा) में अकारण ही यह पद्य नहीं लिखा :

---

1. सर्वे च सुखिनः सन्तु सर्वे सन्तु निरामयाः।
सर्वे भद्राणि पश्यन्तु मा कश्चिद् दुःखभाग्भवेत् ॥

क्योंकि सबको मानवीय रूप से प्रेम करना ही चाहिए,
भले ही वह रूप मूर्तिपूजक में हो, या तुर्क में या यहूदी में;
जहां दया, शान्ति और करुणा का निवास है
वहीं भगवान का भी निवास है।

प्रजातंत्र का उद्देश्य सदैव समूचे समाज का हित होता है, किसी एक वर्ग या समुदाय का हित नहीं। सब व्यक्तियों को, चाहे उनका धर्म या जाति कुछ भी क्यों न हो, एकमात्र उनकी समान मानवता के आधार पर राजनीतिक समाज में ग्रहण किया जाना चाहिए। समाज के सदस्य प्रत्येक वयस्क व्यक्ति को समाज की राजनीतिक सत्ता में समान भाग प्राप्त करने का अधिकार है। जब हम कहते हैं कि सब मनुष्य समान हैं, तो हमारा अभिप्राय यह होता है कि सब मनुष्य परम मूल्य (ऐब्सोल्यूट वैल्यू) के केन्द्र हैं। हम यह नहीं कह सकते कि अपने लक्ष्यों को पूर्ण करने के लिए संभावित साधन के रूप में हमारे अन्दर तो पूर्ण मूल्य है और दूसरे लोगों में केवल व्युत्पन्न (गौण, अमौलिक) और साधनात्मक (सहायक) मूल्य है। जहां तक हमारे साधनात्मक मूल्य का प्रश्न है, हम असमान हैं। क्योंकि हमारी क्षमताएं अलग-अलग हैं, इसलिए हम अलग-अलग कार्य अपना लेते हैं जिन्हें हम अलग-अलग कोटि की सुचारुता के साथ पूरा करते हैं । परन्तु सामाजिक संघटन में प्रत्येक व्यक्ति को स्थान मिलना चाहिए । मनुष्यों की समानता के विषय में विवाद तात्त्विक और साधनात्मक मूल्यों में अन्तर न करने के कारण होता है। अपने तात्त्विक मूल्यों की दृष्टि से सब व्यक्ति समान हैं, परन्तु अपने साधनात्मक मूल्यों की दृष्टि से असमान हैं । प्रजातन्त्र जनता का शासन केवल इस अर्थ में है कि जनता में समाज के सब सदस्य आ जाते हैं। प्रजातन्त्र अल्पसंख्यकों या अल्पसंख्यकों के मतों के दमन का पूर्णतया विरोधी है। यदि कहीं अल्पसंख्यकों का दमन होता हो या उनका मुंह बन्द किया जाता हो, तो प्रजातन्त्र निरंकुशता (अत्याचार) बन जाता है।

सन् 431 ईस्वी पूर्व में पैरिक्लीज़ ने 'फ्यूनरल औरेशन' (अन्त्येष्टि-भाषण) में प्रजातंत्र की अपनी धारणा का स्पष्टीकरण किया है। "हम प्रजातन्त्र इसलिए कहलाते हैं, क्योंकि हमारा प्रशासन कुछ थोड़े-से लोगों के हाथ में नहीं, अपितु बहुत से लोगों के हाथ में है। अपने वैयक्तिक विवादों में सब मनुष्य कानून के सामने बराबर हैं, परन्तु लोकमत के सम्मुख उन्हें सम्मान दिया जाता है। यह उनके पद के कारण नहीं, अपितु उनके गुणों के कारण; और कोई नागरिक चाहे कितना भी गरीब, कितना भी दीन, और कितना भी अप्रसिद्ध क्यों न हो, परन्तु इसके कारण उसे, यदि उसमें नगर की सेवा कर पाने की योग्यता है तो, सार्वजनिक जीवन से रोका नहीं जाएगा। एक ओर अगर हमें सार्वजनिक जीवन में स्वतन्त्रता प्राप्त है, तो दूसरी ओर वैयक्तिक मामलों से भी कुछ कम स्वतन्त्रता प्राप्त नहीं है। इससे भी बड़ी बात यह है कि हम अपने पड़ोसी के आनन्द को देखकर अप्रसन्न नहीं होते, न हम उसे आनन्द मनाते देखकर मुंह ही लटका लेते हैं, जो भले ही असहमति की हानिरहित अभिव्यक्ति हो, किन्तु केवल इसीलिए वह कम अप्रिय नहीं हो जाती। वैयक्तिक और सार्वजनिक मामलों में हम शिष्ट आचरण करते हैं। जो लोग सत्तारूढ़ हैं, उनके प्रति और कानूनों के प्रति हमारे मन में गहरे सम्मान की भावना है; विशेषतः उन कानूनों के

प्रति, जो पीड़ितों के लाभ के लिए बनाए गए हैं, और उन अलिखित कानूनों के प्रति, जो अपना उल्लंघन करनेवाले को उसके साथियों की दृष्टि में कलंकित बना देते हैं।"[1] फिर भी घटनाओं के दबाव में पड़कर पैरिक्लीज़ को अपने ही सिद्धान्तों से न केवल विचलित होना पड़ा, अपितु उनका खंडन तक करना पड़ा। ऐथन्स की सभ्यता उन विशालसंख्यक लोगों पर निर्भर थी, जो नागरिक नहीं थे, स्त्रियों और दासों पर। पैरिक्लीज़ को इतने से सन्तोष था कि ऐथन्स के सब नागरिकों को राज्य के शासन में भाग लेने का समान अवसर प्राप्त है और वे सब कानून के सम्मुख समान हैं।

4 जुलाई, 1776 की अमेरिकन स्वाधीनता की घोषणा में ये उच्च भाव विद्यमान हैं, "हम इन सत्यों को स्वतः सिद्ध मानते हैं कि सब मनुष्य समाज सिरजे गए हैं; उनको उनके सिरजनहार ने कुछ ऐसे अधिकार दिए हैं, जिन्हें उनसे छीना नहीं जा सकता; जीवन, स्वाधीनता और आनन्द की प्राप्ति का प्रयत्न, इन अधिकारों में से ही है; इन अधिकारों को सुरक्षित बनाए रखने के लिए ही मनुष्यों में सरकारें स्थापित की गई हैं और इन सरकारों को न्यायोचित शक्तियां शासित लोगों की सहमति से ही प्राप्त होती हैं; और जब कभी कोई शासन-प्रणाली इन उद्देश्यों के लिए विनाशकारी बन जाए, तब लोगों को यह अधिकार है कि वे उसे बदल दें या उखाड़ फेंकें, और उसके स्थान पर एक नया शासन स्थापित करें, जिसकी नींवें ऐसे सिद्धान्तों पर रखी गई हों, और जिसकी शक्तियां ऐसे रूप में संघटित की गई हों, कि जो उन्हें (लोगों को) ऐसे प्रतीत होते हों कि वे उनकी सुरक्षा और आनन्द पर अधिकतम अनुकूल प्रभाव डाल सकते हैं।" यदि हम इसमें से धर्म-विज्ञान के उल्लेख और इस अवैज्ञानिक दावे को, कि सब मनुष्य समान सिरजे गए हैं, निकाल दें, तो हमें प्रजातन्त्र का सारभूत सिद्धान्त मिल जाता है : कि सब लोगों को स्वतन्त्र ओर सुखी रहने का समान अधिकार मिलना चाहिए। इस अवसर की समानता में भौतिक साधनों के अधिकार की बात गर्भित है। इसके लिए यह आवश्यक है सब मनुष्यों को, जिनमें नीग्रो (हब्शी) और स्त्रियां भी सम्मिलित हैं, ऐसी दशाओं में पहुंचाया जाए, जिनके अभाव में सुख प्राप्त हो ही नहीं सकता। आज तक कोई भी शासन इस सिद्धान्त को क्रियान्वित करने में सफल नहीं हुआ। ऐथन्स का प्रजातंत्र दासता की प्रथा पर आधारित था। मध्ययुग में कृषिदास-प्रथा थी। आज हमारे युग में उच्चतर और निम्नतर वर्ग हैं, अमीर और गरीब। यह बड़ी भयावह टिप्पणी है कि महान सभ्यताएं, दासता और अर्धदासता के आधार पर खड़ी की गई थीं। यूनान और रोम में बहुत बड़ी संख्या दासों की थी। मध्ययुगीन फ्रांस और पुनर्जागरित इटली उन कृषि-दासों के सहारे खड़े हुए थे, जो कृषक के रूप में भूमि के साथ बंधे हुए थे और जिन्हें केवल जीवन निर्वाह-मात्र का अधिकार प्राप्त था। आधुनिक सभ्यता की पृष्ठभूमि भी दरिद्रता, गंदगी और कठिनाइयों (तंगी) की ही है।

1789 की फ्रांसीसी राज्यक्रांति ने विचार के वातावरण पर प्रभाव डाला; और आज, कम से कम सिद्धान्त रूप में, इस बात को अस्वीकार कर पाना असम्भव है कि गरीबों और अज्ञ लोगों को भी स्वतन्त्र और सुखी रहने का अधिकार है। फ्रांसीसी राज्य-क्रांति द्वारा लोकप्रिय बनाए गए तीन सिद्धान्तों पर टिप्पणी करते हुए झक्की आदमी का कहना है कि स्वाधीनता का

1. कौम्पटन मैकेंज़ी, 'पैरिक्लीज़' (1937), पृष्ठ 311

अर्थ है, "मैं जैसा चाहूं, कर सकता हूं;" समानता का अर्थ है, "तुम मुझसे कुछ अधिक अच्छे नहीं हो;" और भ्रातृत्व का अर्थ है, "जो कुछ तुम्हारा है, यदि वह मुझे चाहिए, तो वह मेरा है।" इस प्रकार सोचने का परिणाम अराजकता, मध्यम-कोटिता (औसत दर्जे की अच्छाई), और हस्तक्षेप हुआ है।

'कम्युनिस्ट मैनीफेस्टो' ऐसे व्यक्तियों के समाज के आदर्श का समर्थन करता है, जो परस्पर इस ढंग से संघटित हुए हों कि "प्रत्येक का स्वतन्त्र विकास ही सबके स्वतंत्र विकास की शर्त हो।" 'मैनीफेस्टो' का सम्पत्ति के उचित वितरण का आग्रह करना बिलकुल ठीक है। इसके लिए इस अर्थ में आर्थिक समानता की, कि किसी भी व्यक्ति की आय अन्य किसी भी व्यक्ति की आय से अधिक न हो, आवश्यकता है या नहीं, यह एक अलग प्रश्न है। आर्थिक व्यवस्था ऐसी होनी चाहिए, जिसमें सब मनुष्यों को स्वतन्त्र और सुखी जीवन बिताने का अवसर मिल सके। प्रजातन्त्र के—नैतिक मूल्यों के रूप में, एक अच्छे जीवन की कल्पना के रूप में—अव्यक्त मूल्य को सुनिर्दिष्ट (ठोस) अन्तर्वस्तु द्वारा भरा जाना चाहिए। आत्मा को साकार होना होगा। मतदान का समान अधिकार उस महत्त्वपूर्ण सत्य का बाह्य चिह्नमात्र है, जिसे हमें अपने जीवन में प्राप्त करना होगा। राजनीतिक प्रजातन्त्र का उद्देश्य है कि राजनीतिक सत्ता के सम्बन्ध में मनुष्य के अधिकार को माना जाए। सामाजिक प्रजातन्त्र का उद्देश्य यह है कि सब लोगों को समाज के लाभों में समान भाग प्राप्त करने में समर्थ बनाया जाए।

दीनता और कष्ट मनुष्य को तभी ऊंचा उठाते हैं, जबकि वे स्वेच्छा से अपने ऊपर लादे गए हों। जो लोग यह कहते हैं कि दरिद्रता कलाकार की सबसे बड़ी प्रेरक शक्ति है, उन्होंने स्वयं इसकी तीव्र व्यथा को कभी अपनी आत्मा में अनुभव नहीं किया। जब हम कठोर परिश्रम और घोर दरिद्रता की दशा में रह रहे होते हैं, उस समय हमारी अनेक आत्मिक उन्नति की सम्भावनाओं को पनपने का अवसर नहीं मिलता। जो लोग अत्यधिक भीड़ भरे मकानों में, गन्दगी और बीमारी के बीच, भूख और सर्दी से कष्ट पाते हुए जीवन बिताते हैं, सम्भव है, उनमें सहिष्णुता और त्याग की विरक्त जनोचित भावना उत्पन्न हो जाए, परन्तु वे समाज को कुछ सृजनात्मक देन नहीं दे सकते। रोगग्रस्त शरीरों और निराश, विफल जीवनों का कारण गरीबी भी है। सम्पत्ति की असमानताएं दासता-प्रथा की ही भांति सामाजिक व्याधियां हैं। अरस्तु के इस विचार के विषय में, कि पूर्ण जीवन के लिए यह आवश्यक शर्त है कि मनुष्य को जीवन के लिए आवश्यक वस्तुएं इतनी काफी मात्रा में प्राप्त हों कि वह मनोजगत् की वस्तुओं की साधना निश्चिन्त होकर कर सके, बहुत कुछ कहा जा सकता है।[1] भले ही आर्थिक वस्तुएं जीवन का महान लक्ष्य नहीं हैं, फिर भी

1. सर आर्थर क्विलर काउच का कथन है, "गत शताब्दी के बारह बड़े कवियों में से नौ विश्वविद्यालयों के आदमी थे। परन्तु राष्ट्र के रूप में हमारे लिए यह बड़ी असम्मानजनक बात है—यह निश्चित है कि हमारे राष्ट्रमंडल के किसी दोष के कारण इन दिनों किसी गरीब कवि को पनपने की ज़रा भी गुंजाइश नहीं है और न पिछले दो सौ सालों में रही है। मेरी बात मानिए—और मैंने अपने पिछले दस वर्षों का बड़ा भाग लगभग 320 प्राथमिक विद्यालयों का ध्यान से निरीक्षण करने में लगाया है—कि हम प्रजातन्त्र की चाहे जितनी डींग हांकें,

वे अपरिहार्य (जिनके बिना काम न चले) साधन अवश्य हैं। भारतीय कवि भर्तृहरि ने अपने 'नीतिशतक' में दरिद्रता के कारण होनेवाले नैतिक पतन का वर्णन इस प्रकार किया है : "सब इन्द्रियां वही हैं, काम भी वे ही हैं, बुद्धि भी वही पहले जैसी अक्षत है, वाणी भी वही है; फिर भी धन की गर्मी से शून्य मनुष्य मानो क्षण-भर में बदलकर कोई और ही बन जाता है।"[1] यदि मनुष्य को अपने गौरव को बनाए रखना हो, निर्बाध चलना-फिरना हो, उदार, स्पष्टवादी और स्वाधीन रहना हो, तो उसके लिए न्यूनतम आर्थिक सुरक्षा अत्यावश्यक है। श्री रूज़वेल्ट ने दिसम्बर 1940 में अपनी 'शाम की गपशप' (फायरसाइड टाक) में कहा था, "मैं ऐसे प्रजातंत्र की रक्षा करने के लिए कदापि नहीं कहूंगा, जो बदले में राष्ट्र के प्रत्येक व्यक्ति की अभावों और कष्टों से रक्षा नहीं करता।" किसी भी स्वस्थ सामाजिक योजना में सबके प्रति प्रत्येक व्यक्ति की ज़िम्मेदारी स्वीकार की जानी चाहिए। परम्परागत व्यक्तिवाद व्यक्ति के सामाजिक उत्तरदायित्वों का यथेष्ट ध्यान नहीं रखता। यदि हम यह समझते हों कि जो वस्तुएं हमें प्राप्त होती हैं, उन पर हमारा बिना शर्त अधिकार है और उनके बदले कुछ भी तुल्य वस्तु देने की हमारी ज़िम्मेदारी नहीं है, तो यह हमारी बड़ी भूल है। हम अपनी स्वतंत्रता को केवल तभी क्रियान्वित कर पाते हैं, जब हम ऐसे सदस्यों के रूप में कार्य करते हैं, जिनकी एक-दूसरे के प्रति ज़िम्मेदारियां हैं। इसके बदले में समाज हमारी रक्षा करता है और अपने प्रयत्नों से हमें सुरक्षित रखता है। श्री चर्चिल ने, प्रधानमंत्री बनने पर, अपने पुराने विद्यालय हैरो के विद्यार्थियों के सामने भाषण देते हुए कहा था कि जब युद्ध समाप्त हो जाएगा, तब "हमारा एक यह भी उद्देश्य होना चाहिए कि समाज में ऐसी स्थिति लाने का यत्न किया जाए, जिसमें वे लाभ और विशेषाधिकार, जिनका आनन्द अब तक केवल कुछ थोड़े-से लोग उठा रहे थे, समूचे राष्ट्र के मनुष्यों और युवकों में कहीं अधिक विस्तृत रूप से बंट जाएं।" वर्तमान व्यवस्था में ये लाभ और विशेषाधिकार एक छोटे-से वर्ग तक सीमित हैं; यह वर्ग रक्त या विवाह या सांझे हितों द्वारा परस्पर संबद्ध है; इसमें केवल कुछ ही नये लोग प्रवेश कर पाते हैं, जोकि इस चुने हुए समुदाय में सम्मिलित होने का प्रवेशपत्र भारी धनराशि द्वारा खरीदते हैं।

लगभग सभी देशों की आर्थिक स्थिति में एक भयावह एकरूपता है। जनता का एक बहुत

परन्तु इंग्लैंड में एक गरीब बालक उससे अधिक कुछ आशा नहीं कर सकता, जितनी कि कोई ऐथन्स के दास का पुत्र महान कृतियों का सृजन करने वाली बौद्धिक स्वतन्त्रता द्वारा, अपनी दासता से उद्धार पाने की आशा कर सकता था।"—'आन दि आर्ट ऑफ राइटिंग'।

1. तानीन्द्रियाणि सकलानि तदेव कर्म, सा बुद्धिर प्रतिहता वचनं तदेव,
अर्थोष्मणा विरहितः पुरुषः स एव त्वन्यः क्षणेन भवतातिं विचित्रमेतत्।
यस्यास्ति वित्तं स नरः प्रवीणः स पण्डितः स श्रुतवान् गुणज्ञः,
स एव वक्ता स च दर्शनायः सर्वे गुणाः काञ्चनमाश्रयन्ते।

बर्नाडशा से तुलना कीजिए, "पैसा संसार में सबसे महत्त्वपूर्ण वस्तु है। यह स्वास्थ्य, बल, प्रतिष्ठा, उदारता और सौंदर्य का प्रतीक है, जैसे इसका अभाव रोग, दुर्बलता, लांछना, नीचता और कुरूपता का प्रतीक है। इसका एक गुण, जो सबसे छोटा नहीं है, यह है कि यह नीच लोगों को उतना ही निश्चित रूप से बरबाद कर देता है, जितना कि यह श्रेष्ठ पुरुषों को सबल और सगौरव बनाता है।"

छोटा-सा अल्पसंख्यक वर्ग लाभ उठाता है, और बहुत बड़ी जनसंख्या कष्टों और पराश्रितता से, और उसके फलस्वरूप होनेवाली शारीरिक और मानसिक अस्वस्थताओं से पीड़ित रहती है।[1] समाज के वर्तमान संगठन में उन्नति के अवसर की समानता की मांग का अर्थ है—सामाजिक दृष्टि से अनुत्तरदायी स्वामित्व की समाप्ति और सामूहिक उत्पादन के उपकरणों का नियंत्रण। स्वामित्व के तथ्य के साथ हुक्म चलाने का अधिकार भी जुड़ा हुआ है और अधिकारी तथा अधीनस्थ के सम्बन्ध विकसित हो जाते हैं। मालिक-वर्ग को अधिक ऐश्वर्य श्रमिकों की पराश्रित स्थिति का लाभ उठाने के कारण ही प्राप्त हुआ है, ठीक वैसे ही जैसे कि पुराने सामन्तीय कुलीन वर्ग को या दासों के स्वामी अभिजात वर्ग (अरिस्टोक्रेसी) को अपनी शक्ति कृषि-दासों या दासों के अतिरिक्त श्रम से प्राप्त होती थी। राजनीति में 'धन की शक्ति' शान्ति के लिए सबसे बड़ा संकट है। मुनाफे के लिए उत्पादन के स्थान पर अब उपयोग के लिए उत्पादन होना चाहिए। यह सक्षम सामूहिक निदेशन (डाइरेक्शन) द्वारा किया जा सकता है। अब कामगर और किसान पूंजीपतियों की मेज़ से नीचे गिर पड़नेवाली रोटी के चूरचार से, उनके दयापूर्वक दिए गए दान से, जैसे वृद्धावस्था की पेंशनों, स्वास्थ्य और बेकारी के बीमों, न्यूनतम वेतनों से, सन्तुष्ट नहीं हो सकते। यदि पूंजीपति उस राजनीतिक उपकरण को तोड़ने का प्रयत्न करते हैं, जिसके द्वारा आर्थिक शक्ति का हस्तान्तरण होता है, तो उससे एक प्रत्याक्रमण को उत्तेजना मिलती है। साम्यवाद (कम्यूनिज़्म) मानवीय उत्तरदायित्वों से शून्य सम्पत्ति की संस्था पर एक आक्रमण है। किसी भी समाज के जीवित बचे रहने के लिए अपने-आपको परिस्थितियों के अनुकूल ढाल लेने की जो प्रक्रिया अत्यावश्यक है, वह इस समय आपद्जनक रूप से धीमी पड़ गई है। जिस समय इतिहास तीव्र वेग से झपट रहा है, उस समय पुराने रूपों से चिपटे रहने का कोई लाभ नहीं है। यदि हम ऐसा करेंगे, तो हम बह जाएंगे। असह्य अन्याय और अमर्यादित दुष्कर्मों को देखते हुए निश्चेष्ट बने रहना अनैतिक है। उस अभागे मनुष्य की अपेक्षा, जो जीवन के लिए संघर्ष में एक ओर पटक दिया गया है, लोगों के मन में उस पक्षी के लिए अधिक दया है, जिसके पंख टूट गए हैं और जो अब उड़ नहीं सकता। हमारे कानूनों और संस्थाओं ने उन्हीं लोगों को संरक्षण प्रदान नहीं किया, जिन्हें उसकी सबसे अधिक आवश्यकता है, वे मज़दूरी कमानेवालों (वेतनजीवियों) को वैसी ही मज़बूत बेड़ियों में जकड़कर रखते हैं, जैसीकि दासों के पांवों में डालकर हथौड़े से ठोककर जकड़ दी जाती थीं। वे बड़ी सूक्ष्मता से बलवानों और धनवानों के अधिकारों का निरूपण करते हैं, और निर्धनों तथा निर्बलों के अधिकारों के प्रति उदासीन (निरपेक्ष) रहते हैं। वे अभागों के प्रति निष्ठुर और शिशुओं के प्रति अन्याय्य रहे हैं।

1. त्रात्स्की से तुलना कीजिए, "संयुक्त राज्य अमेरिका की जनसंख्या संसार की जनसंख्या की कुल 6 प्रतिशत है; पर संसार की 40 प्रतिशत सम्पत्ति उसके पास है।" फिर भी, जैसाकि रूज़वेल्ट ने स्वयं स्वीकार किया, राष्ट्र का एक तिहाई भाग ऐसा है, जो न्यून-पोषण का शिकार है, जिसके पास यथेष्ट वस्त्र नहीं हैं और जो अवमानवीय दशाओं में जीवन बिता रहा है। 'मॉडर्न कोऑपरेशन एण्ड प्राइवेट प्रॉपर्टी' में बीयर्ल और मीन्स ने बताया है कि संयुक्त राज्य अमेरिका के उत्पादन का लगभग 50 प्रतिशत भाग, प्रभावी रूप से, दो हज़ार से भी कम लोगों के हाथ में है।

कुछ संवेदनशील और सूक्ष्म मानवीय प्रकृतियों को ऐसी समाज-व्यवस्था की चारदीवारियों में थोथेपन और यंत्रणा के सिवाय कुछ दिखाई नहीं पड़ता, जो स्वतःस्फूर्तता का गला घोंटने में, स्वप्नों का उपहास करने में और आनन्द को बुझा देने में ही विशिष्टता प्राप्त किए हुए है।

आत्मा की कम ही मनोदशाएं ऐसी हैं, जो उन मनोदशाओं की अपेक्षा अधिक विकसित करने योग्य हों, जिनमें हम अपनी दुःखी और किंकर्तव्यविमूढ़ मानवजाति के प्रति श्रद्धा रखते हैं। इन मनोदशाओं द्वारा एक समुदाय की तात्त्विक भावना की वृद्धि होती है। यदि हमारा प्रजातन्त्र स्वस्थप्रज्ञ है, तो हम एक ऐसी सामाजिक रचना के लिए प्रयत्न करेंगे, जिसमें इस बात का निश्चय रहे कि सब वयस्कों को काम मिलेगा और भविष्य के लिए निश्चिन्तता रहेगी, सब बालकों को अपनी विशेष क्षमताओं के लिए उचित शिक्षा मिलेगी, जीवन के लिए आवश्यक और सुविधाजनक वस्तुओं का वितरण विस्तृत किया जाएगा, बेकारी के कष्ट के विरुद्ध सब रक्षण-उपाय किए जाएंगे और आत्मविकास की स्वतन्त्रता रहेगी।

प्रजातन्त्रीय मनोभाव ने, जोकि फ्रांसीसी राज्य-क्रान्ति के साथ सक्रिय हो उठा था, समानतावादी आकांक्षा उत्पन्न की, जो शीघ्र ही उतनी ही आधारभूत (महत्त्वपूर्ण), सब मनुष्यों के जीवन-स्तर को ऊंचा उठाने की आकांक्षा से सम्मिलित हो गई। इस प्रकार प्रजातन्त्र युद्धप्रिय हो गया; और वह न केवल उनके प्रति ईर्ष्यालु हो उठा, जो सम्पत्ति, सत्ता और प्रतिष्ठा के आनुवंशिक अधिकारों का उपभोग कर रहे थे, अपितु उनके प्रति भी, जिन्होंने स्वयं अपनी ऊर्जा और उद्यम से जीवन को कुछ कम प्रतिभाशाली लोगों की अपेक्षा अधिक लाभदायक बना लिया था। क्योंकि धन और सत्ता का साथ है, इसलिए धन, चाहे वह पूर्वजों से उत्तराधिकार में प्राप्त हो और चाहे वह व्यक्ति के अपने प्रयत्न से उपार्जित हो, आक्रमण का लक्ष्य बन गया। रूसी क्रांति ने जिसका उद्देश्य विशेषाधिकारों और सम्पत्ति की असमानताओं को दूर करना था, सब प्रकार के कार्यों के लिए इस आधार पर समान पारिश्रमिक या प्रतिफल देने का परीक्षण किया कि वे सब काम समाज के लिए अत्यावश्यक हैं; परन्तु यह परिश्रम सफल नहीं हुआ। कम्युनिस्टों की यह सूक्ति, "हर एक से उसकी शक्तियों के अनुसार (काम) लो, और हर एक को उसकी आवश्यकताओं के अनुसार (प्रतिफल) दो" सही अर्थों में समानता स्थापित नहीं कर पाई। कुछ एक कट्टर सिद्धान्तवादी उत्साही लोगों को छोड़कर शेष मामूली लोगों ने भरसक परिश्रम करना बन्द कर दिया। जब तक कम और अधिक कठिनाई और मूल्योंवाले कार्यों का प्रतिफल समान मिलता रहा, तब तक लोगों को इस बात का प्रलोभन रहा कि वे हल्के, कम परिश्रम के काम करके ही सन्तुष्ट रहें। परिणाम यह हुआ कि काम में ढील आ गई। इसलिए फिर परिवर्तन किया गया और इस समय वहां वेतन इस अनुपात में हैं कि समाज के प्रति की गई सेवाओं की कठिनाई कितनी है और उनका मूल्य कितना है। इस प्रकार फिर अंतर स्थापित हो गए हैं; क्योंकि जिन लोगों को अधिक पैसा मिलता है, उनके हाथ में अधिक शक्ति आ जाती है और उनके साथ अपेक्षाकृत अधिक आदर का बर्ताव किया जाता है। इस प्रकार वर्ग-भेद उत्पन्न हो जाते हैं। कुशल संचालकों की नौकरशाही, औद्योगिक अर्थव्यवस्था के सक्षम और महत्त्वाकांक्षी

प्रबन्धक श्रमिकवर्ग का नियंत्रण करते हैं; आन्तरिकवर्ग में प्रविष्ट होने के लिए तीव्र प्रतियोगिता शुरू हो जाती है। दूसरों से आगे बढ़ जाने की उतावली-भरी महत्त्वाकांक्षा, अन्धआवेश, धूर्तता, गंवारपन तथा अन्य मानवीय स्वभाव की दुर्बलताओं को पनपने का अवसर मिल जाता है। परम्परागत अभिजात-वर्ग या पूंजीपति-वर्ग का स्थान एक सशक्त नौकरशाही ले लेती है। ईर्ष्या और विद्वेष की भावनाएं, जिनके लक्ष्य पहले राजा और कुलीनवर्ग, पुरोहित और पूंजीपति होते थे, अब कमिश्नरों और तानाशाहों की ओर मोड़ दी जाती हैं। कानून बनाकर हम प्रकृति की असमानता की ओर झुकाव को समाप्त नहीं कर सकते। किसी भी समाज में एक कृत्यात्मक सोपानतन्त्र (एक वर्ग के ऊपर दूसरा, फिर उसके ऊपर तीसरा वर्ग इत्यादि) रहता है। जिनके हाथ में शक्ति है, वे उसको समाज की सेवा की भावना से अपने हाथ में बनाए रख सकते हैं। वर्गहीन समाज अव्यावहारिक है; और यदि उस तरल (बहनेवाले) वर्ग को, जिसके कि हाथ में शक्ति है, उस शक्ति का उपयोग ठीक भावना से करना हो, तो वह बाह्य नियंत्रणों पर निर्भर न होकर आन्तरिक परिष्कार पर निर्भर है। यदि सत्ताधारी लोगों में विनम्रता की भावना का विकास करना हो, तो यह आय में समानता स्थापित करने के प्रयत्न द्वारा नहीं किया जा सकता। केवल अच्छी शिक्षा, और धार्मिक अन्तःकरण के सजग नियन्त्रण द्वारा ही सत्ता के अभिमान और विशेषाधिकारों के दुरुपयोग को रोका जा सकता है। परिवर्तन की आवश्यकता वस्तुओं की ऊपरी सतह में नहीं, अपितु मानव-प्रकृति के मूल आधारों में ही है। राज्य को सच्ची सभ्यता का साधन बनना होगा और उसे अपने सदस्यों को सामाजिक उत्तरदायित्व की एक बिलकुल नई धारणा की शिक्षा देनी होगी। यदि इस उद्देश्य को प्राप्त करने के लिए हम धार्मिक अनुशासन में विश्वास रखते हैं, तो हमें कच्चा और भावुक नहीं समझा जाना चाहिए।

प्रजातंत्र का लक्ष्य यह है कि आमूल आर्थिक और सामाजिक परिवर्तन शांतिपूर्ण और अहिंसात्मक रीति से किए जा सकें। यदि न्याय के लिए अविलम्ब्य मांगों और उनके विरुद्ध सुदढ़ प्रतिरोध के बीच देर तक तनाव बना रहे, तो क्रांति आवश्यक हो जाती है। मार्क्सवादियों को विश्वास हो चुका है कि प्रजातंत्र जब सम्पत्ति के अधिकारों पर कोई प्रबल प्रतिबन्ध लगाना चाहेगा, तब सम्पत्ति के स्वामी प्रजातंत्र की इच्छा के सामने झुकने से इनकार कर देंगे। मार्क्सवादियों का कथन है कि शान्तिस्वरूप और प्रजातन्त्रात्मक रीति से नई आर्थिक व्यवस्था की रचना कर पाना असम्भव है। कोई भी समाज-व्यवस्था अपने बाद आनेवाली समाज-व्यवस्था के लिए प्रतिरोध किए बिना स्थान खाली नहीं करती। इतिहास हमें यही सिखाता है कि सामाजिक व्यवस्था केवल बलपूर्वक सत्ता पर अधिकार करके और वर्ग-संघर्ष द्वारा ही बदली जा सकती हैं। संयुक्त राज्य अमेरिका जैसे सभ्य प्रजातन्त्र में भी दासता की प्रथा को गृह-युद्ध के बिना समाप्त नहीं किया जा सका। "जब भी कभी किसी पुरानी समाज-व्यवस्था के पेट से कोई नई समाज-व्यवस्था जन्म लेने को होती है, तब केवल 'शक्ति' (बल-प्रयोग) ही दाई का काम करती है। केवल वर्गसंघर्ष और हिंसात्मक क्रान्ति द्वारा ही समाजवाद के लिए मार्ग साफ हो सकता है। परंतु रूसी औषध अपने अप्रजातंत्रीय स्वरूप, अपनी हिंसा और अधीरता के कारण सफल न हो पाई।

रूसी सरकार बल-प्रयोग पर आधारित एक ऐसी तानाशाही (अधिनायकतंत्र) बन गई, जिसपर कानूनी, परम्परागत नियमों या समझौतों का कोई भी बन्धन नहीं था। हिंसात्मक क्रान्तियां क्रोध के उन्माद में की जाती हैं। वर्ग-विद्वेष एक महान प्रेरक शक्ति के रूप में कभी सफल नहीं हो सकता। भौतिक शक्ति कोई नैतिक तर्क नहीं है। हमें यह सोचने की आवश्यकता नहीं है कि गरीबों का सद्गुणों पर एकाधिकार है ; प्रशासन की क्षमता, संचालन की योग्यता, और निःस्वार्थ भक्ति उनमें है, जबकि धनिकों को सब कल्पनीय दोषों का, सूझबूझ के अभाव, स्वार्थपरता और भ्रष्टाचार का भरपूर भाग मिला है। उन दोनों के रुख मूलतः एक जैसे होते हैं। वे दोनों ही सम्पत्ति की समस्या को सर्वोच्च समझते हैं। कम्युनिस्टों और पूंजीपतियों में एक मात्र अंतर सम्पत्ति के स्वामित्व के सम्बन्ध में है, कि यह सम्पत्ति का स्वामित्व व्यक्तियों के हाथों में रहे या सामूहिक नियंत्रण में रहे। आर्थिक विषयों को प्रमुखता देने के बारे में दोनों का रुख एक ही है।

साधारणतया यह समझा जाता है कि प्रजातंत्र की कार्य-पद्धतियां मन्द और अपव्ययपूर्ण, व्यर्थ की अड़ंगेबाजियों से भरी बाबा आदम के ज़माने की (पुरानी) होती हैं। जो लोग इस अन्यायपूर्ण समाज को समानता पर आधारित ढांचे में रूपान्तरित करना चाहते हैं, उन्हें भय है कि संसदीय क्रियाविधि द्वारा तो आवश्यक परिवर्तन करने में बहुत लम्बा समय लग जाएगा। इसलिए हमारे पास प्रतिक्रिया के हित में दक्षिणपंथी तानाशाहियां हैं और समाजवाद के हित में वामपंथी तानाशाहियां।

आज बड़ी-बड़ी आत्मिक समस्याएं दांव पर हैं। बौद्धिक और नैतिक दृष्टि से हमारा संसार एक अमाप गर्त के किनारे पर चल रहा है। यदि कोई प्रजातन्त्र सुशिक्षित हो, इसमें कल्पनामयी दृष्टि और नैतिक साहस हो, तो वह बिना हिंसा के सामाजिक क्रान्ति कर सकता है। प्रजातंत्रीय जीवन-पद्धति कोई निसर्ग (प्रकृति) का नियम नहीं है। यह ऐसी विकासात्मक प्रक्रिया भी नहीं है, कि जो, जहां कहीं भी मानव-प्राणी अपने मनुष्यत्व का मूल्य समझते हैं, वहां अपने-आप स्थापित हो जाती हो। यह तो एक बहुमूल्य स्वत्व है, जिसे प्रबुद्ध लोगों ने युगों के संघर्ष के बाद प्राप्त किया है, और जब मनुष्य इसके प्रति निरपेक्ष हो जाएंगे, तो यह फिर अंधकार युग में खो जा सकती है। यह एक विचार है, कोई प्रणाली नहीं; और हमें इसकी बड़ी सावधानी के साथ रक्षा करनी चाहिए, विशेष रूप से ऐसे समय में, जबकि यांत्रिक सभ्यता की बढ़ती हुई गति बड़ी संख्या में अधीनस्थता को जन्म दे रही है। सुधार की प्रजातंत्रीय पद्धतियां क्रान्ति की स्थितियों को संभाल सकती हैं। ऐसी किसी भी आर्थिक प्रणाली को समाप्त कर देना चाहिए, जिसमें कामगर के व्यक्तित्व की उपेक्षा की गई हो, या जो कुछ थोड़े-से लोगों के लाभ के लिए कामगर को आत्मनाशी अभाव या भ्रष्टाचार की ओर ले जानेवाली बेकारी का शिकार बनने देती हो। संसार की आर्थिक वस्तुओं का समुचित वितरण किया जाना चाहिए, क्योंकि आर्थिक साधन उन्नति के अवसरों को खरीद सकते हैं। सम्पत्ति के संचय पर बहुत अधिक प्रतिबन्ध लगा दिए जाने चाहिएं, और सम्पत्ति के विषय में प्रत्येक व्यक्ति के प्रति सब लोगों की ज़िम्मेदारी स्वीकार की जानी चाहिए। शेयर बाज़ार में ले-बेच द्वारा संचित की गई सम्पत्ति और किसान द्वारा अपने श्रम से निर्मित सम्पत्ति में अन्तर हैं। इनमें से पिछली को वे अधिकार हैं, जो पहली को नहीं हैं। जब लेनिन ने 1921 की "नई आर्थिक नीति" जारी की, तब उसने आर्थिक जीवन को वैयक्तिक

नवारम्भ (उद्यम) द्वारा ही फिर अपने पैरों पर खड़ा किया। आय को सेवा के प्रतिफल के रूप में माना जाना चाहिए, सम्पत्ति से उत्पन्न होनेवाले किसी पवित्र अधिकार के रूप में नहीं।

इस युद्ध में ब्रिटेन और अमेरिका के साथ रूस के मिल जाने से कम्युनिज़्म (साम्यवाद) के रूप और अन्तर्वस्तु में प्रजातंत्र की दिशा में कुछ परिवर्तन होगा। वर्तमानकालीन कम्युनिज़्म अपेक्षाकृत अधिक गम्भीर और सन्तुलित है और प्रजातन्त्र की रक्षा के लिए कम से कम सिद्धान्त में तो, तैयार है। व्यावहारिक दृष्टि से यह सफल नहीं रहा, इसका स्पष्ट कारण यह है कि साम्यवादी सिद्धान्त में प्रजातन्त्र के लिए कोई स्थान नहीं है। प्रजातन्त्र की साम्यवादियों द्वारा की गई आलोचनाएं रूसी क्रान्ति के बाद के दिनों की वस्तु हैं। स्वयं मार्क्स ने प्रजातंत्रीय सिद्धान्त की प्रामाणिकता को स्वीकार किया; मार्क्सवादी पार्टी का नाम ही 'सोशल डेमोक्रैटिक पार्टी' (समाजवादी प्रजातंत्रीय दल) था; और उसका उद्देश्य था कि प्रजातंत्रीय पद्धतियों द्वारा सामाजिक क्रान्ति उत्पन्न की जाए। प्रजातन्त्रीय मतदान का अधिकार मिल जाने से कामगरों को प्रभुसत्ता का एक महत्त्वपूर्ण अंश प्राप्त हो जाता है और उन्हें वास्तविक राजनीतिक सत्ता मिल जाती है, जिसका उपयोग वे राज्य की उपकारी गतिविधियों को बढ़ाने के लिए करते हैं। इस दिशा में किए गए प्रयत्न यदि सफल हो जाएं तो उससे क्रान्ति की प्रेरणा कम हो जाती है। अपूंजीवादी प्रजातन्त्र राजनीतिक शक्ति को सम्पत्ति से छीन लेता है और उसे व्यक्ति में निहित कर देता है। 'कम्युनिस्ट मैनीफैस्टो' में कहा गया है कि "कामगरों की क्रातिं में पहला कदम है—श्रमिक-वर्ग को ऊंचा उठाकर शासक-वर्ग बनाना, प्रजातन्त्र की विजय।" जब श्रमिक-वर्ग ही शासक-वर्ग बन जाता है, तब क्रान्ति राजनीतिक असंगति बन जाती है (अर्थात् उसकी आवश्यकता ही नहीं रहती)। मार्क्स मानता है कि शान्तिपूर्ण क्रांति भी सम्भव है। वह लिखता है, "किसी दिन कामगरों को राजनीतिक सर्वोच्चता जीतनी ही होगी, जिससे श्रमिकों का एक नया संगठन स्थापित किया जा सके; उन्हें उस पुरानी राजनीतिक प्रणाली को, जिसके द्वारा पुरानी संस्थाओं को सहारा दिया जाता है, नष्ट करना होगा।...परन्तु मेरे कथन का यह अर्थ नहीं निकाला जाना चाहिए कि इस उद्देश्य को पूर्ण करने के लिए साधन सब जगह एक जैसे ही होंगे। हमें मालूम है कि विभिन्न देशों की संस्थाओं, प्रथाओं और परम्पराओं का विशेष रूप से ध्यान रखना चाहिए; और हम इस बात से इनकार नहीं करते कि ऐसे भी कुछ देश हैं, जैसे इंग्लैंड और अमेरिका, जहां कामगर लोग शान्तिपूर्ण साधनों से अपने उद्देश्य को पूर्ण कर पाने की आशा कर सकते हैं।" क्रान्ति के पथ पर चलने से पहले हमें प्रजातन्त्रीय क्रिया (गतिविधि) की सब सम्भावनाओं को आज़मा कर देख लेना चाहिए। कम्युनिज़्म का हिंसा, अधर्म, निरंकुशता और व्यक्ति के दमन की प्रणाली के साथ अभिन्न सम्बन्ध समझने की कोई आवश्यकता नहीं है। कम्युनिज़्म ने धर्म पर चोट इसलिए की, क्योंकि धर्म अपने शासनकर्ताओं के रूप में अनिवार्यतः बहुत सतर्क और अनुदार था, पुरानी व्यवस्था के साथ चिपटा हुआ था, और पुराने अधिकारों की रक्षा के लिए प्रयत्नशील था। जब मार्क्सवादी कहते हैं कि "राज्य सूखकर झड़ जाएगा," तब उनका मतलब यह होता है कि "किसी दूसरे वर्ग को अपने अधीन बनाए रखने के लिए हिंसा के संगठन" के अर्थों में यह "सूखकर झड़ जाएगा।"

यदि राजनीतिक प्रजातंत्र को एक आर्थिक प्रजातंत्र बनाना हो, जो हमें नैतिक और आध्यात्मिक प्रजातंत्र की स्थापना की ओर ले चले, तो हमें मनुष्यों को उस श्रद्धा की ओर बुलाना चाहिए, जो सप्राण प्रजातंत्र के मूल स्रोत में विद्यमान है। हमें लोगों को वास्तविकता, प्रकृति और मानवीय भ्रातृभाव की ज़िम्मेदारी के विषय में शिक्षित करना होगा। यह एक नया मनोविज्ञान है जिसे हमें विकसित करना है। यह कोई सिद्धान्तात्मक ज्ञान का बिषय नहीं है। यह बुद्धि की शिक्षा की अपेक्षा हृदय और कल्पना की शिक्षा अधिक है। यह एक नई भावना या आचार की शिक्षा है। क्रान्तिकारी समस्या को आवश्यकता से अधिक सरल रूप में देखता है। संगार की बुराइयों को व्यक्ति के आत्म से बाहर की वस्तु माना जाता है। यदि बुराई कहीं सशरीर (मूर्तिमान) है, तो वह दूसरे लोगों में, वर्ग या जाति में, समाज या राष्ट्र में है। यंत्रजात (मशीनरी) के अतिरिक्त अन्य किसी वस्तु में परिवर्तन नहीं किया जाना है। परन्तु हमें उस यंत्रजात का उपयोग करने की उपयुक्त मनोदशा उत्पन्न करनी होगी। हमें प्रजातंत्र का विकास एक मनःस्थिति के रूप में, एक जीवन-शैली के रूप में करना होगा। विश्व-भ्रातृत्व का जन्म केवल तभी हो सकता है, जब हम पहले अपने अन्दर संघ-भाव उत्पन्न कर लें। यही धर्म के करने का काम है।

3 | हिन्दू धर्म

हिन्दू सभ्यता—आध्यात्मिक मान्यताएं—धर्म की धारणा—धर्म के स्रोत—परिवर्तन के सिद्धान्त—धार्मिक संस्थाएं—जाति और अस्पृश्यता—संस्कार

हिन्दू सभ्यता

जहां अन्य सभ्यताएं नष्ट हो गईं, या उन परिवर्तनों में विलीन हो गईं, जो पिछले पांच हज़ार वर्षों के काल-प्रवाह में होते रहे, वहां भारतीय सभ्यता, जो मिस्र और बेबीलोन की सभ्यताओं की समकालीन है, अब भी कार्य कर रही है। हम यह नहीं कह सकते कि यह अपनी मंज़िल पूरी कर चुकी है या अब इसका अन्त निकट है। भारतीय जीवन के कुछ पहलुओं को देखकर ऐसा प्रतीत हो सकता है कि भारत मृत मान्यताओं और क्षीण होती हुई परम्पराओं का देश है। परन्तु हमारे यहां क्रान्तदर्शी आत्माएं हैं, जो क्षीणता पर से पर्दा हटाने के लिए और सीधे-सादे सत्यों की फिर दृढ़ता से घोषणा करने के लिए कटिबद्ध हैं। इससे उसकी जीवनी शक्ति का पता चलता है। उन लोगों की दृष्टि में, जिनके मन में उन्नति की धारणा उन अनगिनत परिवर्तनों के रूप में ही बनी हुई है, जो अनन्त परम्परा में एक के पीछे एक आते-जाते हैं, भारतीय संस्कृति का डटे रहना एक ऐसा तत्त्व है, जिसके स्पष्टीकरण की आवश्यकता है। किस विचित्र सामाजिक कीमियागरी से भारत ने अपने विजेताओं को वश में कर लिया और उन्हें रूपान्तरित करके अपना आत्म और सार ही बना लिया? इतने सामाजिक देशांतर गमनों (प्रवसनों) में, उथल-पुथलों और राजनीतिक परिवर्तनों में, जिन्होंने अन्यत्र समाज का रूप ही बदल डाला है, वह कैसे लगभग ज्यों की त्यों बनी रही? इसका क्या कारण है कि उसके विजेता अपनी भाषा, अपने विचार और प्रथाएं उस पर लाद पाने में सफल नहीं हुए; यदि थोड़ी-बहुत सफलता मिली भी, तो बिलकुल छिछली और ऊपरी ढंग की? भारत को अपने इस जीवन-उद्देश्य में जो सफलता मिली है, वह बल के प्रयोग से या आक्रमणात्मक गुणों के विकास से नहीं मिली। क्या भारत और चीन के भाग्य प्रकृति के उस सामान्य नियम के दृष्टान्त नहीं हैं, जिनके द्वारा तलवार जैसे दांतोंवाली व्याघ्र जातियों के सदस्य तो घटकर बहुत कम रह गए हैं, जबकि प्रतिरोध न करनेवाली भेड़ें बहुत बड़ी संख्या में सुरक्षित बची रही हैं?

हिन्दुत्व किसी जातीय तथ्य पर आधारित नहीं है। यद्यपि हिन्दू सभ्यता का मूल वैदिक आर्यों के आध्यात्मिक जीवन में है और उसके मूल के चिह्न अभी तक लुप्त नहीं हुए हैं, फिर भी इसने द्रविड़ों तथा यहां के अन्य निवासियों के सामाजिक जीवन से इतना कुछ ग्रहण किया है कि

आधुनिक हिन्दुत्व में से वैदिक और वैदिक-भिन्न तत्वों को सुलझाकर अलग-अलग कर पाना कठिन है। इसके भाष्य बहुत जटिल, सूक्ष्म और अविच्छिन्न होते रहे हैं। जिन विभिन्न समुदायों ने हिन्दू धर्म को ग्रहण कर लिया था, वे अपने आसपास के समाज के स्तर तक उठ आए, उन्होंने हिन्दू धर्म की भावना की शिक्षा ली, इसके रंग में रंग गए और इसकी उन्नति में योग दिया। रामायण और महाभारत महाकाव्यों में हिन्दू आदर्शों के प्रसार का वर्णन है, हालांकि उनमें इतिहास के तथ्य किम्वदन्तियों की धुंध में छिप-से गए हैं। जब तक यह प्रसार भारत के अधिकांश भागों में प्रभावी हो पाया, तब तक वैदिक मान्यताओं की दुनिया ही बदल चुकी थी। यज्ञ जैसी पुरानी संस्थाओं की निन्दा होने लगी थी और भक्ति-भावना का एक नया ज्वार वातावरण पर छाता जा रहा था। हिन्दुत्व का क्षेत्र उस भौगोलिक प्रदेश तक ही सीमित नहीं है, जिसे भारत कहा जाता है। प्राचीन काल में इसका प्रभाव चम्पा, कम्बोडिया, जावा और बाली तक फैला। ऐसा कोई कारण नहीं कि जो इसके पृथ्वी के दूरतम भागों तक फैलने में बाधक हो। भारत एक परम्परा, एक भावना, एक प्रकाश है। उसकी भौतिक और आत्मिक सीमाएं एक नहीं पृथक्-पृथक हैं।

हिन्दुत्व विचार और महत्त्वाकांक्षाओं का एक सजीव और स्वयं जीवन की गतियों के साथ गति करता हुआ उत्तराधिकार है; एक ऐसा उत्तराधिकार, जिसमें भारत की प्रत्येक जाति ने अपना सुस्पष्ट और विशिष्ट योग दिया है। इसकी संस्कृति में एक खास तरह की एकता है, यद्यपि वह एकता जांच करने पर विभिन्न रंगों और अभावों में विलीन हो जाती हैं। यद्यपि मनन के अरुणोदय काल से ही एकता का स्वप्न इस भूमि पर मंडराता रहा है, और नेताओं की कल्पना में आता रहा है, फिर भी मतभेद पूरी तरह समाप्त नहीं हो पाए हैं। भारतीय समाज की वर्तमान दशा को सुधारने के लिए, समय के महत्त्व के उपयुक्त इसके जीवन को नया रूप देने के लिए हमें इसकी आत्मा को, जो हमें उत्तराधिकार से अपने खून में मिली है, उन अलौकिक आदशों को; उन वस्तुओं को, जो हमारे अस्तित्व की गहराइयों में चिरंतन सम्भावनाओं के रूप में पड़ी हैं, नये सिरे से खोज निकालना होगा। हमारी मान्यताएं नहीं बदलतीं; परन्तु उन्हें व्यक्त करने के ढंग और साधन बदल जाते हैं। भारत आध्यात्मिक मान्यताओं को अन्य मान्यताओं की अपेक्षा कहीं अधिक महत्त्व देता है।

आध्यात्मिक मान्यताएं

आत्मिक अनुभव का प्रारम्भ ही यह मान लेने से होता है कि संसार, जिस रूप में इस समय है, असन्तोषजनक है और मानव-स्वभाव, जैसा इस समय है, आदर्श से दूर है। परन्तु मनुष्य के भाग्य में इस अपूर्णता से घबराकर भाग खड़े होना नहीं लिखा, अपितु उसे तो इसका प्रयोग सुधार के लिए प्रेरणा के रूप में करना है। अज्ञान और अपूर्णता ऐसे पाप नहीं हैं, जिन्हें हमें हटाकर परे कर देना हो, अपितु ठीक ऐसी दशाएं हैं, जिनमें आत्मा प्रकट हो सकती है। हमारी सीमित चेतना का उपयोग उच्चतर, असीम आत्म-अस्तित्व और परम आनन्द की प्राप्ति के लिए प्रारम्भ के रूप में किया जाना है। सीमित और असीम, अपूर्ण और पूर्ण परस्पर चिर-विरोधी नहीं हैं। यहां तक कि अद्वैत वेदान्त भी केवल इतना नहीं कहता कि सत्य और माया में विरोध है, अपितु यह भी कहता है कि ब्रह्म यहां है और हर वस्तु में है और यह कि यह सब वह (ब्रह्म) ही है। ब्रह्मज्ञानी इस संसार

में चलता-फिरता और काम करता है, फिर भी वह शान्ति और स्वतन्त्रता में निवास करता है। इस संसार में जिस सौन्दर्य और पूर्णता की व्यंजना होती है, उसके लिए हमें परलोक की ओर ताकने की आवश्यकता नहीं है। आध्यात्मिक मुक्ति का स्थान यह संसार ही है।[1] ब्रह्मांडीय प्रक्रिया किसी एक ही तत्त्व की पुनरावृत्ति-मात्र नहीं है, अपितु एक आगे की ओर गति है, मूल अचेतना की दशा से अधिक और अधिक विकसित चेतना की ओर निरंतर उन्नति। अभी हमारे सामने ऐसी बहुत-सी आध्यात्मिक संभावनाएं हैं, जिन तक हम पहुंच नहीं पाए हैं। तैत्तिरीय उपनिषद्, जिसमें इस क्रमिक उन्नति की बात कही गई है, उस अपूर्ण मानसिक अस्तित्व पर ही, जिसे मनुष्य कहा जाता है, बस नहीं कर देती। विज्ञान या मानवीय बुद्धि आध्यात्मिक विकास का अंतिम सोपान नहीं है। इससे भी अधिक बड़ी एक और चेतना है, जिसकी विशेषता है असीम आत्म-अस्तित्व, आनन्द की विशुद्ध चेतनता और स्वतन्त्रता, जो अन्तर्वासी 'दिव्य' (ब्रह्म) को अंशतः और अपूर्णतया नहीं, अपितु समूचे तौर पर और प्रतिबंधहीन रूप से मुक्त कर देती है। अचेतन भौतिक तत्त्व (अन्न) के जगत् से, जीवन (प्राण), मन (मनः) और बुद्धि (विज्ञान) के जगतों में से होते हुए सत्, चित् और आनन्द की ओर विकासात्मक उन्नति अपने-आप या किसी मन की मौज अनुसार नहीं हो रही, अपितु दिव्य (ब्रह्म) की प्रेरणा से ही हो रही है। मानव मन की अपेक्षा कहीं अधिक बड़ी चेतना की ओर क्रमिक आत्मिक उन्नति अपने-आप में दिव्य गतिविधि की अभिव्यक्ति है। सांसारिक जीवन अन्तिम लक्ष्य से ध्यान विचलित करनेवाला नहीं है, अपितु अन्तिम लक्ष्य को प्राप्त करने का साधन है। मानवीय जीवन को अशोभन नहीं समझा जाना चाहिए।[2] मानवीय इच्छाएं ही वे साधन हैं, जिनके द्वारा आदर्श वास्तविक बनता है। यह संसार कोई भूल या भ्रम नहीं है, जिसे आत्मा द्वारा दूर किया जाना हो, अपितु यह तो आत्मिक विकास का एक दृश्य है, जिसके द्वारा भौतिक तत्त्व में से दिव्य चेतना आविर्भूत हो सकती है। शंकराचार्य की दृष्टि में सम्पूर्ण ब्रह्माण्डीय प्रक्रिया का लक्ष्य आध्यात्मिक अनुभव (अवगति) ही है।[3] अनिश्चित अस्तित्व को ऊंचा उठाकर असीम महत्त्व तक पहुंचाया जा सकता है। "शाश्वतता का प्रेम काल द्वारा उत्पन्न की गई वस्तुओं के साथ है।" "परमात्मा स्वर्ग का स्वामी है, परन्तु उसे भी लोभ पृथ्वी का ही है।"

परन्तु 'परम' से इस प्रकार का वियोग, यह पार्थक्य और कष्ट तथा दुःख में से होकर प्रायश्चित्त की ओर यह गति किसलिए होनी चाहिए? 'अहं' भाव को 'दिव्य' (ब्रह्म) के साथ एकता स्थापित करने की अपेक्षा अपना लक्ष्य आत्म-प्रकथन (ज़ोर देकर कहना) को बनाना क्यों अधिक पसन्द करना चाहिए? यह सब कष्ट और अज्ञान, यह सब टटोल और संघर्ष किसलिए है? अपूर्णता की ओर से पूर्णता की ओर यह गति किसलिए है? क्या यह किसी

---

1. मोक्षाय ते संसारः
2. उपभोगैरपि त्यकतं नात्मानं सादयेन्नरः
   चाण्डालत्वेपि मानुष्यं सर्वथा तात शोभनम्।
3. भगवद्गीता के अध्याय 9, श्लोक 10 का भाष्य करते हुए वह लिखता है :
   "जगतः सर्वा प्रवृत्तिः...अवगतिनिष्ठा, अवगत्यवसानैव।"

मनमौजी ब्रह्म की निरंकुश इच्छा है? हम यह नहीं कहते कि ब्रह्म संसार के परे है; वह संसार के पीछे भी है। वह संसार को अपनी एकता से संभाले हुए है और हमें इस द्वैध का सामना करने के लिए सहारा दे रहा है। यह ब्रह्माण्ड मानवीय स्वतंत्रता के प्रयोग द्वारा, जिसके साथ उसके सब परिणाम, संकट और कठिनाई, कष्ट और अपूर्णता, जुड़े हुए हैं आध्यात्मिक एकता की महान संभावना को निरन्तर प्रयत्न करके सत्य बना रहा है। एकदम अपरिष्कृत प्रारंभ से यह सारी कठिन चढ़ाई किसलिए है? शाश्वत से यह पृथकता, चिरस्थायी से यह द्वैध किसने उत्पन्न किया है? ब्रह्म ने यह विशिष्ट योजना किसलिए चलने दी है, इस बात को हम तभी समझ सकेंगे, जब हम सीमित बोध की रोक को पार कर जाएंगे और वस्तुओं को उस 'सर्वोच्च तादात्म्य' द्वारा देख सकेंगे, जो पार्थिव प्रक्रिया के पीछे निहित है। जहां हम हैं, वहां से तो हम केवल यही कह सकते हैं कि यह रहस्य (माया) है, या ब्रह्म की इच्छा है, या उसकी सृजनशील शक्ति की अभिव्यक्ति है। 'माया' का यह अभिप्राय नहीं है कि यह संसार एक निरर्थक भ्रम है, सिर्फ धुआं ही धुआं, जिसमें आग है ही नहीं। मानव-जीवन का लक्ष्य रेखा को पार करना है, अपर्याप्तता और अज्ञान से ऊपर उठकर पूर्णता और बुद्धिमत्ता तक पहुंचना है। यह है मोक्ष या अधिचेतना (सुपरकांशसनेस) के प्रकाश में मुक्ति। यह परम पुरुषार्थ है, जीवन का सर्वोच्च लक्ष्य; और इस तक पहुंचने का साधन धर्म है। मोक्ष या मुक्ति को यहीं और अभी इस पृथ्वी पर ही, मानवीय सम्बन्धों द्वारा प्राप्त करना है। यदि आध्यात्मिक विचारों को विजयी होना हो, तो वे केवल संस्थाओं में मूर्त होकर ही विजयी हो सकते हैं। वे गम्भीर विधियां, जो किशोरावस्था की प्राप्ति को, विवाहों के आशीर्वादों को, और मृतकों की अन्त्येष्टि को पवित्र बनाती हैं, सारतः पूजा की क्रियाएं हैं। इस दृश्य जगत् की प्रत्येक वस्तु अदृश्य वास्तविकता की प्रकाशन बन सकती है। हम जितने भी कर्म करते हैं, वे सब ईश्वरोन्मुख जीवन के प्रति निर्देश के कारण पवित्र हो जाते हैं।

धर्म की धारणा

जिन सिद्धान्तों का हमें अपने दैनिक जीवन में और सामाजिक सम्बन्धों में पालन करना है, वे उस वस्तु द्वारा नियत किए गए हैं, जिसे धर्म कहा जाता है। यह सत्य का जीवन में मूर्त रूप है, और हमारी प्रकृति को नये रूप में ढालने की शक्ति है।

जीवन के इतिहास में मानवीय मस्तिष्क एक नवीन सृष्टि है। इसमें अपने-आपको परिस्थितियों के अनुकूल ढाल लेने की एक विशिष्ट क्षमता है। इसके द्वारा मनुष्य अनुभव से और अपनी स्मृति में भरे पाठों के भंडार से सीख पाने में समर्थ होता है। मानवीय इतिहास और प्राकृतिक इतिहास में अन्तर यह है कि इनमें से पहला फिर से शुरू नहीं हो सकता। निम्नतर प्राणियों की जातियां अपने वंश-परम्परा से प्राप्त उपस्कर (उपकरण, साधन) द्वारा ही या तो बची रही है या समाप्त हो जाती हैं। वे सीख बहुत ही कम पाती हैं। कोहलर तथा अन्य विज्ञानवेत्ताओं ने यह बताया है कि चिम्पांज़ी और ओरांग-उटांग का मनुष्य से भेद बुद्धि के कारण नहीं, अपितु स्मृति-शक्ति के कारण है। पशु जो भी जीवन बिताते हैं, उसे भूलते जाते हैं और अनुभव से

बहुत ही कम काम करते हैं। आज का बाघ ठीक वैसा ही है, जैसा अब से छः हज़ार वर्ष पूर्व का बाघ था। उनमें से प्रत्येक बाघ अपना जीवन ठीक इस प्रकार प्रारम्भ से ही शुरू करता है, जैसे उससे पहले कभी कोई बाघ हुआ ही नहीं। परन्तु मनुष्य अपने अतीत को याद रखता है और उसका उपयोग वर्तमान में करता है। नीत्शे का कथन है कि मनुष्य सबसे लम्बी स्मृति-शक्तिवाला प्राणी है। वह स्मृति ही उसका एक अनोखा खज़ाना है, उसका वैशिष्ट्य-द्योतक चिह्न है, विशेषाधिकार है। उसके जीवन में सहज-प्रवृत्तिक प्रतिभावनों की पूर्ति अधिगत (प्राप्त की हुई) आदतों से होती रहती है। प्राकृतिक शीलों के ऊपर एक मानसिक ऊपरी ढांचा थोप दिया जाता है। मनुष्य एक ऐसा प्राणी है, जिसे सिखाया-पढ़ाया जा सकता है और जो समाज द्वारा नियन्त्रित रहता है। हमारी वेश-भूषा, हमारा खान-पान और हमारा रहन-सहन सब सामाजिक उपजें हैं, जिन्हें हमने प्रशिक्षण द्वारा प्राप्त किया है। हमारी सहजवृत्तियां सुघट्य (जिसे किसी भी रूप में ढाला जा सके) कच्चा माल हैं, और हमारी संस्कृति खाका और पद्धति प्रस्तुत कर देती है। हम विवेक या सहजवृत्ति से चलनेवाले कम और आदत से चलनेवाले प्राणी अधिक हैं। हमारा आचरण मानवीय स्वभाव के मूल मनोवेगों का परिणाम नहीं, अपितु कृत्रिम मानसिक कारणों का परिणाम होता है। प्रथा की हमारे कार्यों को नियंत्रित और मर्यादित रखने की शक्ति सार्वभौम है। हमें अन्धा बना देने की उसकी शक्ति इतनी अधिक है कि सहसा विश्वास नहीं होता। हम उन अन्यायों या क्रूरताओं को देखकर चकित रह जाते हैं, जिन्हें हम प्रमाणित करते हैं या जिनके साथ हम सहमत हो चुके होते हैं। यदि हमें ज़ोरदार सुझाव दिए जाएं और उन्हें नैतिक बाना पहना दिया जाए, जिससे हममे सहमति की मनोवृत्ति उत्पन्न हो जाए, तो हमसे कुछ भी करवाया जा सकता है। दास-प्रथा, शिशु-हत्या, धर्म-परीक्षण-समितियां (धार्मिक क्रूर न्यायालय), जादूगरनियों को जीते-जी जलाना, सबके सब किसी समय मानवीय गौरव के लिए सम्माननीय माने जाते थे, जैसेकि युद्ध आज भी माने जाते हैं।

धर्म की धारणा के अन्तर्गत हिन्दू उन सब अनुष्ठानों और गतिविधियों को ले आता है, जो मानवीय जीवन को गढ़ती और बनाए रखती हैं। हमारे पृथक्-पृथक् हित होते हैं, विभिन्न इच्छाएं होती हैं और विरोधी आवश्यकताएं होती हैं, जो बढ़ती हैं और बढ़ने की दशा में ही परिवर्तित भी हो जाती हैं। उन सबको घेर-घारकर एक समूचे रूप में प्रस्तुत कर देना धर्म का प्रयोजन है। धर्म का सिद्धांत हमें आध्यात्मिक वास्तविकताओं को मान्यता देने के प्रति सजग करता है, संसार से विरक्त होने के द्वारा नहीं, अपितु इसके जीवन में, इसके व्यवसाय (अर्थ) और इसके आनन्दों (काम) में आध्यात्मिक विश्वास की नियन्त्रक शक्ति का प्रवेश कराने के द्वारा। जीवन एक है और इसमें पारलौकिक (पवित्र) और ऐहिक (सांसारिक) का कोई भेद नहीं है। भक्ति और मुक्ति एक-दूसरे की विरोधी नहीं हैं।[1] धर्म, अर्थ और काम साथ ही रहते

---

1. तुलना कीजिए : महापरिनिर्वाण तन्त्र,
श्रुतं बहुविधं धर्मम् इहामुत्र सुखप्रदम्,
धर्मार्थकामदं विघ्नहरं निर्वाणकारणम्।

हैं।[1] दैनिक जीवन के सामान्य व्यवसाय सच्चे अर्थों में भगवान की सेवा हैं। सामान्य कृत्य भी उतने ही प्रभावी हैं जितनी कि मुनियों की साधना। हिन्दू तपस्या को बहुत ऊंचा नहीं बताता और न जीवन के सुखों के निष्प्रयोजन परित्याग की ही बहुत प्रशंसा करता है। शारीरिक कल्याण मानवीय कल्याण का अत्यावश्यक अंग है।[2] आनन्द अच्छे जीवन का एक अंग है। आनन्द इन्द्रियग्राह्य भी है और आत्मिक भी। धूप का आनन्द लेना, संगीत सुनना या कोई नाटक पढ़ना, इन्द्रियग्राह्य और आत्मिक दोनों ही हैं। आनन्द अपने-आपमें कोई निन्दनीय वस्तु नहीं है।

इसी प्रकार आर्थिक उपादान (साधन) भी मानव-जीवन का एक अत्यावश्यक तत्त्व है। सम्पत्ति में स्वतः कोई पाप नहीं है, ठीक वैसे ही जैसे गरीबी में स्वतः कोई पुण्य नहीं है। किसी व्यक्ति के अपनी सम्पत्ति को बढ़ाने के प्रयत्नों को बुरा नहीं कहा जा सकता; पर यदि किसी एक के सम्पत्ति जमा करने के प्रयत्नों से दूसरे लोगों को आर्थिक या नैतिक हानि पहुंचती है, तो अवश्य यह प्रश्न उठ खड़ा होता है कि क्या ऐसे उपायों से ऐसी सम्पत्ति एकत्रित करना, जिसके परिणाम ऐसे हों, भला है या नहीं? हिन्दू आचारशास्त्र (संहिता) का आग्रह है कि उद्देश्य वैयक्तिक लाभ न होकर समाज-सेवा होना चाहिए। जीवन के विभिन्न मूल्यों की साधना समान रूप से होनी चाहिए; एक को गवांकर दूसरे की नहीं।[3] भवभूति हमें बताता है कि "दर्शन का ज्ञान इसीलिए अच्छा माना जाता है, क्योंकि उससे सत्य का ठीक-ठीक निश्चय हो जाता है; सम्पत्ति की इच्छा केवल इसलिए की जाती है कि इससे सामाजिक, आर्थिक और धार्मिक कर्तव्यों और ज़िम्मेदारियों को पूरा करने में सहायता मिलती है; और विवाह को इसलिए अच्छा माना जाता है कि वह उत्तम संतान उत्पन्न करने का साधन है।"[4] रघुवंश में कालिदास भी उन्हीं पुरुषों को आदर्श मानता है, "जो सम्पत्ति का संचय दान करने के लिए करते थे, जो सत्यभाषी रहने के लिए थोड़ा बोलते थे, जो यश के लिए विजय करना चाहते थे, और जो सन्तान के लिए विवाह करते थे।"[5] हमसे अपेक्षा की जाती है कि हम धूल के प्रत्येक कण को मधुर मधु बना

---

1. इस प्रश्न का कि,
   धर्मश्चार्थश्च कामश्च परस्परविरोधिनः
   एषां नित्यविरुद्धानां कथमेकत्र सङ्गमः ;
   यह उत्तर दिया गया है,
   यदा धर्मश्च भार्या च परस्परवशानुगौ
   तदा धर्मार्थकामानां त्रयाणामाप सङ्गमः।
2. शरीरं धर्मसर्वस्वं रक्षणीयं प्रयत्नतः।
3. धर्मार्थकामः समम् एव सेव्यः
   यो हि एकासक्तः स जनो जघन्यः।
4. ते श्रोत्रियास्तत्त्व विनिश्चयाय भूरिश्रुतं शाश्वतमाद्रियन्ते
   इष्टाय पर्ताय च कर्मणेर्थान् दारानपत्याय तपोर्थमायुः।
   —मालतीमाधव 1.5
5. त्यागाय संभृतार्थानां सत्याय मितभाषिणाम्
   यशसे विजिगीषूणां प्रजायै गृहमेधिनाम्।—1-7

डालें।[1] कला और संस्कृति, वाणिज्य और उद्योग में देश की उन्नति बहुत हो चुकी थी। दिल्ली अशोक-स्तम्भ में जिस इस्पात का उपयोग किया गया है, उसकी विशेषताएं आज भी संसार के इस्पात-उद्योगों के लिए आश्चर्य की वस्तु हैं। सम्पत्ति और आनन्द धर्मपरायणता और पूर्णता के विरोधी नहीं हैं। यदि उनकी साधना केवल उनके अपने लिए की जाए, तो वे ठीक नहीं हैं; पर यदि उन्हें आत्म-कल्याण और सामाजिक हित के लिए स्वीकार किया जाए, तो वे अवश्य ही ग्रहण करने योग्य हैं।

धर्म शब्द अनेक अर्थों की दृष्टि से महत्वपूर्ण है। यह 'धृ' धातु से (बनाए रखना, धारण करना, पुष्ट करना)[2] बना है। यही वह मानदण्ड है, जो विश्व को धारण करता है, किसी भी वस्तु का वह मूल तत्त्व, जिसके कारण वह वस्तु वह है। वेदों में इस शब्द का प्रयोग धार्मिक विधियों के अर्थ में किया गया है। छान्दोग्य उपनिषद् में धर्म की तीन शाखाओं (स्कन्धों) का उल्लेख किया गया है, जिनका सम्बन्ध गृहस्थ, तपस्वी, ब्रह्मचारी के कर्तव्यों से है।[3] जब तैत्तिरीय उपनिषद् हमसे धर्म का आचरण[4] करने को कहता है, तब उसका अभिप्राय जीवन के उस सोपान के कर्तव्यों के पालन से होता है, जिसमें कि हम विद्यमान हैं। इस अर्थ में 'धर्म' शब्द का प्रयोग भगवद्गीता और मनुस्मृति, दोनों में हुआ है। एक बौद्ध के लिए धर्म बुद्ध और संघ, या समाज, के साथ-साथ 'त्रिरत्न' (तीन रत्न) में से एक है। पूर्वमीमांसा के अनुसार धर्म एक वांछनीय वस्तु है, जिसकी विशेषता है प्रेरणा देना।[5] वैशेषिक सूत्रों में धर्म की परिभाषा करते हुए कहा गया है कि जिससे आनन्द (अभ्युदय) और परमानन्द (निःश्रेयस) की प्राप्ति हो, वह धर्म है।[6] अपने प्रयोजन के लिए हम धर्म की परिभाषा इस प्रकार कर सकते हैं कि यह चारों वर्णों के और चारों आश्रमों के सदस्यों द्वारा जीवन के चार प्रयोजनों (धर्म, अर्थ, काम, मोक्ष) के सम्बन्ध में पालन करने योग्य मनुष्य का समूचा कर्तव्य है। जहां सामाजिक व्यवस्था का सर्वोच्च लक्ष्य यह है कि मनुष्यों को आध्यात्मिक पूर्णता और पवित्रता की स्थिति तक पहुंचने के लिए प्रशिक्षण दिया जाए, वहां इसका एक अत्यावश्यक लक्ष्य, इसके सांसारिक लक्ष्यों के कारण, इस प्रकार की सामाजिक दशाओं का विकास करना भी है, जिनमें जन-समुदाय नैतिक, भौतिक और बौद्धिक जीवन के ऐसे स्तर तक पहुंच सके, जो सबकी भलाई और शान्ति के अनुकूल हो; क्योंकि ये दशाएं प्रत्येक व्यक्ति को अपने जीवन और अपनी स्वतन्त्रता को अधिकाधिक वास्तविक बनाने में सहायता देती हैं।

धर्म का मूल सिद्धान्त है मानवीय आत्मा के गौरव को प्राप्त करना, जो भगवान का निवास स्थान है। "सब धर्मों का सर्वस्वीकृति मूल सिद्धान्त यह ज्ञान ही है कि परमात्मा प्रत्येक जीवित

1. मधुमत् पार्थिवं रजः।
2. तुलना कीजिए : धारणात् धर्ममित्याहुः धर्मेण विधृताः प्रजाः।
3. त्रयो धर्मस्कन्धाः।—2-23
4. धर्म चर।—1-11
5. चोदनालक्षणार्थो धर्मः।
6. यतोभ्युदयनिश्रेयससिद्धिः स धर्मः।

प्राणी के हृदय में निवास करता है।"[1] "समझ लो कि धर्म का सार यही है और फिर इसके अनुसार आचरण करो; दूसरो के प्रति वैसा व्यवहार मत करो, जैसा तुम नहीं चाहते कि कोई तुम्हारे साथ करे।"[2] "हमें दूसरों के प्रति ऐसा कुछ नहीं करना चाहिए, जो यदि हमारे प्रति किया जाए, तो हमें अप्रिय लगे। यही धर्म का सार है; शेष सारा बर्ताव तो स्वार्थपूर्ण इच्छाओं से प्रेरित होता है।"[3] हमें दूसरों को अपने जैसा ही समझना चाहिए। "जो अपने मन, वचन और कर्म से निरन्तर दूसरों के कल्याण में लगा रहता है और जो सदा दूसरों का मित्र रहता है, ओ जाजलि, वह धर्म को ठीक-ठीक समझता है।"[4] सब प्राणियों के प्रति मन, वचन और कर्म द्वारा अद्वेष, सद्भावना और दान, इन्हें सबके लिए आवश्यक गुण[5] बताया गया है। स्वतंत्रता या मुक्ति अनुशासन द्वारा ही होती है।[6] दूसरे शब्दों में, हमारे सामाजिक जीवन को इस ढंग से चलाया जाना चाहिए, जिससे उसके प्रत्येक सदस्य का एक व्यक्ति के रूप में जीने का, काम करने का और जीवन में उन्नति करने का अधिकार प्रभावी रूप से स्वीकार कर लिया जाए। यह पवित्र की गई गतिविधि है। व्यक्ति के जीवन का सार उसे सामाजिक अनुष्ठानों से परे ले जाता है, हालांकि उसे उन अनुष्ठानों की आवश्यकता है। सामाजिक जीवन हमारी भवितव्यता में एक गति है, अन्तिम छोर नहीं। इसकी दशा सदा तनाव और गति की ही रहती है। एक इस प्रकार का अविराम प्रयत्न चलता रहता है कि किन्हीं भी दी हुई दशाओं के सम्बन्ध में अस्तित्व के सामान्य स्तर को जितना संभव हो, अधिक से अधिक ऊंचा उठाया जाए। हिन्दू धर्म हमारे सम्मुख नियमों और विनियमों का एक कार्यक्रम प्रस्तुत करता है और यह अनुमति देता है कि

---

1. भगवान् वासुदेवो हि सर्वभूतेष्ववस्थितः
   एतज्ज्ञानं हि सर्वस्य मूलं धर्मस्य शाश्वतम्।
2. श्रूयतां धर्मसर्वस्वं श्रुत्वा चैवावधार्यताम्,
   आत्मनः प्रतिकूलानि परेषां न समाचरेत्।
   तुलना कीजिए : आपस्तम्ब ; आत्मवत् सर्वभूतानि यः पश्यति सः पश्यति।
3. न तत् परस्य समादध्यात् प्रतिकूलं यदात्मनः,
   एष सामासिको धर्मः कामादन्यः प्रवर्तते।
4. सर्वेषां यः सुहृन्नित्यं सर्वेषां च हिते रतः,
   कर्मणा मनसा वाचा, स धर्मं वेद जाजले।—शान्तिपर्व 261-9
   साथ ही तुलना कीजिए,
   सर्वशास्त्रमयी गीता सर्ववेनमयो हरिः,
   सर्वतीर्थमयी गंगा सर्वधर्ममयी दया।
5. अद्रोहः सर्वभूतेषु कर्मणा मनसा गिरा,
   अनुग्रहश्च दानं च सतां धर्मः सनातनः।
6. वेदस्योपनिषद् सत्यं, सत्यस्योपनिषद् दमः,
   दमस्योपनिषन्मोक्षः, एतत् सर्वानुशासनम्।
   साथ ही तुलना कीजिए,
   नाहं शप्तः प्रतिशपामि किञ्चित् दमं द्वारं ह्यमृतस्येह वेद्मि,
   गुह्यं ब्रह्म तदिदं ब्रवीमि न मानुषात् श्रेष्ठतरं हि किञ्चित्

उनमें निरन्तर परिवर्तन किया जा सकता है। धर्म के नियम अमर विचारों के मरणशील शरीर की भांति हैं, और इसलिए उनमें परिवर्तन किए जा सकते हैं।

धर्म के स्रोत

धर्म के स्रोत ये हैं : (1) श्रुति या वेव, (2) स्मृति और स्मृति को जाननेवालों का व्यवहार, (3) धर्मात्मा लोगों का आचरण और (2) व्यक्ति का अपना अन्तःकरण।[1]

वेद हिन्दू धर्म का मूल आधार है।[2] वेद के शब्द सरल, महत्त्वपूर्ण और प्राचीन हैं; ये श्रद्धा और भक्ति से, विश्वास और निश्चय से भरे हुए हैं। उनमें मनुष्य की शाश्वत आशाएं और सान्त्वनाएं घनीभूत हैं। उन ऋषियों की गम्भीरता को हृदयंगम कर पाना भी कठिन है, जिनके होंठों से पहले-पहल यह प्रार्थना निकली थी, "अवास्तविकता से हटाकर मुझे वास्तविकता की ओर ले चलो; अन्धकार से हटाकर मुझे प्रकाश की ओर ले चलो; मृत्यु से हटाकर मुझे शाश्वत जीवन की ओर ले चलो।"[3] वैदिक सूक्तियां अपनी व्यंजना की दृष्टि से अनन्त हैं।[4] हारीत का कथन है कि श्रुति के अन्तर्गत वेद और तन्त्र दोनों ही हैं।[5] हिन्दू धर्म के अन्तर्गत कुछ सम्प्रदाय ऐसे भी हैं, जो वेद को प्रमाण नहीं मानते। मेधा-तिथि कहता है, "इस प्रकार सब विदेशी सम्प्रदाय, जैसे भोजक, पंचरात्रिक, निर्ग्रन्थ, अनर्थवादी, पाशुपत तथा अन्य सम्प्रदाय यह मानते हैं कि महापुरुषों ने और उन विशिष्ट देवताओं ने, जिन्होंने उन मतों का प्रवर्तन किया, उन मतों में निहित सत्य का सीधे प्रत्यक्ष रूप से ज्ञान प्राप्त किया है और उनका विचार है कि धर्म का उद्गम वेद नहीं हैं।"[6]

वेदों में धर्म का कोई सुव्यवस्थित विवरण नहीं है। उनमें आदर्शों की ओर संकेत हैं और कुछ व्यवहारों का उल्लेख है। आचरण के उदाहरणों से भिन्न, नियम और आदेश स्मृतियों और धर्मशास्त्रों में प्राप्त होते हैं; स्मृति और धर्मशास्त्र व्यवहारतः पर्यायवाची ही हैं। स्मृति का शब्दार्थ उस वस्तु की ओर संकेत करता है, जो वेदों के अध्ययन में निष्णात ऋषियों को याद रह गई थी। स्मृति का कोई भी नियम, जिसके लिए कोई वैदिक सूत्र ढूँढ़ा जा सके, वेद की ही भांति प्रामाणिक बन जाता है। यदि कहीं श्रुति और स्मृति में विरोध हो, तो वहां श्रुति को प्रामाणिक स्वीकार किया जाएगा।[7]

---

1. वेदोऽखिलो धर्ममूलं, स्मृतिशीले च तद्विदाम्,
आचारश्चैव साधूनां आत्मनस्तुष्टिरेव च।
2. श्रुतिप्रमाणको धर्मः।—हारीत।
3. असतो मा सद् गमय, तमसो मा ज्योतिर्गमय, मृत्योर्मा अमृतं गमय।
4. अनन्ता वै वेदाः।
5. श्रुतिश्च द्विविधा, वैदिकी तान्त्रिकी च। मनु की टीका में कुल्लूक द्वारा उद्धृत, 2-1
6. न वेदमूलमपि धर्मम् अभिमन्यन्ते।—मनु पर टीका, 2-6
7. 'शास्त्रदीपिका,' 1-3-4। कुमारिल लिखता है, "क्योंकि ये स्मृतियां मानवीय रचयिताओं से निकली हैं, और वेदों की भांति शाश्वत नहीं हैं, इसलिए उन्हें स्वतःप्रमाण नहीं माना जा सकता। मनु की स्मृति या अन्य लोगों की स्मृतियां उनके रचयिताओं के स्मरण पर आधारित हैं; और स्मरण की प्रामाणिकता उसके मूल स्रोत की सत्यता पर निर्भर है;

जिस ढंग से अनुशासित (शिष्ट) लोग आचरण करते हैं, वह भी धर्म का एक स्रोत है।[1] यह आशा की जाती है कि भले मनुष्यों का व्यवहार शास्त्रों के आदेशों के अनुकूल ही होगा और इसलिए उसे आचरण के लिए पथप्रदर्शक माना गया है। यह आवश्यक नहीं है कि भले मनुष्य अनिवार्य रूप से ब्राह्मण ही हों। मित्र मिश्र भले शूद्रों (सच्छूद्र) के व्यवहार को प्रामाणिक मानता है। वसिष्ठ के कथनानुसार उन्हें निःस्वार्थ होना चाहिए।[2] स्थानीय प्रथाओं (रिवाजों) को प्रामाणिक[3] माना गया और उनका समावेश सदाचार में कर लिया गया। याज्ञवल्क्य का कथन है, "यदि कोई बात स्मृति-सम्मत भी हो, पर लोग उसे बुरा समझते हैं, तो उसके अनुसार आचरण नहीं करना चाहिए।"[4] बृहस्पति ने घोषणा की कि "प्रत्येक देश, जाति और कुटुम्ब की चिरकाल से चली आ रही प्रथाओं या परम्पराओं को ज्यों का त्यों बनाए रखना चाहिए।"[5] यदि किन्हीं जातियों में बहुपतित्व की प्रथा प्रचलित थी, तो हिन्दू शासकों ने उसमें हस्तक्षेप नहीं किया। नये जीते हुए देश के विषय में चर्चा करते हुए याज्ञवल्क्य कहता है, "उस देश में चाहे जो भी प्रथाएं, कानून और रीति-रिवाज प्रचलित हों, राजा को चाहिए कि उनका पालन पहले की ही भांति होता रहने दे।"[6] परन्तु वह प्रथा अनैतिक या लोकहित-विरोधी न होनी चाहिए। वह सदाचार के अनुकूल होनी चाहिए। गौतम का कथन है कि देशों, जातियों और कुटुम्बों के आचरण के नियम, यदि श्रुति-विरोधी न हों तो, प्रामाणिक हैं।[7] समाज जिस वस्तु को भी अपना लेता है, उसे अपने विचार और कर्म के प्रमुख आदर्श के अनुरूप ढाल लेता है।

श्रेष्ठ व्यक्तियों के व्यवहार के साथ-साथ 'अच्छे अन्तःकरण' को भी धर्म का एक स्रोत स्वीकार किया गया है।[8] याज्ञवल्क्य ने उस वष्तु का उल्लेख किया है, जो अपने-आपको प्रिय लगे और सावधान विचार से उत्पन्न इच्छा हो।[9] यह अनुशासित व्यक्ति का अन्तःकरण है, किसी

परिणामतः किसी भी एक स्मृति को वेदों की भांति स्वतः प्रमाण नहीं माना जा सकता। फिर भी, क्योंकि हम देखते हैं कि वेदों में निष्णात प्रतिष्ठित पुरुषों की एक अविच्छिन्न परस्परा उन्हें प्रमाण मानती आई है, इसलिए हम उन्हें एकदम अविश्वसनीय कह कर अस्वीकृत नहीं कर सकते। इसीलिए उनकी विश्वसनीयता के विषय में अनिश्चितता का भाव उत्पन्न हो जाता है।"—'तन्त्रवार्तिक'

1. महाभारत में एक श्लोक है, जो प्रायः उद्धृत किया जाता है :
   तर्कोप्रतिष्ठः श्रुतयो विभिन्ना नैको मुनिर्यस्य मतं प्रमाणम्,
   धर्मस्य तत्त्वं निहितं गुहायां महाजनो येन गतः स पन्थाः।
2. अकायात्मा—1-6
3. आश्वलायन, 1-7-1; बौधायन, 1-5-3
4. 1-156
5. 2-29-31। तुलना कीजिए,
   देशधर्मान् जातिधर्मान् कुलधर्मांश्च शाश्वतान्,
   पाषाण्डगणधर्मांश्च शास्त्रेस्मिन् उक्तवान् मनुः।
   —'मनुस्मृति', 1-118
6. 1-342-343
7. देशजातिकुलधर्माश्चाम्नायैरविरुद्धाः प्रमाणम्।
8. आत्मसंतुष्टिः।—मनु, 2-6
9. स्वस्य च प्रियमात्मनः सम्यक् संकल्पजः कामो। 2-12; याज्ञवल्क्य, 1-9

उथले व्यक्ति के मन की मौज नहीं। जिस भी वस्तु की हृदय स्वीकृति देता[1] हो, या जिसकी आर्य लोग प्रशंसा करते हों,[2] वह धर्म है। मनु हमें वह कार्य करने को कहता है, जिससे आन्तरिक आत्म को (अन्तरात्मा को) तृप्ति होती हो।[3] जो बात युक्तियुक्त हो, उसे स्वीकार करना चाहिए, फिर चाहे वह किसी बालक ने कही हो, या किसी तोते ने। पर जो बात युक्तियुक्त न हो, वह चाहे किसी वृद्ध ने कही हो, या स्वयं मुनि शुकदेव ने, उसे अस्वीकार ही किया जाना चाहिए।[4]

संकट के समय कर्तव्य के नियमों में अपवाद की भी अनुमति थी। आवश्यकता किसी नियम को नहीं देखती, और प्राण-रक्षा के लिए आपद्धर्म के नियमों के अंतर्गत किसी भी प्रकार का आचरण करने की छूट दी गई है। विश्वामित्र के सामने ऐसा अवसर आया था, जब उसे प्राण बचाने के लिए कुत्ते का मांस चुराना आवश्यक हो गया था और उसने इस चोरी को यह कहकर उचित ठहराया कि जीवित रहना मरने की अपेक्षा अच्छा है। धर्मानुकूल जीने के लिए पहले जीवित रहना आवश्यक है।[5] श्रुति सर्वोच्च प्रमाण है; उसके बाद महत्त्व की दृष्टि से स्मृति या मनुष्य द्वारा बना ली गई परम्परा का स्थान है ; यह उस सीमा तक प्रामाणिक है, जहां तक यह वेद के प्रतिकूल नहीं है ; इसे प्रामाणिकता वेद से ही प्राप्त होती है। व्यवहार या प्रथाएं (आचार) भी विश्वसनीय हैं, यदि वे सुसंस्कृत लोगों द्वारा स्वीकृत हों। व्यक्ति का अपना अन्तःकरण भी प्रामाणिक है।

वेदों को हमारी सब आवश्यकताओं का पहले से ज्ञान नहीं हो सकता था और इसलिए हमें उन लोगों की बुद्धिमत्ता पर भरोसा करना होगा, जो वेदों की भावना से भली भांति परिचित हैं। वेदों में प्रत्येक कल्पना किए जा सकने योग्य मामले के लिए व्यवस्था नहीं की गई है, अपितु कुछ साधारण सिद्धान्त नियत कर दिए गए हैं, जिन्हें हम अपने विवेक और विचार के अनुसार नये मामलों पर भी लागू कर सकते हैं। परिषदों के, या विद्वानों की सभाओं के निश्चयों को भी स्वीकार किया जा सकता है, यदि हमें यह पक्का विश्वास हो कि वे निष्पक्ष हैं। संदिग्ध और विवादग्रस्त मामलों के निर्णय भी उन्हींके द्वारा किए जाते हैं। मनु और पाराशर ने यह नियम बनाया है कि जब लोगों की आदतों में महत्त्वपूर्ण परिवर्तन किए जाते हैं, तब परिषद् बुलाई जानी ही चाहिए। साधारणतया परिषद् में सौ बुद्धिमान ब्राह्मण होने चाहिएं, परन्तु संकट के समय अन्तर्दृष्टिसम्पन्न और जितेन्द्रिय एक ब्राह्मण भी परिषद् के रूप में कार्य कर सकता है।[6] 'स्मृतिचन्द्रिका' का मत

---

1. हृदयेनाभ्यनुज्ञातः। मनु, 2-1
2. यं आर्याः प्रशंसन्ति।—विश्वामित्र
3. 4-161
4. युक्तियुक्तं वचो ग्राह्यं बालादपि शुकादपि,
   युक्तिहीनं वचस्त्याज्यं वृद्धादपि शुकादपि।
5. जीवितं मरणात् श्रेयो जीवन् धर्ममवाप्नुयात्।
6. मुनीनामात्मविद्यानां द्विजानां यज्ञयाजिनाम्,
   वेदवृत्तेषु स्नातानामेकोऽपि परिषद् भवेत्।—पराशर, 8-3

जब मआद को यमन का शासक नियुक्त किया गया, तो कहा जाता है कि पैगम्बर ने उससे पूछा कि उसके सामने जो मामले पेश होंगे, उनका फैसला वह किस तरह करेगा। मआद

है कि धार्मिक मनुष्यों द्वारा चलाई गई परम्परा भी वेदों की भांति ही प्रामाणिक है।[1] मनु का कथन है कि यदि समितियां न बुलाई जा सकें, तो एक श्रेष्ठ ब्राह्मण की सम्मति भी काफी है।[2] समाज के लिए विधान बनाने का अधिकार केवल उन्हीं लोगों को है, जो अनुशासित हों, सब जीवों के प्रति सहृदय हों, वेदों और तर्क की पद्धतियों में निष्णात हों, व्यावहारिक बुद्धिवाले (देशकाल विशेषज्ञः) हों, और निष्कलंक चरित्र के हों। ऐसे लोग ही राष्ट्र के सचेतन मन और अन्तःकरण होते हैं। सामाजिक प्रमाप (स्टैंडर्ड) सामाजिक विकास की स्वाभाविक प्रक्रिया द्वारा एकाएक स्वतः नहीं बन जाते। वे उन वैयक्तिक आत्माओं के, जो सृजनशील प्रतिभा से सम्पन्न हैं, आध्यात्मिक प्रयत्नों के परिणाम हैं। यद्यपि ऐसे लोग सदा अल्पसंख्यक रहते हैं, फिर भी वे सामान्य कोटि के मनुष्यों पर प्रत्यक्ष सीधे ज्ञान देने की पद्धति द्वारा प्रभाव नहीं डालते, अपितु एक सामाजिक कवायद की पद्धति के कार्य करते हैं। सामान्य लोग यन्त्र की भांति एक ऐसा विकास कर बैठते हैं, जिसे वे अपने-आप पहल करके नहीं कर सकते थे।

हमें प्रत्येक प्रसंग में अपने सही कर्तव्य का निर्णय करना होता है। आपस्तम्ब का कथन है, "धर्म और अधर्म यह कहते नहीं फिरते कि हम ये रहे'; न देवता, न गन्धर्व और न पितर ही यह बताते हैं कि 'यह धर्म है' और 'यह अधर्म है'।"[3] हमें अपनी तर्कबुद्धि का प्रयोग करना होता है और परम्परा की यथोचित व्याख्या करनी होती है। हमें शास्त्रों को, उनकी संगति (प्रसंग) को हृदयंगम किए बिना, आंख मींचकर अनुकरण नहीं करना चाहिए।[4] श्रेष्ठ लोग जिस बात की प्रशंसा करते हैं, वह ठीक है; जिसकी वे निन्दा करते हैं, वह गलत हैं।[5] यह बात श्रुति के इस आदेश के अनुकूल है कि जहां यह सन्देह उत्पन्न हो जाए कि क्या उचित है और क्या अनुचित, वहां धर्मपरायण लोगों के विचारों को प्रमाण मानना चाहिए। मिताक्षर का कथन है, "यदि कोई बात धर्म द्वारा अनुमत होने पर भी लोकनिन्दित हो, तो उसपर आचरण नहीं करना चाहिए,

---

ने उत्तर दिया, "मैं सब मामलों का फैसला खुदा की किताब (कुरान) के अनुसार करूंगा।" "परन्तु यदि खुदा की किताब में उस विषय में तुम्हारे पथ-प्रदर्शन के लिए कुछ न लिखा हो, तो?" "तब मैं खुदा के पैगम्बर के निदर्शनों के अनुसार कार्य करूंगा।" "पर यदि निदर्शन भी न हों, तो?" "तब मैं अपने विवेक के अनुसार कार्य करने का यत्न करूंगा।"—इकबाल, 'दि रिकंस्ट्रक्शन ऑफ रिलीजस थॉट इन इस्लाम,' (1934), पृष्ठ 141

1. समयश्चापि साधूनां प्रमाणं वेदवद् भवेत्।
2. धर्मज्ञः समयः प्रमाणम्।
3. न धर्माधर्मा चरत आवां स्व इति ; न देवगन्धवः न पितर आचक्षते अयं धर्मो अयम् अधर्म इति।—1-20-6
4. तुलना कीजिए,
   "केवलं शास्त्रमाश्रित्य न कर्तव्यो विनिर्णयः,
   युक्तिहीने विचारे तु धर्महानिः प्रजायते।"—बृहस्पति
   देखिए श्री के० वी० रंगस्वामी आयंगर लिखित 'राजधर्म' (1941), पृष्ठ 114
   आर्षं धर्मोपदेशं च वेदशास्त्राविरोधिना,
   यस्तर्केणानुसन्धत्ते स धर्मं वेद नेतरः।—मनु, 12-106
5. यम् आर्याः क्रियमाणं प्रशंसन्ति स धर्मं, यं गर्हन्ते सोऽधर्मः।

क्योंकि उससे स्वर्ग का सुख नहीं मिलता।"[1] जहां यह निश्चय करना कठिन हो कि उचित कर्तव्य क्या है, वहां जो व्यक्ति आदिष्ट (निर्धारित) कर्तव्य का पाल करता है, उसे पाप नहीं लगता। जब एक बार यह निश्चय हो जाए कि ठीक कार्य यह है, तब हमें उसका पालन करना चाहिए। व्यास हमें प्रोत्साहित करता है कि हमें धर्म का पालन करना ही चाहिए, भले ही उसके लिए हमें अपनी समस्त सांसारिक इच्छाओं का बलिदान क्यों न करना पड़े, चाहे उसके कारण हमें कितने ही भीषण कष्टों और दरिद्रता का सामना क्यों न करना पड़े, और चाहे उसमें प्राण जाने तक का भय क्यों न हो।[2] भर्तृहरि कहता है, "धर्मपरायण व्यक्ति न्याय के पथ से कभी विचलित नहीं होते, चाहे दुनियादारी की दृष्टि से कुशल लोग उनकी प्रशंसा करें या निन्दा करें, चाहे उन्हें सम्पत्ति मिलती हो, या छिनती हो, चाहे तुरन्त मृत्यु होती हो, या दीर्घ जीवन प्राप्त होता हो।"[3]

धर्म के वे नियम, जिनका उल्लंघन करने से कानूनी कार्रवाई करना आवश्यक होता है, व्यवहार या वास्तविक विधान कहलाते हैं। हिन्दू विधानशास्त्री नैतिक शिक्षाओं और वैधानिक नियमों में मतभेद करते हैं; एक हैं धार्मिक और नैतिक पालन के नियम (आचार) और प्रायश्चित करने के नियम (प्रायश्चित्त); और दूसरे हैं सकारात्मक विधान के नियम (व्यवहार)। याज्ञवल्क्य-स्मृति में तीन अध्याय हैं : आचार, व्यवहार और प्रायश्चित्त। व्यवहार या दीवानी कानून—अर्थविधान—का सम्बन्ध विवाह, पुत्र गोद लेने, बंटवारे, और उत्तराधिकार से है। यह पहले से चली आ रही प्रथाओं पर आधारित है। बृहस्पति का कथन है कि चार प्रकार के विधान हैं, जिनका प्रबन्ध शासकों को करना होता है और संदिग्ध मामलों का निर्णय इन विधानों के अनुसार ही होना चाहिए ; ये विधान हैं : धर्म या नैतिक विधान, व्यवहार या दीवानी कानून (अर्थविधान), चरित्र या प्रथाएं और राजशासन या राजा के अध्यादेश।[4] औचित्य और सामान्य बुद्धि पर आधारित नये बनाए गए वैधानिक नियम भी प्रामाणिक होते हैं और वे पहले से विद्यमान कानूनों और प्रथाओं का अवक्रमण (लांघ जाना) करते हैं। हम विधानांग द्वारा नये विधान बनवाकर हिन्दू विधान के नियमों को समाप्त कर सकते हैं या उनमें संशोधन कर सकते हैं। जाति अयोग्यता अपनयन अधिनियम (1850 का 21वां), हिन्दू विधान पुनर्विवाह अधिनियम (1856 का 15वां), विशेष विवाह अधिनियम (1872 का 3रा), जिसमें 1923 में एक संशोधन भी हुआ, जिसके द्वारा भारतीय तलाक अधिनियम की शर्तों के अनुसार सिविल विवाह की व्यवस्था की गई है, आर्य विवाह वैधीकरण अधिनियम (1937 का 19वां), हिन्दू स्त्रियों को सम्पत्ति का अधिकार

1. 1-3-4
2. न जातु कामात् न भयात् न लोभात्
   धर्मं त्यजेत् जीवितस्यापि हेतोः।
3. निन्दन्तु नीतिनिपुणा यदि वा स्तुवन्तु
   लक्ष्मी समाविशतु गच्छतु वा यथेष्टम्,
   अद्यैव वा मरणमस्तु युगान्तरे वा
   न्याय्यात्पथः प्रविचलन्ति पदं न धीराः।
4. 2-18

अधिनियम (1937 का 18वां), जिसके द्वारा विधवाओं को मृत पति की सम्पत्ति में, उसके पुत्र के रहते भी, उत्तराधिकार का हक दिया गया है, इन सबमें धर्म या विधान की ही भांति विवश कर सकने का बल है। गत शताब्दी की आठवीं शताब्दी के उत्तरार्ध में श्री मेन ने, जिसकी 'हिन्दू ला एण्ड यूज़ेज़' पुस्तक अपने विषय की प्रामाणिक पुस्तक बन गई है, लिखा था कि हिन्दू विधान रुद्ध प्रगति की एक ऐसी स्थिति में है, जिसमें केवल मृतकों की समाधियों में ले आनेवाली ध्वनियां ही सुनी जाती हैं, अन्य कोई नहीं। यद्यपि विधान-निर्माण द्वारा तथा न्यायालयों के निर्णयों के आधार पर बने विधान (केस ला) द्वारा कुछ थोड़े-से परिवर्तन अवश्य हुए हैं, फिर भी श्री मेन का कथन आज भी बहुत कुछ सत्य है। जब हम हिन्दू विधि-विधान के न्यायोचित सिद्धान्तों की ओर ध्यान देते हैं, तो आधुनिक दशाओं में उनके प्रयोग में कुछ वैधानिक सुधारों की आवश्यकता प्रतीत होती है। इन सुधारों को खण्डशः नहीं, अपितु एक सुव्यवस्थित रूप से किया जाना चाहिए।

परिवर्तन के सिद्धान्त

किसी भी जीवित समाज में निरन्तर बने रहने की शक्ति और परिवर्तन की शक्ति, दोनों ही होनी चाहिएं। किसी असभ्य समाज में एक पीढ़ी से लेकर दूसरी पीढ़ी तक शायद ही कोई प्रगति होती हो। परिवर्तन को बहुत सन्देह की दृष्टि से देखा जाता है और सारी मानवीय ऊर्जाएं स्थिति को यथापूर्व बनाए रखने पर केन्द्रित रहती हैं। पर किसी सभ्य समाज में प्रगति और परिवर्तन ही उसकी गतिविधि की जान होते हैं। समाज के लिए अन्य कोई वस्तु इतनी हानिकारक नहीं है, जितना कि घिसीपिटी विधियों से और पुरानी पड़ गई आदतों से चिपटे रहना, जो कि केवल जड़ता के कारण बची चली आती हैं। हिन्दू विचारधारा में अत्यावश्यक परिवर्तनों के लिए स्थान रखा गया है। सामाजिक आनुवंशिकता में कोई उग्र व्याघात न पड़ना चाहिए, फिर भी नये दबावों, अन्तर्विरोधों और गड़बड़ों का तो सामना करना ही होगा और उनपर विजय पानी होगी। यह ठीक है कि आत्मा के सत्य सनातन हैं, पर नियम युग-युग में बदलते रहते हैं।[1] हमारी लालित संस्थाएं नष्ट हो जाती हैं। वे अपने समय में धूमधाम से रहती हैं और उसके बाद समाप्त हो जाती हैं। वे काल की उपज होती हैं और काल का ही ग्रास बन जाती हैं। परन्तु हम धर्म को इन संस्थाओं के किसी भी समूह के साथ एक या अभिन्न नहीं समझ सकते। यह इसलिए बना रहता है, क्योंकि इसकी जड़ें मानवीय प्रकृति में हैं और यह अपने किसी भी ऐतिहासिक मूर्त रूप के समाप्त हो जाने के बाद भी बचा रहेगा। धर्म की पद्धति परीक्षणात्मक परिवर्तन की है। सब संस्थाएं परीक्षण हैं, यहां तक कि सम्पूर्ण जीवन भी परीक्षण ही है। विधान निर्माता अपने परिवेश (आसपास की परिस्थितियों) से, यहां तक कि जब वे उससे ऊपर उठने की कोशिश भी कर रहे होते हैं, तब भी बंधे-से रहते हैं। विधानों और संस्थाओं में पवित्रता या निष्कलंकता की कोई बात नहीं है। 'पराशर स्मृति' में कहा गया है कि सतयुग, त्रेता, द्वापर और कलियुग, इन चार युगों में क्रमशः मनु, गौतम, शंख-लिखित, और पराशर के आदेश सबसे अधिक प्रामाणिक माने जाने चाहिएं। एक युग के

1. पराशर, 1-33, युगरूपानुसारतः 1-22, देखिए मनु 1-85

विश्वासों और प्रथाओं को हम दूसरे युगों में स्थानान्तरित नहीं कर सकते। सामाजिक सम्बन्धों के विषय में नैतिक धारणाएं परम नहीं हैं, अपितु विभिन्न प्रकार के समाजों और दशाओं के सापेक्ष हैं। यद्यपि धर्म देश-काल-निरपेक्ष हैं, परन्तु इसकी कोई भी अन्तर्वस्तु परम और कालातीत नहीं है। नैतिकता में केवल एक ही वस्तु शाश्वत है और वह है मनुष्य की उत्कृष्टतर होते जाने की अभिलाषा। परन्तु प्रत्येक विशिष्ट स्थिति में यह 'उत्कृष्टतर' क्या होगा, इसका निर्धारण काल और परिस्थितियां करती हैं। हम सामाजिक रूढ़ियों को, उनके साथ जुड़ी सुनिर्दिष्ट परिस्थितियों को ध्यान में रखे बिना, ऊंचा उठाकर देश-काल-निरपेक्ष नियमों का आसन नहीं दे सकते। कोई भी ऐसा सुनिश्चित मानवीय कार्य नहीं है, जिसे तर्कसंगत रूप से, जिन परिस्थितियों में वह किया गया है, उनका बिलकुल विचार किए बिना, पूर्णतया सही या पूर्णतया गलत कहा जा सके। आचरण के विभिन्न प्रकार सभ्यता के विभिन्न सोपानों में इस आधार पर अच्छे या बुरे माने जाते हैं कि वे मानवीय आनन्द में वृद्धि करते हैं या बाधा डालते हैं। हिन्दू शास्त्रकार न तो स्वप्नदर्शी ही थे और न यथार्थवादी ही। उनके पास आदर्श थे, किन्तु वे आदर्श अव्यवहार्य नहीं थे। वे इस बात को स्वीकार करते थे कि समाज एक शनैः-शनैः होने वाली उन्नति है। वस्तुएं मर जाती हैं और उन्हें हटाकर रास्ते को साफ कर देना होता है। अमर कालातीत सत्य अपने-आपको जीवन की चिर-आवर्तनशील नवीनता में प्रकट करते हैं। विज्ञानेश्वर का, यद्यपि वह रूढ़िवादी विधिज्ञ (ज्यूरिस्ट) है, कथन है कि समाज को अधिकार है कि वह अनुपयुक्त कानूनों को अस्वीकृत कर दे, भले ही वे शास्त्रानुमत भी क्यों न हों। वह गो-बलि और गो-मांस-भक्षण का उदाहरण देता है, जो किसी समय मान्य थे, पर उसके समय में सदोष मानकर अस्वीकृत कर दिये गए थे। इसी प्रकार अतीत में नियोग की प्रथा पूर्णतया वैध थी, परन्तु अब वह अवैध मानी जाती है। समय की आवश्यकताओं को देखकर कानून बनाए जाते हैं और खत्म भी कर दिए जाते हैं। जो लोग हिन्दू शास्त्रों के भाष्यकारों के कार्य से परिचित हैं, उन्हें मालूम है कि उन भाष्यकारों ने जो परिवर्तन किए, वे कितने महत्त्वपूर्ण थे। शासकों ने भी, जो पण्डितों की सहायता से कानून का प्रबन्ध चलाते थे, समाज की आवश्यकताओं को पहचाना और उनके अनुसार कानूनों में परिवर्तन किए। नीति विज्ञान और विधान सामाजिक विकास की किन्हीं विशिष्ट अवस्थाओं के विचारों और रुचियों के प्रतिबिम्ब होते हैं और ज्यों-ज्यों वे धर्म के साथ सम्बद्ध होकर एक खास तरह की पवित्रता प्राप्त कर लेते हैं, तो वे परिवर्तन के प्रति अत्यधिक प्रतिरोधशील हो जाते हैं। सामाजिक लचक हिन्दू धर्म की मुख्य विशेषता रही है। सनातन धर्म को मानने का अर्थ स्थिर खड़ा हो जाना नहीं है। इसका अर्थ है कि उसके अत्यन्त महत्त्वपूर्ण सिद्धान्तों को ग्रहण कर लिया जाए, और उनका आधुनिक जीवन में प्रयोग किया जाए। सब सच्ची उन्नतियों में परिवर्तन में भी एकता सुरक्षित बनी रहती है। जब बीज पौधा बनता है और जीवाणु पूरा पुष्ट शिशु बनता है, तब उनमें अविच्छिन्न निरन्तरता बनी रहती है। जब परिवर्तन हो भी रहे होते हैं, तो वे परिवर्तन प्रतीत नहीं होते, क्योंकि वहां एक बनाए रखने वाली एक शक्ति रहती है, जो नई सामग्री को मिलती और नियंत्रित रखती है। 'छान्दोग्य उपनिषद्' में पिता न्यग्रोध (वट वृक्ष) वृक्ष के उदाहरण से 'यथार्थ' (वास्तविक) के सक्रिय स्वरूप

को स्पष्ट करता है। "वहां से न्यग्रोध वृक्ष का फल ले आओ।" "यह ले आया हूं, तात।" "इसे फाड़ दो।" "फाड़ दिया, तात।" "इसमें क्या देख पाते हो?" "कुछ भी नहीं, तात।" पिता ने कहा, "वत्स, जिस सूक्ष्म तत्त्व को तुम इसमें नहीं देख पाते उसी तत्त्व से यह विशाल न्यग्रोध वृक्ष खड़ा है।"[1] वृक्ष का तत्त्व उस अदृश्य, किन्तु सक्रिय शक्ति में है, जिसके अभाव में वृक्ष मुरझा जाएगा और मर जाएगा। यदि धर्म के वृक्ष को सुरक्षित रखना हो, तो हमें चाहिए कि हम इस अदृश्य शक्ति को जीवन की अधिकाधिक बढ़ती हुई अभिव्यक्तियों को व्यवस्थित करने और बनाए रखने दें। यदि हमें अपनी सामाजिक व्यवस्था को छिन्न-भिन्न नहीं होने देना है, यदि हमें अपने सामाजिक विचार को असंगत या अंड-बंड नहीं बनने देना है, तो हमें उन बाह्य अनुभवों को, जो हम पर अधिकाधिक आ-आकर पड़ रहे हैं, नियंत्रित करना होगा और उन्हें सार्थक बनाना होगा। धर्म के सिद्धान्तों को, मान्यताओं के मानदंडों को नये अनुभवों के दबाव में और उनके बाद भी बनाए रखना होगा। केवल तभी हमारे लिए संतुलित और समग्र सामाजिक प्रगति कर पाना सम्भव होगा। यदि हम बदलती हुई दशाओं में भी उत्तराधिकार में प्राप्त संहिताओं से ही चिपटे रहेंगे, तो उसका परिणाम यदि विनाश नहीं, तो अस्थिरता अवश्य होगा। आज हमें परिवर्तन करने चाहिएं और हिन्दू धर्म की अन्तर्वस्तु को, आधुनिक दशाओं से सुसंगत बना देना चाहिए। हिन्दू समाज में नई शक्तियों का प्रवेश, एक कृषि-प्रधान देश का औद्योगिकरण, विशेषाधिकारों और गुणों का पृथक्करण, हिन्दू समाज में अहिन्दुओं का प्रवेश, और विवाह तथा धर्म-परिवर्तन द्वारा जातियों का मिश्रण, स्त्रियों का उद्धार (कष्ट से मुक्ति), ये कुछ ऐसे प्रश्न हैं, जिनके सम्बन्ध में उदार भावना के साथ विचार किया जाना चाहिए। वैदिक युग में आर्य-हिन्दुओं से कहा गया था कि वे अनार्य भारतीयों, द्रविड़ों, आन्ध्रों और पुलिन्दों को सामाजिक मान्यता दें। 'ऐतरेय ब्राह्मण'[2] में उल्लेख है कि आन्ध्र विश्वामित्र की सन्तान थे। उसने स्पष्ट रूप से घोषणा की कि आन्ध्र आर्यों के समकक्ष हैं। पुराणों में लिखा है कि विश्वामित्र ने एक नई सृष्टि रची थी। वेदों से हमें पता चलता है कि व्रात्यस्तोम यज्ञ[3] करने के बाद व्रात्यों को आर्यों में सम्मिलित किया जा सकता था। बारह पीढ़ियों के बाद भी उनकी शुद्धि के लिए व्यवस्था की गई है। हमें पता नहीं कि ये व्रात्य लोग कौन थे।[4] वे कोई एक अलग समाज थे, या केवल उच्च वर्णों के वे ही सदस्य थे, जो अपने आदिष्ट कर्तव्यों का पालन करने में चूक जाते थे, इस विषय में केवल अनुमान ही किया जा सकता है। अधिक लोकप्रिय मत यह है कि वे यूनानी (यवन) और असभ्य (म्लेच्छ) थे। यूनानी और सीथियन लोगों ने हिन्दू धर्म को स्वीकार कर लिया था और नवधर्म-दीक्षितों का-सा उत्साह प्रदर्शित किया था। एक यूनानी उपराजदूत हीलियोडोरस विष्णु का भक्त (भागवत) हो गया था

1. 6-10

2. 7-18

3. कात्यायन 22-4, 1—28

4. शंकर का कथन है, "प्रथमजवत् अन्यस्य संस्कर्तुरभावात् असंस्कृतः व्रात्यः; त्वं स्वभावतः एव शूद्र इत्यभिप्रायः।"

और उसने एक वैष्णव मन्दिर में एक स्तम्भ (गरुड़ध्वज) खड़ा करवाया था।[1] हूण भी विष्णु के उपासक बन गए थे। अनेक विदेशी आक्रमणकारी यहां क्षत्रिय बनकर रहने लगे। जब मुसलमानों की विजयों का कारण हिन्दू नर-नारियों का सामूहिक रूप से धर्म-परिवर्तन होने लगा, तब 'देवल स्मृति' ने, जो ईस्वी सन् की आठवीं शताब्दी के पश्चात् किसी समय सिन्ध में लिखी गई, उन्हें फिर हिन्दू धर्म में दीक्षित कर लेने को उचित ठहराया।[2] जो लोग युद्ध में कैदी बना लिए गए थे या जिनका धर्म-परिवर्तन कर दिया गया था या जिनका नये धर्म वाली स्त्रियों से सम्बन्ध हो गया था, उन सबको वसिष्ठ, अत्रि और पराशर के मतानुसार शुद्धि-संस्कार करके फिर वापस हिन्दू धर्म में लिया जा सकता था। जिन स्त्रियों का अपहरण किया गया हो और अपहरण की अवधि में जिन्हें गर्भ रह गया हो, उनके सम्बन्ध में देवल का मत है कि शिशु के जन्म के बाद उन्हें शुद्ध करके फिर ग्रहण कर लिया जाना चाहिए; परन्तु शिशु को माता से अलग कर दिया जाना चाहिए, जिससे जातियों का घपला (वर्णसंकर) न होने पाए। रूप गोस्वामी और सनातन गोस्वामी मुसलमान थे, जो चैतन्य के शिष्य बन गए थे; उन्होंने वैष्णब धर्म की चैतन्य-पूजा-पद्धति पर महत्त्वपूर्ण ग्रंथ लिखे। कहा जाता है कि शिवाजी ने अपने एक सेनापति को, जिसे बलपूर्वक मुसलमान बना लिया गया था, और जो दस साल तक अपनी मुसलमान पत्नी के साथ अफगानिस्तान में रहा था, शुद्ध करके फिर हिन्दू बना लिया था। हाल ही में मद्रास उच्च न्यायालय में एक मामले में यह निर्णय दिया गया था कि ईसाई धर्म को छोड़कर हिन्दू बना हुआ व्यक्ति, यदि उसकी जाति वाले उसे हिन्दू मानते हैं तो, हिन्दू ही माना जाएगा, भले ही औपचारिक रीति से पुनः धर्मपरिवर्तन की विधि सम्पन्न न भी हुई हो।[3]

नई दशाओं का सामना करने के लिए नई स्मृतियां बनीं; और न तो वेदों में और न अतीत की प्रथाओं में ही कोई ऐसी बात है, जिसके कारण हमसे यह अपेक्षा की जाती हो कि हम उन्हीं पुरानी बातों से चिपटे रहें, जो कभी की जीर्ण-शीर्ण हो चुकी हैं। मेधातिथि कहता है, "यदि आज भी कोई ऐसा व्यक्ति होता, जिसमें उपर्युक्त योग्यताएं होतीं, तो आगे आने वाली पीढ़ियों के लिए उसके वचन भी मनु तथा अन्य स्मृतिकारों के वचनों की ही

---

1. इस शिलालेख पर लिखा है, "देवाधिदेव वासुदेव के इस गरुड़ध्वज का निर्माण, तक्षशिलावासी, डियोन के पुत्र, परम वैष्णव हीलियोडोरस ने कराया, जो महान राजा ऐंटियाल्सिडस का यूनानी राजदूत बनकर शरणागत रक्षक राजा काशीपुत्र भागभद्र के यहां आया था; राजा काशीपुत्र उस समय अपने राज्यकाल के चौदहवें वर्ष में सुख और समृद्धि के साथ शासन कर रहा था।"

2. सिन्धुतीरे सुखासीनं देवलं मुनिसत्तमम्
समेत्य मुनयः सर्वे इदं वचनमब्रुवन्
भगवन् म्लेच्छनीता हि कथं शुद्धिमवाप्नुयुः।

3. श्री न्यायपति कृष्णस्वामी आयंगर ने कहा है कि किसी जाति की रचना और कल्याण पर प्रभाव डालनेवाले विषयों में स्वयं वह जाति ही सर्वोच्च निर्णायक है; और यदि जाति ने स्वयं ही पुरानी धारणाओं और प्रथाओं को त्याग देना उचित समझा है और नई धारणाओं और प्रथाओं को अपना लिया है, जो किसी भी तरह नैतिकता के विरुद्ध नहीं हैं, तो इस प्रकार की नई प्रथाओं का सम्मान किया जाना चाहिए। देखिए, इंडियन सोशल रिफॉर्मर, 19 अगस्त, 1939

भांति प्रामाणिक होते।"[1] जिन लोगों को सत्य का आन्तरिक ज्ञान है, वे ही नये अनुभवों को संभाल पाने में और धर्म की धारणा करने की शक्ति को फिर नया कर पाने में समर्थ होंगे। यदि वे परिवर्तन की स्वीकृति देते हैं, तो सुरक्षा की भावना को धक्का नहीं पहुंचेगा। उस दशा में सुधार बिना किसी प्रतिक्रिया के आगे बढ़ सकेगा। भविष्य में तैयार की गई स्मृतियां, जहां तक वे वेदों में प्रकट की गई भावना के मूल सत्यों पर आधारित होंगी, पूरी तरह प्रामाणिक मानी जाएंगी। कालिदास के शब्दों में, कोई वस्तु केवल इसीलिए अच्छी नहीं हो जाती कि वह प्राचीन है और न कोई नई रचना केवल इसलिए बुरी समझी जा सकती है कि वह नई है।[2]

इस भाग्य-निर्णायक महत्त्वपूर्ण घड़ी में, जबकि हमारा समाज एक मार्गहीन गहन वन बन गया है, हमें अपने पूर्वजों के स्वरों के साथ-साथ नई ध्वनियों को भी सुनना चाहिए। कोई भी प्रथा सब कालों के सब मनुष्यों के लिए लाभदायक नहीं हो सकती।[3] यदि हम अतीत के नियमों से बहुत अधिक चिपटे रहेंगे और मृतों का जीवित धर्म जीवितों का मृत धर्म बन जाएगा, तो सभ्यता मर कर रहेगी। हमें बुद्धि संगत परिवर्तन करने ही होंगे।[4] यदि कोई शरीर या संगठन अपने मल को बाहर निकालने की शक्ति खो बैठता है, तो नष्ट हो जाता है। स्वतन्त्रता केवल जीवितों की ही वस्तु है। स्वतन्त्रता की भावना, अतीत का निराकरण नहीं करती, अपितु उसके वायदों को पूरा करती है। जो कुछ सर्वोत्तम है, उसको यह सुरक्षित रखती है, और उसे एक नई जीवनी शक्ति द्वारा रूपान्तरित कर देती है। यदि पुरानी प्रथाओं को ही अन्तिम मान लिया जाए, तो वे सजीव भावना के लिए बेड़ियां बन जाती हैं। सामाजिक स्वतन्त्रता की कीमत केवल शाश्वत जागरूकता ही नहीं, अपितु सृजनशील भावना का सतत पुनर्नवीकरण, शाश्वत पहल (अगुवाई), और अविराम सक्रियता भी हैं। जीवन यदि निरन्तर अपने-आपको नये-नये रूपों में ढालने के लिए प्रयत्नशील न हो, तो वह जीवन ही नहीं है। यदि हम जो कुछ हमारे पूर्वज कर गए हैं, उतने से ही सन्तुष्ट होकर बैठ रहेंगे, तो अपक्षय (ह्रास) प्रारम्भ हो जाएगा। यदि हम जड़ता और आलस्य के कारण, जिन्हें मध्ययुगीन ईसाइयों ने घातक पापों में गिना था, अपनी संस्कृति की परम्परा को उन्नत करने के कठिन कार्य से बचने की कोशिश करेंगे, तो उससे हमारी सभ्यता को हानि उठानी पड़ेगी। पिछले कुछ समय से विभिन्न भागों में कहीं कुछ कम और कहीं कुछ अधिक, भावना की सामान्य थकान के अशुभ चिह्न दिखाई पड़े हैं। वे लोग भी, जो तर्क को अधिक गौरवपूर्ण बताते हैं, आचरण प्रथा के आदेशों के अनुसार ही करते हैं। हम फिर वैदिक युग की परम्पराओं को प्रारम्भ नहीं कर सकते, क्योंकि वैसा करने का अर्थ इतिहास के तर्क से इनकार करना होगा। फिर, हम बिलकुल

---

1. मनु पर मेधातिथि की टीका, 2-6
2. पुराणमित्येव न साधु सर्वं, न चापि काव्यं नवमित्यवद्यम्।
3. न हि सर्वहितः कश्चित् आचारः सम्प्रवर्तते।—शान्तिपर्व, 259-17
4. तुलना कीजिए, महाभारत :

   तस्मात् कौन्तेय विदुषा धर्माधर्मविनिश्चये

   बुद्धिमास्थाय लोकेस्मिन् वर्तितव्यं कृतात्मना।

नये सिरे से इस प्रकार तो शुरू नहीं कर सकते कि जैसे भारत का कोई इतिहास ही नहीं रहा और मानो इसके निवासी केवल विचार करने-भर से अपने स्वभाव को बदल सकते हैं। संभावनाएं वास्तविकता की प्रकृति के आधार पर टिकी होनी चाहिएं। सभ्यताओं को उनके अपने अनुभवों की पद्धति से ही जीना चाहिए। व्यक्तियों की ही भांति राष्ट्र भी दूसरों से अनुभव उधार नहीं ले सकते। दूसरे लोग हमें प्रकाश दिखा सकते हैं, परन्तु कार्य करने की दशाएं हमें अपने इतिहास से ही प्राप्त होंगी। स्थायी क्रान्तियां केवल वे ही होती हैं, जिनकी जड़ें अतीत में होती हैं। हम अपने इतिहास का निर्माण कर सकते हैं, किन्तु हम उसका निर्माण जब चाहें और जैसे चाहें नहीं कर सकते; और परिस्थितियां हमारे मनोनुकूल हों, यह आवश्यक नहीं है। परिस्थितियां तो हमें दे दी जाती हैं। जो संस्कृति मृत-सी दीख पड़ती है, वह भी जीवन से भर उठ सकती है, यदि उसमें दो-तीन ऐसे महान सदस्य हों, जो एक नई सजीव परम्परा का श्रीगणेश कर सकें। संस्कृति परम्परा है और परम्परा स्मृति है। इस स्मृति का स्थायित्व सृजनशील व्यक्तियों के निरन्तर आविर्भाव पर निर्भर है। जब कोई संस्कृति सुनिर्दिष्ट और ठोस हो जाती है, तो वह स्वाभाविक मौत मरती है; पर जब उसकी परम्परा विच्छिन्न हो जाती है, तो वह असामयिक मृत्यु की शिकार हो जाती है।

प्रत्येक समाज के इतिहास में एक ऐसा समय आता है, जब, यदि उस समाज को एक सजीव शक्ति के रूप में अपना अस्तित्व बनाए रखना हो और अपनी प्रगति को जारी रखना हो तो, सामाजिक व्यवस्था में कुछ परिवर्तन करना आवश्यक हो जाता है। यदि वह प्रयत्न करने में असमर्थ रहे, यदि उसकी शक्ति समाप्त हो चुकी हो और उसका पुरुषार्थ निःशेष हो चुका हो, तो वह इतिहास के रंगमंच से बाहर निकल जाएगा। हमारे सम्मुख सामाजिक परिवर्तन के लिए एक बहुत बड़ा अवसर उपस्थित है। हमें मनुष्य-निर्मित विषमताओं और अन्यायों को हटाकर समाज को शुद्ध करना होगा और सब लोगों को वैयक्तिक कल्याण और विकास के लिए समान अवसर प्रदान करना होगा। यदि आज वे लोग, जो हमारी संस्कृति में निष्णात हैं (बहुश्रुताः) और इसे बचाए रखने के लिए उत्सुक हैं, हमारे सामाजिक संगठन में आमूल परिवर्तन कर दें, तो वे हिन्दू परम्परा की भावना के अनुकूल ही कार्य कर रहे होंगे। भारत में हम सलेट को पोंछकर एकदम साफ नहीं कर दे सकते और न बिलकुल अनलिखे कागज़ पर ही कोई नया सुसमाचार लिख सकते हैं। सच्ची प्रगति वृक्ष की वृद्धि की भांति एक सावयव (सजीव) वस्तु है। हमें निष्प्राण लकड़ी को काट देना होगा और निस्तेज अतीत को भी परे फेंक देना होगा। हम अतीत में इतनी अधिक बार बदलते रहे हैं कि केवल परिवर्तन-भर से धर्म की आत्मा अव्यवस्थित नहीं हो जाएगी। हमारी कुछ संस्थाएं सामाजिक न्याय और आर्थिक कल्याण के मार्ग में दुर्जय बाधाएं बन गई हैं और हमें इन बाधाओं को हटाने के लिए यत्न करना होगा, अन्धविश्वास को बनाए रखनेवाली शक्तियों के विरुद्ध युद्ध करना होगा और लोगों के मनों को नया रूप देना होगा। इन दिनों में, जबकि जीवन की गति तीव्रतर हो गई है, जब ज्ञान बढ़ रहा है और महत्त्वाकांक्षाएं विस्तार पा रही हैं, हमें परिवर्तन करने ही होंगे, अन्यथा इसका अर्थ यह होगा कि हम एक निष्प्राण अन्त तक आ पहुंचे हैं और सृजन की भावना को खो चुके हैं।

मठ अपना कृत्य समाप्त कर चुकने के बाद भी जी रहे हैं। अब उन्होंने अध्ययन और अध्यापन, प्रेरणा और प्रकाश देना बन्द कर दिया है। पहल करने की शक्ति और सुधार की भावना उनको छोड़ गई प्रतीत होती है। अधिक से अधिक वे यह बहाना कर सकते हैं कि वे अहानिकर और मनन-प्रार्थना के विश्राम-स्थान हैं। यदि उनकी सम्पत्ति का उपयोग आध्यात्मिक और लौकिक शिक्षा के लिए किया जाता, तो देश की साधारण बौद्धिक और नैतिक दृढ़ता बढ़ी होती। वे इस बात को नहीं समझते कि परम्परा उन संस्थाओं के बाद भी जीवित रहती है, जिसका कि वे मूर्त रूप होती हैं।

हिन्दू धर्म को नवजीवन देनेवाले महापुरुष प्रायः अपने समय के सामान्य जीवन का विरोध करते रहे हैं। वे अपने अस्तित्व द्वारा ही यह मांग करते हैं कि सर्वप्रथम सिद्धान्तों की ओर लौटा जाए, सोचने और कार्य करने की पद्धतियों में क्रान्ति की जाए; और एक वीरोचित संगतता और एकाग्रचित्तता उपलब्ध की जाए। अपनी आत्मा में नैतिक और आध्यात्मिक जीवन को फिर नया करके वे समाज-व्यवस्था के सुधार की गति को तीव्र करते हैं। जीवन जो कुछ सामग्री उनके सामने प्रस्तुत करता है, उसीके ऊपर वे नया निर्माण करते हैं। हिन्दू इतिहास में इन नवीकरण करनेवालों और इन विद्रोहियों ने प्रबलप्रेरक शक्ति के रूप में कार्य किया है; उन्होंने अपनी बहुमूल्य ऊर्जाओं के अधिकांश का उपयोग जड़ता, अन्धविश्वास, और रूढ़िवाद[1] के निष्प्राण भार पर विजय प्राप्त करने के लिए किया है। पुरानी पड़ गई जीर्ण-शीर्ण प्रथाओं की अवहेलना की उन बहुसंख्यक लोगों की सन्तुष्टता को विक्षुब्ध करने के लिए आवश्यकता है, जो विचार और अनुभूति के बहुत पुराने (अप्रचलित) रूपों को मानते चले आते हैं। मनुष्य के गौरव और स्वतन्त्रता पर जो नया बल दिया जा रहा है, उसकी मांग है कि समाज-व्यवस्था को एक नया रूप दिया जाए।

अब क्योंकि हिन्दू कानून (विधान) संहिताबद्ध हो चुका है, इसलिए कोई ऐसा संगठन नहीं है, जो कानून की स्थिति पर पुनर्विचार करे और उसमें परिवर्तन करे। भाष्यकारों द्वारा व्याख्याएं अब की नहीं जा रहीं। न्यायाधीशों द्वारा बनाए गए कानूनों की बहुत ही स्पष्ट मर्यादाएं हैं, जिनके कारण समाज-व्यवस्था का आमूल पुनर्गठन होने की गुंजाइश नहीं है। थोड़ा-थोड़ा करके बनाए गए कानूनों से इन नई दशाओं का काम चलनेवाला नहीं है। धर्म तो एक लचकीला तन्तु है, जो बढ़ते हुए शरीर को वस्त्र की तरह ढकता है। यदि यह बहुत कसा हुआ हो, तो यह फट जाएगा और परिणाम अन्धेर, अराजकता और क्रान्ति होगा। यदि यह बहुत ढीला हो, तो यह उलझाकर गिरा देगा (फिसला देगा) और हमारे चलने-फिरने में रुकावट डालेगा। यह धर्म समझदार लोकमत से न तो बहुत पीछे ही रहना चाहिए और न बहुत आगे ही। हमारे धर्म-विश्वास अपनी शक्ति खो चुके हैं और हमारी संस्थाएं अपनी प्रतिष्ठा; फिर भी भारत के अतीत की आत्मा सजीव है और वह हर आगे आनेवाली पीढ़ी में अपने रहस्य को नये रूप में प्रकट करती है। जो

1. तुलना कीजिए, बेकन : "किसी प्रथा को समय से आगे तक घसीटना उतना ही विक्षोभकारी है जितना कि नवीकरण; और जो लोग प्राचीन काल के प्रति अत्यधिक आदर रखते हैं, वे नयों के लिए केवल उपहास के पात्र होते हैं।"

सुझाव मैं यहां दे रहा हूं, सम्भव है, उनमें से कुछ पुरातन-प्रेमियों (सनातनियों) को भले न लगें; आमूल परिवर्तनवादी शायद सोचें कि मैं अत्यधिक रूढ़िवादी हूं। मैं तो केवल वह बताने लगा हूं, जो मुझे हमारे समाज की अविलम्ब मांगें प्रतीत होती हैं।[1]

धार्मिक संस्थाएं

धर्म उन्नति करते-करते भगवान के स्वरूप में पहुंच जाने की महत्त्वाकांक्षा है। यह हमें आत्मा की गहराई के साथ जीवन बिताने में सहायता देने के लिए है। ध्यान और उपासना वे साधन हैं, जिनके द्वारा मन, स्वभाव और जीवन के प्रति रुख परिष्कृत होते हैं। ध्यान का लक्ष्य सर्वोच्च ईश्वरत्व है, जो बिलकुल सही अर्थ में वर्णनानीत है। वह सब रूपों से परे है; कोई उसे आंखों से देख नहीं सकता।[2] उसकी किसी भी सुनिर्दिष्ट या अनुभवगम्य वस्तु से तुलना नहीं की जा सकती।[3] हम केवल इतना कह सकते हैं कि वह आत्मा ही सबका शासक है, सबका स्वामी है और सबका राजा है।[4]

परन्तु भगवान के सम्बन्ध में हमारा विचार मूर्तियों या चित्रों द्वारा बनता है। ऐसे लोग थोड़े ही हैं, जो परमात्मा में गम्भीर विश्वास रखते हों और अपनी श्रद्धा के लिए कोई प्रतीक न खोजते हों। ऐसे अनेक लोगों के लिए, जो सच्चे ज्ञान को ग्रहण के लिए मानसिक दृष्टि से उपयुक्त नहीं हैं, लोकप्रिय प्रतीकों का उपयोग करना पड़ता है। हमें उन छुटभैयों को, जो विश्वास रखते हैं, जिनका बौद्धिक क्षितिज अपेक्षाकृत छोटा है, अप्रसन्न नहीं करना चाहिए; उनके भी अपने अधिकार हैं; अन्यथा वे तो बिलकुल अन्धकार में पड़े रह जाएंगे। जो गुरु लोग जनता को उलझाने के बजाय उसकी सहायता करने के लिए उत्सुक होते हैं, वे दार्शनिक सत्य को ऐसे प्रतीकों के रूप में प्रस्तुत करते हैं, जिन्हें जनता समझ सके। सूक्ष्म सत्यों को पौराणिक कथाओं का बाना पहना दिया जाता है। प्रतीकवाद असीम का ससीम में दर्शन है। प्रतीक कोई अपने स्वभाव से ही असीम को ससीम का विषय नहीं बना देते। वे ससीम को पारदर्शक बना देते हैं जिससे हम उसके बीच में से असीम को देख सकें।[5] कोई भी मूर्ति सम्पूर्णतया भगवान का स्थान नहीं ले सकती। यदि वह वास्तविकता का स्थान अनुचित रूप से ले लेती है, तो उसका परिणाम मूर्तिपूजा होता है।

---

1. सुलभाः पुरुषा राजन् सततं प्रियवादिनः
   अप्रियस्य च तयस्य वक्ता श्रोता च दुर्लभः।—रामायण
2. न संदृशे तिष्ठति रूपमस्य न चक्षुषा पश्यति कश्चनैनम्।
3. न तस्य प्रतिमा अस्ति।
4. सर्वस्य वासा सर्वस्येशानः, सर्वस्याधिपतिः।—बृहदारण्यक उपनिषद्, 4-4-2
5. सिन्धु घाटी की सभ्यता के प्रागैतिहासिक स्थानों की खुदाई में ऐसी मुहरें निकली हैं, जिनपर मनुष्यों और पशुओं की आकृतियां अंकित हैं। सम्भवतः उस काल में मानवीय और अतिमानवीय सत्ताओं की पूजा प्रचलित थी और वैदिक आर्यों ने इसे उन्हींसे ग्रहण किया। वैदिक देवताओं का वर्णन मनुष्य-रूप-धारियों के तौर पर किया गया है। वे आकाश में रहने वाले मनुष्य (दिवोनराः) थे। अब तक ज्ञात प्राचीनतम प्रतिमा वासुदेव और संकर्षण की है, जिसका काल 200 ईस्वी पूर्व माना जाता है।

सब मूर्ति-रचनाओं में अनिवार्य रूप से त्रुटि रहती ही है।[1] परन्तु त्रुटि की, कम या अधिक, कोटियां हैं। मूर्ति तो सर्वोच्च ईश्वरत्व का प्रतीक-मात्र है, जिसका उद्देश्य यह है कि वह विस्तृत और परम वास्तविकता की भावना को जाग्रत् करे। यह 'वास्तविक' (सत्) के उस सारभूत सत्य की व्यंजना कर देती है, जो सब रूपों से परे है। चिदम्बरम में नटराज शिव को समर्पित एक मन्दिर के पवित्रतम स्थान (गर्भगृह) में न तो कोई प्रतिमा ही है और न कोई शीर्षलेख ही। पूजा देवता के किसी सीमित मूर्त रूप को लक्ष्य करके नहीं होती, अपितु उस सर्वव्यापी विश्वात्मा को लक्ष्य करके होती है जो अरूप होते हुए भी सर्वरूपमय है; जो सब ज्योतियों की ज्योति है। एक अंधेरे कमरे की खाली दीवार पर एक माला, जो दृश्य और मूर्त है, 'अदृश्य' और 'अमूर्त' के गले में लटका दी जाती है। 'अद्वैत सिद्धि' के लेखक मधुसूदन सरस्वती का कथन है कि "मैं साक्षात् भगवान कृष्ण से उच्चतर अन्य किसी वास्तविकता (तत्त्व) को नहीं जानता।"[2]

हेराक्लिटस कहता है, "जो व्यक्ति मूर्ति से प्रार्थना करता है, वह पत्थर की दीवार से बकझक करता है।" हम पत्थर से प्रार्थना नहीं करते, अपितु उस पत्थर में जिसकी मूर्ति अंकित है, उस व्यक्ति से, मनोवैज्ञानिक सान्निध्य (विद्यमानता) से, विश्वशक्ति से प्रार्थना करते हैं।

अमूर्त पक्ष का ध्यान और मूर्त पक्ष की पूजा करने का उपदेश दिया गया है। मनुष्य परमात्मा के सम्मुख एक पीछे एक पंक्ति में गुज़रते हैं; हरएक का अपना नाम होता है और अपनी एक विशिष्ट भवितव्यता होती है। परमात्मा की मनुष्य के प्रति भाषा 'तू' करके होती है, 'तुम' करके नहीं। एकान्त में मनुष्य अपने आत्मा के रहस्य को पहचानता है। आत्मा के वरदान किसी दूसरों के हाथों प्राप्त नहीं किए जा सकते। परमात्मा का निवास प्रत्येक मानव-हृदय के अन्तस्तम गर्भगृह (मन्दिर-गर्भ) में है। ध्यान अपने अन्दर विद्यमान परमात्मा की पूजा है।

ध्यान की पहली शर्त है पूर्ण ईमानदारी (सरलता)। हमें कम-से-कम उतना ईमानदार तो होना ही चाहिए, जितना कि अपनी दुर्बलताओं के रहते हम हो सकते हैं। हमें उन बहानों के सच्चे स्वरूप को समझना-सीखना चाहिए, जो हम साधारणतया अपने सामने ही प्रस्तुत किया करते हैं। ध्यान द्वारा हम जीवन की तुच्छताओं से आगे बढ़कर शाश्वत के सान्निध्य तक पहुंच जाते हैं। मनुष्य जो कुछ सोचता है, वही होता है और हमारी प्रार्थना यह है कि हमारा मन श्रेष्ठ विचारों से भरा रहे।[3] जिन लोगों को अव्यक्त का ध्यान कर पाना कठिन प्रतीत होता हो, वे अपने स्वभाव के उपयुक्त रूप चुन सकते हैं। ये रूप काल्पनिक नहीं हैं, अपितु साधकों के कल्याण के लिए

---

1. तुलना कीजिए, सत्रहवीं शताब्दी के सबसे प्रमुख क्वेकरों में से एक, आइज़ाक पैनिंगटन ने बहुत समय पहले कहा था, "अन्तिम और सर्वोपरि सत्य के सिवाय अन्य सब सत्य छायामात्र हैं, फिर भी प्रत्येक सत्य अपने रूप में सच्चा है। अपने स्थान पर वह वास्तविक पदार्थ है, भले ही किसी अन्य स्थान पर वह केवल छायामात्र हो, क्योंकि वह किसी अन्य तीव्रतर पदार्थ की छाया है। और छाया उसी प्रकार सच्ची छाया है, जैसे पदार्थ सच्चा पदार्थ है।"

2. पूर्णेन्दुसुन्दरमुखादरविन्दनेत्रात्
कृष्णात्परं किमपि तत्त्वमहं न जाने।

3. तन्मे मनः शिवसंकल्पमस्तु।

धारण किए गए भगवान के ही रूप हैं;[1] और ये रूप प्रलय-काल तक बने रहते हैं।[2] यदि वे छायाएं भी हों, तो भी वे ज्योतियों की ज्योति से पड़नेवाली छायाएं हैं। धार्मिक प्रतीक सत्य का वह प्रतीक है, जिसे श्रद्धालुओं ने अपने मन में स्थान दिया है। यदि वह अवास्तविक होता, तो इस रूप में कार्य कर ही नहीं सकता था। यदि हमारी गम्भीरतम आत्मा और धार्मिक कल्पना में समस्वरता (अनुरूपता) नहीं होगी, तो धार्मिक कल्पना हमें प्रभावित नहीं कर सकेगी। यह प्रश्न वैज्ञानिक सत्य का नहीं है; अपितु इसका वास्ता उस आंतरिक सम्बन्ध से है, जो लोकोत्तर वास्तविकता और हमारे गहनतम आत्म के बीच विद्यमान है; इस आत्म को वस्तु या पदार्थ नहीं माना जा सकता। यदि आत्माएं इस सम्बन्ध को हृदयंगम करने के लिए उद्यत हों, तो सत्य प्रकट हो जाता है। हिन्दू धर्म प्रत्येक प्रकृति (स्वभाव) को उसकी अपनी दिशा के अनुकूल ही राह दिखाने का यत्न करता है, जिससे वह अपने पूर्णतम विकास तक पहुंच सके। मनुष्य के विश्वास में जो कुछ भी ऋजु (ईमानदारी से युक्त), सत्य और प्रेममय है, उसी में ईश्वर की भावना कार्य कर रही है। ईश्वर सारे विश्व की वास्तविकता है, किसी इस या उस सम्प्रदाय का एकाधिकार नहीं। हिन्दू धर्म इस बात को पहचानता है कि मानवीय प्रकृति की वे शक्तियां, जो ईश्वर का साक्षात्कार करेंगी, अलग-अलग व्यक्तियों में अलग-अलग कोटि तक विकसित हुई होती हैं ; इसलिए इस ऊंची चोटी पर चढ़ने के लिए अवश्य ही अनेक मार्ग होंगे, भले ही वे ऊपर पहुंचकर एक जगह मिल जाते हों। उपासना का माध्यम मुख्यतया परम्परागत होता है और ऐतिहासिक संसर्गों से भरा होता है। इसे हमें बहुदेववाद के लिए छूट के रूप में देखने की आवश्यकता नहीं है। ऐसी अनेक सत्ताओं की, जो एक-दूसरे से स्वतन्त्र, और कभी-कभी एक-दूसरे की विरोधी भी मानी जाती हैं, उपासना, और ऐसी सत्ताओं की, जो एक ही सर्वोच्च आत्मा के विभिन्न पक्ष समझी जाती हैं, उपासना में मूलभूत अन्तर है। महान ईसाई चर्चों की संतों की सूचियों (कैलेण्डरों) में अनेक संतों और देवदूतों का उल्लेख है, फिर भी वे सम्प्रदाय एकेश्वरवादी हैं। पर, मूर्ति-पूजा सामान्य लोगों के लिए चाहे कितनी भी आवश्यक क्यों न हो, किन्तु हिन्दू धर्म में उसे घटिया ढंग की उपासना ही माना गया है।" "भगवान के साथ तादात्म्य सर्वोच्च हैं; उससे घटकर ध्यान की स्थिति है; उससे भी नीचे स्तोत्रों और मन्त्रों का बारम्बार पाठ करने की स्थिति है; और सबसे निचली स्थिति बाह्य पूजा की है।"[3] एक अन्य श्लोक में कहा गया है कि "पूजा के असंख्य कृत्य

---

1. तुलना कीजिए :
   चिन्मयस्याप्रमेयस्य निर्गुणस्य शरीरिणः
   साधकानां हितार्थाय ब्रह्मणो रूप कल्पना।
2. आभूत सम्प्लवं स्थानम् अमृत्वं हि भाष्यते।—विष्णुपुराण

   'निरुक्त' में (7-4) यास्क कहता है कि विभिन्न देवता एक ही आत्म के (एकस्यात्मनः) गौण सदस्य (प्रत्यङ्गानि) हैं। 'बृहद्देवत' (1-70-4) हमें बताता है कि दैवीय शक्तियों के अलग-अलग नाम उनकी गतिविधि के क्षेत्रों को ध्यान में रखकर (स्थान विभागेन) रखे गए हैं।
3. उत्तमो ब्रह्मसद्भावो ध्यानभावस्तु मध्यमः
   स्तुतिर्जपोऽधमोभावो बहिः पूजाऽधमाधमः।

मिलाकर एक स्तोत्र के बराबर होते हैं; असंख्य स्तोत्र मिलकर एक मंत्रपाठ के बराबर होते हैं; असंख्य मन्त्रपाठ मिलकर एक ध्यान (समाधि) के बराबर होते हैं और असंख्य ध्यान मिलकर भगवान में लय हो जाने के बराबर होते हैं।"[1] हम चाहे किसी भी देवता की उपासना क्यों न करें, वह भगवान का ही अभिन्न रूप होता है। "और हे गणपति, मैं तुझे नमस्कार करता हूं; तू ही सृष्टि का कर्ता है, तू ही धर्ता है और तू ही संहर्ता है; तू ही निश्चय से ब्रह्म है।"[2] यह अथर्ववेद का कथन है। विश्व की माता के रूप में भगवान का सर्वोच्च ईश्वरत्व के साथ तादात्म्य स्थापित कर दिया गया है। (दोनों को एक ही मान लिया गया है।) "पुण्यात्माओं के घर में तुम स्वयं ही समृद्धि हो; पापियों के घर में तुम दरिद्रता हो; परिष्कृत मनवाले लोगों के हृदय में तुम बुद्धि हो; सज्जनों में तुम श्रद्धा हो; कुलीनों में तुम लज्जा हो; देवी, तुम्हें हम प्रणाम करते हैं। तुम इस विश्व की रक्षा करो।"[3] हम अपने चुने हुए आदर्श के रूप में भगवान की उपासना करते हैं। शंकर (आचार्य) महान अद्वैतवादी था, परन्तु वह 'शक्ति' का परम उपासक भी था। अपने 'सूत्र भाष्य'[3] में वह लिखता है, "विधुरों के लिए और अविवाहितों के लिए भी देवताओं की प्रार्थना और प्रसादन (प्रसन्न करना) जैसे विशिष्ट धार्मिक कृत्यों द्वारा ज्ञान प्राप्त कर पाना सम्भव है।"[4] वह कहता है, "व्यक्ति को अपने लिए उपासना और ध्यान का कोई-सा एक रूप चुन लेना चाहिए, और उसपर तब तक दृढ़ रहना चाहिए, जब तक उपासना के विषय के साक्षात्कार द्वारा उपासना का फल प्राप्त न हो जाए।"[5] शंकर ने स्वयं अपने लिए 'शक्ति' का रूप चुना था और कुछ बड़े मर्मस्पर्शी

---

1. पूजाकोटिसमं स्तोत्रं स्तोत्रकोटिसमो जपः
जपकोटिसमं ध्यानं ध्यानकोटिसमो लयः।

2. नमस्ते गणपतये, त्वमेव केवलं कर्ताऽसि, त्वमेव केवलं धर्ताऽसि,
त्वमेव केवलं हर्ताऽसि, त्वमेव केवलं खल्विदं ब्रह्माऽसि।

3. या श्रीः स्वयं सुकृतिनां भवनेष्वलक्ष्मीः
पापात्मनां कृतधियां हृदयेषु बुद्धिः
श्रद्धा सतां कुलजनप्रभवस्य लज्जा,
तां त्वां नताः स्म परिपालय देवि विश्वम्।—मार्कण्डेय पुराण

4. 3-4-35

5. सूत्र भाष्य, 3-3-59। तुलना कीजिए, "परमात्मा स्वयं" प्लेटोमतानुयायी, मैक्सिमस ऑफ टायर ने कहा, "उस सबका, जो भी कुछ विद्यमान है, पिता और रचयिता है; वह सूर्य या आकाश से भी अधिक प्राचीन है; काल और शाश्वतता और अस्तित्व के समस्त प्रवाह से भी वह विशालतर है; कोई भी शास्त्रकार उसको नाम नहीं दे सकता; कोई भी वाणी उसका उच्चारण नहीं कर सकती; और किसी भी आंख से वह देखा नहीं जा सकता। परन्तु हम उनके तत्त्व को जान पाने में असमर्थ होने के कारण, उसका ज्ञान पाने लिए लालायित होकर ध्वनियों और नामों और चित्रों की, स्वर्णपत्रों, हाथीदांत और चांदी की, वनस्पतियों और नदियों, पर्वतशिखरों और प्रबल धाराओं की सहायता लेते हैं; और अपनी दुर्बलता के कारण, संसार में जो कुछ भी सुन्दर है, उसका नाम उस परमात्मा के स्वभाव के अनुसार रखते जाते हैं; ठीक वैसे, जैसेकि सांसारिक प्रेमी करते हैं। उनके लिए सबसे सुन्दर दृश्य प्रियतम या प्रियतमा का मुख ही बन उठता है, परन्तु स्मृति के लिए वे एक वीणा को, या छोटे-से बर्छे को देखकर या शायद किसी कुर्सी, दौड़ने के मैदान को देखकर या संसार की किसी भी ऐसी वस्तु को देखकर प्रसन्न होते हैं, जो प्रियतम या प्रियतमा की याद दिलाती है। और

स्तोत्र रचे थे। उसने अनेक मठों की स्थापना की, जिनमें से श्रृंगेरी, द्वारका, जगन्नाथपुरी और हिमालय में ज्योतिर्मठ मुख्य हैं।

हिंदू धर्म का मुख्य उद्देश्य यह है कि मूर्ति-पूजा को धार्मिक भावना के विकास के एक साधन के रूप में, उस भगवान को पहचानने के साधन के रूप में चलने दिया जाए, जिसके मन्दिर सब जीवों के अन्दर बने हुए हैं।[1] 'भागवत' में भगवान के मुंह से कहलवाया गया है, "मैं सब प्राणियों में उनकी आत्मा के रूप में विद्यमान हूं; परन्तु मेरी विद्यमानता की उपेक्षा करके मर्त्य मनुष्य मूर्ति-पूजा का ढोंग करता है।"[2] जब तक हमें सर्वत्र और कहीं भी भगवान की उपस्थिति अनुभव करने की आध्यात्मिक परिपक्वता प्राप्त नहीं हो जाती, तब तक हम मूर्ति-पूजा का अवलंबन कर सकते हैं। "अपना कर्तव्य करते हुए मनुष्य को मूर्ति इत्यादि द्वारा मेरी पूजा केवल तब तक ही करनी चाहिए, जब तक वह मुझे अपने हृदय में, सब प्राणियों में स्थित नहीं जान लेता।"[3] मूर्तियां तो केवल दुर्बल चित्त के लोगों के लिए हैं, क्योंकि मनीषी तो भगवान को सभी जगह देखता है।[4] अशिक्षित लोगों का स्वाभाविक रुझान मूर्ति-पूजा की ओर होता है, परन्तु मूर्ति-पूजा की गौणता की उपेक्षा नहीं की जा सकती। एक सुविदित श्लोक में कहा गया है कि परमात्मा के सानिव्य का अभ्यास सर्वोच्च प्रकार का धर्म है; परन्तु जो लोग इसमें असमर्थ हों, उन्हें चिन्तन और ध्यान का अभ्यास करना चाहिए ; यदि हम इस स्तर तक भी उठ पाने में असमर्थ हैं, तो फिर मूर्ति-पूजा अपनाई जा सकती है; और बिलकुल कच्चे तथा प्रारम्भिक लोगों के लिए होम, तीर्थयात्रा आदि करना उचित होगा।"[5]

जब हम मूर्ति-पूजा की तह में विद्यमान सिद्धान्त को जान लेते हैं, तब इस बात पर झगड़ा नहीं उठता कि किन मूर्तियों की पूजा की जाए। हिंदू इस बात को स्वीकार करता है कि जाननेवाले

क्या मैं मूर्तियों के सम्बन्ध में कुछ और विवेचन करके निर्णय दूं? मनुष्यों को केवल इतना जानना चाहिए कि दिव्य (ईश्वरीय) क्या है, और बस यही सब कुछ है। यदि किसी यूनानी कोफीडियास की कला को देखकर परमात्मा का स्मरण हो आता है, और किसी मिस्रवासी को पशुओं की पूजा करके, किसी अन्य व्यक्ति को नदी की, और किसी अन्य को अग्नि की पूजा करके, तो उनके इस मतभेद के लिए मुझे कोई खेद नहीं है: केवल इतना चाहिए कि वे ज्ञान प्राप्त करें, वे प्रेम करें, वे स्मरण रखें।"—मैक्सिमस ऑफ टायर, 8-9-10। अंग्रेज़ी अनुवाद श्री गिलबर्ट मरे द्वारा : 'फाइव स्टेजेज़ ऑफ ग्रीक सिविलाइजेशन'।

1. भूतात्मानं कृतालयम्।
2. अहं सर्वेषु भूतेषु भूतात्मा अवस्थितः।
   तम् अवज्ञाय मां मर्त्यः कुरुते अर्चां विडम्बनाम्।—329-21
3. अर्चादवर्चयेत् तावद् ईश्वरं मां स्वकर्मकृत्।
   यावन्न वेद स्वहृदि सर्वभूतेष्ववस्थितम्।
4. अग्निदेवो द्विजातीनां योगीनां हृदि दैवतम्।
   प्रतिमा स्वल्पबुद्धीनां सर्वत्र समदर्शिनाम्।
   दादू के शब्दों में, "न मन्दिर में जाने की ज़रूरत, न मस्जिद में; क्योंकि असली मस्जिद और मन्दिर तो दिल में हैं, जहां 'मालिक' को सेवा और सलाम दिया जा सकता है।"
5. उत्तमा सहजावस्था द्वितीया ध्यानधारणा
   तृतीया प्रतिमापूजा होमयात्रा चतुर्थिका।

की जैसी रीति होगी, उसीके अनुसार ज्ञान होगा; उसके अतिरिक्त कुछ भी नहीं जाना जा सकता। 'चाणक्यनीति' में कहा गया है, "देवता न लकड़ी में है, न पत्थर में, न मिट्टी में। देवता तो रहस्यमय भाव में है; इसलिए यह रहस्यमय भाव ही कारण है।"[1] उपासक की श्रद्धा के अनुसार ही उपासना का फल मिलता है।[2] सच्चे प्रतीक में अर्थ की एक के ऊपर एक अनेक तहें होती हैं और वह विभिन्न स्तरों पर अपने अर्थ को इस प्रकार प्रकट करता है, जिससे सबको समझ में आ सके। ज्यों-ज्यों हमारी श्रद्धा गहरी होती जाती है, त्यों-त्यों उस प्रतीक का अर्थ यथेष्ट होता जाता है। हम चाहे किसी भी प्रतीक से प्रारम्भ कर सकते हैं और ज्यों-ज्यों भाव बढ़ता जाएगा, त्यों-त्यों प्रतीक वास्तविकता (ईश्वर) के निकट पहुंचता जाएगा। हिन्दू लोग इस बात को समझते हैं कि न केवल सब मार्ग उस एक ही भगवान तक पहुंचते हैं, अपितु प्रत्येक व्यक्ति को वही मार्ग चुनना चाहिए, जो उस बिन्दु से शुरू होता है, जहां प्रस्थान के समय वह व्यक्ति खड़ा है।

उपासना की भावना अनुष्ठानों और संस्थाओं में साकार होनी ही चाहिए। समाज के धार्मिक जीवन को इन्द्रिय-ग्राह्य और संस्थात्मक अभिव्यक्ति दी जानी चाहिए। इसके अभाव में उपासना अपने पूर्ण वैभव और शक्ति का विकास शायद ही कभी कर पाती है। यदि हमारी आध्यात्मिक महत्त्वाकांक्षा को सूक्ष्म और अव्यक्त नहीं रहना है, तो इसे, अपनी विशुद्धता को गंवाने का जोखिम उठाकर भी, उन रूपों में साकार होना चाहिए, जिनके द्वारा मनुष्य की विविध शक्तियों और क्षमताओं का उपयोग किया जा सके। इसमें यह खतरा अवश्य है कि बाह्य रूप भावना का गला घोंट देंगे, अनुष्ठान-कृत्य स्वाभाविक प्रार्थना का स्थान ले लेंगे, बाह्य और दृश्य चिह्न आन्तरिक चारुता को धूमिल कर देंगे। फिर भी, पवित्र वस्तुओं और आनुष्ठानिक कृत्यों द्वारा ही मनुष्य की उपासना जीवन के सुनिर्दिष्ट तथ्यों में बद्धमूल होती है और उसमें स्वयं जीवन को भी बदल डालने की शक्ति आती है। अनुष्ठान-मन्दिर, पूजा की विभिन्न सामग्रियां, तीर्थयात्राएं अनकहे विश्वासों के वाहन हैं।

वैदिक आर्यों के पास कोई मन्दिर नहीं थे और न वे प्रतिमाओं का उपयोग करते थे। द्रविड़ सभ्यता ने मूर्ति-पूजा को प्रोत्साहन दिया और यज्ञ के स्थान पर पूजा पर ज़ोर दिया। मन्दिरों और मूर्ति-पूजा पर विभिन्न ग्रंथ हिन्दू धर्म के वैदिक वाद से आगे बढ़ आने के बाद ही रचे गए। परन्तु फिर भी वैदिक मंत्रों का प्रयोग किया जाता था और ऋषियों की प्रेरणामयी प्रतिभा ने वैदिक और वैदिक-भिन्न तत्वों को मिलाकर एक कर दिया और आगमों को भी वेदों के समान ही प्रामाणिक माना जाने लगा। मंदिर हिन्दू धर्म के दृश्य प्रतीक हैं। वे स्वर्ग के प्रति पृथ्वी की प्रार्थनाएं हैं। वे एकान्त और प्रभावोत्पादक स्थानों पर बने हुए हैं। हिमालय के महिमामय और पावन तुंग शिखर महान मन्दिरों के लिए स्वाभाविक पृष्ठभूमि हैं। ब्राह्म मुहूर्त में उपासना के

---

1. न देवो विद्यते काष्ठे न पाषाणे न मृण्मये
   देवो हि विद्यते भावे तस्माद्भावो हि कारणम्।—7-12
2. श्रद्धानुरूपं फलहेतुकत्वात्।—भागवत, 8-17

लिए नदी-तीर पर जाने की प्रथा का पालन शताब्दियों से होता चला आ रहा है। विश्राम और रहस्य से युक्त मंदिरों के भवनों का सौन्दर्य, असंगता तथा विस्मय का भाव जगाने वाली धुंधली ज्योतियां, गान और संगीत, मूर्ति और पूजा, इन सबमें व्यंजना की (संकेत करने की) शक्ति है। सब कलाओं, वास्तु कौशल, संगीत, नृत्य, कविता, चित्रकला और मूर्ति शिल्प, का प्रयोग इसलिए किया जाता है कि हम धर्म की उस शक्ति को अनुभव कर लें, जिसकी परिभाषा ही नहीं की जा सकती और जिसके लिए कोई भी कला यथेष्ट वाहन नहीं है। जो लोग पूजा में भाग लेते हैं, वे उस ऐतिहासिक हिन्दू अनुभव और उन प्रगाढ़ आध्यात्मिक शक्तियों से मिलकर एक हो जाते हैं, जिन्होंने हमारे आनुवंशिक उत्तराधिकार के सर्वोत्तम अंश को गढ़ा है।

परन्तु इस समय मन्दिरों में एक निष्प्रभ-सी मौन सहमति और उबानेवाली दिनचर्या का वातावरण रहता है। उन मन्दिरों का उन्मूलन करने का प्रयत्न, जिनसे लोगों को इतना तीव्र प्रेम और जिनके प्रति इतना अनुरागपूर्ण आदर है, व्यर्थ है। परन्तु हमें उनकी इस विद्यमान भावना और वातावरण को सुधारना चाहिए। सौन्दर्य और उदात्तता के प्रति सहजवृत्तिक प्रेम विकसित किगा जाना चाहिए। उपासकों की आंखों के सम्मुख निरन्तर सुन्दर प्रतिमाएं रहनी चाहिएं। हमारी सुन्दर की अनुभूति मन्दिर के अनुष्ठानों से तृप्त होनी चाहिए; मन्दिर के अनुष्ठान का प्रयोजन ही यह है कि वह मन को परमात्मा के रहस्यमय सान्निध्य के लिए तैयार करें। मन्दिरों में पूजा शुद्धतम ढंग कीं होनी चाहिए। फूलों और सुगन्धित धूप आदि की बलियां चढ़ाने की अनुमति दी जा सकती है, किन्तु पशुओं की बलियों का निषेध कर दिया जाना चाहिए। 'ऋग्वेद' तक में यह कहा गया है कि स्तुति, समिधा या पकाए हुए अन्न की बलि भी (पशुओं के) बलिदान-जितनी अच्छी है।[1] विद्वान मनुष्य पवित्र धर्म-विधियों के अतिरिक्त अन्य किसी समय किसी भी प्राणी को कष्ट नहीं पहुंचाता।[2] अहिंसा के सिद्धान्त और साथ ही मांस-भक्षण से दूषित (धर्म-भ्रष्ट) हो जाने के दृष्टिकोण के फलस्वरूप निरामिष भोजन अपनाया गया। अशोक के प्रभाव और वैष्णव मत के प्रसार के फलस्वरूप बहुत-से लोग यह मानने लगे कि मांस न खाना पुण्य का कार्य है। आजकल भारत की बहुत बड़ी ज़नसंख्या ने स्वेच्छा से मांस-भक्षण त्यागा हुआ है, हालांकि उनके पूर्वज युगों तक मांसभोजी रहे हैं।[3] आखिरकार, बलिदान का सिद्धान्त तो यही है न, कि अपना सर्वस्व परमात्मा को समर्पित कर दिया जाए, और अपना कार्य भगवान को समर्पण की भावना से किया जाए। 'भागबत' में कहा गया हैं, "ओ ब्राह्मण, जो कर्म ईश्वर, भगवान और ब्रह्म को समर्पित कर दिया जाता है, वह तीनों प्रकार के तापों से मुक्ति दिलानेवाली चिकित्सा है।"[4]

मन्दिर बहुत लम्बे समय तक संस्कृति के केन्द्र रहे हैं। कलाकारों ने अपनी सर्वोत्तम कृतियां

1. 8-19-5; 8-24-20; 6-16-47
2. अहिंसन् सर्वभूतानि अन्यत्र तीर्थेभ्यः।—छान्दोग्य उपनिषद्, 8-15-1
3. मनु का कथन है कि प्राण-संकट उपस्थित होने पर मांस खाने से कोई पाप नहीं लगता। —5-27-32
4. एतत् संसूचितं ब्रह्मन् तापत्रयचिकित्सितम्
यदीश्वरे भगवति कर्म ब्रह्मणि भावितम्।

वहां समर्पित कीं, कवियों ने अपनी कविताएं और संगीतज्ञों ने अपने गीत पहले-पहल मन्दिरों में गाए और उसके बाद वे बाहर की दुनिया में आए। सुन्दरता के सब पवित्रीकृतरूप हमारे अन्दर शाश्वत के प्रति एक अनुभूति जगाते हैं। मन्दिरों को जनता की संस्था बनना चाहिए और उनमें सबका प्रवेश हो सकना चाहिए। जिन लोगों का जीवन-निर्वाह मन्दिरों से होता है, उन पंडों को, जो प्रायः बहुत ही असंस्कृत और धनलोलुप होते हैं, विद्या प्राप्त करने के लिए और सुसंस्कृत बनने के लिए प्रोत्साहित किया जाना चाहिए। मन्दिरों में पूजा का उपयोग ईश्वर में विश्वास को बढ़ाने के लिए, और मन तथा आचरण की पवित्रता को बढ़ाने के लिए है। मन्दिरों में कन्याओं को समर्पित करने की प्रथा से यह आशा नहीं की ज़ा सकती कि वह मन को उचित दिशा में ले जाने में सहायक होगी।

घर में, जहां कि स्त्रियां प्रमुख भाग लेती हैं, धर्म की भावना पारिवारिक पूजा द्वारा ठीक बनी रहती है। मन्दिरों तथा सामयिक उत्सवों में होनेवाली पूजा में लोगों की विशाल भीड़ एकत्रित होती है। भागवतर लोग, जो प्रशिक्षित कथावाचक और गायक होते हैं, पुराण ग्रन्थों की व्याख्या करते हुए गांव-गांव घूमते हैं; आचार्य लोग, जो तपस्वी-संघों के अध्यक्ष होते हैं, परम्परा को बनाए रखते हैं और नवयुवकों को प्रशिक्षण देते हैं। हिन्दू धर्म का मुख्य सहारा क्रान्तदर्शी (पैगम्बर) लोग रहे हैं। वे न जाने कहां से आ पहुंचे हैं और उनके पीछे किसी प्राधिकार (अथॉरिटी) का समर्थन भी नहीं होता। भारत में, देश के प्रत्येक भाग में और उसके जीवन के प्रत्येक काल में, उपनिषदों के ऋषियों और बुद्ध से लेकर रामकृष्ण परमहंस और गांधी तक, इन क्रान्तदर्शियों की एक अटूट श्रृंखला (परम्परा) बनी रही है।

अनेक उपवासों और रात्रि-जागरणों, खान-पान के सम्बन्ध में विस्तृत विनियमों का प्रयोजन आत्म-संयम में सहायता देना है। मनु कहता है, "मांस खाने, मदिरा पीने और मैथुन करने में कोई अस्वाभाविक बात नहीं है, क्योंकि सभी प्राणियों की प्रवृति इन चीज़ों की ओर होती है, परन्तु इनसे बचे रहने का फल बहुत अच्छा होता है।"[1] महाभारत का कथन है कि "इच्छाएं उपभोग से शांत नहीं होतीं, अपितु जैसे घी डालने से आग चमक उठती है, वैसे ही वे भी और उद्दीप्त हो उठती हैं।"[2] हिन्दू मनीषी धर्म-विधियों (कर्मकाण्डों) का उपयोग केवल आन्तरिक शुद्धि के साधन के रूप में ही करते थे। गौतम ने अपने 'धर्म-सूत्र' में चालीस पवित्र धार्मिक विधियों के अनुष्ठानों का उल्लेख किया है, जिन्हें किसी भी अच्छे मनुष्य को करना चाहिए, और कहा है, "ये हैं चालीस पवित्र अनुष्ठान। और अब आते हैं आत्मा के आठ सद्गुण! ये हैं, सब जीवों के प्रति दया, धैर्य, संतोष, शुचिता, सदुद्यम, शुभ विचार, निर्लोभता, और ईर्ष्याशून्यता (निरसूयता)। जिस व्यक्ति ने इन सब पवित्र अनुष्ठानों को तो किया है किंतु जिसमें

---

1. न मांसभक्षणे दोषो, न मद्ये न च मैथुने,
   प्रवृत्तिरेषा भूतानां निवृत्तिस्तु महाफला।
2. न जातु कामः कामानामुपभोगेन शाम्यति
   हविषा कृष्णवर्मेव भूय एवाभिवर्धते।—1-75-49

ये सद्गुण नहीं हैं, वह ब्रह्म के साथ एकाकार नहीं हो सकता, वह ब्रह्म के लोक में नहीं पहुंचता; परन्तु जिसने इन पवित्र अनुष्ठानों में से केवल एक को किया है और जिसमें ये सद्गुण हैं, वह ब्रह्म से मिलकर एकाकार हो जाता है, और उसके लोक में पहुंचता है।"[1] सद्गुण आध्यात्मिक उत्कर्ष के विषय हैं। नैतिक सद्गुणों का अभ्यास सभी को करना चाहिए।[2]

तीर्थयात्रा के भी नैतिक पक्ष पर ही ज़ोर दिया गया है। 'वीरमित्रोदय' ने यह दिखाने के लिए 'महाभारत' का उद्धरण दिया है कि जो व्यक्ति लोभी, कपटी, क्रूर और अभिमानी है तथा सांसारिक विषयों में फंसा हुआ है, वह तीर्थों में स्नान करने से पवित्र नहीं हो सकता। वह पापमय और अशुचि ही रहेगा। केवल शरीर से मल धोकर ही हम पवित्र नहीं हो जाते; आंतरिक मलिनता से मुक्ति पाकर ही हम पवित्र हो पाते हैं।[3] तीर्थस्थान इसलिए पवित्र हैं, क्योंकि वहां भगवन्निष्ठ मनुष्य निवास करते हैं।[4] कहा जाता है कि गंगा में स्नान करने से घृणित से घृणित पाप भी धुल जाते हैं; परंतु 'गंगा' भी तो धर्म के प्रवाह की ही प्रतीक है।[5] 'महाभारत' में कहा गया है कि "हे राजेश्वर, सब वेदों को पढ़ने से या पवित्र तीर्थों के जल में स्नान करने से उसका सोलहवां अंश भी पुण्य नहीं होता, जितना सत्य भाषण से होता है।"[6] साथ ही, "यह विशाल विश्व परमात्मा का पवित्र मंदिर है; शुद्ध हृदय पवित्र तीर्थस्थान है; और शाश्वत सत्य अनश्वर शास्त्र है।"[7] संसार-सागर को तरने का उपाय नैतिक नियमों का पालन करना है। "दूसरों की कोई वस्तु मत छीनो; दूसरों की भावनाओं को चोट मत पहुंचाओ; सदा भगवान का स्मरण करो।"[8]

---

1. 8
2. एते सर्वेषां ब्राह्मणाद्यचाण्डालं धर्मसाधनम्।—याज्ञवल्क्य पर मिताक्षर की टीका, 6-22
3. यो लुब्धः पिशुनः क्रूरो दम्भिको विषयात्मकः,
   सर्वतीर्थेष्वपि स्नातः पापो मलिन एव सः।
   न शरीरमलत्यागात् नरो भवति निर्मलः,
   मानसे तु मले त्यक्ते भवत्यान्तः सुनिर्मलः।
4. भवद्विधाः भागवतास्तीर्थभूताः स्वयंविभोः
   तीर्थीकुर्वन्ति तीर्थानि स्वान्तस्थेन गदाभृता।—भागवत, 1-13-10
5. सा हि धर्मः द्रवः स्वयम्।—यम, 'स्मृतिचन्द्रिका' में उद्धृत
6. सर्ववेदाधिगमनं सर्वतीर्थावगाहनम्
   सत्यस्यैव च राजेन्द्र कलां नार्हति षोडशीम्।
7. सुविशालमिदं विश्वं पवित्रं ब्रह्ममन्दिरम्, चेतः सुनिर्मलं तीर्थं सत्यं शास्त्रमनश्वरम्।
   साथ ही 'महाभारत' से तुलना कीजिए :
   साधूनां दर्शनं पुण्यं तीर्थभूता हि साधवः, कालेन फलते तीर्थं सद्यः साधुसमागमः।
   नाम्भोमयानि तीर्थानि न देवा मृच्छिलामयाः, ते पुनन्त्युरुकालेन दर्शनादेव साधवः।
8. कस्यचित् किमपि न हरणीयम्
   मर्मवाक्यमपि नोच्चरणीयम्
   श्रीपतेः पदयुगं स्मरणीयम्
   लीलया भवजलं तरणीयम्।

वेदों की पैतृक बलि श्राद्ध से भिन्न है, यद्यपि पितृयज्ञ का मूल वही है। 'गौतम'[1] और 'आपस्तम्बर'[2] में श्राद्ध-विधि का विस्तृत विवरण दिया गया है। सीधी-सादी पितृ-पूजा का स्थान श्राद्ध को दिया गया। कौन-कौन लोग श्राद्ध करने के अधिकारी हैं, वे निश्चित कर दिए गए हैं। पहले-पहल पूर्वजों की तीन पीढ़ियों तक का श्राद्ध किया जाता था, परंतु मनु के समय से इस सूची में तीन पीढ़ियां और जोड़ दी गईं। निकट के तीन पूर्वजों और उनसे पहले के तीन पूर्वजों में अंतर रखा गया है। निकट के पूर्वजों को पिण्ड अर्थात् खाद्य के गोले पाने का अधिकार है और उनसे पहले के तीन को पिण्ड का कुछ अंश पाने का ही हक है। मनु ने तो केवल पितृपक्ष के पूर्वजों के लिए श्राद्ध का विधान किया था, किंतु याज्ञवल्क्य और उसके अनुयायियों ने यह नियम बनाया था कि मातृपक्ष के भी तीन निकटस्थ पूर्वजों को अपनी पुत्रियों के पुत्रों (दौहित्रों) से पिण्ड पाने का अधिकार है।[3] श्राद्ध पूर्वजों के प्रति श्रद्धा या सम्मान का कृत्य है। हम यह प्रदर्शित करते हैं, कि हम उन्हें याद रखे हुए हैं, उनका आदर करते हैं और उनकी भूख-प्यास मिटाने के लिए उन्हें प्रतीक के रूप में भोजन और जल प्रस्तुत करते हैं। यह दिवंगतों के साथ कल्पना-प्रवण सम्मिलन का कृत्य है।

यदि गोरक्षा का धार्मिक कर्तव्य के रूप में विधान किया गया है, तो इससे केवल यही प्रकट होता है कि शताब्दियों से चली आ रही परम्परा टूटी नहीं है। जब शिकारी के भ्रमणशील जीवन का स्थान कृषक जीवन ने लिया, जब अन्न बटोरने वाले का स्थान अन्न उगाने वाले ने लिया, तब गाय, जो दैनिक भोजन के लिए दूध देती थी और खेती की विविध प्रक्रियाओं में सहायता देती थी, कुटुम्ब के लिए बहुत बड़ी सहायक बन गई। आज भी उन हिन्दुओं में, जो निरामिष भोजी हैं, दूध और उससे बने पदार्थों का मूल्य बहुत आंका जाता है। गाय को मानव-जाति की धाय माना जाने लगा। वहुत प्रारम्भिक काल से ही गोरक्षा को धार्मिक अनुमोदन प्रदान किया गया।[4] जब तक भारत की बहुसंख्या कृषि पर निर्भर बनी रहती है, और खेती मशीनों से नहीं होने लगती, तब तक गो-रक्षा उपयोगी है। परन्तु इसमें धार्मिकता की कोई बात नहीं है। गाय पशु-जगत् की प्रतीक है और उसके प्रति आदर का अर्थ पशु-जगत् के प्रति आदर है। और फिर भी आज, भारत में पशुओं के कष्टों के प्रति पाषाणहृदयता और शिकार या बलि के लिए पशुओं की हत्या अनियंत्रित रूप में विद्यमान है, चाहे वह हिन्दू धर्म की भावना के कितनी ही प्रतिकूल क्यों न हो। बहुत-से हिन्दू राजा और हिन्दू जनता इस सम्बन्ध में जरा भी चिन्तित प्रतीत नहीं होती।

---

1. 15

2. 2

3. "जब पितृपक्ष के पूर्वजों के सम्मान में अन्त्येष्टि क्रियाएं यथाविधि सम्पन्न की जा चुकें, उसके बाद मातृपक्ष के पूर्वजों को भी पिण्ड (भोजन के गोले) दिए जाने चाहिए।"—1-24-2

4. तुलना कीजिए, चाणक्य :

आदौ माता गुरोः पत्नी ब्राह्मणी राजपत्निका,
धेनुर्धात्री तथा पृथ्वी सप्तैता मातरः स्मृताः।

जाति (वर्ण) और अस्पृश्यता

जातियों या वर्गों का विभाजन व्यक्तिगत स्वभाव पर आधारित है,[1] जो अपरिवर्तनीय नहीं है। प्रारम्भ में केवल एक ही वर्ण था। हम सबके सब ब्राह्मण थे या सबके सब शूद्र थे।[2] एक स्मृति के मूल पाठ में कहा गया है कि जब व्यक्ति जन्म लेता है, तब वह शूद्र होता है और फिर शुद्ध होकर वह ब्राह्मण बनता है।[3] सामाजिक आवश्यकताओं और वैयक्तिक कर्मों के अनुसार लोगों को विभिन्न वर्गों में बांट दिया गया है। ब्राह्मण लोग पुरोहित हैं। उनके पास न सम्पत्ति (जायदाद) होनी चाहिए और न कार्यकारी (शासन की) शक्ति। वे लोग द्रष्टा (ऋषि) हैं, जो समाज के अन्तःकरणस्वरूप हैं। क्षत्रिय लोग प्रशासक हैं, जिनका सिद्धान्त है जीवन के प्रति सम्मान और श्रद्धा। वैश्य लोग व्यापारी और कारीगर हैं, शिल्प-कौशल वाले लोग, जिनका उद्देश्य है कार्यपटुता। अकुशल कामगर, श्रमिक वर्ग, शूद्र हैं। उनकी अपने कार्य में कार्य के लिए कोई विशेष रुचि नहीं होती; केवल अनुदेशों का पालन करते जाते हैं और कुल कार्य में उनका योग (देन) केवल अंशमात्र ही होता है। वे निर्दोष मनोवेगों का जीवन बिताते हैं और परम्परागत रीतियों को अपनाते हैं। उनका सारा आनन्द विवाह और पितृत्व की पारिवारिक तथा अन्य सामाजिक सम्बन्धों की ज़िम्मेदारियों को पूरा करने में ही होता है। वर्णों के आधार पर बने हुए समूह (जातियां) समाज के सांस्कृतिक, राजनीतिक, आर्थिक और औद्योगिक अनुभागों का कार्यभार संभालने वाली व्यावसायिक श्रेणियां अधिक हैं। हिन्दू धर्म ने आर्यों को, द्रविड़ों को और पूर्व की ओर गंगा की घाटी में आ भटकी मंगोल जातियों को और हिमालय-पार से आक्रमण करने वाले पार्थियन, सीथियन और हूण लोगों को अपने बाड़े में खींच लिया। इससे अपने बाड़े में अनेक प्रकार के विविध लोगों को लिया और धर्म-परिवर्तन करके हिन्दू बनने वाले लोगों को यह छूट दी कि वे नये धर्म में रहते हुए भी अपने पुराने धर्मों की विधियों और परम्पराओं को बनाए रखें, यद्यपि उनके रूपों में सदैव कुछ न कुछ परिवर्तन किया गया। 'महाभारत' में इन्द्र सम्राट् मान्धाता से कहता है कि वह यवनों जैसी सब विदेशी जातियों को आर्यों के प्रभाव में लाए।[4] हिन्दू धर्म में उसके विकास के सभी स्तरों पर जातिभेदों की आश्चर्यजनक विविधता रही है। 'ऋग्वेद' के काल में विभाजन आर्यों और दासों के रूप में था, और स्वयं आर्यों में कोई पक्के विभाग नहीं थे। 'ब्राह्मण ग्रन्थों' के काल में चारों वर्ण जन्म पर आधारित अनम्य (सुकठोर) समूहों में विभक्त हो चुके थे। ज्यों-ज्यों कला-कौशलों की संख्या और जटिलता बढ़ी, त्यों-त्यों धन्धों (पेशों) के आधार पर जातियों का विकास हुआ। स्मृतियों ने अनगिनत जातियों का कारण

1. सत्त्वाधिको ब्राह्मणः स्यात् क्षत्रियस्तु रजोधिकः
   तमोधिको भवेत् वैश्यः गुणसाम्यात्तु शूद्रता।
2. बृहदारण्यक उप०, 1-4-11-15; मनु० 1-31; महाभारत से भी तुलना कीजिए, 12-188 :
   न विशेषोस्ति वर्णानां सर्व ब्राह्ममिदं जगत्।
   ब्रह्मणा पर्वसृष्टं हि कर्मभिर्वर्णतां गतम्।
3. जन्मना जायते शूद्रः संस्कारैर्द्विज उच्यते।
4. शान्तिपर्व, 65

अनुलोम और प्रतिलोम विवाहों द्वारा चारों वर्णों के परस्पर मिश्रण को बताया है। जब वैदिक आर्यों ने देखा कि उनके यहां अनेक जातियों और रंगों के अनेक कबीलों और श्रेणियों वाली जनसंख्या विद्यमान है; ये कबीले और श्रेणियां विभिन्न देवताओं और भूत-प्रेतों की पूजा करती हैं, अपनी असदृश प्रथाओं और रहन-सहन की आदतों पर चलती हैं और अपने कबीलों की भावनाओं से भरी हुई हैं, तो उन्होंने चौहरे वर्गीकरण को अपनाकर उन सबको एक ही समष्टि में ठीक ढंग से बिठा देने का प्रयत्न किया। ये चार वर्ण मूल जातीय भेदों का अवक्रमण कर जाते हैं (उनसे ऊपर हैं)। यह ऐसा वर्गीकरण है, जो सामाजिक तथ्यों और मनोविज्ञान पर आधारित है। हिन्दू धर्म की एक सारभूत विशेषता है—मनुष्य में आत्मा को स्वीकार करना; और इस दृष्टि से सब मनुष्य समान हैं। वर्ण या जाति कार्य की असदृशता है और जीवन का लक्ष्य निष्काम सेवा द्वारा जाति-वैविध्य से ऊपर उठ जाना है। वर्ण-व्यवस्था सम्पूर्ण मानव-जाति पर लागू करने के लिए है। 'महाभारत' में कहा गया है कि यावन (यूनानी, किरात, दरद, चीनी, शक, सीथियन), पह्लव (पार्थियन), शवर (द्रविड़ पूर्व जातियां) तथा अन्य कई अहिन्दू लोग इन्हीं चार वर्णों में से किसी न किसी में आते हैं।[1] ये विदेशी जन-जातियां (कबीले) हिन्दू समाज में घुल-मिल गईं। वह समंजन, जिसके द्वारा विदेशियों को हिन्दू धर्म में दीक्षित कर लिया जाता है, बहुत प्राचीन काल से होता चला आ रहा है। जब तक विदेशी लोग समाज की साधारण परम्पराओं और सांझे कानूनों का पालन करते थे, तब तक उन्हें हिन्दू ही समझा जाता था। बड़े-बड़े साम्राज्य-निर्माता, नन्द, मौर्य और गुप्त, पौराणिक दृष्टिकोण के अनुसार निम्न वर्णों में उत्पन्न हुए थे। गुप्त सम्राटों ने लिच्छबियों में विवाह किए, जो कि म्लेच्छ समझे जाते थे। बाद में कुछ हिन्दुओं ने यूरोपियन और अमेरिकनों से भी विवाह किए हैं। यद्यपि प्रबल जातिभेद अब भी प्रचलित है, परन्तु अन्तर्जातीय विवाह असन्तोषजनक नहीं रहे। सामाजिक दशाएं अनुकूल हों, तो वे और भी अधिक सफल होंगे।[2] इस प्रणाली को इस उद्देश्य से रचा गया था कि इसके

---

1. शान्तिपर्व, 55। साथ ही देखिए, मनु, 10–43-44

2. एक उत्कृष्ट पर्यवेक्षक लार्ड ब्राइस ने ब्राज़ील के विषय में कहा है, "पूर्व तथा अफ्रीका के पश्चिमी तट पर स्थित पुर्तगाली उपनिवेशों के अतिरिक्त ब्राज़ील ही एक ऐसा देश है, जहां यूरोपियन अफ्रीकन जातियों का सम्मिश्रण कानून या प्रथा की किसी भी रोकटोक के बिना हो रहा है। मानवीय समानता और मानवीय एकता के सिद्धान्त वहां पूरी तरह अपना काम कर रहे हैं। यह कार्य इतना अधिक सन्तोषजनक है कि वहां वर्ग-संघर्ष बहुत कम या बिलकुल नहीं है। गोरे लोग नीग्रो लोगों को बिना कानून के दंड नहीं देते या उनके साथ दुर्व्यवहार नहीं करते; वस्तुतः, मैंने कभी-कदास राजनीतिक उग्र आन्दोलन के अंग के रूप में हुए अत्याचारों को छोड़कर दक्षिण अमेरिका में कहीं भी नीग्रो लोगों को बिना कानून के दंड देने की बात नहीं सुनी। नीग्रो लोगों पर धृष्टता का दोषारोपण नहीं किया जाता; और न उनमें अपराध करने की प्रवृत्ति ही उसकी अपेक्षा अधिक प्रतीत होती है, जितनी कि नैतिकता और सम्पत्ति के सम्बन्ध में शिथिल धारणावाले किन्हीं भी अज्ञ लोगों में स्वभावतः पाई जाती है। रक्त के इस परस्पर सम्मिश्रण का ब्राज़ील के यूरोपियन तत्त्व पर अन्त में जाकर क्या प्रभाव पड़ेगा, यह भविष्यवाणी करने का दुस्साहस मैं नहीं करूंगा। यदि कुछ थोड़े-से उल्लेखनीय उदाहरणों के आधार पर कुछ निर्णय किया जा सके, तो इतना कहा जा सकता है कि इससे बौद्धिक प्रमाप (स्तर) गिरे ही, यह आवश्यक नहीं है।"—'साउथ अमेरिका, ऑब्ज़र्वेशन्स ऐंड इम्प्रैशन्स' पृ० 477, 480

द्वारा पहले भारत की विभिन्न जातीय जनता और उसके बाद समस्त संसार की जनता एक ही सांझी आर्थिक, सामाजिक, सांस्कृतिक और आध्यात्मिक श्रृंखला में बंध सके। प्रत्येक वर्ग के लिए सुनिश्चित कृत्य और कर्तव्य नियत करने और उन्हें अधिकार और विशेषाधिकार देने से यह आशा की जाती थी, कि विभिन्न वर्ग सहयोगपूर्वक कार्य करेंगे और उनमें जातीय समन्वय हो सकेगा। यह एक ऐसा सांचा है, जिसमें सब मनुष्यों को, उनकी व्यावसायिक योग्यता और स्वभाव के अनुसार, ढाला जा सकता है। वर्ण-धर्म का आधार यह है कि प्रत्येक व्यक्ति को अपने विकास के विधान को पूर्ण करने का यत्न करना चाहिए। हमें अपने अस्तित्व के नमूने के अनुकूल ही अपने जीवन को अनुशासित करना चाहिए; जिस नमूने के हम नहीं हैं, उसके पीछे दौड़कर अपनी ऊर्जाओं का अपव्यय करने से कोई लाभ नहीं है।

इस योजना का यह ध्येय अवश्य था कि आनुवंशिकता और शिक्षा की शक्तियों का प्रयोग करके विभिन्न वर्गों के सदस्यों में यथायोग्य भावना और परम्परा का विकास किया जाए, परन्तु इस विभाजन को सुकठोर (अनम्य) नहीं समझा जाता था। कुछ उदाहरण ऐसे हैं, जिनमें व्यक्तियों और समूहों ने अपना सामाजिक वर्ग (वर्ण) बदल लिया था। विश्वामित्र, अजमीढ़ और पुरामीढ को ब्राह्मणवर्ग में स्थान दिया गया था, और यहां तक कि उन्होंने वैदिक ऋचाओं की रचना भी की थी। यास्क ने अपने 'निरुक्त' में बताया है कि सन्तानु और देवापि दो भाई थे; उनमें एक क्षत्रिय राजा बना और दूसरा ब्राह्मण पुरोहित। दासकन्या इलुषा के पुत्र कवष ने एक यज्ञ में ब्राह्मण पुरोहित का कार्य किया था।[1] जनक ने जो जन्म से क्षत्रिय था, अपनी परिपक्व बुद्धि और सन्तजनोचित चरित्र के कारण ब्राह्मण-पद प्राप्त कर लिया था।[2] भागवत में बताया गया है कि धष्टु, नामक क्षत्रिय जाति उन्नत होकर ब्राह्मण बन गई थी। जात्युत्कर्ष के लिए व्यवस्था रखी गई है। भले ही आप शूद्र हों, पर यदि आप अच्छे काम करते हैं तो आप ब्राह्मण बन जाते हैं।[3] हम ब्राह्मण जन्म के कारण, संस्कारों के कारण, अध्ययन या कुटुम्ब के कारण नहीं होते, अपितु अपने आचरण के कारण होते हैं।[4] भले ही हमने शूद्र के घर में जन्म क्यों न लिया हो, अच्छे आचरण द्वारा हम उच्चतम स्थिति (पद) तक पहुंच सकते हैं।[5]

---

1. ऐतरेय ब्राह्मण, 2-19
2. रामायण बालकाण्ड, 51-55
3. एभिस्तु कर्मभिर्देवि शुभैराचरितैस्तथा
   शूद्रो ब्राह्मणतां याति वैश्यः क्षत्रियतां व्रजेत्।
4. न योनिर्नापि संस्कारो न श्रुतं न च सन्ततिः
   कारणानि द्विजत्वस्य वृत्तमेव तु कारणम्।
   और साथ ही :
   सर्वोयं ब्राह्मणो लोके वृत्तेन च विधीयते
   वृत्तस्थितस्तु शूद्रोपि ब्राह्मणत्वं नियच्छति।
5. शूद्रयोनौ हि जातस्य सद्गुणानुपतिष्ठतः।
   वैश्यत्वं लभते ब्राह्मं क्षत्रियत्वं तथैव च।
   आर्जवे वर्तमानस्य ब्राह्मण्यं अभिजायते।—अरण्यपर्व।

मानव-प्राणी सदा बनता रहता है। उसका सार गति में है, जकड़े हुए उद्देश्यों में नहीं। पहले स्वस्थ सामाजिक गतिशीलता थी, और बहुत समय तक वर्ण आनुवंशिक, सुनियत जातियां, नहीं बने। परन्तु कर्म के आधार पर विभाजन बहुत प्राचीन काल से ही काम नहीं करता रहा। मैगस्थनीज़ हमें वर्ण-व्यवस्था से भिन्न विभाजन के विषय में बताता है। उसने राजनीतिज्ञों और सरकारी कर्मचारियों को सबसे ऊंचा स्थान दिया है और शिकारियों तथा जंगली लोगों को छठे विभाग में रखा है। पतञ्जलि ने ब्राह्मण राजाओं और मनु ने शूद्र शासकों का उल्लेख किया है। सिकन्दर के समय ब्राह्मण सैनिक होते थे, जैसे कि आज भी होते हैं। वर्ण-व्यवस्था का लक्ष्य चाहे जो कुछ रहा हो, परन्तु हुआ यह कि लोगों में एक मिथ्या अभिमान की भावना आ गई और उसके फलस्वरूप निचले वर्णों का तिरस्कार होने लगा। 'रामायण' में राम शम्बूक को तप करने के कारण मार डालता है।[1] शूद्रों के सम्बन्ध में मनु की दुर्भाग्यपूर्ण उक्तियां सम्भवतः उसके बौद्ध धर्मविरोधी रुख से प्रेरित थीं; जो बौद्धधर्म शूद्रों को अध्ययन और मठवाद का उच्चतम धार्मिक जीवन बिताने का अधिकार देता था। मनु की दृष्टि में ये वे शूद्र थे, जो द्विजों (ब्राह्मणों या उच्च वर्णों) की-सी शान दिखाया करते थे।[2] मनु ने धर्मशास्त्रों के अध्ययन का अधिकार केवल ब्राह्मणों तक सीमित रखा है, परन्तु शंकराचार्य का मत है कि उन्हें सब वर्णों के लोग पढ़ सकते हैं। जब वर्ण-व्यवस्था की मूल योजना में अत्यधिक रूढ़िवाद (नियम-निष्ठा) आ गया, तब उसके विरोध में बौद्ध और जैन मतों के अनुयायियों ने प्रतिवाद की आवाज़ उठाई; और उन्होंने मैत्री या मानवीय भ्रातृभाव के आदर्श पर ज़ोर दिया। विशेष रूप से वे लोग इन नये मतों में दीक्षित हो गए, जिन्हें अपनी शक्तियों को उच्चतम सीमा तक विकसित करने का अवसर प्राप्त नहीं था। हिन्दू आचार्यों ने जाति के आधार पर भेदभाव की निन्दा की। 'वज्रसूचीकोपनिषद्' का मत है कि ऐसे बहुत-से लोग ब्राह्मण मुनियों के पद तक पहुंच गए थे, जो अ-ब्राह्मणियों की सन्तान थे।[3] परन्तु शीघ्र ही जाति के सम्बन्ध में कट्टरता और पक्षपात प्रबल हो उठे और उनसे कष्ट पाकर बहुत-से लोग मुसलमान बन गए। हिन्दू समाज में जीवन और प्रकाश के बुझते हुए अंगारों को फिर प्रदीप्त करने के लिए रामानन्द, कबीर, नानक, दादू और नामदेव जैसे मानवीय भ्रातृभाव के प्रचारक उठ खड़े हुए। पश्चिमी सभ्यता के उदारता बढ़ाने वाले प्रभाव के परिणामस्वरूप जात-पांत की प्रथाएं धीरे-धीरे सुधर रही हैं और वैवाहिक प्रतिबन्ध ढीले पड़ रहे हैं। राममोहनराय, दयानन्द सरस्वती और गांधी ने अन्य अनेक लोगों के साथ इस नीरव क्रान्ति में योग दिया।[4] प्राचीन शास्त्रों की भावना से उन्हें

1. कालिदास ने अपने 'रघुवंश' (15-42-57) में और भवभूति ने अपने 'उत्तर रामचरित' में उसे स्वर्ग गया बताया है।

2. शूद्रांश्च द्विजलिङ्गिनः।

3. जात्यन्तरेषु अनेकजातिसम्भवात् महर्षयो बहवः सन्ति व्यासः
कैवर्तकन्यायां, वशिष्ठ उर्वश्यां...अगस्त्यः कलशज इति श्रुतत्वात्।

4. हिन्दू महासभा तक ने संस्ताव पास किया, "क्योंकि आजकल की जन्म पर आधारित वर्ण-व्यवस्था सार्वभौम सत्यों और नैतिक शिक्षाओं के स्पष्ट रूप से प्रतिकूल है, क्योंकि यह हिन्दू धर्म की मूल भावना का ठीक प्रतिपक्षी (विरोधी) है, क्योंकि यह मानवीय समानता के

बहुत समर्थन मिला। विप्र को विप्र इसलिए कहा जाता है कि वह वेदपाठ करता है और ब्राह्मण ब्रह्मज्ञानी होने के कारण ब्राह्मण कहलाता है।[1] 'महाभारत' के एक प्रसिद्ध श्लोक में कहा गया है कि हम सब ब्राह्मण ही उत्पन्न होते हैं और बाद में अपने आचरण और धन्धों (पेशों) के कारण अलग-अलग वर्णों में पहुंच जाते हैं।[2] पहले सारा संसार एक ही वर्ण था, और बाद में चार वर्ण लोगों के अपने-अपने आचरण के कारण स्थापित हुए।[3] आदिम जातियों का हिन्दूकरण, उच्चतर आदर्शों के प्रति स्वाभाविक आकर्षण, धीरे-धीरे बिना किसी दबाव के होता रहा है। इसे और भी शीघ्र तथा सफल बनाने के लिए सवर्ण हिन्दुओं को अपनी पृथक्ता और अभिमान को त्याग देना चाहिए। वर्णभेद ने हिन्दुओं में एक जातीयता का विकास नहीं होने दिया। एक सीमा तक अवयवात्मक समष्टि (सम्पूर्णता) और सांझे उत्तरदायित्व की भावना का विकास करने के लिए हमें जात-पांत की भावना को समाप्त करना होगा। हमें अनगिनत जातियों और उपजातियों से भी पिण्ड छुड़ाना होगा, जिनके साथ ऐकांतिकता, ईर्ष्या, लोभ और भय की भावना जुड़ी है।

शारीरिक शुद्धि (शौच) आन्तरिक शुद्धि का ही साधन है। स्वच्छता दिव्यता के लिए प्राथमिक सहायता है। स्वच्छता के सम्बन्ध में हमारे विचार कुछ और अधिक वैज्ञानिक होने चाहिएं। पुराने समय में ब्राह्मण, क्षत्रिय और वैश्य एक-दूसरे के हाथ का पकाया हुआ अन्न खा सकते थे। मनु का कथन है कि द्विज को शूद्र के हाथ का पका भोजन नहीं करना चाहिएं।[4] परन्तु जो खाद्य दास ने या परिवार के मित्र ने या खेती के लाभ में साझीदार ने पकाया हो, वह खाया जा सकता है।[5] हमारे इस समय में इस प्रकार के भेदभाव असमर्थनीय हैं और खिझाने वाले हैं, और ये स्वच्छन्द सामाजिक गति में रुकावट डालते हैं। प्राचीन काल में मांस ब्राह्मण लोग भी खाते थे। प्राचीन वैदिक धर्म में पांच प्रकार के पशुओं की बलि दी जाती थी : बकरी, भेड़, गाय या सांड, और घोड़ों की।[6] बौद्ध, जैन और वैष्णव मतों के प्रभाव के कारण यह प्रथा बुरी समझी जाने लगी। मनु और याज्ञवल्क्य ने मांसभक्षण पर इतने अधिक प्रतिबन्ध लगा दिए हैं कि वे मांसाहार को निरुत्साहित करते हैं। भारत के कुछ भागों (बंगाल और कश्मीर) में आजकल भी ब्राह्मण मांस खाते हैं, जबकि कुछ अन्य भागों में (गुजरात में) निचले वर्णों के लोग भी मांस

बिलकुल प्रारम्भिक अधिकारों का उपहास करती है, इसलिए यह अखिल भारतीय हिन्दू महासभा इस प्रथा के प्रति घोर विरोध प्रकट करती है और हिन्दू समाज से अनुरोध करती है कि वह शीघ्र से शीघ्र इसे समाप्त कर दे।"

1. वेदपाठेन विप्रोस्तु ब्रह्मज्ञानात्तु ब्राह्मणः।
   इस लोकप्रिय श्लोक से तुलना कीजिए।
2. अनादाविह संसारे दुर्वारे मकरध्वजे
   कुले च कामिनीमूले काजातिपरिकल्पना।
3. एकवर्णमिदं पूर्वं विश्वमासीद् युधिष्ठिर
   कर्मक्रियाविशेषेण चातुर्वर्ण्यं प्रतिष्ठितम्।—अरण्यपर्व
4. 4-232 ; गौतम, 17-1
5. 4-253 ; आपस्तम्ब 18-1-9, 13, 14
6. 1-17-30, 37

से परहेज़ करते हैं। हमारी आदतें स्वच्छता के सिद्धान्तों पर आधारित होनी चाहिएं, निषेधों पर नहीं। स्पर्श से अपवित्र हो जाने की धारणा त्याग दी जानी चाहिए। अस्पृश्यता कई कारणों से उत्पन्न होती है : जाति के नियमों का उल्लंघन करने से; कुछ विशेष पेशों को करने से; कुछ अनार्य धर्मों को स्वीकार कर लेने से। अस्पृश्यता का पाप पतनकारी है। और इस कुसंस्कार को दूर किया जाना चाहिए। 'भगवद्गीता' में कहा गया है कि स्वाभाविक योग्यताओं और धर्मों (धन्धों) पर आधारित केवल चार ही वर्ण हैं[1] और मनुष्यों की दिव्य (देव) और राक्षसी (आसुर), केवल ये ही दो श्रेणियां हैं।[2] मनु का कथन है कि केवल चार ही वर्ण हैं, पांचवां वर्ण कोई नहीं है।[3] हरिजनों के विरुद्ध भेदभाव करना बिलकुल अनुचित है। जब शंकराचार्य ने एक 'अछूत' से बचने की चेष्टा की तो उसे यह बताया गया कि यह अनुचित है।[4] पूजा के स्थान, सार्वजनिक कुएं, श्मशान और स्नान के घाट जैसी सार्वजनिक उपयोग की वस्तुएं, होटल और शिक्षा-संस्थाएं सबके प्रवेश के लिए खुली रहनी चाहिएं। इन विषयों में सुधार भारतीय राजाओं द्वारा शासित भारतीय राज्यों में कहीं अधिक प्रभावी हुए हैं।[5] आज जो कुछ किया जा रहा है,

---

1. चातुर्वर्ण्यं मया सृष्टं गुणकर्मविभागशः।

2. 16-6

3. ब्राह्मणः क्षत्रियो वैश्यः त्रयो वर्णा द्विजातयः
चतुर्था एक जातिस्तु शूद्रो नास्ति तु पञ्चमः।

4. अन्नमयादन्नमयम् अथवा चैतन्यमेव चैतन्याद्।
द्विजवर दूरीकृतं वाञ्छसि किं ब्रूहि गच्छ गच्छेति।

लंदन में गोलमेज़ कान्फ्रेंस (1931) में गांधी ने कहा था, "यह समिति (अल्पसंख्यक समिति) और सारी दुनिया यह जान ले कि आज ऐसे हिन्दू सुधारकों का एक पूरा वर्ग है, जो यह अनुभव करते हैं कि अस्पृश्यता एक लज्जा की वस्तु है, अछूतों के लिए नहीं, अपितु सवर्ण हिन्दुओं के लिए; और इसलिए उन्होंने इस कलंक को दूर करने की ठान ली है।...अस्पृश्यता जीवित रहे, इसकी तुलना में मैं यह अधिक पसन्द करूंगा कि हिन्दू धर्म मर जाए। जितना भी ज़ोर देकर मैं कह सकता हूं, उतना ज़ोर देकर मैं कह रहा हूं कि यदि इस वस्तु का विरोध करने वाला केवल मैं ही अकेला व्यक्ति होऊं, तो भी मैं अपनी जान की बाज़ी लगाकर भी इसका विरोध करूंगा।"

5. बड़ौदा के स्वर्गीय महाराजा गायकवाड़ ने कई बहुत स्तुत्य सुधार किए थे और यह घोषणा की थी कि राज्य के प्रबन्ध में विद्यमान हिन्दू मन्दिर सब जातियों के हिन्दुओं के लिए, अन्त्यजों तक के लिए भी, खोल दिए जाएंगे।

12 नवम्बर, 1936 को त्रावणकोर-नरेश ने निम्नलिखित घोषणा की :

"हमारे धर्म की सत्यता और प्रामाणिकता में गहरा विश्वास रखते हुए, यह समझते हुए कि यह दिव्य प्रेरणा और सर्वव्यापी सहिष्णुता पर आधारित है, यह जानते हुए कि अपने व्यवहार में गत शताब्दियों में यह अपने-आपको बदलते हुए समयों की आवश्यकताओं के अनुकूल ढालता रहा है, और इस विषय में उत्सुक होकर कि मेरी हिन्दू प्रजा का कोई भी व्यक्ति जन्म, जाति या बिरादरी के कारण हिन्दू धर्म की सान्त्वना और शान्ति से वंचित न रहे, मैंने निश्चय किया है और मैं एतद्द्वारा घोषणा करता हूं, यह आज्ञप्ति करता हूं और आदेश देता हूं कि मन्दिरों में समुचित वातावरण बनाए रखने के लिए और उनके पूजा-अनुष्ठान आदि को बनाए रखने के लिए जो भी नियम और शर्तें बनाई जाएं और लागू की जाएं, उनका पालन करते हुए, अब से सरकार द्वारा नियंत्रित मन्दिरों में प्रवेश या पूजा के लिए जन्म या धर्म के कारण किसी भी हिन्दू पर कोई भी प्रतिबन्ध नहीं रहेगा।"

वह न्याय का या दान का प्रश्न नहीं है, अपितु प्रायश्चित्त का प्रश्न है। जितना कुछ हमारे सामर्थ्य में है, वह सब भी जब हम कर चुकेंगे, तब भी, इस विषय में जितना हमारा पाप है, उसके एक अल्प अंश का भी प्रायश्चित्त नहीं हो पाएगा।

संस्कार

संस्कारों में प्रमुख ये हैं : (1) जातकर्म या जन्म; (2) उपनयन या आत्मिक जीवन में दीक्षा; (3) विवाह; (4) अंत्येष्टि या मृतक की अंतिम क्रिया। अन्य संस्कार, जैसे नामकरण—बच्चे का नाम रखना, अन्नप्राशन—बच्चे को पहली बार पका हुआ भोजन खिलाना, विद्यारम्भ—बच्चे की शिक्षा का आरम्भ लोकप्रिय ढंग के संस्कार हैं, जिनसे बच्चे के प्रति प्रेम और वात्सल्य प्रकट होता है। उपनयन को छोड़कर बाकी सब संस्कार भले ही अलग-अलग रूपों में, सभी हिन्दुओं द्वारा किए जाते हैं। उपनयन आध्यात्मिक पुनर्जन्म है। पहले जन्म में विच्छेद, वियोग और आवश्यकता के सामने झुकना होता है। यह दूसरा जन्म सम्मिलन और स्वाधीनता में होता है। पहले जन्म में अस्तित्व का विशुद्धतया बाहरी रूप ही होता है; दूसरे जन्म का अर्थ है कि जीवन को गहरे आंतरिक स्तर पर जीना है। उपनयन संस्कार का मूल भारत-ईरानी है। इसका सार पवित्र गायत्री मंत्र सिखाने में है। यह एक प्रार्थना है जो सवितृ (सूर्य)[1] से की गई है, जो सृष्टि का मूल उद्गम और प्रेरक माना जाता है। सारा सत्य प्रतीकात्मक है। सूर्य जो प्रकाश और जीवन का प्रत्यक्ष स्रोत है, दिव्यता (ईश्वरत्व) की प्रकृति (वभाव) को अन्य किसी भी कल्पनात्मक संकेत की अपेक्षा कहीं अधिक अच्छी तरह व्यक्त करता है। दिव्य शक्ति का यह सबसे प्रमुख दृश्य आविर्भाव (प्रकटन) है। मंत्र का अर्थ है : "हम दैवीय प्रकाश की देदीप्यमान महिमा का ध्यान करते हैं; वह हमारी बुद्धि को प्रेरणा दे।"[2] उपनिषदों के काल में उपनयन एक सीधा-सादा अनुष्ठान था। शिष्य समिधाएं हाथ में लेकर गुरु के पास जाता था और छात्रत्व (ब्रह्मचर्य) के आश्रम में प्रविष्ट होने की इच्छा प्रकट करता था। मृगचर्म धारण करना, उपवास करना तथा अन्य अनुष्ठान उस काल से अब तक चले आ रहे हैं, जबकि वैदिक आर्य वनों में रहा करते थे। जब सत्यकाम जाबाल गौतम हरिद्रुमत के पास आकर सच बात बता देता है, तो गौतम कहता है, "समिधाएं ले आओ वत्स, मैं तुम्हें दीक्षा दूंगा।"[3] सूत्रों और स्मृतियों में पहुंचकर यह अनुष्ठान बहुत विशद हो गया है।[4] सुप्रसिद्ध मंत्र को बोलते हुए यज्ञोपवीत धारण करना दीक्षा का प्रतीक

---

1. ऋग्वेद, 3-62-10
2. तत्सवितुर्वरेण्यं भर्गो देवस्य धीमहि धियो यो नः प्रचोदयात्।

वैदिक तथा अन्य परम्पराओं में सूर्य को परमात्मा की मूर्ति के रूप में प्रयुक्त किया जाता रहा है। इस प्रथा के विषय में दान्ते कहता है, "सारे संसार में अन्य कोई इन्द्रिय-ग्राह्य वस्तु ऐसी नहीं है, जो परमात्मा का प्रतिरूप बनने के लिए सूर्य से अधिक उपयुक्त हो।"

3. छान्दोग्य उपनिषद्, 4-4-5
4. यज्ञोपवीतं परमं पवित्रं प्रजापतेर्यत् सहजं पुरस्तात्।

   आयुष्यमग्रयं प्रतिमुञ्च शुभ्रं यज्ञोपवीतं बलमस्तु तेजः।

है। यद्यपि क्षत्रियों और वैश्यों को भी उपनयन का अधिकार था, पर लगता है कि वे सब इस अधिकार का उपयोग करते नहीं थे। संध्या में अवैदिक तत्त्व मिल गये हैं; संध्या के कई अवयव (अंग) हैं : आचमन (जल के घूंट भरना), प्राणायाम (श्वास का नियंत्रण), मार्जन (मंत्र बोलते हुए अपने शरीर पर जल छिड़कना), अघमर्षण (सूर्य को जल-अर्ध्य चढ़ाना), जप (गायत्री मंत्र का बार-बार पाठ), उपस्थान (प्रातःकाल सूर्य की उपासना के लिए और सायंकाल वरुण की उपासना के लिए मंत्रों का पाठ), उपसंग्रहण (अपने गोत्र और नाम का उच्चारण करते हुए, अपने कान छूकर, पैर पकड़कर और सिर झुकाकर यह कहना कि 'मैं प्रणाम करता हूं')।

यह बहुत आवश्यक है कि महत्त्वपूर्ण संस्कार उपनयन करने की अनुमति सब हिन्दुओं को, पुरुषों और स्त्रियों को, दी जाए, क्योंकि सभी लोग आध्यात्मिक अन्तर्दृष्टि के उच्चतम लक्ष्य तक पहुच पाने की क्षमता रखते हैं। उस लक्ष्य तक पहुंचने के लिए मार्गों के सम्बन्ध में विभिन्न रूपों का विधान किया गया है। ऊपर के तीन वर्णों के लिए वैदिक मार्ग खुला है[1]; 'भागवत' का कथन है कि स्त्रियों, शूद्रों और जातिच्युत ब्राह्मणों की वेद तक पहुंच नहीं है और इसलिए दयालु मुनि ने उनके लिए 'महाभारत' की रचना की है।[2] प्राचीनकाल में वेदाध्ययन का निषेध इतना कठोर नहीं था।[3] 'धर्मसूत्रों' के काल में इस विषय में असहिष्णुता इतनी अधिक थी कि गौतम ने इस नियम का उल्लंघन करने वालों के लिए प्रचण्ड दण्डों का विधान किया है।[4] शंकराचार्य का कथन है कि भले ही शूद्र को वेदाध्ययन पर आधारित ब्रह्मविद्या का अधिकार नहीं है, फिर भी वह अपना आध्यात्मिक विकास कर सकता है, जैसे विदुर और धर्मव्याघ ने किया था और इस प्रकार आध्यात्मिक स्वाधीनता (मोक्ष) प्राप्त कर सकता है, जो कि ज्ञान का फल है।[5] जैमिनी का कथन है कि बादरि के मतानुसार शूद्र भी वैदिक अनुष्ठान कर सकते हैं।[6] मनु,[7] शंख[8] और यम शूद्रों के संस्कार करने की अनुमति देते हैं, किन्तु ये संस्कार वैदिक मंत्रों के पाठ के बिना होना चाहिए। कारण चाहे कुछ भी क्यों न रहा हो, परन्तु इससे कुछ आध्यात्मिक आडम्बर की बू आती थी, और बहुत विचार-विमर्श और बहुत-सी शत्रुताएं उत्पन्न हुईं।

अतीत में चाहे कुछ भी क्यों न होता रहा हो, परन्तु इस समय यह अत्यन्त आवश्यक है कि हमारे आध्यात्मिक उत्तराधिकार का द्वार उन सबके लिए खोल दिया जाए, जो अपने-आपको

---

1. परन्तु रथकारों (बढ़इयों) और निषाद स्थपतियों (वास्तुकारों) को अपवाद मानकर छूट दी गई थी।
2. स्त्रीशूद्रद्विजबन्धूनां त्रयो न श्रुतिगोचरा।
   इति भारतमाख्यानं मुनिना कृपया कृतम्।—1-4-25
3. छान्दोग्य उपनिषद् 4-1-2
4. 12-4
5. सूत्रभाष्य, 1-3-38
6. निमित्तार्थेन बादरिस्तस्मात् सर्वाधिकारं स्यात्।—1-3-27
   साथ ही देखिए 'भारद्वाज श्रौत सूत्र,' 5-2-8 ; कात्यायन, 1-4-5
7. 10-127
8. याज्ञवल्क्य पर विश्वरूप की टीका, 1-13

हिन्दू कहते हैं। कई शैव और वैष्णव सन्त अछूत जातियों के थे और अन्य अनेक भी ब्राह्मण नहीं थे। ऐसे अनेक लोग, जो ब्राह्मण वर्ण के नहीं थे, पवित्रता और ईश्वर-प्राप्ति के उच्चतम आदर्श तक पहुंचे हैं। प्रत्येक धर्म-सुधारक सारे समाज को सत्य, अहिंसा, अपरिग्रह और आत्मसंयम (ब्रह्मचर्य) के आदर्शों द्वारा ब्राह्मणत्व के स्तर तक ऊंचा उठाने का यत्न करता है। उन्होंने ऐसी पद्धतियां रची हैं, जिनके द्वारा अनुशासित जीवन वाले मनुष्य-जाति की रोकों को लांघ सकते हैं। श्रमण लोग, जो बौद्ध दृष्टिकोण को अपनाते हैं और ब्रह्मचर्य तथा स्वेच्छाकृत गरीबी (अपरिग्रह) के व्रतों का पालन करते हैं, ब्राह्मणों के समकक्ष ही हैं। महान भक्त लोग भी जात-पांत से ऊपर उठ गए थे। आत्म-अनुभूति के द्वार, सम्पूर्ण सुअवसरों के साथ अनगिनत महिलाओं के लिए खुले थे। आध्यात्मिक दृष्टि से सब मनुष्यों की समानता के सिद्धान्त के कारण, इस तथ्य के कारण कि जो लोग ऊपर के तीन वर्णों के नहीं थे, उन्होंने भी आत्मज्ञान प्राप्त किया, और हिन्दू शास्त्रकारों द्वारा इस स्वीकृति के कारण, कि शूद्रों को भी आत्मज्ञान प्राप्त करने का अधिकार है[1] यह आवश्यक हो जाता है कि आज हम अपनी आध्यात्मिक पैतृक सम्पत्ति के द्वार सब हिन्दुओं के लिए, जाति या परिष्ठा (हैसियत) का कुछ भी भेदभाव किए बिना, खोल दें। ब्राह्मण कोई वर्ग या श्रेणी नहीं है, अपितु यह तो एक प्रकार के स्वभाव का नाम है। यह स्वभाव किसी भी व्यक्ति में हो सकता है; और यह भी सम्भव है कि ब्राह्मण जाति में उत्पन्न बहुत-से लोगों में यह न भी हो। यह लिंग या व्यवसाय, जन्म या वंश पर निर्भर नहीं है; उनसे स्वतन्त्र है। प्रत्येक व्यक्ति को ब्राह्मणत्व प्राप्त करने का अधिकार है, जो ब्राह्मणत्व वह स्थिति है, जहां पहुंचकर आंतरिक चारुता और बाह्य सौंदर्य एक हो जाते हैं।

गायत्री की प्रार्थना भारत के सांस्कृतिक इतिहास की समयुगीन है, और वह हर स्त्री, पुरुष, ऊंच-नीच सबको सिखाई जानी चाहिए। इसमें यह मान लिया गया है कि वस्तुएं जिस रूप में हैं उनमें एक प्रकार की अविराम अस्थिरता है; एक उत्कृष्टतर मार्ग की शाश्वत खोज है और है एक उत्कृष्टतर संसार की ओर निरन्तर प्रगति। जीवन का सबसे बड़ा वरदान एक उच्चतर जीवन का स्वप्न है। प्रत्येक व्यक्ति की महत्त्वाकांक्षा यह होती है कि उसे गम्भीरतर, तीव्रतर और विस्तृततर आत्मचेतना प्राप्त हो और स्पष्टतर आत्मज्ञान प्राप्त हो। हमें अपने से उत्कृष्टतर किसी वस्तु को तैयार करने का प्रयत्न करना चाहिए। इस प्रार्थना को तो संदेहवादी और ईश्वरवादी भी अपने बौद्धिक अन्तःकरणों पर आंच आने दिए बिना अपना सकते हैं। यह मानव-आत्मा में और मानवीय प्रयत्न की समाप्ति में श्रद्धा की पहले से ही कल्पना करके चलती है। यह उस सच्चे धर्म की प्रतीक है, जो आध्यात्मिक अभिमान (साहस-कार्य) है, एक अविराम नवीकरण है। परमात्मा सतत पुनर्जन्म है। हमें अपने-आपको नग्न (अनावृत) और मिथ्यात्व के मुखावरण के बिना पाना होगा। तभी हमारा दूसरा जन्म होता है।

---

1. 'वीरमित्रोदय' का कथन है कि यद्यपि शूद्रों से यह आशा नहीं की जाती कि वे वेदों का अध्ययन करेंगे, फिर भी वे स्मृतियों और पुराणों का अध्ययन करके आत्मज्ञान प्राप्त कर सकते हैं, क्योंकि उन्हें भी उच्चतम आत्मज्ञान प्राप्त करने का अधिकार है : आत्मप्रतिपादक-पुराणश्रवणेन आत्मज्ञानं भावयेत्।

हमारे प्रयोजन के लिए, हिन्दू वह है जो अपने जीवन और आचरण में, वेदों के आधार पर भारत में विकसित हुई किन्हीं भी धार्मिक परम्पराओं को अपनाता है। केवल वे ही लोग हिन्दू नहीं हैं, जो हिन्दू माता-पिता की सन्तान हैं, अपितु वे सब लोग भी हिन्दू हैं, जिनके मातृपक्ष या पितृपक्ष के पूर्वजों में कोई हिन्दू था और जो स्वयं इस समय मुसलमान या ईसाई नहीं हैं।

हाल के दिनों में हिन्दू धर्म ने अपने-आपको समय की आवश्यकताओं के अनुसार ढाल पाने में अपनी अनिच्छा या अक्षमता प्रदर्शित की है। बदलती हुई परिस्थितियों के अनुसार अपने आधारभूत सिद्धान्तों में छूट देने के लिए बहुत अधिक जल्दबाज़ी करना अपनी परम्परा के सिद्धान्तों में विश्वास की कमी का द्योतक है; परन्तु कभी भी परिवर्तन ही न करना मूर्खता है। प्राचीन प्रणाली के, जैसीकि वह हम तक चलती आई है, समर्थन में लड़ना गलत मोर्चे पर लड़ना है। हम अपनी संस्कृति के महान आदर्शों को नहीं त्याग सकते, परन्तु अनुष्ठानों और संस्थाओं के रूप में उनके मूर्तस्वरूप से हमें ऊपर उठना होगा। इतिहास को वापस नहीं मोड़ा जा सकता। हमें आमूल क्रांति और अतीत की ओर वापसी, दोनों से ही साफ बचकर आगे बढ़ना है। कई बार अपनी थकान के कारण हमें प्रलोभन होता है कि हम अपने अतीत को त्याग दें, और बिलकुल नये सिरे से प्रारम्भ करें। परम्परा एक भारी बोझ अनुभव होने लगती है, जो हमारे ऊपर टूट पड़ती हुई अव्यवस्था (अंधेरगर्दी) से हमारी यथेष्ट रक्षा नहीं कर पाती, और फिर भी नये सिरे से जीवन प्रारम्भ करने में रुकावट बनती है। ऐसा आचरण लाभकारी नहीं होगा। उन अनश्वर सिद्धांतों के, जिनका विकास हमारे इतिहास में हुआ है, अध्ययन द्वारा हमें मानवीय गौरव, स्वतन्त्रता और न्याय की रक्षा के लिए नये संस्थात्मक रक्षण-उपायों का विकास करना होगा। नूतन को सच्ची-खरी शक्तियों को अतीत के प्रामाणिक सिद्धांतों के साथ एक नई एकता में गूंथना होगा। अत्याचार और कष्ट के सुदीर्घ युगों में देश ने अपने आदर्शों को बनाए रखने में गौरवपूर्ण स्थिरता प्रदर्शित की है। आशा की ज्योति कभी भी बुझी नहीं है। विदेशी शासन की अन्धकारमय पृष्ठभूमि में यह उज्ज्वलतम दीप्ति से जल रही है। परन्तु यदि भारत को आध्यात्मिक और भौतिक मृत्यु से बचना अभीष्ट हो, तो हमारी सामाजिक आदतों और संस्थाओं में आमूल परिवर्तन करना अत्यावश्यक है। यदि हिन्दू धर्म को अपनी विजयिनी शक्ति और आगे बढ़ने, अन्तःप्रवेश करने और संसार को उर्वर करने के बल को फिर प्राप्त करना हो, तो हमें अपने मार्मिक विचारों और आचारों का अब पुनर्गठन करना होगा।

4 | हिन्दू समाज में नारी

भूमिका प्राचीन—भारत में नारी—मानव-जीवन में प्रेम का स्थान—भौतिक आधार—जातीय तत्त्व—मित्रता—प्रेम—विवाह—विवाह और प्रेम—हिन्दू संस्कार—विवाह के प्रकार—बाल-विवाह—संगियों का चुनाव—बहुपतित्व और बहुपत्नीत्व—विधवाओं की स्थिति—तलाक—समाज-सुधार—सन्तति-निरोध—विफलताओं के प्रति रुख

भूमिका

नर और नारी के सम्बन्धों के प्रश्न के बारे में गम्भीर कम और ईमानदार अधिक होना उचित होगा। जीवन के इन गम्भीर मामलों में हमारी प्रवृत्ति यह होती है कि हम संसार के सामने एक मिथ्या-सा अभिनय करें। जहां सचाई और आन्तरिक ईमानदारी होनी चाहिए, वहां छल और कृत्रिमता व्याप्त है। अच्छा यह है कि इन तथ्यों का सामना ईमानदारी से किया जाए और ऐसी योजनाएं बनाई जाएं जो अत्यधिक आदर्शवादी न हों। हम मनुष्यों के सामने अच्छाई का जो नमूना और नैतिक कार्यों का जो विधान प्रस्तुत करें, वह ऐसा होना चाहिए जिसका वे पालन कर सकें। वह उस संसार के साथ संगत होना चाहिए जिसमें हम रहते हैं, जिसमें सामाजिक आदतों और व्यवहार का ढांचा खोखला हो रहा है और समाज घुल-घुलाकर नये रूप में ढल रहा है।

पुरुषों ने, जो स्त्रियों के सम्बन्ध में प्रकट किए गए अधिकांश दृष्टिकोणों के लिए उत्तरदायी हैं, स्त्रियों के स्वभाव के विषय में और स्त्रियों की अपेक्षा पुरुषों की श्रेष्ठता के विषय में मनगढ़न्त कहानियां बना डाली हैं। उन्होंने अपनी सारी सूझ-बूझ नारी की रहस्यमयता और पवित्रता के साथ-साथ उनके सौन्दर्य और अस्थिरता के चित्रण में लगा दी है।

प्राचीन भारत में नारी

जब यह कहा जाता है कि नर और नारी, पुरुष और प्रकृति की भांति हैं, तो इसका अभिप्राय यह होता है कि वे एक-दूसरे के पूरक हैं। मानव-जाति में नर-नारी का लिंगभेद होने के कारण श्रम का विभाजन करना आवश्यक हो गया है। कुछ कार्य ऐसे हैं जिन्हें पुरुष नहीं कर सकते। इस प्रकार का विशेष कार्य का कौशल स्त्रियों को उनके नारीत्व से वंचित नहीं करता और न इससे नर और नारी के स्वाभाविक सम्बन्ध ही बिगड़ने पाते हैं। पुरुष स्रष्टा है और नारी प्रेमिका। नारी के विशेष गुण हैं दया और कोमलता, शान्ति और प्रेम, समर्पण और बलिदान। पाशविकता, हिंसा, क्रोध और विद्वेष उसके स्वाभाविक गुण नहीं हैं। पुरुष का

प्रभुत्व स्वाभाविक नहीं है। ऐसे अनेक युग और समाज के रूप रहे हैं, जिनमें पुरुष का प्रभुत्व उतना सुनिश्चित नहीं था जितना हम अज्ञानवश मान लेते हैं। चारुता के परिणाम स्त्रियों की पुरुषोचित गुणों की अपेक्षा कहीं अधिक अच्छी तरह रक्षा कर सकते हैं। स्त्री और पुरुष में अन्तर आवश्यक हैं और उनका प्रयोजन पारस्परिक शिक्षण है।[1] जुलू शब्दकोश में पुरुष की परिभाषा करते हुए कहा गया है, "एक पशु, जिसका प्रशिक्षण नारी करती है।" नारी मूलतः पुरुष की शिक्षक है; तब भी, जबकि वह बच्चा होता है और तब भी, जब वह वयस्क हो जाता है। ऐतरेय ब्राह्मण में कहा गया है, "क्योंकि पिता फिर अपनी पत्नी से उत्पन्न होता है (जायते पुनः), इसीलिए वह जाया कहलाती है। वह उसकी दूसरी माता है।"[2] 'गीतगोविन्द' उस श्लोक से प्रारम्भ होता है, जिसमें राधा से कृष्ण को घर ले जाने का अनुरोध किया गया है; उसके स्वभाव की पूर्णता को आगे बढ़ाने के लिए, क्योंकि वह भीरु बालक है।[3] जब आकाश बादलों से काला पड़ जाता है, भविष्य का मार्ग घने वन में से होता है, जब हम अन्धकार में बिलकुल अकेले होते हैं, प्रकाश की एक भी किरण नहीं दीख पड़ती, और जब सब ओर कठिनाइयां ही कठिनाइयां होती हैं, तब हम अपने-आपको किसी प्रेममयी नारी के हाथ में छोड़ देते हैं।

नारी शिशु को 'दुहितृ' नाम दिया गया है, जिसका अंग्रेजी रूपान्तर 'डाटर' है। इस शब्द से ध्वनित होता है कि स्त्री का मुख्य कर्तव्य गाय दुहना है। बुनना, सिलाई-कढ़ाई, घर का काम और फसलों की देखभाल उसके मुख्य कर्तव्य हैं।[4] शिक्षा भी बहुत महत्त्वपूर्ण समझी जाती थी। ब्राह्मण कन्याओं को वेदों की शिक्षा दी जाती थी और क्षत्रियवर्ण की कन्याओं को धनुष-बाण का प्रयोग सिखाया जाता था।[5] भारत की मूर्तियों में कुशल अश्वारोही स्त्रियों, की सेना का चित्रण है। पतंजलि ने भाला चलाने वाली महिलाओं (शक्तिकीः) का उल्लेख किया है। मैगस्थनीज़ ने चन्द्रगुप्त की अंगरक्षक अमेज़न महिलाओं का वर्णन किया है। कौटिल्य ने महिला धनुर्धरों का उल्लेख किया है (स्त्रीगणैः धन्विभिः)। घरों में और भारत के वन-विश्वविद्यालयों (आश्रमों) में लड़कों और लड़कियों को साथ-साथ शिक्षा दी जाती थी। वाल्मीकि के आश्रम में आत्रेयी राम के पुत्र लव और कुश के साथ पढ़ा करती थी।[6] संगीत, नृत्य और चित्रकला आदि ललित

---

1. जब एक फ्रांसीसी संसद्-सदस्य ने स्त्रियों के लिए वोट के अधिकार का समर्थन करते हुए कहा कि स्त्री और पुरुष में कितना थोड़ा-सा अन्तर है तो सारी विधानसभा उठ खड़ी हुई और चिल्लाई, "वह अन्तर चिरजीवी हो!"

2. 2-7-13

3. मेघैर्मेदुरमम्बरं वनभुवः श्यामास्तमालद्रुमैः
नक्तं भीरुरयं त्वमेव तदिदं राधे गृहं प्रापय...
भीरुः शिशुवत् भयशीलः।

4. देखिए, रघुवंश 4.20

5. ऋग्वेद 1-112-10।10-102-2। मंडन मिश्र की पत्नी में इतनी बौद्धिक योग्यता थी और उसे इतनी स्वतन्त्रता थी कि उसने अपने पति और शंकराचार्य के बीच शास्त्रार्थ में मध्यस्थ का काम किया था।

6. मालती माधव में भवभूति ने दिखाया है कि कामन्दकी लड़कों के साथ पढ़ती थी।

कलाओं की शिक्षा लड़कियों को विशेष रूप से दी जाती थी। हाल के दिनों में भी स्त्रियों ने यह सिद्ध कर दिखाया कि वे उन कामों को कुशलता से कर सकती हैं, जो सामान्यतया पुरुषों को सौंपे जाते हैं।[1] फिर भी आज तक यही दृष्टिकोण जड़ जमाए हुए है कि बौद्धिक योग्यता की दृष्टि से स्त्रियां पुरुषों से घटिया होती हैं।[2] एक चीनी कहावत में कहा गया है, "पुरुष सोचता है कि वह जानता है, पर स्त्री उससे कहीं अधिक जानती है।"

वैदिक युग में धर्म की सबसे बड़ी अभिव्यक्ति यज्ञ था। पति-पत्नी दोनों इसमें भाग लेते थे। दोनों मिलकर प्रार्थनाएं करते थे और आहुतियां डालते थे। लड़कियों का उपनयन संस्कार होता था और वे सन्ध्या की विधि पूरी करती थीं। "युवती कन्या का, जिसने ब्रह्मचर्य का पालन किया हो, ऐसे वर के साथ विवाह कर देना चाहिए, जिसने उसीकी भांति ब्रह्मचर्य पालन करके शिक्षा पाई हो।"[3] सीता का वर्णन सन्ध्या करते हुए किया गया है।[4] हारीत का विचार है कि स्त्रियों के दो वर्ग होते हैं—ब्रह्मवादिनी और सद्योवधू।[5] पहले प्रकार की स्त्रियां विवाह नहीं करतीं और वेदों का अध्ययन करती हैं और नियत विधियों का पालन करती हैं और बाद में

---

1. मिसेज़ शारलोट मेनिंग को एक पत्र में जे० एस० मिल लिखता है, "तुमने मुझसे यह जानकारी मांगी है कि भारत में शासन करने वाले परिवारों में महिलाओं ने कितनी प्रशासन-कुशलता दिखाई है और विशेष रूप से यह कि ये महिलाएं हिन्दू थीं या मुसलमान। वे लगभग सबकी सब हिन्दू हैं। ऐसा मामला मुसलमान खानदान में कम हो पाता है, क्योंकि मुस्लिम कानून के अनुसार माता अपने नाबालिग पुत्र की अभिभावक नहीं होती, जबकि हिन्दुओं में माता को अपने सगे पुत्र या गोद लिए पुत्र की अभिभावक बनने का अधिकार है। परन्तु इन महिलाओं में सबसे अधिक उल्लेखनीय महिला भोपाल की स्वर्गीया सिकन्दर बेगम मुसलमान थी। क्योंकि देशी रियासतें इण्डिया हाउस में मेरे विभाग में थीं, इसलिए मुझे इस विषय में अधिकतम जानकारी पाने का अवसर मिला कि इन रियासतों का शासन किस ढंग से होता था। कई वर्षों में सबल, शक्तिशाली और कुशल प्रशासन के जो उदाहरण मेरे सामने आए उनमें से अधिकांश उन रानियों और राइयों के थे, जो नाबालिग राजाओं की अभिभावक बनकर शासन कर रही थीं।"

2. हेनरी जेम्स ने मिसेज़ ओलीफेंट के उपन्यास 'किर्स्टीन' के सम्बन्ध में लिखते हुए लिखा : "पहले 20 पृष्ठ पढने के बाद मुझे यह पक्का विश्वास हो गया कि बेचारी लेखिका की साहित्य की बड़ी सरल और नारी-सुलभ धारणा है। ऐसी फिसलती हुई-सी, अपूर्ण, रुकती हुई, लड़खड़ाती हुई, झांकती हुई और नीचे जो एक कमज़ोर प्राणी की तरह हवा में उड़ी जा रही हो और लक्ष्य की ओर पहुंचने के लिए जी-जान से संघर्ष कर रही हो और अन्त में मूर्छित होकर कांपती हुई अचेत होकर गिर पड़ती हो।" दूसरी ओर वर्जिनियां वुल्फ को शिकायत है कि यह सारा पुरुष-रचित संसार है, जिसमें पुरुषों के प्रमुख धंधे खून बहाना, पैसा कमाना और वर्दियां पहनना है, जैसे कि सामन्त अपने चोगे पहनते हैं, बिशप अपने लबादे पहनते हैं, न्यायाधीश सिर पर टोपियां रखते हैं और सेनापति रंगीन रिबन लगाते हैं।

3. यजुर्वेद 8-1

4. रामायण 2-87-19, 6-4-48। भागवत में दाक्षायण की पुत्रियों का उल्लेख है, जो दर्शन और धर्म के प्रश्नों में बहुत निष्णात थीं। (4-1-64)

5. द्विविधाः स्त्रिया ब्रह्मवादिन्यः सद्योवधश्च, तत्र ब्रह्मवादिनीनाम् उपनयनम् अग्नीन्धनं वेदाध्ययनं स्वगृहे च भिक्षाचर्या, सद्योवधूनां तु उपस्थिते विवाहे उपनयनमात्रं कृत्वा विवाहः कार्यः।

विवाह का समय आने पर उनका उपनयन संस्कार किया जाता है। इस विषय में यम के उद्धरण प्राप्त होते हैं कि अतीत काल में कन्याएं मेखला धारण करती थीं, वेदों का अध्ययन करती थीं और मन्त्रपाठ करती थीं।[1] मनु का विचार है कि कन्याओं के लिए विवाह को उपनयन का समस्थानीय समझा जाना चाहिए।[2] परन्तु अतीत के व्यवहार को दृष्टि में रखते हुए और इस बात को मन में रखते हुए कि पति-पत्नी एक ही समूची वस्तु के पूरक अंग हैं, दोनों को आध्यात्मिक जीवन और अनुशासन में समान अधिकार प्राप्त होना चाहिए। अविवाहित रहने की दशा में भी पुरुषों और स्त्रियों को आध्यात्मिक उन्नति का समान अधिकार है।

ऐसा कोई धार्मिक प्रतिबन्ध नहीं था कि प्रत्येक लड़की को विवाह करना ही चाहिए। यह ठीक है कि पत्नी और माता बनना स्त्री के कर्तव्यों में असंदिग्ध रूप से सबसे अधिक कौशलपूर्ण और कठिन कार्य है, फिर भी किसीको इसके लिए विवश नहीं किया जाना चाहिए। प्रजातन्त्र शासन-पद्धति का एक विशिष्ट रूप उतना अधिक नहीं है, जितना कि व्यक्ति के मूल्य की मान्यता है, चाहे व्यक्ति पुरुष हो या स्त्री, अपराधी या बहिष्कृत। यह बात स्पष्ट रूप में अनुभव कर ली गई है कि कुछ आत्माओं के लिए अपने लक्ष्य को एकाकी जीवन बिताते हुए प्राप्त करना सम्भव होता है और प्रेम और विवाह के आनन्द सामाजिक जीवन को आनन्दों की भांति आत्मिक जीवन से ध्यान बंटानेवाले अधिक होते हैं। यदि कोई ऐसे व्यक्ति हैं, जो ब्रह्मचारी रहकर सन्तुष्ट हैं, यदि उनका स्वभावतः झुकाव इस ओर है और वे अकेले अक्षुब्ध रहना चाहते हैं, तो कोई कारण नहीं कि समाज उनको अकेले रहने की स्वतन्त्रता क्यों दे। यह बिलकुल अनुचित है कि उन्हें घरेलूपन के झंझट में फंसने को विवश किया जाए, जिसके लिए वे उपयुक्त नहीं हैं। विचार और समाज की सारी परम्परा, ओछा वार्तालाप और माता-पिता की स्वार्थ-भावना, जो अपने वंश को आगे चलता देखना चाहते हैं, आत्मा की मुक्ति के लिए प्रार्थना करनेवाले वंशज के अभाव का भय और तथाकथित धर्म अनिच्छुक व्यक्तियों को भी विवाह के लिए विवश कर देते हैं। परन्तु पिछले कुछ समय से आर्थिक और अन्य दशाओं के कारण अविवाहित लोगों की संख्या बढ़ती पर है।

परन्तु कुछ स्त्रियां पुरुषोचित्त प्रकार की ऊर्जस्वी और महत्त्वाकांक्षी होती हैं। वे जीवन के पुरस्कारों के लिए संघर्ष करती हैं और खेलों तथा राजनीति में रुचि लेती हैं। वे प्रेम और विवाह के सब सम्बन्धों से बचने का यत्न करती हैं; परन्तु यदि दुर्घटनावश वे ऐसे किसी सम्बन्ध में आ पड़ती हैं, तो वे अपने-आपको अपने पतियों से उच्चतर सिद्ध करने का यत्न करती हैं; और इस प्रकार विवाहित जीवन के माधुर्य को बिगाड़ती हैं। वे यह सिद्ध करने में गर्व अनुभव करती हैं कि उनमें घरेलूपन की भावना कभी विकसित ही नहीं हुई। यद्यपि ऐसे मामले बहुत थोड़े होते हैं,

---

1. पुराकल्पेषु नारीणां मुञ्जीबन्धनमिष्यते, अध्यापनं च वेदानां सावित्रीवचनं तथा। ब्रह्मचर्येण कन्या युवानं विन्दते पतिम्। अथर्ववेद, 9-5-18। गोभिल ने यज्ञोपवीत धारण करने वाली के रूप में पत्नी का उल्लेख किया है, यज्ञोपवीतिनीम्। 2-1-19

2. 2-67

फिर भी समाज को उनके लिए गुंजाइश रखनी होगी। इस प्रकार की पौरुषी स्त्रियां उस उच्चतम सीमा तक नहीं पहुंच पातीं, जहां तक कि नारी पहुंच सकती है।

स्त्रियों को अलग-अलग रखने की प्रथा भी पहले नहीं थी। युवती कन्याएं स्वच्छन्द जीवन बिताती थीं और अपने पति के चुनाव में उनकी आवाज़ निश्चायक होती थी। उत्सवों के समय और क्रीड़ा-प्रतियोगिताओं (समन) में लड़कियां खूब सज-धजकर सामने आती थीं।[1] स्त्रियों को अपने पति की सम्पत्ति में अधिकार होता था और कभी-कभी उनको अविवाहित रहकर अपने माता-पिता और भाइयों के साथ रहने दिया जाता था।[2] अथर्ववेद में ऐसी कन्याओं का उल्लेख है, जो आजीवन अपने माता-पिता के साथ रहती थीं।[3] पैतृक सम्पत्ति का कुछ अंश उनको दहेज के रूप में दिया जाता था, जो उनकी सम्पत्ति बन जाता था, जिसे बाद के लेखकों ने स्त्रीधन नाम दिया।

महाकाव्यों के काल में स्त्रियों को किन्हीं विशेष अक्षमताओं का शिकार नहीं होना पड़ता था। वे तप करती थीं और वल्कल पहनती थीं। धृतव्रता, श्रुतवती और सुलभा अविवाहित रहीं और आध्यात्मिक जीवन बिताती रहीं।

संन्यास के महान आदर्श की छाया में स्त्रियों की दुर्बलताओं का साधुओं को चेतावनी देने के लिए अतिरंजन किया गया।[4] प्रव्रज्या को प्रोत्साहन देने के लिए स्त्रियों को दुनियादारी का मूल बताकर घृणा का पात्र कहा गया। हेमचन्द्र की दृष्टि में वे 'नरक का मार्ग दिखानेवाली मशाल' थीं।[5] एक महान धर्म की परम्परा के अनुसार अभी स्त्री का सृजन भी मुश्किल से हुआ ही था कि उसपर इस वाक्य द्वारा अभियोग लगाया गया, "स्त्री ने मुझे प्रलोभित किया।" ईसाई यूरोप इस विश्वास की छाया में पला है कि यदि स्त्रियां इतनी निष्ठुर न होतीं, तो संसार में मृत्यु

---

1. 1-48-6 ; 1-124-8 ; 4-58-8। काएगी ने समन का चित्र खींचते हुए लिखा है, "स्त्रियां और कन्याएं अच्छे-अच्छे कपड़े पहनकर आनन्दपूर्ण सहभोज के लिए चल पड़ती हैं। युवक और युवतियां जल्दी-जल्दी घास के मेदानों की ओर जाते हैं जबकि जंगल और खेत ताजा हरियाली से ढके होते हैं। वहां वे नृत्य में भाग लेते हैं; वाद्य बजते हैं और लड़के और लड़कियां एक-दूसरे को पकड़कर तेजी में घूमते हैं, यहां तक कि उनके पैरौ तले धरती कांपने लगती है और धूल के बादल आनन्द से नाचती हुई भीड़ को ढक लेते हैं।"—ऋग्वेद, पृष्ठ 19

2. देखिए ऋग्वेद, 1-117-7 अमाजुः उस लड़की को कहते थे, जो अपने पिता के घर में ही बूढ़ी हो जाती थी। देखिए 2-17-7; 10-39-3 ; 8-21-5

3. 1-14-3

4. तुलना कीजिए, न वै स्त्रीणां सख्यानि सन्ति सलावृकाणां हृदयानि एता। ("स्त्रियों के साथ स्थायी प्रीति नहीं हो सकती। इनके हृदय बघेरों के हृदयों के समान होते हैं।") —ऋग्वेद 10-95-15। यह ध्यान रखना चाहिए कि ये शब्द उर्वशी अप्सरा ने कहे थे। साथ ही देखिए, "स्त्री के मन को संयम में नहीं रखा जा सकता" (स्त्रिया अशाम्यं मनः); 7-33-17

5. बीजं भवस्य नरकमार्गद्वारस्य दीपिका। टठुलियन की इस कटूक्ति से तुलना कीजिए, "इस पीढ़ी में भगवान का दंड तुम स्त्रियों की जाति पर है। तुम शैतान का दरवाज़ा हो। मनुष्य में परमात्मा की जो मूर्ति है, उसे तुम नष्ट कर देती हो।" एक लेटिन का लेखक कहता है, "स्त्री पुरुष की अस्तव्यस्तता है।"

का अस्तित्व ही न होता। स्त्री पर विश्वासघात, चुगलखोरी और मनुष्यों को विनाश-पथ की ओर प्रलुब्ध करने का आरोप लगाया गया। परन्तु वराहमिहिर (ईस्वी सन् छठी शताब्दी) का कथन है कि धर्म और अर्थ की सिद्धि स्त्रियों पर ही निर्भर है और मानवीय प्रगति के लिए वे अत्यन्त आवश्यक हैं। उसको यह शिकायत है कि परलोक का ध्यान रखनेवाले लोग स्त्रियों के गुणों की ओर से आंख मींच लेते हैं और उनकी दुर्बलताओं का बढ़ा-चढ़ाकर वर्णन करते हैं।[1] स्त्रियों के दोष वही हैं, जो पुरुषों के दोष हैं। सच कहा जाए, तो उनमें पुरुषों की अपेक्षा कहीं अधिक गुण हैं।[2]

यदि स्त्रियों को बिना किसी परम्परा के पथ-प्रदर्शन के अपने भरोसे छोड़ दिया जाए, तो वे न तो पुरुषों से अधिक स्थिर होती हैं और न कम स्थिर। उनकी काम-वृत्तियां पुरुषों की अपेक्षा कम परिवर्तनशील नहीं होतीं।[3] न तो स्त्री मासूम मेमना है और न पुरुष निगल जानेवाला राक्षस। आदिम युग में स्वेच्छाचार की प्रथा थी और वह बुरा नहीं समझा जाता था। स्त्रियां जैसा चाहें, रह सकती थीं।[4] जब भी परिस्थितियां अनुकूल होती थीं, वे एक विवाह-सम्बन्ध को त्याग देती थीं। विक्टोरिया के देशी निवासियों में स्त्रियों के इतने अधिक प्रेमी होते हैं कि उनमें यह बता पाना लगभग असम्भव होता है कि किस बच्चे का पिता कौन है।[5] अरब और मडागास्कर में कुलीन घरों की महिलाएं विवाह तो केवल एक ही पुरुष से करती हैं, परन्तु उसके साथ ही उनके अनेक प्रेमी भी होते हैं। सन्तानोत्पादन के बोझ के कारण स्त्रियों का झुकाव एक पति के साथ जीवन बिताने की ओर होता है। यदि उसे आर्थिक पराधीनता से मुक्ति मिल जाए, तो उसकी एक विवाहशील होने की सम्भावना पुरुष की अपेक्षा अधिक नहीं है। ऐसे एक विवाह बहुत थोड़े हैं, जिनमें बीच-बीच में बार-बार तलाक हुए हों। महाभारत में ऐसे प्रदेशों का उल्लेख है, जहां स्वेच्छाचार प्रचलित था। ये प्रदेश उत्तर कुरुओं[6] का देश और माहिष्मती नगर[7] थे। इस स्वेच्छाचार के लिए पूर्व घटनाओं के कारण अनुमति प्राप्त थी और बड़े-बड़े ऋषियों ने इसकी प्रशंसा की

---

1. येऽपि अंगनानां प्रवदन्ति दोषान् वैराग्यमार्गेण गुणवान् विहाय।

2. गुणाधिकाः। युरिपिडीज़ ने अपनी मीडिया में स्त्रियों के साथ किए जानेवाले व्यवहार के विरुद्ध प्रतिवाद किया है, "जिन भी वस्तुओं में जीवन है और अनुभूति है, उन सबमें हम स्त्रियों की दशा सबसे अधिक शोचनीय है, क्योंकि हमें सोना देकर अपना पति खरीदने को विवश होना पड़ता है, जो, सबसे बुरी बात यह है कि, हमारे शरीर का भी स्वामी होता है...कहा जाता है कि हम सुरक्षापूर्ण जीवन बिताती हैं, जबकि हमारे पति युद्धों में जाते हैं। पर यह बेहूदी बात है। मैं एक बार सन्तान जनने की अपेक्षा दो बार युद्ध में जाना पसन्द करूंगी।"

3. जार्ज सैण्ड से तुलना कीजिए, "स्त्री का सदाचार पुरुष का सुन्दर आविष्कार है।"

4. कामाचारविहारण्यः स्वतन्त्राः। महाभारत 1-122-4

5. देखो, डब्ल्यू० विनवुड रीड की पुस्तक 'सैवेज अफ्रीका' ; दूसरा संस्करण, 1864, पृष्ठ 259

6. यत्र नार्यः कामाचाराः भवन्ति। 12-102-26

7. स्वैरिण्याः तत्र नार्यो हि यथेष्टं विचरन्त्युत। 2-32-40

थी।[1] महाभारत में बताया गया है, श्वेतकेतु को उस समय बहुत दुःख हुआ, जब एक ब्राह्मण उसके पिता की उपस्थिति में उसकी माता का हाथ पकड़कर ले जाने लगा। परन्तु उसके पिता ने शान्तिपूर्वक कहा, यह तो प्राचीन प्रथा है। उसने कहा, "वत्स, पृथ्वी पर सब वर्गों की स्त्रियां स्वतन्त्र हैं। इस मामले में पुरुष अपने-अपने वर्णों में गौओं की भांति आचरण करते हैं।"[2] स्वेच्छाचार के स्थान पर नियमित विवाह की प्रथा प्रारम्भ करने का श्रेय श्वेतकेतु को दिया जाता है।[3] उस समय पुरुष और स्त्री दोनों के लिए एक ही मानदंड नियत कर दिया गया। आज से जो पत्नी अपने पति के साथ नहीं रहेगी, वह पापिनी समझी जाएगी। उसका पाप भ्रूणहत्या के पाप के समान बड़ा और घृणित समझा जाएगा। जो पुरुष अपनी पतिब्रता और प्रेममयी पत्नी की, जिसने अपने यौवनकाल से लेकर पवित्रता की शपथ का पालन किया है, उपेक्षा करके दूसरी स्त्रियों के पीछे जाएगा, वह भी उसी पाप का भागी होगा।"[4] एक विवाह कोई स्वाभाविक दशा नहीं है, अपितु सांस्कृतिक स्थिति है। स्वेच्छाचार के चिह्न वैदिकपूर्व युग में पाए जाते हैं, क्योंकि ऋग्वेद के समय तक विवाह संस्था भली भांति स्थापित हो गई थी।

विवाह स्त्रियों के लिए सम्भवतः बौद्ध और जैन धर्मों की प्रतिक्रिया के रूप में एक दायित्व बन गया। दीर्घतमा ऋषि ने नियम बनाया कि भविष्य में कोई स्त्री अविवाहित न रहे।[5] मनु ने यह युक्ति प्रस्तुत की कि स्त्रियों के सब संस्कार होने चाहिएं, परन्तु वैदिक विधियों के अनुसार नहीं।[6] उनके लिए वैदिक संस्कार केवल एक ही है—विवाह।[7] स्मृतियों में दीर्घकाल तक ब्रह्मचारी रहने की निन्दा की गई है और गृहस्थ धर्म की प्रशंसा की गई है। पत्नीहीन पुरुष को यज्ञ करने का अधिकार नहीं है।[8] स्त्रियों के सदा पुरुषों पर निर्भर रहने का सिद्धान्त मनु और

1. प्रमाणदृष्टः धर्मोयं पूज्यते च महर्षिभिः। तुलना कीजिए, "ओ मधुरहासिनी, यह प्राचीन प्रथा, जो स्त्रियों के लिए बहुत अनुकूल है, प्राचीन लोगों द्वारा अनुमत है। वर्तमान व्यवहार तो बहुत हाल में ही स्थापित हुआ है।" (स्त्रीणामनुग्रहकरः स हि धर्म सनातनः, अस्मिंस्तु लोके चिरात् मर्यादेयं शुचिस्मिते।)—1-122-8

2. अनावृता हि सर्वेषां वर्णानामंगना भुवि। यथा गावः स्थिता तात स्वस्ववर्णे तथा प्रजाः। 1-122-14 ("पशु-जगत् में मादा यह निर्णय करती है कि वह किस नर को प्रजनन के लिए अपने पास आने देगी। मनुष्य-जगत् में भी अंप्तिम निर्णय नारी के ही हाथ में है। जब तक कोई स्त्री ही न चाहे, तब तक उसे पथभ्रष्ट नहीं किया जा सकता।")

3. 1-128

4. व्युच्चरन्त्याः पतिं नार्या अद्यप्रभृति पातकम्,
भ्रूणहत्यासमं घोरं भविष्यत्यसुखावहम्।
भार्यां तथा व्यच्चरतः कौमाराब्रह्मचारिणीं,
पतिव्रताम् एतदेव भविता पातकं भुवि।—1-122-17-18

5. अपतिनां तु नारीणामद्यप्रभृति पातकम्।—महाभारत 1-114-36

6. 2-36

7. 2-37

8. अयाज्ञिको वा एष यो अपत्नीकः।—तैत्तिरीय ब्राह्मण 2-2-2-6

धर्मशास्त्रों में प्रतिपादित किया गया है।[1] उनकी दृष्टि में स्त्री एक नाज़ुक पौध की भांति है, जिसकी देख-रेख और पालन-पोषण पुरुष द्वारा किया जाना चाहिए। परवर्ती व्याख्याकारों ने स्त्रियों पर अधिकाधिक प्रतिबन्ध लगाने में एक-दूसरे से होड़-सी की है। परन्तु हमें मनु में भी स्त्रीत्व के सम्बन्ध में उच्चोटि के विचार मिलते हैं, कालिदास, बाण और भवभूति का तो कहना ही क्या ! यद्यपि जहां-तहां ऐसे सन्दर्भ भी मिलते हैं जिनमें कहा गया है कि स्त्रियों को वैदिक अनुष्ठानों में पुरुषों के समान अधिकार नहीं है, फिर भी मुख्य दृष्टिकोण यही है कि उसे या तो पति के साथ पत्नी के रूप में, या कन्या के रूप में स्वतन्त्र रूप से उन्हें करने का अधिकार है। बाद में जब नारी की स्थिति गिर गई, तब भक्तिधर्म प्रारम्भ हुआ, जिसमें स्त्रियों की सब धार्मिक आवश्यकताओं को तृप्त करने की गुंजाइश थी।

इन सब अक्षमताओं से पीड़ित होते हुए भी स्त्रियों को कुछ विशेष सुविधाएं भी प्राप्त थीं। वे चाहे जो भी अपराध करें, किन्तु उन्हें मारा नहीं जा सकता था। व्यभिचार का दोषी होने पर भी उन्हें त्यागा नहीं जा सकता था। गौतम ने आदेश दिया है कि जो पत्नी व्यभिचार की दोषी हो उसे प्रायश्चित्त करना चाहिए और फिर उसे भली भांति देखभाल में रखा जाना चाहिए।[2] वशिष्ठ का[3] कथन है कि "ब्राह्मणों, क्षत्रियों और वैश्यों की जो पत्नियां शूद्रों से व्यभिचार करें, उन्हें प्रायश्चित्त द्वारा उसी दशा में शुद्ध किया जा सकता है जबकि कोई सन्तान न हुई हो, अन्यथा नहीं।"[4]

मानव-जीवन में प्रेम

संसार में बड़ी-बड़ी सफलताओं के लिए स्फुरणा नारी के प्रेम से ही प्राप्त हुई है। कालिदास[5] जैसे प्रतिभाशाली कवि, नैपोलियन जैसे विजेता और माइकेल फैरेडे जैसे विज्ञानवेत्ता तथा अन्य अनेक संसार के निर्माता और संसार को त्यागनेवाले विरक्त इस बात के साक्षी हैं कि उनके जीवन में प्रेम ने बड़ा महत्त्वपूर्ण कार्य किया है। गीतकार कवियों को ऊंची से ऊंची उड़ान लेने

---

1. पिता रक्षति कौमारे भर्ता रक्षति यौवने
पुत्रो रक्षति वार्धक्ये न स्त्री स्वातन्त्र्यमर्हति।—मनु 9-33

अरस्तू का तर्क है कि न्याय की धारणा पुरुष के अपनी पत्नी और बच्चों के साथ सम्बन्ध पर लागू नहीं होती, क्योंकि न्याय को व्यक्ति की सम्पत्ति पर लागू नहीं किया जा सकता। यूनानी संस्कृति के चरम विकास के समय भी स्त्रियों की स्थिति बहुत कठिन थी।

2. 22-35

3. 11-12

4. व्यास का विचार है कि "जो पत्नी व्यभिचार की दोषी हो, उसे घर के अन्दर रखा जाना चाहिए, परन्तु उसे धार्मिक, दाम्पत्य और सम्पत्ति के अधिकारों से वंचित कर दिया जाना चाहिए। उसके साथ घृणा के साथ व्यवहार किया जाना चाहिए ; परन्तु व्यभिचार कर्म के बाद जब उसे मासिक धर्म हो जाए (और वह दुबारा व्यभिचार न करे) तब पति को उसे पहले की भांति पत्नी के सब सामान्य अधिकार दे देने चाहिएं।" 2-49-50

5. किम्वदन्ती के अनुसार कालिदास ने अपने तीन महाकाव्य 'कुमारसम्भव,' 'मेघदूत' और 'रघुवंश' अपनी पत्नी के प्रथम प्रश्न 'अस्ति कश्चित् वागर्थः' से प्रेरित होकर लिखे थे। ये तीनों शब्द क्रमशः इन तीनों महाकाव्यों के प्रयम शब्द हैं।

की प्रेरणा, इन्द्रियों के आनन्द, सफल सन्तुष्टि और साथ ही साथ प्रेम के तीव्र आवेश से प्राप्त होती है। रामायण में राम और रावण के बीच विरोध का केन्द्र एक नारी थी और ट्राय का युद्ध एक स्त्री पर अधिकार करने के लिए ही लड़ा गया था। प्रेम का मनोवेग जीवन के केन्द्र में अग्नि के रूप में विद्यमान है। यह सारी सृजनात्मकता का स्वर है। बहुत-से लोग अपनी प्रतिभाओं के अनुकूल सफलता इसलिए प्राप्त नहीं कर सके, क्योंकि उन्हें जीवन में कोई प्रेमपात्र प्राप्त न हो सका। दांते को बियेट्रिस से जो प्रेम था, उसीसे प्रेरित होकर उसने 'डिवाइना कोमैडिया' महाकाव्य लिखा, हालांकि उस समय बियेट्रिस का विवाह एक अन्य व्यक्ति से हो चुका था। चंडीदास की अमर कविताएं एक कृषक-युवतीकन्या के प्रेम से प्रेरित होकर लिखी गई थीं और विद्यापति को गीतों के लिए स्फुरणा एक रानी से प्राप्त हुई थी। बीथोवन के भावोद्गार उसकी "अमर प्रियतमा" को लक्ष्य करके लिखे गए थे।

नर और नारी के सम्बन्धों का विवेचन करते हुए हिन्दू-शास्त्रकारों ने अत्यधिक छद्म लज्जा और अत्यधिक कामेच्छा, दोनों की चरम सीमाओं से बचने का यत्न किया है। कामशास्त्र, प्रेम और विवाह के प्रसिद्ध अध्ययनकर्ता हैवलॉक एलिस ने लिखा है कि भारत में "यौन जीवन को इतनी अधिक सीमा तक पवित्र और दिव्य माना गया है कि जितना संसार के अन्य किसी भाग में नहीं माना गया। ऐसा लगता है कि हिन्दू-शास्त्रकारों के मस्तिष्क में यह बात कभी आई ही नहीं कि कोई स्वाभाविक वस्तु घृणित रूप से अश्लील भी हो सकती है। यह बात उनके सब लेखों में पाई जाती है। परन्तु यह उनके सदाचार की हीनता का प्रमाण नहीं है। भारत में प्रेम को सिद्धान्त और व्यवहार, दोनों की दृष्टियों से इतना अधिक महत्त्व प्राप्त है कि जिसकी कल्पना तक कर पाना हम लोगों के लिए असम्भव है।"[1]

जहां एक ओर प्रकृति सामग्री प्रस्तुत करती है, वहां मानव-मन उसपर कार्य करता है। इसके अभाव में हमारा यौन जीवन बन्दरों और कुत्तों की भांति बिलकुल अरोचक हो जाता। जब काम की स्वाभाविक मूल प्रवृत्ति मस्तिष्क और हृदय द्वारा, बुद्धि और कल्पना द्वारा नियंत्रित रहती है, तब प्रेम होता है। प्रेम न तो कोई रहस्यपूर्ण उपासना है और न पशु-तुल्य उपभोग। यह उच्चतम भावों की प्रेरणा के अधीन एक मानब-प्राणी का दूसरे मानव-प्राणी के प्रति आकर्षण है। विवाह एक संस्था के रूप में प्रेम की अभिव्यक्ति और विकास का एक साधन है। यद्यपि इसके आदर्श बदलते रहते हैं, फिर भी यह मानव-साहचर्य का एक स्थायी रूप प्रतीत होता है। यह प्रकृति के प्राणिशास्त्रीय लक्ष्यों और मनुष्य के समाजशास्त्रीय लक्ष्यों के मध्य समंजन (तालमेल बिठाना) है। यह समंजन सफल होता है या नहीं, यह इस बात पर निर्भर है कि इसे किस प्रकार क्रियान्वित किया जाता है। यह हमें इस पृथ्वी पर ही स्वर्ग तक पहुंचा सकता है और कुछ दशाओं में यह हमारे लिए बाकायदा नरक भी बन सकता है।

वर्तमान झुकाव अधिकाधिक व्यक्तिगत स्वतंत्रता की ओर है। प्रतिबन्ध, शारीरिक और नैतिक दोनों ही लोकप्रिय नहीं हैं। ज्यों-ज्यों अवचेतन के सम्बन्ध में और दमन की प्रकृति के

1. 'स्टडीज़ इन दि साइकोलोज़ी ऑफ सेक्स'; 6-126

सम्बन्ध में हमारा ज्ञान बढ़ता जाता है, त्यों-त्यों परम्परागत नैतिकता बहुत संदिग्ध वस्तु बनती जा रही है।[1] काउंट हरमैन कैसरलिंग द्वारा संपादित 'दि बुक ऑफ मैरेज' (विवाहों की पुस्तक) में लेख भेजने के लिए दिए गए निमंत्रण के उत्तर में बर्नार्ड शा ने लिखा था, "पत्नी के जीवित रहते कोई भी व्यक्ति विवाह के सम्बन्ध में सत्य लिखने का साहस नहीं कर सकता। मेरा मतलब है कि यदि वह स्ट्रिंडबर्ग की भांति अपनी पत्नी से घृणा ही न करता हो, तब : और मैं घृणा नहीं करता। मैं इस पुस्तक को बड़ी रुचि के साथ पढ़ूंगा, यह जानते हुए कि यह मुख्यतया टालमटोल से भरी है।"[2] सामाजिक दृष्टि से बढ़ते हुए उद्योगीकरण और संस्कृति के प्रजातन्त्रीकरण के कारण पारिवारिक जीवन का महत्त्व कम होता जा रहा है, स्त्रियां आर्थिक दृष्टि से स्वाधीन होती जा रही हैं, सामाजिक और राजनीतिक विशेषाधिकार समान होते जा रहे हैं और इस बात के प्रयत्न किए जा रहे हैं कि मातृत्व के लिए आर्थिक सहायता दी जाए। इस सबसे पारिवारिक जीवन के ढांचे में क्रांतिकारी परिवर्तन होने की संभावना है।

यदि हम विवाह जैसी प्राचीन संस्था के सम्बन्ध में उपयोगी विचार करना चाहते हैं और यदि हम तात्त्विक और औपाधिक में भेद करना चाहते हैं, तो हमें उन कुछ प्रवृत्तियों और उद्देश्यों का विश्लेषण करना चाहिए, जो इस संस्था के जन्म और वृद्धि के कारण थे। तभी हमें पता चलेगा कि वे अनेक बातें, जिन्हें हम विवाह में, और सामान्यतया यौन संबंधों में, बहुत महत्त्व देते हैं, हमारी बुद्धि और कल्पना द्वारा बनाए गए कानूनों और प्रथाओं के परिणाम हैं।

जहां तक विवाह की संस्था के मूल का सम्बन्ध है, इसका आधार न तो भावप्रधान प्रेम है और न पाशविक कामवासना। कोई कारण न था कि आदिम मनुष्य अपनी यौन प्रवृत्ति की स्वतंत्रता को क्यों सीमित रखता। उसकी दृष्टि में स्त्रियों की पवित्रता या पुरुष के पितृत्व का कोई मूल्य न था। उसे यौन ईर्ष्या या भावना-प्रधान प्रेम का भी पता नहीं था। आदिकालीन विवाह स्त्रियों को अपने अधीन रखने पर आधारित था और इसकी स्थायिता आर्थिक आवश्यकताओं पर आधारित थी, चंचल आवेश पर नहीं। मानव-विज्ञानशास्त्री बताते हैं कि आदिकालीन पति स्वेच्छा से अपनी पत्नी को किसी भी अतिथि को केवल आतिथ्यसत्कार की दृष्टि से संभोग के लिए प्रस्तुत कर देता था। परन्तु कामगार के रूप में वह उसके ऊपर अपना स्वामित्व जमाए रखने के सम्बन्ध में बहुत ईर्ष्यालु था। परन्तु अपेक्षाकृत जमकर जीवन बिताने के विकास के

1. तुलना कीजिए, फ्रायड "जिन्हें संसार अपने सदाचार के नियम कहता है, उनके लिए उसकी अपेक्षा कहीं अधिक बलिदान करने पड़ते हैं जितने के कि वे योग्य हैं और समाज का व्यवहार न तो ईमानदारी से प्रेरित है और न बुद्धिमत्ता द्वारा स्थापित।"—इण्ट्रोडक्टरी लेक्चर ऑन साइको ऐनेलेसिस (1922), पृष्ठ 362

2. बर्नार्ड शा की एक और ऐसी ही रोचक उक्ति है। जब उसका विवाह हुआ, तो किसी ने उससे पूछा, "कहो अब विवाह के बारे में तुम्हारा क्या विचार है?" "इसका जवाब देना कठिन है," उसने उत्तर दिया। "यदि ठीक कहूं, तो यह फ्रीमेसनरी (गुप्त संसद्) की भांति है। जो लोग उस सम्प्रदाय में दीक्षित नहीं हो पाते, वे इसके सम्बन्ध में कुछ कह नहीं सकते और जो इसके सदस्य बन जाते हैं, उन्हें रहस्य गुप्त रखने की शपथ लेनी पड़ती है।"

साथ और सम्पत्ति के बढ़ते जाने और स्वामित्व को अपने वैध उत्तराधिकारियों के हाथों में बनाए रखने की इच्छा के कारण विवाह की संस्था को और अधिक बल मिल गया।[1] शीघ्र ही सभ्यता की उन्नति होने के कारण पत्नी को एक व्यक्ति के रूप में, केवल दास मजदूर के रूप में या सन्तान जननेवाले प्राणी के रूप में ही नहीं, मान्यता प्राप्त हुई और विवाह की संस्था पर इसके बहुत दूरगामी प्रभाव हुए।

भौतिक आधार

काम-वासना को अपवित्र या अशिष्ट समझना नैतिक विकृति का चिह्न है। फ्रायड ने मानव-जीवन के यौन-आधार पर जो इतना बल दिया है, वह अतिरंजित अवश्य है, परन्तु गलत नहीं है। यौन प्रवृत्तियां अपने-आपमें कोई लज्जाजनक वस्तु नहीं हैं। इस विषय में ईसाइयत ने जो अत्यन्त कठोर रुख अपनाया था,[2] उसके साथ हिन्दू दृष्टिकोण की कोई सहानुभूति नहीं। ईसा ने विवाह नहीं किया और निष्कलंक गर्भधारण की समूची धारणा ही इस बात की सूचक है कि सामान्य यौन जीवन में कुछ अपवित्रता है। सैण्ट जैरोम ने कहा है, "विवाह पृथ्वी की जनसंख्या को बढ़ाते हैं, किन्तु कौमार्य स्वर्ग की।" वह लिखता है, "कई कुमारियां शारीरिक दृष्टि से कुमारी होते हुए भी आत्मिक दृष्टि से कुमारी नहीं होतीं। उनके शरीर तो अछूते होते हैं, परन्तु उनकी आत्मा भ्रष्ट होती है। केवल ऐसा कौमार्य ईसा के सम्मुख प्रस्तुत करने योग्य है, जो कभी मलिन न हुआ हो, न तो शारीरिक इच्छा से और न आत्मिक इच्छा से।" यदि हमें पूर्ण होना है, तो हमें अपने यौन जीवन और साधारण पारिवारिक अनुरागों को त्याग देना चाहिए। हमारी कल्पना

1. डिमास्थनीज ने यूनानियों की सामान्य भावना को इस रूप में अभिव्यक्त किया था, "हमारे पास आनन्द के लिए वेश्याएं हैं, शरीर की दैनिक परिचर्या के लिए रखेलें हैं और सन्तानोत्पादन के लिए पत्नियां हैं, जो हमारे घर की विश्वस्त देखभाल करने वाली भी हैं।" 'फ्यूचर ऑफ मैरेज इन वेस्टर्न सिविलाइजेशन' में वैस्टरमार्क द्वारा उद्धृत, पृष्ठ 23

2. सेण्ट पाल कहता है, "पुरुष के लिए यह अच्छा है कि वह स्त्री का स्पर्श न करे। फिर भी अविवाहित व्यभिचार को रोकने के लिए यह उचित है कि हरएक पुरुष की अपनी पत्नी हो और प्रत्येक स्त्री का अपना पति हो। स्त्री को अपने शरीर पर अधिकार नहीं है, अपितु पति को है, और इसी प्रकार पति को अपने शरीर पर अधिकार नहीं है, अपितु उसकी पत्नी को है। तुम दोनों एक-दूसरे को वंचित मत करो। यदि करो भी, तो केवल एक-दूसरे की सहमति से और थोड़े समय के लिए, जिससे कि तुम उपवास और प्रार्थनाएं इत्यादि कर सको, और फिर एक-दूसरे के पास आ जाओ, जिससे शैतान तुम्हें व्यभिचार के लिए फुसला न सके। परन्तु यह मैं अनुमति के रूप में कहता हूं, आदेश के रूप में नहीं : क्योंकि जलने की अपेक्षा विवाह कर लेना अधिक अच्छा है। परन्तु परमात्मा ने प्रत्येक व्यक्ति को जो कुछ दिया है और हरएक के लिए एक पेशा नियत कर दिया है, उसीके अनुसार उसे चलना चाहिए। प्रत्येक व्यक्ति को उसी पेशे में लगे रहना चाहिए, जो उसे सौंपा गया है। जो लोग इस संसार का उपयोग करते हैं, वे इसका दुरुपयोग नहीं कर रहे क्योंकि इस संसार के रंग-ढंग क्षणिक और अस्थायी हैं।" इसके बाद अंतिम चोट आती है, "जो व्यक्ति अविवाहित रहता है, उसे उन वस्तुओं का ध्यान रहता है, जिनका सम्बन्ध परमात्मा से है, ताकि वह परमात्मा को प्रसन्न कर सके; पर जो व्यक्ति विवाह कर लेता है, उसे सांसारिक वस्तुओं का ध्यान रहता हैं, जिससे वह अपनी पत्नी को प्रसन्न रख सके।"—1 कोरिन्थियन्स 7

और आशा एक सापेक्ष पूर्णता तक सीमित कर दी गई है। विवाहित जीवन की अपूर्ण दशाओं में हमें पूर्ण जीवन बिताना है।

दूसरी ओर हिंदू लोग यौन जीवन को पवित्र मानते हैं। रामायण का प्रारंभ व्याध को दिए गए एक शाप से होता है। उस व्याध ने कामक्रीड़ा में लगे क्रौंचयुगल में से एक को मार डाला था।[1] काम-वासना कोई रोग या विकार नहीं है, अपितु एक स्वाभाविक सहजवृत्ति है।[2] हिन्दू दृष्टिकोण में गृहस्थ की स्थिति को ऊंचा बताया गया है। जैसे सब प्राणी माता के सहारे जीते हैं, उसी प्रकार सब आश्रम गृहस्थ पर निर्भर रहते हैं। "मकान घर नहीं है; घर पत्नी के कारण बनता है, बिना पत्नी का घर मुझे जंगल के समान प्रतीत होता है।"[3] "लकड़ी और पत्थर से जो बनता है, उसे घर नहीं कहते; बल्कि जहां पत्नी है, वहीं घर होता है।"[4] हिन्दू दृष्टिकोण में यह ज़ोर नहीं दिया गया कि सब नर-नारी सन्त बन जाए और एक शून्य पूर्णता को पाने का प्रयत्न करते रहें। यहां यौन संयम को सबसे बड़ा गुण नहीं माना गया। यदि हम प्राकृतिक शक्तियों पर चोट करेंगे, तो शीघ्र या विलम्ब से वे अवश्य बदला लेंगी। 'कामसूत्र' के लेखक ने यौन जीवन और आकर्षण के विभिन्न पक्षों का वर्णन प्रस्तुत किया है और हमारे सम्मुख मानव-हृदय की उन उत्तेजनाओं का वर्णन प्रस्तुत किया है, जो जीवन को इतनी पूर्ण और आकर्षक बनाती हैं। उसका सारा विवरण, जो जीवन के प्रति उत्साहपूर्ण प्रेम और आवेशपूर्ण आध्यात्मिक सौम्यता से भरा है, उस संयम से बिलकुल ही मेल नहीं खाता जिसका प्रतिपादन कष्ट सहन के समर्थकों ने किया है। आत्मा की मुक्ति इच्छाओं को बलपूर्वक दबा देने से नहीं होगी, अपितु उनका समुचित संगठन करने से होगी। आत्मा को शरीर के दोषों से मुक्त करने का उपाय शरीर को नष्ट कर देना नहीं। ब्रह्मचर्य उपवास तथा शरीर की अन्य इच्छाओं के दमन के समान ही तपस्यात्मक अनुशासन है। यह इसलिए खतरनाक है, क्योंकि इससे मन में उस विषय की स्मृति बराबर बनी रहती है, जिससे कि यह मन को बचाना चाहता है। यह एक निषेधात्मक ढंग का बंधन उत्पन्न कर देता है। यौन विषयों में भी सर्वोच्च आदर्श अनासक्ति का है। सम्बन्धों का उस समय उपयोग किया जाए, जबकि वे लाभदायक हों और उसके बाद उन्हें बिना किसी कष्ट के त्यागा भी जा सके।

हिन्दू-व्यवहार में विवाह को न केवल सह्य माना गया हैं, अपितु प्रशंसनीय बताया गया है। तपस्वियों को जीवन पर खतरनाक संयमों को लादने की प्रवृत्ति की निन्दा की गई है। जिस परमात्मा ने नर और नारी का सृजन किया है, उसका उपहास नहीं किया जाना चाहिए। पवित्रता के वे कठोर आदर्श, जिनमें हमसे यह आशा की जाती है कि हम जाति के नष्ट होने का खतरा

---

1. मा निषाद प्रतिष्ठां त्वमगमः शाश्वतीः समाः
   यत्क्रौञ्चमिथुनादेकमवधीः काममोहितम्।

2. मौंतेन के शब्दों से तुलना कीजिए, "क्या वे स्वयं पशु नहीं हैं, जो उस कृत्य को पाशविक कहते हैं, जिसके फलस्वरूप स्वयं उनका जन्म हुआ?"

3. न गृहं गृहमित्याहुः गृहिणी गृहमुच्यते।
   गृहं च गृहिणीहीनमरण्यसदृशं मम।

4. न गृहं काष्ठपाषाणैः, दयिता यत्र तद्गृहम्।—'नीतिमंजरी', 68

उठाकर भी अपनी आत्मा की रक्षा करें, हमारी स्वाभाविक सहज प्रवृत्तियों के प्रतिकूल हैं। यद्यपि शारीरिक इच्छा को कोई गहरी या स्थायी वस्तु समझने की भूल करना ठीक न होगा, फिर भी यह एक आवश्यक आधार है, जिसके ऊपर स्थायी और तृप्तिदायक सम्बन्ध का भवन खड़ा होता है। यदि विवाह के शारीरिक पहलू असंतोषजनक हों, तो विवाह असफल सिद्ध होते हैं।[1] परन्तु केवल शारीरिक पहलू काफी नहीं है। कैण्ट की विवाह की यह परिभाषा कि विवाह "विभिन्न लिंगों के दो व्यक्तियों को उनकी यौन योग्यताओं पर पारस्परिक अधिकार के लिए जीवन-भर के लिए परस्पर बांध देना है" दोषपूर्ण है। यदि यह परिभाषा सत्य होती, तो यौन इच्छाओं में शान्तता आने के साथ-साथ विवाहों का विच्छेद हो जाया करता। परन्तु जैसे सारा जीवन शरीर-रचना नहीं है, उसी प्रकार प्रेम भी कामवासना ही नहीं है। यौन इच्छा को संतुष्ट करना कॉफी का प्याला पी लेने के समान नहीं है। यह कोई तुच्छ या परिणामहीन रचना नहीं है, जिसकी कोई स्मृति उसके बाद शेष न रहती हो। इसका परिणाम अनुराग, मित्रता और प्रेम होता है। आधुनिक यौन जीवन की आकस्मिकता बढ़ते हुए गंवारपन का एक चिह्नमात्र है।

मनुष्य में कामवासना की कुछ अपनी अलग विशेषताएं हैं। मनुष्य में आवर्तकता (नियत समय पर होना) नहीं है। वह बिना भूख के खाता है, बिना प्यास के पीता है और सब ऋतुओं में कामोपभोग करता है। यह विशेषाधिकार खड़े बंदर को, जो सबसे पहले बंदरों में से एक है, भी प्राप्त है। गौण यौन विशेषताएं केन्द्रीय तत्त्वों की अपेक्षा भी प्रमुख हो उठती हैं। हम किसी आकृति, आंख या मस्तिष्क से प्रेम करने लगते हैं। मनोवेग अपने ही लिंग के प्राणी की ओर भी वापस झुक आ सकता है। मानव-प्राणियों को अपने माता-पिता से बहुत देर तक पालन-पोषण की आवश्यकता होती है। कुछ ही पशु अपने बच्चों का पालन-पोषण करते हैं। कुत्ते और कुतिया का साहचर्य बहुत अल्प अवधि के लिए होता है। सारस और सारसी अपने बच्चों में दिलचस्पी लेते हैं और इसलिए उनका सम्बन्ध अपेक्षाकृत अधिक देर तक बना रहता है। पर ज्योंही बच्चे बड़े हो जाते हैं, तो माता-पिता को बच्चों के साथ सम्बन्ध भुला दिया जाता है। पशुओं में भाई और बहन के सम्बन्ध जैसी कोई वस्तु नहीं होती।

मानव-प्रकृति की आधारभूत आकांक्षाओं को अवश्य पूरा किया जाना चाहिए। सामान्य व्यक्तियों के लिए दूसरे लिंग के व्यक्ति के साथ घनिष्ठ सम्बन्ध अत्यन्त आवश्यक है। प्राणिशास्त्रीय दृष्टि से यौन वृत्तियों को सन्तुष्ट न कर पाने का परिणाम स्नायु-सम्बन्धी अस्थिरता हो सकता है। मनोवैज्ञानिक दृष्टि से इसका परिणाम शून्यता और मानव-जाति के प्रति घृणा होता है। जहां-तहां जॉन दी बैप्टिस्ट, ईसा, सेण्ट पाल या शंकराचार्य जेसे कुछ व्यक्ति हो सकते हैं, जो अपने जीवन की ऊर्जा को प्राकृतिक मार्ग से दूसरी ओर मोड़ सकें और उसका उपयोग आध्यात्मिक उपलब्धियों के लिए कर सकें, परन्तु अधिकांश नर-नारियों के लिए और समूची जाति के लिए यौन सम्बन्ध अत्यन्त आवश्यक और महत्त्वपूर्ण है।

1. तुलना कीजिए, "अपने शरीर से मैं तुम्हारी पूजा करता हूं/करती हूं।"

जातीय तत्त्व

जिसे फैब्रे ने 'मातृत्व की सार्वभौम सहजवृत्ति' कहा है, वह पशुजीवन का भी सबसे विस्मयकारी पक्ष है, जिसमें हमें प्रेम और बलिदान और दुर्बल की रक्षा दिखाई पड़ती है। हिंस्र बाघिन भी अत्यन्त कोमलहृदय माता बन जाती है। हिन्दू शास्त्रों में तीन ऋणों[1] का वर्णन है, जिन्हें कि हमें चुकाना है : ऋषियों का ऋण वेदाध्यन द्वारा, देवताओं का ऋण यज्ञों द्वारा और पितरों का ऋण सन्तानोत्पादन द्वारा चुकाया जाना है। "जो उपहार किसी सन्तानहीन स्त्री द्वारा भेंट किए जाते हैं, उनसे लेनेवाले की जीवनी शक्ति क्षीण हो जाती हैं।" जब तक पुरुष को पत्नी प्राप्त नहीं होती, तब तक वह केवल आधा मनुष्य रहता है। जिस घर में बच्चे न खेलते हों, वह श्मशान के समान है।"[2] परिवार को बनाए रखने की भावना प्रबलतम सामाजिक शक्तियों में से एक है। परिवार सामाजिक शरीर में एक कोषाणु (सेल) है; और यदि कोषाणु में प्रजनन की इच्छा समाप्त हो जाए तो जाति नष्ट हो जाएगी। पेतां ने कहा था कि फ्रांस का पतन इसलिए हुआ, क्योंकि वहां बहुत कम बच्चे होते थे। घटती हुई जन्मदर भविष्य के प्रति उस उदासीनता का लक्षण है, जो हमें मरती हुई सभ्यताओं के अन्तिम दौर में दिखाई पड़ती है। "प्रजा सूत्र को तोड़ना नहीं" यह उपनिषद् का उपदेश है; और यदि किसी जाति को जीवित रहना हो, तो उसे इसका पालन करना ही होगा।[3] सन्तान के बिना यौन सम्भोग, भले ही वह कितना ही सुन्दर और पवित्र क्यों न हो, अपूर्ण ही रहेगा। वन्ध्यता ही एक आधार है, जिसके कारण दूसरी स्त्री से विवाह करना उचित समझा जाता है।

विवाह एक वैध परिवार की स्थापना के लिए सामाजिक अधिकारपत्र अधिक है और यौन सम्भोग के लिए अनुज्ञापत्र कम। पति और पत्नी में पारस्परिक प्रेम सन्तान उत्पन्न होने के बाद और प्रबल हो जाता है। भले ही वे एक-दूसरे को चोट पहुंचाएं और एक-दूसरे से घृणा करें, परन्तु उनकी सनकों की अपेक्षा कुछ अधिक सुदृढ़ वस्तु, उनके झगड़ों और विद्वेष की अपेक्षा कुछ अधिक स्थायी वस्तु उनके बीच में उत्पन्न हो चुकी होती है। बच्चों के कल्याण के लिए अभिभावकता की सहजवृत्ति माता और पिता दोनों में समान रूप से पाई जाती है। यह हित की एकता कृत्रिम नहीं है। यह मानव-स्वभाव में ही नहीं, अपितु सारी प्रकृति में विद्यमान एक आधारभूत सत्य की अभिव्यक्ति है, जिसने माता के हृदय में एक स्थायी वात्सल्य और आत्मबलिदान के लिए उद्यतता पैदा कर दी है। पितृत्व प्राणिशास्त्रीय नींव के ऊपर जीवनव्यापी मनोवेगात्मक बन्धन और पेचीदा सांस्कृतिक गठबन्धन खड़े करने में सहायता

---

1. ब्रह्मचयण ऋषिभ्यो यज्ञेन देवेभ्यः प्रजया पितृभ्यः।—तैत्तिरीय संहिता 6-3-10-5

2. यावन्न विन्दते जायां तावदर्धो भवेत् पुमान्
यन्न बालैः परिवृतं श्मशानमिव तद्गृहम्।

3. तुलना कीजिए, "देखो, मैंने उसे आशीर्वाद दिया है। मैं उसे फलयुक्त बनाऊंगा और उसके खूब सन्तानें होंगी।" "स्त्री एक पहेली है, जिसका हल सन्तान है।"—नीट्शे का कथन है।

देता है। इसके द्वारा पारस्परिक कर्त्तव्य और सेवा के सामाजिक सम्बन्ध स्थापित होते हैं। जब तक प्राणिशास्त्रीय आवश्यकताओं के क्षीण होने का समय आता है, तब तक सन्तान के प्रति अनुराग बढ़ चुका होता है और पितृवात्सल्य के द्वारा हम संसार का ज्ञान और आन्तरिक अनुभव प्राप्त करते हैं। सन्तान माता-पिता के लिए आध्यात्मिक अवलम्ब का साधन है।

लोग पुत्रजन्म की उत्सुकता से प्रतीक्षा किया करते थे और कन्या के जन्म को भला नहीं समझा जाता था। सम्भवतः इसका कारण यह था कि भौतिक शक्तियों के विरुद्ध अस्तित्व के लिए संघर्ष में पुरुष स्त्रियों की अपेक्षा अधिक उपयोगी थे। पितृप्रधान समाजों में और आदिकालीन दशाओं में पुत्र पुत्री की अपेक्षा आर्थिक दृष्टि से अधिक मूल्यवान था। इसका यह अर्थ नहीं है कि माता-पिता अपनी कन्याओं से कम प्रेम करते थे। उस समय भी सुसंस्कृत लोगों का दृष्टिकोण अपेक्षाकृत अधिक स्वस्थ था। सुशिक्षित कन्या परिवार के लिए अभिमान की वस्तु समझी जाती थी।[2] ज्यों-ज्यों पूर्वजों की पूजा में लोगों की रुचि बढ़ती गई, त्यों-त्यों पितरों को पिण्डदान करने का अधिकार केवल पुत्रों को ही दिया जाने लगा। कन्याओं के लिए उपयुक्त पति ढूंढ़ने में कठिनाई होती है और विवाह के बाद भी भविष्य के सम्बन्ध में दैवयोग की बात बड़ी सीमा तक बनी रहती है। कन्याओं के जीवन को सुखी बना सकने की यह कठिनाई ही पुत्रों को अधिक चाहने का कारण थी, स्त्री-जाति के प्रति अन्याय की कोई अन्य भावना नहीं।[1]

सब स्त्रियों में मातृत्व की सहजवृत्ति नहीं होती। कुछ नारियां माता की अपेक्षा पत्नियाँ अधिक अच्छी होती हैं। ये दोनों बिल्कुल अलग-अलग प्रकार हैं। कुछ ऐसी स्त्रियां है, जो मातृत्व न चाहते हुए यौन जीवन पसन्द करती हैं; और कुछ स्त्रियां ऐसी होती हैं, जिनमें यौन इच्छा बहुत कम होती है या बिल्कुल नहीं होती, परन्तु जो माता बनना चाहती हैं। विवाह की संस्था में इन दोनों प्रवृत्तियों का मेल बिठाने का यत्न किया गया है।

मित्रता

पुरुष और स्त्रियां कोई बहुत उत्कृष्ट प्राणी नहीं हैं। और न विवाह का उद्देश्य केवल सन्तानोत्पादन ही है। प्रेम कोई निद्रा लानेवाली औषध नहीं है, जिसमें स्त्री-पुरुष प्राणिशास्त्रीय स्तर पर एक-दूसरे में अपने-आपको भुला बैठें और न मानव-प्राणी केवल जाति को जीवित बनाए रखने के उपकरणमात्र हैं। प्राणिशास्त्रीय पहलू से भिन्न एक साहचर्य की आवश्यकता है, जिसे विवाह पूर्ण करता है। मनुष्य में सचेतनता की, विचारों के आदान-प्रदान की, बौद्धिक आनन्दों में हिस्सा बटाने की और सुकुमारता की, संक्षेप में अनुभव की पूर्णता की लालसा होती है। हम बिल्कुल अकेले नहीं जी सकते। हमें मित्र चाहिएं; परन्तु यदि हम अपने गम्भीरतम विचारों का आदान-प्रदान न कर सकें, तो वह मित्रता थोथी है। यदि हमें कोई ऐसा मित्र मिल

1. कन्येयं कुलजीवितम्—कुमारसंभ्भव, 6-63। साथ ही देखिए :
विद्यावती धर्मपरा कुलस्त्री लोके नारीणां रमणीयरत्नम्।
2. पुत्रीति जाता महतीह चिन्ता कस्मै प्रदेयेति महान् वितर्कः
दत्वा सुखं प्राप्स्यति वा न वेति कन्यापितृत्वं खलु नाम कष्टम्।—पंचतंत्र, मित्रभेद, 5

सके, जिसपर हम पूर्ण विश्वास कर सकें और जिसके साथ हम अपने अन्तर्तम विचारों और अनुभूतियों को बंटा सकें, तो उससे हमारा व्यक्तित्व और गम्भीर हो जाता है। दूसरी ओर यदि हम दूसरे लोगों के साथ केवल अपने व्यक्तित्व के बन्धन से मुक्ति पाने के लिए सम्वन्ध स्थापित करें, तो वह आत्मविलास का ही एक रूप है, जो उकताहट से मुक्ति पाना-मात्र है। हम अपने केन्द्रस्थ जीवन को एक संदिग्ध सीमान्तस्थ जीवन के लिए त्याग देते हैं। रेलर मेरिया रिल्के के शब्दों में प्रेम "इस बात में है कि दो अकेलेपन एक-दूसरे की रक्षा करते हैं, एक-दूसरे को स्पर्श करते हैं और एक-दूसरे का अभिवादन करते हैं।" जब उमर खैयाम पुकारकर कहता है :

घनी सिर पर तरुवर की डाल, हरी पैरों के नीचे घास
बगल में मधु मदिरा का पात्र, सामने रोटी के दो ग्रास
सरस कविता की पुस्तक हाथ और सबके ऊपर तुम प्राण
गा रहीं छेड़ सुरीली तान मुझे अब मरु नन्दन उद्यान।

तब उसका अभिप्राय यही है कि वह तब तक जी नहीं सकता या जीवन का आनन्द नहीं ले सकता, जब तक कि उसकी प्रियतमा उसके पास न हो। यह है अच्छा साहचर्य। होंठों पर का गीत दृढ़ता, सत्यनिष्ठा और प्रेमपूर्ण देखभाल का सूचक हैं। ये वे वस्तुएं हैं, जिन्हें हम प्राप्त करने का यत्न तो बहुत करते हैं, परन्तु प्राप्त कम ही कर पाते हैं। मित्रता यौन आकर्षण से भिन्न वस्तु है। पुरुषों के लिए स्त्रियों के और स्त्रियों के लिए पुरुषों के बुद्धिमत्तापूर्ण और सहानुभूतिपूर्ण मेलजोल का निषेध नहीं किया जा सकता। क्योंकि इस प्रकार का मेलजोल पूर्णतया अपार्थिव स्तर पर नहीं हो सकता, इसलिए पत्नियों से ही यह आशा की जाती है कि वे मित्र भी हों। कहा गया है कि "पत्नी का मन पति के साथ एक होना चाहिए; वह उनकी छाया के समान होनी चाहिए और सब अच्छे कामों में उनकी सहचारिणी होनी चाहिए; उसे सदा प्रसन्न रहना चाहिए और घर के काम-काज का ध्यान रखना चाहिए।"[1] ऋग्वेद की विवाहिता नारी अपने पति की साथिन (सखी) है और उसकी रुचियां पति की रुचियों के समान हैं। जिसे मनोवैज्ञानिक पूरकता अथवा स्वभावों की समानता कहा जाता है, उसके फलस्वरूप विचारों और अनुभूतियों की समानता उत्पन्न होती है और बढ़ती है। बौद्धिक और सुरुचिपूर्ण साहचर्य की अनुभूति, जीवन-मूल्यों के मान में समानता सफल विवाह के लिए एक आशाप्रद प्रस्थान-भूमि प्रस्तुत करती हैं। विचारों और महत्त्वाकांक्षाओं की एकता से भी बढ़कर कष्टों में हिस्सा बंटाना मानवी सहानुभूति की आधारशिला का काम करता है। विवाह का उद्देश्य यह नहीं है कि समरूप व्यक्ति तैयार कर दिए जाएं। पति-पत्नी में अन्तर तो रहेगा ही; जैसे सबसे बड़ा अन्तर तो लिंग का ही है; परन्तु दोनों में अन्तर या मतभेद बहुत अधिक नहीं होने चाहिएं। यदि दोनों में से एक डरपोक और दूसरा क्रोधी है, एक में सूझबूझ नाम को नहीं है और दूसरा बहुत साहसी है, तो विवाह सफल सिद्ध न होगा। दोनों एक-दूसरे के पूरक होने चाहिए, जिससे एक-दूसरे को आत्म-अनुसन्धान में सहायता दे

1. छायेवानुगता स्वच्छ सखीव हितकर्मसु
सदा प्रहृष्टया भाव्यं गृहकर्मसु दक्षया।

सकें और दोनों वास्तविक व्यक्ति के रूप में विकसित हो सकें और दोनों में एक समस्वरता स्थापित हो जाए। विवाह-सम्बन्ध का उद्देश्य यह है कि उससे जीवन और मन दोनों को बल मिले। जहां नारी अपेक्षाकृत उन गतिविधियों में अधिक उलझी रहती है, जो प्रकृति ने उसे सौंपी हैं, वहां मनुष्य मानसिक सृजन में अधिक व्यस्त रहता है। कठोर श्रम करना, सेवा करना और परिवार का पालन-पोषण करना राष्ट्र की महत्त्वपूर्ण सेवा है। यदि स्त्री उन गतिविधियों में भाग लेने लगती है, जो जातिरक्षा के कार्य में बाधक होती हैं, तो वह अपने स्वभाव के विरुद्ध कार्य कर रही होती है। स्त्री आनन्द देनेवाली और गतिविधि को प्रेरणा देनेवाली है; और यदि वह पुरुष की नकल करने लगे, तो वह अपना कार्य भली भांति सम्पन्न नहीं कर सकती। आधुनिक नारी अपने सन्तान-उत्पादन और घर की संभाल के कार्य से असन्तुष्ट है और वह अपने-आपको किसी उच्चतर गतिविधि में लगा देना चाहती है। यह ठीक है कि हमें स्त्रियों को शिक्षा और नियोजन की सुविधाएं देनी चाहिएं, फिर भी स्त्री का मुख्य कार्य मातृत्व और घर को संभालना ही होगा।

यदि विवाह की संस्था इस आवश्यक मित्रता-सम्बन्ध को प्रदान करने में असमर्थ रहती है, तो उसके लिए दूसरे साधन ढूंढ लिए जाते हैं। ऐथेन्स के चरम उत्कर्ष के दिनों में पैरीक्लीज़ के यहां एक मिलेशियन स्त्री ऐस्पैसिया रखेल के रूप में रहती थी। डिमास्थनीज़ ने खुले न्यायालय में कहा था कि "प्रत्येक पुरुष के पास अपनी पत्नी के अतिरिक्त कम से कम दो रखेलें होनी चाहिएं।"

प्रेम

प्राणिशास्त्रीय, जातीय और मानवीय तत्त्व ही वे आधार हैं जिनके ऊपर हम आत्मा के सृजनशील जीवन के सुन्दर मन्दिर का निर्माण करना चाहते हैं। यौन आनन्द, जातियों का वंशक्रम बनाए रखने या साहचर्य की अपेक्षा प्रेम कुछ अधिक वस्तु है। यह एक व्यक्तिगत मामला है, जिसमें पाशविक आवश्यकताओं की तृप्ति या परिवार की स्थापना या स्वार्थपूर्ण आनन्द की अपेक्षा कुछ और घनिष्ठ बन्धन पाए जाते हैं। प्रेम के द्वारा हम एक आध्यात्मिक वास्तविकता का सृजन करते हैं और व्यक्तियों के रूप में अपनी भवितव्यता का विकास करते हैं और शारीरिक आनन्द के द्वारा मन की प्रसन्नता और आत्मिक आनन्द का विकास करते हैं। हृदय के तूफान प्रेम के द्वारा आत्मा की शान्ति तक पहुंच जाते हैं। प्रेम केवल ज्वाला का ज्वाला से मिलन नहीं है, अपितु आत्मा की पुकार है।

मानव-जीवन के सुनिर्दिष्ट क्षेत्र में समानता बहुमूल्य वस्तु है। इसमें सन्देह नहीं कि विवाह के विषय में नियम समान होने चाहिएं। परन्तु कोई न कोई बिन्दु ऐसा आ जाता है, जहां पहुंचकर हम न केवल असमानता को स्वीकार कर लेते हैं, अपितु उसमें आनन्द भी अनुभव करते हैं। सच्चे प्रेम में सम्पूर्ण आत्मसमर्पण का वह भाव होता है, जो प्रेम को सफल बना सकता है।[1] विशुद्ध प्रेम प्रतिपादन में कुछ नहीं चाहता। यह बिना किसी प्रतिबन्ध या दुराव के बाहर निकल पड़ता है। यह भारी कामों को भी हल्का बना देता है; यह बड़े से बड़े बोझ को बिना भार

1. मृदुत्वं च तनुत्वं च पराधीनत्वमेव च
स्त्रीगुणाः ऋषिभिः प्रोक्ताः धर्मतत्त्वार्थदर्शिभिः।

अनुभव किए ढो सकता है। यह कभी थकता नहीं। किसी कार्य को असम्भव नहीं समझता और सब कष्टों का सामना करने के लिए तैयार रहता है। ऐसा प्रेम शाश्वत होता है। यह हमारी आत्मा की गहराइयों में विद्यमान रहता है। यह एक न बुझ सकने वाली पवित्र ज्वाला है, जिसे हम अपने जीवन के अन्त तक बनाए रह सकते हैं। इस प्रकार के प्रेम का निम्न, पाशविक, स्वार्थपूर्ण, उग्र या तुच्छ मानवीय लालसाओं या भंगुर, ऊपरी और थकानेवाली भावनाओं से कोई मेल नहीं है। यह तो वह शक्ति है, जो स्वर्ग से पृथ्वी पर इसलिए भेजी गई है कि पृथ्वी को फिर स्वर्ग तक वापस ले जा सके। शरीर के साथ-साथ मन और आत्मा का ऐसा संयोग अमर होता है। यह पवित्रतम सम्बन्ध है, जो हमें आन्तरिक दृष्टि से पूर्ण और सन्तुष्ट बनाता है। प्रेम ही एक वस्तु है जिसे मनुष्य अपना कह सकता है। जीवन की एक यही निधि है, क्योंकि जीवन की और सब वस्तुएं समाज की सांझी बना दी गई हैं। भले ही इसके कष्ट कितने ही कठोर क्यों न हों और इनकी त्रुटियां कितनी ही शोचनीय क्यों न हों, यह जीवन का सर्वोच्च वरदान है।

हममें से अधिकांश के लिए विवाह केवल दाम्पत्य, सन्तानोत्पादन के लिए एक-दूसरे को सहन करने का संकल्प, एवं आदान-प्रदान के सिद्धान्त पर साथ रहने का निश्चय-मात्र होता है। परन्तु कभी-कभी कोई पुरुष या कोई स्त्री ऐसे आ मिलते हैं, जिनके जीवन एक-दूसरे से पूरी तरह मेल खाते हैं। इस प्रकार के व्यक्ति सदा के लिए साथ रहने लगते हैं। सच्चा प्रेम आत्मा और शरीर का मिलन है, इतना घनिष्ठ और इतनी दृढ़ता से स्थापित, कि ऐसा अनुभव होने लगता है कि यह आजीवन बना रहेगा। यह इतना गहरा और बांधनेवाला, अपनी सुकुमारता से हृदय को जकड़ लेनेवाला और अपने आवेश की तीव्रता से जीवन का रूपान्तर कर देनेवाला सम्बन्ध है कि इसी प्रकार का दूसरा सम्बन्ध बनाने की कल्पना भी अपवित्र मालूम होती है। सावित्री से उसके पिता ने दूसरा पति चुनने के लिए कहा था, क्योंकि जो पति उसने चुना था उसके भाग्य में जल्दी मर जाना लिखा था। इसपर सावित्री ने उत्तर दिया था, "चाहे वह दीर्घायु हो अथवा अल्पायु, चाहे उसमें गुण हों या वह गुणहीन हो, परन्तु मैंने एक बार पति चुन लिया है; अब मैं दूसरा पति कदापि नहीं चुनूंगी।"[1] हनुमान जब सीता से, जो कहा जाता है कि वस्तुतः देवमाया थी और राक्षस-माया को पराजित करने के लिए अवतरित हुई थी,[2] मिलकर आया, तब उसने राम को बताया कि वह लंका में बहुत कष्ट पा रही है और जब मैं उससे मिला तो वह मरने का निश्चय किए बैठी थी।[3] और फिर भी राम ने रावण पर विजय पाने के बाद जब सीता को देखा, जो आनन्द और प्रेम के साथ-साथ लज्जा से भरी हुई थी, तो उसे बताया कि मैंने तुम्हारे प्रेम के कारण यह युद्ध करके विजय नहीं पाई है, अपितु अपने और अपने वंश के यश की रक्षा करने के लिए यह युद्ध किया है।[4] "मैं तुम्हें फिर

---

1. दीर्घायुरथवाल्पायुः सगुणो निर्गुणोपि वा
   सकृद्वृतो मया भर्ता न द्वितीयं वणोम्यहम्।
2. जनकस्य कुले जाता देवमायेव निर्मिता।—रामायण बालकांड 1-25
3. मर्तव्येति कृतनिश्चया।—सुन्दरकांड 45-18
4. युद्धकाण्ड, 118-15-16

ग्रहण नहीं करना चाहता। तुम लक्ष्मण, भरत, सुग्रीव या विभीषण, जिसे भी चाहो उसके साथ चली जाओ।"[1] कुछ लोगों का कहना है कि ये आपत्तिजनक श्लोक बाद में मिलाए गए प्रक्षिप्त अंश हैं। परन्तु इन श्लोकों से यह बात ध्वनित होती है कि हममें से अच्छे से अच्छे पुरुष प्रेम और कष्ट सहन करने के मामले में बड़ी-बड़ी भूलें करनेवाले नौसिखिए हैं, जबकि स्त्रियां इन मामलों में श्रेष्ठ कलाकार हैं। जब सीता को उसके पति ने त्याग दिया तो, कालिदास के अनुसार, वह कहती है कि "पुत्र का जन्म होने के बाद मैं सूर्य की ओर दृष्टि लगाकर तपस्या करूंगी, जिससे अगले जन्म में भी तुम ही मेरे पति बनो और तुमसे मेरा वियोग न हो।"[2] वे स्त्रियां महानतम प्रेमिकाएं हैं, जो प्रतिदान में प्रेम पाने की भी आवश्यकता नहीं समझतीं और जो उन्हें त्याग जानेवाले पुरुष से कह सकती हैं कि "मेरा प्रेम इस बात पर निर्भर नहीं है कि तुम मेरे साथ कैसा बर्ताव करते हो।" क्या स्पिनोज़ा ने हमें यह नहीं बताया है कि परमात्मा से बिना किसी प्रतिफल के आशा किए प्रेम करना उच्चतम और विशुद्धतम प्रेम है? परन्तु सामान्य मनुष्यों के लिए प्रेम दोनों पक्षों की ओर से होना चाहिए।

प्रेम ऐसी वस्तु नहीं है, जिसपर हमारा वश हो। दो व्यक्तियों के बीच का वह सम्बन्ध एकांतिक होता है और उनके बीच में कोई तीसरा व्यक्ति स्थान नहीं पा सकता। अविश्वास व्यक्ति की प्रकृति को नष्ट कर देता है, क्योंकि मनुष्य के व्यक्तित्व को जो पूर्णता प्राप्त हुई होती है, वह अविश्वास से समाप्त हो जाती है। विवाह का यह पहलू संस्कृति का विषय है। ऐसी अनेक जातियां हैं, जहां अपरिचित अतिथि को अपनी पत्नी प्रस्तुत करना आतिथ्य का चिह्न समझा जाता है और जहां परिवार की आय बढ़ाने के लिए पत्नी का काम करना वैध समझा जाता है। परन्तु अधिकांश पति अपनी पत्नियों के बारे में दूसरों के साथ हिस्सा बंटाने को अनिच्छुक होते हैं और विकसित संस्कृतियां एक विवाह के आदर्श को बढ़ावा देती हैं।

विवाह, यद्यपि एकमात्र नहीं परन्तु, एक सरल उपाय है, जिसके द्वारा हम एक उच्चतर संयोग बनाने से लिए अपनी स्वाभाविक सहजवृत्तियों को आत्मा में लीन कर सकते हैं। विवाह का उद्देश्य प्रेम के द्वारा, जोकि एक स्थायी गठबन्धन है, मानवीय पूर्णता और व्यक्तित्व का विकास करना है। हम विवाहित जीवन प्राकृतिक वासना को पूरा करने के लिए नहीं अपनाते, अपितु आत्मा के लिए, आत्मनस्तु कामाय, आत्मिक सम्पत्ति को बढ़ाने के लिए, तृप्ति की समृद्धि के लिए। प्रेम की भावना के कारण हमारे उत्सुक चित्त अनुभवों को नये उत्साह के साथ ग्रहण करते हैं; सभी इन्द्रियां तीव्रतर आनन्द से पुलकित होती हैं, मानो किसी अदृश्य आत्मा ने संसार के सब रंगों को नया कर दिया हो और प्रत्येक जीवित वस्तु में नवजीवन भर दिया हो। प्रेम को इन्द्रियों से पृथक् कर पाना, उसे शरीर का बहुत दास न बनाए रखना सम्भव है, जिसमें

1. लक्ष्मणे वाथ भरते वा किं बुद्धिं यथासुखम्
सुग्रीवे वानरेन्द्र वा राक्षसेन्द्र विभीषणे
निवेशय मनः सीते यथा वा सुखमात्मनः।—युद्धकाण्ड 118-20-23
2. साहं तपः सूर्यनिविष्टदृष्टिः, ऊर्ध्वं प्रसूतेश्चरितुं यतिष्ये।
भूयो यथा मे जननान्तरेपि त्वमेव भर्ता न च विप्रयोगः।—रघुवंश 14-66

कि आत्मा हमारे अन्दर विद्यमान पशु को अपने वश में किए रहे। हम किसी पुरुष या स्त्री से प्रेम नहीं करते, अपितु उसके अन्दर निहित व्यक्ति से प्रेम करते हैं; पद, सम्पत्ति, नौकरी या सुन्दरता, चारुता या लालित्य से प्रेम नहीं करते, अपितु इनके पीछे छिपे व्यक्ति से प्रेम करते हैं। विवाह दो स्वतन्त्र और समान व्यक्तियों का सम्मिलन है, जो पारस्परिक सम्बन्ध द्वारा उस आत्मविकास को प्राप्त करने का प्रयत्न कर रहे होते हैं, जिसे अकेले रहकर उन दोनों में से कोई भी प्राप्त नहीं कर सकता था। विसादृश्य अवश्य होता है और हमें उसके अन्दर यथासम्भव गहराई तक पैठना चाहिए। स्पिनोज़ा का कथन है कि "हम अलग-अलग व्यष्टि वस्तुओं को जितना अधिक समझ पाते हैं, उतना ही अधिक हम परमात्मा को समझ पाने में समर्थ होते हैं। यदि किसी मनुष्य ने इस संसार में परमात्मा के बनाए किसी प्राणी को भली-भांति प्यार नहीं किया, तो वह परमात्मा से भी प्रेम नहीं कर सकता। एक मानव-प्राणी के दूसरे मानव-प्राणी के प्रति प्रेम से बढ़कर आनन्द का सुनिश्चित और सच्चा साधन दूसरा कोई नहीं है। इसके द्वारा हम पहले की अपेक्षा अधिक ज्ञानी, अधिक अनुभवी और अधिक उत्कृष्ट बनते हैं। अपनी क्षुधा और असहायता के कारण हृदय यह अनुभव करता है कि, चाहे जैसे भी हो, उसे प्रेम करना ही चाहिए। इससे कम से कम उसे यह तो अनुभव हो जाएगा कि उसका अस्तित्व व्यर्थ नहीं है। स्वर्ग का रास्ता कष्टों से भरे हुए और आंसुओं से तर भौतिक प्रेम में से होकर ही है।

कहा जाता है कि भगवान ने अपने-आपको पति और पत्नी के दो रूपों में विभक्त कर दिया।[1] पुरुष अपनी स्त्री के बिना पूर्ण नहीं है। पति और पत्नी दोनों मिलकर एक पूर्ण वस्तु बनते हैं। पत्नी अर्धांगिनी, आधा अंग है। भारत में बहुत से प्रदेशों में महादेव और पार्वती का एक ही शरीर में अंकन किया गया है। प्रेम के लिए दो मूलतः भिन्न एकाकी व्यक्तियों के शारीरिक सद्भाव, बौद्धिक सम्बन्ध और आत्मिक समझ द्वारा मिलकर एक हो जाने की आवश्यकता होती है। पुरुष और स्त्री केवल एक शरीर ही नहीं, अपितु एक आत्मा हैं। यह बात नहीं कि उनकी रुचियां और दृष्टिकोण ठीक एक जैसे हों, अपितु वे एक-दूसरे के अनुकूल समस्वर होते हैं। क्योंकि इसमें आत्मिक लक्ष्य के अन्दर अनुभवजन्य तत्त्व रहता है, इसलिए विवाह को सांस्कारिक कहा जाता है। हमारा लक्ष्य ऐसे दो व्यक्तियों का सम्मिलन होता है, जो एक-दूसरे से प्रेम करते हैं। उनकी इच्छाएं पूर्ण हो चुकी होती हैं (आप्तकाम) और इसलिए उन्हें कोई इच्छा शेष नहीं रहती (अकाम)। यह गंभीर और सुकुमार संयोग पथभ्रष्टता के विरुद्ध सर्वोत्तम बचाव है। जब हम ऐसे व्यक्ति के साथ होते हैं, जिसे हम बहुत प्रेम करते हैं, तो हम सन्तुष्ट होते हैं और यह प्रश्न नहीं उठता कि हम किसलिए जी रहे हैं और हमारा जन्म किसलिए हुआ है। हम जानते हैं कि हम प्रेम और मित्रता के लिए पैदा हुए हैं।

विवाह और प्रेम

कुछ विवाह ऐसे भी होते हैं, जो प्राणिशास्त्रीय स्तर पर ही रह जाते हैं। वे प्रेम के उदाहरण

1. स इमाम् एवात्मानं द्वेधापातयत् ततः पतिश्च पत्नी चाभवताम्। —बृहदारण्यक उप०, 1-4-3

नहीं, अपितु यौन-उपभोग और पाशविक इच्छा के उदाहरण हैं, जो आवेशशून्य और स्वार्थपूर्ण होती है। इन मामलों में एक संगी की मृत्यु का अर्थ "एक आदत के छूट जाने का दुःख अधिक होता है और एक व्यक्ति के छूट जाने का दुःख कम।" यदि विवाह को केवल कर्तव्य और सुविधा की वस्तु माना जाए, तो यह एक सीमित प्रयोजनवाली उपयोगितावादी संस्था बन जाती है।[1] यह स्वाभाविकता मनुष्य पर कुछ प्रतिबन्ध लाद देती है, जो प्रतिबन्ध के रूप में अनुभव होता रहता है, क्योंकि प्रेम तो वहां होता नहीं। वे विवाह भी, जो धन या पद की इच्छा से किए जाते हैं, बहुत बार समृद्धतर और गम्भीरतर वस्तु के रूप में विकसित हो सकते हैं। प्रेमपूर्ण सम्मिलन का आनन्द वहां विकसित हो सकता है। किसीकी पत्नी होना एक संयोगमात्र है, किन्तु प्रेम करना वास्तविकता है।

एक ऐसा भी दृष्टिकोण है, जो यह मानता है कि विवाह की संस्था की प्रकृति में ही कुछ घातक तत्त्व विद्यमान हैं।[2] हम असुख के पीछे भटकते प्रतीत होते हैं। निषिद्ध वस्तु हमें आकर्षिक करती है और अकट्टर प्रेम बहुत कुछ मानवीय असुख, संन्यास, मध्यमार्ग, विच्छेद, पश्चात्ताप और विद्रोह का कारण है। उपन्यास और चित्रपट जीवन के वासनात्मक पहलू का अतिरंजन करते हैं और यह समझा जाता कि वे हमें यान्त्रिक उकताहट से छुटकारा दिलाते हैं। अवैध यौन सम्बन्ध सभ्य लोगों का मुख्य धन्धा प्रतीत होते हैं।

कभी-कभी गम्भीर प्रेम और विस्फोटक वासना में घपला हो जाता है। हम समझते हैं कि जब हमें कोई आवेशपूर्ण अनुभव हो रहा हो, कुछ चक्कर-सा आ रहा हो, बिना चेतना के और बिना इच्छा के मन पर कुछ बादल-सा छाया हो, तो हम अधिक पूर्णता और तीव्रता के साथ जी रहे होते हैं। यह वस्तु एक रूपान्तरकारी शक्ति समझी जाती है। कुछ ऐसी वस्तु, जो आनन्द और कष्ट के ऊपर है, एक आवेश-भरा ज्वर, एक उत्तेजनापूर्ण जीवन, जो सब रूढ़ियों को और सब कानूनों को एक स्वाभाविक और दिव्य वस्तु के नाम पर तोड़ डालता है। इस प्रकार के सम्बन्धों में कुछ दुःखान्तता रहती है, जो थकानेवाली अधिक और सहायक कम होती है। जब हम वासना की शक्ति के अधीन होते हैं, तो हम अपने-आपमें नहीं होते। वासना मनुष्य का

---

1. एच० जी० वेल्स ने लिखा है : "विवाह की परिभाषा एक मूर्खतापूर्ण सौदे के रूप में की गई है, जिसमें एक पुरुष दूसरे पुरुष की कन्या के भरण-पोषण का प्रबन्ध करता है। परन्तु इस बात के लिए कोई कारण नहीं कि यह भरण-पोषण इतनी दूर तक क्यों जाए कि उस कन्या की शिक्षा पूरी करना भी सम्मिलित कर लिया जाए।"

2. सत्रहवीं शताब्दी के राजतन्त्रोद्धार काल के नाटककारों का विश्वास था कि विवाहित प्रेम उबानेवाली वस्तु है। वान ब्रघ ने इस प्रवृत्ति का दायित्व सर जौन ब्रूट के सिर डाला है, प्रेम भी कितना उबानेवाला मांस है—जबकि विवाह के लिए चटनी है। विवाह के दो वर्षों में मेरी सूक्ष्म अनुभूतियां नष्ट हो गई हैं। कोई लड़का अपने शिक्षक से इतना ऊबा हुआ न होगा, कोई लड़की अपने गले की गतिया (ठोड़ी के नीचे बांधने का कपड़ा) से, कोई साधुनी प्रायश्चित्त करने से और कोई वृद्धा कुमारी ब्रह्मचर्यपालन से इतनी ऊबी हुई न होगी, जितना मैं विवाहित होने से ऊब गया हूं। अवश्य ही 'पत्नी' शब्द को ही कोई गुप्त अभिशाप लगा हुआ है।" "स्त्री होना काफी है। जहां तक मुझे मालूम है, स्त्री में कोई पाप नहीं है; परन्तु वह पत्नी होती है और पत्नी को लानत है।"—'दि प्रोवोक्ड वाइफ', 1-1, 2-1

अपने हृदय में ही बैठा हुआ शत्रु है, जिससे उसे संघर्ष करना है। यह एक दूषित अतिरेक है; प्रकृति की एक ऐसी शक्ति, जो प्रेमियों को जकड़ देती है और सामान्यतया उनका विनाश करके ही समाप्त होती है। प्रेम कोई दौरा नहीं है, यह तो अपने प्रियतम के प्रति गम्भीर आत्मसमर्पण और उसके साथ एकात्मीकरण है। हमें परमोच्च वस्तु की तुच्छ वस्तु से समता नहीं करनी चाहिए। वासनात्मक प्रेम की उत्तेजनाओं का गम्भीर प्रेम के साथ घपला नहीं करना चाहिए।

प्लेटो ने अपने 'फैड्रस' और 'दि सिम्पोज़ियम' में एक ऐसे उन्माद का उल्लेख किया है, जो शरीर से फैलता हुआ सांघातिक मनोविनोदों से आत्मा तक को आक्रांत कर लेता है। इस प्रकार के प्रेम को वह प्रशंसनीय नहीं मानता। परन्तु एक और प्रकार का उन्माद या प्रलाप है, जो मनुष्य की आत्मा में बिना स्वर्ग की प्रेरणा के उत्पन्न नहीं होता। यह हमारे लिए बिलकुल नई वस्तु है। इसका जादू हमपर बाहर से छा जाता है। यह एक प्रकार का उत्तारण है, एक ऐसा असीम आनन्द, जो तर्क और स्वाभाविक इन्द्रियों से परे है। इसे समुत्साह (ऐन्थ्यूज़ियाज़्म) कहा जाता है, जिसका वस्तुतः अर्थ है "परमात्मा द्वारा आविष्ट", क्योंकि यह उन्माद न केवल स्वर्ग से आया होता है, अपितु इसका अन्त भी सर्वोच्च स्थिति में पहुंचकर दिव्यता की एक नई प्राप्ति में होता है। यह पागलपन और सर्वोच्च मानसिक स्वस्थता दोनों ही है।

आदर्श नारी उस प्रेम की प्रतीक है, जो हमें खींचकर उच्चतम स्थिति की ओर ले जाता है। हमें स्त्री को केवल आनन्द का साधन नहीं समझना चाहिए। यह सच है कि वह नारी है, वह सहायता करनेवाली भी है, परन्तु सबसे पहले और सबसे महत्त्वपूर्ण वह एक मानव-प्राणी है। उसके साथ पवित्रता और रहस्य जुड़ा हुआ है। उसके साथ उसे चल-सम्पत्ति या नौकरानी या घर की देखभाल करनेवाली गृहिणी समझकर ही व्यवहार नहीं किया जाना चाहिए। उसमें भी आत्मा है और सामान्यतया वह पुरुष के वास्तविकता तक पहुंचने के लिए एक सेतु का काम करती है। यदि हम उसे केवल गृहिणी या माता बना देते हैं और उसका स्तर घटाकर उसे सामान्य बातों की सेवाओं में लगा देते हैं, तो उसका सर्वोत्तम अंश अभिव्यक्त नहीं हो पाता। पुरुष की भांति प्रत्येक स्त्री को भी अपनी आवेश की आग को, हृदय के उत्तारण को और आत्मा की ज्वाला को विकसित करने का अवसर मिलना चाहिए। रवि बाबू की चित्रा कहती है, "मैं चित्रा हूं। न तो मैं देवी हूं, जिसकी कि पूजा की जाए; और न मैं कोई दया की पात्र हूं, जिसे चींटी की भांति उपेक्षा से हटाकर अलग कर दिया जाए। यदि तुम संकट और साहस के मार्ग में मुझे अपने साथ रखोगे और अपने जीवन के महान कर्तव्यों में मुझे हिस्सा बंटाने दोगे, तब तुम मेरे वास्तविक रूप को समझ पाओगे।" विवाह की संस्था को इस बात को मानकर चलना चाहिए। सुखी प्रेम का कोई इतिहास नहीं होता। हम प्रेम के विषय में तभी चर्चा करते हैं, जबकि वह अभाग्यग्रस्त हो और जीवन द्वारा अभिशप्त हो।

एक कुछ ऐसी अस्पष्ट-सी धारणा चली आ रही है कि विवाह और प्रेम परस्पर बेमेल हैं।[1] कभी-कभी कहा जाता है, "विवाहित मनुष्य प्रेम के विषय में जानता ही क्या है?" "वे एक-

1. काउंटेस ऑफ शेम्पेन के घर में प्रेम के न्यायालय द्वारा सुनाए गए एकप्रद्धिस

दूसरे को इतना अधिक चाहते हैं कि उनका विवाह हो ही नहीं सकता था।" विवाह प्रेम की कब्र नहीं है, अपितु जैसाकि क्रोचे का कथन है, वह केवल बर्बर प्रेम या काम-वासना की कब्र है। जब लक्ष्य पूर्ण हो जाता है, तब प्रेम और विवाह दोनों साथ विद्यमान रहते हैं, परन्तु यह मार्ग बहुत लम्बा और कठिन है। प्रेम विवाह-सम्बन्ध का प्रारम्भ-बिन्दु नहीं है, अपितु एक उपलब्धि है, जिसे प्रयत्न और धीरता द्वारा प्राप्त किया जाना है। विवाहित जीवन में असफलताएं उन लोगों में अधिक होती हैं, जो प्रारम्भ ही एक मिथ्या आदर्श से करते हैं और यह आदर्श प्रारम्भिक प्रेम और उमंगपूर्ण आनन्द पर आधारित रहता है। जब विवाह की नवीनता समाप्त होने लगती है, नये अनुभवों की उत्तेजना और भावना-प्रधान स्वप्नों का स्थान जीवन की नीरसता और नित्य की दिनचर्या ले लेती है, तब भावुक प्रेमी अभ्यासगत पति के रूप में विलीन हो जाता है और असंयत उल्लास घरेलू सन्तुष्टि के रूप में शान्त हो जाता है। विवाह गुलाबों और स्वप्नों का अन्तहीन दौर नहीं है; यह तो शान्त आनन्द के लिए तैयारी है। आनन्द क्षणिक होता है और काल तथा देश की दुर्घटनाओं का इसपर प्रभाव पड़ता है। जीर्णता में, जो सब नश्वर वस्तुओं की प्रतीक्षा में खड़ी है, शरीर के सौन्दर्य और वासना की आग को नष्ट कर देने की शक्ति है, किन्तु वह उस अनश्वर आनन्द को नष्ट नहीं कर सकती, जो संयम का पुरस्कार है। हमारी वांछित वस्तु शरीर नहीं है, जो वास्तविक पूर्ण जीवन का एक भ्रामक और क्षणिक पहलू है। विवाहित युगल की पारस्परिक निष्ठा है अपने साथी-प्राणी को अंगीकार करना, दूसरे को उसकी सब विशेषताओं (गुण-दोषों) के साथ अपनाने की इच्छा । कुछ वर्षों के बाद प्रारम्भिक उमंगों और असंयत उत्तेजना का स्थान विश्वासपूर्ण साहचर्य, कार्य और रुचियों में हिस्सा बांटना, सहिष्णुता और समझौता ले लेते हैं। विवाह में आनन्द प्राप्त करने के लिए उदारतापूर्ण आत्मत्याग, अन्तहीन सहिष्णुता और भद्रता तथा हृदय की विनम्रता की आवश्यकता होती है।

यह विचार ही, कि विवाह से एक व्यक्ति को दूसरे पर स्वामित्व का अधिकार प्राप्त हो जाता है, सच्चे प्रेम के विकास का विरोधी है।[1] सुरक्षितता की भावना ही आवेश को न्यून कर देती है। आदत अनुभूतियों को निर्जीव कर देती है, मनोवेगों को मार डालती है और आत्मा को तृप्ति और हानि दोनों के प्रति समान रूप से अन्धा कर देती है।

निर्णय में यह कहा गया है, "हम इस बात को घोषित और पुष्ट करते हैं कि इन उपहारों के प्रयोजन की दृष्टि से प्रेम अपने अधिकारों का विस्तार दो विवाहित व्यक्तियों के ऊपर नहीं कर सकता। क्योंकि प्रेमी एक-दूसरे को अपनी सब वस्तुएं स्वतन्त्रतापूर्वक देते और लेते हैं, चाहे उनकी आवश्यकता हो या नहीं: जबकि पति और पत्नी का यह कर्तव्य होता है कि वे एक-दूसरे की इच्छा के आगे सिर झुकाएं और एक-दूसरे को किसी बात से इन्कार न करें।" 1174 के वर्ष में मई के तीसरे दिन सुनाया गया; घोषणा 7 । डेनिस डि रूजमेण्ट द्वारा 'पैशन एंड सोसाइटी' में उद्धृत अंग्रेज़ी अनुवाद (1940), पृष्ठ 42

1. सकलैः नायकगुणैः सहितः सखि मे पतिः
स एव यदि जारः स्यात् सफलं मम जीवितम्।

सहजिया सम्प्रदाय के लोगों का विश्वास है कि परमात्मा के लिए जैसे तीव्र प्रेम की अनुभूति मनुष्य को होनी चाहिए, वह केवल गुप्त और निषिद्ध प्रेम में ही सम्भव है।

हमारा लक्ष्य निष्ठाशील एकविवाही विवाह का आदर्श होना चाहिए, यद्यपि इस लक्ष्य तक पहुंच पाना कठिन हैं। संसार की महान प्रेमकथाएं निष्ठाशील प्रेम की ही कथाएं हैं। कष्टों और वेदनाओं में भी निष्ठा को बनाए रखना ही वह वस्तु है, जिसने संसार को द्रवित कर दिया है और उसकी श्रद्धांजलि प्राप्त की है। संसार के महानतम विचारकों में से एक ने कहा है, "सच्चे प्रेम का मार्ग कभी सुगम नहीं रहा," भले ही यदि हम सौभाग्यशाली हों, तो सुसंयोग से इस मार्ग पर चल पड़ें। विवाह एक कला है, जिसमें कष्ट और आनन्द, दोनों ही होते हैं। विवाह से जीवन की कठिनाइयों का अन्त नहीं, अपितु आरम्भ होता है। विवाह को सफल बनाने के लिए पति-पत्नी दोनों के प्रयत्न की अपेक्षा है, परन्तु उसे विफल बनाने के लिए दोनों में से कोई भी एक काफी है। यह एक ऐसी साझेदारी है, जिसमें धैर्य की बड़ी आवश्यकता होती है। यह कोई परीक्षण नहीं है, अपितु एक गम्भीर अनुभव है, जो यद्यपि शुरू में बहुत सुकुमार और भंगुर होता है, परन्तु वेदनाओं और कष्ट में बढ़ता ही जाता है। द्रौपदी सत्यभामा से कहती है कि "सुख सुख से नहीं मिलता, अपितु साध्वी नारी कष्टों में ही सुख का अनुभव करती है।[1] जिस स्त्री ने विपत्तियां नहीं सहीं, वह अपूर्ण है, क्योंकि कष्टों द्वारा उसका पावनीकरण नहीं हुआ। उमा ने शिव पर अपने शारीरिक सौन्दर्य द्वारा विजय नहीं पाई, अपितु तप और कष्टसहन द्वारा पाई। स्त्रियों में कष्टसहन की एक विलक्षण शक्ति होती है; और यदि वे उस शक्ति के प्रति सच्ची न रहें, तो वे जीवन को समृद्ध करने की अपनी एक प्रतिभा गंवा बैठती हैं। कालिदास ने अपने 'शाकुन्तल' में दिखाया है कि किस प्रकार दो प्रेमी आत्माएं कष्ट द्वारा रूप धारण करती हैं और एक-दूसरे के अनुकूल ढलती हैं। देवता भी विचित्र हैं। हममें जो कुछ अच्छा, भद्र, मानवोचित और प्रेममय अंश है, उसीके द्वारा वे हमें कष्टों में ला पटकते हैं। वे हमारे पास कष्ट इसलिए भेजते हैं कि हम महानतर बातों के लिए उपयुक्त बन सकें। शताब्दियों की परम्परा ने भारतीय नारी को सारे संसार में सबसे अधिक निःस्वार्थ, सबसे अधिक आत्मत्यागी, सबसे अधिक धैर्यशील और सबसे अधिक कर्तव्यपरायण बना दिया है। उसे अपने कष्टसहन पर ही गर्व है।

विवाह अपने-आपमें कोई साध्य नहीं है। यह तो आत्म-पूर्णता प्राप्त करने का सामान्य साधन है। मानवीय सम्बन्ध हमारे जीवन का सर्वाधिक वैयक्तिक अंग है, जिनमें हम अपने पूर्ण रूप में जीवित रह सकते हैं। सार्वजनिक जीवन में हमारी सत्ता के केवल कुछ ही अंग कार्य करते हैं। हमारे वैयक्तिक जीवन का, जो प्रेम और साहचर्य है, अपने-आपसे आगे और कोई लक्ष्य नहीं है। मानव-प्राणियों के लिए यह बिलकुल स्वाभाविक है कि वे दूसरों के अनुभवों में हिस्सा बटाएं, एक-दूसरे को समझें, और पारस्परिक विश्वास में आनन्द और सन्तोष अनुभव करें। इस प्रकार के सम्बन्ध किसी आंशिक या सीमित प्रयोजन को पूरा नहीं करते और न उनका अस्तित्व ही समाज के लिए होता है, अपितु समाज और कानूनों का अस्तित्व ही उन सम्बन्धों के लिए होता है। लोगों के कुछ ऐसे संगठन होते हैं, जो वैयक्तिक नहीं होते, उनमें व्यक्ति का स्थान इस बात से निर्धारित होता है कि वह उस समूह में क्या कृत्य करता है; उस विशिष्ट सेवा से, जो वह उस सारे समूह के कल्याण के लिए करता है। जब हम किन्हीं सांझे उद्देश्यों को पूरा करने के

1. सुखं सुखेनेह न जातु लभ्यं दुःखेन साध्वी लभते सुखानि।—वनपर्व, 233-4

लिए दूसरे लोगों के साथ सम्बन्ध स्थापित करते हैं, तो कृत्यात्मक समूहों के सामाजिक सहयोग का जन्म होता है। भिड़न्त न होने देने के लिए और सांझे उद्देश्यों को पूर्ण करने के लिए हम कानून द्वारा लागू किए अथवा प्रथा द्वारा बने हुए नियमों और विनियमों की वशवर्तिता स्वीकार करते हैं। क्योंकि व्यक्ति समाज का सदस्य है, इसलिए समाज को व्यक्तियों की स्वतन्त्रता पर प्रतिबन्ध लगाने का अधिकार है। सुव्यवस्थित समाज में ये प्रतिबन्ध व्यक्तिगत स्वाधीनता पर बन्धन के रूप अनुभव नहीं होंगे। क्योंकि विवाहों का परिणाम समाज पर पड़ता है, इसलिए विवाह करने के सम्बन्ध में सामाजिक विधान-संहिताएं बनाई गई हैं। सामाजिक कानून अपने-आपमें सामाजिक दोषों और बुराइयों के लिए कोई सार्वभौम रामबाण औषध नहीं हैं। मनुष्य के बनाए हुए कानून कभी भी अपने-आपको मानव-मन की मौज के अनुकूल नहीं ढाल सकते। परन्तु यदि ये कानून कठोर, लचकहीन होंगे, तो सम्भव है कि वे व्यक्तियों के रूप में हमें नष्ट कर डालें और हमें जीवन के विकृत और अर्थहीन मार्गों का अवलम्बन करने को विवश कर दें।

हिन्दू-संस्कार

विवाह का हिन्दू आदर्श सारतः एक पुरुष और एक स्त्री के बीच साहचर्य है, जो जीवन के चार महान लक्ष्यों—धर्म, अर्थ, काम, मोक्ष—की सिद्धि के लिए मिलकर सृजनशील ढंग से जीवन बिताना चाहते हैं। इसके प्रयोजन के अन्तर्गत सन्तान का प्रजनन, उसकी देखभाल और पालन-पोषण और एक उत्कृष्टतर सामाजिक व्यवस्था में सहयोग देना भी है; परन्तु इसका मुख्य लक्ष्य है पति और पत्नी के व्यक्तित्व को उनकी स्थायी साहचर्य की आवश्यकताओं की पूर्ति द्वारा समृद्ध करना; ऐसे साहचर्य की, जिसमें हरएक दूसरे के जीवन का पूरक बन सके और दोनों मिलकर पूर्णता प्राप्त कर सकें। विवाहित-युगल व्यक्तिरूप में एक-दूसरे की सृष्टि होते हैं। यह आदर्श वैदिक काल से चला आ रहा है और एक विशद विवाह-संस्कार के रूप में सुरक्षित रखा गया है। वह संस्कार आजकल भी प्रचलित है। विवाह-संस्कार मनोवेगात्मक परिपक्वता की वृद्धि के लिए, जिसमें न्याय की, दूसरों को समझने की, दूसरों का ध्यान रखने की और दूसरों के प्रति सहिष्णुता की भावनाएं उत्पन्न होती हैं, प्राप्त होने वाले एक महान सुअवसर का प्रारम्भ है। इसे सरल बनाया जा सकता है, क्योंकि वे महत्त्वपूर्ण विधियां, जिनके द्वारा पति-पत्नी को आदर्श समझाए जाते हैं, केवल थोड़ी-सी हैं।

पहला सोपान (स्टेज) है पाणिग्रहण, जिसमें वर वधू का हाथ पकड़ता है और उसके साथ यथोचित मन्त्र पढ़ते हुए तीन बार अग्नि की परिक्रमा करता है। पूषन्, भग और अर्यमन् को आहुतियां दी जाती हैं, जो क्रमशः समृद्धि, सौभाग्य और वैवाहिक निष्ठा के देवता हैं। वर-वधू एक-दूसरे के हृदय का स्पर्श करते हैं और प्रार्थना करते हैं कि भले ही उनके शरीर दो हैं, पर वे मन और हृदय से एक हो सकें। "तुम्हारे हृदय में कभी दुःख प्रवेश न करे; तुम अपने पति के घर जाकर फलो-फूलो; पति के दीर्घ जीवन और प्रसन्न बच्चों का सुख तुम्हें प्राप्त हो !" वे एक पत्थर पर चढ़ते हैं और प्रार्थना करते हैं कि उनका पारस्परिक प्रेम उस पत्थर की भांति दृढ़ और अचल हो, जिस पर वे खड़े हैं। रात में उन्हें ध्रुव और अरुन्धती तारों के दर्शन कराए जाते हैं।

वर से कहा जाता है कि वह ध्रुव तारे की भांति स्थिर रहे और वधू से कि वह अरुन्धती की भांति पतिव्रता रहे। 'सप्तपदी' की विधि में वर और वधू साथ-साथ सात कदम चलते हैं और प्रार्थना करते हैं कि उनका जीवन प्रेम, उल्लास, सुअवसरों, समृद्धि, सुख, सन्तान और पवित्रता से भरा रहे। तब वर वधू से कहता है, "तू मेरे साथ सात कदम चल चुकी है; अब मेरी सहचरी बन। मैं तेरा साथी बनूं। तेरे साथ मेरे साहचर्य में कोई बाधा न डाल पाए। जो लोग हमारे आनन्द को बढ़ते देखना चाहते हैं, वे मेरे साथ तेरे सम्बन्ध का समर्थन करें।" वर और वधू शपथ लेते हैं कि वे धर्म, प्रेम और सांसारिक समृद्धि के क्षेत्रों में एक-दूसरे की आशाओं और आकांक्षाओं को प्रोत्साहित करेंगे।[1] संस्कार इस प्रार्थना के साथ समाप्त होता है कि यह उत्कृष्ट संयोग अविच्छेद्य रहे। "विश्व के देवता हमारे हृदयों को मिलाकर एक कर दें; जल हमारे हृदयों को मिलाकर एक कर दे; मातरिश्वा, धाता और द्रेष्टा हमें परस्पर घनिष्ठ रूप से बांध दें।"[2] वधू को आशीर्वाद दिया जाता है कि वह अच्छी पत्नी बने और उसका पति चिरकाल तक जीवित रहे।[3] सप्तपदी की विधि के बाद वधू पति के परिवार में आ जाती है। इसके पूरा होते ही विवाह पूर्ण हुआ समझा जा सकता है। कुछ अन्य लोगों का कथन है कि विवाह की पूर्णता के लिए संभोग होना आवश्यक है। विवाह के बाद तीन रात तक दोनों को एक ही कमरे में, पर अलग-अलग बिस्तरों पर सोना होता है और कठोरतापूर्वक ब्रह्मचर्य का पालन करना पड़ता है।[4] यह इस बात को सूचित करने के लिए है कि विवाहित जीवन में आत्म-संयम बहुत आवश्यक है। वधू और वर अपने पवित्र ब्रह्मचर्यपूर्ण जीवन लेकर विवाह तक पहुंचते हैं। वे अपने कौमार्य की रक्षा करते हैं और विवाह के समय उसे उपहार के रूप में अपने साथी को समर्पित करते हैं। कोई अन्य उपहार इसकी कमी को पूरा नहीं कर सकता।[5]

---

1. ईसाई मन्त्र से तुलना कीजिए, "मैं तुझे अपनी विवाहिता पत्नी अंगीकार करता हूं; आज के दिन से भले में और बुरे में, अमीरी में और गरीबी में, बीमारी और स्वास्थ्य में, तब तक, जबकि मृत्यु ही हमें अलग न कर दे, मैं तेरा साथ पाऊंगा और दूंगा...और तब तक के लिए मैं तुझे अपनी निष्ठा का वचन देता हूं।"

2. समञ्जन्तु विश्वेदेवाः, समापो हृदयानि नौ
   सम्मातरिश्वा, संधाता समुद्रेष्ट्र दधातु नौ।—ऋग्वेद 10-85-37

3. अविधवा भव वर्षाणि शतं साग्रं च सुव्रता
   तेजस्वी च यशस्वी च धर्मपत्नी पतिव्रता।

4. "एक साल तक (विवाह के दिन के बाद) उन्हें संयोग नहीं करना चाहिए, या बारह रात तक, या छः रात तक ; या कम से कम तीन रात तक।" (संवत्सरं न मिथुनमपेयातां, द्वादशरात्रं, षडावं, त्रिरात्रमन्ततः) पारस्कर गृह्यसूत्र 1-8-1

स्पार्टा के शास्त्रकार ने भी नवविवाहित पतियों को काफी समय तक संयम से रहने का आदेश दिया है।

5. हिन्दू-परम्परा में ब्रह्मचर्य और नारीत्व के गौरव के प्रति आदर रखने पर बहुत बल दिया गया है। जब राम और लक्ष्मण सीता की खोज में फिर रहे थे, तब सुग्रीव ने उनके सामने कुछ आभूषण, जो सीता ने अपने मार्ग-चिन्ह के रूप में फेंके थे, पहचानने के लिए ला रखे। राम की आंखें आंसुओं से धुंधली हो रही थीं, इसलिए उन्होंने लक्ष्मण से आभूषणों को

पत्नी की स्थिति बहुत ऊंची है। उसे गृहस्वामिनी बनना है और ससुर और सास, ननदों तथा अन्य लोगों पर उसका शासन रहना है।[1] वह जीवन में प्रभावशील साझी है।[2] धार्मिक कृत्यों, व्यावसायिक मामलों और भावमय जीवन में उसकी उपेक्षा नहीं की जानी चाहिए। सारे धार्मिक कृत्य पति-पत्नी को साथ मिल कर ही करने चाहिए।[3]

सीता के निर्वासन के समय राम ने सीता की स्वर्णमूर्ति अपने पास रखकर यज्ञ की विधियां पूरी की थीं। कुल्लूक ने मनुस्मृति[4] पर टीका करते हुए वाजसनेयी ब्राह्मण से एक अंश उद्धृत किया है, जो इस प्रकार है, "पुरुष अपना केवल आधा भाग है। जब तक उसे पत्नी प्राप्त नहीं होती, वह अपूर्ण रहता है और इस लिए पूरी तरह उत्पन्न (जात) नहीं होता। जब वह पत्नी को ग्रहण करता है, तभी वह पूरी तरह उत्पन्न होता है और पूर्ण बनता है।" इसलिए वेदविद् ब्राह्मण कहते हैं, "जिसे पति समझा जाता है, वही पत्नी भी है।"[5] अर्धनारीश्वर की मूर्ति भारत द्वारा नर-नारी के पारस्परिक सम्बन्धों को मान्यता देने की प्रतीक है; वह सहयोगात्मक, परस्पराश्रित पुरुषोचित और स्त्रीजनोचित कृत्यों की, जो अलग रहते हुए अपूर्ण रहते हैं और मिलकर परस्पर पूर्ण हो जाते हैं, एक धारणा है। "पति और पत्नी एक-दूसरे के सर्वोत्तम मित्र हैं; मित्रता, जो सब सम्बन्धों का सार है, यहां तक कि स्वयं जीवन ही है। इसी प्रकार पति-पत्नी के लिए और पत्नी पति के लिए है।"[6] सीता अपने पति के कष्टों में हिस्सा बंटाने के लिए वनवास में गई। गान्धारी ने अपनी आंखों का उपयोग

पहचानने के लिए कहा। लक्ष्मण ने उत्तर दिया कि मैं केयूरों और कुण्डलों को नहीं पहचान सकता, हां, नूपुरों को अवश्य पहचान सकता हूं, क्योंकि मैं नित्य उनके चरणों में नमस्कार किया करता था।

नाहं जानामि केयूरे, नाहं जानामि कुण्डले
नूपुरे त्वभिजानामि, नित्यं पादाभिवन्दनात्।

1. सम्राज्ञी श्वसुरे भव, सम्राज्ञी श्वश्रुवां भव
ननान्दरि सम्राज्ञी भव, सम्राज्ञी अधि देवृषु।
2. अर्ध भार्या शरीरस्य। ("स्त्री पुरुष के शरीर का आधा भाग है।")
3. धर्मे च अर्थे च कामे च अनतिचरितव्या
सहधर्माः चरितव्याः सहापत्यं उतादयितव्यम्।

विवेकानन्द ने वर्णन किया है कि किस प्रकार रामकृष्ण परमहंस पत्नी के प्रति अपने कर्तव्य का पालन करने के लिए अपने जीवन के उद्देश्य का भी बलिदान करने को तैयार थे। उन्होंने अपनी पत्नी से कहा था, "मैंने स्त्रीमात्र को मातृरूप में देखना सीख लिया है। तुम्हें भी मैं केवल माता ही समझ सकता हूं। परन्तु यदि तुम मुझे फिर संसार में घसीटना चाहती हो, तो, क्योंकि मेरा तुमसे विवाह हुआ है, मैं तुम्हारी सेवा के लिए तैयार हूं।" इस प्रकार यदि रामकृष्ण अपने अभीष्ट जीवन-मार्ग पर चल सके, तो इसीलिए कि उन्हें अपनी पत्नी की सहमति प्राप्त हो गई थी।—'कम्प्लीट वर्क्स', तृतीय संस्करण (1928) 6-169

4. 9-45

5. अर्धो हि एष आत्मनः, तस्मात् जायां न विन्दते, नैतावत् प्रजायते, असवों हि तावद् भवन्ति। अथ यदैव जायां विन्दते, अथ प्रजायते, तर्हि सर्वो भवति। तथा च एतद् वेदविदो विप्राः वदन्ति, यो भर्ता सैव आर्या स्मृता।—9-45

6. प्रेयो मित्रं बन्धुता वा समग्रा सर्वे कामाः सेवधिर्जीवितं वा
स्त्रीणां भर्ता धर्मादरश्च पुष्पं इत्यन्योन्यं वत्सयोः ज्ञातमस्तु।—मालतीमाधव 6-18

करने से इन्कार कर दिया, जिससे उसे वह सुख प्राप्त न हो, जो उसके पति को प्राप्त नहीं है। आदर्श पत्नी अपनी सलज्ज सुकुमारता, मनोजयी मुस्कान और अच्छे साहचर्य द्वारा पति के लिए अनन्त तृप्ति का साधन होती है।[1] जो पत्नी अपने पति के सुख और कल्याण का ध्यान रखती है, जिसका आचरण पवित्र है और जो अपने-आपको वश में रखती है, वह इस लोक में यश प्राप्त करती है और परलोक में उसे परम सुख मिलता है।[2] कालिदास की बात से ध्वनित होता है कि जैसे शब्दों के साथ उनका अर्थ जुड़ा रहता है, उसी प्रकार पति और पत्नी भी सदा सम्बद्ध रहते हैं।[3] सीता अनुसूया को बताती है। कि उसका पति उसे उसी प्रकार प्रेम करता है, जैसे पिता या माता करती है।[4] यह है वह कल्पना और आदर्श, जिसकी ओर बढ़ने के लिए नर और नारी दोनों प्रयत्नशील रहते हैं।

सामाजिक संरचना में परिवार एक आवश्यक तत्त्व है। इस परिवार द्वारा ही गृहस्थ व्यक्ति मुक्ति प्राप्त करता है। वशिष्ठ का कथन है कि गृहस्थ का जीवन सेवा और तपस्या का जीवन है और सब आश्रमों में यह आश्रम विशेष रूप से उत्कृष्ट है।[5] केवल पत्नी और बच्चों के होने से ही कोई घर घर नहीं बन जाता, अपितु सामाजिक कर्तव्यों का पालन करने से बनता है।[6] "जो

साथ ही देखिए, उत्तर रामचरित 6-39
अद्वैतं सुखदुःखयोरनुगुणं सर्वास्ववस्थासु यत्
विश्रामो हृदयस्य यत्र जरसा यस्मिन् न हार्यो रसः।

1. तुलना कीजिए :
कार्येषु मन्त्री, करणेषु दासी, भोज्येषु माता, शयनेषु रम्भा
धर्मानुकूला क्षमया धरित्री, साड्गुण्यमेतद्धि पतिव्रतानाम्।

2. पतिप्रियहिते युक्ता स्वचारा संयतेन्द्रिया
इह कीर्तिमवाप्नोति प्रेत्य चानुयमं सुख़म्।
साथ ही तुलना कीजिए :
पतिव्रता पतिप्राणा पत्युः प्रियहिते रता
यस्य स्यादीदृशी भार्या धन्यः स पुरुषो भुवि।

3. वागर्थाविब संपृक्तौ वागर्थ प्रतिपत्तये
जगतः पितरौ वन्दे पार्वतीपरमेश्वरौ।—रघुवंश 1-1

4. मातृवत् पितृवत् प्रियः। रामायण में कौशल्या का चित्रण इस रूप में किया गया है कि स्त्री अपने पति के लिए जो कुछ भी हो सकती है, वह सब वह अपने पति दशरथ के लिए थी।

यदा यदा हि कौशल्या दासीबत् च सखीव च
भार्यावद् भगिनीवत् च मातृवच्चोपतिष्ठते।

रघुवंश में कालिदास इन्दुमती के विषय में लिखता है कि वह "गृहिणी सचिवः सखी मिथः प्रियशिष्या ललिते कलाविधौ," थी। वराहमिहिर कहता है :

जाया वा जनयित्री वा, सम्भवः स्त्रीकृतो नृणाम्
हे कृतघ्नाः, तयोर्निन्दां कुर्वतां वः कुतः सुखम्?

5. गृहस्थ एव यजते, गृहस्थस्तप्यते तपः
चतुर्णां आश्रमानां तु गृहस्थस्तु विशिष्यते।

6. गृहस्थोऽपि क्रियायुक्तो न गृहेण गृहाश्रमी
न चैव पुत्रदारेण स्वकर्म परिवर्जितः।

गृहस्थ भगवान का भक्त है, वह सच्चे ज्ञान की खोज में रहता है और वह जो कुछ कर्म करता है, उसे भगवान को समर्पित कर देता है।"[1]

विवाह के प्रकार

महाकाव्यों, स्मृतियों और धर्मशास्त्रों में आठ प्रकार[2] के विवाहों का उल्लेख मिलता है, जिनमें प्राचीनतर सोपानों (स्टेज) के अवशेष भी सम्मिलित हैं, जो बाद के समय तक बचे रह गए थे। इनमें से कुछ के संकेत तो ऋग्वेद के काल तक में भी ढूंढ़े जा सकते हैं। हिन्दू धर्म में पुराने विश्वासों और प्रथाओं को, जबकि वे पुराने पड़ गए हों, तब भी, उन्हें न हटाकर, सुरक्षित बनाए रखने की प्रवृत्ति है। इनमें से चार प्रकार अनुमोदित हैं और शेष चार प्रकार अनुचित समझे जाते हैं।

पैशाच विवाह, जिममें वधू पर बलपूर्वक अधिकार किया जाता है, बहुत निम्नकोटि का विवाह है। वधू को धोखा दिया जाता है या किसी दवाई या पेय के कारण वह अपने ऊपर नियंत्रण खो बैठती है और उस मानसिक स्थिति में पति के सम्मुख आत्मसमर्पण कर देती है। बौधायन कहता है, "जब कोई पुरुष किसी कन्या से, जब वह सो रही हो, अचेत हो या पागल हो, विवाह करता है, तो वह पैशाच विवाह कहलाता है।"[3] इस प्रकार के विवाह को प्रोत्साहन नहीं दिया जाता और इसे बहुत नीचा समझा जाता है। परन्तु क्योंकि कुछ जातियां इसका अवलम्बन करती थीं, इसलिए इसे वैध माना जाता था। इसके अतिरिक्त, जिस समाज में कुमारीत्व को पावन समझा जाता हो, उसमें जिस कन्या का कुमारीत्व नष्ट हो गया हो, उसका सम्मानपूर्ण विवाह होने की कोई गुंजाइश नहीं है। इसलिए विधानशास्त्रियों ने यह नियम बनाया कि अपराधी ही उस स्त्री से विवाह करे, जिसके प्रति उसने अपराध किया है।

राक्षस-विवाह उस काल की वस्तु है, जब स्त्रियों को युद्ध का पुरस्कार समझा जाता था। विजेता वधू का अपहरण करके ले जाता है और उससे विवाह कर लेता है। कुछ मामलों में इसमें स्त्रियों की भी मिली-भगत रहती थी। रुक्मिणी, सुभद्रा और वासवदत्ता ने अपने पतियों कृष्ण, अर्जुन और उदयन की सहायता की थी, जिससे वे उन्हें भगा ले जाएं। ऋग्वेद के काल में, आर्य लोग दास-कन्याओं से विवाह कर लेते थे, परन्तु इन सम्बन्धों को भी वैध मान लिया जाता था।

आसुर विवाह में वर कीमत देकर वधू को खरीदता है। यह विवाह खरीद द्वारा होने वाला विवाह है।[4] इसमें यह मान लिया गया है कि स्त्री का कुछ मूल्य है और वह बिना कुछ दिए प्राप्त नहीं हो सकती। विवाह का यह प्रकार भी व्यवहार में था, पर अनुमोदित नहीं था। जो जामाता

---

1. ब्रह्मनिष्ठो गृहस्थः स्यात् तत्त्वज्ञानपरायणः
यद्यत् कर्म प्रकुर्वीत तद् ब्रह्मणि समर्पयेत्।

2. वशिष्ठ और आपस्तम्ब केवछ छः प्रकार मानते हैं : ब्राह्म, दैव, आर्ष, गान्धर्व, क्षात्र (या राक्षस) और मानुष (आसुर)। गौतम और बौधायन इनमें दो और जोड़ते हैं: प्राजापत्य और पैशाच। महाभारत भी देखिए, 1-74-8-9

3. 1-11-9

4. देखिए ऋग्वेद, 10-27-12

वधू को कीमत देकर खरीदता था, वह 'विजानाता'[1] कहा जाता था। ये तीनों प्रकार के विवाह बिलकुल अनुचित समझे जाते थे।

गान्धर्व विवाह सामान्यतया अनुमोदित है, क्योंकि यह पारस्परिक सहमति पर आधारित है।[2] प्रेमी अपनी प्रियतमा को चुन लेता है। 'कामसूत्र' में इस प्रकार के विवाह को आदर्श विवाह माना गया है।[3] स्वतन्त्र प्रेम के विवाह को सम्पन्न करने के लिए कोई विधि या संस्कार नहीं होता। आधी रात में प्रेमी के साथ भागकर, माता-पिता को अप्रसन्न करके तथा भावुकता की अन्य घटनाओं के साथ किए गए विवाह इस वर्ग में आते हैं। इस प्रकार के विवाह का सबसे रोचक मामला दुष्यन्त और शकुन्तला का है, जो कालिदास के महान नाटक 'अभिज्ञानशाकुन्तलम्' का विषय है। कवि यह संकेत करता है कि इस प्रकार के विवाह की, जो वासना के आवेग में किया गया है, स्थायी रहने की सम्भावना नहीं है। क्योंकि प्रथम दृष्टि में हुए प्रेम पर आधारित गुप्त मिलन पर्याप्त नहीं है, इसलिए वधू पर एक शाप आ पड़ता है और अपना दण्ड वसूल करता है। शकुन्तला राजसभा में अपमानित होती है और अस्वीकार कर दी जाती है। जब वह अनुशासन द्वारा फिर पवित्र होती है और कामना का बन्धन कर्तव्य की अनासक्ति के सामने घुटने टेक देता है, तब वह फिर पत्नी और माता के रूप में ग्रहण की जाती है। परित्याग की कठोरता द्वारा वासना के आवेश को निष्ठा की तपस्या में परिणत किया ही जाना है। क्योंकि गान्धर्व सम्मिलन बिना मंत्रपाठ[4] के हो जाते थे, इसलिए उन्हें सम्मानयोग्य बनाने के लिए यह नियम बनाया गया कि विवाह संस्कार सम्मिलन के बाद[5] कर लिया जाना चाहिए; कम से कम ऊपरी तीन वर्णों में तो अवश्य ही।[6] औपचारिक समारोह सामाजिक अनुमोदन का सूचक है। जब बाल-विवाह प्रारम्भ हो गए, तब पारस्परिक प्रेम के लिए कोई गुंजाइश ही नहीं रही।

आर्ष विवाह में वधू का पिता अपने जामात से एक गाय और एक बैल ले सकता है। यह आसुर विवाह का ही एक परिष्कृत रूप है और विवाह के अनुमोदित रूपों में निकृष्ट समझा जाता है।

दैव विवाह में यजमान अपनी पुत्री को यज्ञ करानेवाले पुरोहित को समर्पित करता है। इसे दैव विवाह इसलिए कहा जाता है क्योंकि विवाह देवताओं के बलि देने (यज्ञ) के समय किया जाता है। इसे उच्चकोटि का नहीं समझा जाता, क्योंकि वैवाहिक सम्बन्धों को धार्मिक मामलों के साथ इस प्रकार नहीं मिला दिया जाना चाहिए। वैदिक यज्ञों का लोप होने के साथ ही विवाह का यह रूप भी लुप्त हो गया।

---

1. ऋग्वेद, 1-109-2। बौधायन (1-2-20-21) इसकी निन्दा करता है। साथ ही देखिए : 'पद्मपुराण', ब्रह्मकाण्ड, 24-26
2. गान्धर्वमप्येके प्रशंसन्ति सर्वेषां स्नेहानुगतत्वात्।—बौधायन (1-2-13-7)
3. 3-5-30
4. निमन्त्रः
5. देवल, मनु पर टीका में कुल्लूक द्वारा उद्धृत, 8-226
6. गान्धर्वेषु विवाहेषु पुनर्वैवाहिको विधिः
   कर्तव्यश्च त्रिभिर्वर्णैः समयेनाग्निसाक्षिकः।

प्राजापत्य विवाह में वधू यथोचित विधियों के साथ वर को प्रदान की जाती है और युगल से कहा जाता है कि धार्मिक कर्तव्यों के पालन में अभिन्न साथी रहें। पिता इस आदेश के साथ कन्यादान करता है, "तुम दोनों मिलकर धर्म का पालन करो।" यह विवाह ब्राह्म विवाह से भिन्न नहीं जान पड़ता, जिसमें वधू को यथोचित सजाकर वर को सौंप दिया जाता है, जिसे विशेष रूप से इसी प्रयोजन के लिए निमंत्रित किया गया होता है। पति प्रतिज्ञा करता है कि वह सभी कार्यक्षेत्रों में पत्नी के साथ घनिष्ठ रूप में सम्बद्ध रहेगा।[1]

कोई विवाह उर्वशी और पुरुरवा के विवाह की भांति केवल युगबन्धात्मक (कंट्रैक्चुअल) होते हैं, जिनमें स्त्री अपना शरीर तो समर्पित करती है, पर आत्मा नहीं।[2] यह यौन सम्बन्ध का दुरुपयोग है। शारीरिक संयोग तो आन्तरिक आत्मिक सौन्दर्य का बाह्य चिह्न-मात्र है। आत्मिक दृष्टि से विकसित व्यक्तियों के लिए शरीरों का सम्मिलन आत्माओं के सम्मिलन की बाह्य अभिव्यक्ति है। हमें यह अनुभव करना चाहिए कि यौन संयोग जीवन का महान संस्कार है। आध्यात्मिक कौमार्य के ऐसे भी उदाहरण हैं, जिनमें भले ही बलात्कार के कारण स्त्री के शरीर की पवित्रता जाती रही या जब शरीर का उसके लिए कोई आत्मिक अस्तित्व शेष न रहा, तो उसने उसे पुरुष को समर्पित कर दिया, पर उसका आत्मिक कुमारीत्व अक्षत रहा।

ब्राह्म विवाह ही एक ऐसा है, जो अनुमोदित है और सब वर्गों में लोकप्रिय है। इसमें वर-वधू प्रार्थना करते हैं कि उनकी मित्रता और प्रेम चिरस्थायी और सच्चा रहे। विवाह के दूसरे रूप, जो अपहरण (आसुर), बलात्कार (राक्षस) और फुसलाने (गान्धर्व) तक वैध बनाते हैं, सभ्यता के विकृत रूप हैं, और वे स्त्री को, उसे यौन इकाई के स्तर तक घटाकर और उसके व्यक्तित्व को रिक्त करके, समानता के अधिकार से वंचित करते हैं। संहिताएं उनको इसलिए अनुचित समझती हैं क्योंकि वे चाहती हैं विवाह विशुद्ध रूप से व्यक्ति की रुचि पर ही न छोड़ दिए जाएं। विवाहों को स्त्रियों के हित की दृष्टि से मान्यता दी जाती थी। वैदिक ऋषियों की शिक्षा है कि यौन विषयों में बड़ी सहिष्णुता की आवश्यकता है, क्योंकि व्यक्ति व्यक्ति में बेहद अन्तर है। नैतिकता का वास्ता वैधानिक संस्कार से कम और पारस्परिक सम्बन्धों से अधिक है। यद्यपि जहां-तहां गान्धर्व और आसुर विवाह भी होते पाए जाते हैं, परन्तु विवाह के प्रचलित रूपों में ब्राह्म विवाह का आदर्श ही लक्ष्य रहता है।

बाल-विवाह

बाल-विवाह की प्रथा वैदिक युग और महाकाव्यों के युग में विद्यमान नहीं थी। सुश्रुत ने

1. मलावार के 'सम्बन्ध' विवाह सिविल विवाह जैसे हैं, जिनमें तलाक का अधिकार रहता है। वर वधू को एक वस्त्र उपहार देता है और इष्ट बन्धुओं का एक सहभोज होता है; बस संस्कार की कुल विधि इतनी ही है। पत्नी की वैधानिक स्थिति है, हालांकि वह पति के धार्मिक जीवन में हिस्सा नहीं बटाती। इस प्रकार के विवाहों में बच्चों की जाति मां की जाति ही मानी जाती है।

2. ऋग्वेद 10-95-5

बताया है कि पुरुष की शारीरिक शक्तियों का पूर्ण विकास पच्चीस वर्ष की आयु में होता है, और स्त्री का सोलह वर्ष की आयु में[1] हालांकि वयस्क होने के लक्षण बारह वर्ष की आयु में ही दिखाई पड़ सकते हैं।[2] यदि विवाह पुरुष और स्त्री की इस आयु से पूर्व होगा, तो उसके परिणाम हानिकारक होंगे। "यदि कोई पुरुष पचीस वर्ष की आयु होने से पहले किसी सोलह वर्ष से कम आयु की कन्या में गर्भाधान करता है, तो भ्रूण गर्भ में ही मर जाता है। यदि बच्चा उत्पन्न होगा भी, तो वह देर तक जिएगा नहीं; और यदि वह जीवित रहा भी, तो दुर्बल रहेगा। इसीलिए अपरिपक्व कन्या में कभी गर्भाधान नहीं करना चाहिए।"[3] प्राचीन काल में व्यवहार इस आयुर्वेदिक उपदेश के अनुसार ही था। वैदिक संस्कारों में यह बात मान ली गई है कि वधू वयस्क स्त्री है, जिसका मन और शरीर परिपुष्ट है और जो विवाहित जीवन बिताने के लिए तैयार है। 'उद्वाह' शब्द से ही यह अर्थ प्रकट होता है कि कन्या इस स्थिति में है कि वह पत्नी के रूप में जीवन बिता सके। विवाह के मंत्र[4] में यह बात मान ली गई है कि कन्या यौवन से खिल उठी है और पति के लिए लालायित है। उसे 'कन्या' कहा जाता है, अर्थात् जो अपने लिए पति स्वयं चुनती है।[5] सीता, कुन्ती और द्रौपदी विवाह के समय पूरी तरह वयस्क हो चुकी थीं; इन विवाहों में उपभोग विवाह के बाद अविलम्ब ही हो गया था। गृह्य सूत्रों में यह नियम बनाया गया है कि विवाह का उपभोग विवाहसंस्कार के बाद चौथे दिन होना चाहिए। 'नाग्निका' शब्द का अर्थ है कि लड़की कुमारी है; सुकुमार बच्ची नहीं है, जिसमें शालीनता और सलज्जता की भावना ही विकसित न हुई हो।[6] वर और वधू दोनों को अपने कौमार्य की रक्षा करनी चाहिए और एक-दूसरे के पास ब्रह्मचर्य की निधि लेकर पहुंचना चाहिए। पूर्ण कौमार्य पर अत्यधिक आग्रह होने के कारण ही ईसा के बाद पहली शताब्दी में वयस्क होने से पहले विवाह होने लगे थे। लड़कों के लिए उपनयन की समानता लड़कियों के लिए विवाह पर लागू की गई। संयुक्त परिवार-प्रणाली के कारण परिवार के उपार्जन न करनेवाले सदस्यों के भी विवाहों को प्रोत्साहन मिला। कुछ स्मृतियों में कहा गया है कि यदि अच्छा वर न भी मिल सके, तो कन्याओं का विवाह

---

1. पंचविंशे ततो वर्षे पुंमान् नारी तु षोडशे।

समत्वागतवीर्यौ तौ जानीयात् कुशलो भिषक्।—35-8

वाग्भट भी इस विचार से सहमत है। तुलना कीजिए, तीस वर्ष की आयु वाले पुरुष को सोलह वर्ष की कन्या से विवाह करने की सलाह दी गई है :

त्रिंशद्वर्षः षोडशब्दां भार्यां विन्देदनग्निकाम्।—महाभारत

2. 14-2

3. 10-13

4. तुलना कीजिए,

यस्मात् कामयते सर्वान् कामेर्धातोश्च भाविनि।
तस्मात् कन्येति सुश्रोणि स्वतन्त्रा वरणनी

5. ऋग्वेद 10-185

6. हिरण्यकेशिन और जैमिनि तारुण्य से पहले विवाह का निषेध करते हैं। उनका आदेश है कि विद्यार्थी अपना अध्ययन समाप्त करने के बाद अनग्निका, अर्थात् जो अपरिपक्व नहीं है, कन्या से विवाह करे।

गुणहीन पुरुषों के ही साथ कर देना चाहिए।[1] विवाह यद्यपि पुरुषों के लिए अनिवार्य नहीं था, पर लड़कियों के लिए अनिवार्य था। फिर भी यह व्यवहार केवल ब्राह्मण वर्ण तक ही सीमित था। धर्मशास्त्रों के प्रणेताओं ने, जो ईस्वी सन् से दो-तीन शताब्दी पहले हुए थे, यह सलाह दी कि तारुण्य आने के बाद लड़कियों के विवाह में देर नहीं करनी चाहिए। उन्होंने यह अनुमति दी है कि यदि उपयुक्त पति न मिले, तो रजोदर्शन के बाद तीन साल तक कन्याओं को अविवाहित रखा जा सकता है, और मनु उनसे सहमत हैं।[2] यदि तारुण्य को प्राप्त होने के बाद तीन साल तक भी अभिभावक लोग लड़की के लिए उपयुक्त पति न ढूंढ़ पाएं, तो वह अपना पति स्वयं चुन सकती है।[3] सावित्री तरुण होने के बाद बहुत समय तक अविवाहित रही थी, और उसे अपना पति स्वयं चुनने की अनुमति मिल गई थी। उसने सत्यवान को चुना, जो प्रत्येक दृष्टि से एक वांछनीय युवक था; उसमें केवल एक दोष था कि उसकी कुण्डली से पता चलता था कि वह एक वर्ष के अन्दर मर जाएगा। सावित्री के पिता ने उसे बहुत समझाया कि वह सत्यवान से विवाह न करे; पर वह अपने निश्चय पर दृढ़ रही, क्योंकि वह अपना हृदय सौंप चुकी थी। विवाह हुआ और भविष्यवाणी मिथ्या सिद्ध हुई। जो शास्त्रकार छोटी आयु में विवाह के समर्थक हैं (जैन मनु), वे भी, यदि उपयुक्त पति प्राप्त न हो सके, तो लड़कियों को अविवाहित रहने की अनुमति देते हैं।[4] अयोग्य पुरुष से कन्या का विवाह होने से तो यही भला है कि वह मृत्युपर्यन्त अपने पिता के घर में ही रहे।[5] 'कामसूत्र' में छोटी आयु में होनेवाले और बड़ी आयु में होनेवाले, दोनों प्रकार के विवाहों का ध्यान रखा गया है।[6] जहां कन्याओं को अपना पति स्वयं चुनने का अधिकार होता भी था, वहां भी वे सामान्यतया अपने माता-पिता से परामर्श करती थीं और उनकी सहमति प्राप्त करती थीं। जब वर और वधू वयस्क भी होते थे, तब भी आम तौर से व्यवहार यही था कि माता-पिता अपने पुत्रों और पुत्रियों के साथ परामर्श करके विवाह की व्यवस्था करते थे। अथर्ववेद में वर्णन मिलता है कि मातापिता अपने यहां विवाहार्थी युवकों को बुलाकर उनका स्वागत-सत्कार करते थे और पुत्रियां उनमें से अपने लिए पति चुन लेती थीं।[7] जातक कथाओं में ऐसे अनेक उदाहरण मिलते हैं, जिनमें माता-पिता अपने पुत्र और पुत्रियों से

1. दद्यात् गुणवते कन्यां नाग्निकां ब्रह्मचारिणे।
अपि वा गुणहीनाय नोपरुन्ध्याद्रजस्वलाम्॥
2. 4-12
3. 9-90, साथ ही देखिए, बौधायन 4-1-4 ; वशिष्ठ 17-67-68
4. कामम् आमरणात् तिष्ठेत् गृहे कन्यार्तुमत्यपि।
न चैवैनां प्रयच्छेत्तु गुणहीनाय कर्हचित्। 9-89

मेधातिथि कहता है, "रजोदर्शन से पूर्व तो कन्या का विवाह करना ही नहीं चाहिए और यदि अच्छा पति न मिले, तो रजोदर्शन के बाद भी उसका विवाह नहीं करना चाहिए।" (प्राग् ऋतोः कन्यायाः न दानं, ऋतुदर्शनेपि न दद्यात् या वद्गुणवान् वरो न प्राप्तः।)

5. 9-89
6. 3-2-4
7, 6-61-1

उनके विवाह के बारे में परामर्श करते हैं। स्वयंवर (वधू द्वारा स्वयं अपने पति का चुनाव करने) की प्रथा महाकाव्यों के युग में लोकप्रिय हुई। निजी झुकाव और माता-पिता की सलाह, दोनों ही सुयोग्य पति के चुनाव में सहायक होते थे। ऐसा शायद ही कभी होता हो कि अनिच्छुक और अबोध वधुएं अधीर युवक वरों को सौंप दी जाती हों। आखिरकार, एक ऐसे विषय में, जिसका मनोविज्ञान, जाति, पारिवारिक परम्पराओं और शिक्षा, सभी से सम्बन्ध है, निर्णय व्यक्ति की अपनी मन की मौज पर नहीं छोड़ा जा सकता। छोटी आयु में विवाह, जो बाल-विवाह से भिन्न है, और जो माता-पिता द्वारा अपने पुत्रों और पुत्रियों से परामर्श करके किए जाते थे, भारत में सबसे अधिक प्रचलित रूप रहे हैं। उनके समर्थन में बहुत कुछ कहा जा सकता है। प्रेम मुख्यतः एक कर्ताश्रित अनुभव है, जिसके सारभूत उपादान कल्पना और इच्छा हैं। प्रेमी दुर्निवार रूप से किसी वास्तविक व्यक्ति की ओर आकृष्ट नहीं होता, अपितु अपने मन में विद्यमान एक कल्पना मूर्ति की ओर आकृष्ट होता है। प्रत्येक पुरुष के मन में एक नारी की मूर्ति विद्यमान रहती है, यद्यपि यह इस या उस किसी अमुक नारी की मूर्ति नहीं होती। इसी प्रकार स्त्री के मन में भी एक जन्मसिद्ध पुरुष-मूर्ति रहती है। छोटी आयु में हुए विवाहों में, जब मन ग्रहणशील और ढाले जा सकने योग्य होते हैं, युवक पुरुष अपनी उस स्त्री के व्यक्तित्व पर आकर्षण की शक्ति फेंकता है, जो युवक के अन्दर विद्यमान रहती है। बुद्धिमान से बुद्धिमान पुरुष भी उस स्त्री की वास्तविक प्रकृति से अनभिज्ञ रहते हैं, जिसने उन्हें आकृष्ट किया है। प्रेम का अधिकांश कारण स्वयं प्रेमी में विद्यमान रहता है, और प्रेम-पात्र तो केवल उपलक्षण (गौण वस्तु) मात्र होता है। प्रेम-पात्र चाहे कोई भी क्यों न हो, उसके लिए हमें लगभग एक जैसी ही लालसा होगी।[1] लालसा की तीव्रता हमारी वस्तुरूपात्मक दृष्टि को अंधा कर देती है और प्रेम-पात्र के ऊपर एक ऐसा आवरण-सा डाल देती है, जिसे पार करके हम देख नहीं सकते। जब हम एक बार किसी स्त्री की ओर अपनी उन सब लालसाओं और स्वप्नों को प्रेरित कर दें, जिन्हें कि हम समझते हैं कि वे किसी दूसरी आत्मा के साथ सम्मिलन से पूर्ण हो जाएंगे, तो वह स्त्री चाहे बुद्धि और रूप से कितनी ही हीन

---

1. विवाह के सम्बन्ध में बोस्वेल के प्रश्न के जान्सन द्वारा दिए गए उत्तर का ख्याल कीजिए, "महोदय, क्या आप समझते हैं कि संसार में ऐसी पचास स्त्रियां हैं, जिनमें से किसी के भी साथ पुरुष उतना ही सुखी हो सकता है, जितना उनमें से किसी एक विशिष्ट स्त्री के साथ !"

"जी, हां" डाक्टर जान्सन ने कहा, "पचास हज़ार।"

"तब तो महोदय," बोस्वेल बोला, "आप उन लोगों से सहमत नहीं हैं, जो यह मानते हैं कि कुछ पुरुष और स्त्रियां एक-दूसरे के लिए ही बने होते हैं ; और यदि उन्हें उनके वही संगी न मिलें, तो वे सुखी नहीं हो सकते?"

"अवश्य ही सहमत नहीं हूं" डाक्टर जान्सन ने उत्तर दिया, "मेरा विश्वास है कि सामान्यतया विवाह उतने ही सुखमय होंगे, और शायद कुछ अधिक ही, यदि स्वभावों और परिस्थितियों का उचित ध्यान रखते हुए उन्हें लार्ड चांसलर द्वारा तय कर दिया जाए और पति या पत्नी को एक-दूसरे का चुनाव करने का बिलकुल अवसर न दिया जाए।"

जब कैल्विन से उसके मित्रों ने विवाह करने के लिए कहा तो उसने यह जताते हुए कि वह इस पद के लिए किसी भी उपयुक्त आवेदक के आवेदन पर विचार करने को तैयार है, कहा, "मैं उन उन्मत्त प्रेमियों में नहीं हूँ, जो किसी स्त्री के सौन्दर्य पर पागल होते हैं। यदि मेरी पत्नी मितव्ययी, परिश्रमी, नाजुक मिज़ाज हो और मेरे स्वास्थ्य के विषय में खूब सावधान रहे, तो मैं भली भांति सन्तुष्ट रहूंगा।"

क्यों न हो, हमें पूरी तरह अपने अधीन कर सकती है। इसी प्रकार लड़कियां भी अपने स्वप्नों को अपने पति की ओर, जो व्यक्ति की अपेक्षा एक मूलतत्त्व अधिक होता है, प्रेरित करती हैं। पति या पत्नी हमारी सृष्टि हैं; हम एक आदर्श की सेवा के लिए अपने-आपको समर्पित करते हैं। परिचय से प्रेम के गुण प्रिय व्यक्ति के अनुरूप ढल जाते हैं। सहज प्रवृत्तिक लालसा धीरे-धीरे परिपक्व होती है और अपने-आपको दूसरे व्यक्ति के अनुकूल ढाल लेती है। परस्पर अनुकूलता एक प्रक्रिया है, कोई आकस्मिक घटना नहीं। जो लड़के और लड़कियां निकट सम्पर्क में आते हैं, उनमें एक-दूसरे की ओर बढ़ने और सामंजस्य स्थापित करने की एक स्वाभाविक प्रवृत्ति होती है। एक बहुत प्रसिद्ध श्लोक में कहा गया है कि राजा, स्त्रियां और बेलें, जो भी पास हो, उसीको लपेट लेती हैं।[1] स्त्रियां अपना मेल सब जगह बिठा लेती हैं। उन्हें जहां भी रख दिया जाए, वे वहीं जड़े जमा लेती हैं।

विवाह में माता-पिता के नेतृत्व पर आक्षेप इसलिए किया जाता है, क्योंकि इस नेतृत्व का दुरुपयोग किया जाता है, विशेष रूप से उस समाज-व्यवस्था में, जिसमें स्त्रियों के तो छोटी आयु में विवाह को और विधुरों के पुनर्विवाह को प्रोत्साहन दिया जाता हो। कुछ माता-पिताओं ने, जो कट्टर परम्पराओं का पालन करने के साथ-साथ पैसा बनाने के लिए भी उत्सुक थे, सौन्दर्य के प्रथम उन्मेष में खिली युवती कन्याओं के विवाह धनी वृद्ध पुरुषों से कर दिए। विवाह की आयु बढ़ाने के कारण अब ऐसा कर पाना असंभव होता जा रहा है। संयुक्त परिवार-प्रणाली के विघटन, स्त्री-शिक्षा की प्रगति और आर्थिक संघर्ष के कारण धीरे-धीरे लड़कों और लड़कियों की विवाह की आयु बढ़ा दी गई है। शारदा अधिनियम कभी का नियम बन चुका है, जिसके अनुसार विवाह के समय लड़के और लड़की की न्यूनतम आयु कम से कम क्रमशः अठारह और चौदह साल होनी चाहिए। पुरुषों और स्त्रियों, दोनों की ही विवाह की आयु वही बना दी जानी चाहिए, जो उनके वयस्क (बालिग) होने के लिए निर्धारित है। रजोदर्शन के बाद ही विवाह के नियम को अपनाकर हिन्दू धर्म फिर वैदिक व्यवहार की ओर लौट रहा है।

संगियों का चुनाव

हम पहले देख चुके हैं कि विवाह का लक्ष्य यह है कि वह मनोवैज्ञानिक, जातीय और मानवीय उपकरणों का सामंजस्य (ठीक मेल) बन सके। परन्तु ये सब बाहरी सामग्रियां हैं, जो बहुत महत्त्वपूर्ण हैं, और हमसे कहा जाता है कि हम इनके आधार पर उत्तरदायी और परिपक्व प्रेम[2] को विकसित करें, जो व्यक्ति की भवितव्यता है और विवाह का असली उद्देश्य है। हम उस स्त्री से विवाह नहीं करते, जिससे हम प्रेम करते हैं, अपितु उस स्त्री से प्रेम करते हैं, जिससे

---

1. प्रायेण भूमिपतयः प्रमदा लताश्च,
यत्पार्श्वतो वसति तत्परिवेष्टयन्ति।

प्रेम सान्निध्य का विषय है। माता-पिता की कूटनीति यथोचित सन्निधान (निकट रहने देने) की होती है।

2. भाव बन्धन प्रेम।—कालिदास

हम विवाह कर लेते हैं। विवाह कोई बढ़िया गणना (योजना) का विषय नहीं है। हम पहले से नहीं जान सकते कि वर और वधू, प्रत्येक का अलग-अलग और दोनों का सम्मिलित विकास किस प्रकार का होगा। संगियों के चुनाव के विषय में समाज सामान्य नियम बना सकता है। "कन्या वर में रूप देखती है, कन्या की माता धन देखती है, कन्या का पिता विद्या देखता है। सम्बन्धी लोग उसके कुल को देखते हैं और बाकी लोग केवल सहभोज के लिए लालायित रहते हैं।"[1] क्योंकि विवाह मनुष्य-जाति को आगे चलाते रहने का साधन है, इसलिए हमें सुसंतति विज्ञान (यूजेनिक्स) के नियमों को भी ध्यान में रखना चाहिए। जो आदमी पौधे लगाता है, वह भी मिट्टी और जलवायु का ध्यान रखता है और अपने मन की मौज से ही सब कुछ नहीं कर डालता, तो विवाह भी प्रगतिशील जीवन के साधन बनने चाहिए। हमें न केवल मनुष्य जाति को बनाए रखना है, अपितु उसे उन्नत भी करना है। साधारणतया विवाह ऐसे परिवारों के सदस्यों के बीच ही होने चाहिए, जो सामाजिक और सांस्कृतिक दृष्टि से एक-से स्तर के हों।[2] अत्यधिक अन्तःप्रजनन (एक ही रक्त के सम्बन्धियों में विवाह) अनुचित है, परन्तु हिन्दू विवाह के नियामक वर्तमान कानून बहुत कठोर हैं। उनमें इस बात का आग्रह है कि विवाह व्यक्ति की अपनी जाति में ही होना चाहिए (ऐंडोगैमी), अपनी सीधी पैतृक परम्परा से बाहर होना चाहिए (गोत्र बाह्य विवाह) और पितृपक्ष तथा मातृपक्ष दोनों ओर की रक्त-सम्बन्ध की कुछ बताई हुई श्रेणियों से बाहर होना चाहिए (सपिण्ड बाह्य विवाह)। एक गोत्र की सदस्यता का अर्थ यह नहीं है कि वे दोनों व्यक्ति सम-रक्तीय हैं। सम्भव है कि ऐसा सम्बन्ध प्रारम्भ में रहा हो, किन्तु मूल संस्थापक के अनन्तर कई पीढ़ियां बीत जाने के बाद ऐसे सम्बन्ध में कुछ जान नहीं रहती। सगोत्र लोगों में विवाह के निषेध का कोई औचित्य प्रतीत नहीं होता और इस आशय का एक कानून बनाकर इसे समाप्त हो जाने देना चाहिए कि हिन्दुओं में हुआ कोई विवाह केवल इस कारण अवैध नहीं माना जाएगा कि वर और वधू एक ही गोत्र के हैं, भले ही हिन्दू शास्त्रों के नियम, प्रथाएं या रिवाज इसके विरोध में ही क्यों न हों। सपिण्ड सम्बन्धवाले व्यक्तियों में विवाह के निषेध को समाप्त करने के प्रश्न को अभी उठाने की आवश्यकता नहीं है। चचेरे, फुफेरे, ममेरे और मौसेरे भाई-बहनों में विवाह को अधार्मिक या अहिन्दू नहीं माना जाना चाहिए। अर्जन ने सुभद्रा से विवाह किया था, जो उसके मामा की पुत्री थी। कृष्ण ने मित्रविन्दा और भद्रा से विवाह किया था, जो दोनों उसकी बुआओं की लड़कियां थीं। राजकुमार सिद्धार्थ (गौतम बुद्ध) ने गोपा (यशोधरा) से विवाह किया था, जो उसके मामा की लड़की थी। 'संस्कार कौस्तुभ' का

---

1. कन्या वरयते रूपं, माता वित्तं पिता श्रुतम्
   बान्धवाः कुलमिच्छन्ति, मिष्टान्नमितरे जनाः।

बकल ने लिखा है कि विवाहों का व्यक्तिगत भावनाओं से कोई सम्बन्ध नहीं है, अपितु वे तो केवल औसत उपार्जन द्वारा नियमित होते हैं।

2. ययोरेव समं वित्तं, ययोरेव समं कुलम्
   तयोर्मैत्री विवाहश्च, न तु पुष्टविपुष्टयोः।—महाभारत 1-131-10

कथन है कि महान मनु, पराशर, अंगिरस और यम पितृपक्ष और मातृपक्ष दोनों के तीसरी पीढ़ी के वंशजों में विवाह की अनुमति देते हैं।[1] सपिण्ड सम्बन्ध के नियमों का उल्लंघन बहुत प्राचीन काल में भी होता रहा है। वैद्यनाथ अपने 'स्मृति मुक्ताफल' में कहता है, "आन्ध्र लोगों में अच्छे व्यक्ति, जो वेदों में भली-भांति निष्णात हैं, मातुल-सुता-परिणय (ममेरी बहन से विवाह) की प्रथा का पालन करते हैं और द्रविड़ों में प्रतिष्ठित लोग भी पुरुष का विवाह ऐसी कन्या से होने देते हैं, जो दोनों के एक ही, समान पूर्वज की चौथी पीढ़ी की वंशज है।"

क्योंकि विवाह का उद्देश्य यौन आकर्षण और बच्चों के प्रति प्रेम पर आधारित पारस्परिक सम्बन्ध के विकास द्वारा व्यक्तित्व को समृद्ध करना है, इसलिए यह स्पष्ट है कि इसे सफल बनाने के लिए जो गुण आवश्यक हैं, उनका निर्णय वे लोग अधिक अच्छी तरह कर सकते हैं, जो स्वयं इस मामले में निर्लिप्त हैं और जिनके मनोवेग पहले ही बंधे हुए नहीं हैं। हमें सावधान रहना चाहिए कि विवाह उससे ही न कर लिया जाए, जिसके नयन-युगल सुन्दर हों या जिसका शरीर क्रीड़ा के लिए आकर्षक हो।[2]

अनुलोम विवाह, जिनमें उच्चतर वर्ण का पुरुष निम्नतर वर्ण की स्त्री से विवाह करता है, लोगों द्वारा अनुमत थे। इस प्रकार के विवाहों से उत्पन्न बच्चों को माता और पिता के वर्णों के बीच के वर्ण में रखा जाता था। भिन्न वर्णवाली पत्नियों से उत्पन्न पुत्रों को उत्तराधिकार में हिस्से के विषय में नियम धर्मशास्त्रों में दिए गए हैं। हिन्दू-इतिहास में अनुलोम विवाहों के उदाहरण बड़ी संख्या में मिलते हैं, परन्तु ईसा की दसवीं शताब्दी के बाद उन्हें निरुत्साहित किया जाने लगा। प्रतिलोम विवाह, जिनमें उच्चतर वर्ण की स्त्री निम्नतर वर्ण के पुरुष से विवाह करती है, निषिद्ध थे; और इस प्रकार के विवाहों से उत्पन्न सन्तान को चारों वर्णों में सम्मिलित नहीं किया जाता था और वे चांडाल या निषाद बनते थे। क्योंकि कुछ जातियों का मूल इस प्रकार के निषिद्ध विवाह ही समझे जाते हैं, इससे स्पष्ट है कि इस प्रकार के विवाह बहुत असाधारण नहीं थे। पर ऋग्वेद में हमें अन्तर्जातीय विवाहों के अनेक उदाहरण मिलते हैं। वर्णों के बीच सांस्कृतिक अन्तर धीरे-धीरे घटते जा रहे हैं; अन्तर्जातीय विवाह फिर अधिक संख्या में होने लगेंगे और यह नहीं कहा जा सकता कि उनसे हिन्दू धर्म की आत्मा को चोट पहुंचती है। चाणक्य कहता है कि वधू किसी भी जाति या सम्प्रदाय में से, चाहे वह नीचा ही क्यों न हो, चुनी जा सकती है। कुछ शिलालेखों में लिखा है कि हिन्दू राजाओं ने विदेशी राजकुमारियों से विवाह किया था।[3] मनु यह अनुमति देता है कि यदि कन्या स्त्रियों में रत्न के समान हो, तो पुरुष को उसे नीच और बुरे कुल में से भी

---

1. तृतीयं मातृतः कन्यां तृतीयं पितृतस्तथा
   विवाहयेत् मनुः प्राह पराशर्योऽङ्गिरा यमः।

2. जब एक अपरिचित महिला ने बर्नार्ड शा के सामने प्रस्ताव रखा, "आपमें संसार में सबसे अधिक बुद्धि है और मेरा शरीर सबसे अधिक सुन्दर है, इसलिए हमें मिलकर सबसे अधिक पूर्ण सन्तान उत्पन्न करनी चाहिए।" तो शा ने उत्तर दिया, "पर यदि सन्तान में मेरा शरीर आया और तुम्हारी बुद्धि, तो क्या होगा?"

3. देखिए काणे, 'हिस्ट्री ऑफ धर्मशास्त्र', खण्ड 2, भाग 1 (1941), पृष्ठ 389

ग्रहण कर लेना चाहिए।[1] 'महानिर्वाण तंत्र' में शैव विवाह[2] का उल्लेख है, और इस विवाह के लिए केवल दो शर्तें बताई गई हैं : एक तो स्त्री विवाह के लिए निषिद्ध श्रेणियों में से (सपिण्ड) न हो और दूसरे उसका कोई पति न हो। आयु और जाति के विषय में कुछ सोचने की आवश्यकता नहीं है।[3] इस प्रकार के नियम से अन्तर्जातीय विवाहों और विधवा-विवाहों का औचित्य सिद्ध होता है। वर्तमान दशाओं में, सिविल विवाह अधिनियम का विस्तार इस प्रकार कर दिया जाना चाहिए, जिससे विभिन्न धर्मोंवाले स्त्री-पुरुषों के विवाह भी उनके अन्तर्गत आ जाएं, और उनसे औपचारिक रूप से धर्म-त्याग की मांग की जाए, जैसी कि इस समय की जाती है।

बहुपतित्व और बहुपत्नीत्व

पत्नी को पत्नी इसलिए कहा जाता है, क्योंकि उसे पति के समान अधिकार प्राप्त रहते हैं।[4] दम्पति का अर्थ यह है कि पति और पत्नी दोनों परिवार के संयुक्त रूप से मालिक हैं। इससे यह निष्कर्ष निकलता है कि उनके बीच में कोई तीसरा नहीं हो सकता। एक विवाह आदर्श है और नैतिकता के दो अलग प्रमाप नहीं हो सकते। शिव और पार्वती, राम और सीता, नल और दमयन्ती, सत्यवान और सावित्री के उदाहरणों की भारतीय जनता के मन पर गहरी छाप लगी है।

बहुपतित्व और बहुपत्नीत्व, दोनों निषिद्ध थे, फिर भी कुछ विशेष दशाओं में दोनों की ही अनुमति थी। बहुपतित्व की प्रथा कुछ खास जातियों में ही प्रचलित थी।[5] इस विषय में प्रसिद्ध उदाहरण द्रोपदी का है, जिसका विवाह पांच पांडव भाइयों से हुआ था। उसका पिता इस प्रस्ताव को सुनकर स्तब्ध रह गया था और उसने कहा था कि यह धर्म विरुद्ध है (लोकधर्म विरुद्ध); परन्तु युधिष्ठिर ने कहा था कि यह पारिवारिक परम्पराओं के अनुकूल है, और सब मामलों में यह जान पाना कठिन होता है कि उचित क्या है।[1] इसे उचित सिद्ध करने के लिए

---

1 विषादप्यमृतं ग्राह्यं, मेध्यादपि च काञ्चनम्
नीचादप्युत्तमां विद्यां स्त्रीरत्नं दुष्कुलादपि।

2. वयोजातिविचारोऽत्र शैवोद्वाहे न विद्यते
असपिण्डां भर्तृहीनां उद्वहेच्छम्भुशासनात्।

3. 2-238

4. दम्पत्योः सहाधिकारात्।
तुलना कीजिए :

आम्नाये स्मृतितन्त्रे च पूर्वाचार्यैश्च सूरिभिः,
शरीरार्धं स्मृता भार्या पुण्यापुण्यफले समा,
यस्य नोपरता भार्या देहार्धं तस्य जीवति,
जीवत्यर्धशरीरे तु कथमन्यः स्वमाप्नुयात्।

5. आपस्तम्ब का उल्लेख है कि कुछ जातियों में एक स्त्री का विवाह पूरे पूरिवार के साथ कर दिया जाता था। (2-27-3) विवाह दो परिवारों के बीच हुआ युगबन्ध (कंट्रैक्ट) है। (कन्या कुलाय एव दीयते)। बृहस्पति ने इस प्राचीन प्रथा का उल्लेख करते हुए कहा है कि यह कलियुग में निषिद्ध है।

अजीब युक्तियां प्रस्तुत की गई हैं; और 'तंत्रवार्तिक' तो इस सीमा तक जाता है कि वह इस विवाह के होने से ही इनकार करता है और इसे इस आलंकारिक रूप में ग्रहण करने को कहता है कि पांच व्यक्तियों ने एक राजलक्ष्मी से विवाह किया था। यह प्रथा क्षत्रिय जातियों में प्रचलित थी। अन्य लोगों के साथ-साथ तांत्रिक लेखकों ने इसका विरोध किया था। मलाबार की जातियों तक में, जहां यह प्रथा अब तक बची हुई थी, अब यह समाप्त होती जा रही है।

अन्य प्रारम्भिक समाजों की भांति यहां भी बहुपत्नीत्व राजाओं और अभिजात वर्ग का विशेषाधिकार था।[2] जन साधारण आम तौर से एकविवाही ही होते थे। परन्तु शास्त्रों में पति को अनुमति दी गई है कि वह अपनी पत्नी की सहमति से दूसरा विवाह कर सकता है। जहां पहली पत्नी जड़बुद्धि हो या किसी असाध्य रोग से पीड़ित हो या वन्ध्या या व्यभिचारिणी हो, वहां यह उचित भी है। यद्यपि बहुपत्नीत्व बहुत विरल होता जा रहा है, पर अभी तक भी यह कहीं-कहीं व्यवहार में है। बहुपत्नीत्व को वैध मान्यता प्रदान करने का परिणाम बड़ा दु:खजनक रहा है।[3]

स्त्रियों के प्रति मनु का अन्याय तब बिलकुल स्पष्ट हो जाता है, जब वह कहता है कि अच्छी पत्नी को अपने बुरे पति की भी पूजा करनी चाहिए।[4] यह तो पति के प्रति स्त्री की एक प्रकार की दासता हुई। इस प्रकार की अतिरंजित शिक्षा द्वारा वह पतिव्रत धर्म की उच्चता स्थापित करने का प्रयत्न करता है। यह भी ठीक है कि जो पति अपनी पत्नियों के प्रति निष्ठाशील

---

1 सूक्ष्मो धर्मो महाराज नास्य विद्मो गतिं वयम्
पूर्वेषामनुपूर्वेण यातं वर्त्मानुयामहे।—महाभारत 1-210-29

2. कोलम्बस ने जिन नये द्वीपों को खोजा था, उनके निवासियों के विषय में 12 अक्टूबर, 1442 को लिखते हुए वह कहता है, "इन सब द्वीपों में प्रत्येक व्यक्ति केवल एक पत्नी से सन्तुष्ट रहता है। राजा और राजकुमार अवश्य बीस पत्नियां रख सकते हैं।" भूमध्यरेखा के निकट के अफ्रीका की कुछ जातियों के सम्बन्ध में डब्ल्यू० विनवुड रड का कथन है, "यदि कोई पुरुष विवाह करता है और उसकी पत्नी यह समझती है कि वह एक और स्त्री का भरण-पोषण कर सकता है, तो वह एक और विवाह करने के लिए उसके पीछे पड़ जाती है और यदि वह इनकार करे, तो उसे कंजूस कहती है।"

3. स्वर्गीय श्री० एस० श्रीनिवास आयंगर ने लिखा था, "अब निश्चित रूप से वह समय आ गया है, जब हिन्दू समाज को हिन्दू कानून के एक नियम के रूप में बहुपत्नीत्व को समाप्त कर देना चाहिए। प्राचीन हिन्दू कानून के अनुसार एक विवाह ही अनुमोदित नियम था और बहुपत्नीत्व की व्यवस्था अपवाद रूप में ही थी।...पुराने समय में एक से अधिक पत्नी रखने के लिए वैधानिक औचित्य सिद्ध करने की आवश्यकता होती थी ; परन्तु हिन्दू कानून का वर्तमान नियम, कि पति पर पत्नियों की संख्या के विषय में कोई प्रतिबंध नहीं है और वह पत्नी की सहमति के बिना और किसी भी उचित कारण के बिना फिर विवाह कर सकता है, कहीं अधिक बुरा है।...इन दिनों, जबकि स्त्रियों की समानता को स्वीकार किया जाना चाहिए, इस सुधार को स्थगित करना मूर्खता होगी। स्पेशल मैरिज ऐक्ट के अन्तर्गत हिन्दुओं में हुए विवाह एक-विवाही होते हैं, और आश्चर्य की बात है कि वे विवाह, जो मलाबार के मरुमकथयम कानून के अनुसार होते हैं, एक हाल के विधान द्वारा एकविवाही हो गए हैं, और सामान्य हिन्दू समाज अब भी बहुपत्नीत्व से चिपटा हुआ है।" 'मद्रास ला जर्नल', स्वर्ण जयन्ती अंक, 1941

4. विशीलः कामवृत्तो वा गुणैर्वा परिवार्जितः
उपचर्यः स्त्रिया साध्व्या सततं देववत् पतिः।—5-154

नहीं हैं, उनकी भी कठोर भर्त्सना की गई है। आपस्तम्ब का कथन है कि उन्हें गधे की खाल उढ़ाकर उनसे भिक्षा मंगवानी चाहिए। परन्तु व्यवहार की परम्परा स्त्रियों के प्रति निष्ठुर रही है। विधुरों और विधवाओं के साथ होनेवाले व्यवहार में भी अन्तर है। पत्नी के मर जाने पर पुरुष को इस आधार पर फिर विवाह करने की अनुमति मिल जाती थी कि वह दुबारा विवाह किए बिना धार्मिक कर्तव्य पूरे नहीं कर सकता, हालांकि धार्मिक कर्तव्यों को करने के लिए पत्नी की उपस्थिति अनिवार्य नहीं है। 'ऐतरेय ब्राह्मण' का कथन है कि विधुर पत्नी के न होने की दशा में भी यज्ञ कर सकता है। श्रद्धा या भक्ति उसकी पत्नी का कार्य करेगी।[1] विष्णु का मत है कि मृत पत्नी की प्रतिमाओं को काम में लाया जा सकता है। रामायण में बताया गया है कि राम ने सीता की मूर्ति पास रखकर यज्ञ पूरा किया था।

विधवाओं की स्थिति

ऋग्वेद के समय से, जिसमें हमें विधवाओं के पुनर्विवाहों का उल्लेख मिलता है, बाद में विधवाओं की स्थिति में काफी अन्तर पड़ गया है। किसी स्त्री के एक ही समय में दो पति होना अवांछनीय है।[2] याज्ञवल्क्य ने जो यह सलाह दी है कि उस स्त्री से विवाह करना चाहिए "जो उस समय तक किसी पुरुष की न रही हो",[3] उसके मूल में पूर्व परिणीता स्त्री से विवाह करने की अनिच्छा की भावना ही है। परन्तु महाकाव्यों में ऐसे अनेक उदाहरण मिलते हैं, जहां यह भावना सक्रिय नहीं हुई। जयद्रथ द्रौपदी को अपनी पत्नी बनाना चाहता था। त्रिशंकु ने एक राजा को मारकर उसकी पत्नी से विवाह किया था, जिससे उसका एक पुत्र भी उत्पन्न हुआ था। दमयन्ती के दूसरे स्वयंवर में राजा ऋतुपर्ण उससे विवाह करने को उत्सुक था, जबकि उसे यह मालूम था कि वह नल की पत्नी थी। सत्यवती के पति की मृत्यु के कुछ ही समय बाद राजा उग्रायुध ने उससे विवाह करना चाहा था। अर्जुन ने नाग राजा ऐरावत की विधवा कन्या से विवाह किया था ; उससे उसका एक पुत्र भी उत्पन्न हुआ था। जातकों में भी इस प्रथा के कई संकेत मिलते हैं। कोसल के राजा ने बनारस के राजा को मार डाला, और उसकी विधवा रानी को, जो पहले से ही मां थी, अपनी पत्नी बना लिया।[1] उछंग जातक में एक स्त्री अपने भाई को, जिसे उसके पति

साथ ही तुलना कीजिए,

दुःशीलः कामवृत्तो वा धनैर्बा परिवर्जितः
स्त्रीणामार्यस्वभावानां परमं दैवतं पतिः।—रामायण 2-117-24

1. 7-9-10

2. तैत्तिरीय संहिता, 6-6-4; ऐतरेय ब्राह्मण, 3-12। एक स्त्री अश्विनों को पुकारकर कहती है, "तुम्हें बिस्तर पर कौन लिठाता है, जैसे विधवा अपने देवर को लिटाती है?" (को वां शयुतं विधवेव देवरं कृणुते)। साथ ही अथर्ववेद से तुलना कीजिए, "जब कोई पूर्व परिणीता फिर दूसरे पति से विवाह करती है, तब यदि वे पंचौदन और बकरी का दान करें, तो वे दोनों कभी अलग नहीं होते। दूसरा पति जब अच्छी दक्षिणा के साथ-साथ पंचौदन और बकरी का दान करता है, तब वह अपनी पुनर्विवाहिता पत्नी के साथ उसी लोक में पहुंचता है।"—9-27-28

3. 1-52

और पुत्र के साथ मृत्युदण्ड का आदेश हुआ था, छुड़ाने के लिए प्रार्थना करते हुए कहती है कि इन तीनों में से उसे नया पति मिल सकता है और नया पुत्र भी मिल सकता है, परन्तु नया भाई उसे किसी प्रकार नहीं मिल सकता।[2] कौटिल्य अपने 'अर्थशास्त्र' में लिखता है, "पति की मत्यु के बाद जो स्त्री धार्मिक जीवन बिताना चाहे, उसे तुरन्त न केवल उसकी स्थायी निधि, धनराशि और आभूषण, दे दी जाएगी, अपितु यदि उसका दहेज का कोई अंश अभी उसे मिलना शेष होगा, वह भी दे दिया जाएगा ; यदि वह दुबारा विवाह करना चाहे, तो विवाह के अवसर पर उसे वह सब कुछ दे दिया जाएगा जो उसके ससुर या पति या दोनों ने उसे दिया होगा। यदि कोई विधवा किसी ऐसे पुरुष से विवाह करना चाहे, जो उसके ससुर द्वारा चुने हुए पुरुष से भिन्न हो तो स्त्री को अपने ससुर और पति द्वारा दी गई वस्तुएं पाने का अधिकार न होगा।"[3]

स्मृति ग्रन्थों में हमें विधवाओं के पुनर्विवाह का विरोध बढ़ता दिखाई पड़ता है। आपस्तम्ब नियम बताता है कि "यदि कोई पुरुष एक बार पहले विवाहित स्त्री के साथ या अपने से भिन्न जाति की स्त्री के साथ रहेगा, तो वे दोनों पाप के भागी होंगे।"[4] स्पष्ट है कि उस समय अन्तर्जातीय विवाह और विधवाओं के विवाह, दोनों ही हुआ करते थे। मनु को इस प्रकार के विवाहों का ज्ञान था, क्योंकि वह इस बात का उल्लेख करता है कि पुनः विवाहित विधवा से उत्पन्न (पुनर्भव) ब्राह्मण पिता का पुत्र अब्राह्मण नहीं हो जाता, यद्यपि उसे व्यापारजीवी ब्राह्मण के समकक्ष माना जाएगा।[5] गौतम विधवा विवाहों के अस्तित्व को स्वीकार करता है ; क्योंकि वह विधवा के पुत्र को, जो दूसरे पति से उत्पन्न हुआ हो, वैध उत्तराधिकारियों के अभाव में अपने पिता की एक चौथाई सम्पत्ति उत्तराधिकार में पाने का अधिकार देता है।[6] वरिष्ट[7] और विष्णु[8] की दृष्टि में विवाहित विधवा के दूसरे पति से उत्पन्न पुत्र का उत्तराधिकार दृष्टि से स्थान बारह प्रकार के पुत्रों में प्राथमिकता की दृष्टि से चौथा है और वह गोद लिए हुए पुत्र की अपेक्षा अच्छा माना गया है। थोड़ी-सी अवधि के लिए विधवाओं को कठोर जीवन बिताने का आदेश दिया गया है। "मृत पुरुष की विधवा पत्नी छः महीने तक ज़मीन पर सोए और धार्मिक कृत्य करती रहे.....उसके बाद उसका पिता उसको मृत पति के लिए सन्तान उत्पन्न करने के कार्य में नियुक्त करेगा।"[9] स्त्रियों के पुनर्विवाह के विषय में वशिष्ठ ने बहुत उदार नियम बनाए हैं। "यदि किसी कन्या का

---

1. 'अष्टरूप जातक' ; साथ ही 'कुणाल जातक' भी देखिए।
2. 'वुलनर स्मारक ग्रन्थ' (1940) श्री एन० के० दत्त ने अपने लेख 'प्राचीन भारत में विधवा' में अनेक उदाहरण प्रस्तुत किए हैं।
3. 3-2
4. 2-6-13-4
5. 3-181
6. 29-8
7. 17-18
8. 15-7
9. वशिष्ठ 17-55-56 ; साथ ही देखिए 'बौधायन' 2-2-4-7—9

बलपूर्वक हरण किया गया हो और उसका धार्मिक विधि से विवाह संस्कार न हुआ हो, तो उसका विवाह वैध रूप से दूसरे व्यक्ति के साथ किया जा सकता है; वह ठीक कुमारी कन्या की तरह है। यदि किसी कन्या का अपने मृत पति के साथ केवल मन्त्र-पाठ द्वारा विवाह हुआ हो और यौन सम्भोग द्वारा विवाह निष्पन्न न हुआ हो, तो उसका दुबारा विवाह किया जा सकता है।"[1] अमितगति अपनी 'धर्म परीक्षा' (1014 ईस्वी) में विधवा-विवाहों का उल्लेख करता है। "यदि एक बार स्त्री का विवाह हो भी गया हो, और दुर्भाग्य से उसका पति मर जाए, तो उसको दुबारा विवाह-संस्कार कर देना चाहिए, बशर्ते कि मृत पति से उसका यौन संयोग न हुआ हो। जब पति घर से बाहर चला गया हो, तब साध्वी स्त्री को, यदि उसके पहले ही कोई सन्तान हो चुकी हो, तो आठ साल उसकी प्रतीक्षा करनी चाहिए और यदि सन्तान न हुई हो, तो चार साल। यदि इस प्रकार उचित कारण होने पर स्त्री पांच बार नये पति स्वीकार करे, तो उसे पाप नहीं लगता। यह बात व्यास आदि ने कही है।"[2] जहां विधवाओं को विवाह की अनुमति दी गई है, वहां मनु आदि का विचार है कि तपस्या का जीवन विधवाओं के लिए आदर्श जीवन है।[3] यहां तक कि पराशर भी, जो विधवाओं के पुनर्विवाह को वैध मानता है, कहता है कि "जो स्त्री पति के मरने के बाद सतीत्व के व्रत का पालन करती है, वह मृत्यु के बाद ब्रह्मचारी की भांति सीधी स्वर्ग जाती है।"[4] परवर्ती टीकाकार हेमाद्रि, रघुनन्दन और कमलाकर विधवाओं के पुनर्विवाह का निषेध करते हैं। अपेक्षाकृत प्राचीन समय में विधवाओं के पुनर्विवाह की प्रथा प्रचलित थी। चन्द्रगुप्त द्वितीय ने अपने बड़े भाई रामगुप्त को मारकर उसकी पत्नी ध्रुवदेवी से विवाह किया था और ध्रुवदेवी से उत्पन्न उसका पुत्र कुमारगुप्त प्रथम उसके बाद राजसिंहासन पर बैठा।[5] इस प्रकार के और भी उदाहरण हैं, जिनसे उस काल की कट्टरता को आघात नहीं पहुंचता था। किसी आदर्श के प्रति स्वेच्छा से आत्मसमर्पण एक वस्तु है और उस आदर्श का अनिवार्य रूप से थोप दिया जाना बिलकुल भिन्न दूसरी बात। स्त्रियों के सतीत्व की प्रशंसा करते हुए उसे सबसे बड़ा गुण बताया गया है और विधवाएं अपने दिवंगत पतियों के प्रति प्रगाढ़ प्रेम के कारण भी पुनर्विवाह से इन्कार कर सकती थीं।

---

1. 17 साथ ही देखिए 'बौधायन' 4-1-17-18
2. एकदा परिणीतापि विपन्ने दैवयोगतः
   भर्तर्यक्षतयोनिः स्त्री पुनः संस्कारमर्हति
   प्रतीक्षताष्ट वर्षाणि प्रसूता बनितां सति
   अप्रसूता च चत्वारि प्रोषिते सति भर्तरि
   पञ्चस्वेषु गृहीतेषु कारणे सति भर्तृषु
   न दोषो विद्यते स्त्रीणां, व्यासादीनामिदं वचः
   देखिए, सर आर० जी० भण्डारकर के संकलित ग्रन्थ, खण्ड 2 (1928), पृष्ठ 313
3. याज्ञवल्क्य 1-75 ; पराशर 4-31 और 35-14
4. मनु० 5-160
5. देखिए, अल्तेकर, 'ए न्यू गुप्त किंग,' जे० बी० ऐंड ओ० आर० एस० (1928), पृष्ठ 222-253 माथ ही (1929), पृष्ठ 134-141

विधवाओं के पुनर्विवाह सन् 300 ईस्वी से पूर्व लेकर सन् 200 ईस्वी के बीच की अवधि में अलोकप्रिय हो गए। उस समय भी बाल-विधवाओं को पुनर्विवाह करने की अनुमति थी।[1] अलबेरूनी लिखता है कि विधवाओं को पुनर्विवाह प्रथा द्वारा निषिद्ध था और यह निषेध बढ़ाकर बाल-विधवाओं पर भी लागू कर दिया गया।

विधवाओं की कठिनाइयां किसी सीमा तक नियोग की प्रथा द्वारा कम हो गई थीं, जो 300 ईस्वी पूर्व तक काफी सामान्य रूप से प्रचलित थी।[2] मृत पति के भाई, देवर (द्वितीयो वरः) के साथ विधवा के पुनर्विवाह की प्रथा प्रचलित थी। जब पति का शव जलाया जाने को होता है, तब मृत व्यक्ति का भाई इन शब्दों के साथ विधवा का हाथ पकड़ लेता है, "ओ नारी, उठ ; तू उसके पास पड़ी है, जिसका जीवन जा चुका है। अपने पति को छोड़कर जीवितों के संसार में लौट आ और उसकी पत्नी बन, जो तेरा हाथ पकड़े खड़ा है और प्रेमपूर्वक तुझे अपनाना चाहता है।"[3] इस प्रथा का संकेत महाभारत में भी मिलता है, "जैसे स्त्री पति के मरने पर उसके भाई (देवर) से विवाह कर लेती है, वैसे ही जब ब्राह्मण पृथ्वी की रक्षा करने में असमर्थ रहा, तब पृथ्वी ने क्षत्रिय को अपना पति बना लिया।"[4] पति के भाई या किसी अन्य निकट सम्बन्धी के साथ संभोग द्वारा जो पुत्र अपने मृत पति के लिए उत्पन्न किया जाता है, वह क्षेत्रज कहलाता है। नियोग का मुख्य प्रयोजन सन्तानोत्पादन था और पुत्र उत्पन्न होने के साथ ही इसकी अनुमति समाप्त हो जाती थी। जब विधवा का कोई पुत्र विद्यमान हो, तो उसे पारिवारिक सम्पत्ति में से हिस्सा मिलता है। महाभारत में पांडु, धृतराष्ट्र और पांचों पांडव नियोग द्वारा ही उत्पन्न हुए थे।

क्योंकि यह प्रथा पवित्रता और यौन सम्बन्धों में स्थिरता के आदर्शों के साथ असंगत थी, इसलिए आपस्तम्ब और बौधायन ने इसका विरोध किया। मनु ने तो इसे पाशविक कहकर इसकी निन्दा की।[5] यह उन प्रथाओं में से एक है, जो हमारे युग में निन्दनीय मानी गई है। यद्यपि आर्यसमाज के प्रवर्तक दयानन्द सरस्वती ने नियोग की अनुमति दी, परन्तु उनके अनुयायियों ने विधवा-विवाह का सीधा मार्ग ही अपनाया।

---

1. वशिष्ठ 17-66 ; 'बौधायन' 2-2-47

2. तुलना कीजिए, "यदि किसी स्वस्थप्रज्ञ स्त्री का विवाह किसी अस्वस्थप्रज्ञ पुरुष से हो जाए, और वह खुले तौर पर किसी दूसरे पुरुष से सम्बन्ध न कर सकती हो और अपने धर्म के विरुद्ध भी कार्य न करना चाहती हो, क्योंकि पोप का आदेश है कि कई साक्षी होने चाहिए...तो वह अपने पति से इस प्रकार कहे, 'देखो, मेरे प्यारे पुरुष, तुमने मुझ तरुणी को ठगा है और इससे मेरे धर्म और आत्मा को संकट में डाल दिया है और परमात्मा की दृष्टि में हम दोनों का विवाह हुआ ही नहीं। अब तुम मुझे अपने भाई के साथ या अपने सबसे घनिष्ठ मित्र के साथ गुपचुप विवाह करने दो, और नाम तुम्हारा ही रहेगा, जिससे तुम्हारी सम्पत्ति तुम्हारे बाद उत्तराधिकार में एकदम अपरिचितों को न मिलेगी। अब तुम स्वेच्छापूर्वक मुझसे ठगे जाओ, क्योंकि तुमने मुझे मेरी इच्छा के बिना ठगा था।"—ब्रायन लिन, 'मार्टिन ल्यूथर' (1934), पृष्ठ 212-213

3. ऋग्वेद 10-81-8; साथ ही देखिए 10-40-2

4. शान्ति पर्व 72-12

5. पशु धर्म 9-66

सती-प्रथा या आत्म-बलि के सम्बन्ध में वैदिक साहित्य में कोई सीधा संकेत नहीं मिलता। गृह्य सूत्र, जिनमें घरेलू जीवन के महत्त्वपूर्ण संस्कारों (विधियों) का अन्त्येष्टि संस्कार समेत बहुत विस्तार से वर्णन है, इस विषय में बिलकुल मौन हैं।[1] परवर्ती टीकाकारों और विधान-निर्माताओं ने सती-प्रथा के समर्थन में ऋग्वेद की एक ऋचा को उद्धृत किया है।[2] उसका अर्थ इस प्रकार है, "ये स्त्रियां जो विधवा नहीं हैं, जिनके पति अच्छे हैं, अपनी आंखों में अंजन लगाते हुए प्रविष्ट हों; अश्रुहीन, रोगहीन, और आभूषणों से भूषित ये मकान में पहले (अग्रे) प्रवेश करें।"[3] यह ऋचा विधवाओं को संबोधित करके कही गई नहीं हो सकती, अपितु एकत्रित हुई स्त्रियों को संबोधित करके कही गई है; और अग्रे' (पहले) के स्थान पर 'अग्नेः' (आग में) शब्द रख देने से इसका अर्थ विकृत हो गया है। संभवतः यह प्रथा इंडो-जर्मेनिक जाति में प्रचलित थी और वहां से इंडो-आर्यन जाति में आ गई। पर यह स्पष्ट है कि ऋग्वेद की दृष्टि में यह अनुचित थी। यह प्रथा भारत में प्रचलित थी, इस विषय में यूनानी प्रमाण उपलब्ध हैं, और 'विष्णु स्मृति' इसकी प्रशंसा करती है। यह प्रथा केवल राजा लोगों में ही प्रचलित थी। महाभारत में सती-प्रथा के दो उदाहरणों का उल्लेख है माद्री अपने पति पाण्डु की चिता पर उसके साथ ही जलकर सती हो गई थी।[4] वसुदेव की पत्नियां अपने पति के शव के साथ जल मरी थीं।[5] राजाओं में भी सती-प्रथा साधारण बात नहीं थी। कुरु वंश की विधवाओं ने अपने पतियों के शवों का दाह

---

1. कलिवर्ज्य। पराशर द्वारा दी गई विधवाओं के पुनर्विवाह की अनुमति इस आधार पर व्यर्थ हो गई कि यह कलियुग है और कलियुग में ऐसा विवाह निषिद्ध है। सोऽयं पुनरुद्वाहो युगान्तर विषयः। 'निर्णयसिन्धु', 3 में, कलिवर्ज्य विषयक अध्याय में यह मूल पाठ उद्धृत है :

अग्निहोत्रं गवालम्भं संन्यासं पलपैतृकम्
देवराच्च सुतोत्पत्तिः कलौ पञ्च विवर्जयेत्।

निरन्तर जलती हुई यज्ञाग्नि, गोवध, संसार-त्याग, श्राद्ध या पितृपूजा के अवसर पर मांस भोजन और नियोग, ये पांच बातें कलियुग में निषिद्ध हैं। संन्यास पर से प्रतिबन्ध शंकराचार्य ने हटा दिया।

2. 10-1-87 देखिए, अथर्ववेद 12-2-31; तैत्तिरीय-आरण्यक 6-10-2

3. इमा नारीरविधवाः सुपत्नीरञ्जनेन सर्पिषा संविशन्तु।
अनश्रवोऽनमीवाः सुरत्ना आरोहन्तु जनयो योनिमग्रे।

हमें अथर्ववेद में एक ऐसी वैदिक काल से पूर्व की कथा का संकेत मिलता है, जिसके अनुसार पत्नी का मृत पति के साथ ही दाह-संस्कार कर दिया जाता था।

इयं नारी पतिलोकं वृणानां निपद्यते उपत्व मर्त्य प्रेतं धर्म पुराणं अनुपालयन्ती तस्यै प्रजां द्रविणं च देहि।—18-3-1

"यह स्त्री अपने पति के लोक को चुनकर तेरे पास लेटी हुई है, तू सिधार चुका है, ओ मर्त्य, पुराने धर्म का पालन करती हुई इसे सम्पत्ति और सन्तान दे।" बाद में स्त्री के स्थान पर एक गाय रखी जाने लगी। स्त्री को जीवित रहने दिया जाता था और वह दूसरा साथी चुन सकती थी; शर्त केवल यह थी कि वह मृत पति की बिरादरी का ही होना चाहिए।" देखिए अथर्ववेद 9-5-27-28

4. 1-126-25-26

5. अथर्ववेद 17-7-18-24

संस्कार करने के बाद यथोचित रीति से श्राद्धकर्म किया था।[1] ईस्वी सन् की प्रारम्भिक शताब्दियों में, जब शकों ने इस देश पर आक्रमण किया और भीषण उत्पात मचाया, तब राज-परिवारों ने अपनी स्त्रियों के सम्मान की रक्षा के लिए इस प्रथा का अवलम्बन किया। हिन्दू आचार संहिताओं में विभिन्न जातियों के व्यवहारों और उनकी जीवन-पद्धतियों का संकलन है, जिनमें से सभी ब्राह्मण संहिताओं को अपनाने की अभिलाषा रखती हैं। निरामिष भोजन और विधवाओं का विवाह न करने के विषय में निम्नतम जातियां भी उच्चतम जातियों का अनुकरण करती हैं। अव्यवस्था में वृद्धि होने के साथ-साथ सती प्रथा की घटनाओं में भी वृद्धि हुई; पर सारे समय बीच-बीच में प्रतिवाद भी किए ही जाते रहे। बाणभट्ट अपनी 'कादम्बरी' में कहता है कि "यह अशिक्षितों द्वारा अपनाया जाने वाला मार्ग है, यह मूढ़ता का प्रदर्शन है, अज्ञान का पथ है मूर्खता और अदूरदर्शिता का कार्य है, और मन्द बुद्धि में भटकना है कि माता-पिता, भाई, मित्र या पति के मरने पर एक जीवन को समाप्त कर दिया जाए...यदि ठीक प्रकार सोचा जाए, तो यह आत्महत्या एक स्वार्थपूर्ण उद्देश्य से की जा रही होती है, क्योंकि इसका उद्देश्य शोक के असह्य कष्ट को पहले से ही रोक देना होता है।" मनु का टीकाकार मेधातिथि सती-प्रथा की निन्दा करते हुए कहता है कि यह तो आत्महत्या है, धर्म नहीं।[2] सिखों के आदि ग्रन्थ में लिखा है, "ओ नानक, वे सतियां नहीं हैं, जो आग में जल मरती हैं; सतियां तो वे हैं जो टूटा हुआ दिल लेकर भी जीवित रहती हैं।" जब प्रेमी जाता रहे, तो सम्भव है कि गहरा प्रेम आमूल कम्पित हो जाए, और ऐसे मामलों में व्यक्ति मरने पर उतर आ सकता है। परन्तु यह बात किसी एक देश या जाति की ही विशेषता नहीं है।[3] पश्चिमी विचारों द्वारा लाई गई सामाजिक चेतना के जागरण का ही यह सुपरिणाम था कि ईश्वरचन्द्र विद्यासागर और राजा राममोहन राय ने सन् 1856 में एक आवश्यक कानून पास करवाया, जिसके द्वारा कुछ विशेष दशाओं में विधवाओं के पुनर्विवाह की अनुमति दी गई; यह बात वैदिक परम्परा और व्यवहार की भावना के अनुकूल है।

तलाक (विवाह-विच्छेद)

हम पत्नी के जीते जी पुरुषों के पुनर्विवाह की व्यवस्था का उल्लेख पहले कर आए हैं। यजुर्वेद में कहा गया है कि एक पुरुष कई पत्नियां रख सकता है, परन्तु एक स्त्री के कई पति नहीं हो सकते। दूसरे शब्दों में, पुरुष एक ही समय में एक से अधिक पत्नियां रख सकता है, परन्तु स्त्री

---

1. वही 27, स्त्री पर्व
2. 5-147 बृहस्पति से तुलना कीजिए :

   आर्तार्ते मुदिते हृष्टा प्रोषिते मलिना कृशा
   मृते म्रियेत या पत्युः सा स्त्री ज्ञेया पतिव्रता।

   संभव है कि यह अदर्श पत्नी के वर्णन का केवल अतिरंजनापूर्ण ढंग ही हो।
3. जब 1917 के मास्को विद्रोह में उसका प्रेमी मारा गया और उसे 'लाल अन्त्येष्टि' में दफनाया जा रहा था, तब विद्रोही कन्या कब्र में कूद पड़ी और उस सन्दूक से, जिसमें प्रेमी का शव था, यह कहती हुई चिपट गई, "मुझे भी दफना दो; अब जब वह मर चुका है, मुझे क्रान्ति का क्या करना है?" प्रेम, मातृत्व-पितृत्व और मृत्युबाली मानव-जीवन की केन्द्रीय धारा की तुलना में क्रान्तियां कुछ भी नहीं हैं।

एक समय में एक से अधिक पति नहीं कर सकती, यद्यपि वह अलग-अलग समयों में एक से अधिक पति कर सकती है।[1] कुछ खास दशाओं में स्त्री को पुनर्विवाह की भी अनुमति दी गई है। "प्रवास में गए पति के लिए स्त्री पांच वर्ष तक प्रतीक्षा करे। पांच वर्ष बीत जाने के बाद वह दूसरा पति कर सकती है।"[2] नारद स्मृति' में कहा गया है, "जब पति भाग जाए, या मर जाए, या संन्यासी हो जाए, या नपुंसक हो, या जाति-भ्रष्ट हो गया हो, इन पांच दशाओं में स्त्री दूसरा पति कर सकती है। ब्राह्मण स्त्री विदेश गए पति के लिए आठ वर्ष तक प्रतीक्षा करे; यदि अब तक उस स्त्री की कोई सन्तान न हुई हो, तो वह केवल चार साल प्रतीक्षा करे; इस अवधि के बाद वह दूसरे पुरुष से विवाह कर सकती है। क्षत्रिय स्त्री यदि सन्तानवती हो तो छः साल और यदि सन्तानवती न हो तो तीन साल प्रतीक्षा करे। सन्तानवती वैश्य स्त्री चार साल और सन्तानहीन दो साल प्रतीक्षा करे। शूद्र स्त्रियों के लिए प्रतीक्षा करने के विषय में कोई नियम नहीं है। यदि यह सुनने में आए कि विदेश में पति जीवित है तो प्रतीक्षा की अवधि दुगुनी होगी। यह प्रजापति का आदेश है।"[3] यदि पांच साल बाद पति के लौटने पर स्त्री उसके पास न जाना चाहे, तो वह उसके किसी निकट सम्बन्धी से विवाह कर सकती है।[4] धर्मसूत्र तो ब्राह्मण स्त्री को पांच वर्ष तक प्रतीक्षा करने को कहते हैं, पर कौटिल्य ने इस प्रतीक्षा की अवधि को घटाकर केवल दस महीने कर दिया है।[5] वशिष्ठ और नारद का अनुकरण करते हुए कात्यायन का यह मत है कि "यदि वर भिन्न जाति का हो, जाति से बहिष्कृत हो नपुंसक हो, दुराचारी हो, समान गोत्र का हो, दास हो, चिर-पंगु (रोगी) हो तो वधू का, भले ही उसका विवाह हो भी चुका हो, दूसरे पुरुष से विवाह कर दिया जाना चाहिए।"[6] अत्यन्त परिचित श्लोक,

नष्टे मृते प्रव्रजिते क्लीबे च पतिते पतौ,
पञ्चस्वापत्सु नारीणां पतिरन्यो विधीयते।[7]

में कुछ विशिष्ट परिस्थितियों में पुनर्विवाह की अनुमति दी गई है। कौटिल्य लिखता है, "यदि पति दुश्चरित्र हो या बहुत समय से विदेश गया हुआ हो या राजद्रोह का अपराधी या अपनी पत्नी के लिए खतरनाक हो या जाति से बहिष्कृत कर दिया गया हो या पुंसत्व शक्ति खो चुका हो, तो उसकी पत्नी उसे त्याग सकती है।"[8] जो पति-पत्नी एक-दूसरे के साथ रह पाना असम्भव समझते हैं, उनके पृथक्करण के लिए उसने विस्तृत अनुदेश (हिदायतें) दिए हैं; पर उसने यह विशेषाधिकार केवल उन्हीं लोगों को दिया है, जिनका विवाह आसुर, गान्धर्व, राक्षस या पैशाच

1. सहेति युगपद् बहुपतिनिषेधो न तु समयभेदेन।
2. वशिष्ठ 17
3. वही 12-66
4. वही 17-67
5. 3-4
6. माधव के 'पाराशर भाष्य' तथा 'निर्णय सिन्धु' में उद्धृत
7. पराशर, 4-30; गरुड़ पुराण, 107-28; अग्निपुराण, 154-5; नारद 12-67
8. अर्थशास्त्र 3-3

रीति से हुआ हो। पृथक्करण और तलाक की अनुमति विवाह की अविच्छेद्यता के सिद्धान्त के कारण समाप्त हो गई, जो सम्भवतः इसलिए बनाया गया था कि लोग बौद्ध धर्म द्वारा प्रशंसित भिक्ष-जीवन की ओर आकर्षित न हों। जिस समय उच्चतर वर्गों में तलाक निषिद्ध भी था, उस समय भी अन्य वर्गों को तलाक का विशेषाधिकार प्राप्त था। ईसा से पूर्व के काल में समाज के सभी वर्गों में तलाक और पुनर्विवाह होते थे। वात्स्यायन जब यह कहता है कि "निम्नतर जाति की स्त्री या दुबारा विवाहित स्त्री से संयोग न तो वांछनीय है और न निषिद्ध ही है,"[1] तब वह स्त्रियों के पुनर्विवाह को स्वीकार कर रहा होता है। दूसरे शब्दों में, यद्यपि मानवीय संस्था के रूप में विवाह एक पवित्र वस्तु है, परन्तु ऐसी परिस्थितियां उत्पन्न हो सकती हैं, जिनमें पति-पत्नी को निरन्तर कष्ट से बचाने का एकमात्र उपाय विवाह-विच्छेद ही हो। दो व्यक्तियों का केवल इस कारण साथ रहकर दुखी रहना कि वे एक ऐसे बन्धन में बंध गए हैं, जिसे मृत्यु ही तोड़ सकती है, हमारे सर्वोत्तम अंश के प्रति पाप है।[2] कभी-कभी यह आत्मा पर गहरी चोट करता है। बच्चों की दृष्टि से भी यह भला है कि खिन्न माता-पिता साथ न रहें। हमारे कानून, उन धर्म-सिद्धान्तों के प्रति आदर दिखाते हुए, जिन्हें कि अब हम नहीं मानते, हमारी घरेलू घनिष्ठताओं के साथ भयंकर उत्पात करते हैं। खुले तौर पर तलाक की अनुमति देने से सामाजिक स्थिरता को क्षति पहुंचेगी। यह एक प्रश्न ही है कि पश्चिमी देशों में तलाक की अधिक सुविधाओं ने मानवीय आनन्द की कुल मात्रा में उल्लेखनीय वृद्धि की है या कम से कम मानवीय निरानन्द में कुछ कमी की है या नहीं। विवाह की पवित्रता पर गृहस्थ धर्म का व्यवहार, परिवार की अखण्डता और बच्चों का पालन-पोषण निर्भर है। यदि विवाह एक संस्कार है और केवल एक युगबन्ध (ठेका, समझौता) नहीं, तो बहुत हल्केपन से नहीं कर डालना चाहिए। यदि हम विवाह को एक संस्कार की दृष्टि से लें, तो इसको सफल बना पाने का अवसर कहीं अधिक है। हिन्दू समाज में शताब्दियों से चला आ रहा मनोभाव स्त्रियों के पुनर्विवाह के विरोध में है।

कुछ हिन्दू जातियों में तलाक और पुनर्विवाह की अनुमति है। इन जातियों में तलाक के लिए आधार दुर्व्यवहार, निरन्तर कलह, पति की नपुंसकता या पहले विवाह ही में हुई कोई अनियमितता हैं। विधवाओं के दुबारा विवाह की और तलाक के बाद स्त्रियों के दुबारा विवाह की अनुमति देने में हम अपने प्राचीन शास्त्रकारों की भावना के अनुकूल ही कार्य कर रहे हैं। जे० डी मेन० लिखता है, "चाहे तलाक के बाद या विधवा होने के बाद स्त्रियों के पुनर्विवाह के निषेध के लिए प्राचीन हिन्दू कानूनों या प्रथाओं में कोई आधार नहीं मिलता। प्राचीन लेखकों ने उन स्त्रियों के, जो किसी उचित कारण से अपने पतियों को छोड़ आई हैं, या जिन्हें उनके पतियों ने त्याग दिया है, या जिनके पति मर गए हैं, पुनर्विवाह को बहुत स्पष्ट

1. न शिष्टो न प्रतिषिद्धः।—कामसूत्र, 1-5-3

2. मिल्टन से तुलना कीजिए, "जो भी कोई विवाह को या अन्य किसी भी विधान को मनुष्य की भलाई से ऊंचा स्थान देता है, वह चाहे अपने-आपको रोमन कैथोलिक कहें, चाहे प्रोटेस्टेंट या कुछ और, पर वह पाखण्डी से अधिक कुछ नहीं है।"

रूप से अनुमति दी है।"[1]

आज तो स्थिति यह है कि पति को तो एक के बाद एक अनेक विवाह करने की स्वतंत्रता है, परन्तु स्त्री को उस दशा में दूसरा विवाह करने की स्वाधीनता नहीं है, जबकि वह पति द्वारा त्याग दी गई हो। जब पति पत्नी के मर जाने पर और कई बार उसके जीते जी पुनर्विवाह कर सकता हो, तब विवाह के बन्धन को अविच्छेय नहीं माना जा सकता। प्रेमहीन विवाह और विवाह के थोथे अभिनय, जिन्हें रूढ़िवादी परम्परा सहन करती आती है, सच्ची आत्माओं को चोट पहुंचाते हैं।[2] ऐसी अनेक परित्यक्ता पत्नियां हैं, जिनके लिए दुःख से छुटकारा पाने का कोई उपाय नहीं है। इसमें से अनेक को दूसरा विवाह करने के लिए, विवश होकर, धर्म-परिवर्तन करना पड़ता है। यदि वे चाहें, तो उन्हें पुनर्विवाह की अनुमति मिलनी चाहिए। तलाक के लिए उदारतापूर्ण कानून बना देना ही अपने-आपमें काफी नहीं है। कुछ एक अप्रिय प्रसंग, चुभते हुए कुछ शब्द, वास्तविक या काल्पनिक अन्यायों का लगातार चिन्तन, स्वभाव का सामंजस्य इत्यादि का परिणाम भी पृथक्करण हो सकता है। परन्तु इन बातों को थोड़े-से त्याग और समंजन (बैठ-विठाव) द्वारा ठीक किया जा सकता है, जिसे तलाक के आसान कानून प्रोत्साहन नहीं देते। बोल्शेविक क्रांति के प्रारम्भिक दिनों में विवाह वैसी बांधनेवाली शक्ति नहीं रह गए थे, जैसी कि पहले थे : तलाक के लिए केवल पृथक् होने के इरादे को प्रख्यापित (प्रकट) कर देना ही काफी था। फिर भी पति-पत्नी को इस बात की छूट थी कि फिर समझौता कर पाने की आशा में वे एक-दूसरे के साथ रहते रहें। एक युगल एक ही रजिस्ट्री दफ्तर में एक दिन में विवाह कर सकता था, और उसी दिन तलाक भी ले सकता था। "परन्तु अल्पकालीन विवाह के आंकड़े इतने चिन्ताजनक हो उठे, कि हाल में ही एक नया नियम लागू किया गया है, जिसके अनुसार विवाह के पश्चात् एक नियत अवधि के बाद ही तलाक दिया जा सकता है—जहां तक मेरा ख्याल है, कुछ सप्ताह बाद। विवाह की रजिस्ट्री कराने और तलाक के लिए व्यय भी थोड़ा ही होता है, केवल लगभग पांच डालर।"[3]

सामान्यतया विवाह-सम्बन्ध को स्थायी समझा जाना चाहिए।[4] तलाक का आश्रय केवल

---

1. 'हिन्दू लॉ ऐंड यूसेज,' दसवां संस्करण, लेखक एस० श्रीनिवास आयंगर (1938), पृष्ठ 185

2. गाल्सवर्दी लिखता है "मुक्ति पाने का कोई भला अवसर न होने की दशा में विवाह एक प्रकार का दासों का स्वामित्व है। लोगों को एक-दूसरे का स्वामी नहीं होना चाहिए। हर कोई अब इस बात को समझता है।"—'टु लेट'

3. ड्रीज़र लुक्स ऐट रशिया, पृष्ठ 165

4. विवाह की पवित्रता का उपदेश संसार के सब महान धर्मों ने दिया है। "और फेरिसी (पाखण्डी यहूदी) लोग उसके पास आए और उसे झांसे में लाने के लिए पूछने लगे कि क्या पुरुष के लिए अपनी स्त्री को त्याग देना उचित है? और उसने उत्तर में कहा, 'मूसा ने तुम्हें क्या आदेश दिया है?' और उन्होंने कहा, मूसा ने तो तलाक का और उसे छोड़ देने का कानून बनाया है।' और ईसा ने उत्तर दिया 'तुम्हारे हृदय की कठोरता के कारण उसने तुम्हें ऐसा आदेश दिया है। परंतु सृष्टि के प्रारम्भ से ही परमात्मा ने उन्हें नर और नारी बनाया है। इस कारण पुरुष अपने पिता और माता से अलग होकर पत्नी के साथ रहने लगता

उन अत्यधिक कठिन मामलों में लिया जाना चाहिए, जहां विवाहित जीवन बिल्कुल असम्भव हो गया हो। तलाक एक ऐसी उग्र औषध है, जो व्यक्ति के अपने जीवन को तो जड़ से हिला ही देती है, साथ ही दूसरों के जीवनों पर भी प्रभाव डालती है। हम बच्चों को विभक्त जीवन और विभक्त निष्ठा के दुष्प्रभावों के सम्मुख खुला छोड़ देते हैं। बच्चों के हितों को दृष्टि में रखकर, विवाह के बन्धन को स्थायी समझना चाहिए। विवेकशील माता-पिता स्वयं काफी कष्ट सहकर भी अपने बच्चों को मनोवेगात्मक दबाव और स्नायु-क्षति से बचाने का प्रयत्न करेंगे। जहां विवाह के बाद सन्तान न भी हुई हो, वहां भी तलाक बेरोक-टोक नहीं दे दिया जाना चाहिए। विवाह एक युगबन्ध (ठेका)-भर नहीं है; यह आत्मा के जीवन का अंग है। जोखिम और कठिनाइयां मानव-जीवन का अंग हैं और हमें उन दोनों का सामना करने के लिए तैयार रहना चाहिए। हमें दो ऐसे मानव-प्राणियों की भांति और साथियों की भांति मिलना चाहिए, जिनमें दोनों में ही एक-से दोष हैं, दुर्बलताएं हैं और एक-सी इच्छाएं हैं; और समंजन (मेल बिठाना) एक लम्बी प्रक्रिया है। कैथोलिक चर्च में विवाह के समय वर-वधू एक-दूसरे की ओर झुकते हैं और उनके सिर पर क्रास और तलवार रखी जाती है; क्रास इस मानवीय व्यवस्था की अपेक्षा एक उच्चतर व्यवस्था में उनके करुण साहसपूर्ण विश्वास का प्रतीक है और तलवार इस बात की प्रतीक है कि क्रास के कानून के प्रत्येक उल्लंघन का दंड उन्हें अनिवार्य रूप से भुगतना पड़ेगा। विवाह का संस्कार रूपवाला दृष्टिकोण, इस विश्वास के द्वारा कि प्रेम ही उस चरम आधार की प्रेम योग्यता का चिह्न और शपथ है, जिससे सब वस्तुएं उत्पन्न होती हैं, हमसे वह मांग करता है कि हम जोखिमों का सामना करें और महान कार्य में हार कदापि न मानें। हम विवाह-सम्बन्ध में व्यक्ति की सम्पूर्णता के विकास के लिए, और उस वास्तविकता को अपनाने के लिए दीक्षित होते हैं, जिसके अभाव में व्यक्ति या समाज, दोनों के लिए ही कोई आनन्द नहीं है। इस परम्परागत दृष्टिकोण की भारतीयों पर अब भी मज़बूत जकड़ है, जिनमें संभवतः संसार के अन्य किसी भी देश की अपेक्षा चिरस्थायी विवाह अधिक संख्या में होते हैं और पारिवारिक प्रेम कहीं अधिक सबल होता है। इसका श्रेय मुख्यतया भारतीय महिलाओं के, जो गौरव, दयालुता और शान्ति का चामत्कारिक स्वरूप हैं, चरित्र को है। उनमें से अधिकांश का जीवन का उद्देश्य जीवन को सहन करना मात्र है। सर्वोच्च सत्ता में विश्वास के कारण नर-नारियों के मन में यह आशा रहती है कि सहिष्णुता का पुरस्कार अवश्य मिलेगा और विनम्रतापूर्वक कष्ट सहते जाने से पत्थर से पत्थर दिल भी पसीज जाता है। तलाक को सहन करना पुरुषों के लिए स्त्रियों की अपेक्षा कहीं अधिक सरल है; क्योंकि पुरुष तो अपने-आपको कार्य में व्यस्त रखकर किसी सीमा तक घरेलू जीवन के उजड़ जाने को भूल सकता है, परन्तु स्त्री के लिए तो यह सूनापन ही सूनापन है। बेड़ियों के उतार फेंकने से ही हमें उड़ने को पंख तो नहीं मिल जाते!

विवाह की अविच्छेद्यता का धर्म-सिद्धान्त अन्तिम प्रमाण नहीं है; फिर भी वह आदर्श

है, वे दोनों मिलकर एक शरीर हो जाते हैं, इसलिए वे दो नहीं रहते, बल्कि एक शरीर हो जाते हैं। जिन्हें परमात्मा ने मिलाकर एक किया है, मनुष्य को उन्हें पृथक् नहीं करना चाहिए।'—सेंट मार्क, 10-2-9

अवश्य है। इसका उल्लंघन केवल अत्यधिक अपवादरूप परिस्थितियों में ही होना चाहिए। बहुत-से नियम और प्रथाएं, जो किसी समय बहुत महत्त्वपूर्ण और आवश्यक थीं, आज अपना अर्थ खो चुकी हैं और अब वे केवल थोथा खोल ही खोल शेष रह गई हैं। उनमें से कुछ को, जो आत्मा का दम घोटने वाली हैं, त्यागना ही होगा। हिन्दुओं में एकविवाह की स्थापना करने के लिए कानून कभी का बन चुकना चाहिए था। इस प्रकार का कानून केवल तभी न्यायोचित हो सकता है, जबकि कुछ विशिष्ट दशाओं में विवाह को रद्द करने की अनुमति देने वाला कानून भी स्वीकार कर लिया जाए। परित्याग, स्वाभाविक क्रूरता, व्यभिचार, पागलपन और असाध्य रोग केवल इनको ही विवाह को रद्द करने के लिए आधार माना जाना चाहिए, पति या पत्नी, दोनों में से कोई भी इन आधारों पर विवाह को रद्द करने की मांग कर सके। इस प्रकार का कानून एक स्वच्छ, स्वस्थ और सुखी जीवन स्थापित करने में, जहां तक कानूनों द्वारा ऐसा हो पाना सम्भव है, सहायक होगा, और ऐसा कानून हिन्दू-परम्परा की साधारण भावना से असंगत न होगा।

समाज-सुधार

हमारे सामाजिक विधान में कुछ अनियमितताएं (गड़बड़झाला) हैं। हिन्दू-पुरुष, जिसकी एक से अधिक पत्नियां हों, ईसाई बनने के बाद भी, यदि पत्नियां एतराज़ न करें तो, उन्हें अपने पास रख सकता है, हालांकि किसी ईसाई के लिए एक समय में एक से अधिक पत्नियां रखना अपराध है। जब कोई हिन्दू मुसलमान बन जाता है, तो उत्तराधिकार के विषय में उस पर मुस्लिम कानून लागू होता है; या फिर वह यह प्रमाणित कर दे, उसके यहां कोई ऐसी प्रथा प्रचलित है, जिससे यह प्रकट होता है कि उत्तराधिकार विषयक मुसलमानी कानून विभिन्न प्रकार का है, तब मुस्लिम कानून उस पर लागू नहीं होगा। यदि कोई मुसलमान पति धर्म-परिवर्तन कर ले, तो उसका विवाह रद्द हुआ समझा जाता है। यदि कोई हिन्दू ईसाई बन जाए, तो उसकी पत्नी उसके पास रहती है। यदि कोई ईसाई मुसलमान बन जाए, तो वह अपनी पत्नी के जीते जी किसी अन्य स्त्री से विवाह कर सकता है, जब कि यदि वह ईसाई रहते हुए दूसरा विवाह कर लेता, तो द्विविवाह का दोषी होता। कोई हिन्दू अपनी पत्नी को तलाक नहीं दे सकता, परन्तु यदि वह मुसलमान बन जाए, तो तलाक दे सकता है। फिर, अनुलोम विवाहों को 46 बम्बई और 871 तथा 55 बम्बई 1 के मुकदमों में वैध और प्रामाणिक माना गया था।[1] परन्तु इस दृष्टिकोण को आल इंडिया रिपोर्टर 1941 तथा मद्रास 513 में अस्वीकृत कर दिया गया। फिर, विधवा-पुनर्विवाह अधिनियम (1856 का 15वां अधिनियम) की धारा 2 में कहा गया है कि विधवा के पुनर्विवाह के बाद पहले पति की जायदाद में उसका हिस्सा नहीं रहेगा। जब यह प्रश्न उठाया गया कि जिन विधवाओं को अपनी जाति में प्रचलित प्रथाओं द्वारा पुनर्विवाह की पहले से ही अनुमति है, उन पर यह धारा लागू होती है या नहीं, तो इलाहाबाद उच्च न्यायालय ने निर्णय दिया कि यह लागू नहीं होती[2],

---

1. साथ ही देखिए, 52 मद्रास, 160
2. 55 इलाहाबाद, 24

परन्तु दूसरे उच्च न्यायालयों का मत यह रहा कि यह लागू होती है। इसी प्रकार 'हिन्दू स्त्रियों को जायदाद का अधिकार-अधिनियम' के बारे में भी कुछ कठिनाइयां हैं। आवश्यकता इस बात की है कि स्वतन्त्रता और समानता की आधुनिक भावना के अनुकूल कानून की एक विधिबद्ध सामान्य प्रणाली तैयार की जाए, जो सारे समाज पर लागू होती हो। हिन्दू-विधि-समिति उत्तराधिकार और विवाह के कानूनों को विधिबद्ध करने का प्रयत्न कर रही है।

स्त्री को अबला अर्थात् दुर्बल कहा जाता है। जिस सभ्यता में शारीरिक बल ही निर्णायक तत्त्व था, उसमें स्त्री की, दुर्बल जननी की, सबल पुरुषों के अत्याचार से रक्षा की आवश्यकता थी। अभी हाल तक भी यह माना जाता था कि स्त्रियां अपेक्षाकृत दुर्बल और सुकुमारी हैं और इसलिए उन्हें रक्षा की आवश्यकता है; उनको जीविकोपार्जन करने की भी आवश्यकता नहीं थी, क्योंकि वे जो काम घर पर करती थीं, वह अन्य कार्यों की भांति ही महत्त्वपूर्ण होता था। जब तक घर मानव-जीवन का केन्द्र है, तब तक स्त्री परिवार का सबसे महत्त्वपूर्ण सदस्य बनी रहेगी। परन्तु घर का स्थान शनैः-शनैः होटल ले रहा है, किसान की कुटिया का स्थान होटल के कमरों के सेट लेते जा रहे हैं। हम एक आवारा जीवन बिता रहे हैं; परन्तु हिन्दू आदर्श यह है कि परिवार को अटूट बनाए रखा जाए। मनुष्य की जड़ अपने देश में ही जमी होती है। भारतीय नारी माता है। यही वह धन्धा है, जिसके लिए वह बचपन से ही लालायित रहती है। हाल के दिनों में स्त्रियों की आर्थिक स्वाधीनता पर बहुत काफी बल दिया गया है। हमें मानना ही होगा कि आज भी विवाह और आश्रय देनेवाला घर सारे संसार की अधिकांश स्त्रियों के लक्ष्य हैं। यदि स्त्रियां नौकरी करके पैसा कमाने लगें, तो उससे कोई बड़ा लाभ होने की सम्भावना नहीं है। घर के काम काफी भारी होते हैं; इतने भारी कि स्त्रियां घर के कामों का नुकसान किए बिना कोई दूसरा धन्धा कर ही नहीं सकतीं। स्त्रियों को आर्थिक स्वाधीनता घर में ही मिल सके, ऐसा उपाय खोजना होगा। इस बात के लिए यत्न होना चाहिए कि स्त्रियों को जायदाद के बारे में स्वामित्व, उत्तराधिकार और जायदाद के निस्तारण के, स्थावर और निजी दोनों प्रकार की जायदाद के, वही अधिकार दिए जाने चाहिए, जो पुरुषों को हैं। स्त्रियों को जायदाद के अधिकार देने के सम्बन्ध में कानून तुरन्त बनना चाहिए। हिन्दू धर्म में निराश्रितों और आश्रितों, विशेष रूप से बच्चों, वृद्धों और वृद्धाओं की देखभाल पर विशेष ध्यान दिया गया है। आश्रित स्त्री का दायित्व पहले उसके परिवार पर है और फिर उसकी बिरादरी (कुल) पर। कौटिल्य ने स्त्रियों के लिए कार्यशालाएं[1] खोलने का सुझाव रखा है और उनके भरण-पोषण की ज़िम्मेदारी पुरुष सम्बन्धियों पर डाली है। पति की चल और अचल दोनों प्रकार की सम्पत्ति में पत्नी का अधिकार उदारतापूर्वक स्वीकार किया जाना चाहिए। शास्त्रों में कहा गया है कि पत्नी पति का आधा भाग है और जीवन के उद्देश्यों की साधना में उसकी सहचारिणी है। जब तक वह जीवित रहे, तब तक उसे अपने मृत पति की जायदाद पर अधिकार प्राप्त है। बृहस्पति के मतानुसार सन्तानहीन विधवाओं को पितृपक्ष के सम्बन्धियों से पहले पति की जायदाद पर उत्तराधिकार

---

1. 2-23

प्राप्त है।[1] नाना की सम्पत्ति का उत्तराधिकार, यदि उसके कोई पुत्र न हो तो, पुत्री को न होकर दौहित्र (पुत्री के पुत्र) को है; इसमें कुछ संशोधन किया जाना आवश्यक है। दौहित्र पिण्डदान करेगा, जो कि पुत्री नहीं कर सकती, यह कोई बड़ी बाधा नहीं है। उत्तराधिकार में पुत्रों के साथ-साथ पुत्रियों का हक भी स्वीकार करना ही होगा।

विवाह के बारे में चाहे जो भी शर्तें क्यों न हों, किन्तु मातृत्व की रक्षा हर हालत में की जानी चाहिए।[2] माता-पिता के दोषों के लिए बच्चों को दण्डित करना उचित नहीं है। सब बच्चे वैध हैं और कानून की दृष्टि में समान हैं।

पुराने समय में स्मृतिकार और उनके टीकाकार प्राचीन मूल ग्रन्थों में से यथोचित चुनाव और व्याख्या की प्रक्रिया द्वारा कानून को बदलते हुए समय की आवश्यकताओं के अनुसार ढालते रहते थे। अब उनका स्थान न्यायालयों और विधान बनाने वाले निकायों ने ले लिया है। न्यायालयों को व्याख्या करने की वैसी स्वतन्त्रता नहीं है, जैसी प्राचीन टीकाकारों को थी। अतः, यदि कानून के विकास को रोकना अभीष्ट नहीं है, तो विधानांगों (लेजिस्लेचर) को इसमें हस्तक्षेप करना ही होगा।[3]

---

1. देखिए, के० वी० रामस्वामी अयंगर, 'राजधर्म' (1941), पृष्ठ 51

2. नाज़ी जर्मनी में सैनिकों की ओर से ऐसे विज्ञापनों को प्रोत्साहन दिया जाता है, जिनमें वे जर्मन स्त्रियों और लड़कियों से अनुरोध करते हैं कि वे उनके मोर्चे के लिए प्रस्थान से पहले उन सैनिकों के द्वारा मां बन जाएं ; यद्यपि इस प्रकार के विज्ञापनों से अनियमित यौन सम्बन्ध बढ़ते हैं, परन्तु राज्य की दिलचस्पी इस बात में है कि उनकी जनसंख्या बढ़े।— 'न्यू स्टेट्ससैन', 6 जुलाई, 1940, पृष्ठ 8

3. 1942 का विधेयक संख्या 26 वसीयतनामारहित उत्तराधिकार और स्त्री-धन के सम्बन्ध में है और 1942 का विधेयक संख्या 27 विवाह के सम्बन्ध में है। इनमें से पहले विधेयक की धाराओं के अनुसार विधवा, पुत्र और पुत्री एकसाथ उत्तराधिकारी माने गए हैं ; विधवा और पुत्र को बराबर भाग मिलेगा, परन्तु पुत्री को, चाहे वह विवाहित हो या अविवाहित, चाहे उसके लड़का हो या न हो, इसका आधा भाग मिलेगा। जहां तक पूर्व मृत पुत्र का प्रश्न है, यह व्यवस्था रखी गई है कि उसके पुत्र को, उसके अभाव में पुत्र के पुत्र को उतना भाग मिलेगा, जितना कि पूर्वमृत पुत्र को, यदि वह जीवित होता तो, मिलता। परन्तु इसमें एक बड़ी गम्भीर चूक यह रह गई है कि पुत्रवधू का कोई भाग नहीं रखा गया, जिसे शायद इस आधार पर उचित ठहराया जाए कि उसे अपने पिता की सम्पत्ति में हिस्सा दे दिया गया है; पूर्वमृत पुत्र की पुत्री का भी कोई ध्यान नहीं रखा गया है।

स्त्रियों को 'उत्तराधिकार या बंटवारे में मिली या विभाजन या निर्वाह-व्यय के लिए मिली या विवाह के पहले या बाद किसी सम्बन्धी या अपरिचित व्यक्ति से उपहार में मिली या अपने कौशल या श्रम द्वारा उपार्जित या खरीदकर प्राप्त की हुई या किसी परम्परागत अधिकार से मिली या अन्य किसी भी ढंग से मिली हुई सम्पत्ति' पर स्वामित्व का पूरा अधिकार, जिसमें निस्तारण (डिस्पोज़ल) का अधिकार भी सम्मिलित है, दिया गया है।

स्त्री-धन की परिभाषा ऐसी की गई है कि उसमें स्त्री की सब प्रकार की सम्पत्ति आ जाए ; और यह व्यवस्था की गई है कि स्त्री-धन पर उत्तराधिकार में सबसे पहला हक पुत्री और उसके बच्चों का होगा। उनके अभाव में पुत्र और उसके बच्चों को उत्तराधिकार का हक होगा और उनके अभाव में पति का। स्त्री उत्तराधिकारियों को प्राथमिकता उस समय प्रचलित थी, जब पुरुषों की सम्पत्ति का उत्तराधिकार, केवल पुरुषों को ही प्राप्त होता था। अब क्योंकि

देवदासियों या मन्दिर-कन्याओं का मूल चाहे कुछ भी क्यों न रहा हो, किन्तु प्रथा के कारण जो वेश्यावृत्ति की प्रणाली शुरू हो गई है, वह अत्यन्त दूषित है और उसे समाप्त किया जाना चाहिए। सामाजिक पवित्रता के सभी समर्थकों ने इस प्रथा का विरोध किया है और मद्रास राज्य में तो यह कानून द्वारा निषिद्ध भी कर दी गई है। मिस्र, यूनान और रोम की प्राचीन सभ्यताओं में देवताओं के सम्मान में कुमारियों को समर्पित करने की प्रथा प्रचलित थी। ये लड़कियां बहुत असंयत जीवन बिताती हैं; और यह संस्था एकाएक आकस्मिक रूप से नहीं उठ खड़ी हुई, अपितु यह हमारे सामाजिक आचार-नियमों और विवाह के कानूनों का आवश्यक अंग है। भारत में प्रत्येक मन्दिर में मध्यवर्ती पवित्रतम स्थान (गर्भगृह) के अतिरिक्त एक नाट्य मन्दिर, नृत्यशाला होती है। शिव पुराण में शिव मन्दिर के निर्माण के सम्बन्ध में नियम बताते हुए लिखा है कि उसमें नृत्य और गीत की कलाओं में प्रवीण हज़ारों उत्तम कन्याएं होनी चाहिए और उनके साथ बहुत-से तार वाद्यों (वीणा, सितार आदि) को बजाने में कुशल पुरुष संगीतज्ञ रहने चाहिए।[1]

कुछ लोग युक्ति देते हैं कि कुछ मामलों में तो विवाह भी वेश्यावृत्ति का ही एक रूप होता है; पैसा लेकर यौन सामग्री प्रदान करने का, शायद, एक अपेक्षाकृत अधिक लोकाचारसम्मत

पुरुषों की सम्पत्ति में भी स्त्रियों को उत्तराधिकार दिलाने का यत्न किया जा रहा है, इसलिए स्त्री-धन के उत्तराधिकार के नियम भी पुरुषों की सम्पत्ति के अधिकार के नियमों से भिन्न न होने चाहिए।

विधेयक संख्या 27 में विवाह के दो भेद किए गए हैं : संस्कार द्वारा किया गया विवाह और सिविल विवाह। इनमें से पहले प्रकार के विवाह में दोनों पक्ष हिन्दू होने चाहिए और विवाह के समय किसीका भी जीवित पति या पत्नी नहीं होनी चाहिए। वे एक ही जाति के होने चाहिए; पर एक ही गोत्र या प्रवर के नहीं होने चाहिए। वे एक-दूसरे के सपिण्ड भी न हों। यदि वधू की आयु पूरे सोलह वर्ष की न हुई हो, तो उसके अभिभावक, पिता, माता, दादा, भाई या पितृपक्ष के किसी अन्य सम्बन्धी की या मामा की विवाह के लिए स्वीकृति आवश्यक है। वर निषिद्ध कोटियों (डिग्री) में से न होना चाहिए। संस्कारात्मक विवाह की वैधता के लिए दो विधियां अनिवार्य हैं, यज्ञाग्नि के सम्मुख मंत्रपाठ और सप्तपदी—पति-पत्नी का यज्ञाग्नि के सम्मुख साथ-साथ सात कदम चलना। ज्यों ही सातवां कदम रखा जा चुकता है, विवाह पूर्ण हो जाता है। यौन संभोग होना इसके लिए आवश्यक नहीं है।

सिविल विवाह में भले ही एक पक्ष हिन्दू हो, दूसरा पक्ष हिन्दू, बौद्ध, सिख या जैन हो सकता है। दोनों में से किसी भी विवाह के समय जीवित पति या पत्नी न होनी चाहिए। पुरुष की आयु के 18 वर्ष पूरे हो चुके हों और स्त्री के 14 वर्ष। यदि कोई भी पक्ष 21 वर्ष से कम आयु का हो, तो उसे विवाह के लिए अपने अभिभावक की स्वीकृति प्राप्त करनी चाहिए। दोनों पक्ष परस्पर निषिद्ध कोटियों के न हों। इस प्रकार के विवाहों पर भारतीय तलाक अधिनियम (1869) लागू होगा।

दोनों प्रकार के विवाहों में एकविवाह का सिद्धान्त लागू किया गया है। क्योंकि संस्कारात्मक विवाह में तलाक की अनुमति नहीं है, इसलिए संभावना है कि सिविल विवाहों को अधिक अपनाया जाएगा।

1. उत्तम स्त्रीसहस्त्रैश्च नृत्यगीतविशारदैः
   वेणुवीणाविदग्धैश्च पुरुषैर्बहुभिर्युतम्।

   —'वायवीय संहिता', उत्तर खण्ड, 20-114

रूप; ऐसा रूप जिसे कानून, प्रथा और धर्म द्वारा पवित्र बना दिया गया है। अन्तर केवल यह है कि वेश्या ज़रा निम्न कोटि की है, जो अपनी सेवाओं के लिए मज़दूरी की बाज़ार दर—अर्थात् विवाह—से कम लेने को तैयार हो जाती है। आर्थिक आश्रय के लाभ के लिए स्त्री अपना वह कार्य छोड़ देती है और अपने उस निजी व्यक्तित्व को त्याग देती है, जिसमें वह अविवाहित व्यक्ति के रूप में आनन्द अनुभव करती थी। एक बार अपने शरीर और अपने गुणों को अधिकतम प्राप्त हो सकने वाली कीमत के बदले बेचने के बाद वे बिना कुछ शिकायत किए उस सौदे पर टिकी रहती हैं, भले ही वे मन में गुपचुप कितनी ही व्यथा क्यों न अनुभव करती हों। बहुत-से लोग अपनी पुत्रियों को जो शिक्षा देते हैं, वह इसीलिए कि जिससे वे अपने यौवन के रहते किसी पुरुष को अपनी ओर आकर्षित कर सकें और अपने साधनों का उपयोग अपने-आपको परिवार का एक मूल्यवान सदस्य बनाने के लिए कर सकें। विवाह का उद्देश्य किसी पुरुष को फंसाना है कि वह किसी तरह लड़की के भरण-पोषण का ठेका ले ले।

यह विवाह के प्रति अन्यायपूर्ण दृष्टिकोण है; क्योंकि विवाह की संस्था में निष्ठा और पारिवारिक जीवन के विकसित होने की सम्भावनाएं गहराई तक समाई हुई हैं। यह युक्ति देना कि वेश्यावृत्ति की प्रथा भद्र महिलाओं की रक्षा करती है, सार्वजनिक स्वास्थ्य की रक्षा का उपाय है और बदनामियों को रोकती है, अन्याय पर पर्दा डालना है। पुरुष की भ्रष्टता के लिए स्त्री को नीचे गिराना गलत काम है। जब स्त्रियों का इस प्रकार दुरुपयोग किया जाता है, तब आत्मा की उनमें मुश्किल से ही कोई चमक शेष रह पाती है। व्यक्तिगत दुर्बलताएं एक बात है; और पशुता को अधिकृत रूप से मान्यता प्रदान कर देना बिलकुल दूसरी बात। स्त्रियों के साथ ऐसा बर्ताव नहीं किया जाना चाहिए कि मानो वे कोई सामग्री हैं। यदि हम स्त्रियों को व्यक्तिगत रूप में देखें, तो वेश्यावृत्ति उनके व्यक्तित्व के प्रति अपराध है।

सन्तति-निरोध

माल्थस ने 'जनसंख्या पर एक निबन्ध' लिखा था। उसमें उसने लिखा था कि यदि हमने मनुष्य की रेखागणितीय अनुपात में बढ़ते जाने की स्वाभाविक प्रवृत्ति को रोकने के लिए कुछ न किया तो बहुत शीघ्र मानव-जाति पर भयानक विपत्ति आ जाएगी, क्योंकि भूमि की उपज, जोकि मनुष्य के जीवन का आधार है, अधिक से अधिक अंकगणितीय अनुपात में बढ़ती है, और यह अंकगणितीय वृद्धि भी बहुत सीमित समय तक ही रहती है। उसने वे उपाय सुझाए थे, जिनके द्वारा इस महाविपत्ति को रोका जा सकता है: देर से विवाह (विवाह से पहले पूर्ण आत्मसंयम के साथ); और उसके बाद भी केवल तभी सम्भोग, जब सन्तान उत्पादन करना अभीष्ट हो। परन्तु माल्थस ने जो बहुत-सी बात मान ली थीं, उनमें से कई गलत हैं। यह बात प्रामाणित नहीं हो पाई कि गरीबी का कारण अति-जनसंख्या है। साथ ही यह बात भी गलत है कि प्रकृति के साधन तेज़ी से बढ़ती हुई जनसंख्या का भरण-पोषण करने के लिए अपर्याप्त हैं।

महात्मा गांधी, यद्यपि वह स्त्रियों को अत्यधिक सन्तानोत्पादन से छुटकारा दिलाने के लिए चिन्तित हैं, फिर भी, यह अनुभव करते हैं कि गर्भ-निरोधकों का उपयोग समाज के

स्नायवीय (स्नायु-सम्बन्धी) और नैतिक स्वास्थ्य के लिए खतरनाक है। वे नहीं चाहते कि हम सन्तानोत्पादन की पुरानी अपव्ययात्मक प्रणाली को अपनाए रहें, जिसमें हम बारह बच्चे उत्पन्न करते हैं और उनमें से केवल छः ही जीवित रह पाते हैं। उनकी दृष्टि में बार-बार के शिशु-जन्म को रोकने का उपाय यौन संयम है। गर्भ-निरोधकों के प्रयोग का अर्थ है कि हम यौन आनन्द को अपने-आपमें एक लक्ष्य समझते हैं और उसके साथ जुड़ी हुई ज़िम्मेदारियों से बच जाना चाहते हैं। हम सुखोपभोग को अपने-आपमें कोई लक्ष्य नहीं मान सकते। गर्भ-निरोधकों के प्रयोग द्वारा हम यौन संभोग के कृत्य को दूषित कर रहे होते हैं। जाति को निरन्तर बनाए रखने का लक्ष्य विफल हो जाता है और आनन्द अपने-आपमें एक उद्देश्य बन जाता है। अलेग्ज़ेंड्रिया के क्लीमेंट ने कहा था, "संतान उत्पन्न करने के सिवाय संभोग करना प्रकृति को चोट पहुंचाना है।"

अन्य मामलों की भांति यहां भी आदर्श स्थिति उससे कुछ भिन्न है, जिसकी कि लोगों को छूट दी जानी चाहिए। विवाह की अविच्छेद्यता आदर्श है; परन्तु कुछ खास परिस्थितियों में तलाक की छूट देनी ही होगी। इसी प्रकार संयम द्वारा सन्तति-निरोध आदर्श है,[1] फिर भी गर्भ-निरोधकों के प्रयोग का एकदम निषेध नहीं किया जा सकता। यह सोचना ठीक नहीं है कि पुरुष और स्त्री को एक-दूसरे के साथ केवल आनन्द के लिए शारीरिक आनन्द नहीं लेना चाहिए और केवल सन्तान उत्पन्न करने के लिए ही ऐसा आनन्द लेना चाहिए। यह सोचना गलत है कि यौन वासना अपने-आपमें कोई बुरी वस्तु है और यह कि सिद्धान्ततः इसे वश में रखना या इसका दमन करना ही धर्म है। विवाह केवल शारीरिक प्रजनन के लिए नहीं किया जाता, अपितु आत्मिक विकास के लिए भी किया जाता है। पुरुष और स्त्री एक-दूसरे को भी उतना ही चाहते हैं, जितना कि संतान को। नर-नारियों के समुदाय के जीवन से उनके एक आनन्द को हटा देना विशाल मात्रा में शारीरिक, मानसिक और नैतिक कष्ट उत्पन्न कर देना होगा। लार्ड डीसन लिखता है, "परिवार के आकार को सीमित करना, मान लो कि चार बच्चों तक, विवाहित युगल पर संयम की इतनी बड़ी मात्रा थोप देना होगा, जो लम्बी अवधियों के लिए ब्रह्मचर्य (अविवाहित जीवन) के बराबर होगा; और जब इस बात को याद रखा जाए कि आर्थिक कारणों से इस अनुपभोग को विवाहित जीवन के प्रारम्भिक दिनों में, जबकि इच्छाएं तीव्रतम होती हैं, अपेक्षाकृत अधिक कठोर रखना होगा, तब मेरा यह मत है कि लोगों से एक ऐसी मांग की जा रही है, जिसका पूरा किया जा सकना असम्भव है : कि इसे पूरा करने के प्रयत्नों से एक ऐसा तनाव उत्पन्न होगा जो स्वास्थ्य और आनन्द के लिए क्षतिकर होगा, और ऐसे प्रयत्नों से

1. यह जानना मनोरंजक होगा कि प्राचीन हिन्दू शास्त्रकारों ने कुछ विशिष्ट अवसरों पर यौन सम्बन्ध से दूर रहने का आदेश दिया है। कमलाकर ने व्यास का एक श्लोक उद्धृत किया है, जिसका अर्थ यह है, "पुरुष को, अपनी पत्नी से, जब वह वृद्धा हो या वन्ध्या हो या दुराचारिणी हो या जब उसके बच्चे मर जाते हों या जब अभी वह रजस्वला ही न हुई हो या जब वह पुत्रियों ही पुत्रियों को जन्म देती हो या जब उसके बहुत-से पुत्र हो चुके हों, संभोग नहीं करना चाहिए।"

(वृद्धां वन्ध्याम् असवृत्तां मृतापत्याम् अपुष्पिणीम्
कन्यासूं बहुपुत्रां च वर्जयं मुच्यते भयात्।)

नैतिक सिद्धांतों और आचरणों के लिए गम्भीर खतरा उत्पन्न हो जाएगा। यह बात बिलकुल ही निरर्थक है। यह ऐसा ही है कि आप एक तृषार्त व्यक्ति के पास पानी रख दें और उसे कह दें कि वह उस पानी को पिए नहीं। नहीं; अनुपभोग (संयम) द्वारा संतति-निरोध या तो प्रभावी नहीं होगा, और यदि प्रभावी होगा, तो हानिकारक होगा।"

कभी-कभी यह युक्ति दी जाती है कि सन्तति-निरोध प्रकृति की प्रक्रिया में अप्राकृतिक हस्तक्षेप है। परन्तु हमने अनुसन्धानों और आविष्कारों द्वारा भी तो प्रकृति की प्रक्रिया में हस्तक्षेप किया है। हमारी आदतें असभ्य जंगली लोगों के व्यवहारों से भिन्न हैं; और यह इसीलिए कि हमने प्रकृति के कामों में हस्तक्षेप किया है। यदि यह कहा जाए कि प्राचीन बातें आधुनिक बातों की अपेक्षा अधिक प्राकृतिक थीं, तो बहुविवाह और स्वैराचार को अधिक प्राकृतिक मानना होगा। कुछ देशों में सन्तति-निरोध आर्थिक असुरक्षा से भरे वर्तमान सामाजिक वातावरण और माता-पिता की अपने बच्चों का जीवन अच्छे ढंग से प्रारम्भ करने की इच्छा के कारण, वैसा ही स्वाभाविक होता जा रहा है, जैसाकि वस्त्र पहनना।

सन्तति-निरोध के व्यवहार पर एतराज़ इस कारण किए जाते हैं कि इसका दुरुपयोग किया जाता है। जो स्त्रियां गर्भावस्था, सन्तान-जन्म और बच्चों के पालन-पोषण के कष्टों से बचना चाहती हैं, और जो पुरुष अपने कार्यों के उत्तरदायित्व से बचना चाहते हैं, वे इसका प्रयोग करते हैं। किसी वस्तु के दुरुपयोग के कारण उसके उचित उपयोग को भी त्याज्य नहीं माना जा सकता। यदि सन्तति-निरोध की पद्धतियों का अवलम्बन वे लोग करते हैं, जो बच्चों का पालन-पोषण करने में असमर्थ हैं, तो हम उन्हें दोषी नहीं ठहरा सकते। गरीब लोगों को बच्चे होना नहीं अखरता, पर वे उन्हें कष्ट और दरिद्रता की दशा में नहीं पालना चाहते। उचित इलाज तो यह है कि उनके लिए वे साधन जुटाए जाएं, जिनसे वे बच्चों का पालन-पोषण उचित परिस्थितियों में कर सकें। हमें परिस्थितियों को सुधारने का यत्न करना चाहिए; यह नहीं मान लेना चाहिए कि वे परिस्थितियां स्थायी हैं। हम पशु नहीं हैं। यौन सम्बन्धों का नियमन, उत्तरदायी व्यक्तियों के रूप में, दोनों पक्षों की सहमति से होना चाहिए। यदि बच्चों की आवश्यकताओं को दृष्टि में रखते हुए आत्मसंयम की ज़रूरत हो, तो वह किया जाना चाहिए। यदि माता-पिता यह अनुभव करें कि अपने पारस्परिक आनन्द को बनाए रखने के लिए वे भविष्य का जोखिम उठा सकते हैं, तो उन्हें जोखिम उठाने से रोकने की कोई आवश्यकता नहीं है। हम इस बात से इन्कार नहीं करते कि यौन वासना का संयम संतति-निरोध से अधिक अच्छा है; पर सब मनुष्य, भले ही वे संत बनना चाहते हों, सन्त नहीं हैं। वर्तमान परिस्थितियों में, सामाजिक अर्थ-व्यवस्था के हित में, सन्तनि-निरोध की सुविधाएं उपलब्ध रहनी चाहिए, वह भी विशेष रूप से गरीब लोगों को।

विफलताओं के प्रति रुख

किसी भी सभ्यता की परख इस बात से होती है कि मानव-प्राणियों की असंगतियों और दुर्बलताओं के प्रति उनका रुख क्या है। विवाह के सम्बन्ध में हम चाहे कुछ भी नियम क्यों न बना

लें, विवाहेतर (विवाह के बाहर) सम्बन्ध भी होते ही रहेंगे। नियमतः, हिन्दू ऋषियों में मानवीय दुर्बलताओं और पराजेयता के प्रति असीम सहिष्णुता थी। प्रायः जिसे अपराध कहा जाता है, वह एक पतित और पाशविक मन की अभिव्यक्ति नहीं होता, अपितु अनुभूतिशील और प्रेमपूर्ण प्रकृति का प्रकटन होता है। कानून के प्रति अवज्ञा वास्तविक दुष्टता नहीं है। आजकल की नैतिकता का काफी बड़ा अंश अस्वस्थ और रूढ़िग्रस्त है। हमारे आचार के नियम, जीवन शक्ति के क्षीण हो जाने के कारण, प्रवाहरुद्ध होकर यांत्रिक आदतों में बदल गए हैं। रूढ़ि समाज की सामान्य रुचि की वस्तु है। कानून या कर्तव्य की नैतिकता, यद्यपि वह सामाजिक व्यवस्था और मर्यादा के लिए अत्यावश्यक है, उच्चतम कोटि की नैतिकता नहीं है। इसके निषेध नैतिक अन्तर्दृष्टि को सजग करने के निमित्त होते हैं, किसीकी आत्मा को खण्डित कर देने के निमित्त नहीं। परन्तु जीवन नैतिक शिक्षाओं का यांत्रिक पालन करना-मात्र नहीं है। जब कोई पुरुष और कोई स्त्री आत्मा और मन की गहरी एकता में बंध जाते हैं, जब भी वह पुरुष या वह स्त्री एक-दूसरे की आंखों में देखते हुए उस एक व्यक्ति को प्रतिबिम्बित देखते हैं, जिसके सम्मुख वह पुरुष या स्त्री अवाक् आराधना, आश्चर्य और प्रेम में लीन हो जाती है, जब भी कभी उनके शरीरों का मेल होता है, उससे पहले उनकी आत्माओं का मेल हो चुका होता है, तब वे एक-दूसरे के साथ जो कुछ भी करते हैं, वह सब पवित्र होता है। ऐसे प्रेम की पवित्रता के विरुद्ध जो कोई भी कुछ कहता है उसका मन ठीक दशा में नहीं है। आगस्टाइन की यह उक्ति, "परमात्मा से प्रेम करो और फिर जो जी चाहे करो", इसकी सूचक है कि प्रेम के सच्चे जीवन में कुछ वस्तु ऐसी है, जो नियमों और रूढ़ियों से ऊपर है।[1] यदि परम्परागत निषेध और संस्थागत रुख कभी प्रेम और आनन्द के

1 ऐबेलार्ड और हेलियोस की महाम कथा पर ध्यान दीजिए। वे एक-दूसरे से गहरा प्रेम करते थे, पर विपत्तियों ने उन्हें पृथक् कर दिया था। "उनके प्रेमावेश को शब्दों में ही समाप्त हो जाना पड़ा। हेलियोस ने, जो एक मठ में बन्द थी, अपने गंवाए हुए प्रेमी को लिखने की प्रेरणा दी, 'हमें लापरवाही से अपनी उस एकमात्र प्रसन्नता को नहीं गंवा देना चाहिए, जिसे हमारे शत्रुओं का सारा द्वेष हमसे छीन सकता। मैं पढ़ूंगी कि तुम मेरे पति हो और तुम मुझे अपनी पत्नी के रूप में हस्ताक्षर करते देखोगे।' वह उसे अपने प्रेमावेश की सुकुमारता की याद दिलाती है, जिसके कारण वह पहले उससे विवाह करने से इनकार करती रही थी, 'मैंने तुमसे विवाह करने में इतनी अधिक अनिच्छा प्रकट की थी, उससे तुम्हें इस बात का विश्वास दिला पाना असम्भव है, यद्यपि मैं जानती थी कि 'पत्नी' कहलाना संसार में अधिक सम्मानजनक और धर्म में अधिक पवित्र है; फिर भी 'तुम्हारी प्रियतमा' कहलाने का आकर्षण मेरे लिए कहीं अधिक था, क्योंकि वह अधिक स्वतन्त्रतापूर्ण था। विवाह के बन्धनों के साथ, चाहे वे कितने ही सम्मानजनक क्यों न हों, एक दायित्व-सा रहता है और मैं नहीं चाहती थी कि मुझे आवश्यक रूप से सदा एक ऐसे पुरुष को प्रेम करना पड़े, जो शायद सदा मुझे प्यार नहीं करेगा। मुझे पत्नी कहलाने से घृणा थी, जिससे मैं प्रियतमा कहला कर सुख से जी सकूं।' यद्यपि उसने ब्रह्मचर्य व्रत धारण किया हुआ था, पर उसे अपने अतीत पर पश्चात्ताप नहीं हो सकता था। उसके आंसू अपने पापों के लिए नहीं, अपितु अपने प्रेमी पुरुष के लिए थे। 'याद रखो, मैं अभी तुम्हें प्यार करती हूं और फिर भी प्रयास करती हूं कि तुम्हें प्यार करना छोड़ सकूं।' 'मैंने बहुत बार प्रतिवाद में कहा है कि मुझे ऐबेलार्ड के साथ उसकी 'प्रियतमा' के रूप में रहना किसी दूसरे पुरुष के साथ सारे संसार की सम्राज्ञी बनकर रहने से भी कहीं अधिक पसन्द है। तुम्हारी आज्ञा का पालन करने में मुझे उससे भी कहीं अधिक

जीवन में बाधा डालते हों, तो उनको उल्लंघन किया जा सकता है। विवाह के नियमों का उद्देश्य व्यक्ति की प्रकृति को अनुशासन में रखना और शरीर-रचनात्मक, जातीय, सामाजिक, मानवीय और आत्मिक तत्त्वों में समस्वरता उत्पन्न करना है। इसके लिए नियन्त्रण और अनुशासन की आवश्यकता होती है। असफलताएं किसी भी स्तर पर, शरीर-रचनात्मक मानवीय या आत्मिक स्तर पर, उत्पन्न हो सकती हैं। हम यह मान लेते हैं कि एकविवाह स्वाभाविक है। परन्तु यह बात इतनी सीधी-सादी नहीं है। हमारे अंदर वासनाएं हैं। निष्ठा बनाए रखना, यद्यपि अत्यन्त आवश्यक है, पर सरल नहीं है। कुछ लोग ऐसे भी हैं, जो निष्ठा को एक बेहूदा और क्रूर संस्कार, पूर्णरूप से जी पाने की असमर्थता का परिणाम, रूढ़ियों के प्रति भावनाहीन रुचि, घृणित कायरता और सूझ-बूझ का अभाव मानते हैं। बहुत बार हम समझते हैं कि यदि स्त्री को पति और सन्तान मिल जाएं, तो जो कुछ वह चाहती है, वह सब उसे मिल गया। सम्भव है वह प्रवंचना से मुक्त होने से, या एक मिथ्या मोह से छुटकारा पाने से डरती हो; सम्मानित होने का भाव, घरेलू अनुराग और कर्तव्य की एक यह कठोर भावना, कि सामाजिक जीवन रूढ़ियों के, चाहे वे कितनी ही

आनन्द होता था, जितना कि सारी पृथ्वी के राजा की धर्मपत्नी बनने से मिल सकता। धन और आडम्बर प्रेम के रक्षा-कवच हैं।'"—'ए ट्रेज़री आफ दि वर्ल्ड्स ग्रेट लेटर्स,' एम० लिंकन शुस्टर द्वारा सम्पादित (1941), पृष्ठ 37

"ऐबेलार्ड ने शपथपूर्वक परित्यक्त प्रेम और आकांक्षित प्रेम के अन्तर्द्वन्द्व में, जबकि धर्म एक ओर चलने का आदेश देता था और दूसरी ओर प्रेम अपना प्रभुत्व जमाए हुए था, उत्तर दिया। विफल और विक्षत दार्शनिक ने अनुभव किया कि संसार-त्याग के परिणाम सदा पवित्रता और कर्तव्य ही नहीं होते, 'मरुस्थल में भी, जबकि स्वर्ग के ओस-बिन्दु हमपर नहीं गिरते, हम उसे प्रेम करते हैं, जिसे हमें प्रेम करना छोड़ देना चाहिए।' उसने सेंट पाल और अरस्तू के ग्रन्थों में ध्यान लगाकर अपनी प्रियतमा की स्मृति से अपनी रक्षा करने का निष्फल प्रयत्न किया था, और उससे (अपनी प्रियतमा से) अनुरोध किया था कि वह अपने प्रेम की स्थिरता द्वारा उसके कष्टों में और वृद्धि न करे। यह श्रेष्ठ प्रेम-कथा एक ऐसी दुविधा को सार रूप में प्रस्तुत करती है, जो उतनी ही प्राचीन है जितनी मानव-जाति। सारा आवेश समाप्त हो जाने पर यह धर्म-विज्ञान और सिद्धान्तों के पन्नों में जाकर समाप्त हुई ; एक पलायनवाद, जिसे सब परित्यक्त प्रेमियों को सान्त्वना दे सकना चाहिए, पर जो दे नहीं पाता।"—'टाइम्स लिटरेरी सप्लीमेंट' 21 जून, 1941, पृष्ठ 298

'वुदरिंग हाइट्स' में कैथी कहती है, "इस संसार में मेरे बड़े कष्ट हीथक्लीफ के ही कष्ट रहे हैं; और मैं उनमें प्रत्येक को शुरू से ही देखती और अनुभव करती रही हूं ; जीवन में मेरा सबसे बड़ा विचार वह स्वयं (ही थक्लीफ) ही है। यदि और सब कुछ नष्ट हो जाए और वह बचा रहे, तो मेरा अस्तित्व भी बना रहेगा; परन्तु यदि और सब कुछ बना रहे, और वह समाप्त हो जाए, तो यह संसार एकदम अपरिचित हो उठेगा; मैं इसका कोई अंग प्रतीत ही न होऊंगी। लिंटन के प्रति मेरा प्रेम जंगल की हरियाली की भांति है ; मैं भली भांति जानती हूं कि जैसे शिशिर वृक्षों को बदल देता है, वैसे ही समय इस प्रेम को बदल देगा। परन्तु हीथक्लीफ के प्रति मेरा प्रेम उन वृक्षों के नीचे की शाश्वत चट्टानों की भांति है ; जिन्हें देखकर कोई विशेष दीख सकने योग्य आनन्द नहीं होता, पर वे आवश्यक हैं। नेली, मैं हीथक्लीफ ही हूं। वह सदा, सदा मेरे मन में रहता है ; एक आनन्द के रूप में नहीं, जितना आनन्द मैं सदा स्वयं अपने लिए हूं, उससे अधिक नहीं, अपितु मेरे अपने अस्तित्व के रूप में। इसलिए हमारे विच्छेद की बात फिर मत कहना, यह अव्यवहार्य है..."

दोषयुक्त क्यों न हों, पालन करने पर ही निर्भर है, उसे सीधे रास्ते पर चलाते रह सकते हैं, पर फिर भी सम्भव है कि उसकी सम्पूर्ण प्रकृति पूरी तरह पल्लवित और पुष्पित न हो पाए। सम्भव है कि उसकी इच्छा जागरित तो हो चुकी हो, पर शान्त न हुई हो। यह तनाव विवाह की 'समस्या' का जनक है। प्रेम की व्यथाएं सुन्दर तो मानी जाती हैं, परन्तु नैतिक नहीं। यदि हम उल्लंघनों के प्रति सहिष्णु न हों, तो हम पर्याप्त रूप से मानवीय नहीं हैं। सुकरात का महत्त्व मिलैटस की अपेक्षा, जो केवल नैतिक व्यक्ति था, कहीं अधिक है। ईसा में फेरिसी की अपेक्षा, जो केवल रूढ़िपालन की दृष्टि से सही था, कहीं अधिक अच्छाई थी। यदि विवाह के बिना प्रेम अवैध है, तो प्रेम के बिना विवाह अनैतिक है। कठोर और अपूर्ण सामाजिक नियमों के परिणामस्वरूप अनेक महत्त्वाकांक्षाएं कुचली जाती हैं और अनेक जीवन नष्ट हो जाते हैं। हम शरीर की परम निष्ठा को आत्मा की विचलित आस्था की अपेक्षा अधिक महत्त्व देते हैं। एक बार एक युवक रास्ते के किनारे बैठा था और उसने एक दोषी स्त्री से कहा था, "मैं तुम्हें दोषी भी नहीं ठहराता। जाओ! अब आगे पाप मत करना।" विशुद्धिवादी (प्योरिटन) बनकर हम प्रायः अमानवीय ढंग से कार्य करने लगते हैं। नैतिकता दो प्रकार की होती है; एक तो परम, जो औचित्य की होती है; और दूसरी सापेक्ष, जो सामाजिक रूढ़ियों की होती है, और जिसे प्रत्येक समाज अपने-अपने ढंग से अलग ही रच लेता है। नैतिक नियमों का पालन करने के द्वारा हमें उस आदर्श के निकटतम पहुंचने का यत्न करना चाहिए, जो नैतिक की अपेक्षा पवित्र अधिक है, जो सही की अपेक्षा सुन्दर अधिक है, जो यथेष्ठ की अपेक्षा पूर्ण अधिक है और जो कानून की अपेक्षा प्रेय अधिक है।

कभी-कभी तो रामायण तक भी गलत आदर्श प्रस्तुत कर बैठती है। रावण की पराजय के पश्चात् राम सीता को फिर ग्रहण करने से इसलिए इनकार कर देते हैं, क्योंकि वह इतने लम्बे समय तक रावण के घर रही।[1] सीता प्रतिवाद करते हुए कहती है कि कैद में रहते हुए उसका अपने शरीर पर कोई वश नहीं था। मन पर अवश्य उसका अपना वश था, और वह सदा उसके प्रति निष्ठावान रहा।[2] स्मृतिकारों ने इस कठोर विधान को नहीं अपनाया। यजुर्वेद में, यज्ञ में एक विशिष्ट स्थल पर स्त्री से प्रश्न किया गया है, "तेरा प्रेमी (यार) कौन?" (कस्ते जारः) और जब वह अपने प्रेमी का नाम बता देती है, अर्थात् अपने दुराचार को स्वीकार कर लेती है, तो वह पाप से मुक्त हो जाती है। मनु ने विभिन्न प्रकार के पुत्रों का परिगणन करते हुए प्रेमी से उत्पन्न पुत्र (जारज) का उल्लेख किया है। यदि स्त्रियों को कोई कैदी बना ले और उनके साथ बलात्कार कर ले, तो उन स्त्रियों के प्रति सहानुभूति का बर्ताव होना चाहिए, और प्रायश्चित्त की कुछ विधियां पूरी करके उन्हें फिर ग्रहण कर लिया जाना चाहिए। वशिष्ठ का मत है कि यदि कोई स्त्री शत्रु द्वारा कैद कर ली जाए, या डाकुओं द्वारा भगा ली जाए, या उससे उसकी इच्छा के प्रतिकूल बलात्कार किया

---

1. रावणाङ्कपरिभ्रष्टां दुष्टां दुष्टेन चक्षुषा,
कथं त्वां पुनरादद्यां कुलं व्यपदिशन् महत्।—6-118-20
2. मदधीनं तु यत्तन्मे हृदयं त्वयि वर्तते,
पराधीनेषु गात्रेषु किंकरिष्याम्यनीश्वरा।—6-1198-8

जाए, तो उसका परित्याग करना उचित नहीं।[1] अत्रि का विचार यही है।[2] बलात्कार के ऐसे मामलों पर भी विचार किया गया है, जिनके बाद गर्भ रह गया हो; और अत्रि तथा देवल के मतानुसार, सन्तान-जन्म के बाद स्त्री को फिर परिवार में ग्रहण कर लिया जाता है, यद्यपि शिशु को त्याग देना होता है, जोकि अनुचित है। तेरहवीं शताब्दी के बाद आचार के नियम और सख्त हो गए और बलात्कार की शिकार हुई स्त्रियों को फिर परिवार में ग्रहण नहीं किया जाता था। इस घोर अन्याय के कारण हिन्दू जाति को नुकसान उठाना पड़ा है और इसका बहुत भारी मूल्य चुकाना पड़ा है।

वैदिक काल में जो स्त्रियां पथभ्रष्ट हो जाती थीं, वे यदि अपनी भूल स्वीकार कर लेती थीं, तो उन्हें फिर धार्मिक कार्यों में भाग लेने की अनुमति मिल जाती थी।[3] वशिष्ठ तो उन स्त्रियों को भी, जिन्होंने व्यभिचार किया हो, फिर ग्रहण कर लेने के पक्ष में हैं, यदि उन स्त्रियों को अपने किए पर पश्चात्ताप हो और वे उसके लिए प्रायश्चित करें। पराशर का मत है कि व्यभिचारिणी स्त्रियों का परित्याग केवल उसी दशा में किया जाना चाहिए, जब वे पक्की पापिष्ठा बन गई हों।[4] व्यभिचार के लिए भी स्त्री की अपेक्षा पुरुष अधिक ज़िम्मेदार है।[5]

अतीत के युग वास्तविक मानव-प्राणियों से भरे थे, अमूर्त धारणाओं से नहीं; ऐसे व्यक्तियों से, जिनके अनुभूतिशील और सुकुमार हृदयों में वासनाएं भरी थीं; जो नवोदित प्रेम, अंधी वासना, आवेशपूर्ण सुकुमारता, सन्देह, आशंका, अवहेलना, विषाद और निराशा में से होकर गुजरते थे; ऐसे व्यक्ति, जो अपने-आपको वासना के प्रवाह में छोड़ देते थे और जिन्हें नैतिक नियमों का उल्लंघन करने में संकोच नहीं होता था। ऋग्वेद तक में हमें पथभ्रष्ट हो जानेवाली स्त्रियों का, असली पत्नियों[6] का, प्रेमियों के साथ भाग जाने का और अवैध संयोगों का उल्लेख मिलता है। हमारे महाकाव्य विश्वामित्र और मेनका की-सी कहानियों से भरे पड़े हैं, जिनमें बड़े-बड़े महान व्यक्ति भी रूढ़िगत कर्तव्य के संकीर्ण मार्ग पर लड़खड़ाते और ठोकरें खाते दिखाई पड़ते हैं। हममें से अधिकांश की अपेक्षा कहीं अधिक अच्छे आदमी भी, जिन्होंने ऐसे-ऐसे काम किए, जिन्हें करने की हम कल्पना भी नहीं कर सकते, हमारी सामान्य दुर्बलताओं के शिकार थे। व्यास का जन्म एक अविवाहित अब्राह्मण कन्या से हुआ था, जिसका लावण्य तपस्वी पराशर के लिए असह्य रहा। भीष्म एक अविवाहित स्त्री का पुत्र था। पुरु शर्मिष्ठा का सबसे छोटा पुत्र था;

---

1. स्वयं विप्रतिपन्ना वा यदि वा विप्रवासिता
   बलात्कारोपभुक्ता वा चोरहस्तगतापि वा
   न त्याज्या दूषिता नारी नास्यास्त्यागो विधीयते
   पुष्पकालमुपासीत ऋतुकालेन शुद्ध्यति।—धर्मसूत्र, 36-2-3; 5-58; 11-8 साथ ही देखिए अथर्ववेद, 1-3-4-2—4
2. 5-15 ; साथ ही देखिए, पराशर, 10-26-7
3. 'शतपथ ब्राह्मण' 2-5-2-20
4. 10-35
5. तस्मात् पुरुषे दोषो ह्यधिको नात्र संशयः।—महाभारत, 12-58-5
6 2-29-1; 4-5; 10-34-4

शर्मिष्ठा रानी की परिचारिका एक राजकुमारी थी, और इसीलिए ठीक-ठीक राजा ययाति की पत्नी नहीं थी; फिर भी, कालिदास के कथनानुसार, कण्व ऋषि जब शकुन्तला को उसके पति के घर भेजने लगते हैं, तो उसे वैसा ही बर्ताव करने को कहते हैं, जैसाकि शर्मिष्ठा ने ययाति के साथ किया था।[1] हमारे सामने माधवी का भी उदाहरण है, जो ययाति की पुत्री थी। वह एक तपस्वी गालव के आश्रय में रखी गई थी। गालव ने उसे, एक के बाद एक, चार राजाओं के पास इस शर्त पर रखा कि उन्हें उससे एक पुत्र का जन्म होने के बाद उसे छोड़ देना होगा। इस प्रकार वह चार पुत्रों की माता बनी। जब वह अपने माता-पिता को वापस लौटा दी गई, तो गालव ने उसे विवाह करने को विवश किया और उसके लिए स्वयंवर का आयोजन किया। स्वयंवर में माधवी ने वरमाला एक पेड़ पर रख दी, जो इस बात की सूचक थी कि उसने वन में रहकर तपस्वी जीवन बिताने का निश्चय कर लिया है। एक विधवा स्त्री, उलूपी ने अर्जुन से याचना की और उससे अर्जुन का पुत्र इरावण उत्पन्न हुआ। महाकाव्य महाभारत स्पष्ट रूप से स्त्रियों के पक्ष में है। यौन दुराचरण अपनी परिस्थितियों से ही अपराध या पाप बनता है, और आखिरकार शरीर के पाप आत्मा के पापों से अधिक बड़े नहीं हैं। हमें उन बातों को, जो मानवीय हैं, धर्म-परायणता की भावना से परखना चाहिए। यौन जीवन का सकारात्मक पक्ष (पॉज़िटिव साइड) एक नितांत व्यक्तिगत वस्तु है, जिसका पथप्रदर्शन रुचि और स्वभाव द्वारा होता है; यह बहुत कुछ आकांक्षा और कारीगरी का-सा मामला है। व्यक्तिगत (निजी) आचरण पर ये सब निषेध और प्रतिबन्ध, केवल उनको छोड़कर, जो समाज के हित में, विशेष रूप से दुर्बल और अल्पवयस्कों के हित में लगाए हैं, हटा लिए जाने चाहिए। महाभारत में सुनिश्चित रूप से उस बात की ओर सामाजिक झुकाव दिखाई पड़ता है, जिसे पुरुषों और स्त्रियों के बीच विवाह-भिन्न या परीक्षणात्मक सम्बन्ध कहा जा सकता है। इस प्रकार के सम्बन्धों पर मुख्य एतराज़ यह है कि उनसे यौन गैरज़िम्मेदारी की आदत बढ़ने या जनद्वेषी यौन स्वैराचारिता बढ़ने की ओर झुकाव रहता है। परन्तु हम स्वैराचरण के ढंग की वस्तु के विषय में विचार नहीं कर रहे, जिसे किसी भी उपाय से किसी दूसरी चीज़ में बदला ही नहीं जा सकता। स्वैराचरण तो एक रोग है, जिसकी चिकित्सा की जानी चाहिए। अनुभूतिशील नर-नारियों के पतित होकर स्वैराचारी व्यक्ति बन जाने की कोई आशंका नहीं है।

कुछ बहुत ही अपवादरूप मामलों में कुछ लोगों के लिए विवाह-भिन्न सम्बन्ध ही एकमात्र उपाय होते हैं, जिनके द्वारा वे अपने यौन जीवन को तृप्तिजनक, बहुमूल्य और यहां तक कि स्थायी बना सकते हैं। वह समय कभी का बीत चुका, जब कि पुरुषों और स्त्रियों को इस उपाय से निष्ठाशील बनाए रखा जा सकता था कि उनके लिए निष्ठाहीन बन पाना कठिन कर दिया जाए। हमारे पास सबसे बड़ा उपहार अपना सच्चा आत्म (सेल्फ) है। इस ईमानदारी के बिना किसी भी व्यक्ति का किसी के लिए कोई मूल्य नहीं है, यहां तक कि स्वयं उसके अपने लिए भी नहीं।

पति द्वारा किया गया व्यभिचार साधारणतया पत्नी द्वारा किए गए व्यभिचार की अपेक्षा अधिक क्षम्य समझा जाता है। इसका कारण यह है कि पिछली इन सब शताब्दियों में पुरुषों

1. ययातेरिव शर्मिष्ठा भर्तुर्बहुमता भव।

का ही बोलबाला रहा है। वे अपनी पत्नियों को यह कहकर ठगते रहे हैं, कि उनकी चूक का कोई खास महत्त्व नहीं है, क्योंकि इससे मूल सम्बन्धों में कोई परिवर्तन नहीं होता ; यह तो क्षणिक मामला है, एक ऐसा कार्य, जिसका बाद में कोई परिणाम नहीं होगा। यदि पत्नी रुष्ट हो और शिकायत करे, तो पुरुष ज़ोर-जबरदस्ती का रुख अपनाता है कि इस प्रकार का कार्य उसके लिए अत्यावश्यक है और यह कि हमारे छोटे-छोटे नैतिक नियमों की अपेक्षा उसका सुख कहीं अधिक महत्त्वपूर्ण है। यह दुहरा प्रमाप (मानक) अंशतः स्वामित्व की भावना के कारण भी है।[1] स्त्री सम्पत्ति है। व्यभिचार सम्पत्ति के प्रति अपराध है।[2] यह उन अनन्य अधिकारों का अवैध उपभोग है, जो पति को अपनी पत्नी के ऊपर प्राप्त हैं।[3] गाल्सवर्दी ने स्त्री की एक सम्पत्ति के रूप में, फोर्साइट द्वारा प्रस्तुत, धारणा के सम्बन्ध में बहुत बढ़िया लिखा है। विवाह के नाम पर हम स्त्री की देह पर निहित अधिकार प्राप्त कर लेते हैं। स्त्री भी अपने पुरुष पर सम्पत्ति का-सा अधिकार अनुभव करती है। यदि कोई पुरुष विवाह-सम्बन्ध की निष्ठा को भंग करता है, तो वह अपने परिवार में कोई नया रक्त नहीं ला रहा होता, जबकि पत्नी के असतीत्व से परिवार में नया रक्त प्रविष्ट हो रहा है, इसलिए पत्नी का व्यभिचार अधिक पापपूर्ण माना जाता है। पर हम यह नहीं कह सकते कि सब यौन प्रतिबन्धों के मूल में सम्पत्ति की धारणा ही काम कर रही है। यौन ईर्ष्या व्यक्ति की निजी सम्पत्ति का उल्लंघन होने की अपेक्षा कुछ और अधिक वस्तु की द्योतक है। यह शोक की अनुभूति है। यह एक विचार भी काम करता है कि सतीत्व और पवित्रता साथ ही रहती हैं।

अनुशासन या अपनी प्राकृतिक प्रवृत्तियों को मर्यादाओं में बांधना मानवीय गौरव के लिए अनिवार्य है। प्लेटो अपने 'फिलैबस' में कहता है, "प्यारे फिलैबस, जब मर्यादाओं की देवी ने उद्दंडता और तृप्ति, पेटूपन और लोभ के मामले में सब प्रकार की दुष्टता को सीमा का उल्लंघन करते देखा, तो उसने मर्यादित होने का कानून या व्यवस्था बनाई ; और तुम कहते हो कि यह प्रतिबन्ध आनन्द की मृत्यु था ; और मैं कहता हूं, यह प्रतिबन्ध ही आनन्द का बचाव था।" यदि हमारी महत्त्वाकांक्षा सत्य, शिव और सुन्दर जीवन तक पहुंचने की है, तो हमें अनुशासित जीवन बिताना होगा। वासनाओं की छलकती हुई उग्रता इस बात की मांग करती है। यदि ऐसा न होगा, तो हम प्रेम के नाम पर उस सबको उचित ठहराने लगेंगे, जो कुत्सित, दुःखमय और लज्जाजनक है। मलिनता हमें पवित्र नहीं बना सकती। यह स्पष्ट है कि साधारण मनुष्यों के लिए लक्ष्य तक पहुंचने का सरलतम मार्ग रूढ़िगत नियमों का पालन करना है। केवल उन लोगों को जो भली भांति अनुशासित हैं और जिनमें ज्ञान ग्रहण की

1. सेंट पाल कहता है, "पुरुष परमात्मा की प्रतिमूर्ति और महिमा है ; परन्तु स्त्री पुरुष की महिमा है। क्योंकि पुरुष स्त्री का नहीं है ; अपितु स्त्री पुरुष की है। पुरुष का सृजन भी स्त्री के लिए नहीं हुआ ; अपितु स्त्री का सृजन पुरुष के लिए हुआ है।"—1 'कोरिन्थियन्स' 11-7-9

2. अर्थो हि कन्यो... ।—कालिदास, 'शकुन्तला,' 4

3. मनु से तुलना कीजिए, "पुरुष को किसी दूसरे के क्षेत्र में बीज नहीं बोना चाहिए।" (9-42)

सूक्ष्मता विकसित हो चुकी है, जैसीकि संत लोगों में स्पष्ट दिखाई पड़ती है, इन नियमों से आगे जाने का अधिकार है।

लोगों में एक ऐसी धारणा फैली हुई है कि रूस में गलत अर्थों में स्वतंत्र प्रेम का समर्थन किया जाता है। इसे मिथ्या सिद्ध करने के लिए लेनिन ने 1920 में जो कुछ क्लारा जैटकिन को लिखा था, उसे उद्धृत कर देना पर्याप्त होगा। "हमारे युवक-युवतियों का यौन समस्याओं के प्रति बदला हुआ रुख एक 'सिद्धान्त का प्रश्न' है, और यह एक उपसिद्धान्त (थ्योरी) पर निर्भर है। कुछ लोग अपने इस रुख को 'क्रान्तिकारी' और 'कम्युनिस्ट' (साम्यवादी) रुख बताते हैं। वे सचमुच विश्वास करते हैं कि बात ऐसी ही है। पर मुझे यह बात ज़रा भी नहीं जंचती। यद्यपि मैं किसी तरह भी अतिसंयमी तपस्वी नहीं हूं। फिर भी अपने युवक लोगों का और कभी-कभी प्रौढ़तर लोगों का भी, यह तथाकथित 'नया यौन जीवन' मुझे बहुधा केवल बुर्जुआ (मध्यमवर्ग के) लोगों का धन्धा, बुर्जुआ वेश्यागार का विस्तार-मात्र प्रतीत होता है। हम कम्युनिस्ट लोगों के मन में प्रेम की स्वतंत्रता की जो धारणा है, उससे इसका कोई वास्ता नहीं है। तुम्हें वह बदनाम उपसिद्धान्त मालूम ही होगा कि कम्युनिस्ट समाज में यौन वासना की तृप्ति......उतना ही सीधा-सादा और मामूली काम है, जितना कि एक गिलास पानी पी लेना। इस 'पानी के गिलास' के सिद्धान्त ने हमारे युवक-युवतियों को बिलकुल सनकी बना दिया है। यह सिद्धान्त अपने जवान लड़कों और लड़कियों के विनाश का कारण बना है। जो लोग इसका समर्थन करते हैं, वे अपने-आपको मार्क्सवादी कहते हैं। उनका धन्यवाद ! किन्तु मार्क्सवाद यह नहीं है। ये बातें एकदम उतनी (पानी के गिलास जितनी) सरल नहीं हैं। यौन जीवन में जो कुछ वस्तु पूर्ण होती है, वह सबकी सब केवल प्राकृतिक ही नहीं होती, अपितु कुछ वस्तु ऐसी भी होती है, जिसे हमने संस्कृति द्वारा अधिगत किया है, भले ही वह कितनी ही उच्च या कितनी ही निम्न क्यों न हो। यह ठीक है कि प्यास अवश्य बुझाई जानी चाहिए। पर क्या कोई ऐसा सामान्य व्यक्ति होगा, जो सामान्य परिस्थितियों में कीचड़ में लोटने लगे और छोटे-से जोहड़ में से पानी पीने लगे? या फिर ऐसे गिलास में पानी पिए, जिसके किनारे लोगों के होंठों को छू-छूकर चीकटे हो गए हों? और सबसे महत्त्वपूर्ण तथ्य इस समस्या का सामाजिक पहलू है। पानी पीना एक वैयक्तिक कार्य है। दूसरी ओर, प्रेम में दो व्यक्ति फंसे होते हैं। और तीसरा, एक नया जीवन और प्रकट हो सकता है। यही वह बिन्दु है, यह तथ्य, कि जहां पहुंचकर समाज के हितों का सम्बन्ध उपस्थित होता है। समाज के प्रति भी कुछ कर्तव्य है। क्रान्ति के लिए जनता और व्यक्ति, दोनों से एकाग्रता की और शक्ति बढ़ाने की अपेक्षा है। वह ऐसी लम्पटताओं को सहन नहीं कर सकती, जो डैनुंजियों के नायकों और नायिकाओं के लिए साधारण हो सकती हैं। यौन उच्छृंखलता बुर्जुआ जगत् की वस्तु है। यह जीर्णता का प्रमाण है। परन्तु श्रमिक-वर्ग तो उन्नति की ओर बढ़ता हुआ वर्ग है। उसे नींद लाने के लिए या उत्तेजना पाने के लिए मादक वस्तुओं की कोई आवश्यकता नहीं है। आत्म-संयम, आत्म-अनुशासन दासता नहीं हैं। नहीं, प्रेम में भी आत्म-संयम, दासता नहीं कहा जा सकता।"[1] हमें अपने-आपको इस

1. क्लौस मैहनर्ट में उद्धृत, 'यूथ इन सोवियत एशिया', डेविडसन द्वारा सम्पादित, पृ० 207

भ्रम से मुक्त कर लेना चाहिए कि आदिमकालीन कामुकताएं उन्नत विचार का नवीन रूप हैं। सभ्यता मनुष्य द्वारा असंस्कृत प्रकृति पर क्रमशः प्राप्त आधिपत्य का नाम है। जिस राष्ट्र में यौन मामलों में ब्रह्मचर्य और आत्म-संयम का पालन अधिक विस्तृत रूप से किया जाएगा, वह बलवान और सृजनशील राष्ट्र बनेगा।[1]

जीवन के केवल दो ही मार्ग हैं : एक तो आत्म-उपभोग का सरल और विस्तृत मार्ग ; दूसरा आत्म-संयम का कठिन और संकीर्ण मार्ग। इनमें से पिछले मार्ग पर चलने के लिए जोखिम, वीरता, अपसरण (डैज़र्शन) और गलतफहमियों की गुंजाइश रहती है; परन्तु पुरुष की आत्मा के योग्य यही मार्ग है। जीवन सरल होने के लिए नहीं है। इसका उद्देश्य आवेशपूर्ण आनन्द या कौतुक नहीं है, अपितु आत्मा की मुक्ति है। विवाह इस मुक्ति के लिए एक साधन है। प्रत्येक पीढ़ी में भारत में ऐसी करोड़ों स्त्रियां होती रही हैं, जिन्हें यद्यपि कोई यश नहीं मिला, फिर भी जिनके दैनिक अस्तित्व ने जाति को सभ्य बनाने में सहायता दी है, जिनके हृदय का जोश, आत्म-बलिदानी उत्साह, आडम्बरहीन निष्ठा, और जबकि उन्हें कठिनतम परीक्षाओं में से गुज़रना पड़ा, तब भी कष्ट-सहन में सशक्तता, हमारी इस प्राचीन जाति के गौरव की वस्तुओं में से हैं। स्त्रियां माता के रूप में वर्तमान व्यवस्था के अत्याचार और अन्याय के प्रति और भी अधिक सचेत होती हैं और आत्मा में एक गहरा और दूर-परिणामी परिवर्तन कर सकती हैं और उसे एक नई जीवन-शैली का रूप दे सकती हैं। तभी एक 'नवीन मानव' का जन्म होगा।

एक स्थिति ऐसी भी आ जाती है, जब आध्यात्मिक स्वतन्त्रता की साधना में पारिवारिक बन्धन भी टूट जाते हैं। सामाजिक बन्धनों को स्वीकार करके हम उनसे ऊपर उठ जाते हैं। विवाहित जीवन मुक्ति के लिए आवश्यक नहीं है। मनुष्य की नैतिक उन्नति में एक स्थिति ऐसी आती है, जब हम अपनी यौन इच्छाओं पर विजय पा लेते हैं, मन और शरीर के ब्रह्मचर्य की साधना करते हैं और सम्पूर्ण विश्व के कल्याण के साथ अपना एकात्म्य स्थापित कर लेते हैं।

---

1. ऐल्डुअस हक्सले से तुलना कीजिए, "किसी भी समाज की सांस्कृतिक दशा ठीक उन प्रतिबन्धों के अनुपात में उन्नत होती है, जो वह विवाह से पूर्व और विवाह के बाद यौन संभोग के लिए अवसरों पर लगाता है।"—'ऐंड्स ऐंड मीन्स'

5 | युद्ध और अहिंसा

युद्ध का उत्कृष्ट वस्तु के रूप में वर्णन—हिन्दू दृष्टिकोण—ईसाई-दृष्टि कोण—युद्ध की भ्रान्तियां—आदर्श समाज—जीवन मूल्यों के सम्बन्ध में शिक्षण—गांधी जी।

युद्ध का उत्कृष्ट वस्तु के रूप में वर्णन

आइए, इस अन्तिम भाषण में हम समाज में शक्ति या बलप्रयोग के प्रश्न पर विचार कर लें। महात्मा गांधी के अहिंसा पर आग्रह और युद्ध के कारण यह प्रश्न बहुत महत्त्वपूर्ण हो उठा है और यह आवश्यक है कि हम इस विषय में यथासंभव स्पष्ट विचार बना लें। शताब्दियों से युद्ध को, जो एक-दूसरे को मारने का संगठित प्रयत्न है, स्वाभाविक और राष्ट्रीय जीवन का एक स्वस्थ कार्य बताया जाता रहा है। हममें तर्क-बुद्धि और सूझ-बूझ है, जिसका उपयोग हम अपने कार्यों को उचित सिद्ध करने के लिए करते हैं। कहा जाता है कि युद्ध अच्छे उद्देश्यों को पूरा करने के साधन हैं। यहां कुछ उद्धरण दिए जाते हैं, जिनसे यह बात स्पष्ट हो जाएगी। नीट्शे का कथन है, "जो राष्ट्र दुर्बल और दयनीय होते जा रहे हैं, उनके लिए, यदि वे सचमुच जीते रहना चाहते हैं, युद्ध को ओषधि के रूप में सुझाया जा सकता है।" उसने कहा, "पुरुषों को युद्ध का प्रशिक्षण दिया जाए और स्त्रियों को वीर सन्तान उत्पन्न करने का; बाकी सब बातें बेहूदा हैं।" "तुम कहते हो कि यदि उद्देश्य अच्छा हो, तो उसके कारण युद्ध तक को भला समझा जा सकता है? मैं तुमसे कहता हूं कि अच्छे युद्ध के कारण किसी भी उद्देश्य को भला समझा जा सकता है।" रस्किन का कथन है, "संक्षेप में, मेरा विचार है कि सब महान राष्ट्रों ने अपने विचारों की सत्यता और सबलता को युद्धों में ही पहचाना है; युद्धों द्वारा वे राष्ट्र पनपे और शान्ति द्वारा नष्ट हो गए; युद्ध से उन्होंने शिक्षा ली और शान्ति द्वारा ठगे गए; एक वाक्य में, युद्ध में उनका जन्म हुआ और शान्ति में वे मर गए।" मोल्टके ने कहा, "युद्ध परमात्मा के संसार का एक आन्तरिक अंग है, जो मनुष्य के सर्वोत्तम गुणों का विकास करता है।" वह लिखता है कि स्थायी शान्ति केवल एक स्वप्न है और साथ ही, "और वह भी कोई सुन्दर स्वप्न नहीं।" बर्नहार्डी ने घोषणा की, "युद्ध एक प्राणिशास्त्रीय आवश्यकता है; यह मानव-जाति के जीवन में एक अनिवार्य नियामक वस्तु है, जिसके अभाव में विकास का एक ऐसा क्रम चलता, जो मनुष्यों की विभिन्न जातियों के लिए हानिकारक होता और जो साथ ही सारी संस्कृति के पूर्णतया प्रतिकूल होता।......युद्ध के अभाव में घटिया और चरित्रहीन जातियां स्वस्थ और सशक्त जातियों पर हावी हो जातीं, और परिणामस्वरूप सब

क्षेत्रों में पतन ही होता। युद्ध नैतिकता का एक अनिवार्य उपकरण है। यदि परिस्थितियों के कारण आवश्यकता हो, तो युद्ध करवाना न केवल उचित है, अपितु राजनीतिज्ञों का नैतिक और राजनीतिक कर्तव्य भी है।" ओस्वाल्ड स्पैंगलर लिखता है, "युद्ध उच्चतर मानवीय अस्तित्व का शाश्वत रूप है; राष्ट्रों का अस्तित्व ही केवल युद्ध करने के लिए है।" मुसोलिनी का दावा है, "केवल युद्ध ही मानवीय ऊर्जा को तनाव की उच्चतम सीमा तक उभार सकता है और वह उन लोगों पर श्रेष्ठता की छाप लगा देता है, जिनमें उसका सामना करने का साहस है।" सर आर्थर कीथ ने 1931 में ऐबर्डीन विश्वविद्यालय के छात्रों के सम्मुख़ रैक्टर पद से भाषण देते हुए कहा था, "प्रकृति अपने मानवीय उद्यान को छंटाई द्वारा स्वस्थ बनाए रखती है; युद्ध उसकी कतरनी है। हम उसकी सेवाओं के बिना काम नहीं चला सकते।" सभी राष्ट्रों में ऐसे व्यक्ति हुए हैं, जिन्होंने युद्ध की, शक्ति प्रदान करने वाले के रूप में, संघर्ष में बचे रहने में सहायक के रूप में और दुर्बलता को समाप्त करने वाले के रूप में, स्तुति की है। कहा जाता है कि युद्ध से साहस, स्वाभिमान, निष्ठा और वीरता जैसे उच्च गुणों का विकास होता है।

समय के साथ-साथ मनुष्य का अन्तःकरण भी विकसित हुआ है। आजकल युद्ध का उत्कृष्ट वस्तु के रूप में वर्णन नहीं किया जाता, अपितु खेद के साथ उन्हें स्वीकार किया जाता है। एक ओर जहां धुरी शक्तियां (जर्मन और इटली) अब भी युद्धों के सम्बन्ध में इस धारणा से चिपकी हुई हैं कि वे समाजों की उन्नति के आवश्यक अंग हैं, और उनका यह विश्वास है कि शक्ति ही राष्ट्र की महानता की कसौटी है; सबल का ध्येय निर्बल को अपने अधीन करना है; आक्रमणात्मक युद्ध गौरव की वस्तु है, अपराध नहीं; और यह कि छल, विश्वासघात, आतंकवाद और अमानुषिकता, जिससे भी विजय प्राप्त हो, वह सब उचित है, वहां दूसरी ओर मित्र राष्ट्रों ने यह ऐलान किया है कि वे शान्ति-स्थापना के लिए विवश होकर युद्ध कर रहे हैं, जिससे विश्व में एक ऐसी व्यवस्था कायम की जा सके, जिसमें राज्यों के सम्बन्ध इस प्रकार नियमित हों कि समय-समय पर होने वाले युद्धों से बचा जा सके। वे न केवल युद्धों से घृणा करते हैं, अपितु उस भावना, उस आवेश और उस मनोवृत्ति से भी, जो धुरी शक्तियों के पीछे काम कर रही है।[1] युद्ध के वातावरण में शिक्षा के सब उपकरणों का प्रयोग इस युद्ध की भावना को जगाने के लिए किया जा रहा है। हमारे चित्रपटों में हत्या के यंत्रों की गतिविधियों का प्रदर्शन रहता है; तोपों का छूटना, टारपीडो और सुरंगों का विस्फोट, टैंक और विमान। हम बर्बर द्वेष से भरे हृदय और वैज्ञानिक कौशल से सम्पन्न मस्तिष्क के साथ शत्रु से युद्ध करते हैं।

परन्तु धर्मों ने अहिंसा को सर्वोच्च गुण का आसन प्रदान किया है और हिंसा को मनुष्य की अपूर्णता के रूप में ही स्वीकार किया है। इस अपूर्ण संसार में अच्छाई (गुड) कभी विशुद्ध रूप

1. हिटलर ने अपनी पुस्तक 'मीन कैम्फ' में लिखा, "जर्मन शक्ति को उन्नत करने की समस्या यह नहीं है कि हम शस्त्रास्त्रों का निर्माण किस प्रकार कर सकते हैं; अपितु यह है कि हम लोगों में वह भावना किस प्रकार उत्पन्न कर सकते हैं, जो लोगों को शस्त्र धारण करने में समर्थ बनाती है। जब एक बार यह भावना लोगों में भर जाएगी, तो वह शस्त्रीकरण के हज़ार रास्ते खोज लेगी।"

में प्राप्त नहीं होती; उसके विशुद्ध रूप में दर्शन के लिए हमें एक ऐसे संसार में पहुंचना होगा, जो अच्छाई और बुराई से परे है। यदि संसार में आदर्श उतने पूर्ण रूप में उपलब्ध नहीं है, जितना कि हम चाहते हैं, तो इसका यह अर्थ कदापि नहीं है कि आदर्श को छोड़ दिया जाए। पूर्ण सिद्धान्तों का सम्बन्ध हमें इस भौतिक जगत् से जोड़ना है, जो परिवर्तनशील है और जिस पर मानवीय मूर्खता और स्वार्थों का प्रभाव भी पड़ता रहता है। हमें सामाजिक स्थिति में ऐसे परिवर्तन लाने के लिए प्रयास करना चाहिए, जिनसे आदर्श की अपेक्षाकृत अधिक यथेष्ट उपलब्धि में सहायता मिले। इस प्रश्न पर धर्मों का यही रुख रहा है। उदाहरण के रूप में मैं हिन्दू और ईसाई धर्म को लेता हूं।

हिन्दू-दृष्टिकोण

हिन्दू शास्त्र अहिंसा को परम धर्म मानते हैं। अहिंसा का अर्थ है—हिंसा न करना। सब जीवों को, मनुष्यों और पशुओं को दुःख देना या सताना हिंसा है। 'छान्दोग्य उपनिषद्' में कहा गया है कि यज्ञों में बलि नैतिक गुणों की ही दी जानी चाहिए।[1] आश्रमों में मनुष्यों और पशुओं के प्रति मित्रता की भावना व्याप्त रहती थी। परन्तु हम यह नहीं कह सकते कि हिन्दू-शास्त्रों में बल के प्रयोग का एकदम निषेध कर दिया गया है। हिन्दू-दृष्टिकोण में ऐसे सुदूर आदर्श की कठोरतापूर्वक स्थापना नहीं की गई है, जिसके सम्बन्ध में कोई छूट ही न दी जा सकती हो। दिव्यता सामान्य जीवन से पृथक् होकर कहीं न मिलेगी। प्रत्येक विशिष्ट परिस्थिति की सुनिश्चित आवश्यकताओं का अध्ययन किया जाता है और उनके अनुकूल सिद्धान्त बनाए जाते हैं। दूरस्थ आदर्श व्यावहारिक कार्यक्रम से भिन्न होता है। बल का अनावश्यक और अनुचित प्रयोग हिंसा है। जब आश्रमवासियों को अनार्य जातियां सताती थीं, तो वे बिना बदला लिए अत्याचारों को सहते रहते थे; परन्तु वे आशा करते थे कि क्षत्रिय लोग शत्रुओं के आक्रमण से उनकी रक्षा करें। 'ऋग्वेद' में कहा गया है, "जो ब्राह्मणों को कष्ट देते हैं, उन सबके विनाश के लिए मैं रुद्र के धनुष पर प्रत्यंचा चढ़ाता हूं। मैं धर्मात्माओं की रक्षा के लिए लड़ता हूं और मैं स्वर्ग तथा पृथ्वी में व्याप्त हूं।"[2] जहां एक ओर हमसे कहा जाता है कि हम भौतिक पाप पर आध्यात्मिक बल द्वारा विजय पाने का यत्न करें, जैसाकि वशिष्ठ-विश्वामित्र संघर्ष से स्पष्ट है, वहां पाप का भौतिक रूप से प्रतिरोध करने की भी अनुमति दी गई है। यद्यपि सारे समय ज़ोर इस बात पर दिया गया है कि शत्रु को जीतने के लिए आत्मिक बल का प्रयोग किया जाए, फिर भी बलप्रयोग का एकदम निषेध नहीं कर दिया गया है। साधु और तपस्वी लोग, जो संसार से विरक्त हो चुके हैं

1. अथ यत् तपो दानं, आर्जवं, अहिंसा, सत्यवचनं इति ता अस्य दक्षिणः।—3-17-4
साथ ही देखिए,
अहिंसा प्रथमं पुष्पं पुष्पम् इन्द्रियनिग्रहः
सर्वभूतदया पुष्पं, क्षमा पुष्पं विशेषतः
शान्ति पुष्पं तपः पुष्पं, ध्यानपुष्पं तथैव च
सत्यम् अष्टविधं पुष्पं, विष्णोः प्रीतिकरं भवेत्।—'पद्मपुराण'

2. 1-10-125

और इसलिए जिनका सुसंगठित समाजों के कल्याण से कोई सीधा सरोकार नहीं है, भले ही व्यक्तियों या समुदायों की रक्षा के लिए शस्त्र न उठाएं, परन्तु नागरिकों पर ऐसा कोई प्रतिबन्ध नहीं है कि वे, यदि आवश्यकता हो और संभव हो तो, आक्रमण का शस्त्रों द्वारा प्रतिरोध न करें। जब एक योद्धा सेनापति सिंह ने बुद्ध से पूछा कि क्या अपने घर-बार की रक्षा के लिए युद्ध करना बुरा है, तो बुद्ध ने उत्तर दिया, "जो दण्ड का पात्र है, उसे दण्ड दिया ही जाना चाहिए। तथागत की शिक्षा यह नहीं कि जो लोग शान्ति बनाए रख़ने का कोई उपाय शेष न रहने पर धर्म के लिए युद्ध करते हैं, वे दोषी हैं।" 'भगवद्गीता' में भी इसी प्रकार का दृष्टिकोण अपनाया गया है। इसमें अर्जुन को, जो अपने कर्तव्य का पालन करने से हिचक रहा था, 'स्वधर्म' का उपदेश दिया गया है। अहिंसा जीवन के अन्तिम दो सोपानों, वानप्रस्थ और संन्यास के लिए है। अर्जुन क्षत्रिय गृहस्थ होते हुए संन्यासी के आदर्श पर नहीं चल सकता। कृष्ण ने न्याय के लिए सब शान्तिपूर्ण उपायों को आज़मा देखा, पर जब उनमें सफलता न मिली, तो उसने अर्जुन को सलाह दी कि वह स्वार्थी और पापी शोषकों के विरुद्ध न्याय के लिए कर्तव्य-भावना से युद्ध करे। कृष्ण अपनें शान्तिपूर्ण दौत्यकर्म में असफल वापस लौटा; उसने कहा, "जो कुछ सत्य, उचित और लाभदायक था, वह सब दुर्योधन को बताया गया; पर वह मूढ़ मानने वाला नहीं है। इसलिए मेरे विचार में उन पापियों के लिए अब चौथा उपाय, युद्ध द्वारा दंड देना, ही उचित है। अन्य किसी उपाय से उन्हें सही रास्ते पर नहीं लाया जा सकता।" फिर यदि कोई मनुष्य अपने हित के लिए दूसरे मनुष्य को मारता है, तो वह गलत काम करता है, परन्तु यदि वह सामान्य हित के लिए किसी को मारता है, तो उसे दोष नहीं दिया जा सकता। इसके अतिरिक्त, अर्जुन की मनोवृत्ति दुर्बलताजनित थी, शक्तिजनित नहीं। उसे मारकाट करने में इसलिए एतराज़ नहीं था कि मारकाट अपने-आपमें बुरी चीज़ है; उसे तो केवल अपने सम्बन्धियों को मारने में एतराज़ था। अब उसे उपदेश दिया गया कि वह क्रोध, भय और द्वेष को त्याग कर युद्ध करे। प्रेम का विलोम घृणा है, बल नहीं। ऐसे भी अनेक अवसर होते हैं, जब प्रेम बल का प्रयोग करता है। प्रेम केवल भावुकता नहीं है। वह असत् (बुराई) का निवारण करने और सत् (अच्छाई) की रक्षा के लिए बल का प्रयोग कर सकता है। कृष्ण अर्जुन को वस्तुओं की सारी योजना समझाता है और उसे प्रेरणा देता है कि वह संसार के कल्याण के लिए कार्य करने वाले लोगों में अपना स्थान ग्रहण करे। वह कहता है कि संसार में प्रत्येक व्यक्ति को अपना कर्तव्य करना चाहिए, और उसमें अपनी सारी शक्ति लगा देनी चाहिए। जिस मानवता और प्रेम के नाम पर अर्जुन लड़ने से इनकार कर रहा था, अब उसी मानवता और प्रेम के नाम पर उसे युद्ध करने को कहा जाता है। अहिंसा कोई शारीरिक दशा नहीं है, अपितु यह तो मन की प्रेममयी वृत्ति है।[1] मानसिक स्थिति के रूप में अहिंसा अ-प्रतिरोध से भिन्न वस्तु है। यह वैमनस्य और द्वेष का अभाव है। कई बार, प्रेम की भावना के कारण बुराई का प्रतिरोध करने की वस्तुतः आवश्यकता पड़ती है। हम लड़ते

1. देखो 'योगसूत्र', 2-35
अहिंसाप्रतिष्ठायां तत्सन्निधौ वैरत्यागः।

हैं, किन्तु आन्तरिक शान्ति से भरे हुए। हमें स्वयं बिना बुरा बने बुराई का विनाश करना चाहिए। मानव-कल्याण सबसे बड़ी अच्छाई है; शान्ति और युद्ध केवल उसी सीमा तक अच्छे हैं, जहां तक वे मानव-कल्याण में साधक हैं। हम यह नहीं कह सकते कि हिंसा अपने-आपमें बुरी है। पुलिस द्वारा की गई हिंसा का उद्देश्य सामाजिक शान्ति होता है। इसका उद्देश्य है आपाधापी को रोकना। सब मामलों में युद्ध का उद्देश्य विनाश नहीं होता। जब युद्ध का उद्देश्य मानव-कल्याण हो, जब युद्ध व्यक्तित्व के प्रति आदरशील हो, तब वह क्षम्य है। यदि हम यह कहें कि अपराधी के व्यक्तित्व पर भी आंच नहीं आनी चाहिए, तब भी जबकि वह दूसरे लोगों के व्यक्तित्वों का अतिलंघन करता हो; यदि हम गुंडे के जीवन को भी पुनीत मानकर व्यवहार करें, जबकि वह अपने से कहीं अधिक मूल्यवान जीवनों को नष्ट कर रहा हो, तो हम बुराई के सामने घुटने टेक रहे होते हैं। हम बलप्रयोग को परिस्थितियों से पृथक् करके अच्छा या बुरा नहीं कह सकते। डाक्टरी आपरेशन में भी रोगी को कष्ट दिया जाता है, परन्तु वह रोगी की जान बचा सकने के लिए किया जाता है। चाकू चिकित्सक का है या हत्यारे का, इसी में सारा अन्तर है।[1]

इस अपूर्ण संसार में, जहां सब मनुष्य सन्त नहीं हैं, संसार का काम चलाते रहने के लिए बल का प्रयोग करना ही पड़ेगा। सत्य युग में बल-प्रयोग की आवश्यकता नहीं थी; परन्तु कलियुग में, जबकि लोग धर्म से पतित हो गए हैं, बल का प्रयोग आवश्यक है। राजा दण्ड को धारण करनेवाला है—दण्डधर। क्षत्रिय वर्ण को मान्यता देने से बल-प्रयोग का औचित्य स्पष्ट हो जाता है। मनु और याज्ञवल्क्य स्वीकार करते हैं कि धर्म या कर्तव्य का पालन करने में कभी-कभी दंड की भी आवश्यकता पड़ती है।[2] वर्तमान परिस्थितियों में उच्छृंखलों को नियंत्रण में रखने के लिए, असहायों की रक्षा के लिए, और मनुष्य मनुष्य तथा समुदाय समुदाय में व्यवस्था बनाए रखने के लिए बल का प्रयोग आवश्यक है। परन्तु इस ढंग का बल का प्रयोग विनाश के इरादे से नहीं किया जाता। जिन पर इसका प्रयोग किया जाता है, अन्ततोगत्वा उनका इससे भला ही होता है। यदि हमें अराजकता से बचना है, तो इस प्रकार की न्यायसंगत पुलिस (आरक्षक) कार्रवाई आवश्यक है।

हिंसा या सताना दंड या सज़ा से भिन्न वस्तु है। हिंसा से निर्दोष व्यक्ति को चोट पहुंचती है; दंड अपराधियों की वैध रूप से रोकथाम करता है। बल कानून बनाने वाला नहीं है, अपितु कानून का सेवक है। शासन करने वाला सिद्धान्त है धर्म या औचित्य; और बल तो केवल उनके आदेशों का पालन करवाता है। महाभारत में विद्यार्थी का आदर्श इस प्रकार प्रस्तुत किया गया है, "आगे चारों वेद हों; पीछे बाण समेत धनुष हो; एक ओर आत्मा अपने आत्मिक बल से अपनी लक्ष्य-प्राप्ति में लगी हो और दूसरी ओर सैनिक बल अपना उद्देश्य पूरा कर रहा हो;"[3] परन्तु जैसा रामायण में कहा

1. चिकित्सकश्च दुःखानि जनयन् हितमाप्नुयात्।—अनुष्ठान पर्व, 227-5

2. ब्रह्मतेजोमयं दण्डम् असृजत् पूर्वमीश्वरः।—मनु०, 7-14
फिर,
धर्मो हि दण्डरूपेण ब्रह्मणा निमितः पुरा।—याज्ञवल्क्य, 1-533

3. अग्रतश्चतुरो वेदाः पृष्ठतः सशरं धनुः,
इदं ब्रह्मम् इदं क्षत्रं, शापादपि शरादपि।

गया है, "योद्धा का बल घृणित बल है; ऋषि का बल ही सच्ची शक्ति है।"[1] जहां अहिंसा सम्भव न हो, वहां हिंसा की अनुमति दी गई है। यह कहा गया है कि "यदि कोई ग्राम के कल्याण के लिए, स्वामी के प्रति निष्ठा के कारण, या असहायों की रक्षा के लिए किसी को मारे, कैद करे या कष्ट दे, तो उसे पाप नहीं लगता।"[2] फिर, "यदि गुरु शिष्य को दंड दे, स्वामी सेवकों को दण्ड दे और राजा अपराधी को दण्ड दे, तो उसे धर्म का फल (पुण्य) मिलता है।"[3] मनु का कथन है, "आततायी को, चाहे वह गुरु हो, बूढ़ा हो या जवान हो या चाहे विद्वान ब्राह्मण ही क्यों न हो, बिना हिचक मार डालना चाहिए।"[4] वेदों में युद्धों और लड़ाइयों का वर्णन है; और उनमें अपनी विजय और शत्रु की पराजय के लिए प्रार्थनाएं हैं। महाकाव्यों के नायक देवताओं के शत्रु असुरों से युद्ध करते ज़रा नहीं हिचकते। यहां तक कि ब्राह्मण भी शस्त्र धारण करते थे, जैसा कि परशुराम, द्रोणाचार्य और अश्वत्थामा जैसे ब्राह्मण योद्धाओं के उदाहरण से स्पष्ट है।[5] कौटिल्य ने तो ब्राह्मण सेनाओं तक का उल्लेख किया है, जो शरणागत या दीन हुए शत्रु पर दया करने के लिए प्रसिद्ध थीं। महाभारत में प्रश्न किया गया है, "ऐसा कौन है, जो हिंसा नहीं करता? अहिंसा-व्रती तपस्वी लोग तक हिंसा करते हैं, किन्तु बहुत प्रयत्न करके वे उसे न्यूनतम करते हैं।"[6] आत्मरक्षा के लिए और आहार पाने के लिए हमें जीवन का कुछ न कुछ नाश करना ही पड़ता;[7] परन्तु उसके लिए हमें खेद होना चाहिए, उसके विषय में प्रसन्न नहीं होना चाहिए। जितनी नितान्त आवश्यक है, उससे अधिक हत्या या हिंसा हमें कदापि न करनी चाहिए।

पूर्ण अच्छाई की आकांक्षा और पूर्ण आदर्श को दूषित करने वाले आंशिक कार्यों को करने की आवश्यकता में कुछ विरोध है; फिर भी कार्यों को आगे बढ़ाने का यह विरोध ही एकमात्र मार्ग है। सारे मानवीय प्रयत्न का मूल यह विरोध ही है। हमें पूर्ण अहिंसा के सर्वोच्च आदर्श

---

1. धिग्बलं क्षत्रियबलं ब्रह्मतेजोबलं बलम्।
2. ग्रामार्थं भर्तृपिण्डार्थं दीनानुग्रहकारणात्,
वधबन्धपरिक्लेशान् कुर्वन् पापात् प्रमुच्यते।—अनुष्ठान पर्व, 231-23
3. गुरुः सन्तर्जयन् शिष्यान् भर्ता भृत्यजनान् स्वकान्
उन्मार्गप्रतिपन्नांश्च शास्ता धर्मफलं लभेत्।—अनुष्ठान पर्व, 227-4
4. 8-350
5. यद्यपि अनेक स्थानों पर यह कहा गया है कि ब्राह्मणों के लिए अहिंसा ही परम धर्म है, फिर भी हिन्दू शास्त्रकार देश और धर्म की रक्षा के लिए ब्राह्मणों को शस्त्र उठाने की अनुमति देते हैं। मनु० 8-348। देखिए,
अहिंसा परमो धर्मः सर्वप्राणभृतांवर
तस्मात् प्राणभृतः सर्वान् न हिंस्यात् ब्राह्मणः क्वचित्
अहिंसा सत्यवचनं क्षमा चेति विनिश्चितम्
ब्राह्मणस्य परो धर्मः वेदानां धारणोपि च।—महाभारत, आदिपर्व, 9-13-14
6. केन हिंसन्ति जीवान् वै लोकेस्मिन् द्विजसत्तम
बहु संचित्य इह वै नास्ति कश्चिद् अहिंसकः।
अहिंसायास्तु निरताः यतयो द्विजसत्तम
कुर्वन्त्येव हि हिंसां ते यत्नादल्पतरा भवेत्।—वनपर्व 212-32-34
7. सत्त्वैः सत्त्वानि जीवन्ति। (जीव जीव को खाकर जीता है।)—महाभारत

और उन वास्तविक परिस्थितियों के बीच में से, जिनमें कि हमें अपूर्ण साधनों के सहारे उच्चतम आदर्श तक पहुंचना है, मार्ग निकालना होगा। धर्म के ये नियम सामाजिक दशाओं के सापेक्ष हैं और हो सकता है कि इनका पूर्ण अच्छाई के सिद्धान्तों से विरोध हो; परन्तु इनके अभाव में समाज में कोई कानून ही न रहेगा और अराजकता मच जाएगी। परम आदर्श का विद्यमान सामाजिक परिस्थितियों के साथ मेल बिठाया जाना चाहिए; और इन दोनों की पारस्परिक क्रिया से समाज का विकास निश्चित रूप से होता रह सकता है।

सामाजिक उन्नति एक निरन्तर विकसित होती हुई सामाजिक प्रक्रिया है, जिसमें पूर्ण प्रेम के आदर्श के प्रति निष्ठा और जिन सुनिर्दिष्ट दशाओं में हमें काम करना है, उनके प्रति संवेदनशीलता दोनों की ही आवश्यकता होती है। निःसन्देह आदर्श तो पूर्ण अहिंसा ही है। प्रेम और न्याय द्वारा शासित संसार में बल-प्रयोग की कोई आवश्यकता न होगी। शास्त्रकार नारद ने कहा है, "जब लोग स्वभावतः धार्मिक थे और सत्यपरायण रहते थे, तब न कोई व्यवहार' (कानूनी झगड़ा-मुकदमेबाज़ी) था, न द्वेष था, न स्वार्थपरता थी।"[1] संसार-भर के सन्तों का विश्वास पूर्ण अहिंसा में रहा है। वे बुराई का विरोध मनाने, समझाने और निष्क्रिय प्रतिरोध द्वारा करते हैं। वे सहिष्णुता, स्वेच्छा से कष्ट सहन अर्थात् तप में विश्वास करते हैं। हिंसा भय, द्वेष और निष्ठुरता को जन्म देती है और केवल उन्हीं लोगों के लिए सम्भव है, जो आध्यात्मिक दृष्टि से अपरिपक्व या विकृत हैं। सन्त लोग शान्तिपूर्ण बर्ताव की, सबके प्रति न्यायपूर्ण व्यवहार की और दुर्बलों के प्रति दया की परम्पराएं स्थापित करते हैं। भीष्म ने युधिष्ठिर को बताया था कि अहिंसा सर्वोच्च धर्म है, सर्वोच्च तप है और सर्वोच्च सत्य है, और इसीसे बाकी सब गुणों का जन्म होता है।[2] सन्त आत्माएं बल का प्रयोग नहीं कर सकतीं, क्योंकि उनकी सब वासनाएं मर चुकी होती हैं; फिर भी वे बुराई पर विजय पाने में समर्थ होती हैं। "कठोर को मृदु से जीता जाता है; अकठोर को भी मृदु जीत लेता है; मृदु के लिए असाध्य कुछ नहीं है; इसलिए मृदु अधिक शक्तिशाली है।"[3]

---

1. छान्दोग्य उपनिषद् 502, जहां अश्वपति कैकेय यह दावा करता है कि उसने अपने राज्य से चोरों, शराबियों, अशिक्षितों और व्यभिचारियों को साफ कर दिया है :

   न मे स्तेनो जनपदे, न कदर्यो न मद्यपः,
   नानाहिताग्निर्न चाविद्वान् न स्वैरी स्वैरिणी कुतः।

2. अहिंसा परमो धर्मः, अहिंसा परमं तपः
   अहिंसा परमं सत्यं, ततो धर्मः प्रवर्तते।—अनुष्ठान पर्व 4-25
   साथ ही देखिए, आदिपर्व 115-25

3. मृदुना दारुणं हन्ति, मृदुना हन्त्यदारुणम्,
   नासाध्यं मृदुना किञ्चित् तस्मात्तीक्ष्णतरं मृदुः।
   तुलना कीजिएः —महाभारत
   अक्क्रोधेन जिने कोधम्, असाधुं साधुना जिने,
   जिने कदरियं दानेन, सच्चेनालीकवादिनम्।
   अक्रोधेन जयेत् क्रोधम्, असाधुं साधुना जयेत्,
   जयेत् कदर्यं दानेन, सत्येनालीकवादिनम्।

जो लोग पूर्णता का आध्यात्मिक जीवन बिताना चाहते हैं, वे संसार को त्याग कर मठों में चले जाते हैं या किसी धार्मिक सम्प्रदाय में दीक्षित हो जाते हैं। इन संन्यासियों से आशा की जाती है कि वे अहिंसक रहेंगे। "सबको समान दृष्टि से देखता हुआ वह सब प्राणियों के प्रति मित्र भाव रखे। और भक्त होने के कारण उसे किसी भी प्राणी को, चाहे वह मनुष्य हो या पशु, मन, वचन या कर्म से कष्ट नहीं पहुंचाना चाहिए और उसे सब प्रकार के लगाव (राग) का त्याग कर देना चाहिए।"[1] बुद्ध ने अपने शिष्यों को सावधान किया था कि वे किसी भी प्राणी को चोट न पहुंचाएं और न सताएं। पार्श्वनाथ ने अपने शिष्यों से चार महाव्रत ग्रहण करवाए : प्राणियों को न सताना (अहिंसा), सत्यपरायण रहना, चोरी न करना (अस्तेय) और धन-सम्पत्ति का संग्रह न करना (अपरिग्रह)। वे संन्यासी लोग समाज के उन बाह्य रूपों के अन्तर्गत नहीं आते, जो अपने किसी विशिष्ट कृत्य को कर रहे होते हैं और जब उनका वह कृत्य समाप्त हो जाता है, तो वे स्वयं भी लुप्त हो जाते हैं। ये बाह्य रूप तो आन्तरिक संगठन का आकस्मिक प्रकटन मात्र हैं। वे संन्यासी यद्यपि सामाजिक संघर्षों में कोई भाग नहीं लेते, फिर भी वे प्रभावी रूप से सामाजिक उन्नति में सहायक होते हैं। वे सामाजिक आन्दोलन के सच्चे निर्देशक हैं, भले ही वे उस आन्दोलन में स्वयं भाग न ले रहे हों। उन्हें देखकर हमें अरस्तू की गतिहीन प्रेरकशक्ति', (मोटर इम्मोबिलिस) याद आ जाती है।

हिन्दू शास्त्र अहिंसा को सर्वोच्च कर्तव्य मानते हैं, परन्तु वे ऐसे अवसरों का भी संकेत करते हैं, जब अहिंसा के इस सिद्धान्त से विचलित होने की भी अनुमति दी जा सकती है। हम ऐसे समाज में रहते हैं, जिसके कुछ कानून, संहिताएं और प्रथाएं हैं, जो आदर्श नहीं हैं, बल्कि उनमें कुछ बीच का समझौते का-सा मार्ग निकाला गया है, जिसमें सेना का, पुलिस का और जेलों का प्रयोग होता है। ऐसे समाज में भी हम सब मनुष्यों के प्रति प्रेम-भाव से पूर्ण जीवन बिता सकते हैं। आदर्श को सम्मुख रखते हुए और उसे पाने का सतत प्रयत्न करते हुए भी हिन्दू दृष्टिकोण कानूनों और संस्थाओं के औचित्य को इसलिए स्वीकार करता है, क्योंकि मनुष्यों के हृदय इतने कठोर हैं। "बुद्धिमान लोग जानते हैं कि धर्म और अधर्म दोनों दूसरे को कष्ट देने से मिश्रित हैं।" परन्तु ये सब संस्थाएं तो और अच्छी व्यवस्था तक पहुंचने की सीढ़ियां-भर हैं। यह ठीक है कि असम्भव पूर्णता की खोज से हमें अपने-आपको खो बैठने की आवश्यकता नहीं है, फिर भी हमें अपूर्णता को हटाने और आदर्श की ओर बढ़ने के लिए निरन्तर प्रयत्नशील रहना चाहिए। सभ्यता में प्रगति की परख इस बात से की जाती है कि ऐसे अवसर कितने आए और वे किस ढंग के थे, जिनपर नियम का अपवाद करने की अनुमति दी गई। बालकों के अध्यापन की पाशविक पद्धतियों को और अपराधियों को दिए जाने-वाले बर्बरतापूर्ण दण्डों को समाप्त किया जाना चाहिए। अहिंसा के आदर्श को हमें एक श्रेष्ठ लक्ष्य मानकर चलना चाहिए और इससे हुए विचलनों को खेद के साथ ही अंगीकार करना चाहिए। ईसा और उसके शिष्यों के उपदेशों में भी इससे बहुत कुछ मिलता-जुलता दृष्टिकोण प्राप्त होता है।

1. विष्णु पुराण, 3-9

ईसाई-दृष्टिकोण

'ओल्ड टेस्टामेंट' (ईसाइयों की प्राचीन धर्म पुस्तक) में दो विचारधाराएं हैं, एक शान्तिपूर्ण[1] और दूसरी, जो अधिक प्रमुख है, निश्चित रूप से सैन्यवादी। 'ओल्ड टेस्टामेंट' का परमात्मा युद्ध और कत्ले-आम की अनुमति देता है। इस सैन्यवादी मनोवृत्ति को अपनाने के कारण ही राष्ट्र नष्ट हो गया।

ईसा की शिक्षा क्या थी, यह प्रश्न ऐसा नहीं है, जिसका निर्णय युद्ध की वैधता से असंगत वक्तव्यों या दूसरी ओर बल-प्रयोग की अनुमति देनेवाले वक्तव्यों के आधार पर किया जा सके। इसका पता तो ईसा के चरित्र और आचरण से ही चलाना होगा। इस दृष्टि से हम कह सकते हैं कि ईसा सब प्रकार की हिंसा का निषेध करता है और राष्ट्रों की इच्छा को दूसरों पर लादने के लिए युद्ध की मनाही करता है। जब ईसा 'ओल्ड टेस्टामेंट के इस आदेश को उद्धृत करता है "तू हत्या न करेगा," तो वह इसे और भी विस्तृत महत्त्व प्रदान करता है। वह कहता है "जो कोई अपने भाई से नाराज़ होता है, वह इस खतरे में है कि फैसला उसके विरुद्ध हो जाए।" 'न्यू टेस्टामेंट' में एक प्रसिद्ध दृष्टान्त द्वारा सैन्यवादियों के अंधेपन पर प्रकाश डाला गया है, "जब एक सशक्त और सशस्त्र पुरुष अपने महल की रक्षा करता है, जब उसकी चीज़ें शान्ति से पड़ी रहती हैं, पर जब कोई उससे भी शक्तिशाली पुरुष उसपर आक्रमण करता है और उसे हरा देता है, तो वह उससे वे कवच और शस्त्रास्त्र छीन लेता है, जिनपर उसे भरोसा था और लूट के माल को लोगों में बांट देता है।"[2]

ईसा के इस इलहाम (दैवीय ज्ञान की स्फुरणा) के, कि परमात्मा हम सबका पिता है, क्रान्तिकारी निहितार्थ उन जातियों के व्यवहारों के कारण ढंक-से गए, जिन्होंने ईसाइयत को अपनाया। 'सर्मन ऑन दि माउंट' (ईसा द्वारा एक पहाड़ी पर दिया गया उपदेश) को बड़ा निराशा-भरा उपदेश समझा गया, जो व्यक्तियों पर भले ही लागू हो सके, परन्तु राष्ट्रों पर लागू नहीं होता। ईसा की इन उक्तियों को, "जो कोई तुम्हारे दायें गाल पर थप्पड़ मारे, उसके सामने अपना बायां गाल भी कर दो," "बुराई का प्रतिरोध मत करो", "जो तलवार उठाते हैं, वे तलवार से ही नष्ट हो जाएंगे", "यदि मेरा राज्य इस संसार में होता, तो मेरे अनुयायी लड़ते; परन्तु अब मेरा राज्य यहां नहीं है," केवल व्यक्तियों के पारस्परिक सम्बन्धों से सम्बद्ध बताया गया, जिनमें क्रोधपूर्ण प्रतिशोध की अपेक्षा विशालहृदयता अधिक सफल सिद्ध होती है। ईसा कोई विधान-निर्माता नहीं था, और उसका अ-प्रतिरोध का सिद्धांत अपने उन थोड़े-से अनुयायियों के लिए था, जो प्रतिकूल परिस्थितियों से घिरे थे : ईसा ने हमें सार्वजनिक कानून की प्रणाली को समाप्त कर देने को नहीं कहा। कोई भी संगठित समाज बल प्रयोग किए बिना नहीं रह सकता। यहां तक कि ईसाई राज्यों को भी अपराधियों के गिरोह का दमन करना होगा और आक्रमणकारियों से अपनी रक्षा करनी पड़ेगी। सशस्त्र प्रतिरोध ईसा की शिक्षाओं के प्रतिकूल नहीं है। ईसा ने

---

1. देखिए मैथ्यू, 5-43-44; ल्यूक, 9-51-56
2. ल्यूक, 9-21-22

स्वयं बड़े उग्र शब्दों में चोरेज़िन, बेथसैदा और केपरनौम नगरों की निन्दा की थी। वह स्क्राइबों (जाति-विशेष) और फेरि सियों पर बहुत कुपित था। उसने पैसे का लेन-देन करनेवालों को कोड़े मार-मारकर मन्दिर से निकाल दिया था। "और ईसा परमात्मा के मन्दिर में गया और उसने महाजनों की मेज़ें और घुग्घियां (फाख्ता) बेचनेवालों की कुर्सियां उलट दीं।" यह आचरण, जो ईसा के प्रेमपूर्ण और मृदु स्वभाव से बिलकुल असंगत है और जिसकी बुद्ध या गांधी के मामले में कल्पना भी नहीं की जा सकती, हिंसा को उचित ठहराने के लिए प्रस्तुत किया जाता रहा है। सैन्यवादियों ने ईसा के उस पक्ष पर ज़ोर दिया है, जिसमें वह कहता था कि मुक्ति सम्प्रदाय के आधार पर होगी, केवल यहूदियों की, सैमेरिटन (समारी) लोगों तक की नहीं; जिसने हैरोड को 'श्रृगाल' (लोमड़ी) कहा था; जिसने अंजीर के वृक्ष को शाप दिया था; जिसने सीरोफोनिशियन स्त्रियों को फटकारा था; और जिसने अनेक बार बड़े उग्र शब्दों में फेरिसियों को सांप, पाखंडी, प्रपंची और झूठे कहकर निन्दा की थी, हालांकि वह उनका अतिथि बनकर रहा था। अपनी मृत्यु के बाद जिस राजनीतिक उथल-पुथल की उसने प्रत्याशी की थी, उसकी ओर संकेत करते हुए अपने अनुयायियों को जोश दिलाते हुए उसने कहा था कि जब उपयुक्त क्षण आ जाए तो वे अपने कपड़े तक बेचकर तलवारें खरीद लें। "मैं शान्ति देने नहीं आया बल्कि तलवार देने आया हूं।" उसने घोषणा की थी कि "जो कोई इन नन्हे-मुन्नों को सताए, अच्छा है कि उसके गले में चक्की को पाट बांधकर उसे गहरे समुद्र में डुबा दिया जाए।" वह बुरे लोगों के विरुद्ध बहुत उग्र था और पश्चात्ताप न करने वाले पापियों के प्रति अत्यन्त कठोर। मानव-जीवन अन्तर्विरोधों से भरा है और हमें दो बुराइयों में से उसे चुनना होता है, जो कम बुरी हो। किसी सुनिर्दिष्ट परिस्थिति में हमें अच्छाई और बुराई को तोलकर देखना चाहिए और उस परिस्थिति में जिससे अधिकतम मानव-कल्याण हो, वही करना चाहिए। बहुत बार इन दो बातों में से एक को चुनना होता है— बड़ा आपरेशन या रोगी की सुनिश्चित मृत्यु। ईसाई चर्च की हमें सलाह है कि अहिंसा के सिद्धान्त का हल्के तौर पर पालन किया जाए और ईसाई चर्च अपने अनुयायियों से यह आग्रह भी नहीं करता कि वे "सम्पत्ति या स्त्री या शस्त्रों" को पूर्ण रूप से त्याग दें।

प्रारम्भिक दिनों में चर्च ने युद्धों का प्रतिवाद भी किया। जस्टिन मार्टियर मार्सियोन, ओरिगैन, टर्टुलियन, साइप्रियन, लैक्टैंटियस और युसेबियस सभी ने युद्ध को ईसाइयत से बेमेल बताकर उसकी निन्दा की। क्लीमैंट आफ अ़लैग्ज़ैंड्रिया (ईस्वी सन् 190-225) ने युद्ध की तैयारियों के विषय में एतराज़ किया और ईसाई गरीबों की तुलना "एक शस्त्रहीन, युद्धहीन, रक्तपातहीन, क्रोधहीन और भ्रष्टीकरणहीन सेना" से की। टर्टुलियन (ईस्वी सन् 198-203) ने कहा है कि जब पीटर ने माल्कस का कान काट लिया, "उसके बाद से ईसा ने सदा के लिए तलवार की करतूतों को शाप दे दिया।" हिप्पोलाइटस (ईस्वी सन् 203) रोमन साम्राज्य को ऐपोकैलीप्स (प्रकाशित वाक्य) का चौथा हिंस्र पशु मानता था और युद्ध की सज्जा को इसका एक विशिष्ट अंग बताते हुए इसे ईसाई चर्च का शैतानी अनुकरण कहता था। साइप्रियन (ईस्वी सन् 257) ने "शिविरों के रक्तपातमय आतंक के साथ सब ओर फैले हुए युद्धों" की निन्दा

की। प्रारम्भिक काल में ईसाई चर्च ने प्रबलतम राजकीय शक्ति से अत्याचार-पीड़ित होने पर भी बल-प्रयोग की निन्दा की; किन्तु थियोडोसियस महान (ईस्वी सन् 379-395) के समय से, जब ईसाइयत राज्य-धर्म बनी और दूषित हो गई, ईसाई-धर्म अहिंसा का विरोध करता रहा है। तब से लेकर चर्च और राज्य के बीच अनेक बार युद्ध हुए हैं और चर्च को हिंसा के अनौचित्य या औचित्य पर विचार करने का समय ही नहीं मिला। पहली तीन शताब्दियों तक ईसाई चर्च सुनिश्चित रूप से युद्ध का विरोधी रहा। फिर भी जब ईसाइयत राज्य-धर्म के रूप में प्रतिष्ठित हो गई, तब युद्ध का प्रवेश ईसाई-व्यवस्था में हुआ; पहले तो युद्ध को केवल सह्य माना गया, पर बाद में उसे चर्च का शुभाशीर्वाद भी प्राप्त हो गया। सैंतीसवें अनुच्छेद में कहा गया है कि "ईसाई लोगों के लिए यह वैध कार्य है कि वे मजिस्ट्रेट (दंडनायक) के आदेश पर शस्त्र धारण करें और युद्धों में भाग लें।" इसमें यह नहीं कहा गया कि न्यायोचित युद्ध में राष्ट्र की सहायता करना नैतिक कर्तव्य है; बल्कि यह कि जो वैसा करते हैं, वे ईसाई दृष्टिकोण से वैध आचरण कर रहे हैं। कैथोलिक का मन्तव्य है कि धर्मात्मा लोगों को "तलवार उठाने का अधिकार" प्राप्त है, यदि वे उसका उपयोग किसी न्याय पक्ष के लिए और किसी व्यक्तिगत लाभ का विचार किए बिना कर रहे हों। सेंट टामस ऐक्वाइनास ने पादरियों को प्रेरणा दी कि वे सैनिकों को उत्साहित करें, क्योंकि "पादरियों का यह कर्तव्य है कि वे न्यायोचित युद्धों में भाग लेने के लिए दूसरे लोगों को सलाह दें और प्रेरित करें।" यदि आज पोप और आर्कबिशप हमें यह बताते हैं कि वध करना ईसाई-कर्तव्य है, तो यह केवल इसी भावना की अभिव्यक्ति-मात्र है, जो अब से शताब्दियों पहले ईसाई-जगत् में आ प्रविष्ट हुई थी। आर० एच० हेग्रोड्ट ने 1915 में कहा था, "यदि नज़ारथ का ईसा, जो शत्रुओं से प्रेम करने का उपदेश देता था, आज फिर सशरीर हमारे बीच आ सकता—जर्मन को छोड़कर वह और कहीं जन्म लेना पसन्द न करता—तो तुम क्या सोचते हो कि वहां होता? क्या तुम समझते हो कि वह किसी चबूतरे पर खड़ा होकर क्रोध के साथ कह रहा होता, 'ओ पापी जर्मनीवासियों, अपने शत्रुओं से प्रेम करो?' बिलकुल नहीं। इसके बजाय वह सीधा मोर्चे पर दिखाई पड़ता, उन शस्त्रधारियों की सबसे अगली पंक्ति में, जो प्रचण्ड उग्रता के साथ युद्ध कर रहे हैं। हां, वह वहीं होता और लोहू-लुहान हाथों को और मारकाट करने के शस्त्रों को आशीर्वाद देता और शायद खुद एक न्याय की तलवार उठा लेता और जर्मनी के शत्रुओं को प्रतिज्ञात भूमि की सीमाओं से ठीक उसी प्रकार दूर और दूर खदेड़ता जाता, जैसे उसने एक बार व्यापारियों और सूदखोरों को धर्ममन्दिर से खदेड़ा था।"[1]

"बुराई का प्रतिरोध मत करो" का "बुराई का बल द्वारा प्रतिरोध करो" से और "दूसरा गाल भी सामने कर दो" का "फिर चोट करो" से मेल बिठाना प्रकाश का अन्धकार से और अच्छाई का बुराई से मेल बिठाना है। इस प्रकार का मेल बिठाने की चेष्टा को केवल मानव-स्वभाव की दुर्बलता के प्रति रियायत की दृष्टि से ही देखना उचित होगा। रिफॉर्मेशन (पुनर्गठन) के युग में युद्ध के विरोध में एक उत्कृष्ट प्रतिवाद कर्णगोचर होता है। इरैस्मस लिखता है, "ऐसी कोई वस्तु

1. 'दस स्पेक जर्मनी,' कूल ऐंड पौटर, पृष्ठ 8

नहीं है, जो युद्ध की अपेक्षा अधिक पापमय, विपत्तिमय...और अधिक नीचतापूर्ण, संक्षेप में मनुष्य के लिए अशोभन हो, फिर ईसाई के लिए तो कहना ही क्या ! युद्ध पाशविक से भी बुरा है। मनुष्य के लिए कोई जंगली पशु इतना विनाशकारी नहीं है, जितना कि उसका अपना साथी मनुष्य। जब पशु आपस में लड़ते हैं, तो वे उन शस्त्रों से लड़ते हैं, जो उन्हें प्रकृति ने दिए हैं, जबकि हम मनुष्य पारस्परिक हत्या के लिए उन शस्त्रों का प्रयोग करते हैं, जिनकी प्रकृति ने कभी कल्पना भी नहीं की थी। फिर पशु ज़रा-ज़रा-सी बात पर आक्रमण के लिए क्रुद्ध नहीं हो उठते, बल्कि वे तभी आक्रमण करते हैं, जब वे या तो भूख के मारे पागल हों, या जब खुद उनपर आक्रमण किया जाए, और या जब उन्हें अपने बच्चों की सुरक्षा पर आंच आने का डर हो। परन्तु हम मनुष्य बिलकुल थोथे बहानों पर, युद्ध के रंग-मंच पर कितने दुःखान्त अभिनय करते हैं?”

‘अपने शत्रुओं से प्रेम करो’ में अपने साथियों के प्रति एक उचित मनोभाव रहने का आग्रह है। इसमें केवल अ-प्रतिरोध की मांग नहीं है—अप्रतिरोध में घृणा और आन्तरिक हिंसा शेष रह जाती है और आधारभूत शक्ति-लालसा अछूती बच जाती है—बल्कि प्रेम की भावना की मांग है। क्रास की शिक्षा यह है कि हम संसार को युद्ध जैसी बुराई से तब तक मुक्त नहीं कर सकते, जब तक हम उससे उत्पन्न होनेवाले कष्टों को सहन करने को उद्यत न हों। जहां तक सम्भव हो, हमें बर्बरता से और अपने आसपास के संसार की हत्या-भरी वासनाओं से अलग रहने का प्रयत्न करना चाहिए और यह आशा करनी चाहिए कि किसी न किसी दिन स्वस्थतर सिद्धान्त के विकास का मौका आएगा। घृणा से उन्मत्त इस संसार में हमें प्रेम के लिए एक ज्योति जलानी ही होगी।

कहा जाता है कि बुराई को केवल बल द्वारा ही संयत रखा जा सकता है और इस संघर्ष और हिंसा से भरे संसार में यदि न्याय की रक्षा न की जाए, तो वह मर जाएगा। पर क्या प्रेम-भावना पर दृढ़ रहने के परिणामों की चिन्ता करने का काम हमारा है? इसका ध्यान परमात्मा रखेगा कि बुराई पर अच्छाई की विजय हो। हमारा कर्तव्य यह है कि सर्वदा और सर्वत्र प्रेम के विधान को लागू करें और कभी भी कार्यसाधकता, व्यावहारिकता, प्रतिष्ठा, सम्मान, सुरक्षा आदि के झमेलों में, जो सबके सब भय और अहंकार से उत्पन्न होते हैं, पड़कर राह न भूलें। एक सामान्य (सांझे) पिता में विश्वास रखते हुए हम ऐसी प्रणाली के साथ कभी सहमत नहीं हो सकते, जो नितान्त अविचार के साथ मनुष्यों के दलों का विनाश करती है। ईश्वर में विश्वास करनेवालों को युद्ध का, बुद्धिमत्ता और प्रेम की भावना का विरोधी होने के कारण, विरोध करना ही होगा। आप इसे चाहे किसी तरह क्यों न छिपाएं किन्तु युद्ध लोगों के एक समूह का लोगों के दूसरे समूह पर हत्या और विनाश द्वारा अपनी इच्छा लादने का प्रयत्न-मात्र है। युद्ध की जड़ें लोगों के हृदय में, अभिमान और भय में, ईर्ष्या और स्वार्थ में हैं, चाहे ये दुर्बलताएं राष्ट्रीय बाना भी धारण क्यों न कर लें।

क्या हम ‘पवित्र’, ‘न्याय्य’ या ‘रक्षात्मक’ युद्धों में भाग नहीं ले सकते? इस विषय में ईसा का उत्तर स्पष्ट और निश्चायक है। जब ईसा के शिष्य शत्रुओं से उसे बचाना चाहते थे, उनके उद्देश्य से बढ़कर तो और कोई पवित्र उद्देश्य हो नहीं सकता। वे केवल पृथ्वी के राज्य के लिए नहीं, अपितु परमात्मा के राज्य के लिए लड़ना चाहते थे, जिसके सामने देशभक्ति का बड़े से

बड़ा दावा फीका पड़ जाता है। परन्तु इस संसार का उद्धार शस्त्रों के प्रयोग द्वारा नहीं हो सकता। इसका उद्धार केवल कष्ट-सहनपूर्ण धैर्य और क्रास के बलिदानपूर्ण प्रेम द्वारा ही हो सकता है। कोई बदला नहीं, कोई प्रतिशोध नहीं—न राष्ट्रीय, न व्यक्तिगत। हम यह नहीं कह सकते कि प्रेम के सिद्धान्त को केवल व्यक्तिगत सम्बन्धों तक ही सीमित रखा जाए और उसका क्षेत्र सार्वजनिक तथा अन्तर्राष्ट्रीय सम्बन्धों तक न बढ़ाया जाए। ईसाई चेतना उन्नत हो रही है; और इसीलिए पन्द्रह वर्ष पहले लैम्बेथ में हुए एक सम्मेलन में आर्कबिशपों और बिशपों ने घोषणा की थी कि युद्ध "ईसा के विचारों से बेमेल है।" हम यह अनुभव करने लगे हैं कि यदि हम सभ्य समझे जाना चाहते हैं, तो हमें युद्धों का आमूल उन्मूलन करने का प्रयत्न करना चाहिए। यह मानवीय चेतना का विकास जैसी एक वस्तु है—सही और गलत के हमारे विवेक में वृद्धि।

युद्ध की भ्रान्तियां

जिसे हम गलत समझते हैं, उसके कारण इस संसार ने इतनी वेदना-क्रूरता नहीं सही, जितनी कि जिसे हम ठीक समझते हैं, उसके कारण। अपराधियों और गुण्डों द्वारा संसार को दिया गया कष्ट भले आदमियों के दुष्कर्मों के परिणामस्वरूप मिले कष्टों की तुलना में बहुत कम है। धार्मिक युद्धों को ईसाई चर्च का आशीर्वाद प्राप्त था। न्यायोचित यंत्रणा न केवल अपराधियों को दी जाती थी, अपितु सत्य उगलवाने के उपाय के रूप में साक्षियों को भी सहन करनी पड़ती थी। अल्प वेतन के लिए कठोर परिश्रम करवाने, बाल-श्रम, और दासता को न्यायोचित माना जाता था। अच्छे नागरिक युद्धों को भी सभ्य जीवन की स्वाभाविक और हानिरहित संस्था मानते रहे हैं। परन्तु हमारे वंशज राष्ट्रों के रूप में हमारे सामाजिक व्यवहार को उसी प्रकार लज्जाजनक समझेंगे, जैसे आज हम बलपूर्वक सती-प्रथा और दास-व्यापार को समझते हैं और हम अपने वंशजों के दृष्टिकोण को जितना शीघ्र समझ सकें, मानव-जाति के लिए उतना ही भला होगा। इन मामलों में हमें कृत्रिम उपायों द्वारा बर्बरता की दशा में रखा जा रहा है। वास्तविक खतरा दुष्ट लोग नहीं हैं, अपितु कानून का पालन करनेवाले, दयालु और परिश्रमी साधारण नागरिक हैं, जिनपर राष्ट्रीयता का उन्माद सवार है, क्योंकि उचित और अनुचित के बारे में उनके विचारों को जन-बूझकर और सुयोजित ढंग से विकृत कर दिया गया है। कोई बुराई सामाजिक प्रणाली में जितनी अधिक गहरी पैठ जाती है, उसके विरुद्ध मनुष्य की अन्तरात्मा को जगाना उतना ही अधिक कठिन हो जाता है। आधारभूत विचारों को, और मनोवेगों से सम्बद्ध जमी हुई आदतों को उखाड़ने की प्रक्रिया बहुत कष्टप्रद होती है। हमें स्थिरतापूर्वक एक युद्धहीन संसार के लक्ष्य की ओर बढ़ना है। मानव-स्वभाव मूलतः सुघट्य है, और इसके भविष्य की संभावनाओं की खोज की जानी अभी शेष है। पहले की अपेक्षा अब अधिक अच्छे बन जाने के बाद हम अनुभव करते हैं कि जितने अच्छे हम अब हैं, भविष्य में उससे भी अधिक अच्छे बन सकते हैं। यद्यपि एक अर्थ में, परमात्मा का राज्य पृथ्वी पर कभी भी उपलब्ध नहीं होगा, फिर भी एक और अर्थ में यह सदा उपलब्ध हो रहा है। संसार

कभी भी बिलकुल महिमा-शून्य नहीं रहा, भले ही वह वैसा न हो, जैसाकि उसे होना चाहिए। बुराई को मानना—अनुभव करना—जो मानव-स्वभाव और मानव-संस्थाओं में विद्यमान है, और जिसके कारण आज संसार में आग लगी है, आगे प्रगति की प्रस्तावना है। हमें शान्ति के लिए दृढ़ संकल्प को विकसित करना है और ऐसी परिस्थितियां स्थापित कर देनी हैं, जिनमें युद्ध का अभियान आकर्षक न रहे। मानव-स्वभाव सारतः अनुदार है और उसे अकर्मण्य भी कहा जा सकता है। केवल तीव्रतम आवश्यकता ही उसे जगाकर सक्रिय बना सकती है। यह केवल आन्तरिक और बाह्य आवश्यकताओं की प्रेरणा के अधीन ही परिवर्तित होता है; परन्तु परिवर्तित यह अवश्य होता है। यदि वह परिवर्तित न होता, तो मनुष्य कभी का एक लुप्त जाति बन चुका होता। मानव मन की भांति सुघट्य वस्तु और कुछ नहीं है। मनुष्य अभी भी निर्माण की दशा में है; उसका निर्माण पूर्ण नहीं हो चुका।

सभ्य राष्ट्र धीरे-धीरे यह समझने लगे हैं कि युद्ध विवादों का निर्णय कराने का पुराना पड़ गया तरीका है। आधुनिक युद्ध में उद्देश्यों के अनुपात में इतनी अधिक हत्या होती है कि अतीत में युद्ध को उचित ठहराने के लिए जो युक्तियां और मनोभाव प्रस्तुत किए जाते थे, वे अब समर्थनीय नहीं रहे। हत्या करना और जीवन को असह्य बना देना मानव-स्वभाव का अनिवार्य अंग बताया गया है। स्पैंगलर लिखता है, "मनुष्य शिकार-जीवी पशु है। मैं इस बात को बार-बार कहूंगा। धर्म के सब आदर्श और सामाजिक नैतिकतावादी, जो इससे कुछ आगे होना या जाना चाहते हैं, ऐसे शिकार-जीवी पशु हैं, जिनके दांत टूटे हुए हैं, और जो दूसरों से इसलिए घृणा करते हैं कि वे आक्रमण करते हैं, जिनसे वे बड़ी सतर्कता के साथ बचते रहते हैं।" राष्ट्रीयता के विषय में हाल में ही प्रकाशित एक पुस्तक में वही लेखक लिखता है, "युद्ध की आवश्यकता न तो राष्ट्रीयता में निवास करती है, न राष्ट्र में, अपितु इसका निवास तो मानव-स्वभाव में ही है। ऐसे काल की प्रत्याशा करना, जिसमें मनुष्य दूसरे मनुष्य-समूहों से संघर्ष करने के लिए अपने-आपको समूहों के रूप में संगठित करना छोड़ देंगे, केवल आदर्शलोक (यूटोपिया) की कल्पना प्रतीत होती है।"[1] मनुष्य कोई शिकार-जीवी पशु नहीं है, जो अपने निर्बलतर पड़ोसियों को सदा खा ही जाता हो। मानव-प्राणी हिंस्र पशुओं के समान नहीं है। फिर, मानवीय बर्ताव मुख्यतया अधिगत है, सहज प्रवृत्तिक नहीं। इस बर्ताव का निर्धारण जीवाणु-कोषों द्वारा नहीं होता, जैसे ततैयों और चींटियों के बर्ताव का होता है। समुद्र पार जाने के लिए हमारे पंख या मछलियों की तरह पर नहीं निकलते, अपितु हम विमान और जहाज़ बनाते हैं। मनुष्य की इस विशेषता के कारण ही वह शेष सृष्टि से उत्कृष्ट है। वह परिस्थितियों के अनुकूल अपने बर्ताव को ढाल सकता है। युद्ध-प्रेम कोई सहज प्रवृत्तिक मनोवृत्ति नहीं है, अपितु अधिगत मानसिक आदत है। आज का समाज चाहता है कि हम युद्धक्षेत्र में जाकर कष्ट उठाएं और मर जाएं, जैसे अन्य कालों में यह चाहता था कि लोग आत्मबलि दें या जगन्नाथ के रथ के नीचे लेटकर मर जाएं। हमारे मन सामाजिक व्यवस्था द्वारा विकृत कर दिए गए हैं। बमों और गोलों के भय से बढ़कर भय समाज

1. 'नेशनलिज़्म', पृष्ठ 335

का है। इसे झाड़ फेंकने के लिए हमें मानसिक और सामाजिक रूढ़ियों की लीक में से बाहर निकलना होगा। हमें मनोवैज्ञानिक वातावरण को बदलना होगा।

पशुओं को पालतू बनाए जाने से पहले शिकारी एक सामाजिक कर्तव्य को पूरा करता था, क्योंकि वह शिकार द्वारा खाद्य की व्यवस्था करता था। आज उस प्रयोजन के लिए शिकारी की आवश्यकता नहीं है; फिर भी शिकार लोकाचार (फैशन) की वस्तु बना हुआ है, क्योंकि 'जीविका के लिए शिकार' का स्थान 'आनन्द के लिए शिकार' ने ले लिया है। इसी प्रकार जब हम असभ्य आक्रमणकारियों से घिरे रहते थे, तब सैनिक जीवन को अधिक सुसह्य बनाने में सहायक होता था; पर आज युद्ध अनिवार्य है क्या? केवल मनुष्य ही एक ऐसा प्राणी है, जो ऐसे कारणों से हत्या करता है, जो कुछ कम या अधिक आधिविद्यक (मेटाफिज़िकल) हैं; किसी प्रदेश पर पुराने पड़ गए दावे के लिए, किसी सुन्दरी को पाने की बचकानी-सी इच्छा के कारण, सम्मान के लिए या किसी एक स्थान के बजाय किसी दूसरे स्थान पर सीमा-रेखा खींचने के लिए। जब किसी संस्था को और आगे चलाते रहने की आवश्यकता समाप्त हो जाती है, तो हम अपनी उन अधिगत रुचियों को तृप्त करने के लिए, जो दीर्घकालीन आदत के कारण उत्पन्न हो जाती हैं, अवास्तविक कारण गढ़ लेते हैं। कुछ समय तक युद्ध राजाओं तथा उच्चतर वर्ग के लोगों के लिए एक क्रीड़ा-प्रतियोगिता-मात्र था, जिसमें पुरस्कार सम्पत्ति और सम्मान थे।[1] युद्ध अपने-आप में एक लक्ष्य बन गया था, एक उत्तेजनामय खेल, पूंजीपतियों का एक निहित स्वार्थ। जो लोग युद्ध में भाग लेते हैं, वे बुरे आदमी नहीं होते, जोकि यह समझते हों कि वे कोई बुरा काम कर रहे हैं, अपितु वे भले आदमी होते हैं, जिनका यह पक्का विश्वास होता है कि वे ठीक काम कर रहे हैं। जब तक सत्ता और सफलता की पूजा होती है, तब तक सैनिक परम्परा, अपने यांत्रिक अमानवता के आधुनिक रूप में फलती-फूलती रहेगी। हमें अपने जीवन-मूल्यों को बदलना होगा : हमें यह मानना होगा कि हिंसा समुदाय-भावना का दुर्भाग्यपूर्ण उल्लंघन है और हमें संतोषजनक सम्बन्ध स्थापित करने के अन्य उपाय खोजने होंगे। किसी जगह बर्नार्ड शा ने कहा है कि किसी वस्तुतः सभ्य समाज में कोड़ों की सज़ा असंभव होगी, क्योंकि किसी भी व्यक्ति को इस बात के लिए तैयार नहीं किया जा सकेगा कि वह किसी को कोड़े मारे। परन्तु आज स्थिति यह है कि कोई भी भला जेल का सिपाही एक रुपया लेकर कोड़े मारने को तैयार हो जाता है; सम्भवतः इसलिए नहीं कि वह इसे पसन्द करता है या दंड शास्त्र की दृष्टि से वांछनीय समझता है, अपितु इसलिए कि उससे इस बात की प्रत्याशा की जाती है। यह सामाजिक प्रत्याशाओं के

1. चार्ल्स साग्नोबोस 'दि राइज़ आफ दि यूरोपियन सिविलाइज़ेशन' में लिखता है, "युद्ध को (मध्ययुग में) अमीर लोग कोई दुर्भाग्य नहीं समझते थे, अपितु उसे एक आनन्द की वस्तु समझते थे, और यहां तक कि उसे शत्रु के राज्य को लूटकर या शत्रु को कैद करके और उसकी प्राण रक्षा के लिए धन लेकर सम्पत्ति प्राप्त करने का सुअवसर समझते थे। कभी-कभी युद्ध के स्थान पर एक ही देश के अभिजातवर्ग के लोगों में पहले से तय की हुई लड़ाइयों का आयोजन किया जाता था। टूर्नामेंट का मूल रूप यही था, जिसमें दोनों पक्षों के लोग युद्ध केसे ही शस्त्रों से लड़ते थे और जिन प्रतिपक्षियों को वे घोड़ों से गिरा देते थे, उन्हें कैद कर लेते थे और धन पाने पर ही उन्हें छोड़ते थे।"

प्रति आज्ञापालन की भावना है। युद्ध की करुण और कुत्सितता इस बात में है कि हममें कोई बुराई न होते हुए भी हम इसमें भाग लेते हैं; इसलिए नहीं कि हम किसी प्रकार क्रूर हैं, बल्कि इसलिए कि हम दयालु होना चाहते हैं। हम युद्धों में भाग लेते हैं प्रजातंत्र की रक्षा के लिए, संसार को स्वाधीनता दिलाने के लिए, अपनी स्त्रियों और बच्चों की रक्षा करने के लिए और अपने घर-बार का बचाव करने के लिए। कम से कम हमारा विश्वास यही होता है।

जिस प्रकार नर-मांस-भक्षण, नर-मुंड-संग्रह जादूगरनियों को जीते जी जला देना, और द्वन्द्वयुद्ध समाज-विरोधी कृत्य समझे जाते हैं, उसी प्रकार युद्ध को भी एक महा भयानक बुराई समझा जाना चाहिए। हमें यह स्वीकार करना चाहिए कि नैतिक प्रमाप (स्टैंडर्ड) राज्यों पर भी लागू होते हैं। जो कर्म व्यक्ति के लिए बुरे समझे जाते है, वे ही राज्य द्वारा किए जाने पर उचित और ठीक नहीं बन सकते। युद्ध, जो बड़ी संख्या में लोगों द्वारा की गई हत्या और चोरी है, चाहे। कितना भी आवश्यक क्यों न हो, है बुराई ही।

यह युक्ति प्रस्तुत की जाती है कि साहस और त्याग, कर्तव्य के प्रति निष्ठा और बलिदान के लिए उद्यतता इत्यादि कुछ सैनिक गुण हैं। सैनिक का बड़प्पन का दावा युद्ध-यंत्र के प्रति उसकी स्वेच्छापूर्वक वश्यता स्वीकृति के कारण ही तो है। यह युद्ध के कल्पना-बहुल वर्णन, उसकी महिमा और संकटों का महाकाव्यों की पद्धति पर वर्णन करने के कारण ही संभव हुआ है। युद्ध को सभ्यता और प्रगति का एक साधन माना जाता है, सद्गुणों और आनन्द का एक स्रोत।[1] पुराने प्रारम्भिक दिनों में युद्ध अपेक्षाकृत निर्दोष वस्तु थे, मुक्केबाज़ी की प्रतियोगिताओं की एक माला की भांति, जिसमें योद्धा लोग एक-एक करके आपस में लड़ते थे। यहां तक कि मध्य युग में भी लोग सैनिक पेशा अपना लेते थे और अपने-आपको प्रतिद्वन्द्वी राष्ट्रों के हाथों वेतन भोगी सैनिकों के रूप में युद्ध के लिए बेच देते थे। इन राष्ट्रों से उनका अपना कोई सम्बन्ध न होता था। वे उन राज्यों के लिए हत्याएं करते थे, जिनके प्रति उनकी कोई निष्ठा नहीं होती थी। पर आधुनिक युद्ध, जिनमें आक्रमण के बर्बर अस्त्रों का प्रयोग होता है, जिनमें जनसमुदाय के सबसे असहाय और सबसे कम ज़िम्मेदार तत्वों का कत्ले-आम होता है, किसी भी राष्ट्र पर आ सकने वाली भयंकरतम विपत्ति हैं। स्त्रियों और बच्चों का नम्बर सबसे पहले आता है। मनुष्य की सूझ-बूझ चकमक पत्थर से इस्पात तक, इस्पात से बारूद तक, बारूद से विषैली गैस और रोगों के कीटाणुओं तक आगे बढ़ आई है। युद्ध अपने सघन स्वरूप और दूरगामी परिणामों के

1. ट्रट्स्के से तुलना कीजिए, "ओल्ड टेस्टामेंट' में न्याय्य और पवित्र युद्ध के सर्वोच्च सौन्दर्य का जिस धूमधाम के साथ वर्णन किया गया है, उसकी ओर से केवल कुछ भीरु स्वप्नद्रष्टाओं ने अपनी आंखें मींच ली हैं... जो जाति स्थायी शांति की मरीचिका सदृश आशा से चिपटी रहती है, वह अपने गौरवपूर्ण अलगाव में सड़-गलकर नष्ट हो जाती है और उसके सुधार का भी कोई उपाय नहीं रहता...युद्ध संसार से कभी समाप्त कर दिया जाएगा, यह आशा न केवल बेहूदी है, अपितु अत्यन्त अनैतिक भी। कल्पना कीजिए : इससे मानव-आत्मा की अनेक आवश्यक और श्रेष्ठ शक्तियां अल्पविकसित रह जाएंगी और सारा संसार अहंकार के एक विशाल मन्दिर में जा पहुंचेगा।" देखिए 'दस स्पेक जर्मनी', कुल तथा पोटर (1941), पृष्ठ 59-60

कारण यन्त्रों के आधुनिक संसार में सभ्यता के लिए भयंकर संकट बन गया है। यह शारीरिक हिंसा तथा शत्रु के विरुद्ध घृणा के निरन्तर प्रचार, दोनों के द्वारा मनोवेगों को पाशविक बना देता है। यह घरेलु नीति के लिए पद्धति के रूप तक में आतंकवाद का प्रयोग करने के लिए हमें तैयार कर लेता है। बड़े-बड़े विचारकों ने इसके नैतिक भ्रष्टता लानेवाले स्वरूप का वर्णन किया है। सेंट आगस्टाइन प्रश्न करता है, "युद्ध में क्या बात निन्दा योग्य है? क्या यह तथ्य है कि यह उन लोगों को मारता है, जो सबके सब किसी न किसी दिन मरेंगे ही? इस बात के लिए दुर्बलचित्त व्यक्ति युद्ध की निन्दा करें तो करें, किन्तु धार्मिक व्यक्ति नहीं कर सकते। युद्ध में जो निन्दनीय वस्तु है, वह है हानि पहुंचाने की इच्छा, अदम्य घृणा, प्रतिशोध की उग्रता और प्रभुत्व जमाने की वासना।" ताल्स्ताय ने अपने महान उपन्यास 'युद्ध और शान्ति' में लिखा है, "युद्ध का उद्देश्य हत्या है; इसके उपकरण हैं—जासूसी, देशद्रोह और देशद्रोह के लिए प्रोत्साहन, निवासियों का विनाश, सेना की आवश्यकताएं पूरी करने के लिए उन्हें लूटना या उनका सामान चुरा लेना और मिथ्याभाषण, जिसे सैनिक कौशल कहा जाता है। सैनिक पेशे के लोगों की आदतें हैं—स्वाधीनता का अभाव अर्थात् अनुशासन, सुस्ती, अज्ञान, क्रूरता, व्यभिचार और मदिरापान की उन्मत्तता।" फ्रेडरिक महान ने अपने मन्त्री पोडेविल्स को लिखा था, "यदि ईमानदार आदमी बनने से कुछ लाभ होता हो, तो हम ईमानदार आदमी बनेंगे, और यदि ठग बनना आवश्यक होगा, तो हम ठग बनकर रहेंगे।"[1] जो कोई भी युद्ध के कारण होने वाली प्रमापों की सामान्य गिरावट से, युद्ध के कष्टों और आतंकों से और मानव जाति की यंत्रणा से परिचित है, वह कभी भी वीरत्व और विजयों का अतिरंजना के साथ वर्णन नहीं करेगा। युद्ध में हमें सब अपराध एक जगह घनीभूत रूप में दिखाई पड़ते हैं। ड्यूक आफ वैलिंगटन ने कहा था, "इतनी बात मेरी मान रखो कि यदि तुमने युद्ध का केवल एक भी दिन देख लिया, तो तुम सर्वशक्तिशाली परमात्मा से यही प्रार्थना करोगे कि तुम्हें फिर युद्ध की एक घड़ी भी न देखनी पड़े।" लाओत्से का कथन है कि "विजय को अन्त्येष्टि संस्कार की विधि द्वारा मनाया जाना चाहिए।"[2]

कहा जाता है कि युद्ध तो एक ऐसी बुराई है, जिससे बच पाना सम्भव नहीं है; यह एक विपत्ति है, परमात्मा की ओर से भेजा गया दैवीय कोप, एक प्राकृतिक महाविपत्ति, भूकम्प या तूफान, एक ऐसी वस्तु जिसका व्यक्तियों से कोई सम्बन्ध नहीं है। असभ्य आक्रान्ताओं का आगमन टिड्डियों के दल या रोगों के कीटाणुओं के बादल के आक्रमण से मिलता-जुलता है और हमें उस आक्रमण का प्रतिकार बल-प्रयोग द्वारा करना चाहिए। परन्तु युद्ध केवल परमात्मा के कृत्यों के रूप में या प्रकृति के नियमों के अनुसार नहीं होते; वे तो मनुष्यों द्वारा, और जो प्रशिक्षण

1. 10-25। तुलना कीजिए, "किसी भी शासक के लिए अपनी गुप्त महत्त्वाकांक्षाओं को छिपाने का सबसे अच्छा तरीका यह है कि वह अपनी गुप्त योजनाओं को प्रकट करने के लिए उपयुक्त समय आने तक शान्तिपूर्ण मनोभावों का प्रदर्शन करता रहे।"—फ्रैडरिक महान् 'पोलिटिकल टेस्टामेंट' (1768)

2. ताओ का ग्रन्थ, 31

मनुष्यों को दिया जाता है, उसके द्वारा रचे जाते हैं। वे तब तक अनिवार्य हैं जब तक हम शक्ति की राजनीति को स्वाभाविक मानते हैं। यदि न्याय और सहिष्णुता की मान्यताओं को सत्ता प्राप्त करने के उद्देश्य के अधीन कर दिया जाएगा, तो 'जंगल के कानून' (अराजकता) पर विजय नहीं पाई जा सकती। यदि राजनीतिक यथार्थवाद का अर्थ यह है कि युद्ध को स्वाभाविक माना जाए तो हम मानवीय स्वतन्त्रता को अस्वीकार कर रहे होते हैं। पृथ्वी पर शान्ति की स्थापना एक विश्वास का कार्य है, नियतिवाद के विरुद्ध स्वतन्त्र संकल्प का एक कार्य!

कुछ लोग कहते हैं कि जब घर में आग लगी हो, हमें आग का मुकाबला आग से करना चाहिए; पर अन्य लोगों का विचार है कि पानी अग्नि-ज्वालाओं को बुझा सकता है, आग नहीं। "अस्त्र अस्त्र से ही शान्त होता है।"[1] यदि हम भी बल में ही विश्वास रखते हैं, तो हम उन नाज़ियों को दोष नहीं दे सकते, जो मानवीय संकल्प को तोड़ने के लिए बल का सुस्पष्ट, वैज्ञानिक और निष्ठुर रीति से प्रयोग करते हैं। पर क्या हम बल-प्रयोग और धमकाने की नीति अपनाकर फासिज़्म को परास्त कर सकते हैं, जबकि इन्हीं नीतियों पर वह फलता-फूलता है? हमारी युक्ति होती है कि आज सभ्यता की परम्परा को एक नये प्रकार की असभ्यता (बर्बरता) से खतरा पैदा हो गया है; यह नई असभ्यता अतीत की किसी भी शक्ति की अपेक्षा अधिक दुर्जेय है, क्योंकि इसके पास अत्यधिक शक्तिशाली वैज्ञानिक और तकनीकी उपकरण हैं। इस बर्बरता की मुख्य विशेषता एक प्रकार का सामाजिक यन्त्रीकरण है, जो कला और संस्कृति को, विज्ञान और दर्शन को सत्ता के लिए संघर्ष में साधन से अधिक कुछ नहीं समझता। उसके लिए कुछ पुनीत नहीं है, न पुरुष, न स्त्री, न बच्चा, न घर, न विद्यालय, न धर्म। राज्य को एक विशाल समाज के रूप में संगठित किया गया है और सम्पूर्ण भौतिकवादी प्रणाली को क्रियान्वित कर दिया गया है। नाज़ी जर्मन, जहां सैनिकवाद हिंस्र राज्य का प्रमुख कृत्य है, बल के सिद्धान्त का चरम उदाहरण है। लार्ड बाल्डविन के इस प्रसिद्ध वक्तव्य का, कि रक्षा का एकमात्र उपाय आक्रमण है, अर्थ यह है कि यदि हम अपनी रक्षा करना चाहते हैं, तो हमें स्त्रियों और बच्चों को शत्रु की अपेक्षा भी अधिक शीघ्रता से मार डालना होगा। यदि शत्रु विषैली गैस का प्रयोग करता है, तो हमें भी वही करना होगा। यदि शत्रु अनिवार्य सैनिक भर्ती को अपनाता है, तो हमें भी वही अपनानी चाहिए। शत्रु को परास्त करने के लिए हमें भी उसके समान बनना होगा। मित्र राष्ट्रों को सर्वांगीण युद्ध के यंत्र बन जाना होगा। हम कहते हैं कि प्रजातंत्र, सहिष्णुता और स्वाधीनता के सिद्धान्तों को अस्थायी रूप से कुछ देर के लिए छोड़ना ही होगा। हम अपने लिए भी वही शासनतंत्र अपनाएंगे, जिसे अपनाने के कारण हम अपने शत्रुओं से घृणा प्रदर्शित करते हैं। हमें बुराई का मुकाबला बुराई से करना होगा, यहां तक कि हम स्वयं भी वही बुराई बन जाएं, जिसके विरुद्ध हम लड़ रहे हैं। शत्रुओं को जीतना तो दूर रहा, हम शत्रुओं को यह अवसर दे रहे हैं कि वे हमें ठीक अपनी प्रतिमा बना लें।[2] रूस के

---

1. अस्त्रं अस्त्रेण शाम्यति

2. सर ऐडवर्ड ग्रिग, "यदि यह सिद्ध करने के लिए कि शस्त्र उठाना मानवता के विरुद्ध अपराध है, मैं स्वयं भी शस्त्र उठा लूं, तो मैं अवश्य ही अपने उस पड़ोसी की अपेक्षा कुछ भला

नाम दिए गए स्तालिन के इस सन्देश से यह बात स्पष्ट हो जाती है कि यह खतरा कितना बड़ा है, "अपनी सम्पूर्ण आत्मा के साथ शत्रु से घृणा किए बिना उसे हरा पाना असम्भव है।"[1] हम अपने उद्देश्य अपने शत्रुओं के उद्देश्यों से भिन्न बताते हैं, परन्तु हम साधन ठीक उनके जैसे ही अपनाते हैं। हमारा विश्वास है कि प्रेम का विकास करने के लिए हम नृशंस घृणा का प्रयोग कर सकते हैं, और अधिक स्वतन्त्रता पाने के लिए सर्वांगीण बल-प्रयोग का। यह तो धर्मविचारहीनता और अन्याय में प्रतियोगिता है; परन्तु इसका परिणाम आत्मा का एक ऐसा पागलपन होगा, जिसका कोई इलाज ही न होगा। टामस ऐक्वाइनास का कथन है, "अच्छे उद्देश्यों के लिए भी हमें उचित मार्गों का ही अवलम्बन करना चाहिए, गलत मार्गों का नहीं।"

यदि हम युद्ध को जीतने के लिए द्वेष और कटुता की भावना को जागरित करें तो जब संधि करने का समय आएगा, तब हम उन्हें परे नहीं फेंक सकते। यह युक्ति देना बड़ी दुःखद भूल है कि शत्रु को हराने के लिए चाहे हम अपने आदर्शों की उपेक्षा कर दें और उनका उल्लंघन कर लें, परन्तु जब उपद्रव शान्त हो जाएगा, तब हम उन्हें फिर से स्थापित कर देंगे। यदि हम शत्रु को

नहीं हूं, जो यह सिद्ध करने के लिए शस्त्र उठाता है कि वह उनका प्रयोग मेरी अपेक्षा अधिक अच्छी तरह करना जानता है और इसलिए उसे मुझपर शासन करने का अधिकार है। उसका और मेरा उद्देश्य, उसकी और मेरी पद्धति ठीक एक जैसी है। या तो मुझे उसपर बलपूर्वक शासन करना है या उसे मुझपर।"—'दि फेथ ऑफ ऐन इंगलिशमैन'

1. बिस्मार्क ने फ्रांस के प्रति जर्मनी के विद्वेष को इस कठोर वक्तव्य में अभिव्यक्त किया था, "फ्रांसीसियों को केवल आंखें ही आंखें शेष रहने दिया जाए, जिनसे वे रो सकें।"

प्रथम विश्वयुद्ध में अर्न्स्ट टिसैनार ने 'इंगलैंड के प्रति घृणा का एक गीत' लिखा था:

तुम चिरस्थायी घृणापूर्वक घृणा करोगे।
हम अपनी घृणा कभी त्यागेंगे नहीं।
जल के नाम पर घृणा, स्थल के नाम पर घृणा
सिर से घृणा, हाथ से घृणा
हथौड़े से घृणा, मुकुट से घृणा
घुटते हुए सात करोड़ लोगों की घृणा ;
हम एक होकर प्यार करते हैं और एक होकर घृणा करते हैं
हमें अपने शत्रु से घृणा है, केवल एक इंग्लैंड से।

(अंग्रेज़ी अनुवाद, बारबारा हैंडरसन द्वारा)

18वीं शताब्दी का एक हंगेरियन लोक-गीत इस प्रकार है :

"ओ मग्यार, किसी जर्मन को सच्चा मत समझो
चाहे वह तुम्हारी कितनी ही खुशामद क्यों न करे
चाहे उसके वायदों के पत्र
तुम्हारे लबादे से भी बड़े-बड़े हों
और चाहे वह (कायर कहीं का) उनपर लगा दे
वसन्त पूर्णिमा के चन्द्रमा जितनी मुहर ;
पर विश्वास रखो कि उसके इरादे भले नहीं हैं
भगवान उसकी आत्मा को नरक में पटके।

हराने के लिए शत्रु की ही पद्धतियों को अपनाते हैं और यदि, रणभूमि में विजय पाने के लिए, हम भावना के साथ विश्वासघात करते हैं, तो यह सभ्यता की परम्पराओं के साथ विश्वासघात है। युद्ध आवेशों को उग्र करता है, कल्पना को उत्तप्त कर देता है और हमें उन्मादग्रस्त बना देता है; और युद्ध द्वारा उत्पन्न हुई मनोदशा में कोई न्यायोचित समझौता संभव नहीं होता। प्रथम विश्वयुद्ध यद्यपि रणभूमि में तो जीत लिया गया था, परंतु वर्साई के महल में हार दिया गया। वर्साई-सन्धि से पहले जो चर्चाएं चली थीं, उनके बीच लायड जार्ज ने क्लीमैंशो के नाम एक ज्ञापन भेजा था, जो लायड जार्ज की पुस्तक 'दि ट्रू थ एबाउट दि पीस ट्रीटीज़' (शान्ति-सन्धियों के विषय में सत्य) में छपा है। इस ज्ञापन में उसने लिखा, "आप जर्मनी से उसके उपनिवेश छीन सकते हैं, उसके सैन्य बल को घटाकर केवल पुलिस-दल जितना कर सकते हैं और उसकी जल-सेना को घटाकर उसे संसार की पांचवें दर्जे की (बहुत ही घटिया) शक्ति बना दे सकते हैं; परन्तु साथ ही, यदि अन्त में जर्मनी को यह अनुमान हुआ कि 1919 की शान्ति-सन्धि में उसके साथ अन्यायपूर्ण व्यवहार हुआ था, तो वह अपने विजेताओं से बदला लेने के साधन किसी न किसी प्रकार ढूंढ़ ही लेगा। वह छाप, गहरी छाप, जो मानव-हृदय पर चार वर्षों की अभूतपूर्व मारकाट द्वारा लगी है, उन वर्षों के बीतने के साथ-साथ लुप्त नहीं हो जाएगी, जिनमें यह महायुद्ध की भयावह तलवार द्वारा लगी थी। उस दशा में शान्ति को बनाए रखना इस बात पर निर्भर होगा कि उकसाहट के लिए कोई ऐसे कारण न रहें, जो निरन्तर देशभक्ति की, न्याय या ईमानदारी की भावनाओं को उत्तेजित करते रहें। परन्तु विजय के क्षणों में प्रदर्शित किया गया अन्याय और दर्पन कभी भुलाया जाएगा और न क्षमा किया जाएगा।"[1] बाद में हुई घटनाओं के लिए वर्साई सन्धि भी कुछ कम ज़िम्मेदार नहीं है। उस सन्धि के बाद चले राजनयिक पेंचों में, कुछ राष्ट्रों की विफलता और निराशा के कारण तथा कुछ अन्य राष्ट्रों की भीरुता और भयातुरता के कारण तनावपूर्ण स्थितियां उत्पन्न होती गईं, यहां तक कि राष्ट्रों के नेता उत्तेजित हो उठे, पागल हो गए और उन्होंने संसार को अग्नि-ज्वालाओं में झोंक दिया। संभव है कि हम इस युद्ध को जीत जाएं; पर क्या हम शान्ति को जीत पाएंगे?

फिर, यदि किसी विवाद का निपटारा बल द्वारा हो जाता है, तो क्या वह निपटारे का ठीक ढंग है? जिस पक्ष के पास सबसे अधिक जनबल, धन और शस्त्रास्त्र होते हैं, वह जीत जाता है। इससे यह पता नहीं चलता कि उनका लक्ष्य न्यायोचित था, अपितु केवल यह पता चलता है कि उनका शस्त्रबल उत्कृष्टतर था। युद्ध के द्वारा किसी समस्या का समाधान नहीं होता, सिवाय इसके कि कौन-सा पक्ष अधिक शक्तिशाली है। जो लोग विश्व के संगठनकर्ता बनना चाहते हैं, वे यंत्र-सभ्यता की नई तकनीकों में कुशलता प्राप्त कर लेते हैं और उनका उपयोग दूषित उद्देश्यों के लिए करते हैं, जिन्हें वे नागरिकता के प्रति निष्ठा और स्वतन्त्रता का प्रेम आदि के नामों से छिपाते हैं।

यदि युद्ध अन्तर्राष्ट्रीय जीवन का एक स्थायी अंग बन जाए, यदि हमें निरंतर उद्यतता की दशा और निरन्तर चरम संकट की दशा में जीना हो, तो सभ्यता सदा के लिए अन्धकारमग्न हो

1. (1938), पृष्ठ 405

जाएगी। युद्ध मानवीय आवश्यकताओं को पूरा करने का कोई उपाय प्रस्तुत नहीं करता ; उल्टे, यह अपने पीछे अवर्णनीय मानवीय दुःख और कष्ट लेकर आता है।

प्रश्न उठता है, दूसरा विकल्प क्या है? अपमानजनक दासता, जिसमें प्रत्येक आदर्श और परिष्कृत वस्तु समाप्त हो जाएगी और आध्यात्मिक प्रगति असम्भव हो जाएगी : एक मनहूस, निरानन्द, अमानवीय जीवन, जिसकी कल्पना से ही मान-वमन कांप उठता है। युद्ध भयंकर होने पर भी दो बुराइयों में से न्यूनतर बुराई है। युद्ध ही एकमात्र तरीका है, जिसके द्वारा आत्मिक वस्तुओं में मनुष्य की निष्ठा को जीवित रखा जा सकता है। यूनानी लोग ग्ज़ैर्क्सस के गुलाम बनने के बजाय उससे लड़े, यह उन्होंने ठीक ही किया। अमेरिकावासियों ने जार्ज तृतीय के अधीन रहने के बजाय युद्ध करना पसन्द किया, यह भी ठीक ही था। फ्रांसीसी क्रान्तिकारियों ने आत्मिक स्वाधीनता प्राप्त करने के लिए मनुष्यों का खून बहाकर ठीक ही किया। इसी प्रकार नाज़ीवाद का अन्त करके हम भी ठीक ही कर रहे हैं। कुछ युद्ध न्याय्य युद्ध होते हैं।

परन्तु प्रत्येक युद्ध को लड़ने वाले दोनों विरोधी पक्ष अपने-आपको न्याय्य ही बताते हैं।[1] न्याय क्या है? यदि यह वितरणात्मक न्याय है, तो सम्पत्तियों के अवसरों के, कच्चे माल के, धूप में विद्यमान स्थानों के, आर्थिक और राजनीतिक प्रभाव के क्षेत्रों के अन्याय्य या असमान बंटवारे को ठीक किया जाना चाहिए। यदि न्याय का अर्थ यह हो कि किसी भी राष्ट्र के महत्त्व और उसकी सम्पत्ति के बीच ठीक अनुपात रहना चाहिए तो महत्त्व की कसौटी क्या है? वह जनसंख्या है, शक्ति, संस्कृति या सरकारी कामकाज का अनुभव? क्या कोई ऐसी विधान-व्यवस्था है, जिसके

---

1. "अब परमात्मा आप सबकी रक्षा करे और परमात्मा न्याय का साथ दे"—नेवाइल चेम्बरलेन (3 मार्च, 1939) "...और हम श्रद्धापूर्वक अपना मामला परमात्मा को सौंपते हैं"—राजा जार्ज षष्ठ (3 सितम्बर, 1939)

परमात्मा आपका साथ दे"—ग्रीनवुड ('मज़दूर दलीय विरोधी दल' की ओर से) "दिव्य भगवद्विधान की शरण में दृढ़ विश्वास के साथ..."—सर अर्चिबाल्ड सिक्लेयर (उदारदलीय विरोधीदल की ओर से)

"हम केवल यह चाहते हैं कि सर्वशक्तिमान परमात्मा, जिसने हमारे शस्त्रों को आशीष दिया है, दूसरे राष्ट्रों को भी ज्ञान प्रदान करे..." हिटलर (डेनज़िंग का भाषण)

"हमारे युद्ध को सर्वशक्तिमान परमात्मा का आशीर्वाद प्राप्त है।"—प्रेसिडेंट मौसिकी

"हमारे सन्मुख जो अग्निपरीक्षा उपस्थित है, उसमें परमात्मा हमारी सहायता करे।" कैंटरबरी का आर्कबिशप तथा चर्च के अन्य पदाधिकारी।

"यदि आप इसपर विचार करे, तो यह बड़े गौरव की बात है कि इतने महान संघर्ष में परमात्मा ने आपको अपना मित्र चुना है।"—कैनन सी० मौर्गन स्मिथ।

"हम परमात्मा का धन्यवाद करते हैं कि उसने हमारे शस्त्रों को इतनी शीघ्र विजय प्रदान की..."हम उसे धन्यवाद देते हैं कि शताब्दियों पुराना अन्याय उसकी कृपा से नष्ट-भ्रष्ट हो गया..." पोलैंड पर कब्ज़ा होने के विषय में आध्यात्मिक परिषद् की घोषणा में जर्मन इंवेंजेलिकल 'विरोधी दल'

"मुझे पक्का विश्वास है, जितना कि अपने यहां बैठे होने का, कि यदि आज ईसा प्रकट हो जाए तो वह इस युद्ध का समर्थन करेगा।" (नैतिक आपत्ति करने वालों के न्यूकैसल न्यायालय का अध्यक्ष)

लिए हम युद्ध करते हैं ! क्या हम इस बात का आग्रह करते हैं कि किसी भी राष्ट्र को तब तक संसार को युद्ध में नहीं झोंकना चाहिए जब तक कि समझौते की बातचीत, विचार-विमर्श और मध्यस्थता के सब साधन आज़माकर न देख लिए गए हों? न्यायोचित युद्ध अनाक्रमणात्मक और स्वाधीनता दिखानेवाले होते हैं। उनका उद्देश्य यह होता है कि लोगों की विदेशी आक्रमण से और उन्हें दास बनाने के प्रयत्नों से रक्षा की जाए। अन्यायपूर्ण युद्ध आक्रमणात्मक होते हैं और उनका लक्ष्य दूसरे देशों पर कब्ज़ा करना और उन्हें अपना दास बनाना होता है। पर क्या यह विभेद खूब स्पष्ट है? ये बहुत उलझे प्रश्न हैं और हमारे जानकारी के स्रोतों को सरकारों ने विभक्त कर दिया है, अतः हमारे लिए यह निश्चय कर पाना कठिन हो गया है कि कौन-सा युद्ध न्यायोचित है। ठीक और गलत इतने स्पष्ट रूप से अलग-अलग विभक्त नहीं हैं कि एक पक्ष में केवल एक हो और दूसरे पक्ष में दूसरा। अधिक से अधिक यह कम न्यायोचित और अधिक न्यायोचित का अन्तर हो सकता है। आक्रमणकारी और आत्मरक्षक और अन्तर भी वास्तविक नहीं है। हमें यह नहीं समझना चाहिए कि हमारे शत्रु घोर राक्षस हैं, जो हमारे बच्चों को कच्चा खा जाते हैं। आत्मरक्षा के लिए लड़नेवाले भी उन वस्तुओं की रक्षा के लिए लड़ रहे हैं, जिन्हें उन्होंने पहले आक्रमण करके जीत लिया था। वे यथावत् स्थिति की रक्षा के लिए लड़ रहे हैं, किसी नये और न्याय्य समाज की रक्षा के लिए नहीं। कानून पर आधारित समाज के अतिरिक्त अन्य कहीं आधिपत्य के दावे का कोई अर्थ ही नहीं है; और अराजकतापूर्ण अन्तर्राष्ट्रीय जगत् को कानून की कोई परवाह ही नहीं है। हम समझते हैं कि हम यदि जर्मनों और जापानियों को कुचल देंगे, तो सब कुछ ठीक हो जाएगा। परन्तु हमारे इतना आशावावी या सन्तुष्ट होने के लिए कोई कारण नहीं है। प्रथम महायुद्ध के अन्त में जर्मनों को दुर्बल बना दिया गया था और अपमानित किया गया था; जर्मनी को युद्ध का सम्पूर्ण दोष अपने सिर लेने को विवश किया गया था। जर्मनी की नौसेना समुद्र-तल में डुबा दी गई थी और उसकी सेना घटाकर एक लाख कर दी गई थी, जो केवल पुलिस-दल का काम कर सके। उसका यह वचन देकर निःशस्त्रीकरण किया गया था कि बाकी देश भो अपना नि:शस्त्रीकरण करेंगे, जबकि यूरोप के किसी बड़े राष्ट्र का अपने निःशस्त्रीकरण का ज़रा भी इरादा नहीं था। जर्मनी पर युद्ध-क्षति के हर्जाने की बेतुकी राशि लादी गई, जिसके कारण न केवल वह पीढ़ी, जिसने युद्ध में भाग लिया था, अपितु उनके बेटे और पोते भी नौकर और दास बन गए। सर ऐरिक गैड्डैस के शब्दों में, "हमने जर्मनी को इतना निचोड़ा, कि बीच तक चटख गए।" जर्मनी के चारों ओर छोटे-छोटे राष्ट्रों का जाल बिछा दिया गया। सारे प्रदेश को 'लीग आफ नेशन्स' (राष्ट्रसंघ) की देख-रेख में एक स्वतन्त्र राज्य बना दिया गया, राइनलैड पर अधिकार कर लिया गया और रूस पर आक्रमण कर दिया गया। यह सब 'जिसकी लाठी उसकी भैस' (बलं धर्मोनुवर्तते) के सिद्धान्तों पर किया गया। कोई भी अभिमानी राष्ट्र, जिसके साथ ऐसा बर्ताव किया जाता, अवश्य निराशा की खाई में गिर पड़ता और हिटलर तथा नाज़ीवाद की विनाशात्मक सक्रियता को अपना लेता, जिसका नारा था कि "वर्तमान दशा से हर चीज़ अच्छी है।" जापान के मामलों को लीजिए। उसकी जनसंख्या प्रति वर्गमील 465 है जबकि संयुक्त

राज्य अमेरिका में यह 41 है। जापान की जनसंख्या प्रति वर्ष दस लाख बढ़ जाती है, उसका जीवननिर्वाह का स्तर तिरंतर गिर रहा है और अन्ततोगत्वा भुखमरी का भविष्य उसके सामने मुंह बाए खड़ा है। वह भयभीत है। उसे कच्चा माल मिलता रहना चाहिए, अन्यथा वह मर जाएगा। उसने देखा कि रूस चीन पर उत्तर और पश्चिम की ओर से छाता जा रहा है; दक्षिणी चीन में फ्रांस का बड़ा साम्राज्य था, और यांग्त्सी घाटी में ब्रिटेन का बहुत बड़ा प्रभाव-क्षेत्र था। जापानी कोई हिंस्र राक्षस नहीं हैं, बल्कि साधारण आदमी हैं, जो इस बात से डरे हुए हैं कि यदि उन्होंने वह न किया, जो वे कर रहे हैं, तो वे समाप्त हो जाएंगे। हम यहूदियों पर हुए जर्मनी के अत्याचारों से घृणा करते हैं; परन्तु संयुक्त राज्य अमेरिका ने जापानियों को कोट (अमेरिका में आकर बसने के) में सम्मिलित करने से इनकार कर दिया है। वर्जन अधिनियम (ऐक्सक्लूज़न ऐक्ट) कभी विद्यमान है, जिसके कारण करोड़ों हृदयों में असन्तोष भर रहा है। नाज़ियों ने, जो जातीयभेद-भाव का कार्यक्रम अपना रहे हैं, अपनी तकनीक का बड़ा भाग मित्र राष्ट्रों में से ही कुछ से सीखा है। श्री लायड जार्ज कहते हैं कि वर्साई समझौते के प्रणेताओं का फैसला "इस समझौते की शर्तों और अधिकारों के, उन कुछ राष्ट्रों द्वारा, जिन्होंने ये शर्तें थोपी थीं, बाद में किए गए दुरुपयोगों के आधार पर न करें। कानून के गुण-दोषों का निश्चय उन लोगों द्वारा, जो अस्थायी रूप से कानूनी अधिकारों का दुरुपयोग करने और न्याय्य उत्तरदायित्वों को टाले जाने की स्थिति में हैं, की गई छलपूर्ण व्याख्याओं के आधार पर नहीं किया जा सकता। इसके लिए सन्धियों को दोष नहीं दिया जाना चाहिए। दोषी तो वे हैं, जिन्होंने अपनी अस्थायी उत्कृष्टता का लाभ उठाकर अपने पवित्र युगबंधों (कंट्रैक्ट) और प्रतिज्ञाओं को भंग करके उन लोगों को न्याय देने से इनकार कर दिया, जो कुछ समय के लिए, उसे बलपूर्वक ले पाने में असमर्थ थे।"[1] जब जर्मनों ने विल्सन की चौदह बातों पर आधारित विराम-सन्धि को स्वीकार कर लिया, तब विजयी शक्तियों ने उनके साथ कैसा बर्ताव किया, इसका वर्णन करते हुए श्री लायड ज़ार्ज़ ने लिखा है, "जर्मनी ने हमारी विराम-सन्धि की शर्तों को, जो काफी कठोर थीं, स्वीकार कर लिया था और उनमें से अधिकांश का पालन भी कर दिया था। परंतु अब तक, एक टन भी अन्न जर्मनी नहीं भेजा गया था। यहां तक कि मछलीमार बेड़े को भी थोड़ी-सी मछलियां पकड़ लाने से रोक दिया गया था। इस वक्त मित्रराष्ट्रों का सितारा बुलन्द था, पर भुखमरी की याद किसी दिन उनके खिलाफ पड़ सकती थी। एक ओर जर्मनों को भूखों मरने दिया जा रहा था, जबकि रौटरडम में लाखों टन खाद्य जल-मार्गों द्वारा जर्मनी ले जाने के लिए पड़ा था। मित्र-राष्ट्र भविष्य के लिए विद्वेष के बीज बो रहे थे, वे प्राणान्तक वेदना का ढेर जमा रहे थे, जर्मनों के लिए नहीं, बल्कि अपने लिए।"[2] जब तक

1. दि ट्रुथ एबाउट दि पीस ट्रीटीज़ (1938) पृष्ठ 6

2. 'दि ट्रुथ एबाउट दि पीस ट्रिटीज़' (1938), पृष्ठ 294-265। काउंट वान ब्रोकडोर्फ रैटज़ाउ ने, जो सन्धि की शर्तें प्रस्तुत होने के समय जर्मन प्रतिनिधि-मंडल की ओर से बोला था, युद्ध की नृशंसताओं का उल्लेख करते हुए कहा था, "युद्ध में किए गए अपराध भले ही क्षम्य न हों, परन्तु वे विजय के लिए संघर्ष में, राष्ट्रीय अस्तित्व को सुरक्षित बनाए रखने की अधीरता में और आवेश के उत्ताप में, जो राष्ट्रों की अन्तरात्मा को कुंठित कर देता

वर्तमान आदर्श बने रहेंगे, तब तक युद्ध की रंगशाला में यही नाटक चलता रहेगा; केवल अभिनेता बदलते रहेंगे।

परन्तु यदि हमें मालूम भी हो कि हमारा उद्देश्य न्यायपूर्ण है, तब भी क्या हम सदा युद्ध में भाग ले सकते हैं? युद्ध का भला उद्देश्य केवल एक ही हो सकता है—अन्याय का निवारण। इसके लिए हम युद्ध को दो बुराइयों में से न्यूनतर बुराई के रूप में अपनाते हैं। परन्तु यदि जीतने की कोई तर्कसंगत आशा न हो, तो सैनिक प्रतिरोध से बुराई बढ़ेगी ही, घटेगी नहीं। हमें बल में विश्वास त्याग ही देना चाहिए और हमें अपने उद्देश्य को उसके पीछे विद्यमान शक्ति की सरलता के द्वारा परखना चाहिए।

युद्ध से भी अधिक भयावह एक और वस्तु है : शरीर के भीतर आत्मा का हनन। हो सकता है कि नाज़ी संसार में उससे कहीं अधिक एकता हो जाए, जितनी कि पहले कभी भी अतीत में हुई थी, पर वह आत्मारहित एकता होगी, जैसी कि कीट-जगत के समुदायों में हुआ करती है। बुद्धिमत्ता और प्रेम के विशेषतासूचक मूल्यों का, बुद्धि के स्वतन्त्र उपयोग और वैयक्तिक उत्तरदायित्व का तिरस्कार किया जाएगा; यूथचारी पशुओं की अन्धी सामाजिकता, अंधविश्वास और जाति की पूजा का गुणगान किया जाएगा। अपनी सब अपूर्णताओं के होते हुए भी मित्रराष्ट्र मानवीय संतुष्टि और स्वतन्त्रता के पक्ष में, सामाजिक शांति के और संसार के वंचितों को न्याय दिलाने के पक्ष में हैं। परन्तु संसार के करोड़ों लोगों के मन में यह प्रबल भाव विद्यमान है कि दोनों पक्षों के मूल में वही पुराने रंग-ढंग हैं। और दोनों ही दलितों के साथ-साथ न्याय नहीं करना चाहते। वे दोनों ही प्रदेशों पर अधिकार करने के लिए अथवा पहले से अधिकृत प्रदेशों की रक्षा के लिए लड़ रहे हैं और वे अपने हितों की रक्षा के लिए युद्ध के भयंकर कष्टों को स्वीकार करने को तैयार हैं।

राज्य की हमारी समूची धारणा में ही परिवर्तन की आवश्यकता है। मानव-समाज में शक्ति और बल ही चरम वास्तविकताएं नहीं हैं। राज्य ऐसे मनुष्यों का समूह या संघ है, जो किसी एक सुनिर्दिष्ट भू-भाग में निवास करते हैं और जिनकी एक सांझी सरकार है। जब यह कहा जाता है कि कोई एक राज्य किसी दूसरे राज्य से अधिक बलवान है, तो उसका सारा अर्थ यह होता है कि उस देश के निवासी कुछ विशेष सुविधाओं के कारण, जैसे जनसंख्या, सामरिक कौशल की दृष्टि से स्थिति, कच्चे माल पर नियंत्रण, कृषि और उद्योग या शस्त्रास्त्रों की उन्नति के कारण ऐसी स्थिति में हैं कि दूसरे राज्य के निवासियों को बलपूर्वक अपनी इच्छा के अनुसार कार्य करने को मजबूर कर सकें। प्रारम्भिक दिनों में, शारीरिक दृष्टि से बलवान व्यक्ति निर्बलतर व्यक्ति पर इसी प्रकार नियंत्रण रखा करता था, जैसे आज शक्तिशाली राज्य दुर्बलतर राज्यों पर रखते हैं। क्या यह बात सिद्धान्ततः, जो पति अपनी स्त्री को पीटता है, उससे, या जो डाकू गली के मोड़ पर किसी आदमी को रोककर उसका बटुआ छीन लेता है, उससे, या जो

है, किए आते हैं। परन्तु 11 नवम्बर के बाद घेराबन्दी के कारण जो लाखों असैनिक व्यक्ति मरे हैं, वे जान-बूझकर और निष्ठुरतापूर्वक तब मारे गए हैं, जब विजय हमारे विरोधियों को सुनिश्चित रूप से प्राप्त हो चुकी थी। जब आप दोष और प्रायश्चित्त की चर्चा करें, तब इस बात का भी ध्यान रखें।"

मालिक हड़ताल को तुड़वाता है, उससे किसी प्रकार भिन्न है? बल-प्रयोग में विश्वास एक व्याधि है, जिसने संसार को ऐंठ-मरोड़कर खूब यंत्रणा दी है। यह हमसे हमारा मनुष्यत्व छीन लेती है।[1] ऐसा संसार, जिसमें इतनी अकथनीय शैतानियत संभव है, बचाने योग्य नहीं है। हमें इस सामाजिक व्यवस्था से छुटकारा पाना होगा। इस दु:स्वप्न के-से संसार से, जो लाउडस्पीकरों, फ्लड लाइटों और बार-बार होने वाले युद्धों द्वारा कायम रखा जा रहा है। युद्ध एक दुष्चक्र को प्रारम्भ कर देता है : प्रतिशोध की भावना से दूसरे पर थोपी गई संधि, पराजित का क्रोध और बदला लेने की लालसा और फिर युद्ध। विनय हम सभी के लिए शोभनीय है। एक नई तकनीक, क्रान्तिकारी तकनीक, हमें अपनानी होगी। कैप्युलेट और मोंटेग्यू के घरानों में चल रही शत्रुता के विषय में मर्क्युशियो, जो द्वन्द्वयुद्ध में सारा गया था, मृत्यु के क्षणों की अन्तर्दृष्टि में चिल्ला उठता है, "यह तुम दोनों के घरानों के लिए महामारी है।" एक घराने की दूसरे घराने के साथ कटु शत्रुता एक प्रेम द्वारा समाप्त हुई थी, जिसने घृणा के दुश्चक्र को तोड़ दिया था। उस नाटक के अन्त में कैप्युलेट कहता है, "भाई मौंटेग्यू, लाओ, अपना हाथ मुझे दो।"

आदर्श समाज

जिस आदर्श के लिए हम काम करें, वह उस समय की वास्तविक स्थिति की अपेक्षा अच्छा होना चाहिए, पर साथ ही मानव-जीवन की दशाओं से बहुत दूर का भी न होना चाहिए। संसार को एकाएक ऐसा परिवर्तित नहीं किया जा सकता कि वह प्रेम के विधान को शिरोधार्य कर ले। हम कहते हैं कि हमारे शत्रु नये युग पर प्रभुत्व जमाने के लिए लड़ रहे हैं और हम उस नये युग को स्वाधीन करने के लिए लड़ रहे हैं। हम संसार को केवल नाज़ीवाद के जुए से मुक्त करने के लिए नहीं लड़ रहे, अपितु ऐसी सकारात्मक (पॉज़िटिव) दशाएं उत्पन्न करने के लिए लड़ रहे हैं, जिनमें संसार की विभिन्न जातियां अपनी-अपनी बात कह सकें और अपना विशिष्ट योग दे सकें। यह युद्ध शोषण की उस विचार-प्रणाली की आदतों की मरणान्तक वेदना है, जिन्हें हम इन पिछली शताब्दियों में अपनाए रहे हैं। हिटलर एक परिणाम है, लक्षण है, कारण नहीं। वह कोई आकस्मिक घटना नहीं है, अपितु वर्तमान व्यवस्था का एक स्वाभाविक और अनिवार्य परिणाम है। हिटलरवाद को रोकने के लिए हमें यह दृढ़ निश्चय करना होगा कि सब मनुष्यों को, जाति, धर्म और रंगभेद का बिना विचार किए, कार्य करने और जीवन-निर्वाह योग्य उपार्जन करने का आधारभूत अंवसर अवश्य दिया जाना चाहिए; यह कि शिक्षा, सम्पत्ति, समुचित निवास-स्थान, और नागरिक स्वाधीनताएं सब लोगों को प्राप्त होनी चाहिएं। उस अर्थ-व्यवस्था

1. रिवरसाइड चर्च में 19 फरवरी, 1939 को उपदेश देते हुए डाक्टर हैरी इमर्सन फौसडिक ने कहा था, "इस विषय में हम मनुष्य कुत्तों से कितना अधिक मिलते-जुलते हैं! एक कुत्ता भौंकता है, दूसरा कुत्ता उसके जवाब में भौंकता है। तब पहला कुत्ता और जोर से भौंकता है और दूसरा कुत्ता युद्ध-स्थिति के बढ़ते हुए कोलाहल में और भी अधिक शोर मचाते हुए निश्चल हो जाता है। इसलिए एक आदमी ने अपने टैरियर कुत्ते के लिए एक-दूसरे कुत्ते के परेशान मालिक से क्षमा मांगते हुए कहा, 'आखिर, यह कुत्ता मनुष्य जैसा ही तो है न!'"

के, जिसमें एक ओर खाद्य को नष्ट किया जाता है, जबकि दूसरी ओर लोग भूखों मर रहे होते हैं[1], और जो एक ओर असह्य दरिद्रता के साथ-साथ दूसरी ओर अविश्वसनीय विलास को बनाए रखती है, अन्तर्विरोधों को समाप्त किया जाना चाहिए। प्रभुत्व-स्थापना की इच्छा का कारण यह है कि लोगों में इतना अधिक अन्तर होने के कारण उनमें असुरक्षा की भावना घर कर जाती है। यदि दुर्बल लोगों पर अत्याचार करने वाले बलवान लोग न हों, तो बल-प्रयोग की कोई गुंजाइश ही न रहेगी।

कारण चाहे धार्मिक, मनोवैज्ञानिक, आर्थिक या संगठन-सम्बन्धी, कुछ भी क्यों न हो, पर सरकारों पर केवल दबाव ही उन्हें परस्पर लड़ने से रोक सकता है। संकट के क्षणों में गैर सरकारी संस्थाएं सरकार के विरुद्ध कोई कार्रवाई नहीं कर सकतीं, क्योंकि उसका अर्थ होगा विद्रोह। हमें ऐसी संस्थाएं बनानी चाहिए, जिनके द्वारा हम अच्छाई और शान्ति की आदतों को विकसित कर सकें।

जो लोग युद्ध में लड़ने जाते हैं, वे अपराध-जीवी नहीं होते, अपितु वे ऐसे मनुष्य होते हैं, जो यह अनुभव करते हैं कि उनके साथ अन्याय किया गया है। हमारे अन्याय का उत्तर वे और भी अधिक उग्र अन्याय करके देते हैं। क्रुद्ध होने के बजाय हमें उनके अपराधों के प्रेरक कारणों की खोज करने और उन्हें हटाने का यत्न करना चाहिए। हमें यह स्वीकार करना चाहिए कि वर्तमान संसार में न कुछ गलती है, जो बहुत गहराई तक पहुंची हुई है। हमें शान्तिपूर्वक ऐसा सामाजिक रूपान्तर करना होगा, जिसका लक्ष्य न्याय हो, व्यक्तिगत और राष्ट्रीय दोनों प्रकार का न्याय।

राज्य के शनैः-शनैः समाप्त हो जाने का अर्थ है कि बल-प्रयोग का स्थान परिचय, विचार-विमर्श और तर्क, एक कानून, स्वाधीनता और शान्ति की प्रणाली का निर्माण ले ले। जिस प्रकार हमारे यहां डाकू या हत्यारे की गैर कानूनी हिंसा के लिए वैध बल-प्रयोग की व्यवस्था है, उसी प्रकार वैध बल-प्रयोग की व्यवस्था शान्त पड़ोसी देश पर अकारण आक्रमण करनेवाले के लिए भी होनी चाहिए। लाठी-प्रहार और गोलीकांड कोई सुखद वस्तुएं नहीं हैं, परन्तु वे उन्मत्त भीड़ द्वारा की जानेवाली हिंसा और अग्निकांड की अपेक्षा कहीं अच्छी हैं। सिद्धान्ततः उपद्रवों का दमन करने के लिए इतने परिमाण में बल का प्रयोग करने के हम विरुद्ध हैं, इस अर्थ में कि हमें इस बात पर खेद होता है कि हमें इतने बलप्रयोग की आवश्यकता पड़े, फिर भी यह एक खेद-योग्य आवश्यकता है ही, क्योंकि यदि हम अकारण आक्रमण को चलते रहने दें और बिना रोक-थाम किए फैलने दें, तो हम बुराई के कुल परिमाण में वृद्धि कर रहे होंगे। यह राज्य का कर्तव्य है

---

1. सर जान और लिखता है, "संयुक्त राज (ब्रिटेन) की लगभग एक तिहाई जनता को और लगभग इतने ही अनुपात में संयुक्त राज्य (अमेरिका) की जनता को स्वास्थ्य के लिए आवश्यक स्तर पर भोजन और निवास प्राप्त नहीं है। अन्य अधिकांश देशों में उन लोगों का अनुपात, जिन्हें न ठीक खाने को मिलता है और न ठीक रहने को, और भी अधिक है। उन देशी जातियों में, जिनके कल्याण के लिए ब्रिटेन ज़िम्मेदार है, जनसंख्या के अनुपात की दृष्टि से बहुत कम लोग ऐसे हैं, जिनको भले आदमी की तरह रहने योग्य मकान और स्वास्थ्य के स्तर पर खाने के लिए भोजन प्राप्त हो।"

—'फाइटिंग फॉर व्हाट?', 1942

कि वह बल के गैर कानूनी प्रयोग की प्रभावी रूप से रोकथाम करे, यद्यपि इसके लिए, जितना आवश्यक है उससे अधिक बल का प्रयोग नहीं करना चाहिए। यह बल-प्रयोग काफी होना चाहिए, अन्यथा गैरकानूनी बल विजयी हो जाएगा। पहले राष्ट्रीय जीवन व्यक्तिगत शत्रुताओं की अंधेरगर्दी बना हुआ था, जैसाकि आज अन्तर्राष्ट्रीय जीवन है। राष्ट्रीय जीवन में व्यवस्था और स्वाधीनता बल के वैध प्रयोग और शिक्षा द्वारा स्थापित की गई थी। अन्तर्राष्ट्रीय मामलों में भी ऐसी ही किसी पद्धति को अपनाना होगा। किसी अपूर्ण समाज में बल द्वारा समर्पित कानून विद्यमान रहता है, जिससे भले आदमियों का बहुत बड़ा बहुमत कुछ थोड़े-से बुरे आदमियों के बीच रह सके। निहत्था आदर्शवाद बुराई को परास्त नहीं कर सकता। पास्कल ने कहा था, "बल के बिना न्याय अशक्त है।"[1] जब तक ऐसे लोग विद्यमान हैं, जो न्याय की उपेक्षा करने पर उतारू हैं, तब तक न्याय के पीछे शक्ति रहनी चाहिए। हमारी दशा उन जहाज़ों की-सी है, जो यदि वायु और मौसम के साथ थोड़ा-सा समझौता करके चलें, तो उनकी बन्दरगाह तक पहुंच पाने की अधिक सम्भावना होती है। यदि बल का प्रयोग किसी अन्तर्राष्ट्रीय प्राधिकारी (अथॉरिटी) द्वारा किया जाए, तो उसे शक्ति का नग्न नृत्य नहीं कहा जा सकता। उसका प्रयोग सामाजिक व्यवस्था की सृजनात्मक क्षमताओं के स्वाधीन करने के लिए किया जा रहा होता है। इसे सकारात्मक (पौज़िटिव) सामाजिक कृत्य होने के कारण नैतिक स्वीकृति प्राप्त रहती है। इस अराजकतापूर्ण प्रणाली को, जो वहां प्रचलित रहती है, जहां शक्ति का शासन चलता है और जहां राष्ट्र शस्त्रों से सज्जित रहते हैं, बदला ही जाना चाहिए। अन्तर्राष्ट्रीय अराजकता दास-साम्राज्यों को और हिटलरों को जन्म देती है। इसका दूसरा विकल्प है कानून, सहयोग और शांति पर आधारित अन्तर्राष्ट्रीय सम्बन्धों की व्यवस्था। हमें न्यायाधीश को सशक्त बनाना चाहिए, वादी और प्रतिवादी को नहीं। यदि हमें शान्तिपूर्ण सहयोग की अन्तर्राष्ट्रीय व्यवस्था के लिए कार्य करना है, तो साम्राज्यवादी शक्तियों को अपने उन आर्थिक लाभों और विशेषाधिकारों को त्यागना पड़ेगा, जिन्हें उन्होंने शक्ति की राजनीति की प्रणाली द्वारा हस्तगत किया था।

कभी-कभी यह कहा जाता है कि हम कुछ सीमित संघ (फेडरेशन) बना सकते हैं और उनके कारण कुछ निश्चित भौगोलिक क्षेत्रों में युद्ध का खतरा कम हो जाएगा। परन्तु इससे समस्या हल नहीं होगी, क्योंकि राज्यों के सम्बन्ध भौगोलिक दृष्टि से सीमित हुए नहीं होते। अन्तर्राज्यीय सम्बन्ध विश्व-सम्बन्ध हैं और बिना किसी विश्व-संगठन या विश्व-सरकार के उन्हें क्रियान्वित नहीं किया जा सकता 'लीग आफ नेशन्स' (राष्ट्रसंघ) शक्ति और बल के कानून से दूर हटने और सहमति तथा सहयोग पर आधारित कानून की ओर बढ़ने की गति को एक अंग है। यह अन्तर्राष्ट्रीय सम्बन्धों को विचार-विमर्श, समझौते और कानून की अहिंसात्मक पद्धतियों द्वारा

1. तुलना कीजिए, "बल के बिना न्याय अशक्त है। न्याय के बिना बल अत्याचार है। बल के बिना न्याय व्यर्थ रहेगा, क्योंकि अपराधी लोग सदा रहेंगे। बिना न्याय के बल-प्रयोग की निन्दा उचित ही है। न्याय और बल, दोनों को कन्धे मिलाकर साथ चलना चाहिए, जिससे जो न्याय्य हो, वह सबल रहे और जो सबल हो, वह न्याय्य रह सके।"

—पैंसाज

निर्धारित करने का प्रयास है। 'लीग आफ नेशन्स' के प्रतिज्ञा-पत्र का मंचूरिया में, इथियोपिया में, स्पेन में, अल्बानिया में और आस्ट्रिया में भंग हुआ और जो कुछ म्यूनिख में हुआ, उसका तो कहना ही क्या ! लीग की कौंसिल (परिषद्) और असेम्बली (विधान सभा) प्रारम्भ से ही कोई ऐसी कार्रवाई करने से हिचक रही थी, जिससे राज्यों की प्रभुसत्ता के प्रति कुछ भी अनादर ध्वनित हो। बर्नार्ड शा के नाटक 'जेनेवा' में 'हेग के अन्तर्राष्ट्रीय न्यायालय के वरिष्ठ न्यायाधीश' द्वारा अपनाया गया चिड़चिड़ा दृष्टिकोण एकदम निरर्थक नहीं है।[1] श्री नवाइल चेम्बरलेन ने अपने रेडियो द्वारा प्रसारित भाषण में कहा था, "किसी बड़े और शक्तिशाली पड़ोसी के सम्मुख खड़े हुए किसी छोटे राष्ट्र के साथ हमें चाहे कितनी ही सहानुभूति क्यों न हो, किन्तु हर हालत में हम केवल उसके कारण समूचे ब्रिटिश साम्राज्य को युद्ध में डालने की ज़िम्मेदारी नहीं ले सकते। यदि हमें लड़ना ही हो, तो वह इसकी अपेक्षा कुछ और बड़े उद्देश्यों के लिए होना चाहिए।" "यदि मुझे विश्वास हो जाए, किसी राष्ट्र ने अपनी शक्ति का भय दिखाकर सारे संसार पर प्रभुत्व जमाने की ठान ली है, तो मुझे लगेगा कि उसका प्रतिरोध अवश्य किया जाना चाहिए।"[2] यह लीग के प्रतिज्ञा-पत्र की शिक्षा नहीं है। यह तो शक्ति-संतुलन की पुरानी नीति है। ब्रिटेन बेल्जियम या चैकोस्लोवाकिया को बचाने के लिए युद्ध नहीं करेगा; केवल एक शक्तिशाली पड़ोसी की, चाहे वह हिटलर हो, कैसर या नैपोलियन, रोक-थाम ही युद्ध के लिए पर्याप्त उचित कारण है। राष्ट्रीय आत्महित के उद्देश्य अन्तर्राष्ट्रीय न्याय की अपेक्षा अधिक महत्त्वपूर्ण हैं। हैरल्ड निकल्सन इस बात को स्पष्ट रूप से कहता है कि ब्रिटेन एक "निर्दोष प्राणिशास्त्रीय सहज वृत्ति, आत्मरक्षा की सहजवृत्ति" के कारण युद्ध कर रहा है। और उस सहजवृत्ति को ही "शक्ति का सन्तुलन", "छोटे राज्यों की रक्षा" आदि अनेक नाम दिए जाते हैं। लीग इसलिए असफल रही, क्योंकि जो राष्ट्र उसके सदस्य बने, वे हिंसा के प्रयोग द्वारा हथियाए हुए अपने अधिकारों को त्यागने के लिए तैयार नहीं थे। लीग का उपयोग एक अन्याय्य व्यवस्था को बनाए रखने के लिए किया गया और इस प्रकार शक्ति की राजनीति के पुराने खेल को आदरणीयता प्रदान की गई।

---

1. सर और्फियस मिडलैंडर, "परन्तु जब बड़ी शक्तियां लीग में सम्मिलित हुई थीं, तब अवश्य ही ऐसी कोई क्रियाविधि उनके ध्यान में नहीं आई?"

वरिष्ठ न्यायाधीश, "मैं नहीं समझता कि जब बड़ी शक्तियां लीग में सम्मिलित हुई थीं, उस समय कोई भी बात किसी के ध्यान में आई थी। उन्होंने लीग के प्रतिज्ञा-पत्र पर बिना पढ़े, केवल प्रेसिडेंट विल्सन को कृतार्थ करने के लिए, हस्ताक्षर कर दिए थे। उसके बाद संयुक्त राज्य अमेरिका ने प्रेसिडेंट विल्सन को कृतार्थ न करने के लिए उसपर, वह भी बिना पढ़े, हस्ताक्षर करने से इनकार कर दिया। तब से लेकर बड़ी शक्तियां प्रत्येक दृष्टि से इस प्रकार बर्ताव करती रही हैं, उन अवसरों को छोड़कर जबकि वे लीग को अपने मतलब के लिए प्रयुक्त कर सकती हैं, मानो लीग का अस्तित्व ही नहीं है।"

सर और्फियस मिडलैंडर, "पर वे इसका और किस प्रकार उपयोग कर सकती हैं?"

वरिष्ठ न्यायाधीश, "वे राष्ट्रों के बीच न्याय और व्यवस्था को कायम रखने के लिए इसका उपयोग कर सकती हैं।"—पृष्ठ 40

2. 27 सितम्बर, 1939

राष्ट्रों की स्वार्थहीनता व्यक्तियों की निःस्वार्थता की अपेक्षा भी कहीं अधिक दुष्प्राप्य रही। इसके अतिरिक्त, लीग के पीछे कोई प्रभावी दंड-विधान नहीं था। यह उस बन्दूक की तरह थी, जो खाली कारतूस दागती हो। यदि लीग को ठीक प्रकार कार्य करना हो, तो उसके स्थायी प्राधिकारी (अथौरिटी) होने चाहिए; एक वह जो उन कानूनों और नियमों को बनाए, जिनके अनुसार राज्यों के मध्य सम्बन्ध नियमित रहें; और दूसरा वह, जो उन काननों और नियमों के अनुसार विवादों का निर्णय करे। इनमें से दूसरे प्राधिकारी को यह अधिकार दिया जा सकता है कि वह राज्यों के सम्बन्धों में आमूल परिवर्तन कर सके। किसी भी लीग का एक अपना विधानांग (संघीय संसद्), एक न्यायालय और एक कार्यपालक प्राधिकारी होना चाहिए; क्योंकि कोई भी राष्ट्र अपने वाद (मुकदमे) का स्वयं निर्णायक या अपने अपराधों का स्वयं दण्ड देने वाला नहीं हो सकता। जैसे हमारे पास व्यक्तियों द्वारा आक्रमण की रोकथाम के लिए बल द्वारा समर्थित कानून की व्यवस्था है, जो निष्पक्ष और सार्वजनिक है, ठीक उसी प्रकार हमें एक अन्तर्राष्ट्रीय पुलिस-शक्ति की भी आवश्यकता है। यदि कोई राज्य राष्ट्रों के कानून का उल्लंघन करे और बल-प्रयोग पर उतर आए, तो कानून का समर्थन राज्य-समुदाय की शक्ति द्वारा होना चाहिए और आक्रमणकारी राज्य का यथोचित न्याय-विचार होना चाहिए। इन दशाओं में यह ऐतराज़ करना उचित न होगा कि लीग युद्ध द्वारा युद्ध को रोकने का यत्न कर रही है। इसमें कोई सन्देह नहीं कि बात यही है, परन्तु वर्तमान दशाओं में बल-प्रयोग का पूर्ण रूप से परित्याग नहीं किया जा सकता। मानवीय सम्बन्धों में चुनाव अच्छे और बुरे में से नहीं किया जाना होता, अपितु बद और बदतर में से करना होता है। राज्यों द्वारा बल का अनियंत्रित प्रयोग विश्व-राष्ट्रमंडल द्वारा कानून की शक्ति के रूप में किये जाने वाले बल-प्रयोग की अपेक्षा असीम बुरा है। यदि हिंसा पर उतर आने वाले राज्यों के विरुद्ध, अंतिम उपाय के रूप में, राज्यसमुदाय की शक्ति का प्रयोग न किया जाए, तो हम कानून के शासन और सहयोग की पद्धति को आगे नहीं बढ़ा सकते। अन्तर्राज्यीय सम्बन्धों के बारे में हिन्दूशास्त्र साम (मित्रता), दाम (परितोषण), भेद (फूट डालना) और दण्ड (सशस्त्र प्रतिरोध), इन चार पद्धतियों का सुझाव रखते हैं। यदि हम अहिंसा तक एक ही दौड़ में पहुंचने का यत्न करें, तो शायद वहां तक न पहुंच पाएं; पर यदि हम एक-एक सोपान करके उसकी ओर बढ़ने को तैयार हों, तो हम उस तक पहुंच भी सकते हैं।

एक दूसरा ऐतराज़ यह है कि आज राष्ट्र इस मनोदशा में नहीं हैं कि वे किसी एक राष्ट्र के विरुद्ध छेड़े गए युद्ध को सब राष्ट्रों के विरुद्ध छेड़ा गया युद्ध मान लें। प्रभुत्वसम्पन्न राज्यों के हितों में वह सांझापन नहीं है, जो लीग के प्राधिकार (अैथौरिटी) का समर्थन कर सके। मित्र राष्ट्र, जो आदर्शों के एक सांझे सूत्र में बंधे हुए हैं, युद्ध-काल में अपना एक संघ बना सकते हैं, जिसकी पार्लियामेंट या कांग्रेस सीधी जनता द्वारा चुनी गई हो; और युद्ध के बाद बाकी दूसरे देशों को इसमें सम्मिलित किया जा सकता है। एक नया समाज जन्म लेने के लिए संघर्ष कर रहा है और पुरानी व्यवस्था उसे रोकना चाहती है। जो लोग धुरी शक्तियों (जर्मनी, इटली और जापान) के विरुद्ध लड़ रहे हैं, वे क्रान्ति के पक्ष में लड़ रहे हैं।य दिह म स्वतन्त्रता और प्रजातन्त्र के उद्देश्यों

तक पहुंचने के लिए दृढ़संकल्प हैं, तो हमें उनके साधनों के लिए भी दृढ़संकल्प होना होगा। स्थायी शान्ति तक पहुंचने का और कोई मार्ग नहीं है।

जीवन-मूल्यों के सम्बन्ध में शिक्षण

यदि हमारी सभ्यता नष्ट हुई, तो उसका कारण यह नहीं होगा कि यह पता नहीं था कि उसकी रक्षा करने के लिए क्या करना आवश्यक है; अपितु उसका कारण उस समय भी, जबकि रोगी मरता दीख रहा है, ओषधि न लेने का हठ होगा। हममें शान्ति और व्यवस्थित स्वाधीनता के नये समाज के सिद्धान्तों को समझ पाने की नैतिक ऊर्जा और सामाजिक सूझ-बूझ का अभाव है। शिक्षा का प्रयोजन यह नहीं है कि वह हमें सामाजिक परिवेश (आस-पास की परिस्थितियों) के उपयुक्त बना दे, अपितु यह है कि वह बुराइयों से लड़ने में और एक पूर्णतर समाज के सृजन में हमारी सहायता करे। संसार का विकास बर्बरता और रक्तपात द्वारा नहीं होता। यह युद्ध सुखी भविष्य के निमित्त विकास-संघर्ष में कोई अनिवार्य सोपान नहीं है। हम सामाजिक परिवेश की दया पर उतनी पूरी तरह निर्भर नहीं हैं, जितना कि विकासवादी दृष्टिकोण बताता है। सामाजिक विफलता में मनुष्य की विफलता ही प्रतिबिम्बित होती है। लीग विफल हुई, तो इसलिए कि लीग को चलाने की तीव्र इच्छा ही लोगों में नहीं थी। राजनीतिक संस्थाएं व्यष्टि नागरिकों की भावनाओं और विचार की आदतों से आगे नहीं निकल जा सकतीं। राजनीतिक समझदारी सामाजिक परिपक्वता से पहले नहीं आ सकती। सामाजिक प्रगति बाहरी साधनों द्वारा नहीं हो सकती। इसका निर्धारण मनुष्य के अन्तस्तम लोकोत्तर अनुभवों द्वारा होता है। हमें हृदय को फिर नवीन बनाने के लिए, जीवन-मूल्यों के रूपान्तर के लिए और शाश्वत के दावों के सम्मुख आत्मा के समर्पण के लिए कार्य करना चाहिए। हम सब उन्हीं एक ही तारों की ओर देखते हैं, हम सब एक ही आकाश के नीचे स्वप्न लेते हैं, हम एक ही ग्रह पर रह रहे सह-यात्री हैं; और यदि हम अलग-अलग मार्गों द्वारा परम सत्य को पाने का यत्न करें, तो वह कोई खास बात नहीं है। अस्तित्व की पहेली इतनी बड़ी है, कि इसके उत्तर तक पहुंचने का केवल एक ही रास्ता नहीं हो सकता।

चरखे से लेकर आन्तरिक ज्वलन वाले इंजन तक के साधन विशुद्ध रूप से सामाजिक उपयोगिता के साधन हैं। उनका कोई निजी नैतिक मूल्य नहीं है। वे केवल तभी तक मूल्यवान हैं, जब तक उनका उपयोग उच्चतर नैतिक उद्देश्यों के लिए होता है। प्रगति के साधन अपने-आपमें कोई उद्देश्य नहीं हैं। शाश्वत को सांसारिक के अधीन करके, अनिवार्य को आकस्मिक के अधीन करके, अनन्त को क्षणिक के अधीन करके जीवन-मूल्यों को विकृत करने की आदत को केवल सबल शिक्षा द्वारा रोका जा सकता है। शिक्षा आत्मा में मनुष्य का सतत जन्म है; यह आन्तरिक राज्य की ओर जाने वाला राजमार्ग है। सारी बाह्य महिमा आन्तरिक प्रकाश का प्रतिफलन-मात्र है। शिक्षा सर्वोच्च जीवन-मूल्यों के चुनाव की और उन पर दृढ़ रहने की पूर्व कल्पना करती है। हमें ऐसे समुदाय के लिए कार्य करना चाहिए, जो राज्य की अपेक्षा अधिक विस्तृत और अधिक गम्भीर हो। वह समुदाय किस ढंग का हो, यह हमारे आदर्शों पर निर्भर है। यदि हम उदारदलीय हैं, तो यह मानवता है; यदि हम अनुदारदलीय हैं, तो यह राष्ट्र है; यदि

हम साम्यवादी हैं, तो यह विश्व का श्रमजीवी-वर्ग है; यदि हम नाज़ी है, तो यह जाति है। राज्य अपने-आपमें कोई अन्तिम उद्देश्य नहीं है। उससे भी आगे एक और विस्तृततर समुदाय है, जिसके प्रति हमारी गम्भीरतम निष्ठा होनी उचित है।

राजनीतिक कार्यों के अन्तिम उद्देश्यों का विचार विचारकों और लेखकों द्वारा किया जाना चाहिए। विचारकों और लेखकों के रूप में समाज सचेतन और आत्मआलोचक बनता है। वे किसी भी समाज के जीवन-मूल्यों के संरक्षक हैं, उन जीवन-मूल्यों के, जो किसी भी समाज का वास्तविक जीवन और स्वभाव हैं। विचारकों और लेखकों का काम हमें समाज की वास्तविक आत्मा की चेतना तक शिक्षित करना, हमें आत्मिक आलस्य और मानसिक गंवारपन से बचाना है। संसार के लोगों में मित्रता और साहचर्य की भावना का विकास करने में उन्हें हमारी सहायता करनी चाहिए। अरस्तू कहता है कि बिना मित्रता के न्याय हो ही नहीं सकता। महान विचारक मानवता से लघुतर किसी वस्तु को अपने प्रेम का पात्र नहीं मानते। सारा संसार उनके लिए कुटुम्ब है। गेटे को लगता था कि फ्रांसीसियों से घृणा कर पाना उसके लिए असंभव है। उसने ऐकरमैन को लिखा था, "मेरे लिए, जो लड़ाकू प्रवृत्ति का नहीं हूं और न जिसे युद्ध से अनुराग ही है, ऐसे गीत एक मुखौटे के समान होते, जो मेरे मुख पर ज़रा भी न फबते। मैंने अपनी कविता में कभी कृत्रिम प्रदर्शन नहीं किया। बिना विद्वेष के मैं घृणा के गीत किस प्रकार लिख सकता था? और, यह मेरे और तुम्हारे बीच ही रहे, मैं फ्रांसीसियों से घृणा नहीं करता था, यद्यपि जब उनसे हमें मुक्ति मिली, तो मैंने परमात्मा का धन्यवाद किया। मैं, जिसके लिए सभ्यता और असभ्यता ही केवल दो महत्त्वपूर्ण अन्तर हैं, एक ऐसे राष्ट्र (फ्रांसीसियों) से कैसे घृणा कर सकता था, जो संसार के सबसे अधिक सभ्य राष्ट्रों में से एक है, मेरी अपनी अधिकांश शिक्षा का श्रेय जिस राष्ट्र को है! सामान्य रूप से, राष्ट्रीय वैमनस्य एक विलक्षण वस्तु है। सभ्यता की निम्नतम कोटियों में यह सदा तीव्रतम और उग्रतम होता है। पर एक स्थिति ऐसी है, जहां पहुंचकर यह लुप्त हो जाता है; वहां हम मानो राष्ट्रों से ऊपर खड़े होते हैं और हम अपनी पड़ौसी जातियों के सुख और दुःख को उसी प्रकार अनुभव करते हैं, जैसे वह हमारा अपना हो।" देशभक्ति सामान्यतया केवल विद्वेष ही होती है; उस विद्वेष को ऐसी शब्दावली में छिपाया गया होता है, जिससे वह लोगों को ग्राह्य हो सके। इस देशभक्ति को धारीदार वर्दीवाले, चांदी के पदक लगाए और मधुर गीत गाते हुए सामान्य लोगों के सामने प्रशंसनीय बताकर प्रस्तुत किया जाता है। विश्व-प्रेम ही वह लक्ष्य है, जहां तक पहुंचने का देशभक्ति साधन-मात्र है। हमारे शत्रु भी मानव-प्राणी हैं। सुख और दुःख की प्रतिक्रिया उनमें भी हमारी भांति ही होती है। त्वचा के अन्दर हम सब भाई-बहिन हैं। हमें अपनी विवेकशीलता और शान्ति को फिर प्राप्त करना चाहिए और इस संसार के पागलखाने में, जो असह्य रूप से कोलाहलपूर्ण और क्रूर होता जा रहा है, हमें बेचैनी अनुभव होनी चाहिए। इस संसार का शासन समझदारी से होना चाहिए।

बुद्धिजीवी लोगों को राजनीति या प्रशासन के वास्तविक कार्यों में भाग लेने की आवश्यकता नहीं है। उनका मुख्य काम बौद्धिक ईमानदारी की पूर्णता के साथ समाज की सेवा करना है। उन्हें इस प्रकार की सामाजिक चेतना और उत्तरदायित्व की भावना उत्पन्न करनी चाहिए, जो

राजनीतिक समुदाय की सीमाओं से ऊपर हो। जो लोग इस ढंग से समाज की सेवा कर सकते हैं, उनका यह कर्तव्य हो जाता है कि वे राजनीति में हिस्सा न लें। प्रत्येक समाज में कुछ ऐसे व्यक्ति होते हैं, जिनके लिए राजनीतिक गतिविधि में हिस्सा लेना प्रतिभा का दुष्प्रयोग और अपने प्रति निष्ठाहीनता होगी। वे जहां हैं, वहीं रहते हुए अपनी प्रतिभा के प्रति सच्चे रहते हैं और समाज की, अपने अज्ञान को हटाने से, थोड़ी-बहुत सहायता करते हैं। वे संसार को तभी कुछ दे सकते हैं, जबकि वे संसार से स्वतन्त्र रहें। उन्हें सामाजिक और आध्यात्मिक मूल्यों (मान्यताओं) की सेवा के लिए कार्य करना चाहिए, परन्तु दुर्भाग्य से एकतंत्रीय शासन-पद्धतियां सामाजिक और बौद्धिक गतिविधियों का भी प्रयोग अपने ही उद्देश्यों को पूरा करने के लिए करती हैं। नई राजनीतियां एक प्रकार के राजनीतिक धर्म हैं, जो सामाजिक मुक्ति के लिए मसीही (पैगम्बरी) आशाओं पर आधारित हैं। एकतंत्रवादों के आध्यात्मिक पिता तो बुद्धिजीवी वर्ग ही हैं। यदि बुद्धिजीवी लोग ही संस्कृति के हितों को त्याग दें, और आध्यात्मिक मूल्यों (मान्यताओं) का खंडन करें, तो हम उन राजनीतिज्ञों को दोष नहीं दे सकते, जो राज्य की सुरक्षा के लिए ज़िम्मेदार हैं। यदि जहाज़ का कप्तान यात्रियों के हितों की अपेक्षा जहाज़ की सुरक्षा को अधिक महत्त्व दे, तो उसे दोष नहीं दिया जा सकता। राज्य एक साधन है, लक्ष्य नहीं। ऐसे कुछ न कुछ आदमी सदा होंगे ही, जो परम मूल्यों की दुनिया में रहते हैं और उसी के लिए जीते हैं; जीवन या सुख, दोनों की ही गिनती उन परम मूल्यों में नहीं है। राजनीतिक और आर्थिक मूल्य (मान्यताएं) सापेक्ष होते हैं और गौण होते हैं। क्रांतदर्शी (पैगम्बर) लोग अदृश्य को देखने में हमारी सहायता करते हैं और वर्तमान जीवन की दशाओं में शाश्वत का हमारे सम्मुख उद्घाटन करते हैं। इस संसार के मूल्यों की ओर से वे लापरवाह होते हैं और वे अच्छाई (सत्) को क्रियान्वित करने में जुटे होते हैं। वे एकत्व को देखते हैं और दूसरों को भी इसे देख पाने में समर्थ बनाते हैं। वे हमारी मित्रता की भावना को सचेत करते हैं। उनमें होता है हृदय का साहस, आत्मा का सौजन्य और निर्भीकों का आनन्दहास। 'सोसायटी आफ फ्रेंड्स' के टामस नेलर ने 'अपने अन्तिम साक्ष्य भाषण में, जो कहा जाता है कि उसने अपने महाप्रयाण से लगभग दो घण्टे पहले दिया था' कहा था, "इस समय मैं एक ऐसी भावना का अनुभव कर रहा हूं, जिसे बुराई करने में कोई आनन्द नहीं आता और जो न किसी बुराई का बदला ही लेना चाहती है, अपितु वह सब बातों को सहने में ही आनन्द अनुभव करती है, इस आशा में कि अन्त में वह अपने-आपमें आनन्द पा सकेगी। उसे आशा है कि वह सम्पूर्ण क्रोध और विवाद की समाप्ति के बाद भी विद्यमान रहेगी; और वह सारे हर्ष और क्रूरता को, तथा अन्य जो भी कुछ उसके प्रतिकूल प्रकृति का है, उस सबको जीर्ण कर चुकने के बाद भी शेष रहेगी। यह सब प्रलोभनों के अन्त को देखती है। क्योंकि स्वयं इसके अन्दर कोई बुराई नहीं है, इसलिए यह दूसरों के प्रति विचारों में भी कोई बुरी बात नहीं लाती। यदि कोई इसके साथ दगा करे, तो यह उसे सह लेती है...यह शोक में गर्भ रूप में पहुंचती है, और तब इसका जन्म होता है, जब इसपर दया करने वाला कोई नहीं होता; दुःख और अत्याचार पर यह बुड़बुड़ाती भी नहीं। इसे केवल कष्टों में ही आनन्द मिलता है, अन्य किसी प्रकार नहीं, क्योंकि संसार के आनन्द से तो

इसकी हत्या हो जाती है। मैंने इसे एकान्त में, परित्यक्त होने पर पाया है। इसके द्वारा मुझे उनके साथ मित्रता की अनुभूति मिली है, जो खोहों में और उजाड़ स्थानों में रहते हैं।"

गांधीजी

केवल कभी-कभी कोई विरली आत्मा सामान्य स्तर से ऊपर उठती है, जो परमात्मा का साक्षात् दर्शन करके दिव्य उद्देश्य को स्पष्टतर रूप में प्रतिफलित करती है, और दिव्य पथ-प्रदर्शन को और अधिक साहस के साथ व्यवहार में लाती है। इस प्रकार के मनुष्य का प्रकाश इस अन्धकारमय और अव्यवस्था-भरे संसार पर संकेत-दीप की भांति चमकता है। आज भारत की स्थिति इसलिए अपेक्षाकृत अच्छी है, क्योंकि उसके जीवन में एक ऐसा व्यक्तित्व अवतरित हुआ है, जो परमात्मा को भेजी हुई अग्निशिखा है। उसका कष्ट-सहन भारत के आहत अभिमान का साकार रूप है और उसके सत्याग्रह में भारत की बुद्धिमत्ता का शाश्वत धैर्य प्रतिफलित होता है। एक निर्भीक भावना, लगभग अजेय इच्छा-शक्ति, सत्य और न्याय के प्रति एक अतिमानवीय उत्साह उसकी प्रमुख विशेषताएं हैं। गांधी हमारे सम्मुख अब तक मनुष्यों को ज्ञात आदर्शों में सबसे अधिक विशुद्ध, उन्नायक और प्रेरणाप्रद आदर्श प्रस्तुत करता है। उसका आध्यात्मिक प्रभाव एक निर्मल और विशुद्ध करनेवाली ज्वाला है, जिसने बहुत-सी मैल को जला डाला है और बहुत-से विशुद्ध स्वर्ण को निखारा है। उसका सारा जीवन अन-आत्मिक के विरुद्ध अविराम युद्ध के रूप में रहा है। बहुत-से लोग ऐसे भी हैं, जो उसे ऐसा पेशेवर राजनीतिज्ञ बताते हैं जो ठीक मौके पर काम बिगाड़ देता है। राजनीति एक अर्थ में एक पेशा है, और राजनीतिज्ञ वकील और इंञ्जीनियर की भांति एक ऐसा व्यक्ति है, जिसे सार्वजनिक कार्यों को सुचारु रूप से करने के लिए प्रशिक्षित किया जाता है। परन्तु एक और भी अर्थ है, जिसके अनुसार राजनीति एक धन्धा है और राजनीतिज्ञ एक ऐसा व्यक्ति है, जिसे अपने देशवासियों की रक्षा करने और उनमें एक सांझे आदर्शों के प्रति प्रेम जगाने के अपने जीवन-लक्ष्य का ज्ञान है। सम्भव है कि इस प्रकार का व्यक्ति शासन के व्यावहारिक काम-काज में असफल सिद्ध हो, और फिर भी अपने अनुयायियों में अपने सांझे लक्ष्य के प्रति अदम्य विश्वास भरने में सफल रहे। क्रौमवेल और लिंकन जैसे नेताओं में इन दोनों प्रकार के राजनीतिज्ञों का मिश्रित रूप विद्यमान रहता है। एक ओर तो वे स्वयं सामाजिक आदर्शों के जीते-जागते मूर्त रूप होते हैं और दूसरी ओर सार्वजनिक कार्यों के व्यावहारिक संगठनकर्ता भी होते हैं। गांधी, भले ही वह शासन की कला में भली भांति प्रवीण न हो, दूसरे अर्थ में सचमुच ही राजनीतिज्ञ है। सबसे बढ़कर, वह एक नये संसार की आवाज़ है, एक परिपूर्णतर जीवन की आवाज़, एक विस्तृततर और अपेक्षाकृत अधिक सर्वांगसम्पूर्ण चेतना की आवाज़। उसका दृढ़ विश्वास है कि धर्म के आधार पर हम एक ऐसे संसार का निर्माण कर सकते हैं, जिसमें न दरिद्रता हो, न बेकारी, और न युद्ध हों, न रक्तपात। "उस संसार में अतीत के किसी भी काल की अपेक्षा परमात्मा में कहीं अधिक और गहरा विश्वास होगा। एक विस्तृत अर्थ में संसार टिका ही धर्म के सहारे हुआ है।" वह कहता है, "आगामी कल का संसार अहिंसा पर आधारित होगा, उसे होना ही होगा। सम्भव है कि यह एक सुदूर लक्ष्य जान पड़े, एक आदर्श लोक (यूटोपिया)। परन्तु यह तनिक भी अप्राप्य नहीं है, क्योंकि इसका निर्माण अभी और यहीं प्रारंभ

किया जा सकता है। कोई भी व्यक्ति भविष्य की जीवन-पद्धति—अहिंसात्मक पद्धति—को , बिना यह प्रतीक्षा किए कि दूसरे भी उसे अपनाएं, अभी अपना सकता है। और यदि एक व्यक्ति ऐसा कर सकता है, तो मनुष्यों के समूचे के समूचे समूह ऐसा क्यों नहीं कर सकते? समूचे राष्ट्र? मनुष्य बहुधा प्रारम्भ करने में इसलिए हिचकते हैं, क्योंकि वे समझते हैं कि लक्ष्य को पूर्ण रूप में प्राप्त नहीं किया जा सकता। यह मनोवृत्ति ही प्रगति के मार्ग में हमारी सबसे बड़ी बाधा है—एक ऐसी बाधा, जिसे हर एक मनुष्य, यदि वह केवल दृढ़ संकल्प कर ले, दूर हटा सकता है।"[1] हमें इस दृष्टिकोण को परे हटा देना होगा कि परिवेश (आस-पास की परिस्थितियां) कहीं अधिक बलशाली हैं और हम असहाय हैं।

यदि शाश्वत अच्छाई को समय रहते प्राप्त करना हो, तो हमें केवल उन साधनों का प्रयोग करना होगा, जो तात्त्विक रूप से अच्छे हैं। उसे जल्दी या बलप्रयोग के तात्त्विक रूप से बुरे कार्यों द्वारा प्राप्त करने के छोटे रास्तों को अवलंबन करने का परिणाम केवल विफलता ही होगा। अपराधी को बलपूर्वक नियंत्रित रखने या उसे नैतिक रूप से प्रभावित करने के दो उपायों में से दूसरा अधिक अच्छा है; यह युक्ति दी जाती है कि यदि शारीरिक बल द्वारा दमन बुरा है, तो नैतिक बल द्वारा दमन भी कुछ भला नहीं है। यह भी दमनात्मक है, मनाने के ढंग का नहीं; यह प्रेमपूर्ण की अपेक्षा उग्र अधिक है। बिना गोली चलाए या बिना लाठी का उपयोग किए भी लोगों की भीड़ को उनकी इच्छा के प्रतिकूल, उनके उत्कृष्टतर विवेक के प्रतिकूल किसी विशिष्ट प्रकार का कार्य करने के लिए विवश किया जा सकता है। फिर भी नैतिक रीति, मनाकर, समझाकर कार्य करने की पद्धति अधिक अच्छी है, क्योंकि इसमें यह स्वतंत्रता निहित है कि दूसरा व्यक्ति उस दबाव को चाहे तो स्वीकार करे, या अस्वीकार कर दे।

अहिंसा कायरता या दुर्बलता को छिपाने के लिए बहाना नहीं है। केवल वे ही लोग, जिनमें वीरता, कष्ट-सहिष्णुता और बलिदान की भावना के गुण हैं, अपने-आपको संयम में रख सकते हैं और शस्त्रों का प्रयोग किए बिना रह सकते हैं। हिंसा के परिणाम से डरकर अहिंसक बन जाना खतरनाक है। यह सोचना गलत है कि गांधी के दृष्टिकोण में जीवन का मूल्य स्वाधीनता से बढ़कर है। गांधी को मालूम है कि शारीरिक कष्ट सहना और मर जाना शारीरिक बुराइयां हैं; जिन्हें सहन किया जा सकता है और उचित ठहराया जा सकता है, यदि उनके द्वारा हम इतनी अच्छाई उत्पन्न कर सकें कि जिससे उनकी क्षतिपूर्ति हो सके। मनुष्य को नष्ट कर देने से कोई लाभ नहीं है; हमें उनके आचरणों को (तौर-तरीकों को) नष्ट करना चाहिए। यदि हम वर्तमान शासकों को हटा भी दें, और उसके बाद भी प्रणाली ज्यों की त्यों रहे, तो उससे कोई लाभ न होगा। युद्ध के मोर्चे पर जाकर लड़ना ही सबसे बड़ी बुराई नहीं है; उससे भी अधिक बुरी समाज की वह दशा है, जिसमें सबल द्वारा निर्बल के प्रति हिंसा का प्रयोग संभव हो पाता है। हिटलर तो समाज की सड़ांध की (विषाक्त) दशा के बाह्य चिह्न-मात्र हैं, जिनकी केवल मरहम-पट्टी कर देने या उन्हें काटकर अलग कर देने से समाज की वास्तविक चिकित्सा नहीं हो सकती। यदि समाज को बचाना है, तो वर्तमान व्यवस्था का प्रतिरोध आवश्यक है; परन्तु यह प्रतिरोध ऐसा होना चाहिए, जो झूठ और बेईमानी को कुचल दे। कुत्सित जीवन की अपेक्षा मृत्यु बुरी नहीं है।

1. लिबर्टी (लन्दन)

अहिंसात्मक प्रतिरोध के लिए धीरता और अनुशासन की आवश्यकता होती है; पर इन गुणों की आवश्यकता तो युद्ध में भी होती ही है। यदि लोग रणभूमि में मरने को तैयार हो सकते हैं, तो उन्हें वही साहस और वही आदर्शवाद अहिंसात्मक प्रतिरोध में दिखाना चाहिए। संभव है कि युद्ध में हमारी हानि इस प्रकार के प्रतिरोध में होनेवाली हानि की अपेक्षा कहीं अधिक हो।

यह युक्ति दी जाती है कि प्रतिरोध न करनेवाले लोगों को, संभव है कि अपने देश का विनाश होते देखना पड़े। परन्तु प्रतिरोध करनेवाले लोगों को भी तो परिणाम का सामना करना ही होगा। न्यायालयों में अन्तःकरणानुयायी (युद्ध के प्रति) एतराज़ करनेवालों से पूछा जाता है कि यदि जर्मन आकर उनकी पत्नियों, बहिनों और माताओं से बलात्कार करने लगें, तो वे क्या करेंगे? निःसन्देह वे उन्हें ऐसा करने से रोकेंगे, परन्तु बदले में वे जर्मनों की पत्नियों, बहिनों और पुत्रियों की हत्या नहीं कर डालेंगे। यह तुलना ठीक नहीं है, क्योंकि आक्रमण के शिकार एक व्यक्ति द्वारा आत्मरक्षा के लिए बल का प्रयोग उन युद्धों से बिलकुल भिन्न प्रकार का है, जिनमें निर्दोष व्यक्तियों पर बल का प्रयोग किया जाता है। गांधी की अहिंसा एक सक्रिय बल है, जो निर्बल का अस्त्र नहीं, अपितु वीरों का अस्त्र है। "यदि रक्त बहना ही है, तो वह हमारा रक्त हो। बिना मारे मरने के शान्त धैर्य की साधना करो। मनुष्य तभी स्वच्छन्द जी सकता है, जबकि वह, आवश्यकता पड़ने पर, अपने भाई के हाथों, बिना उसे मारने का प्रयत्न किए, मरने के लिए तैयार रहे।...प्रेम दूसरों को नहीं जलाता, स्वयं को ही जलाता है; वह मृत्यु के कष्ट में भी आनन्द अनुभव करता है।"

अहिंसा बुराई के साथ मौन समझौता नहीं है। गांधी को मालूम है कि सबसे बड़ा दुर्भाग्य अन्याय के सामने सिर झुकाना है, अन्याय का कष्ट सहना नहीं। वह हमें प्लेटो के दार्शनिक के दृष्टान्त का अनुकरण करने को नहीं कहता, जो (प्लेटो का दार्शनिक) जनसमुदाय के पागलपन को देखकर, आंधी और ओलों के तूफान में दीवार के पीछे छिपकर खड़े हुए व्यक्ति की भांति, बुराई से आच्छन्न इस संसार को बुराई के ही हाथों में समर्पित कर देना चाहता था। अहिंसा 'कुछ न करना' नहीं है। हम बुराई का प्रतिरोध इस ढंग से कर सकते हैं कि उसके साथ सहयोग करने से इनकार कर दें। भारतीय इतिहास इस प्रकार के अहिंसक असहयोग के उदाहरणों से भरा पड़ा है; वे महाजन, जिन्होंने राजा की अनियंत्रित शक्ति के प्रति विरोध प्रदर्शित करते हुए अपनी दुकानें बन्द कर दी थीं; बनारस के ब्राह्मण, जिन्होंने ईस्ट इंडिया कम्पनी द्वारा लगाए गए करों के विरोध में उपवास किया था; वे राजपूत नारियां, जो आक्रमणकारियों की वासना से अपने सतीत्व की रक्षा करने के लिए जौहर की आग में जल मरी थीं। इन उदाहरणों में मानवीय आत्मा की बुराई पर विजय पाने की शक्ति भली भांति स्पष्ट हो जाती है। अहिंसा सशक्त मांसपेशियों पर, विनाशकारी शस्त्रास्त्रों पर और शैतानी ज़हरीली गैसों पर भरोसा नहीं रखती, अपितु नैतिक साहस, आत्मनियंत्रण और इस सुदृढ़ चेतना पर भरोसा रखती है कि प्रत्येक मनुष्य के अन्दर, चाहे वह कितना ही क्रूर और व्यक्तिगत रूप से कितना द्वेषी क्यों न हो, दया की एक जलती हुई ज्योति, न्याय के प्रति प्रेम और अच्छाई तथा सत्य के प्रति सम्मान की भावना विद्यमान रहती है; और उसे कोई भी व्यक्ति, जो ठीक साधनों का प्रयोग करे, जाग्रत्

कर सकता है। रोमन लोगों के अवकाश के दिनों को मनाने के लिए (खेल के मैदान में पशुओं या मनुष्यों से तलवार लेकर लड़नेवाले) तरवारियों को मरने के लिए विवश न किया जाए, यह निश्चय कराने के लिए टेलीमेकस का बलिदान आवश्यक था।

गांधी ने अपनी पद्धतियों का प्रयोग भारत की स्वाधीनता की समस्या को हल करने के लिए भी किया है। यदि हम स्वतन्त्र नर-नारियों की भांति जीवन नहीं बिता सकते, तो हमें मर जाने में संतोष अनुभव करना चाहिए। भारत में अंग्रेज़ी राज्य भारतीय जनता के एक बहुत बड़े भाग की स्वेच्छापूर्ण और वास्तविक सहमति के आधार पर टिका हुआ है। यदि यह सहयोग न रहे, तो यह शासन समाप्त हो जाएगा। इस अहिंसात्मक असहयोग की पद्धति में हम कई उपाय बरत सकते हैं। जो बात भारत की स्वाधीनता की लड़ाई पर लागू होती है, वही बाहरी आक्रमण के मामलों पर भी लागू होती है। कहा जाता है कि वर्तमान संसार में, जहां युद्ध एक तन्त्रात्मक (टोटलिटेरियन) है, जहां योद्धा लोग पहले की भांति एक-दूसरे के सम्पर्क में नहीं आते, अपितु दूर रहकर ही मार-काट का आयोजन करते हैं, अहिंसात्मक असहयोग वीरतापूर्ण भले ही हो, किन्तु प्रभावहीन प्रतीत हो सकता है। यदि भारत जापानी आक्रमण का हिंसा से तो प्रतिरोध न करे, किन्तु प्रत्येक पुरुष, स्त्री और बच्चा जापानियों का कोई भी काम करने, उन्हें खाद्य-सामग्री बेचने या अन्य कोई भी सेवा करने से इनकार कर दे, और उसके लिए कोड़े खाने, जेल जाने, गोलियां तथा अन्य प्रकार की हिंसा को सहने को तैयार रहे, तो भारत शत्रु को जीतने में सफल हो जाएगा। इस नीति का अवलम्बन करने के लिए ऐसी वीरता, ऐसे साहस और ऐसी सहिष्णुता की आवश्यकता है, जिसका जोड़ युद्ध में भी कहीं दिखाई नहीं पड़ता। विदेशी आक्रान्ताओं को पुलिस के सिपाही, डाकिये आदि का काम करने के लिए यहां के आदमी नहीं मिल पाएंगे। सारी जनता को जेल में नहीं डाला जा सकता। सबको गोली भी नहीं मारी जा सकती। कुछ थोड़े-से लोगों को गोली मार देने के बाद निराश होकर यह प्रयत्न छोड़ देना पड़ेगा। राजस्व नहीं उगाहा जा सकेगा और बन्दरगाहों में काम करनेवाले मज़दूर और दूसरे मज़दूर हड़ताले करेंगे।[1] कोई भी सरकार तब तक काम नहीं कर सकती, जब तक

---

1. वर्तमान दशाओं में भी शत्रु के साथ असहयोग की नीति अपनानी पड़ेगी। मार्च, 1942 में दिल्ली की रोटरी क्लब में भाषण देते हुए जनरल स्टाफ के उप-अध्यक्ष जनरल मौलेस्वर्थ ने कहा था, "इस समय भारत का हर कोई आदमी हमसे पूछ रहा है कि हम जापानियों को भारत से परे रखने के लिए क्या करनेवाले हैं। सेना के दृष्टिकोण से इस बहुत बड़े युद्ध के मोर्चे पर हमें उन महत्त्वपूर्ण स्थानों की रक्षा तो करनी ही होगी, जिनपर कब्ज़ा रखना भारत को सुरक्षित रखने के लिए आवश्यक है, परन्तु हम सब स्थानों पर कब्ज़ा बनाए नहीं रख सकते। इसलिए शेष भारत में क्या किया जाए, जहां हम सेना, वायुसेना या नौसेना रख पाने में असमर्थ हैं? हम सब लोगों को हथियार भी नहीं दे सकते। पर दूसरी ओर, हम जनता को इस विषय में काफी कुछ शिक्षित कर सकते हैं कि वह किस प्रकार जापानियों को तंग करे, अटकाए और उनके आक्रमण को समाप्त कर दे। सम्भव है कि निचले स्तर पर यथोचित पथ-प्रदर्शन और यथोचित नेतृत्व न हो ; फिर भी मुझे लगता है कि यदि जनता को इस दिशा में शिक्षित किया जाए कि जापानी यहां से गुज़रने नहीं पाएंगे,' तो हम जापानी आक्रमण को परास्त कर सकते हैं। मनोवैज्ञानिक दृष्टि से यह काम केवल ऐसे बुद्धिजीवी वर्ग

वह जनता को अपने अनुकूल न कर ले।[1] भारत का प्रतिरोध प्रभावी होगा। यह सब प्रेम के

द्वारा किया जा सकता है, जो मज़दूरों और किसानों के साथ कन्धे से कन्धा भिड़ाकर काम कर रहा हो।"

1. जब अक्टूबर, 1938 में चेकोस्लोवाकिया के निवासियों ने आत्मसमर्पण कर दिया, तब गांधीजी ने उनके नाम जो संदेश दिया था, उससे तुलना कीजिए, "मैं चेक लोगों से कुछ शब्द कहना चाहता हूं, क्योंकि उनकी दुर्दशा ने मुझे शारीरिक और मानसिक कष्ट की सीमा तक द्रवित कर दिया है और मुझे लगा कि इस समय जो विचार मेरे मन में घुमड़ रहे हैं, यदि मैं उनमें चेकों के साथ समान रूप से हिस्सा न बटाऊं, तो यह मेरी कायरता होगी। यह स्पष्ट है कि छोटे राष्ट्रों को डिक्टेटरों (अधिनायकों) के संरक्षण में आना होगा या आने के लिए तैयार रहना होगा या फिर वे यूरोप की शांति के लिए निरन्तर खतरा बने रहेंगे। सम्पूर्ण सद्भावना के होते हुए भी इंग्लैण्ड और फ्रांस उन्हें बचा नहीं सकते। उनके हस्तक्षेप का अर्थ होगा केवल रक्तपात और विनाश, ऐसा, जैसाकि पहले कभी हुआ न होगा। इसलिए, यदि मैं चेक होता, तो मैं इन दोनों राष्ट्रों को मेरे देश की रक्षा करने के दायित्व से मुक्ति दे देता। और फिर भी जीना तो मुझे होता ही। मैं किसी भी राष्ट्र या व्यक्ति का पिट्ठू बनकर रहने को तैयार न होता। या तो मुझे पूर्ण स्वतन्त्रता मिलती या फिर मैं समाप्त हो जाता। शस्त्रों की टक्कर द्वारा विजय पाने का प्रयत्न केवल वीरता का दिखावा-भर होता। परन्तु यदि मैं, जो मुझसे मेरी स्वतन्त्रता छीनना चाहता, उसकी शक्ति की अवज्ञा करते हुए उसकी इच्छा का पालन करने से इनकार कर देता और इस प्रयत्न में निःशस्त्र रहकर प्राण दे देता, तो यह केवल 'वीरत्व का आडम्बर' न होता। वैसा करते हुए भले ही मैं अपने शरीर से हाथ धो बैठता, परन्तु अपनी आत्मा को, अर्थात् अपनी आन को अवश्य बचा पाता। यह असम्मानपूर्ण शांति मेरे लिए कार्य का अवसर बननी चाहिए। मुझे इस अपमानजनक स्थिति से मुक्ति पानी चाहिए और सच्ची स्वतन्त्रता प्राप्त करनी चाहिए। पर, एक सान्त्वना देनेवाला आकर कहता है, 'हिटलर दया करना नहीं जानता। आपके आत्मिक प्रयत्न का उसके सामने कोई लाभ न होगा।' मेरा उत्तर है, संभव है कि जो तुम कहते हो, वह ठीक हो। इतिहास में ऐसे किसी राष्ट्र का अभिलेख नहीं है, जिसने अहिंसक प्रतिरोध का अवलम्बन किया हो। यदि कष्ट-सहन को हिटलर पर कोई प्रभाव नहीं पड़ता, तो कोई बात नहीं। मेरी कोई ऐसी क्षति तो होगी ही नहीं, जो चिन्तनीय हो। मेरी तो केवल आन ही एक ऐसी वस्तु है, जिसे मैं बचाने योग्य समझता हूं। और वह हिटलर की दया पर आश्रित नहीं है। परन्तु अहिंसा का विश्वासी होने के कारण मैं उसकी (अहिंसा की) सम्भावनाओं को सीमित न कर सकूंगा। अब तक वह और उसके जैसे दूसरे लोग इस अपरिवर्तनशील अनुभव के आधार पर काम करते रहे हैं कि लोग शक्ति के सामने झुक जाते हैं। उनके लिए निहत्थे पुरुषों, स्त्रियों और बच्चों द्वारा, बिना किसी प्रकार की कटुता मन में रखे, अहिंसक प्रतिरोध एक बिलकुल नया अनुभव होगा। कौन कह सकता है कि उच्चतर और सूक्ष्मतर शक्तियों का प्रतिभावन (रिस्पांस) करना उनके स्वभाव में ही नहीं है? उनमें भी वही आत्मा है, जो मुझमें है।' पर, एक और सान्त्वना देनेवाला कहता है कि 'जो आप कहते हैं, वह आपके लिए तो ठीक है। परन्तु आप यह कैसे आशा करते हैं कि आपके अनुयायियों पर आपकी इस नई पुकार की अनुकूल प्रतिक्रिया होगी? उन्हें लड़ने का प्रशिक्षण दिया गया है। वैयक्तिक वीरता में वे संसार में अद्वितीय हैं। और अब आप उनसे कहते हैं कि वे अपने हथियार फेंक दें, और अहिंसक प्रतिरोध का प्रशिक्षण लें; मुझे तो वह प्रयत्न निष्फल रहता दीख पड़ता है।' हो सकता है कि आपका कहना ठीक हो। परन्तु मुझे तो एक पुकार सुनाई पड़ी है, जिसका उत्तर मुझे देना ही चाहिए। मुझे अपने अनुयायियों को अपना संदेश सुनाना ही होगा। यह अपमान मेरी आत्मा में इतना गहरा पैठ गया है कि इसे बाहर निकलने का मार्ग मिलना ही चाहिए। कम से कम मुझे तो उस प्रकाश के अनुसार ही कार्य करना चाहिए, जो मुझे दीख पड़ा है। मैं समझता हूं कि यदि मैं चेक होता, तो मुझे इसी ढंग से कार्य

साथ और अत्याचारी के विरुद्ध मन में कुछ विद्वेष रखे बिना किया जाना चाहिए और इस प्रक्रिया में देश पवित्रीकृत, श्रेष्ठता-प्राप्त और स्वतंत्र हो जाता है।[1]

करना उचित था। जब मैंने पहले-पहल सत्याग्रह छेड़ा था, तब मेरा कोई साथी नहीं था। हम तेरह हज़ार पुरुष, स्त्रियां और बच्चे थे, जो एक ऐसे समूचे राष्ट्र के मुकाबले में खड़े हुए थे, जो कुचलकर हमारा नामोनिशान तक मिटा सकता था। मुझे मालूम नहीं था कि मेरी बात कौन सुनेगा। यह सब कुछ बिजली की एक कौंध की तरह हुआ। सबके सब तेरह हज़ार लोगों ने लड़ाई में हिस्सा नहीं लिया। कई पीछे हट गए। पर राष्ट्र की आन रह गई। दक्षिणी अफ्रीका के सत्याग्रह द्वारा एक नया इतिहास लिखा गया। मैं डाक्टर बैनेस (चेकोस्लोवाकिया के तत्कालीन राष्ट्रपति) के सम्मुख एक ऐसा शस्त्र प्रस्तुत कर रहा हूं, जो कायरों का नहीं, अपितु वीरों का है। इससे बढ़कर और कोई वीरता नहीं हो सकती कि किसी भी पार्थिव शक्ति के सम्मुख, चाहे वह कितनी भी बड़ी क्यों न हो, घुटने टेकने से दृढ़तापूर्वक इनकार कर दिया जाए; और यह इनकार आत्मा में बिना कटुता लाए और इसे पूर्ण विश्वास के साथ किया जाए, कि केवल आत्मा ही जीवित रहती है, और कुछ जीवित नहीं रहता।"

1. बर्टेण्ड रसेल ने 'युद्ध और अप्रतिरोध' के विषय में कहा है, "हम यह कल्पना कर लेते हैं कि आक्रमणकारी सेना लंदन में आ पहुंचेगी, जहां वह राजा को बकिंघम पैलेस से और हाउस आफ कामन्स (लोकसभा) के सदस्यों को पार्लियामेंट भवन से निकालकर बाहर कर देगी। बर्लिन से कुछ सुयोग्य दफ्तरशाही अफसर लाए जाएंगे, जो व्हाइट हाल में असैनिक अफसरों से यह परामर्श करेंगे की 'कल्चर' (संस्कृति) के नये राज्य का प्रारम्भ किन कानूनों द्वारा किया जाए। इतने वश्य (अनुपद्रवी) राष्ट्र का प्रबन्ध करने में किसी प्रकार की कठिनाई होने की आशंका नहीं की जाएगी, और शुरू में लगभग सभी कर्मचारियों को उनके वर्तमान पदों पर ही रहने दिया जाएगा। क्योंकि किसी भी बड़े आधुनिक राज्य का शासन बहुत पेचीदा मामला होता है और यही ठीक समझा जाएगा कि संक्रमण की प्रक्रिया को उन लोगों की सहायता से सुविधाजनक बनाया जाए, जो शासन के विद्यमान यंत्रजात (मशीनरी) से भली भांति परिचित हैं।

"परन्तु यदि इस बिन्दु पर पहुंचकर राष्ट्र उतना ही साहस दिखाए, जितना कि वह युद्ध में सदैव दिखाता रहा है, तो कठिनाइयां (जर्मनों के लिए) शुरू हो जाएंगी। सब विद्यमान कर्मचारी जर्मनों के साथ सहयोग करने से इनकार कर देंगे। उनमें से कुछ को, जो अधिक प्रमुख होंगे, जेल में डाल दिया जाएगा, शायद गोली भी मार दी जाए, जिससे दूसरे लोगों को सहयोग करने के लिए प्रोत्साहन मिले। पर यदि बाकी लोग दृढ़ रहें; और वे जर्मनों द्वारा दिए गए आदेशों को मानने या उन्हें आगे तक पहुंचाने से इनकार कर दें और वे अंग्रेज़ी पार्लियामेंट और अंग्रेज़ी सरकार द्वारा पहले से दिए गए आदेशों का ही पालन करते रहें, तो जर्मनों को विवश होकर उन सबको, यहां तक कि छोटे से छोटे डाकिये को भी पदच्युत कर देना होगा और उनके स्थान की पूर्ति करने के लिए जर्मनों को बुलाना पड़ेगा।

"पदच्युत कर्मचारियों में से सबको न तो कैद ही किया जा सकेगा और न गोली ही मारी जा सकेगी। क्योंकि कोई लड़ाई तो होगी ही नहीं, इसलिए इस प्रकार की अन्धाधुंध पाशविकता का प्रश्न ही नहीं उठता। और जर्मनों के लिए यह बहुत ही कठिन होगा कि वे एकाएक बिलकुल 'कुछ नहीं,' में से पूरा प्रशासन-यंत्रजात खड़ा कर सकें। वे चाहे कुछ भी राजाज्ञाएं जारी क्यों न करें, जनता उनकी पूरी तरह उपेक्षा करेगी। यदि वे आदेश दें कि स्कूलों में जर्मन भाषा पढ़ाई जाए, तो अध्यापक लोग अपना काम इस प्रकार जारी रखेंगे, मानो इस प्रकार का कोई आदेश दिया ही नहीं गया है। यदि अध्यापकों को नौकरी से हटा दिया गया, तो बच्चों के माता-पिता उन्हें स्कूल भेजना बन्द कर देंगे। यदि जर्मन आदेश दें

अहिंसात्मक प्रतिरोध भी प्रतिरोध का ही एक रूप है और इसलिए वह भी बल-प्रयोग ही है। यह अहिंसक सशस्त्र प्रतिरोध से किस प्रकार उत्कृष्ट है? हमें निर्णय परिणामों को देखकर करना होगा। बल के प्रयोग का परिणाम उनके लिए नैतिक दृष्टि से ह्रासकारी होता है, जो उसका प्रयोग करते हैं। हमें मन के उस स्वभाव को प्रोत्साहन नहीं देना चाहिए, जो हमारे शत्रुओं के प्रति क्रुद्ध होने में आनन्द का अनुभव करता है। एक इस प्रकार का आत्मिक गर्व होता है, कि हम तो प्रेमास्पद हैं और हमारे शत्रु घृणास्पद। जब तक हम विद्वेष के बन्धनों को तोड़ न डालें, तब तक हम प्रगति करने में असमर्थ रहेंगे। अहिंसक प्रतिरोध ऐसी नई बुराइयों का जन्म नहीं देता, जो हमारे किन्हीं सदुद्देश्यों में बाधक बन सकें। हम नैतिक दृष्टि से स्वयं पतित हुए बिना चुनौती का सामना करते हैं।

जिस समय बर्बरता की भावना सारे संसार पर छाई हुई प्रतीत होती है, उस समय गांधी हमारे सर्वोत्तम अंश को जगाने का यत्न करता और घोषणा करता है कि सहिष्णुता का कोई उद्देश्य होना चाहिए और उस लक्ष्य तक पहुंचने का प्रयत्न करना चाहिए। गांधी को मालूम है कि यदि हम जीवन और सत्य के साथ अपने समूचे सम्बन्ध को बिलकुल नये रूप में न ढाल लें, तो हम बुराई का अहिंसात्मक प्रतिरोध करने में समर्थ नहीं हो सकते। हमें 'उचित' की आन्तरिक भावना को विकसित करना होगा और, चाहे कुछ भी क्यों न हो जाए, अपनी वैयक्तिक न्यायनिष्ठा पर आंच न आने देनी होगी। हम अनुचित जल्दबाज़ी के साथ सारे संसार को उच्चतम स्तर तक

कि अंग्रेज़ युवकों को सैनिक सेवा करनी पड़ेगी, तो युवक लोग सीधा-सादा इनकार कर देंगे। कुछ थोड़े-से लोगों को गोली मारने के बाद निराश होकर जर्मनों को यह प्रयास छोड़ देना पड़ेगा। यदि जर्मन लोग बन्दरगाहों पर सीमाशुल्क लगाकर राजस्व उगाहना चाहेंगे, तो इसके लिए उन्हें जर्मन सीमाशुल्क-अफसर रखने होंगे। इसका परिणाम यह होगा कि बन्दरगाहों के सब मज़दूर हड़ताल कर देंगे, और इस प्रकार इस उपाय से भी राजस्व प्राप्त करना असम्भव हो जाएगा। यदि जर्मनों ने रेलों पर कब्ज़ा करने का प्रयत्न किया, तो रेलवे कर्मचारी हड़ताल कर देंगे। वे जिस किसी भी विभाग को छुएंगे, वही तुरन्त इस प्रकार निष्क्रिय हो जाएगा, मानो लकवा मार गया हो, और इस तरह शीघ्र ही, जर्मनों तक को भी, यह स्पष्ट हो जाएगा कि जब तक जनता के साथ समझौता न किया जाए, तब तक इंग्लैंड से कोई लाभ नहीं उठाया जा सकता।

"आक्रमण का इस पद्धति से मुकाबला करने के लिए अवश्य ही धीरता और अनुशासन की आवश्यकता होगी। परन्तु धीरता और अनुशासन की आवश्यकता तो युद्ध में भी होती है। पिछले कितने ही युगों से इन गुणों का विकास मुख्यतया युद्ध के लिए करने की शिक्षा दी जाती रही है। अब ये गुण इतने विस्तृत रूप में विद्यमान हैं कि प्रत्येक सभ्य देश में लगभग हरएक व्यक्ति, जब भी सरकार उपयुक्त समय समझे, युद्ध के मोर्चे पर लड़ते हुए मरने को तैयार रहता है। जिस साहस और आदर्शवाद का उपयोग आजकल युद्ध के लिए किया जाता है, उसीको शिक्षा द्वारा सरलता से निष्क्रिय प्रतिरोध की दिशा में मोड़ा जा सकता है। मुझे मालूम नहीं कि इस युद्ध की समाप्ति होने तक इंग्लैंड की कितनी जनहानि होगी; पर यदि यह हानि दस लाख तक हो गई तो किसीको अचरज न होगा। इसकी तुलना में निष्क्रिय प्रतिरोध में अत्यन्त कम जनहानि से किसी भी आक्रमणकारी सेना को यह बात स्पष्ट की जा सकेगी कि इंग्लैण्ड को विदेशी शासन के अधीन कर पाना एक असंभव कार्य है। और यह प्रमाण एक बार सदा के लिए और सब लोगों के लिए प्रस्तुत किया जा सकेगा; इसके लिए युद्ध की अनिश्चित, संदिग्ध घटनाओं पर निर्भर रहने की भी आवश्यकता न होगी।"

नहीं उठा सकते। हिन्दू-शास्त्रों की शिक्षा है कि हमें समूचे समाज में आदर्श को अवतरित करने के प्रयत्नों को छोड़ना नहीं चाहिए। संन्यासियों का विधान मानव-जाति का मूर्त सद्विवेक है, जो हमें उन उच्चतर मान्यताओं के जगत् की याद दिलाता है, जिनका प्रतिभावन (रिस्पांस) सामान्य मनुष्य भी करते हैं। संन्यासियों के लिए सशस्त्र बल का पूर्ण परित्याग परम सिद्धान्त की बात है। वे सम्पूर्ण क्रोध और भय को त्याग चुके होते हैं और उन्हें उन भौतिक वस्तुओं की कोई आवश्यकता नहीं होती, जिनके लिए लोग लड़ते हैं। वे 'स्वार्गिक' आत्माएं आदान और प्रदान के नियम से ऊपर उठ चुकी होती हैं। वे राज्य के संरक्षण से बाहर पहुंचकर युद्ध की बुराई को देखती हैं; परन्तु वे इसे दूसरे लोगों पर आदेश के रूप में नहीं थोपतीं और उन्हें कानून के संरक्षण से वंचित नहीं करना चाहतीं। चाहे वे अत्याचारियों के विरुद्ध अपने सारे दावे त्याग दें, किन्तु वे अपने विचारों को उन लोगों पर नहीं थोपना चाहतीं, जिनकी राय उनसे भिन्न है। किसी राष्ट्र के लिए अहिंसक असहयोग की नीति तभी उचित ठहराई जा सकती है, जबकि हमें यह काफी कुछ निश्चय हो कि राष्ट्र ऐसी नीति पर चलने के लिए सचमुच तैयार है। परन्तु वे थोड़े-से लोग, जो न केवल शान्ति की बातें करते हैं और उसके विषय में सोचते ही हैं, अपितु अपनी आत्मा से उसे चाहते हैं, संकट का अवसर आने पर युद्ध के मोर्चे पर गड़े तम्बू की अपेक्षा जेल की कोठरी की चार दीवारों में ज़ाना अधिक पसन्द करेंगे; वे किसी दीवार के पास खड़े रहने के लिए भी तैयार होंगे कि उनपर थूका जाए, उनपर पत्थर फेंके जाएं, या गोली मार दी जाए।

यदि हम अहिंसक प्रतिरोध के लिए तैयार नहीं हैं, तो अन्याय का बिलकुल प्रतिरोध न करने की अपेक्षा तो हिंसा से उसका प्रतिरोध करना अधिक अच्छा है। "जहां केवल कायरता और हिंसा, दो में से एक का चुनाव करना हो, मैं हिंसा की सलाह दूंगा। मैं तो बिना मारे मर जाने के शान्त साहस को उत्पन्न करना चाहता हूं। परन्तु जिसमें यह साहस नहीं है, उसे मेरी सलाह है कि जाति को नपुंसक बनाने के बजाय वह मारे, और मारते-मारते मर जाए। मैं चाहता हूं कि भारत कायरतापूर्ण ढंग से बेइज़्ज़ती का असहाय शिकार बने या बना रहे, इससे अच्छा तो यह है कि वह अपनी आन की रक्षा के लिए शस्त्र-बल का प्रयोग करे।"

गांधी कट्टर सिद्धान्तवादी नहीं है। "मैं नहीं कहता कि 'डाकुओं और चोरों के साथ या भारत पर आक्रमण करनेवाले राष्ट्रों के साथ बरतते हुए हिंसा मत करो।' परन्तु हिंसा करने में भी अधिक समर्थ होने के लिए हमें अपने-आपको संयम में रखना सीखना चाहिए। ज़रा-ज़रा-सी बात पर पिस्तौल तान लेना ताकत की नहीं, कमज़ोरी की निशानी है। आपसी मुक्केबाज़ी हिंसा की शिक्षा नहीं, अपितु नपुंसकता की शिक्षा है। मेरी अहिंसा की पद्धति कभी शक्ति को घटा नहीं सकती, बल्कि संकट के समय, यदि राष्ट्र चाहेगा ही, तो केवल यही पद्धति उसे अनुशासित और सुव्यवस्थित कर पाने में समर्थ बनाएगी।"[1] "मेरी अहिंसा में खतरे से डरकर और अपने प्रियजनों को अरक्षित छोड़कर भाग जाने की गुंजाइश नहीं है। हिंसा और भयातुर

1. 'यंग इण्डिया', 29 मई, 1924

पलायन, इन दो में से मुझे केवल हिंसा ही स्वीकार हो सकती है। कायर को अहिंसा का उपदेश देना ठीक ऐसी ही है, जैसा किसी अन्धे को स्वस्थ दृश्यों का आनन्द लेने के लिए उत्साहित करना। अहिंसा वीरत्व की चरम सीमा है। और अपने अनुभव में मुझे अहिंसा की विचारधारा में प्रशिक्षित लोगों के सम्मुख अहिंसा की श्रेष्ठता प्रदर्शित करने में कोई कठिनाई नहीं हुई। कायर रहते हुए, जैसा कि मैं वर्षों तक था, मैं हिंसा का आश्रय लेता था। जब मैंने कायरता का छोड़ना शुरू किया, केवल तभी मुझे अहिंसा का मूल्य पता चलना शुरू हुआ।"[1]

"जो आदमी मरने से डरता है और जिसमें प्रतिरोध करने की शक्ति है ही नहीं, उसे अहिंसा का पाठ नहीं पढ़ाया जा सकता। एक असहाय चूहा इसलिए अहिंसक नहीं हो जाता कि बिल्ली उसे सदा खा जाती है। यदि उसका बस चले, तो वह हत्यारी बिल्ली को कच्चा चबा जाए, पर वह सदा उससे दूर ही दूर भागने की कोशिश करता है। हम उसे कायर नहीं कहते; क्योंकि प्रकृति ने उसे बनाया ही ऐसा है कि वह इससे अच्छा आचरण कर ही नहीं सकता। परन्तु जो आदमी संकट सामने आने पर चूहे की तरह आचरण करता है, उसे कायर कहना ही ठीक है। उसके हृदय में हिंसा और विद्वेष भरा होता है और यदि वह किसी तरह स्वयं बिना चोट खाए शत्रु को मार पाए, तो अवश्य मार डाले। अहिंसा उसके लिए अनजानी वस्तु है। उसे अहिंसा का कितना ही उपदेश क्यों न दिया जाए, सब व्यर्थ रहेगा। वीरता उसके स्वभाव में ही नहीं है। इससे पहले कि वह अहिंसा को समझ सके, उसे यह सिखाना होगा कि वह उस आक्रमणकारी का, जो उसे हरा पाने की स्थिति में है, उठकर मुकाबला करे, और आत्मरक्षा के प्रयत्न में, यदि आवश्यकता हो तो, मरने से भी न हिचके। इसके अतिरिक्त और कुछ भी करना उसकी कायरता को पुष्ट करना और उसे अहिंसा से और दूर ले जाना होगा। यह ठीक है कि मैं वस्तुतः किसीको बदला लेने की अनुमति नहीं दे सकता, पर मुझे किसी कायर को इस तथाकथित अहिंसा की ओट भी नहीं लेने देनी चाहिए। यह न समझते हुए कि अहिंसा किस तत्त्व से बनी है, बहुत-से लोगों ने ईमानदारी से यह समझा है कि खतरे के सामने से प्रतिरोध करने की तुलना में भाग खड़े होना, वैसे तो सदा ही, पर विशेषतः तब, जबकि प्राण जाने का भय हो, सद्गुण है। अहिंसा के शिक्षक के रूप में मुझे, जहां तक मेरे लिए सम्भव हो, इस प्रकार के अपुरुषोचित विश्वास को फैलने से रोकना चाहिए। अहिंसा मनुष्य-जाति के पास सबसे बड़ी शक्ति है। मनुष्य की सूझ-बूझ द्वारा आविष्कृत बड़े

---

1. वही, 29 मई, 1924। "मेरा अहिंसा का सिद्धान्त एक अत्यधिक सक्रिय शक्ति है। इसमें कायरता तो दूर, दुर्बलता तक के लिए स्थान नहीं है। एक हिंसक व्यक्ति के लिए यह आशा की जा सकती है कि वह किसी दिन अहिंसक बन सकता है, किन्तु कायर व्यक्ति के लिए ऐसी आशा कभी नहीं की जा सकती। इसलिए मैंने इन पृष्ठों में अनेक बार कहा है कि यदि हमें अपनी, अपनी स्त्रियों की, और अपने पूजा-स्थानों की रक्षा सहनशीलता की शक्ति द्वारा, अर्थात् अहिंसा द्वारा करना नहीं आता, तो, अगर हम मर्द हैं तो, हमें इन सबकी रक्षा लड़ाई द्वारा कर पाने में समर्थ होना चाहिए।" (वही, सितम्बर, 1927)

"संसार का शासन पूरी तरह तर्कशास्त्र के अनुसार नहीं होता। स्वयं जीवन में भी कुछ न कुछ हिंसा होती ही है और हमें न्यूनतम हिंसा के मार्ग को चुनना होता है।" (28 सितम्बर, 1924)

से बड़े विनाशकारी शस्त्र की अपेक्षा भी यह अधिक शक्तिशाली है। विनाश मानवों का विधान नहीं है। मनुष्य स्वतन्त्रतापूर्वक तभी जी सकता है, जबकि वह आवश्यकता पड़ने पर अपने भाई के हाथों, उसपर ज़रा भी प्रहार न करते हुए, मरने को तैयार रहे। प्रत्येक हत्या या किसी दूसरे व्यक्ति पर की गई प्रत्येक चोट, चाहे वह किसी भी कारण क्यों न की गई हो, मानवता के प्रति अपराध है।"[1] "कोई व्यक्ति शरीर से चाहे कितना ही कमज़ोर क्यों न हो, यदि डरकर भाग खड़े होना शर्म की बात है तो, मैदान में डटा रहेगा और अपना कर्तव्य करते हुए मर जाएगा। यह अहिंसात्मक वीरता होगी। दूसरा व्यक्ति, कितना ही कमज़ोर होने पर भी अपनी सारी शक्ति लगाकर शत्रु पर चोट करेगा और इस प्रयत्न में अपने प्राण तक दे देगा। यह वीरता है, पर अहिंसा नहीं। पर यदि, जब खतरे का सामना करना उसका कर्तव्य है, तब व्यक्ति भाग खड़ा होता है, तो यह कायरता है। पहले मामले में व्यक्ति के अन्दर प्रेम और दया की भावना होगी। दूसरे और तीसरे मामलों में व्यक्ति में अरुचि या अविश्वास और भय का भाव होगा।"[2]

"अहिंसा का सिद्धान्त दुर्बलों और कायरों के लिए नहीं है; यह तो वीरों और सशक्त लोगों के लिए है। सबसे बड़ा वीर वह है, जो बिना मारे स्वयं को मार दिया जाने दे। और वह हत्या करने या चोट पहुंचाने से केवल इसलिए बचता है क्योंकि वह जानता है कि चोट पहुंचाना गलत काम है।"[3]

"यदि किसीमें साहस नहीं है, तो मैं चाहता हूं कि खतरे से डरकर भाग खड़े होने के बजाय वह मारने और मरने की कला ही सीखे।...क्योंकि इनमें से पहले प्रकार का व्यक्ति डरकर भागते हुए भी मानसिक हिंसा तो करता ही है। वह इसलिए भागता है, क्योंकि उसमें मारते हुए मर जाने का साहस नहीं है।"[4] यह सब हिन्दू-दृष्टिकोण की ही प्रतिध्वनि है।

जीवन, अपने सर्वोत्तम रूप में भी, द्वितीय सर्वोत्तम वस्तु ही है—जो कुछ आदर्श है और जो कुछ सम्भव है, उनके बीच समझौता। परमात्मा के राज्य में समझौते का नाम नहीं होता, कोई व्यावहारिक मर्यादाएं नहीं होतीं। परन्तु यहां धरती पर तो प्रकृति के निर्मम कानूनों का राज्य है। बहुत-सी मानवीय वासनाएं (तीव्र इच्छाएं) हैं और हमें उनके आधार पर एक सुव्यवस्थित ब्रह्मांड का निर्माण करना है। संसार पूर्णता का नैसर्गिक निवास-स्थान नहीं है। यह तो दैवयोग और भूलों का ही साम्राज्य प्रतीत होता है। यही प्रतीत होता है कि कोई मन की मौज छोटी-बड़ी सब वस्तुओं पर शासन कर रही है। जो कुछ उदात्त और अच्छा है, वह शायद ही कभी अभिव्यक्त हो पाता है; जबकि बेहूदगी और विकृतता अपना आधिपत्य जमाए रहती हैं। इस अन्धकार के ऊपर आत्मा का आकाश दीप्ति से दमक रहा है। प्रयत्नों और कठिनाइयों में से होकर आदर्श क्रियान्वित होने के लिए संघर्ष करते हैं। जब हमारे सामने वस्तुएं उस रूप में आती हैं, जिसमें कि वे अब हैं तो हमारे सामने समस्या यह नहीं होती कि कितनी बुराई को

1. हरिजन, 30 जुलाई, 1935
2. वही, 17 अगस्त, 1935
3. वही, 20 जुलाई, 1937
4. वही, 15 जनवरी, 1938

निकालकर बाहर किया जाए, अपितु यह होती है कि, जैसाकि बर्क ने बहुत तीक्ष्ण ढंग से कहा है, कितनी बुराई को सहन कर लिया जाए।

समाजों के उन्नति-क्रम में तीन सोपान स्पष्ट दिखाई पड़ते हैं : पहला सोपान वह है, जिसमें जंगल का कानून प्रचलित रहता है, उसमें हमारे अन्दर हिंसा और स्वार्थ भरा रहता है; दूसरा सोपान वह है, जिसमें अदालतों, पुलिस और जेलों के साथ कानून और निष्पक्ष न्याय का शासन रहता है; तीसरा सोपान वह है, जिसमें हमारे अन्दर अहिंसा और निःस्वार्थता आ जाती है, जिसमें प्रेम और कानून एक हो जाते हैं। इनमें से अंतिम स्थिति ही मानवता का लक्ष्य है; और इस लक्ष्य के निकटतर पहुंचने का उपाय यह है कि ऐसे पुरुषों और स्त्रियों की संख्या बढ़ाई जाए, जो न केवल बल पर निर्भर रहने का, अपितु उन और सब लाभों का भी परित्याग कर चुके हों, जोकि राज्य उन्हें प्रदान कर सकता है, या उनसे वापस छीन सकता है; जो अक्षरशः घर को त्याग चुके हों, और अपनी वैयक्तिक महत्त्वाकांक्षाओं का बलिदान कर चुके हों; जो नित्य इसलिए मरते हों कि संसार शान्तिपूर्वक जी सके। गांधी इसी प्रकार का एक है। उसे तब भी याद किया जाएगा, जबकि उसकी ओर ध्यान न देने की सलाह देनेवालों के नाम एकदम भुलाए जा चुके होंगे। भले ही इस समय इस आदर्श को प्राप्त कर पाना असम्भव प्रतीत होता हो, परन्तु यह अवश्य प्राप्त होकर रहेगा। ऐसे व्यक्ति के विषय में ही लिखा गया था :

तेरे महान साथी हैं;
तेरे साथी हैं जयोल्लास, यंत्रणाएं
और प्रेम और मनुष्य का अपराजेय मन।

वह आज स्वतन्त्र मनुष्य नहीं है; आप चाहें तो ऐसे आदमी को सूली पर चढ़ा सकते हैं, किन्तु उसके अन्दर जो प्रकाश है, जो सत्य और प्रेम की दिव्य ज्योति से आ रहा है, उसे नहीं बुझाया जा सकता। इन्हीं दिनों में से किसी दिन वह अपना जीवन त्याग देगा, जिससे वह अपने अनुयायियों को जीवन दे सके। संसार किसी दिन मुड़कर उसकी ओर देखेगा और उसे एक ऐसे महापुरुष के रूप में प्रणाम करेगा, जो अपने समय से पूर्व उत्पन्न हो गया था और जिसे इस अन्धकारपूर्ण और असभ्य संसार में प्रकाश दिखाई पड़ा था।

6 | उत्तर लेख

जब यह पुस्तक लिखी गई थी, उसके बाद भारत में घटनाएं बहुत तेज़ी से घटी हैं। गांधी का असहयोग-आन्दोलन, जिसमें उन मामूली नर-नारियों का, जो वीरता और दम्भ के, प्रताप और नीचता के अविश्वसनीय (अद्भुत) मिश्रण थे, ब्रिटिश शासन के विरुद्ध निःशस्त्र विद्रोह के लिए उपयोग किया गया, 15 अगस्त, 1947 को आंशिक सफलता में समाप्त हुआ। भारत की वर्तमान स्थिति का मैंने स्वाधीनता-दिवस पर आकाशवाणी द्वारा प्रसारित अपने वक्तव्य में संकेत किया था।

भारत की स्वाधीनता

15 अगस्त, 1947 के साथ इतिहास और गाथाएं जुड़ती चली जाएंगी, क्योंकि यह तिथि प्रजातन्त्र की ओर विश्व की यात्रा में एक महत्त्वपूर्ण मील का पत्थर है। एक राष्ट्र की जनता द्वारा अपने पुनर्निर्माण और रूपान्तरण के नाटक में यह एक महत्त्वपूर्ण तिथि है। भारत की पराधीनता की रात बहुत लम्बी रही; उसमें अनेक भाग्यनिर्णायक शकुन होते रहे; मनुष्य स्वाधीनता के अरुणोदय के लिए निःशब्द प्रार्थनाएं करते रहे। इस दिवस के लिए कितनी बलियां चढ़ाई गईं; कितना रुदन और शोक तथा क्षुधा के प्रेतों और मृत्यु का कितना ताण्डव हुआ ! रात-भर पहरेदार अविचलित रहकर पहरा देते रहे; दीप उज्ज्वल कान्ति से जलते रहे, और अब युग-युगव्यापिनी निशा का अवसान करनेवाली उषा आ पहुंची है।

पराधीनता से स्वाधीनता की ओर यह संक्रमण प्रजातन्त्रीय पद्धति से हुआ, यह बात जितनी अद्वितीय है, उतनी ही आनन्ददायक भी। ब्रिटिश लोगों का शासन एक सुव्यवस्थित ढंग से समाप्त हो रहा है।

भारत में ब्रिटिश आधिपत्य किस प्रकार स्थापित हुआ, उन सब घटनाओं का उल्लेख यहां करने की आवश्यकता नहीं है। जनता ने इस आधिपत्य को पूरी तरह कभी भी स्वीकार नहीं किया। महान भारतीय विद्रोह ब्रिटिश शासन को उखाड़ फेंकने के लिए किया गया पहला संगठित प्रयत्न था। जब विद्रोह को दबा दिया गया, तब 1858 में भारत के अपेक्षाकृत अधिक अच्छे शासन के लिए बनाए गए एक अधिनियम द्वारा सारा प्रशासन ईस्ट इंडिया कम्पनी से छिनकर इंगलैंड की रानी के हाथ में चला गया। वायसराय के प्रोत्साहन पर भारतीय राष्ट्रीय कांग्रेस (इंडियन नेशनल कांग्रेस) ने स्वराज्य के लिए लोकमत को संगठित करने का अपना काम 1885 में शुरू किया। बोअर युद्ध में अंग्रेज़ों की कठिनाइयों और 1905 में हुए रूस-जापान युद्ध में रूस की

पराजय के कारण भारत में राष्ट्रीयता की भावना फिर जाग उठी और क्रांतिकारी पद्धतियां अपनाई गईं। 'अशान्ति' को शान्त करने के लिए 'मॉर्ले-मिंटो सुधार' किए गए, यद्यपि इन्हीं सुधारों ने पृथक् साम्प्रदायिक प्रतिनिधित्व के सिद्धान्त को स्वीकार करके देश में फूट के बीज बो दिए। 1919 और 1935 में जो क्रमिक सुधार किए गए, वे जनता के बढ़ते हुए प्रतिरोध के फलस्वरूप ही किए गए थे। 1942 में कांग्रेस के अहिंसात्मक प्रतिरोध ने अंग्रेज़ो को इतना परेशान कर दिया कि चर्चिल तक को विवश होकर यहां क्रिप्स मिशन भेजना पड़ा; चर्चिल ने स्वयं स्वीकार किया कि क्रिप्स मिशन उस समय भेजा गया था, जब "बंगाल की खाड़ी पर जापानियों का पूरा नौसैनिक आधिपत्य था, और यह लगता था कि जापानियों की विशाल सेना भारत पर आक्रमण करेगी और उसे ध्वस्त कर डालेगी।" युद्ध के बाद अंग्रेज़ों ने देखा कि इस देश के राजनीतिक संगठन ब्रिटिश शासन को जारी रखने का समर्थन नहीं करेंगे। शासन पर अधिकार करने के प्रयत्नों का परिणाम बहुत बड़े पैमाने पर साम्प्रदायिक मारकाट के रूप में हुआ, जिसे अंग्रेज़ न तो रोक ही पाए और न नियंत्रण में ही रख पाए। असैनिक प्रशासन व्यवहारतः टूट ही-सा गया और कानून तथा व्यवस्था बनाए रखने के लिए अंग्रेज़ों को सशस्त्र सेनाओं का प्रयोग करना पड़ता। ऐसा कर पाना शायद उनके बस से बाहर था और ब्रिटिश जनता तो ऐसा करने के लिए निश्चित रूप से ही इच्छुक नहीं थी। इसलिए 20 फरवरी, 1947 को श्री एटली ने कहा कि "अब हम अपनी भारत-विषयक पहले की नीति को पूर्णता तक पहुंचाना चाहते हैं" और भारत को छोड़ देना चाहते हैं।

'हाउस आफ कामन्स' में श्री एटली ने इस साहसपूर्ण त्याग के कृत्य का बड़े स्पष्ट अभिमान के साथ उल्लेख किया। उसने कहा कि यह पहला अवसर है, जबकि किसी साम्राज्य-शक्ति ने अपने अधीन उन लोगों को स्वेच्छा से अपना प्राधिकार सौंप दिया हो, जिनपर कि वह लगभग दो शताब्दियों तक बल और दृढ़ता के साथ शासन करती रही हो। अतीत में साम्राज्य या तो इसलिए नष्ट होते रहे कि उनके केन्द्र के निकट विरोधियों का दबाव बढ़ गया, जैसेकि रोम में, या फिर परिश्रान्ति के कारण, जैसे स्पेन में, और या फिर सैनिक पराजय के कारण, जैसाकि धुरी शक्तियों के मामले में हुआ। जान-बूझकर प्राधिकार (सत्ता) त्याग देने की तुलना अमेरिका के फिलपाइन्स से वापस हट आने या शायद दक्षिणी अफ्रीका से ब्रिटिश लोगों के वापस हट आने के अतिरिक्त और कहीं नहीं है, यद्यपि इन दोनों में भी परिमाण और परिस्थितियां भारत की अपेक्षा बहुत भिन्न थीं। किसी सशक्त राष्ट्र के लिए ऐसा काम करने से अधिक कठिन कुछ नहीं हो सकता, जिसके विषय में यह समझे जाने की सम्भावना हो कि वह दुर्बलता या भीरुता के कारण किया गया है। हम इस बात पर सहमत हो सकते हैं कि अंग्रेज़ों ने भारत छोड़ने का निश्चय दुर्बलता की भावना के कारण उतना नहीं किया, जितना कि खून और इस्पात के उपायों को अपनाने की अनिच्छा के कारण। उन्होंने भारतीयों की मांग को सुना और एक साहसपूर्ण राजनीतिक कार्य द्वारा अतीत की दुर्भावना और संघर्ष की स्मृति को पोंछकर साफ कर दिया। जब हम देखते हैं कि इंडोनेशिया में डच किस ढंग से बर्ताव कर रहे हैं और फ्रांसीसी किस प्रकार अपने उपनिवेशों से चिपटे हुए हैं, तो हमें अंग्रेज़ों" की राजनीतिक विलक्षणता और साहस की

सराहना करनी ही होगी। अपनी ओर से हमने भी एक ऐसा उदाहरण प्रस्तुत करके, जिसमें एक पराधीन जाति ने उग्रता का सामना धैर्य से करके नौकरशाही अत्याचारों का सामना आत्मिक शान्ति द्वारा करके अपनी स्वतन्त्रता प्राप्त की, संसार के इतिहास में एक शानदार अध्याय जोड़ दिया है। गांधी तथा उसके अनुयायियों ने भारत की स्वाधीनता की लड़ाई में निर्दोष अस्त्रों तथा सभ्यतापूर्ण गौरव के साथ भाग लिया था। उन्होंने संघर्ष में इस ढंग से विजय पाई कि बाद में कोई विद्वेष या कटुता की भावना शेष नहीं रही। भारत के गवर्नर जनरल-पद पर लार्ड माउंटबेटन की नियुक्ति से यह स्पष्ट है कि पहले जो कभी शत्रु रहे थे, अब उनमें कितनी मित्रता और समझौते की भावना विद्यमान है। इस प्रकार एक शताब्दी के प्रयत्नों और संघर्ष के फलस्वरूप ब्रिटिश भारतीय इतिहास में एक नया युग प्रारम्भ हुआ है और इसे भविष्य में अब तक स्मरण रही घटनाओं में सबसे अधिक महत्त्वपूर्ण समझा जाएगा।

परन्तु हमारे आनन्द-उल्लास पर एक छाया आ पड़ी है, हमारे हृदयों में एक उदासी भरी है, क्योंकि जिस स्वाधीनता के हम स्वप्न देखते थे, और जिसके लिए हम लड़े थे, वह हमें नहीं मिली। घटनाओं का दुराग्रह ही कुछ ऐसा है कि हमारे सपनों का स्वराज्य ठीक उसकी प्राप्ति के क्षण में हमारी अंगुलियों में से फिसलकर निकल गया। यदि दोनों उपनिवेशों में मित्रतापूर्ण सम्बन्ध स्थापित न हो जाएं और वे दोनों सांझे के हितों के लिए कार्य न करें, तो विभक्त भारत पराधीन ही बना रहेगा। हमारी निराशा की मात्रा इंग्लैण्ड के टोरी (अनुदार दलीय) लोगों की सन्तुष्टि में प्रतिबिम्बित हुई है। जहां एक ओर चर्चिल ने कैबिनेट मिशन की रिपोर्ट को एक 'विषादपूर्ण लेख' और भारत छोड़ने की घोषणा को 'जानबूझकर जहाज़ को डुबाना' बताया था, वहां उसने वर्तमान योजना का उत्साहपूर्वक समर्थन किया था, जिससे यह सूचित होता है कि यह योजना भारत के सम्बन्ध में अनुदार दल की नीति को क्रियान्वित करती है।

एक ऐसे समय, जबकि संसार के राज्य मिलकर बड़े-बड़े समूह बनने के लिए प्रयत्नशील हैं, हम उस राजनीतिक और आर्थिक एकता के लाभ को परे फेंक दे रहे हैं, जो ब्रिटिश शासन से इस देश को प्राप्त हुई थी। उधर तो नई दशाओं के कारण यह आवश्यक हो गया है कि आर्थिक योजनाएं महाद्वीपीय पैमाने पर बनाई जाएं, और इधर हम फिर विभक्त भारत की ओर लौट रहे हैं। एक सेना के बजाय दो सेनाएं रहने से भारत अधिक सुरक्षित रहेगा या नहीं यह देखना अभी बाकी है।

हमारे नेताओं ने देश के विभाजन का निर्णय करने की ज़िम्मेदारी इसलिए शान के साथ उठा ली, क्योंकि और कोई ऐसा विकल्प था ही नहीं, जो सब विभिन्न पक्षों को स्वीकार होता। एक के बाद एक, आत्मसमर्पण के कार्य करते-करते हम ऐसी स्थिति तक आ पहुंचे थे, जिसमें से निकल पाने का एकमात्र उपाय देश का विभाजन ही था।

भारत में विभिन्न प्रकार के अंग्रेज़ आए; ऐसे अंग्रेज़, जो सैकड़ों विभिन्न कारणों से यहां आए; पादरी और पादरिनें, व्यापारी और अभियात्री, सैनिक और कूटनीतिज्ञ, राजनीतिज्ञ और आदर्शवादी। उन्होंने यहां रण-प्रयाण किए और युद्ध लड़े; यहां उन्होंने माल खरीदा और बेचा; यहां उन्होंने षड्यन्त्र रचे और लाभ उठाया। परन्तु उनमें सबसे महान वे थे, जिन्होंने भारत के

सामाजिक और आर्थिक स्तर को तथा राजनीतिक प्रतिष्ठा को ऊंचा उठाना चाहा। उन्होंने जनता के कल्याण के लिए और देश को आधुनिक बनाने के लिए कार्य किया। परन्तु उनमें जो क्षुद्र मन के लोग थे, वे कपटपूर्ण उद्देश्यों को लेकर कार्य करते रहे। जब पृथक् साम्प्रदायिक चुनाव-पद्धति स्वीकार कर ली गई, तब लेडी मिंटो को एक महत्त्वपूर्ण पदाधिकारी से एक पत्न प्राप्त हुआ था; लेडी मिंटो ने इस पत्न का उल्लेख किया है, जिसमें लिखा था, "मैं आपकी सेवा में एक पंक्ति लिखकर यह सूचित करना चाहता हूं कि आज एक बहुत, बहुत बड़ी बात हो गई है। यह राजनय का एक ऐसा कार्य है जिसका प्रभाव भारत पर और भारत के इतिहास पर अनेक सुदीर्घ वर्षों तक पड़ता रहेगा। यह सवा छ: करोड़ लोगों को राजद्रोही विरोधियों में सम्मिलित होने से रोक देने से कुछ कम नहीं है।" पृथक् चुनाव-पद्धति से साम्प्रदायिक चेतना बहुत बढ़ गई और उससे अविश्वास और विरोध का ऐसा वातावरण उत्पन्न हो गया कि पाकिस्तान की मांग उठ खड़ी हुई। क्रिप्स-प्रस्तावों ने पाकिस्तान का बनना सम्भव कर दिया और उनसे मुसलमानों ने स्वभावतः यह अर्थ निकाल लिया कि अंग्रेज़ उनके पाकिस्तान के प्रस्ताव का समर्थन करेंगे। कैबिनेट मिशन ने जहां पाकिस्तान की मांग को अस्वीकार कर दिया, वहां दूसरी ओर उसने केन्द्र के अधिकारों को सीमित करके और अनुभागों तथा समूहों का प्रस्ताव रखकर पाकिस्तान की मांग को काफी बड़ी सीमा तक मान लिया। कांग्रेस की इस घोषणा से, कि वह देश के किसी भी अनिच्छुक प्रदेश पर संविधान को बलपूर्वक नहीं लादेगी, मुस्लिम लीग को देश का मुस्लिम और गैर-मुस्लिम क्षेत्न में विभाजन करने की मांग पर डटे रहने में प्रोत्साहन मिला। इतिहास को ज्ञात ऐसी कोई सरकार कभी नहीं हुई, जिसे हठी विरोधियों का सहयोग प्राप्त करने के लिए कभी न कभी बल-प्रयोग न करना पड़ा हो। जब दक्षिणी अमेरिका के राज्यों ने स्वाधीनता की, अपना शासन आप करने के अधिकार की मांग की, तब अब्राहम लिंकन ने यह कहकर वह अधिकार देने से इनकार कर दिया कि इससे नई दुनिया में प्रजातन्त्न इतना अधिक विभक्त हो जाएगा कि वह अपनी रक्षा न कर सकेगा; इस इनकार करने के कारण फिर चाहे उसे ज्ञात इतिहास का एक घोरतम रक्तपातपूर्ण युद्ध भी लड़ना पड़ा था; परन्तु कांग्रेस तो अहिंसा के सिद्धान्त से प्रण-बद्ध थी; वह राष्ट्रीय एकता विकसित करने के लिए बल का प्रयोग नहीं कर सकती थी। 20 फरवरी, 1947 के वक्तव्य में यह ध्वनि थी कि ब्रिटिश सरकार केन्द्र में किसी न किसी प्रकार की सरकार को, या कुछ क्षेत्नों में उस समय विद्यमान प्रान्तीय सरकारों को या किसी अन्य ऐसे रूप में, जैसा कि स्वतन्त्न राष्ट्र के सर्वोत्तम हितों के लिए अधिकतम तर्कसंगत प्रतीत होगा, सत्ता हस्तान्तरित कर देगी। वर्तमान योजना इस सारे घटनाक्रम का स्वाभाविक परिणाम है। ब्रिटिश लोगों द्वारा अतीत में दिए गए प्रोत्साहन और हमारे नेताओं की वर्तमान मनोदशाएं इतनी प्रबल रहीं कि कोई मित्नतापूर्ण समझौता नहीं हो सका।

हम सारे उत्पात का कारण अंग्रेज़ों को नहीं कह सकते। हमने स्वयं पृथकता की नीति को सहारा दिया है। हम उसके चटपट शिकार हो गए। यदि हम अपने चरित्न के राष्ट्रीय दोषों को नहीं सुधारेंगे, तो हम संयुक्त भारत का पुनर्निर्माण नहीं कर सकते। हमारे सम्मुख राजनीतिक विभाजन की समस्या उतनी बड़ी नहीं है, जितनी कि मनोवैज्ञानिक फटाव की। आज भारत

अपनी प्रकृत दशा में नहीं है। संचित अविश्वासों और तनावों के घटने में समय लगेगा। यदि स्वतन्त्रता को एक सकारात्मक, गतिशील और उन्मोचनकारी शक्ति बनना है, तो उसे अपने-आपको एक-दूसरे के विचारों, सत्यों और विश्वासों के प्रति सहिष्णुता के रूप में प्रकट करना होगा। हमें इस भ्रम में नहीं रहना काहिए कि क्योंकि देश विभक्त हो गया है, इसलिए संकट टल गया है। तनाव की सामयिक क्षणिक शिथिलता ही काफी नहीं है।

भले ही हमारे हृदय शोक से भरे हों, फिर भी हमें अपने देश को प्रगति के पथ पर ले चलना होगा। भारत का राजनीतिक शरीर अब नहीं रहा, परन्तु उसका ऐतिहासिक शरीर अब भी जीवित है, चाहे वह कितना ही अन्यमनस्क, और अपने विरुद्ध विभक्त और अपने अस्तित्व से कितना ही अनजान क्यों न हो। राजनीतिक विभाजन स्थायी नहीं होते। सांस्कृतिक और आध्यात्मिक बन्धन कहीं अधिक चिरस्थायी होते हैं। हमें सावधानी और श्रद्धा के साथ उनको बढ़ाना चाहिए। भारत में इस्लाम धर्म-परिवर्तन द्वारा फला है—आव्रजन द्वारा नहीं। नब्बे प्रतिशत मुसलमान उसी एक ही सामाजिक और नकुलीय (नर जातीय) वंश के हैं, उत्तराधिकार में उन्हें वही एक ही संस्कृति मिली है, वे उसी एक ही प्रदेश में रहते हैं और उनकी आदतें तथा विश्वास की पद्धतियां भी वही एक ही हैं, जो गैर-मुसलमानों की हैं। हमें एकता का विकास शिक्षण की धीमी-धीमी प्रक्रिया द्वारा, धैर्यपूर्ण विचार द्वारा और अन्ततः इस बात को हृदयंगम करके करना होगा कि जिन प्रश्नों को लेकर देश का विभाजन हुआ था, वे कभी के पुराने पड़ चुके हैं। साम्प्रदायिकता का इलाज पहले गरीबी, बीमारी, निरक्षरता, कृषिक तथा औद्योगिक पिछड़ेपन की बुराइयों को दूर करने से होगा। यदि इन बुराइयों पर काबू पा लिया जाए, तो शायद साम्प्रदायिक मतभेद इतने गम्भीर रूप से उत्तेजक न रहें। पाकिस्तान के दो भागों के बीच में भारतीय उपनिवेश फैला हुआ है और संचार के मामलों में पाकिस्तान को भारत से किसी न किसी प्रकार का सम्बन्ध बनाना ही होगा। इंडोनेशिया के प्रश्न पर दोनों उपनिवेशों की विदेश नीति एक ही है। अन्य कई विषयों में भी भौगोलिक स्थिति के कारण दोनों को एक ही विदेश नीति रखनी होगी। जल-शक्ति और परिवहन के विकास के लिए भी दोनों को मिलकर कार्रवाई करनी होगी। इस प्रकार हम पारस्परिक कल्याण के लिए दोनों उपनिवेशों के सहयोग द्वारा, उनके निवासियों के अबाध परस्पर मिलन द्वारा और सांझे आदर्शों की रक्षा द्वारा देश की यथार्थ एकता को बढ़ा सकते हैं। दहकते हुए भाषणों और संस्तावों से काम नहीं चलेगा। क्रोध की भाषा कभी भी काम को संवारती नहीं। इस समय की आवश्यकता है—धीरज और एक-दूसरे को समझने का यत्न।

जब हम यह अनुभव करते हैं कि अब हम अपने स्वामी स्वयं हैं, हम अपने भविष्य का निर्माण स्वयं कर सकते हैं, तब हमें उल्लास की अनुभूति होनी चाहिए। सम्भव है कि हम गलतियां कर बैठें—भारी गलतियां, जिनसे शायद बचा जा सकता था—परन्तु स्वतन्त्रता प्राप्त होने वाली प्रेरक शक्ति की तुलना में ये कुछ भी नहीं हैं। इस समय विद्यमान दशाएं हमारी सक्षमता और बुद्धिमत्ता को चुनौती हैं। सबसे बड़ी विपदा तब आती है, जब शक्ति (अधिकार) योग्यता की अपेक्षा अधिक हो जाती है। ऐसा न कहा जाए कि जब परख का अवसर आया,

तो हम अनुपयुक्त सिद्ध हुए। हमें दिव्य देश मिल नहीं गया है। हमें उस तक पहुंचने का मार्ग साफ करने के लिए काम करना होगा। मार्ग लम्बा है और दुर्गम है। सम्भव है कि यह रक्त और अश्रुओं में से, श्रम और कष्टों में से होकर गुज़रे। अन्त में जनता की विजय होगी। शायद उसे देखने के लिए हममें से कुछ लोग जीवित न रहें, परन्तु हम उसका भविष्य-दर्शन अवश्य कर सकते हैं।

सभ्यता कोई ठोस और बाह्य वस्तु नहीं है। यह तो जनता का स्वप्न है, मानवीय अस्तित्व की उनकी कल्पना-प्रवण व्याख्या, मानवीय जीवन के रहस्य के विषय में उनका बोध। हमारी विक्षिप्त मानवीय ज्ञान-वाहिनियां उनकी अपेक्षा एक विशालतर प्रयोजन चाहती हैं, जो जातियों और बिरादरियों से हमें मिलते हैं, एक ऐसा प्रयोजन, जो हमें हमारी क्षुद्रता से मुक्त कर दे। परमात्मा के सम्मुख विनीत भाव से खड़े रहकर, इस बात को अनुभव करते हुए हम एक आविर्भूत होते हुए प्रयोजन के लिए कार्य कर रहे हैं, हम अपने कार्य में जुट जाएं और अपने इतिहास के इस महान क्षण में हम अपना व्यवहार ऐसा रखें, जो भारत की कालातीत आप के सेवकों के लिए शोभास्पद हो।

सर्वभूतस्थमात्मानं सर्वभूतानि चात्मनि
सम्पश्यन् आत्मयाजी वै स्वराज्यमधिगच्छति।

●●●

परिशिष्ट—

संस्थापक का पत्र

(कमला भाषण-पीठ के सम्बन्ध में)

77, रसा रोड नार्थ
भवानीपुर,
कलकत्ता,
9 फरवरी, 1924

सेवा में,

रजिस्ट्रार,

कलकत्ता विश्वविद्यालय

महोदय,

मैं एक भाषण-पीठ की स्थापना के लिए, जिसका नाम मेरी प्रिय पुत्री कमला (जन्म 18 अप्रैल, 1895—स्वर्गवास 4 जनवरी, 1923) की स्मृति में 'कमला भाषण-पीठ' होगा, अपने विश्वविद्यालय को 3 प्रतिशत ब्याजवाली 40 हज़ार रुपये की सरकारी सिक्यूरिटियां सौंप देना चाहता हूं। भाषणकर्ता, जिसकी नियुक्ति प्रतिवर्ष सीनेट किया करेगी, बंगला या अंग्रेज़ी में 'हिन्दू जीवन और विचार' के किसी पहलू पर कम से कम तीन भाषण दिया करेगा, जिनमें विषय का प्रतिपादन तुलनात्मक दृष्टिकोण से किया जाएगा।

इस भाषण-पीठ के लिए निम्नलिखित योजना रहेगी :

(1) प्रतिवर्ष 31 मार्च तक पांच सदस्यों की एक 'विशेष समिति' निम्नलिखित ढंग से बनाई जाया करेगी :

आर्ट्स फैकल्टी का एक सदस्य आर्ट्स फैकल्टी द्वारा मनोनीत किया जाएगा।

साइंस फैकल्टी का एक सदस्य साइंस फैकल्टी द्वारा मनोनीत किया जाएगा।

एक सदस्य एशियाटिक सोसाइटी अफ बंगाल की परिषद् द्वारा मनोनीत किया जाएगा।

एक सदस्य बंगीय साहित्य-परिषद् द्वारा मनोनीत होगा।

एक सदस्य संस्थापक द्वारा या उसके प्रतिनिधियों द्वारा मनोनीत होगा।

(2) विशेष समिति, जैसी भी आवश्यक समझे, जांच-पड़ताल करके 30 जून तक रिपोर्ट तैयार करेगी, जिसमें सीनेट के सम्मुख एक ख्यातिप्राप्त विद्वान के नाम का सुझाव रखा जाएगा। इस रिपोर्ट में उन प्रस्तावित भाषणों के विषय और उनके विस्तार-क्षेत्र का संक्षिप्त विवरण भी रहेगा।

(3) विशेष समिति की रिपोर्ट सिंडीकेट के पास भेज दी जाएगी, जिससे वह सीनेट के सम्मुख 31 जुलाई तक पुष्टि के लिए प्रस्तुत कर दी जाए।

(4) सीनेट, सुनिश्चित कारण बताते हुए, विशेष समिति से अपने निश्चय पर पुनर्विचार करने का अनुरोध कर सकती है किन्तु उसे यह अधिकार न होगा कि वह विशेष समिति द्वारा सुझाए गए नाम के स्थान पर कोई और नाम रख सके।

(5) सीनेट द्वारा नियुक्त भाषणकर्ता सीनेट हाउस में भाषण देगा, जो आगामी जनवरी मास के बाद नहीं होना चाहिए।

(6) कलकत्ता में भाषण दिए जा चुकने के बाद सिंडीकेट इस बात का प्रबन्ध किया करेगा कि वे भाषण मूल रूप में या कुछ संशोधित रूप में कलकत्ता से बाहर कम से कम एक और स्थान में दिए जाएं। इसके लिए सिंडीकेट आवश्यकतानुसार यात्रा-भत्ता देगा।

(7) भाषणकर्ता का मानदेय एक हज़ार रुपये नकद और दो सौ रुपये मूल्य का एक स्वर्ण-पदक होगा। मानदेय केवल तभी दिया जाएगा, जबकि भाषण दिए जा चुकेंगे और भाषणकर्ता उन भाषणों की मुद्रण-योग्य पूर्ण पांडुलिपि रजिस्ट्रार को सौंप देगा।

(8) ये भाषण दिए जा चुकने के बाद छः मास के अंदर विश्वविद्यालय द्वारा प्रकाशित किए जाएंगे और मुद्रण का व्यय निकालने के बाद बिक्री से हुई शेष आय भाषणकर्ता को दे दी जाएगी। इन भाषणों का लेखस्व (कापीराइट) भाषणकर्ता के पास रहेगा।

(6) जो व्यक्ति एक बार भाषणकर्ता नियुक्त हो चुकेगा, वह पांच वर्ष बीतने से पहले दुबारा नियुक्त होने का पात्र न होगा।

आपका विश्वासभाजन।

आशुतोष मुखर्जी

अनुक्रमणिका

●●●